A SOMBRA
DO VENTO

Carlos Ruiz Zafón

A SOMBRA DO VENTO

TRADUÇÃO
Marcia Ribas

12ª reimpressão

Copyright © 2001 by Carlos Ruiz Zafón

*Grafia atualizada segundo o Acordo Ortográfico da Língua Portuguesa de 1990,
que entrou em vigor no Brasil em 2009.*

Título original
La sombra del viento

Capa
Claudia Espínola de Carvalho

Foto de capa
F. Català-Roca. *Corner.* Madrid, 1953 © Photographic Archive F. Català-Roca – Arxiu
Històric del Col·legi d'Arquitectes de Catalunya

Preparação
Sheila Louzada

Revisão
Márcia Moura
Adriana Bairrada

Dados Internacionais de Catalogação na Publicação (CIP)
(Câmara Brasileira do Livro, SP, Brasil)

> Ruiz Zafón, Carlos, 1964-
> A sombra do vento / Carlos Ruiz Zafón ; tradução
> Marcia Ribas. – 2ª ed. – Rio de Janeiro : Suma, 2017.
>
> Título original: La sombra del viento.
> ISBN 978-85-5651-034-1
>
> 1. Ficção espanhola I. Título.

17-02866 CDD-863

Índice para catálogo sistemático:
1. Ficção : Literatura espanhola 863

Todos os direitos desta edição reservados à
EDITORA SCHWARCZ S.A.
Praça Floriano, 19, sala 3001 – Cinelândia
20031-050 – Rio de Janeiro – RJ
Telefone: (21) 3993-7510
www.companhiadasletras.com.br
www.blogdacompanhia.com.br
facebook.com/editorasuma
instagram.com/editorasuma
twitter.com/Suma_BR

Para Joan Ramon Planas,
que merecia algo melhor

O CEMITÉRIO DOS
LIVROS ESQUECIDOS

Este livro faz parte de um ciclo de romances que se entrecruzam no universo literário do Cemitério dos Livros Esquecidos. Os romances que formam este ciclo estão interligados por personagens e linhas argumentativas que constroem pontes narrativas e temáticas, embora cada um deles ofereça uma história fechada, independente e contida em si mesma.

As diversas partes da série do Cemitério dos Livros Esquecidos podem ser lidas em qualquer ordem ou separadamente, permitindo ao leitor explorar e entrar no labirinto de histórias através de diferentes portas e caminhos que, entrelaçados, o conduzirão ao coração da narrativa.

O CEMITÉRIO DOS LIVROS ESQUECIDOS

Ainda me lembro daquele amanhecer em que meu pai me levou pela primeira vez para visitar o Cemitério dos Livros Esquecidos. Despontavam os primeiros dias de verão de 1945 e andávamos nas ruas de uma Barcelona aprisionada sob um céu cinzento, com um sol de vapor que se derramava na Rambla de Santa Mônica como uma grinalda de cobre líquido.

— Daniel, o que você vai ver hoje, não pode contar a ninguém — advertiu meu pai. — Nem ao seu amigo Tomás. A ninguém.

— Nem à mamãe? — perguntei em voz baixa.

Meu pai deu um suspiro, amparado naquele sorriso triste que o perseguia como uma sombra pela vida.

— Claro que sim — respondeu, cabisbaixo. — Com ela não temos segredos. A ela você pode contar tudo.

Logo depois da guerra civil, um surto de cólera levou minha mãe. Nós a enterramos em Montjuic, no dia do meu quinto aniversário. Lembro apenas que choveu o dia todo e a noite toda e que, quando perguntei a meu pai se o céu chorava, faltou-lhe voz para responder. Seis anos depois, a lembrança dela era para mim como uma alucinação, um silêncio cheio de gritos que eu não tinha aprendido ainda a apaziguar com palavras. Meu pai e eu morávamos em um apartamento pequeno na rua Santa Ana, perto da praça da igreja. Ficava bem em cima da livraria herdada do meu avô, especializada em edições para colecionadores e livros antigos, uma loja encantada que meu pai confiava que algum dia passasse às minhas mãos. Cresci em meio a livros, fazendo amigos invisíveis em páginas que se desfaziam em pó e cujo cheiro ainda conservo nas mãos. Aprendi desde pequeno a conciliar o sono conversando com minha mãe na penumbra do quarto sobre os acontecimentos rotineiros, o que eu fizera no colégio, o que tinha aprendido naquele dia. Não podia ouvir sua voz nem sentir seu toque, mas sua luz e seu calor inflamavam cada canto daquela casa, e eu, com aquela fé dos que ainda podem contar a idade nos dedos das mãos, achava que se fechasse os olhos e falasse com minha mãe ela me escutaria onde quer que estivesse. Às vezes meu pai me ouvia da sala de jantar e chorava baixinho.

Lembro que, naquela madrugada de junho, acordei gritando. Meu coração batia como se minha alma quisesse abrir caminho no peito e se jogar pela escada. Meu pai apareceu no quarto, assustado, e me segurou em seus braços, tentando me acalmar.

— Não consigo me lembrar do rosto dela. Não consigo me lembrar do rosto da mamãe — murmurei, ofegante.

Meu pai me abraçou com força.

— Não se preocupe, Daniel. Eu lembrarei por nós dois.

Ficamos nos olhando no escuro, procurando palavras que não existiam. Aquela foi a primeira vez que percebi que meu pai estava envelhecendo e que seus olhos, olhos de névoa e de perda, estavam sempre focados em algum ponto atrás. Ele se levantou e abriu as cortinas, deixando entrar a luz morna da madrugada.

— Vamos, Daniel, vista-se. Quero lhe mostrar uma coisa.

— Agora? Às cinco da manhã?

— Algumas coisas só podem ser vistas nas trevas — disse meu pai, com um sorriso enigmático que provavelmente tomara emprestado de algum livro de Alexandre Dumas.

As ruas ainda se desmanchavam entre neblinas e orvalho quando saímos. Os lampiões das Ramblas projetavam, ao piscarem, uma avenida de vapor, enquanto a cidade se espreguiçava, libertando-se de sua fantasia de aquarela. Ao chegarmos à rua do Arco do Teatro, nos aventuramos pela passagem do Raval, então Bairro Chinês, sob uma arcada que prometia uma abóbada de bruma azul. Acompanhei meu pai através daquele estreito caminho, mais cicatriz que rua, até que o brilho da Rambla se esvaiu às nossas costas. A claridade do amanhecer filtrava-se por varandas e tetos em sopros de luz oblíquos que não chegavam a roçar o chão. Finalmente, meu pai estacou diante de um portão de madeira lavrada, enegrecido pelo tempo e pela umidade. Diante de nós erguia-se o que me pareceu o cadáver de um palácio abandonado, como um museu de ecos e sombras.

— Daniel, o que você vai ver hoje, não pode contar a ninguém. Nem ao seu amigo Tomás. A ninguém.

Um homenzinho com traços de ave de rapina e uma cabeleira grisalha abriu a porta. Seu olhar aquilino pousou em mim, impenetrável.

— Bom dia, Isaac. Este é meu filho, Daniel — anunciou meu pai. — Ele logo fará onze anos e algum dia se encarregará da livraria. Já tem idade para conhecer este lugar.

O tal Isaac nos convidou a entrar com um leve assentir. Uma penumbra azulada cobria todo o interior, insinuando os traços de uma escadaria de mármore e uma galeria de afrescos repleta de figuras de anjos e criaturas fabulosas. Acompanhamos o vigia através daquele corredor palaciano e chegamos a uma grande sala circular, onde uma autêntica basílica de trevas jazia sob uma cúpula esfaqueada por focos de luz que jorravam do alto. Um labirinto de corredores e estantes repletas de livros se erguia da base até a cúspide, desenhando uma colmeia em cuja trama viam-se túneis, escadas, plataformas e pontes que deixavam adivinhar uma biblioteca gigantesca, de geometria impossível. Olhei para meu pai, boquiaberto. Ele sorriu para mim, dando uma piscadela.

— Daniel, bem-vindo ao Cemitério dos Livros Esquecidos.

Salpicando os corredores e as plataformas da biblioteca estava perfilada uma dezena de homens. Alguns se viraram para cumprimentar meu pai, de longe, e reconheci o rosto de vários colegas seus da associação de livreiros de sebo. À luz dos meus dez anos, aqueles indivíduos pareciam uma confraria secreta de alquimistas, conspirando escondidos do mundo. Meu pai se ajoelhou ao meu lado e, sustentando o olhar, me disse, com aquela voz delicada das promessas e confidências:

— Este lugar é um mistério, Daniel, um santuário. Cada livro, cada volume que você vê, tem alma. A alma de quem o escreveu e a alma dos que o leram, que viveram e sonharam com ele. Cada vez que um livro troca de mãos, cada vez que alguém passa os olhos pelas suas páginas, seu espírito se expande e a pessoa se fortalece. Faz já muitos anos que meu pai me trouxe aqui pela primeira vez, e este lugar já era antigo. Quase tão antigo quanto a própria cidade. Ninguém sabe ao certo desde quando existe ou quem o criou. Estou contando a você o que me contou meu pai. Quando uma biblioteca desaparece, quando uma livraria fecha as portas, quando um livro se perde no esquecimento, nós, guardiões, os que conhecemos este lugar, garantimos que ele venha para cá. Neste lugar, os livros dos quais já ninguém se lembra, os livros que se perderam no tempo, viverão para sempre, esperando chegar algum dia às mãos de um novo leitor, de uma nova alma. Na loja, nós os vendemos e compramos, mas na verdade os livros não têm dono. Cada livro que você vê aqui foi o melhor amigo de um homem. Agora só tem a nós, Daniel. Você acha que pode guardar este segredo?

Meu olhar se perdeu na imensidão daquele lugar, em sua luz encantada. Assenti, e meu pai sorriu.

— E sabe do melhor? — perguntou ele.

Neguei em silêncio.

— É hábito nosso, da primeira vez que alguém visita este lugar, que escolha um livro, aquele que preferir, e que o adote, garantindo assim que nunca desapareça, que se mantenha vivo para sempre. É uma promessa muito importante. Para toda a vida — explicou meu pai. — Hoje, é a sua vez.

Por quase meia hora, perambulei pelos esconderijos daquele labirinto com cheiro de papel velho, pó e magia. Deixei que minha mão roçasse as avenidas de volumes expostos, em uma tentativa de fazer minha escolha. Percebi, entre os títulos apagados pelo tempo, palavras em línguas conhecidas e dezenas de outras que não reconhecia. Percorri corredores e galerias em espiral, repletos de milhares de volumes que pareciam saber mais a meu respeito do que eu sabia deles. Aos poucos, assaltou-me a ideia de que atrás da capa de cada um daqueles livros se abria um infinito universo por explorar e que, fora daquelas paredes, o mundo deixava que a vida passasse em tardes de futebol e em novelas de rádio, satisfeito em ver apenas até onde ia o próprio umbigo e pouco mais. Talvez tenha sido esse pensamento, talvez o acaso ou seu parente elegante, o destino, mas o fato é que naquele mesmo instante percebi que já tinha escolhido o livro que ia adotar. Ou talvez devesse dizer: o livro que me adotaria. Ele se destacava timidamente no canto de uma estante, encadernado em uma capa cor de vinho e sussurrando seu título em letras douradas que brilhavam na luz projetada pela cúpula no alto. Aproximei-me dele e acariciei as palavras com a ponta dos dedos, lendo em silêncio:

A sombra do vento
JULIÁN CARAX

Nunca tinha ouvido falar daquele título ou de seu autor, mas não liguei. A decisão estava tomada. De ambas as partes. Peguei o livro com muito cuidado e o folheei, deixando que suas páginas adejassem no ar. Liberado de sua cela na estante, o livro exalou uma nuvem de pó dourado. Satisfeito com minha escolha, refiz meus passos no labirinto, levando o volume debaixo do braço, com um sorriso impresso nos lábios. Talvez a atmosfera enfeitiçada daquele lugar se tivesse incorporado a mim, mas tive certeza de que aquele livro passara anos a fio ali à minha espera, provavelmente desde antes de eu nascer.

Naquela tarde, de volta ao apartamento da rua Santa Ana, refugiei-me em meu quarto e decidi ler as primeiras linhas de meu novo amigo. Antes de perceber, tinha mergulhado completamente no livro. O romance relatava a história de um homem em busca do pai verdadeiro, a quem nunca chegara a conhecer e cuja existência só descobrira graças às últimas palavras da mãe, pronunciadas no leito de morte. A busca se transformava em uma odisseia fantasmagórica em que o protagonista lutava para recuperar sua infância e juventude perdidas e na qual, aos poucos, descobríamos a sombra de um amor maldito cuja memória haveria de persegui-lo até o fim de seus dias. À medida que eu avançava na leitura, a estrutura do relato me lembrou aquelas bonecas russas que contêm inúmeras miniaturas de si mesmas. Passo a passo, a narrativa se estilhaçava em mil histórias, como se o relato percorresse uma galeria de espelhos, sua identidade produzindo dezenas de reflexos díspares e ao mesmo tempo um único. Os minutos e as horas transcorreram como em uma alucinação. Horas depois, aprisionado pelo livro, apenas percebi as badaladas da meia-noite repicando, ao longe, no sino da catedral. Enterrado na luz de cobre que o abajur projetava, mergulhei em um mundo de imagens e sensações que jamais havia conhecido. Personagens que pareciam tão reais como o ar que respiramos me arrastaram por um túnel de aventura e mistério do qual eu não podia escapar. Página por página, deixei-me levar pelo sortilégio da história e de seu mundo, até que o hálito do amanhecer acariciou minha janela e meus olhos cansados deslizaram pela última página. Deitei-me na penumbra azul da madrugada com o livro sobre o peito e fiquei escutando o som da cidade adormecida pingar sobre os telhados salpicados de púrpura. O sono e a fadiga queriam me derrubar, mas eu resistia. Não queria perder o encantamento da história nem dizer, ainda, adeus aos personagens.

Certa ocasião, ouvi um cliente habitual da livraria de meu pai comentar que poucas coisas marcam tanto um leitor como o primeiro livro que realmente abre caminho até seu coração. As primeiras imagens, o eco dessas palavras que pensamos ter deixado para trás, nos acompanham por toda a vida e esculpem um palácio em nossa memória ao qual mais cedo ou mais tarde — não importa os livros que leiamos, os mundos que descubramos, o quanto aprendamos ou esqueçamos — retornaremos. Para mim, essas páginas enfeitiçadas serão sempre aquelas que encontrei entre os corredores do Cemitério dos Livros Esquecidos.

DIAS DE CINZA
1945-1949

1

Um segredo vale tanto quanto as pessoas de quem temos que guardá-lo. Ao acordar, meu primeiro impulso foi contar sobre a existência do Cemitério dos Livros Esquecidos a meu melhor amigo. Tomás Aguilar era um colega de escola que dedicava seu tempo livre e seu talento a inventar uns aparatos bastante engenhosos, mas de pouca aplicação, como o dardo aerostático e o pião dínamo. Ninguém melhor do que Tomás para dividir comigo aquele segredo. Sonhando acordado, eu imaginava meu amigo e eu munidos de lanternas e bússola, prestes a desvendar os segredos daquela catacumba bibliográfica. Logo, lembrando-me da promessa, decidi que as circunstâncias aconselhavam o que, nos romances de intriga policial, se denomina outro modus operandi. Ao meio-dia, abordei meu pai para questioná-lo sobre aquele livro e sobre Julián Carax, que, em meu entusiasmo, tinha imaginado célebres no mundo inteiro. Meu plano era reunir toda a sua obra e lê-la de cabo a rabo em mais ou menos uma semana. Qual não foi minha surpresa ao descobrir que meu pai, livreiro com tradição e bom conhecedor dos catálogos editoriais, nunca tinha ouvido falar de *A sombra do vento* nem de Julián Carax. Intrigado, ele examinou a página com os dados do livro.

— Segundo diz aqui, este exemplar faz parte de uma edição de dois mil e quinhentos exemplares, impressa em Barcelona pela editora Cabestany, em dezembro de 1935.

— Você conhece essa editora?

— Fechou há muitos anos. Mas a edição original não é esta, é uma de novembro do mesmo ano, só que impressa em Paris... A editora é Galliano & Neuval. Não conheço.

— Então é uma tradução? — perguntei, desconcertado.

— Não menciona isso. Pelo que vejo aqui, o texto é original.

— Um livro em espanhol lançado primeiro na França?

— Não será a primeira vez, com os tempos que correm — acrescentou meu pai. — Talvez Barceló possa nos ajudar.

Gustavo Barceló era um amigo de longa data de meu pai, dono de uma lúgubre livraria na rua Fernando, que comandava a nata da associação de livreiros de sebo. Estava permanentemente colado a um cachimbo apagado que soltava eflúvios de mercado persa, e descrevia a si mesmo como o último romântico. Barceló sustentava que na sua ascendência havia um parentesco distante com Lorde Byron, embora fosse natural de Caldas de Montbuy. Talvez na tentativa de ressaltar essa conexão, Barceló se vestia invariavelmente ao estilo de um dândi do século XIX, com fular, sapatos de verniz branco e um monóculo sem grau que, segundo as más línguas, não tirava nem na intimidade do toalete. Na realidade, o parentesco mais significativo de Barceló era o de seu progenitor, um industrial que enriquecera por meios mais ou menos escusos em fins do século XIX. Segundo explicou meu pai, Gustavo Barceló era tecnicamente rico e aquela livraria era mais paixão que negócio. Ele amava os livros sem reservas, de tal maneira que, embora negasse categoricamente, se alguém se apaixonasse por um exemplar de sua livraria cujo preço estivesse além de suas possibilidades, Barceló o rebaixava até quanto fosse necessário, ou mesmo o presenteava, se considerasse que o comprador era um leitor com tradição e não uma mariposa fortuita. Afora essas peculiaridades, Barceló possuía uma memória prodigiosa e um pedantismo que não lhe desmerecia em porte ou sonoridade, mas se havia alguém que sabia a respeito de livros raros, era ele. Naquela tarde, após fechar a loja, meu pai sugeriu que fôssemos até o café Els Quatre Gats, na rua Montsió, onde Barceló e seus comparsas mantinham uma tertúlia bibliófila sobre poetas malditos, línguas mortas e obras-primas à mercê das traças.

O Quatre Gats ficava bem perto de nossa casa e era, de toda a Barcelona, um dos meus lugares preferidos. Ali se conheceram meus pais, em 1932, e em parte eu atribuía meu ingresso na vida aos encantos daquele velho bar. Dragões de pedra vigiavam a fachada encravada em um cruzamento de sombras, e os lampiões a gás congelavam o tempo e as lembranças. Lá dentro, as pessoas se fundiam no eco de outras épocas. Contadores, sonhadores e aprendizes de gênio dividiam a mesa com o fantasma de Pablo Picasso, Isaac Albéniz, Federico García Lorca ou Salvador Dalí. Ali, qualquer pobre coitado podia se sentir uma figura histórica por alguns minutos, pelo preço de um espresso.

— Ora, Sempere, o filho pródigo! — exclamou Barceló ao ver meu pai entrar. — A que devo a honra?

— A honra o senhor deve ao meu filho, Daniel, que acaba de fazer uma descoberta.

— Pois venham se sentar conosco, que esta efeméride precisa ser comemorada.

— Efeméride? — perguntei baixinho a meu pai.

— Barceló fala sempre com palavras extravagantes — respondeu ele, em um sussurro. — Não diga nada, que ele fica zangado.

Os colegas de tertúlia abriram um lugar na roda e Barceló, que gostava de dar uma de interessante, insistiu em nos convidar.

— Que idade o rapaz tem? — inquiriu Barceló, me olhando de esguelha.

— Quase onze anos — declarei.

Barceló sorriu, como se, secretamente, caçoasse de mim.

— Ou seja, dez. Não coloque mais anos, energúmeno, que a vida já se encarregará disso.

Vários dos colegas de tertúlia murmuraram sua concordância. Fazendo sinal para um garçom que, pela aparência, estava à beira de ser declarado monumento histórico, Barceló o chamou para que viesse anotar os pedidos.

— Um conhaque do bom para meu amigo Sempere, e para o rebento, um leite morno, pois precisa crescer. Ah, e traga mais presunto, mas que não seja como o de antes, hein, pois para borracha já temos a Pirelli — rugiu o livreiro.

O garçom assentiu e partiu, arrastando os pés e a alma.

— É o que eu digo — disse Barceló. — Como pode haver trabalho se em nosso país as pessoas não se aposentam nem depois da morte? Veja o Cid. Não há solução.

Ele saboreou seu cachimbo apagado, o olhar aquilino examinando com interesse o livro que eu trazia nas mãos. Apesar da fachada cômica e do falatório, Barceló sabia farejar uma boa presa como um lobo fareja sangue.

— Deixe ver — disse ele, fingindo desinteresse. — Que me trazem vocês?

Dirigi o olhar para meu pai. Ele assentiu. Sem mais preâmbulos, entreguei o livro a Barceló, que o tomou com mão experiente. Seus dedos de pianista rapidamente exploraram a textura, a consistência e o estado. Exibindo seu sorriso florentino, Barceló localizou a página de créditos e a inspecionou com intensidade policial pelo espaço de um minuto. Os demais o observavam em silêncio, como se esperassem um milagre ou a permissão para voltar a respirar.

— Carax. Interessante — murmurou Barceló em tom impenetrável.

Estendi de novo a mão, para recuperar o livro. Barceló franziu o cenho, mas o devolveu com um sorriso glacial.

— Onde o encontrou, rapaz?

— É segredo — retruquei, sabendo que meu pai sorria por dentro.

Barceló franziu a testa e desviou o olhar para meu pai.

— Amigo Sempere, porque é o senhor e por todo o apreço que lhe tenho e em honra à ampla e profunda amizade que nos une como a irmãos, vamos deixar em duzentas pesetas e não se discute mais.

— Isso terá que negociar com meu filho — respondeu meu pai. — O livro é dele.

Barceló me dirigiu um sorriso de lobo.

— Que me diz, rapazinho? Duzentas pesetas não está tão mau para uma primeira venda. Sempere, esse seu filho fará sucesso no ramo.

Os colegas de tertúlia riram da piada. Barceló me olhou satisfeito, sacando sua carteira de pele de animal. Contou as duzentas pesetas, que para aquela época eram uma fortuna, e entregou-me. Eu me limitei a negar em silêncio. Barceló franziu a testa.

— Olhe que a cobiça é pecado mortal, hein? Vamos, trezentas pesetas e você abre uma caderneta de poupança, que já na sua idade é preciso pensar no futuro.

Neguei novamente. Através do monóculo, Barceló lançou um olhar de ira para meu pai.

— Não olhe para mim. Estou aqui apenas como acompanhante.

Barceló suspirou e me observou demoradamente.

— Vamos ver, garoto: o que você quer?

— Quero saber quem é Julián Carax e onde posso encontrar outros livros dele.

Barceló riu baixinho e guardou a carteira, reconsiderando o adversário.

— Puxa vida, um acadêmico. Sempere, o que você dá de comer a este menino?

O livreiro se inclinou na minha direção com ar confidencial, e por um minuto pensei perceber em seu olhar certo respeito que não estava ali momentos antes.

— Faremos um trato — disse ele. — Amanhã à tarde, domingo, você passa na Biblioteca do Ateneo e pergunta por mim. Leve seu livro, para eu poder examiná-lo, e eu lhe conto o que sei a respeito de Julián Carax. *Quid pro quo*.

— *Quid pro* quê?

— Latim, meu jovem. Não existem línguas mortas, apenas cérebros letárgicos. Significa que há coisas que é um disparate misturar, mas simpatizei com você e vou fazer-lhe um favor.

Aquele homem destilava uma oratória capaz de aniquilar moscas em pleno voo, mas suspeitei que, se eu quisesse descobrir algo sobre Julián Carax, era melhor que ficasse em bons termos com ele. Sorri-lhe beatificamente, mostrando meu prazer com os latinismos e com seu verbo fácil.

— Lembre-se: amanhã, no Ateneo — sentenciou o livreiro. — Mas traga o livro, ou não faremos acordo algum.

— Está bem.

A conversa se desvaneceu lentamente nos murmúrios dos demais colegas de tertúlia, desviando-se para a discussão de uns documentos encontrados nos sótãos de El Escorial, que sugeriam a possibilidade de dom Miguel de Cervantes não ter sido senão o pseudônimo literário de uma mulherona peluda de Toledo. Barceló, ausente, não participou do debate bizantino e se limitou a me observar pelo monóculo, com um sorriso velado. Ou talvez olhasse apenas o livro que eu tinha nas mãos.

2

Naquele domingo, as nuvens fugiram do céu e as ruas descansavam imersas em uma lagoa de neblina ardente que fazia os termômetros das paredes suarem. No meio da tarde, chegando já aos trinta graus, parti rumo à rua Canuda para encontrar Barceló no Ateneo, com meu livro debaixo do braço e uma faixa de suor na testa. O Ateneo era — e continua sendo — um dos diversos locais em Barcelona onde o século XIX ainda não recebeu a notícia de aposentadoria. A escadaria de pedra se erguia do pátio palaciano até o emaranhado fantasmagórico de galerias e salões de leitura, onde invenções como o telefone, a pressa e o relógio de pulso pareciam anacronismos futuristas. O porteiro (ou talvez fosse apenas uma estátua uniformizada) limitou-se a piscar quando entrei. Subi ao primeiro andar, bendizendo as hélices de um ventilador que lançava sussurros entre os leitores adormecidos, derretidos como cubos de gelo sobre seus livros e jornais.

A silhueta de dom Gustavo Barceló se recortava contra as portas de vidro de uma galeria que desembocava no jardim interno do edifício. Apesar da atmosfera quase tropical, o livreiro trajava seu habitual figurino refinado, e o monóculo brilhava na penumbra como uma moeda no fundo de um poço. Notei, ao lado dele, uma pessoa em um vestido de algodão branco, que me pareceu um anjo esculpido em brumas. Ao eco dos meus passos, Barceló se virou na minha direção e fez um gesto para que eu me aproximasse.

— Daniel, certo? Então, trouxe o livro?

Assenti duas vezes e aceitei a cadeira que Barceló colocara junto dele e da misteriosa mulher que o acompanhava. Durante vários minutos o livreiro se limitou a sorrir placidamente, alheio a minha presença. Aos poucos, abandonei a esperança de que me apresentasse a quem quer que fosse a dama de branco. Barceló se comportava como se ela não estivesse ali, como se nenhum de nós dois pudesse vê-la. Observei-a de esguelha, temeroso de encontrar seu olhar, que continuava perdido no vazio. Uma pele muito clara, quase translúcida, cobria-lhe o rosto e os braços. Tinha as feições finas, desenhadas a traço firme sob uma cabeleira negra que brilhava como pedra úmida. Calculei que tivesse vinte anos no máximo, mas algo em seu porte e na maneira como sua alma parecia cair aos seus pés, como os galhos de um salgueiro, dava-lhe a aparência de não ter idade. Parecia presa àquele estado de perpétua juventude reservado aos manequins das vitrines de luxo. Eu estava tentando ouvir seus batimentos sob aquele pescoço de cisne quando percebi que Barceló me observava fixamente.

— E então, vai me contar onde encontrou esse livro?

— Eu contaria, mas prometi ao meu pai guardar segredo.

— Estou vendo. Sempere e seus mistérios. Já imagino onde. Você teve muita sorte, jovem. A isso eu chamo de encontrar uma agulha em um campo de açucenas. Posso vê-lo?

Estendi-lhe o livro, que Barceló tomou com infinita delicadeza.

— Você já leu, suponho.

— Sim, senhor.

— Que inveja. Sempre achei que o momento certo para ler Carax é quando ainda se tem o coração jovem e a mente limpa. Sabia que este foi o último romance que ele escreveu?

Neguei em silêncio.

— Sabe quantos exemplares como este existem no mercado, Daniel?

— Milhares?

— Nenhum — corrigiu-me Barceló. — Exceto o seu. Todo o restante foi queimado.

— Queimado?

Barceló limitou-se a oferecer seu sorriso hermético, virando as páginas do livro e acariciando o papel como se fosse uma seda única no universo. A dama de branco se virou lentamente. Seus lábios esboçaram um sorriso tímido, trêmulo. Seus olhos apalpavam o vazio, as pupilas brancas como mármore. Engoli em seco. Ela era cega.

— Não conhece minha sobrinha Clara, não é? — perguntou Barceló.

Limitei-me a negar, incapaz de tirar os olhos daquela criatura com cútis de boneca de porcelana e olhos brancos, os olhos mais tristes que eu já vira.

— De fato, a especialista em Julián Carax é Clara, por isso a trouxe — explicou Barceló. — Aliás, pensando bem, acho que, se me dão licença, vou retirar-me para examinar este volume na outra sala enquanto vocês se ocupam de outros assuntos. Está bem?

Olhei-o, atônito. O livreiro, pilantra e alheio às minhas reservas, limitou-se a dar umas palmadinhas nas minhas costas e saiu com o livro debaixo do braço.

— Você o impressionou, sabe? — disse a voz às minhas costas.

Ao me virar, deparei-me com o sorriso delicado da sobrinha de Barceló, esboçado no vazio. Ela tinha voz de cristal, tão transparente e frágil que suas palavras ameaçavam se partir caso eu a interrompesse no meio da frase.

— Meu tio disse que lhe ofereceu uma boa soma pelo livro de Carax, mas que você a recusou — continuou Clara. — Você conquistou o respeito dele.

— Qualquer um recusaria. — Suspirei.

Observei que Clara balançava a cabeça ao sorrir e que seus dedos brincavam com um anel semelhante a uma grinalda de safiras.

— Que idade você tem? — perguntou ela.

— Quase onze anos. E a senhora?

Clara riu de minha inocente insolência.

— Quase o dobro, mas também não é para me chamar de senhora...

— A senhora parece mais jovem — observei, intuindo que aquilo podia ser uma boa saída para minha indiscrição.

— Vou confiar em você, então, porque não sei qual é a minha aparência — retrucou ela, sem abandonar o sorriso enigmático. — Mas, se pareço mais jovem, é mais uma razão para que me trate de "você".

— Como quiser, srta. Clara.

Observei com cuidado suas mãos abertas como asas sobre o colo, seu corpo frágil insinuando-se nas dobras do vestido, o contorno dos ombros, a extrema palidez de seu pescoço e seus lábios fechados, que gostaria de poder acariciar com a ponta dos dedos. Nunca antes tivera oportunidade de observar uma mulher tão de perto e com tanta precisão, sem medo de seu olhar encontrar o meu.

— O que está olhando? — perguntou Clara, não sem alguma malícia.

— Seu tio disse que a senhora é especialista em Julián Carax — improvisei, com a boca seca.

— Meu tio seria capaz de dizer qualquer coisa para ficar alguns minutos a sós com um livro que o fascine. Mas você deve estar se perguntando como uma pessoa cega pode ser especialista em livros, se não os pode ler.

— A verdade é que isso não me ocorreu.

— Para os quase onze anos, você não mente mal. Tome cuidado, ou acabará como meu tio.

Temendo cometer uma gafe pela enésima vez, limitei-me a permanecer sentado em silêncio, contemplando-a em maravilhamento.

— Venha, aproxime-se — disse Clara.

— Como?

— Aproxime-se, sem medo. Não mordo.

Eu me levantei e fui até onde Clara estava sentada. A sobrinha do livreiro levantou a mão direita, procurando-me com o tato. Sem saber ao certo como proceder, fiz outro tanto e lhe estendi a mão. Ela a segurou com a mão esquerda e, sem dizer nada, ofereceu-me a direita. Compreendi instintivamente o que ela me pedia e guiei sua mão direita até meu rosto. Seu toque era firme e delicado ao mesmo tempo. Seus dedos percorreram minhas faces e meus pômulos. Permaneci imóvel, quase sem me atrever a respirar, enquanto Clara lia minhas feições com as mãos. Ela sorria para si mesma, e notei que seus lábios se entrecerravam, como que murmurando em silêncio. Senti suas mãos roçarem minha testa, meu cabelo e minhas pálpebras. Até que se deteve em meus lábios, contornando-os em silêncio com o indicador e o anular. Seus dedos tinham cheiro de canela. Engoli em seco, notando que meu pulso se acelerava e agradecendo à divina providência o fato de não haver testemunhas oculares para presenciar meu rubor, que teria bastado para acender um charuto a um palmo de distância.

3

Naquela tarde de brumas e garoa, Clara Barceló roubou meu coração, meu fôlego e meu sono. Sob a proteção da luz enfeitiçada do Ateneo, suas mãos escreveram na minha pele uma maldição que haveria de me perseguir anos a fio. Enquanto eu a contemplava maravilhado, a sobrinha do livreiro me narrou sua história e contou como tropeçara, também por acaso, nas páginas de Julián Carax. O acidente se passara em um povoado da Provença. Seu pai, advogado de prestígio vinculado ao gabinete do presidente Companys, havia tido a clarividência de enviar a filha e a esposa para morar com sua irmã do outro lado da fronteira, no começo da guerra civil. Não faltou quem opinasse que aquilo era um exagero, que não ia acontecer nada em Barcelona, que na Espanha, berço e auge da civilização cristã, a barbárie era coisa de anarquistas e que estes, de bicicleta e remendos nas meias, não chegariam muito longe. Os povos jamais se olham no espelho, costumava dizer o pai de Clara, ainda mais com uma guerra bem na frente do nariz. O advogado era um bom intérprete da história e sabia que o futuro se lia nas ruas, nas lojas e nos quartéis, com maior clareza do que nos jornais matutinos. Durante meses, escreveu à família todas as manhãs. De início, o fazia do escritório, na rua Diputación, depois sem remetente, e, ao fim, às escondidas, de uma cela no castelo de Montjuic, onde, como tantos outros, ninguém o viu entrar e de onde nunca voltou a sair.

A mãe de Clara lia as cartas em voz alta, mal disfarçando o choro e saltando parágrafos, que a filha intuía, sem precisar lê-los. Mais tarde, à meia-noite, Clara convencia a prima Claudette de que lesse para ela novamente as cartas do pai, desta vez na íntegra. Era assim que Clara lia, com olhos emprestados. Ninguém nunca a viu derramar uma só lágrima, nem quando deixaram de receber a correspondência do advogado, nem quando as notícias da guerra fizeram supor o pior.

— Meu pai sabia desde o começo o que aconteceria — explicou Clara. — Ficou do lado dos amigos porque achou que era seu dever. Matou-o a lealdade a pessoas que, chegado determinado momento, o traíram. Nunca confie em ninguém, Daniel, muito menos naqueles que admira. Serão essas pessoas as que desferirão os piores golpes.

Clara pronunciava as palavras com uma dureza que parecia forjada em anos de segredo e de sombra. Perdi-me em seu olhar de porcelana, em seus olhos sem lágrimas nem enganos, ouvindo-a contar coisas que nessa época eu não entendia. Clara descrevia pessoas, cenários e objetos com a precisão de um mestre da arte flamenga, mesmo jamais os tendo visto com os próprios olhos. Seu idioma eram as texturas e os ecos, a cor das vozes, o ritmo dos passos. Explicou-me como, durante os anos de exílio na França, ela e a prima Claudette tinham compartilhado um tutor e professor particular, um cinquentão meio alcoolizado e com pretensões a literato que se gabava de recitar a *Eneida* de Virgílio em latim e sem sotaque e a quem tinham apelidado de monsieur Roquefort — pelo cheiro peculiar que exalava, apesar dos banhos romanos de água-de-colônia com que compunha sua pantagruélica figura. Monsieur Roquefort, apesar de suas notáveis peculiaridades (entre as quais se destacava uma firme e militante convicção de que o chouriço e, sobretudo, a morcela, que Clara e a mãe recebiam dos parentes da Espanha, eram muito bons para a circulação e a gota), era homem de gostos refinados. Desde jovem viajava a Paris uma vez por mês, para enriquecer seu acervo cultural com as últimas novidades literárias, visitar museus e, diziam as más línguas, passar uma noite de folga nos braços de uma ninfeta a quem batizara de madame Bovary, embora se chamasse Hortense e tivesse certa propensão ao pelo facial. Em suas excursões culturais, monsieur Roquefort frequentava um sebo que ficava em frente à Catedral de Notre-Dame, e foi ali que se deparou casualmente, em uma tarde de 1929, com um romance de um autor desconhecido, um tal Julián Carax. Sempre aberto a novidades, monsieur Roquefort adquiriu o livro, basicamente porque o título lhe pareceu sugestivo e porque sempre tivera o hábito de ler algo mais leve na viagem de volta. Chamava-se *A casa vermelha* e trazia na contracapa uma imagem meio apagada do autor, talvez uma fotografia ou um esboço a carvão. Conforme dizia o texto biográfico, Julián Carax era um jovem de vinte e sete anos que nascera no começo do século na cidade de Barcelona e que agora residia em Paris; escrevia em francês e trabalhava profissionalmente como pianista, à noite, em um bordel. O texto da orelha, pomposo e antiquado, bem ao gosto da época, proclamava em prosa prussiana que aquela era uma obra de estreia de valor deslumbrante, de um talento proteiforme e notável, promessa de futuro para as letras europeias sem similar no mundo dos vivos. Contudo, a sinopse referida a seguir dava a entender que a história continha elementos vagamente sinistros e em tom folhetinesco, o que aos olhos de monsieur Roquefort sempre era um ponto a favor, porque, depois dos clássicos, o que mais apreciava eram as intrigas de crime e alcova.

A casa vermelha relatava a vida atormentada de um indivíduo misterioso que assaltava lojas de brinquedos e museus para levar bonecos e marionetes, dos quais posteriormente arrancava os olhos e levava para casa, um invernadouro fantasmagórico abandonado às margens do Sena. Ao irromper, certa noite, em uma mansão suntuosa da avenida Foix para dizimar a coleção particular de bonecos de um magnata enriquecido por meio de escusas artimanhas durante a Revolução Industrial, a filha do sujeito, uma moça da boa sociedade parisiense, muito lida e fina, se apaixonava pelo ladrão. À medida que avançava no tortuoso romance, repleto de incidentes escabrosos e episódios secretos, a heroína desvendava o mistério que impelia o enigmático protagonista — de quem o autor nunca revelava o nome — a cegar os bonecos, descobria um terrível segredo sobre o próprio pai e sua coleção de bonecas de porcelana e mergulhava em um inevitável final de tragédia gótica sem limites.

Monsieur Roquefort, que era um especialista em querelas literárias e que se orgulhava de possuir uma vasta coleção de cartas assinadas por todos os editores de Paris recusando os volumes de verso e prosa que lhes enviava sem trégua, identificou a editora que publicara o romance como pouco importante, conhecida talvez pelos livros de culinária, costura e demais prendas do lar. O dono do sebo adiantou-lhe que o romance tinha sido publicado havia pouco e que conseguira pouquíssimas resenhas, em dois jornais de província, ao lado do obituário. Em poucas linhas, haviam criticado abertamente o livro e até recomendado ao jovem Carax que não abandonasse o emprego de pianista, porque, na literatura, era evidente que não faria sucesso. Monsieur Roquefort, cujo coração e bolso se abrandavam diante das causas perdidas, decidiu investir meio franco e comprou o tal livro de Carax, junto com uma edição esplêndida de um grande mestre, de quem se sentia herdeiro legítimo: Gustave Flaubert.

O trem para Lyon ia transbordando de gente, e monsieur Roquefort não teve saída senão dividir a cabine de segunda classe com duas freiras que, logo que a estação de Austerlitz ficou para trás, não paravam de lhe lançar olhares recriminadores, cochichando entre si. Ante semelhante escrutínio, o professor optou por resgatar aquele livro da pasta e mergulhar em suas páginas. Qual não foi sua surpresa quando, centenas de quilômetros adiante, descobriu que tinha esquecido as freiras, o sacolejo do trem e a paisagem, que se desenrolava como um sonho ruim dos irmãos Lumière pelas janelas do trem. Leu a noite toda, alheio ao ronco das religiosas e às fugazes estações envolvidas em neblina. Ao virar a última página quando despontava a madrugada, monsieur Roquefort descobriu os olhos marejados de lágrimas e o coração envenenado pela inveja e o assombro.

Naquela mesma manhã, ligou para a editora em Paris solicitando informações sobre o tal Julián Carax. Após muita insistência, uma telefonista de tom asmático e disposição virulenta informou-lhe que monsieur Carax não tinha endereço conhecido, que de todo modo já não tinha mais contratos com a editora em questão e que *A casa vermelha* vendera exatos setenta e sete exemplares desde o dia de sua publicação, presumivelmente adquiridos, em sua maioria, por moças de vida fácil e outros habitantes do local onde o autor debulhava noturnos e polonesas em troca de algumas moedas. O restante da tiragem fora devolvido e transformado em pasta de papel para a impressão de missais, multas e bilhetes de loteria. A mísera sorte do misterioso autor acabou conquistando as simpatias de monsieur Roquefort. Durante os dez anos que se seguiram, em cada uma de suas visitas a Paris ele percorreria sebos em busca de mais obras de Julián Carax. Nunca encontrou nenhuma. Quase ninguém tinha ouvido falar do autor, e os que sabiam de alguma coisa sabiam pouco. Havia quem afirmasse que ele publicara mais alguns livros, sempre em editoras de pouca importância e com tiragens irrisórias. Esses outros, se realmente existiam, eram impossíveis de serem encontrados. Um livreiro afirmou certa vez ter tido nas mãos um exemplar de um romance de Julián Carax intitulado *O ladrão das catedrais,* mas isso fora havia muito tempo, de maneira que ele não tinha tanta certeza. No final de 1935, monsieur Roquefort recebeu a notícia de que um novo romance de Julián Carax, *A sombra do vento,* havia sido publicado por uma pequena editora de Paris. Escreveu à editora para adquirir alguns exemplares. Nunca recebeu resposta. No ano seguinte, na primavera de 1936, seu antigo amigo do sebo localizado à margem sul do Sena perguntou-lhe se ele continuava interessado em

Carax. Monsieur Roquefort afirmou que nunca tinha desistido. Era já uma teimosia: se o mundo se empenhava em enterrar Carax no esquecimento, ele faria o contrário. Seu amigo explicou-lhe que semanas antes haviam circulado uns rumores sobre o autor. Parecia que finalmente sua sorte mudaria. Ele ia se casar com uma moça de boa posição e, depois de vários anos de silêncio, tinha publicado um novo romance, o qual pela primeira vez havia recebido resenha favorável no *Le Monde*. No entanto, exatamente quando parecia que os ventos mudariam de rumo, prosseguiu o livreiro, Carax se envolvera em um duelo no cemitério Père-Lachaise. As circunstâncias que cercavam o incidente não eram claras. Tudo que se sabia era que o duelo tivera lugar na madrugada do dia em que Carax se casaria e que o noivo nunca apareceu na igreja.

Havia opiniões para todos os gostos: uns consideravam que ele tinha morrido naquele duelo e que seu cadáver fora abandonado em uma tumba anônima; outros, mais otimistas, preferiam achar que Carax se metera em algum negócio escuso e se vira obrigado a abandonar a noiva no altar e fugir de Paris, voltando para Barcelona. A tumba sem nome nunca foi encontrada, e pouco depois corria uma nova versão: Julián Carax, mancomunado com a desgraça, havia morrido em sua cidade natal, na miséria mais absoluta. As moças do bordel onde ele tocava piano tinham feito uma vaquinha para pagar um enterro decente. Quando chegou a ordem de pagamento, o cadáver já havia sido enterrado em uma cova comum, junto com corpos de mendigos e indigentes que apareciam boiando no porto ou que morriam de frio nas escadas do metrô.

Embora apenas por teimosia, monsieur Roquefort não esqueceu Carax. Onze anos após a descoberta de *A casa vermelha,* decidiu que emprestaria o romance a duas alunas suas, na esperança de que talvez aquele livro estranho as animasse a adquirir o hábito da leitura. Clara e Claudette eram, nessa época, duas meninas de quinze anos com as veias explodindo de hormônios e o mundo lhes lançando piscadelas através das janelas da sala de aula. Apesar dos esforços de seu tutor, até o momento tinham demonstrado ser imunes ao encanto dos clássicos, às fábulas de Esopo e ao verso imortal de Dante Alighieri. Monsieur Roquefort, temendo que seu contrato fosse rescindido caso a mãe de Clara descobrisse que suas atividades docentes estavam formando duas analfabetas com a cabeça nas nuvens, optou por lhes emprestar o romance de Carax, sob o pretexto de que era uma história de amor daquelas que faziam chorar copiosamente, o que era somente uma meia verdade.

4

— Nunca uma história me seduziu e me envolveu tanto como aquela que narrava o livro — explicou Clara. — Até então, para mim as leituras eram uma obrigação, uma espécie de multa a pagar a professores e tutores sem que eu soubesse muito bem para quê. Eu não conhecia o prazer de ler, de explorar portas que se abrem na nossa alma, de abandonar-se à imaginação, à beleza e ao mistério da ficção e da linguagem. Tudo isso começou para mim com aquele livro. Você já beijou uma moça alguma vez, Daniel?

Meu cérebro perturbou-se, e minha saliva transformou-se em serragem.

— Bem, você ainda é muito jovem. Mas é essa mesma sensação, essa chama da primeira vez que não esquecemos. Este é um mundo de sombras, Daniel, e a magia é um bem escasso. Aquele livro me ensinou que ler poderia me fazer viver mais e mais intensamente, que poderia devolver-me a visão perdida. Só por isso aquele livro, que não interessava a ninguém, mudou minha vida.

A essa altura, eu já estava reduzido a um bobo completo, à mercê daquela criatura a cujas palavras e encantos eu não tinha jeito, nem vontade, de resistir. Desejei que ela nunca parasse de falar, que sua voz me envolvesse para sempre e que seu tio não voltasse nunca mais para quebrar aquele instante que pertencia apenas a mim.

— Durante anos procurei outros livros de Julián Carax — continuou Clara. — Perguntava em bibliotecas, livrarias, escolas... sempre em vão. Ninguém tinha ouvido falar dele ou de suas obras. Eu não conseguia entender. Até que, tempos depois, chegou aos ouvidos de monsieur Roquefort uma estranha história sobre um indivíduo que se dedicava a percorrer livrarias e bibliotecas em busca de livros de Julián Carax e que, quando os encontrava, os comprava, ou roubava ou os conseguia de qualquer maneira; ato seguinte, os queimava. Ninguém sabia quem era, nem por que o fazia. Um mistério a mais para se somar ao enigma do próprio Carax. Passado um tempo, minha mãe decidiu voltar à Espanha. Estava doente, e seu lar e seu mundo sempre foram Barcelona. Secretamente, eu alimentava a esperança de descobrir mais alguma coisa sobre Carax aqui, já que, no fim das contas, Barcelona é onde ele nasceu e desapareceu para sempre, no início da guerra, mas encontrei apenas pistas falsas, e isso contando com a ajuda do meu tio. Para minha mãe, em sua busca particular, outras coisas aconteceram. A Barcelona que encontrou ao voltar já não era aquela que tinha deixado. Encontrou uma cidade de trevas, onde meu pai já não vivia, mas que continuava enfeitiçada pela lembrança e a memória dele em cada canto. Como se não bastasse toda aquela desolação, empenhou-se em contratar um sujeito para que averiguasse o que exatamente tinha ocorrido com meu pai. Após meses de busca, tudo o que o investigador conseguiu recuperar foi um relógio de pulso quebrado e o nome do homem que o havia assassinado nos fossos do castelo de Montjuic. Chamava-se Fumero, Javier Fumero. Disseram-nos que esse indivíduo, e não apenas ele, tinha começado como pistoleiro contratado da FAI e que havia flertado com os anarquistas, comunistas e fascistas, e os tinha enganado a todos, vendendo seus serviços a quem pagasse melhor, e que, após a queda de Barcelona, havia passado para o lado vencedor, ingressando no corpo policial. Hoje, é um inspetor famoso e condecorado. Do meu pai, ninguém se lembra. Como você pode imaginar, minha mãe definhou em poucos meses. Os médicos disseram que foi o coração, e acho que dessa vez acertaram. Com a morte dela, fui morar com meu tio Gustavo, o único parente que restava à minha mãe em Barcelona. Eu o adorava, porque ele sempre me presenteava com livros quando vinha nos visitar. Foi minha única família e meu melhor amigo nesses anos todos. Embora você o veja assim, um pouco arrogante, na verdade tem alma de santo. Todas as noites, sem falta, mesmo morto de sono, ele lê um pouco para mim.

— Se quiser, também posso ler para você — ofereci, solícito, mas me arrependi de minha ousadia logo em seguida, convencido de que, para

Clara, minha companhia só poderia constituir um estorvo, quando não uma boa piada.

— Obrigada, Daniel — respondeu ela. — Eu adoraria.

— Quando quiser.

Ela assentiu lentamente, me procurando com o sorriso.

— Infelizmente, não conservo aquele exemplar de *A casa vermelha* — prosseguiu ela. — Monsieur Roquefort negou-se a se separar dele. Eu poderia tentar contar a história, mas seria como descrever uma catedral como um monte de pedras que terminam em ponta.

— Tenho certeza de que a senhorita a contaria muito melhor do que isso — murmurei.

As mulheres têm um instinto infalível para saber quando um homem está perdidamente apaixonado por elas, especialmente se o rapaz em questão tem pouco juízo e é menor de idade. Eu preenchia todos os requisitos para que Clara me mandasse às favas, mas preferi acreditar que sua condição de cega me garantia certa margem de segurança e que meu crime — minha total e patética devoção a uma mulher que tinha o dobro da minha idade, da minha inteligência e da minha estatura — ficasse nas sombras. Perguntava-me o que ela poderia ver em mim para oferecer-me sua amizade, a não ser, por acaso, um pálido reflexo de si mesma, um eco de solidão e de perda. Em meus sonhos de colegial, sempre seríamos dois fugitivos cavalgando na lombada de um livro, dispostos a fugir por mundos de ficção e de sonhos de segunda mão.

Quando Barceló voltou, arrastando seu sorriso felino, tinham se passado umas duas horas, mas que pareceram dois minutos. O livreiro entregou--me o livro e piscou para mim.

— Vamos, rapaz, para não dizer depois que o enganei.

— Eu confio no senhor — retruquei.

— Bobagem sua. Ao último cretino que veio com essa história... um turista ianque, convencido de que a *fabada* havia sido inventada por Hemingway em São Fermines... lhe vendi um *Fuenteovejuna* assinado por Lope de Vega a caneta, veja só! Portanto fique atento, que neste negócio de livros não se deve confiar nem no índice.

Anoitecia quando saímos novamente à rua Canuda. Uma brisa fresca penteava a cidade, ao que Barceló tirou o capote para colocá-lo nos ombros de Clara. Não vendo ocasião mais adequada, sugeri, como quem não quer nada, que, se estivessem de acordo, eu poderia passar no dia seguinte em sua casa, para ler em voz alta para Clara alguns capítulos de *A sombra do vento*. Barceló olhou-me de esguelha e soltou uma gargalhada seca nas minhas costas.

— Rapaz, não seja afoito — falou entre dentes, embora o tom delatasse sua aprovação.

— Bem, se não for possível, uma outra vez...

— Clara é quem decide — disse o livreiro. — Em nosso apartamento, já temos sete gatos e duas cacatuas. Um animal a mais ou a menos não fará diferença.

— Espero você amanhã, em torno das sete — concluiu Clara. — Sabe o endereço?

5

Houve um tempo, quando eu era pequeno, talvez por ter crescido cercado de livros e livreiros, em que decidi ser escritor e levar uma vida novelesca. A razão dos meus sonhos literários, além dessa maravilhosa simplicidade com que vemos as coisas aos cinco anos, era uma prodigiosa peça de artesanato e concisão que estava em uma loja onde se expunham penas e canetas, na rua Anselmo Clavé, exatamente atrás do Governo Militar. O objeto da minha devoção, uma suntuosa caneta preta onde estava gravado sabe Deus quantos enfeites e rubricas, era a peça em destaque na vitrine, como uma joia da coroa. Prodigiosa em si mesma, a caneta era um delírio barroco em prata, ouro e milhões de pequeninos traços, que brilhava como o farol de Alexandria. Quando ia passear com meu pai, eu não sossegava enquanto ele não me levasse para ver a caneta. Meu pai dizia que aquela devia ser pelo menos a caneta de um imperador. Eu estava secretamente convencido de que com aquela maravilha era possível escrever qualquer coisa, de romances a enciclopédias, até mesmo cartas que estariam acima de qualquer limitação postal. Em minha ingenuidade, achava que o que eu escrevesse com aquela caneta chegaria a qualquer lugar, inclusive àquele local incompreensível para onde, segundo meu pai, minha mãe tinha ido e do qual não voltaria nunca.

Um dia nos ocorreu entrar na loja para perguntar sobre o fantástico objeto. Acontece que aquela era a rainha das canetas, uma Montblanc Meinsterstück de série numerada, que pertencera, garantiu-nos solenemente o vendedor, a ninguém menos do que Victor Hugo. Daquela caneta de ouro, informou, tinha nascido o manuscrito de *Os miseráveis*.

— Tal e como a água mineral Vichy Catalán brota do manancial de Caldas — testemunhou o vendedor.

Ainda segundo ele, fora adquirida pessoalmente de um colecionador que viera de Paris, portanto a autenticidade da peça era garantida.

— E que preço custa este manancial de prodígios, se me permite perguntar? — indagou meu pai.

Só a menção da cifra modificou-lhe a cor do rosto, mas eu já estava completamente fascinado. O vendedor, confundindo-nos talvez com catedráticos de física, começou a desfiar um palavreado confuso sobre as ligas de metais preciosos, esmaltes do longínquo Oriente e uma revolucionária teoria sobre êmbolos e vasos comunicantes, tudo isso parte da desconhecida ciência teutônica que fabricava o traço glorioso daquela rainha da tecnologia gráfica. A seu favor, tenho a dizer que, apesar de nossa aparência chinfrim, o vendedor nos deixou manusear a caneta o quanto quiséssemos, encheu-a de tinta para nós e ofereceu-me um pergaminho para que escrevesse meu nome e assim pudesse iniciar minha carreira literária na saga de Victor Hugo. Em seguida, após polir com um pano para fazê-la brilhar de novo, devolveu-a a seu trono de honra.

— Talvez outro dia — sussurrou meu pai.

De volta à rua, ele me disse, com voz mansa, que o preço era proibitivo. A livraria dava apenas para nos manter e para me garantir um bom colégio. A caneta Montblanc do nobre Victor Hugo teria que esperar. Não falei nada, mas meu pai deve ter lido a decepção em meu rosto.

— Vamos fazer assim: quando você já tiver idade para começar a escrever, voltamos e a compramos — propôs ele.

— E se a levarem antes?

— Esta ninguém leva, acredite. E se levarem, pedimos a dom Federico que nos faça uma igual, que esse homem tem mãos de ouro.

Dom Federico era o relojoeiro do bairro, cliente ocasional da livraria e provavelmente o homem mais educado e amável de todo o hemisfério Ocidental. Sua reputação de habilidoso ia do bairro da Ribera até o mercado de Ninot. Outra reputação que lhe acometia, esta de índole menos recatada, dizia respeito a sua preferência erótica por efebos musculosos do mais viril lumpesinato e a certa predileção por se fantasiar de Estrellita Castro.

— E se dom Federico não conseguir copiar a caneta? — perguntei, com divina inocência.

Meu pai arqueou uma das sobrancelhas, temendo, provavelmente, que aqueles rumores maledicentes maculassem minha inocência.

— Dom Federico entende um pouco de tudo que é alemão e é capaz de fazer um Volkswagen, se for preciso. Além do mais, teríamos que ver se essas canetas existiam no tempo de Victor Hugo. Tem muito charlatão por aí.

Para mim, o ceticismo historicista do meu pai estava errado. Eu acreditava naquela história piamente, embora não visse com maus olhos que dom Federico fabricasse uma cópia para mim. Haveria tempo para pôr-me à altura de Victor Hugo. Para meu consolo, e tal como meu pai previra, a caneta Montblanc permaneceu anos naquela vitrine, que visitávamos religiosamente a cada manhã de sábado.

— Ainda está aí — dizia eu, maravilhado.

— Está esperando por você — respondia meu pai. — Você sabe que algum dia será sua e que escreverá uma obra-prima com ela.

— Eu quero escrever uma carta. Para mamãe. Para ela não se sentir sozinha.

Meu pai me observou sem piscar.

— Sua mãe não está sozinha, Daniel. Está com Deus. E conosco, embora não possamos vê-la.

Essa mesma teoria me havia sido exposta, no colégio, pelo padre Vicente, um jesuíta veterano que tinha o costume de explicar todos os mistérios do universo, desde o gramofone até a dor de dentes, citando o evangelho segundo São Mateus. Mas na boca do meu pai aquilo soava improvável.

— E por que Deus quer minha mãe?

— Não sei. Se algum dia o virmos, perguntamos a ele.

Com o tempo desisti da ideia da carta e supus que seria mais prático começar com a obra-prima. Na falta da caneta, meu pai me emprestou um lápis Staedtler número dois, com o qual eu fazia garranchos em um caderno. Minha história, por acaso, girava em torno de uma prodigiosa e estonteante caneta, parecida com a da loja e, além do mais, enfeitiçada. Mais concretamente, a caneta estava possuída pela alma torturada de um escritor que tinha morrido de fome e de frio, o qual havia sido seu último dono. Ao cair nas mãos de um aprendiz, a caneta se empenhava em criar no papel a última obra que o autor não tinha podido terminar em vida. Não me lembro de onde a copiei ou de onde veio, mas a verdade é que nunca voltei a ter uma ideia semelhante. Minhas tentativas de reproduzi--la na página em branco, no entanto, se revelaram desastrosas. Uma anemia da invenção prejudicava minha sintaxe e meus voos metafóricos se assemelhavam aos de anúncios de escalda-pés efervescentes que lia nas paradas de bonde. Eu culpava o lápis e ansiava pela caneta que haveria de me transformar em um mestre. Meu pai acompanhava meus acidentados progressos com um misto de orgulho e preocupação.

— Como vai sua história, Daniel?

— Não sei. Acho que se tivesse a caneta seria tudo diferente.

Segundo meu pai, aquele era um raciocínio que só poderia ocorrer a um literato imaturo.

— Então vamos trabalhar, e antes que acabe sua obra-prima eu a compro.

— Promete?

Ele sempre respondia com um sorriso. Para a alegria do meu pai, minhas aspirações literárias logo se desvaneceram, relegadas ao terreno da oratória. Para isso, contribuiu a descoberta dos brinquedos automáticos e todo tipo de artefatos de latão que encontrávamos no mercado de Los Encantes, a preços mais de acordo com nosso orçamento. A devoção infantil é amante infiel e cheia de caprichos, e logo tive olhos somente para os brinquedos automáticos e os barcos a motor. Não voltei a pedir a meu pai que me levasse para visitar a caneta de Victor Hugo, e ele não voltou a mencioná-la. Aquele mundo parecia ter-se esfumado para mim, mas durante muito tempo a imagem que guardei de meu pai, e que conservo até hoje, foi a daquele homem magro metido em um terno velho, grande demais para ele, com um chapéu de segunda mão na cabeça, que tinha comprado na rua Condal por sete pesetas, um homem que não podia permitir-se presentear o filho com uma bela caneta que não servia para nada, mas que parecia significar tudo. Naquela noite, ao voltar do Ateneo, encontrei-o me esperando na sala de jantar, com aquela mesma expressão de derrota e ânsia estampada.

— Achei que você tivesse se perdido por aí — disse ele. — Tomás Aguilar ligou. Disse que você marcou de encontrá-lo. Esqueceu?

— Barceló é enrolado como uma persiana. Eu não sabia como me desvencilhar dele.

— É boa pessoa, mas um pouco maçante. Você deve estar com fome. Merceditas trouxe um pouco da sopa que fez para a mãe. Essa moça vale ouro.

Sentamo-nos à mesa para saborear a esmola de Merceditas, filha da vizinha do terceiro andar, que, segundo diziam, seria freira e santa, mas a quem eu tinha visto mais de uma vez asfixiando de beijos um marinheiro de mãos ágeis que às vezes a acompanhava até a porta de entrada.

— Esta noite você está com um ar abatido — disse meu pai, procurando entabular uma conversa.

— Talvez seja a umidade, que dilata o cérebro. Foi o que disse Barceló.

— Não deve ser. Está com alguma preocupação, Daniel?

— Não. Estava só pensando.

— Em quê?

— Na guerra.

Meu pai assentiu com um ar sombrio e sorveu sua sopa em silêncio. Era um homem reservado e, embora vivesse no passado, quase nunca o mencionava. Eu crescera convencido de que aquela lenta procissão de pós-guerra, um mundo de quietude, de miséria e de rancores escondidos, era tão natural quanto a água da torneira e que aquela tristeza muda que sangrava das paredes da cidade ferida era o verdadeiro rosto de sua alma. Uma das armadilhas da infância é que não é preciso entender algo para sentir. Quando a razão é capaz de entender o ocorrido, as feridas no coração já são profundas demais. Naquela noite de início do verão, caminhando no anoitecer escuro e traiçoeiro de Barcelona, eu não conseguia afastar do pensamento o relato de Clara sobre o desaparecimento do pai. Em meu mundo, a morte era uma mão anônima e incompreensível, um vendedor a domicílio que levava mães, mendigos ou vizinhos nonagenários como se fosse uma loteria do inferno. A ideia de que a morte pudesse caminhar ao meu lado, com rosto humano e coração envenenado de ódio, de uniforme ou sob uma capa de chuva, que fizesse fila no cinema, que risse nos bares ou levasse as crianças para passear no parque Ciudadela pela manhã e que à tarde fizesse desaparecer alguém nas masmorras do castelo de Montjuic ou em uma cova sem nome nem cerimonial não entrava na minha cabeça. Ruminando o assunto, pensei que talvez aquele universo artificial que eu considerava bom não fosse senão um cenário armado. Naqueles anos roubados, o fim da infância, tal como os trens do transporte público, chegava quando chegava.

Tomamos juntos aquele caldo de sobras com pão, cercados pelo ruído incessante e pegajoso das novelas de rádio que entrava pelas janelas abertas para a praça da igreja.

— Então, como foram as coisas hoje com dom Gustavo?

— Conheci a sobrinha dele, Clara.

— A cega? Dizem que é muito bonita.

— Não sei. Não presto atenção.

— Melhor assim.

— Falei que talvez passasse na casa deles amanhã, depois do colégio, para ler alguma coisa para a coitadinha, que está muito só mesmo. Se você permitir.

Meu pai me observou de esguelha, como se refletindo se estava envelhecendo prematuramente ou se eu é que crescia muito depressa. Resolvi mudar de assunto, e o único que encontrei era o que me consumia as entranhas.

— Na guerra, é verdade que levavam as pessoas para o castelo de Montjuic e que não as viam mais?

Meu pai ficou imóvel com a colher de sopa na mão e me olhou vagarosamente, um leve sorriso escapando-lhe dos lábios.

— Quem lhe disse isso? Barceló?

— Não. Tomás Aguilar, que às vezes conta histórias para nós no colégio.
Meu pai assentiu devagar.

— Em tempos de guerra ocorrem coisas que são muito difíceis de explicar, Daniel. Muitas vezes, nem eu sabia o que significavam realmente.
Às vezes é melhor deixar as coisas como estão.

Ele suspirou e voltou a tomar a sopa, sem muita vontade. Eu o observava, calado.

— Antes de morrer, sua mãe me fez prometer que nunca falaria sobre
a guerra com você, que eu não o deixaria se lembrar de nada do que se
passou.

Não soube o que responder. Meu pai levantou o olhar, como se procurasse algo no ar. Olhares ou silêncios, ou talvez minha mãe, para corroborar suas palavras.

— Às vezes acho que errei em ter aceitado prometer-lhe isso. Não sei.

— Nada mudou, pai...

— Não, não é verdade, Daniel. Nada é igual depois de uma guerra. É
verdade, sim, que houve muita gente que entrou nesse castelo e nunca
mais saiu.

Nossos olhares se encontraram por um segundo. Em seguida, meu
pai se levantou e foi se refugiar em seu quarto, sem dizer nada. Retirei
os pratos e coloquei-os na minúscula pia de mármore da cozinha, para
lavar. Ao voltar à sala, apaguei a luz e me sentei na poltrona grande de
meu pai. O vento da rua ondulava as cortinas. Eu não tinha sono nem
vontade de persegui-lo. Aproximei-me da varanda e me debrucei, até ver
a luz vaporosa que derramavam os lampiões na Puerta del Ángel. A figura
recortava-se em um retalho de sombra, parado no calçamento da rua,
inerte. O tênue pestanejar âmbar da brasa de um cigarro se refletia em
seus olhos. Vestia uma roupa escura, uma das mãos enfiada no bolso do
paletó, a outra acompanhando o cigarro que largava um rastro de fumaça azul em volta de seu perfil. Observava-me em silêncio, o rosto oculto
na contraluz da iluminação da rua. Permaneceu ali pelo espaço de quase
um minuto, fumando sem pressa, o olhar fixo no meu. Em seguida, ao
se ouvirem as badaladas da meia-noite na catedral, a figura assentiu de
leve com a cabeça, uma saudação atrás da qual intuí um sorriso que não

podia ver. Quis corresponder, mas estava paralisado. A figura se virou, e a vi se afastar, mancando ligeiramente. Em qualquer outra noite eu teria reparado muito pouco na presença daquele estranho, mas assim que o perdi de vista na neblina senti um suor frio na testa e o ar me faltou. Tinha lido uma descrição idêntica daquela cena em *A sombra do vento*. No relato, o protagonista se aproximava todas as noites da varanda à meia-noite e descobria que um estranho o observava das sombras, fumando devagar. Seu rosto ficava sempre oculto pela escuridão e só os olhos se insinuavam na noite, ardendo como brasas. O estranho permanecia ali, com a mão direita enfiada no bolso de um casaco preto, para logo se afastar, mancando. Na cena que eu acabara de presenciar, aquele estranho poderia ser qualquer notívago, uma pessoa sem rosto nem identidade. No romance de Carax, o estranho era o diabo.

6

Um sonho espesso de esquecimento e a perspectiva de voltar a ver Clara naquela noite me persuadiram de que a visão não havia sido mais do que um acaso. Talvez aquele inesperado surto de imaginação febril fosse somente um presságio do prometido e ansiado estirão que, segundo todas as vizinhas, faria de mim um homem, se não interessante, ao menos de bom aspecto. Às sete em ponto, vestindo minhas melhores roupas e destilando vapores da água-de-colônia Varón Dandy que pegara emprestada de meu pai, irrompi na casa de dom Gustavo Barceló disposto a estrear como leitor em domicílio e bajulador. O livreiro e sua sobrinha dividiam um apartamento palaciano na praça Real. Uma empregada de uniforme, touca e uma vaga expressão de legionário me abriu a porta com reverência teatral.

— O senhor deve ser o senhorzinho Daniel — disse. — Sou Bernarda, a seu dispor.

Bernarda utilizava um tom cerimonioso que condizia com o sotaque de Cáceres, fechado e impenetrável. Com pompa e circunstância, guiou-me através da residência dos Barceló. O andar principal circundava todo o imóvel e constituía um círculo de galerias, salões e corredores que a mim,

acostumado com a modesta casa familiar da rua Santa Ana, assemelhava-
-se a uma miniatura de El Escorial. À minha frente eu via que dom Gustavo,
além de livros, incunábulos e todo tipo de bibliografia rara, colecionava
estátuas, quadros e retábulos, para não falar da abundante fauna e flora.
Acompanhei Bernarda através de uma galeria transbordando de folhagem
e espécimes dos trópicos que formavam verdadeira estufa. Os vidros da
galeria depuravam uma luz dourada de pó e de vapor. O som de um piano
flutuava no ar, lânguido e arrastando suas notas desgarradas. Bernarda
abria passagem através do matagal, brandindo seus braços de estivador a
modo de sabre. Eu a acompanhava de perto, observando o recinto e repa-
rando na presença de uma meia dúzia de felinos e de um par de cacatuas
de cor berrante e tamanho enciclopédico que, conforme me explicou a
empregada, Barceló havia batizado como Ortega e Gasset, respectivamente. Clara me esperava em um salão do outro lado desse bosque que dava
para a praça. Envolta em um vestido diáfano de algodão azul-turquesa, o
objeto dos meus turvos anseios tocava piano sob a proteção de um sopro
de luz que descia, prismático, da roseta. Clara tocava mal, fora do ritmo
e errando a maior parte das notas, mas sua serenata levava-me à glória, e
vê-la de pé diante do teclado, com um meio sorriso e a cabeça inclinada,
pareceu-me uma visão celestial. Eu ia tossir para anunciar minha presença, mas os eflúvios do Varón Dandy me denunciaram. Clara interrompeu
subitamente o concerto e um sorriso envergonhado salpicou seu rosto.

— Por um momento pensei que fosse meu tio — disse. — Ele me proibiu de tocar Mompou. Diz que o que faço com ele é um sacrilégio.

O único Mompou que eu conhecia era um padre macilento e de propensão flatulenta que nos administrava aulas de física e de química, e a
associação de ideias pareceu-me grotesca e mesmo improvável.

— Pois eu acho que você toca muito bem.

— Nada disso. Meu tio, que é um melômano de conveniência, até colocou um professor de música para corrigir meus erros. É um compositor
jovem, mas que promete. Chama-se Adrián Neri, estudou em Paris e em
Viena. Vou apresentá-lo a você. Ele está compondo uma sinfonia cuja estreia será com a orquestra Cidade de Barcelona, porque seu tio pertence
à junta diretiva. É um gênio.

— Quem, o tio ou o sobrinho?

— Não seja maldoso, Daniel. Você certamente vai cair de amores por Adrián.

Como cai um piano de cauda do sétimo andar, pensei.

— Quer comer alguma coisa? — ofereceu Clara. — Bernarda faz uns biscoitos de canela de tirar o fôlego.

Lanchamos como verdadeiros reis, devorando tudo que a empregada colocava sem cessar na mesa. Eu ignorava o protocolo dessas ocasiões, não sabia muito bem como proceder. Clara, que parecia sempre ler meus pensamentos, sugeriu que eu começasse a ler *A sombra do vento* quando quisesse, pois já estávamos instalados, e que eu podia partir do início. Assim, imitando aquelas vozes da Rádio Nacional que recitavam vinhetas de estilo patriótico logo após a hora do ângelus, com prosopopeia exemplar, me pus a revisitar o texto do romance. Minha voz, um pouco entorpecida no início, foi relaxando aos poucos, e logo esqueci que estava lendo em voz alta e mergulhei uma vez mais na narrativa, descobrindo cadências e rodeios na prosa que fluíam como motivos musicais, acertos de som e pausas nos quais não tinha reparado na primeira leitura. Novos detalhes, filamentos de imagens e miragens despontavam entre as linhas, como a disposição interna de um edifício se o examinamos de diferentes ângulos. Li por uma hora, cobrindo cinco capítulos, até sentir a garganta seca e meia dúzia de relógios de parede soarem em todo o apartamento, lembrando-me que já estava ficando tarde. Fechei o livro e observei Clara, que me sorria com placidez.

— Lembra um pouco *A casa vermelha* — comentou ela. — Mas esta parece uma história menos sombria.

— Ainda está no começo. Logo as coisas se complicam.

— Você precisa ir embora, não? — perguntou Clara.

— Sim. Não que eu queira ir, mas...

— Se não tiver compromisso, volte amanhã — sugeriu Clara. — Mas não quero abusar de...

— Às seis? Assim teremos mais tempo.

O encontro na sala de música do apartamento da praça Real foi o primeiro de muitos ao longo daquele verão de 1945 e dos anos que se seguiram. Logo minhas visitas ao apartamento dos Barceló se tornaram quase diárias, menos nas terças e quintas, dias em que Clara tinha aula de música com o tal Adrián Neri. Eu passava horas ali e, após um tempo, conhecia de cor cada sala, cada corredor e cada planta do bosque de dom Gustavo. *A sombra do vento* durou algumas semanas, mas não foi difícil encontrarmos sucessores com os quais preencher nossas horas de leitura. Barceló dispunha de uma magnífica biblioteca e, na falta de mais livros de Julián Carax, passeamos por dezenas de clássicos menores e frivolidades maiores. Algumas tardes apenas líamos, outras nos dedicávamos a conversar ou mesmo a sair para um passeio na praça ou caminhar até a catedral. Clara gostava de se sentar para escutar o cochicho das pessoas no claustro e adivinhar o eco dos passos nos corredores de pedra. Pedia-me que lhe descrevesse as fachadas, as pessoas, os carros, as lojas e as vitrines pelas quais passávamos. Muitas vezes segurava meu braço e eu a guiava por nossa Barcelona particular, uma que só ela e eu podíamos ver. Sempre acabávamos em um café da rua Petritxol, dividindo um doce ou um pedaço de bolo. Às vezes as pessoas nos olhavam de esguelha, e mais de um garçom sabichão referiu-se a ela como "sua irmã mais velha", mas eu me fazia de sonso para as insinuações e brincadeiras. Outras vezes, não sei se por malícia ou morbidez, Clara me fazia confidências extravagantes que eu não sabia onde encaixar. Um dos seus assuntos favoritos era o de um desconhecido, um sujeito que se aproximava às vezes quando ela estava sozinha na rua e lhe falava com voz rachada. O misterioso indivíduo, que nunca mencionava seu nome, fazia-lhe perguntas sobre dom Gustavo e inclusive sobre mim. Em certa ocasião, tinha acariciado seu pescoço. Essas histórias me martirizavam sem piedade. Em outra ocasião, Clara me contou ter pedido ao suposto estranho que lhe deixasse ler seu rosto com as mãos. Ele fez silêncio, o que ela interpretou como um sim. Quando levou as mãos até o rosto do desconhecido, no entanto, ele a deteve secamente, não sem antes dar a oportunidade a Clara de apalpar o que se assemelhava a couro.

— Como se usasse uma máscara de pele — disse ela.

— Isso você está inventando, Clara.

Ela jurava de pés juntos que era verdade, e eu me rendia, atormentado pela imagem daquele desconhecido de existência duvidosa que sentia prazer em acariciar seu pescoço de cisne e sabia-se lá o que mais, enquanto a mim só era permitido ansiar por isso. Se tivesse parado para pensar, teria entendido que minha devoção por Clara não era mais do que uma fonte de sofrimento. Talvez por isso a adorasse ainda mais, por essa estupidez eterna de perseguir os que nos fazem mal. No decorrer daquele verão, eu temia apenas pelo dia em que recomeçariam as aulas, quando eu não disporia mais do dia todo para ficar com Clara.

Bernarda, que escondia uma natureza de fada madrinha sob o semblante severo, acabou por se afeiçoar a mim de tanto me ver e, à sua maneira, resolveu me adotar.

— Nota-se que esse rapaz não tem mãe — dizia ela a Barceló. — Me dá uma pena, o pobrezinho.

Bernarda chegara a Barcelona pouco depois da guerra, fugindo da pobreza e de um pai que nos dias bons lhe dava palmadas e a chamava de boba, feia e suja e, nos ruins, a prendia nos chiqueiros, bêbado, para tocá-la, até que ela chorava de pavor e ele a deixava partir, chamando-a de hipócrita e estúpida como a mãe. Barceló a tinha conhecido por acaso, quando Bernarda trabalhava em uma barraca de verduras e legumes no mercado do Borne, e, seguindo uma intuição, oferecera a ela emprego em sua casa.

— Nossa história será como o *Pigmaleão* — anunciou ele. — A senhora será minha Elisa, e eu, seu professor Higgins.

Bernarda, cujo apetite literário era saciado com a *Folha Dominical*, olhou-o de esguelha.

— Escute aqui, nós podemos ser pobres e ignorantes, mas somos decentes.

Barceló não era exatamente George Bernard Shaw, mas, embora não tivesse conseguido dotar sua pupila da dicção e do encanto de dom Manuel Azaria, seus esforços tinham acabado por refinar Bernarda e dar-lhe modos e falares de donzela provinciana. Tinha vinte e oito anos, mas sempre me pareceu que contava dez a mais. Era muito católica e devota fanática de Nossa Senhora de Lourdes. Ia diariamente à basílica de Santa Maria do Mar ouvir a missa das oito e se confessava três vezes ao dia, no mínimo. Dom Gustavo, que se declarava agnóstico (o que Bernarda suspeitava ser uma doença respiratória, como a asma, mas própria dos homens), opinava que era matematicamente impossível ela pecar o suficiente para exigir tamanho ritmo de confissão.

— Você é a melhor pessoa do mundo, Bernarda — dizia, indignado. — Essas pessoas que veem pecado em toda parte estão doentes da alma e, se for investigar, também dos intestinos. A condição básica do beato ibérico é a prisão de ventre crônica.

Ao ouvir tamanhas blasfêmias, Bernarda se benzia cinco vezes e, à noite, dizia uma reza extra pela alma suja de dom Barceló, que tinha bom coração, mas que de tanto ler tivera os miolos apodrecidos, como Sancho Pança. Da Páscoa a Ramos, Bernarda conseguia uns namorados que lhe batiam, tiravam suas parcas economias guardadas em uma caderneta de poupança e que mais cedo ou mais tarde a abandonavam. Sempre que ocorria uma dessas crises, Bernarda fechava-se em seu quarto nos fundos do apartamento para chorar dias a fio e jurava que se mataria com o veneno de ratos ou que beberia uma garrafa de lixívia. Barceló, depois de esgotar todas as suas artimanhas de persuasão, assustava-se de verdade. Tinha que chamar o chaveiro de plantão para que abrisse a porta do quarto e seu médico de cabeceira para que administrasse à empregada um sedativo de cavalos. Quando a coitada despertava, dois dias depois, o livreiro lhe comprava rosas, bombons, um vestido novo e a levava ao cinema para ver uma fita de Cary Grant, que, segundo ela, era o homem mais charmoso do mundo depois de José Antônio.

— Veja só, e dizem que Cary Grant é homossexual — murmurava ela, entupindo-se de chocolates. — Será possível?

— Bobagem — sentenciava Barceló. — O casmurro e o lerdo vivem em um estado de perene inveja.

— Como o senhor fala bonito. Vê-se que foi à universidade, aquela do sorvete.

— Sorbonne — corrigia Barceló, sem azedume.

Era muito difícil não gostar de Bernarda. Sem que ninguém lhe pedisse, ela cozinhava e costurava para mim. Ajeitava minhas roupas, meus sapatos, me penteava, me cortava o cabelo, me comprava vitaminas e pasta de dentes e chegou a me dar de presente uma medalhinha com tampa de vidro que continha água benta, trazida de Lurdes de ônibus por uma irmã sua que morava em San Adrián del Besós. Às vezes, enquanto se empenhava em examinar meu cabelo em busca de lêndeas e outros parasitas, me falava em voz baixa:

— A srta. Clara é a pessoa que há de melhor no mundo, e queira Deus que eu caia morta se algum dia criticá-la, mas não fica bem que o senhor fique muito obcecado por ela, se entende o que quero dizer.

— Não se preocupe, Bernarda, somos apenas bons amigos.

— Pois é isso mesmo que estou dizendo.

Para ilustrar seus argumentos, Bernarda começava então a contar alguma história que ouvira no rádio, a respeito de um rapaz que se apaixonara pela professora e a quem, por obra de algum sortilégio justiceiro, haviam caído o cabelo e os dentes enquanto o rosto e as mãos ficaram cobertos de fungos recriminatórios, uma espécie de lepra do libidinoso.

— A luxúria é coisa muito ruim — concluía Bernarda. — Ouça o que digo.

Dom Gustavo, apesar das brincadeiras à minha custa, via com bons olhos minha devoção por Clara e minha entusiasta entrega ao papel de acompanhante. Eu atribuía sua tolerância ao fato de que ele provavelmente me considerava inofensivo. Toda tarde, continuava a fazer ofertas suculentas para a aquisição do romance de Carax. Dizia-me que tinha comentado o assunto com alguns colegas da associação e que todos concordavam que um Carax agora podia valer uma fortuna, especialmente na França. Eu sempre recusava, e ele se limitava a sorrir, astuto. Tinha me dado uma cópia das chaves do apartamento, para que eu entrasse e saísse sem depender da presença dele ou de Bernarda na casa. Já meu pai era farinha de outro saco. Com o passar dos anos, tinha superado sua dificuldade inata de abordar qualquer assunto que lhe preocupasse de fato. Uma das primeiras consequências desse progresso foi que começou a mostrar sua clara reprovação a minha relação com Clara.

— Você deveria passear com os amigos da sua idade, como Tomás Aguilar, de quem esqueceu e que é ótimo rapaz, não com uma mulher que já tem idade para estar casada.

— Que diferença faz a idade se somos bons amigos?

O que mais me doeu foi a alusão a Tomás, porque era verdade. Fazia meses que eu não saía com ele, quando antes éramos inseparáveis. Meu pai me observou com desaprovação.

— Daniel, você não sabe nada de mulheres, e essa brinca com você como um gato com um canário.

— É você quem não sabe nada de mulheres — eu retrucava, ofendido. — E de Clara, menos ainda.

Nossas conversas sobre o assunto raramente iam além de uma troca de acusações e de olhares. Quando não estava no colégio ou com Clara, eu dedicava todo o meu tempo a ajudar meu pai na livraria. Arrumando o estoque dos fundos, levando pedidos, fazendo compras ou atendendo aos clientes habituais. Meu pai se queixava de que eu não punha a cabeça nem o coração no trabalho. Eu, por minha vez, retrucava que passava a vida toda ali e que não entendia do que ele tinha para se queixar. Muitas noites, sem conseguir conciliar o sono, eu me lembrava daquela intimidade, daquele pequeno mundo que ambos tínhamos compartilhado nos anos seguintes à morte da minha mãe, os anos da caneta de Victor Hugo e dos trenzinhos de latão. Recordava-os como anos de paz e tristeza, um mundo que se desvanecia, que vinha se evaporando desde aquele amanhecer em que meu pai me levara para visitar o Cemitério dos Livros Esquecidos. Um dia meu pai descobriu que eu tinha presenteado Clara com o livro de Carax e encheu-se de cólera.

— Você me decepcionou, Daniel. Quando o levei àquele lugar secreto, disse a você que o livro que você escolheria era algo especial, que você o adotaria e deveria responsabilizar-se por ele.

— Eu tinha dez anos naquela época, pai, e aquilo era uma bobagem para criança.

Meu pai me olhou como se eu o tivesse apunhalado.

— Agora você tem mais alguns anos, mas não apenas continua sendo um menino, como é um menino que pensa ser homem. Você terá muitos desgostos na vida, Daniel. E muito em breve.

Naqueles dias, eu queria acreditar que meu pai se incomodava por eu passar tanto tempo com os Barceló. O livreiro e sua sobrinha moravam em um mundo de luxos que meu pai só podia imaginar. Achava que a empregada de dom Gustavo se comportava comigo como se fosse minha mãe e se dava por ofendido que eu aceitasse que alguém pudesse desempenhar aquele papel. Às vezes, enquanto eu andava pelo cômodo dos fundos da livraria fazendo pacotes ou preparando uma entrega, ouvia algum cliente brincar com meu pai:

— Sempere, o que você deve fazer é procurar uma moça jovem, que agora sobram viúvas com boa aparência e na flor da vida, se é que me entende. Uma boa moça conserta a vida da gente, amigo, e lhe tira vinte anos. O que não conseguem dois peitos...

Meu pai nunca respondia a essas insinuações, embora me parecessem cada vez mais sensatas. Certa ocasião, em uma das nossas cenas, que tinham se transformado em entraves de silêncios e olhares atravessados, eu trouxe o assunto à tona. Achava que, se fosse eu que o sugerisse, o estimularia. Meu pai era um homem bem-apessoado, de aparência delicada e bem cuidada, e me constava que mais de uma mulher no bairro o via com bons olhos.

— Para você foi muito fácil encontrar uma substituta para sua mãe — retrucou ele, com amargura —, mas para mim não há e não tenho interesse nenhum em procurar.

À medida que o tempo passava, as insinuações de meu pai e de Bernarda, e inclusive de Barceló, começaram a fazer efeito. Algo em meu interior me dizia que eu estava me metendo em um caminho sem volta, que não podia esperar que Clara visse em mim mais do que um menino dez anos mais novo. Sentia que cada dia ficava mais difícil ficar junto dela, sentir o roçar de suas mãos ou levá-la pelo braço quando passeávamos. Chegou a um ponto em que a mera proximidade traduzia-se em uma dor quase física. Esse fato não escapava a ninguém, e menos ainda à própria Clara.

— Daniel, acho que precisamos conversar — dizia-me ela. — Acho que não me portei bem com você...

Eu nunca a deixava terminar. Saía do cômodo utilizando-me de qualquer desculpa e fugia de sua casa. Eram dias em que pensava estar enfrentando o tempo em uma corrida impossível. Temia que o mundo de miragens que tinha construído em torno de Clara estivesse se aproximando do fim. Não imaginava que meus problemas estivessem apenas começando.

MISÉRIA E COMPANHIA
1950

7

No dia em que completei meus dezesseis anos, causei a mais funesta de todas as experiências que já tivera ao longo de minha curta existência. Por minha conta e risco, tinha decidido organizar um jantar de aniversário e convidar Barceló, Bernarda e Clara. Meu pai julgava aquilo um erro.

— É meu aniversário — repliquei cruelmente. — Trabalho para você todos os outros dias do ano. Ao menos uma vez, me dê um prazer.

— Faça como quiser.

Os meses anteriores tinham sido os mais confusos de minha estranha amizade com Clara. Eu já quase nunca lia para ela. Clara fugia sistematicamente de qualquer ocasião que implicasse estar a sós comigo. Sempre que eu a visitava, seu tio estava presente fingindo ler o jornal, ou Bernarda se materializava atravessando o outro lado do cômodo e me lançando olhares de soslaio. Outras vezes, a companhia vinha na forma de uma ou mais amigas de Clara. Eu as chamava de "irmãs Anisete", sempre mostrando um recato e um semblante virginal, patrulhando as proximidades de Clara com um missal na mão e um olhar policial que mostrava sem dissimulação que eu ali era demais, que minha presença envergonhava Clara e o mundo. O pior de todos, no entanto, era o professor Neri, cuja infeliz sinfonia continuava inconclusa. Era um rapaz bem vestido, moço vaidoso de San Gervasio que, embora com ares de Mozart, com a brilhantina no cabelo suado lembrava mais Carlos Gardel. De gênio eu não achava que tivesse nada. Ele adulava dom Gustavo sem dignidade nem decoro e flertava com

Bernarda na cozinha, fazendo-a rir com seus ridículos presentes de sacolas de lã de carneiro ou beliscões no traseiro. Em resumo, eu o detestava até a morte. E a antipatia era mútua. Neri sempre aparecia por ali com suas partituras e seu jeito arrogante, olhando-me como se eu fosse um grumete indesejado e fazendo todo tipo de observação sobre minha presença.

— *Garoto*, você não tem deveres a fazer?

— E o senhor, *professor*, não tem uma sinfonia para acabar?

No final das contas, eles todos juntos me venciam, e eu me retirava cabisbaixo e derrotado, desejando ter a lábia de dom Gustavo para pôr aquele convencido em seu lugar.

No dia do meu aniversário, meu pai se dirigiu a uma lanchonete próxima e comprou uma bonita torta salgada. Arrumou a mesa em silêncio, dispondo a prata e a baixela de festa. Acendeu velas e preparou um jantar com os pratos que supunha serem meus favoritos. Não nos dirigimos a palavra durante a tarde. Ao anoitecer, ele se retirou para seu quarto, vestiu sua melhor roupa e voltou com um embrulho em papel celofane que colocou na mesa do corredor. Meu presente. Sentou-se à mesa, serviu-se de uma taça de vinho branco e esperou. O convite anunciava o jantar às oito e meia. Às nove e meia, ainda esperávamos. Meu pai me olhava com tristeza, sem dizer nada. Eu estava morrendo de raiva.

— Você deveria estar feliz — disse ele. — Não era o que queria?

— Não.

Bernarda chegou meia hora depois, com cara de enterro e um recado de Clara: ela me desejava muitas felicidades, mas lamentava não poder comparecer à minha festa. O sr. Barceló precisara se ausentar da cidade durante uns dias, a negócios, e Clara fora obrigada a trocar o horário de sua aula de música com o professor Neri. Bernarda tinha vindo porque era seu dia de folga.

— Clara não pôde vir por conta de uma aula de música? — perguntei, incrédulo.

Bernarda baixou o olhar. Estava quase chorando quando me estendeu um pequeno pacote que continha seu presente e me beijou em ambas as faces.

— Se não gostar, pode trocar — disse ela.

Fiquei sozinho com meu pai, olhando para a baixela boa, a prataria e as velas que se consumiam em silêncio.

— Sinto muito, Daniel — disse meu pai.

Assenti em silêncio, dando de ombros.

— Não vai abrir o presente? — perguntou ele.

Minha única resposta foi bater a porta ao sair. Desci a escada com fúria, sentindo as lágrimas de ira transbordando dos olhos ao sair à rua vazia, banhada de luz azul e de frio. Tinha o coração envenenado e a vista embaçada. Comecei a andar sem rumo, ignorando o estranho que me observava, imóvel, da Puerta del Ángel. Ele vestia o mesmo terno escuro da outra vez e tinha a mão direita no bolso do paletó. Seus olhos eram chispas de luz ao lume do cigarro. Mancando de leve, ele começou a me seguir.

Andei perambulando sem rumo durante mais de uma hora, até chegar aos pés do monumento a Colombo. Atravessei até o cais e me sentei nos degraus que afundavam nas águas tenebrosas, junto ao atracadouro dos barcos a motor. Alguém tinha fretado uma excursão noturna, e ouviam-se as risadas e a música boiando na procissão de luzes e reflexos, na doca do porto. Lembrei-me dos dias em que meu pai e eu fazíamos a travessia nas barcas até a ponta do espigão. Dali se podia ver a ladeira do cemitério na Montanha de Montjuic e a cidade dos mortos, infinita. Às vezes eu acenava, achando que minha mãe continuava ali e nos via passar. Meu pai repetia meu aceno. Já fazia anos que não entrávamos em um daqueles barcos a motor, embora eu soubesse que às vezes ele ia sozinho.

— Noite boa para o remorso, Daniel — disse a voz das sombras. — Cigarro?

Tive um sobressalto, sentindo um frio súbito. Na escuridão, a mão de alguém me oferecia um cigarro.

— Quem é você?

O estranho avançou até o limiar da escuridão, mantendo o rosto oculto. Uma nuvem de fumaça azul brotava de seu cigarro. Reconheci no mesmo instante o traje negro e aquela mão oculta no bolso do paletó. Seus olhos brilhavam como duas contas de cristal.

— Um amigo — disse ele. — Ou assim espero. Cigarro?

— Não fumo.

— Faz bem. Infelizmente, não tenho outra coisa para lhe oferecer, Daniel.

Sua voz era arenosa, ferida. Arrastava as palavras e soava apagada e distante, como os discos de setenta e oito rotações que Barceló colecionava.

— Como sabe meu nome?

— Sei muitas coisas sobre você. O nome é o de menos.

— O que mais sabe?

— Eu poderia deixá-lo envergonhado, mas não tenho nem tempo nem vontade. Basta dizer que sei que você tem uma coisa que me interessa. E estou disposto a pagar bem por isso.

— Acho que o senhor se confundiu de pessoa.

— Não, nunca me confundo de pessoa. Para outras coisas, sim, mas nunca de pessoa. Quanto quer por ele?

— Pelo quê?

— *A sombra do vento.*

— O que o faz pensar que eu o tenho?

— Isso não está em discussão, Daniel. É só uma questão de preço. Faz muito tempo que sei que o possui. As pessoas falam. Eu ouço.

— Pois o senhor deve ter ouvido mal. Não tenho esse livro. E, se o tivesse, não o venderia.

— Sua integridade é admirável, sobretudo nesta época de coroinhas e aduladores, mas não precisa representar para mim. Diga quanto. Cinco mil pesetas? O dinheiro para mim é indiferente. Faça você a oferta.

— Já lhe disse: não está à venda, nem o tenho comigo — retruquei. — O senhor cometeu um erro, como vê.

O estranho se manteve em silêncio, imóvel, envolto na fumaça azul daquele cigarro que parecia sem fim. Notei que não tinha cheiro de cigarro, mas de papel queimado. Papel bom, de livro.

— Talvez seja você quem esteja cometendo um erro — sugeriu.

— Está me ameaçando?

— Provavelmente.

Engoli em seco. Apesar de minha audácia, me sentia apavorado por aquele indivíduo.

— E posso saber por que o senhor está tão interessado?

— É assunto meu.

— Meu também, se o senhor me ameaçou para que eu lhe venda um livro que não possuo.

— Simpatizo com você, Daniel. É um rapaz valente e esperto. Cinco mil? Com isso poderá comprar muitos livros. Livros bons, não essa porcaria que você guarda com tanto zelo. Vamos, cinco mil pesetas e continuamos amigos.

— Não somos amigos.

— Somos, sim, você é que ainda não percebeu. Não o culpo, com tantas coisas na cabeça. Sua amiga Clara, por exemplo. Por uma mulher assim, qualquer um perde o juízo.

A menção a Clara fez meu sangue gelar.

— O que sabe sobre Clara?

— Eu me atreveria a dizer que sei mais do que você e que lhe conviria esquecê-la, embora eu bem saiba que você não o fará. Eu também já tive dezesseis anos...

Subitamente, assaltou-me uma brutal certeza. Aquele homem era o estranho que tinha abordado Clara na rua, incógnito. Era verdade; Clara não o tinha inventado. O indivíduo deu um passo à frente. Recuei. Nunca sentira tanto medo na vida.

— É melhor que saiba que Clara não está com o livro. Não se atreva a se aproximar dela outra vez.

— Sua amiga me é indiferente, Daniel, e algum dia você vai sentir o mesmo. O que eu quero é o livro. Prefiro obtê-lo por bons métodos, e que ninguém saia prejudicado. Está claro?

Na falta de ideias melhores, comecei a mentir descaradamente.

— Quem está com o livro é um tal de Adrián Neri. Músico. Talvez o senhor o conheça.

— Não sei quem é, e isso é o pior que se pode dizer de um músico. Tem certeza de que não inventou esse tal de Adrián Neri?

— Bem que gostaria.

— Então, já que vocês parecem ser tão bons amigos, talvez você pudesse persuadi-lo a devolvê-lo. Essas coisas se solucionam sem problemas entre amigos. Ou você prefere que eu peça à sua amiga Clara?

Fiz que não.

— Falarei com Neri, mas não creio que ele vá me devolver ou que ainda esteja com ele — improvisei. — E o senhor, para que quer o livro? Não me diga que é para lê-lo.

— Não. Eu o sei de cor.

— É um colecionador?

— Algo parecido.

— Possui outros livros de Carax?

— Tive-os em algum momento. Julián Carax é minha especialidade, Daniel. Percorro o mundo à procura de seus livros.

— E o que faz com eles, se não os lê?

O estranho emitiu um som surdo, agônico. Levei alguns segundos para compreender que estava rindo.

— A única coisa que se deve fazer com eles, Daniel.

Extraiu do bolso, então, uma caixinha de fósforos. Pegou um e o acendeu. A chama iluminou pela primeira vez seu semblante. Minha alma gelou. Aquela figura não tinha nariz, lábios nem pálpebras. Seu rosto era apenas uma máscara de pele negra e cicatrizada, devorada pelo fogo. Aquela era a pele morta que Clara havia tocado.

— Queimá-los — sussurrou ele, a voz e o olhar envenenados de ódio.

Um sopro de brisa apagou o fósforo que ele tinha nos dedos e seu rosto mergulhou novamente na escuridão.

— Voltaremos a nos ver, Daniel. Eu nunca esqueço um rosto e acho que você, a partir de hoje, também não esquecerá — disse ele, pausadamente. — Pelo seu bem, e pelo bem de sua amiga Clara, conto que tome a decisão correta e esclareça esse assunto com o tal sr. Neri, que certamente tem nome de pessoa arrogante. Eu não confiaria nem um pouco nele.

Sem mais, o estranho deu meia-volta e partiu na direção do cais, uma silhueta se evaporando na escuridão, exibindo seu sorriso retorcido.

8

Um manto de nuvens faiscando eletricidade cavalgava do mar. Eu teria corrido para me proteger do aguaceiro que se aproximava, mas as palavras daquele indivíduo começavam a fazer efeito. Minhas mãos e meus pensamentos tremiam. Ao erguer o olhar, vi o temporal se derramando como manchas de sangue preto entre as nuvens, cegando a lua e estendendo o manto de sombras sobre telhados e fachadas da cidade. Tentei apertar o passo, mas a inquietação me devorava por dentro e eu caminhava perseguido pelo aguaceiro com pés e pernas de chumbo. Protegi-me sob a marquise de uma banca de jornal, tentando organizar meus pensamentos e decidir como proceder. Um trovão descarregou ali perto, rugindo como se um dragão atravessasse a entrada do porto, e senti o chão estremecer sob meus pés. A frágil pulsação da luz elétrica que desenhava fachadas e janelas se apagou segundos depois. Nas calçadas encharcadas, os lampiões piscavam, extinguindo-se como velas ao vento. Não se via vivalma nas ruas, e o negror do apagão espalhou-se com um alento fétido subindo das valas que iam para o esgoto. A noite fez-se densa e impenetrável; a chuva, uma mortalha de vapor. *Por uma mulher assim, qualquer um perde o juízo...* Pus-me a correr Ramblas acima com apenas um pensamento na cabeça: Clara.

Bernarda tinha dito que Barceló estaria fora da cidade a negócios. Aquele era o dia de folga da empregada, e ela tinha o costume de passar essa noite na casa de sua tia Reme e das primas, em San Adrián del Besós. Isso deixava Clara sozinha em seu cavernoso apartamento da praça Real, e aquele indivíduo sem rosto, com suas ameaças, estava solto pela tempestade, com sabe Deus quais intenções. Enquanto corria debaixo da chuva rumo à praça Real, não me saía da cabeça a ideia de que eu pusera Clara em perigo ao lhe oferecer o livro de Carax. Cheguei à praça encharcado até os ossos. Corri para me proteger sob os arcos da rua Fernando. Pensei ver contornos de sombra arrastando-se atrás de mim. Mendigos. O portão estava fechado. Busquei no molho de chaves as duas que Barceló me dera. Eu levava comigo as chaves da livraria, do apartamento da rua Santa Ana e da casa dos Barceló. Um dos vagabundos se aproximou, murmurando se eu podia deixá-lo dormir no vestíbulo. Fechei a porta antes que terminasse a frase.

A escada era um poço de sombras. Os relâmpagos atravessavam as grades do portão, salpicando seu brilho nos contornos dos degraus. Avancei tateando e consegui, aos tropeços, encontrar o primeiro degrau. Apoiando-me no corrimão, subi lentamente a escada. Aos poucos os degraus se desfizeram em uma espécie de planície, e percebi que havia chegado ao primeiro patamar. Apalpei as paredes do mármore frio e hostil e encontrei os relevos da porta de carvalho e as maçanetas de alumínio. Busquei o orifício da fechadura e introduzi a chave, sem enxergar. Ao abrir a porta do apartamento, uma réstia de claridade azul me cegou por alguns instantes, e um sopro de ar cálido acariciou minha pele. O quarto de Bernarda ficava nos fundos do apartamento, anexo à cozinha. Dirigi-me para lá, mesmo com a certeza de que ela não estaria. Bati com os nós dos dedos e, não obtendo resposta, permiti-me abrir a porta. Era um quarto simples, com uma cama boa, um armário escuro com espelhos velhos e uma cômoda, em cima da qual Bernarda tinha santos, virgens e estampas em quantidade suficiente para abrir um santuário. Fechei a porta e, ao me virar, meu coração quase parou ao vislumbrar uma dúzia de olhos azuis e vermelhos que avançavam do final do corredor. Os gatos de Barceló já me conheciam de sobra e toleravam minha presença. Cercaram-me miando baixinho e, ao perceber que minhas roupas empapadas de chuva não exalavam o desejado calor, abandonaram-me com indiferença.

O quarto de Clara ficava no outro extremo do apartamento, junto à biblioteca e à sala de música. Os gatos me seguiam com passos invisíveis pelo corredor, na expectativa. Na penumbra intermitente da tempestade, o apartamento de Barceló parecia cavernoso e sinistro, diferente do que eu havia aprendido a considerar minha segunda casa. Cheguei à parte da frente, que dava para a praça. A estufa de Barceló apareceu, densa e impenetrável. Adentrei a profusão de galhos e folhas. Por um instante assaltou-me a ideia de que, se o estranho sem rosto houvesse entrado no apartamento, provavelmente era esse o lugar que tinha escolhido para se esconder. Para me esperar. Quase senti aquele cheiro de papel queimado que se desprendia pelo ar, mas, segundo compreendi posteriormente, o que meu olfato detectara era apenas tabaco. Um início de pânico me invadiu. Naquela casa ninguém fumava, e o cachimbo de Barceló, sempre apagado, era puro adereço.

Quando cheguei à sala de música, o brilho intenso de um relâmpago acendeu as volutas de fumaça que flutuavam no ar como grinaldas de vapor. O teclado do piano formava um sorriso interminável junto à galeria.

Atravessei o aposento e cheguei à porta da biblioteca. Estava fechada. Abri-a, e a claridade da praça que contornava a biblioteca pessoal do livreiro me ofereceu um cálido cumprimento de boas-vindas. As paredes ocupadas por estantes repletas de livros formavam uma curva em cujo centro estava uma mesa de leitura, com duas poltronas imponentes adequadas a um general. Eu sabia que Clara guardava o livro de Carax em uma estante na direção do arco da praça. Fui até lá, em silêncio. Meu plano, ou a ausência de um, era pegar o livro, tirá-lo dali, entregá-lo e não ver nunca mais aquele louco. Exceto por mim mesmo, ninguém repararia na ausência do livro.

A obra de Julián Carax me esperava como sempre, deixando entrever sua lombada no fundo de uma estante. Peguei-o e apertei-o contra o peito, como se abraçasse um velho amigo que estivesse a ponto de trair. *Judas*, pensei. Agora, bastava sair dali sem que Clara detectasse minha presença. Levaria o livro e desapareceria da vida de Clara Barceló para sempre. Saí da biblioteca a passo ligeiro. Via a porta do quarto de Clara no fim do corredor. Imaginei-a na cama, dormindo. Imaginei meus dedos acariciando seu pescoço, explorando um corpo que havia memorizado mesmo sem nunca ter visto. Dei meia-volta, disposto a abandonar os seis anos de fantasias, mas algo me deteve antes de chegar à sala de música. Uma voz às minhas costas, atrás da porta. Uma voz rouca, que sussurrava e ria. Era o quarto de Clara. Avancei lentamente para a porta. Meus dedos se apoiaram na maçaneta, trêmulos. Eu havia chegado tarde. Engoli em seco e abri a porta.

9

O corpo nu de Clara jazia sobre lençóis brancos que brilhavam como seda lavada. As mãos do professor Neri deslizavam sobre seus lábios, seu pescoço e seu peito. Seus olhos brancos fitavam o teto, estremecendo sob as investidas do professor de música, que a penetrava entre as coxas pálidas e trêmulas. As mesmas mãos que, anos antes, haviam lido meu rosto nas trevas do Ateneo agarravam agora as nádegas do professor, resplandecentes de suor, cravando nelas as unhas e guiando-o para suas entranhas com uma ânsia animal, desesperada. Faltou-me o ar. Fiquei ali, imóvel, observando-os por quase meio minuto, até que o olhar de Neri, incrédulo de início e logo incendiado de raiva, reparou em minha presença. Ofegante ainda, atônito, ele se deteve. Clara, sem entender, uniu-se a ele com mais força, esfregando o corpo no seu e lambendo seu pescoço.

— O que houve? — gemeu ela. — Por que parou?

Os olhos de Adrián Neri ardiam de fúria.

— Nada — murmurou ele. — Já volto.

Neri se levantou e se lançou na minha direção como uma granada, cerrando os punhos. Nem o vi chegar. Eu só olhava para Clara, suada, sem fôlego, as costelas se desenhando sob a pele e os seios trêmulos de desejo. O professor de música me agarrou pelo pescoço e me arrastou para fora do quarto. Senti que meus pés mal tocavam o chão, e, por mais que tentasse, não consegui me livrar das mãos de Neri, que me arrastava como um fardo pela estufa.

— Vou acabar com você, desgraçado — falou ele, entre os dentes cerrados.

Arrastou-me até a porta do apartamento e, uma vez ali, abriu-a e me jogou com força no corredor. O livro de Carax havia caído das minhas mãos. Ele o recolheu e o jogou no meu rosto, com raiva.

— Se eu voltar a vê-lo por aqui, ou se ficar sabendo que tentou se aproximar de Clara na rua, juro que você vai parar no hospital da surra que vai levar, e nem vou me importar com sua idade — disse ele, friamente. — Estamos entendidos?

Levantei-me com dificuldade e descobri que, na briga, Neri havia rasgado meu casaco e meu orgulho.

— Como você entrou?

Não respondi. Neri suspirou, balançando a cabeça.

— Ande, me dê as chaves — exigiu Neri, contendo a fúria.

— Que chaves?

A bofetada que ele me deu me lançou ao chão. Levantei-me com sangue na boca e um assobio no ouvido esquerdo que me deixava zonzo como o apito de um guarda. Apalpei o rosto e senti o corte que havia partido meu lábio arder sob os dedos. Um anel de formatura brilhava, ensanguentado, no dedo anular do professor de música.

— Já disse, as chaves.

— O senhor vá à merda — cuspi.

Não vi o soco chegar. Senti apenas como se a placa de aço de uma bigorna tivesse me arrancado o estômago por baixo. Dobrei-me em dois como uma marionete quebrada, sem ar, cambaleando para a parede. Neri me segurou pelo cabelo e procurou em meus bolsos até encontrar as chaves. Escorreguei até o chão, as mãos na barriga, choramingando de agonia e raiva.

— Diga a Clara que...

Ele fechou a porta no meu nariz, e fiquei totalmente às escuras. Procurei o livro no escuro, às apalpadelas. Encontrei-o e fugi com elé pelas escadas, apoiando-me nas paredes, ofegante. Saí para a rua cuspindo sangue e respirando aceleradamente pela boca. O frio e o vento fizeram aderir ao meu corpo as roupas empapadas. O corte no rosto queimava.

— O senhor está bem? — perguntou uma voz no escuro.

Era o mendigo a quem eu negara ajuda momentos antes.

Assenti, evitando seu olhar, envergonhado. Comecei a andar.

— Espere um pouco, ao menos até que pare essa chuva — sugeriu o mendigo.

Ele me pegou pelo braço e me guiou até um canto sob os arcos, onde guardava um fardo e uma bolsa com roupas velhas e sujas.

— Tenho um pouco de vinho. Não é ruim. Beba um pouco. Vai ajudar a aquecer. E para desinfetar isso aí...

Bebi um gole da garrafa que ele me oferecia. O gosto era de gasolina misturada com vinagre, mas o calor acalmou-me o estômago e os nervos. Algumas gotas salpicaram na ferida, o que me fez ver estrelas na noite mais escura da minha vida.

— Bom, hein? — disse o mendigo, sorrindo. — Tome mais um gole, que isso levanta até defunto.

— Não, obrigado. Tome — falei baixinho.

O mendigo tomou um grande gole. Observei-o detidamente. Parecia um velho contador de escritório que não trocava de roupa havia quinze anos. Ele estendeu a mão, e eu a apertei.

— Fermín Romero de Torres, desempregado. Prazer em conhecê-lo.

— Daniel Sempere, idiota completo. O prazer é meu.

— Não se venda barato, que em noites assim tudo parece pior do que é. Mesmo nesse estado, sou um otimista nato. Não tenho dúvidas de que o atual regime tem seus dias contados. Segundo todos os indícios, os americanos vão invadir quando menos se espera e vão colocar Franco vendendo refrigerantes em uma barraquinha em Melilla. E eu vou recuperar meu emprego, minha reputação e minha honra.

— Em que trabalhava?

— Serviço de Inteligência. Alta espionagem — disse Fermín Romero de Torres. — Direi apenas que eu era o homem de Maciá em Havana.

Assenti. Outro louco. A noite de Barcelona os colecionava aos borbotões. E idiotas como eu também.

— Escute, esse corte está bem feio. Que surra, hein?

Levei os dedos à boca. Ainda sangrava.

— Tinha mulher na história? — perguntou ele. — O senhor podia ter evitado tudo isso. As mulheres deste país, eu que o diga, pois eu sim conheci o mundo, são hipócritas e frígidas. Isso mesmo. Eu me lembro de uma morena que deixei em Cuba. Rapaz, era de outro mundo, sabe? De outro mundo. E quando a caribenha encosta o corpo naquele seu ritmo insular e sussurra: "Ai, paizinho, me dá prazer, me dá prazer", e um homem de verdade, com sangue nas veias, vou lhe dizer...

Pareceu-me que Fermín Romero de Torres, ou qualquer que fosse seu nome verdadeiro, ansiava por conversar amenidades quase tanto quanto por um banho quente, um prato de lentilhas com linguiça e uma muda de roupas. Dei-lhe corda durante um tempo, esperando que a dor diminuísse. Não foi difícil, porque o homem precisava apenas que eu assentisse vez ou outra e fizesse de conta que o escutava. Estava o mendigo em vias de me contar os pormenores e detalhes de um plano secreto para sequestrar dona Carmen Polo de Franco quando percebi que a chuva tinha diminuído e que a tempestade parecia se afastar lentamente para o norte.

— Está ficando tarde — murmurei, levantando-me.

Fermín Romero de Torres assentiu com alguma tristeza e me ajudou a me levantar, fazendo como se estivesse tirando a poeira da minha roupa empapada.

— Fica para outro dia, então — disse, resignado. — Eu morro pela boca. Começo a falar e... Escute, a história do sequestro, que fique entre nós, hein?

— Não se preocupe. Sou um túmulo. Obrigado pelo vinho.

Afastei-me em direção às Ramblas. No início da praça, parei e me virei para olhar o apartamento dos Barceló. As janelas continuavam apagadas, chorando com a chuva. Quis odiar Clara, mas não fui capaz. O ódio é, de fato, um talento que se aprende com os anos.

Jurei não voltar a vê-la, não voltar a mencionar seu nome nem me lembrar do tempo que tinha perdido ao seu lado. Por alguma estranha razão, me senti em paz. A raiva que me expulsara de casa havia se evaporado. Temi que retornasse no dia seguinte com força redobrada. Receei que o ciúme e a vergonha me consumissem lentamente quando me desse conta de tudo que acontecera naquela noite. Faltavam várias horas para o amanhecer e eu ainda tinha uma coisa para fazer antes de voltar para casa com a consciência tranquila.

A rua do Arco do Teatro continuava ali, apenas uma brecha na penumbra. Um riacho de água escura se formara no meio do grande beco e se introduzia em procissão funerária em direção ao coração do Raval. Reconheci o velho portão de madeira e a fachada barroca aonde meu pai tinha me levado certa madrugada, anos antes. Subi os degraus e me protegi da chuva sob a arcada do portal, que cheirava a urina e a madeira podre. O Cemitério dos Livros Esquecidos exalava mais cheiro de coisa morta do que nunca. Não lembrava que o trinco tinha a cara de um diabinho. Segurei-o pelos chifres e bati três vezes. O eco cavernoso se estendeu para dentro. Voltei a bater, dessa vez seis vezes, mais forte, até meu punho começar a doer. Passaram-se mais alguns segundos. Pensei que não havia ninguém naquele lugar. Encolhi-me contra a porta e extraí do casaco o livro de Carax. Abri-o e li novamente aquela primeira frase que me conquistara anos antes.

Naquele verão choveu todos os dias, e, embora muitos dissessem que era castigo de Deus, porque tinham aberto no povoado um cassino perto da igreja, eu sabia que a culpa era minha e só minha, por ter aprendido a mentir, e guardava ainda nos lábios as últimas palavras de minha mãe em seu leito de morte: nunca gostei do homem com quem me casei, mas de outro que me disseram que morreu na guerra; vá procurá-lo e diga-lhe que morri pensando nele, porque é ele seu verdadeiro pai.

Sorri, lembrando-me daquela primeira noite de leitura febril anos antes. Fechei o livro e me dispus a bater pela terceira e última vez, mas, antes mesmo que levasse a mão ao trinco, o portão se abriu o suficiente para delinear o perfil do vigia, que trazia um lampião de querosene.

— Boa noite — falei, baixinho. — Isaac, não é?

O vigia me observou sem piscar. O brilho do lampião esculpia seus traços angulosos em âmbar e vermelho e lhe conferia uma inequívoca semelhança com o diabinho do trinco.

— O senhor é filho de Sempere — murmurou ele, em voz pastosa.

— O senhor tem excelente memória.

— E o senhor, uma noção exemplar das horas. Sabe que horas são?

Seu olhar penetrante já havia detectado o livro dentro do meu casaco. Isaac fez um gesto inquisitivo com a cabeça. Extraí o livro e lhe mostrei.

— Carax — disse ele. — Deve haver talvez dez pessoas nesta cidade, se tanto, que sabem quem é ele ou que tenham lido esse livro.

— Pois uma delas anda empenhada em queimá-lo. Não me ocorreu melhor esconderijo do que este.

— Isto é um cemitério, não um cofre.

— Exatamente. Este livro precisa é ser enterrado onde ninguém possa encontrá-lo.

Isaac lançou um olhar amedrontado na direção do beco. Em seguida, abriu um pouco a porta e fez sinal para que eu entrasse. O vestíbulo escuro e insondável cheirava a cera queimada e umidade. Ouvia-se um gotejar intermitente na escuridão. Isaac estendeu o lampião para que eu o segurasse, enquanto tirava do casaco um molho de chaves daqueles de dar inveja a um carcereiro. Recorrendo a alguma ciência desconhecida, acertou qual era a chave que procurava e a introduziu em um ferrolho protegido por uma cobertura de vidro, repleto de sulcos e rodas dentadas que sugeriam uma caixa de música em escala industrial. Com uma volta do punho do homem, o mecanismo rangeu como as entranhas de um autômato, e vi as alavancas e as bases se mexerem em um fantástico balé mecânico, até travarem o portão com uma série de barras de aço que se incrustaram em orifícios nos muros de pedra.

— Nem o Banco de Espanha tem isso tudo — comentei, impressionado. — Parece algo saído de Júlio Verne.

— Kafka — devolveu Isaac, recuperando o lampião e dirigindo-se às profundezas do edifício. — No dia em que você entender que o negócio dos livros é miséria e companhia e decidir aprender a roubar um banco, ou a construir um, o que vai dar no mesmo, venha me ver e eu lhe ensinarei algumas coisas sobre trancas.

Segui-o pelos corredores, dos quais me lembrava cheios de afrescos de anjos e quimeras. Isaac segurava o lampião bem no alto, projetando uma bolha permanente de brilhante luz avermelhada. Ele mancava ligeiramente, e o casaco esfarrapado que usava parecia um manto fúnebre. Ocorreu-me que aquele indivíduo, a meio caminho entre Caronte e o bibliotecário de Alexandria, se sentiria à vontade nas páginas de Julián Carax.

— O senhor sabe alguma coisa sobre Carax? — perguntei.

Isaac se deteve no final de uma galeria e olhou para mim com ar indiferente.

— Não muito. O que me contaram.

— Quem?

— Alguém que o conheceu bem, ou assim pensava.

Meu coração deu um pulo.

— Quando foi isso?

— Quando eu ainda me penteava. O senhor devia usar fraldas, e não parece que tenha evoluído muito, na verdade. Veja, está tremendo — disse ele.

— É a roupa molhada e o frio daqui.

— Da próxima vez me avise e ligarei a calefação central em um instante para recebê-lo, botãozinho de flor. Venha, siga-me. Esta é a minha sala, tem calefação e alguma coisa para o senhor vestir enquanto secamos sua roupa. E seria bom um pouco de mercurocromo e água oxigenada, que o senhor está com cara de quem veio da delegacia da via Layetana.

— Não precisa se incomodar, de verdade.

— Não me incomodo. Faço por mim, não pelo senhor. Depois desta porta, eu dito as regras, e aqui os únicos mortos são os livros. Veja se não vai me pegar uma pneumonia, para eu não precisar chamar os rapazes do depósito. Cuidaremos deste livro depois. Em trinta e oito anos, ainda não vi nenhum que saísse correndo.

— Não sabe como lhe agradeço...

— Deixe disso. Se lhe permiti entrar, é por consideração ao seu pai. Do contrário, o deixava na rua. Faça o favor de me acompanhar. E se o senhor se comportar, talvez eu lhe conte o que sei sobre seu amigo Julián Carax.

De soslaio, quando ele achava que eu não estava vendo, notei que lhe escapava um sorriso de malandro. Isaac estava claramente gostando do papel de carcereiro sinistro. Também sorri para mim mesmo. Já não tinha a menor dúvida quanto a quem pertencia o rosto de diabinho do trinco.

10

Isaac pôs dois cobertores finos sobre meus ombros e me ofereceu uma taça com um líquido fumegante que cheirava a chocolate quente e licor de frutas.

— O senhor falava de Carax...

— Não há muito o que contar. A primeira pessoa que escutei mencionar Carax foi o editor Toni Cabestany. Estou falando de vinte anos atrás, quando a editora ainda existia. Sempre que voltava de suas viagens a Londres, Paris ou Viena, Cabestany aparecia por aqui e conversávamos um pouco. Ambos havíamos ficado viúvos e ele se lamentava que agora estivéssemos casados com os livros, eu com os velhos e ele com os de contabilidade. Éramos bons amigos. Em uma de suas visitas, contou-me que tinha acabado de adquirir por quatro chavos os direitos em espanhol dos romances de um tal Julián Carax, barcelonês que morava em Paris. Isso deve ter sido lá por 1928 ou 1929. Ao que parece, Carax trabalhava como pianista à noite em um bordel obscuro de Pigalle e passava o dia escrevendo em um miserável sótão no bairro de Saint-Germain. Paris é a única cidade do mundo onde morrer de fome ainda é considerado arte. Carax havia publicado dois romances na França que haviam sido um fracasso de vendas absoluto. Em Paris ninguém dava nada por ele, e Cabestany sempre gostou de comprar barato.

— Carax escrevia em espanhol ou em francês?

— Vá saber. Provavelmente ambos. A mãe era francesa, acho que professora de música, e ele morava em Paris desde os dezenove ou vinte anos. Cabestany disse que Carax enviava os manuscritos em espanhol. Se era uma tradução ou o original, para ele dava no mesmo. O idioma favorito de Cabestany era o dinheiro, o resto não interessava. Cabestany tinha planejado que, com sorte, colocaria mil exemplares de Carax no mercado espanhol.

— E conseguiu?

Isaac franziu o cenho, servindo um pouco mais da reconfortante beberagem.

— Acho que o mais bem-sucedido, *A casa vermelha,* vendeu uns noventa exemplares.

— Mas Carax continuou publicando, mesmo perdendo dinheiro — ponderei.

— De fato. Não sei por que, realmente. Cabestany não era exatamente um romântico, mas, como todos os homens, devia ter lá seus segredos. Entre 1928 e 1936, publicou oito romances de Carax. Onde Cabestany conseguiu de fato lucrar foi com os catecismos e com uma coleção de histórias água com açúcar protagonizadas por uma heroína de província, Violeta LaFleur, que vendia muito bem nas bancas. Suponho que editasse os romances de Carax por gosto e para se opor a Darwin.

— E o que é feito do sr. Cabestany?

Isaac suspirou, erguendo o olhar.

— A idade, que cobra a conta de todos nós. Caiu doente e teve alguns problemas de dinheiro. Em 1936, o filho mais velho passou a tomar conta da editora, mas era desses que não sabem ler nem o tamanho das cuecas. A empresa faliu em menos de um ano. Por sorte, Cabestany não chegou a ver o que os herdeiros fizeram do fruto de toda uma vida de trabalho, nem o que a guerra fazia com o país. Uma embolia o levou na Noite de Todos os Santos, com um charuto Cohíba na boca e uma menina de vinte e cinco anos no colo. O filho era de outra índole. Arrogante como só os imbecis são. Sua primeira grande ideia foi tentar vender todo o estoque de livros do catálogo da editora, o legado do pai, para transformá-lo em pasta de papel ou algo assim. Um amigo, outro rapazola rico que tinha casa em

Caldetas e dirigia um Bugatti, o havia convencido de que as fotonovelas e o *Mein Kampf* venderiam como água e que sem dúvida faltaria celulose para satisfazer a demanda.

— E chegou a fazê-lo?

— Não teve tempo. Logo depois que ele se encarregou da editora, apresentou-se em sua casa um indivíduo e lhe fez uma oferta muito generosa. Queria adquirir todo o estoque de romances de Julián Carax que ainda houvesse no estabelecimento e oferecia por eles três vezes o preço de mercado.

— Nem precisa me dizer. Para queimá-los — murmurei.

Isaac sorriu, surpreso.

— Ora, ora. E o senhor antes parecia bobo, só perguntando sem saber nada.

— Quem era esse indivíduo? — perguntei.

— Um tal Aubert ou Coubert, não lembro bem.

— Laín Coubert?

— Conhece?

— É o nome de um personagem de *A sombra do vento*, último romance de Carax.

Isaac franziu o cenho.

— Um personagem de ficção?

— No romance, Laín Coubert é o nome do diabo.

— Um tanto teatral, eu diria. Mas, seja quem for, ao menos tem senso de humor — considerou Isaac.

Eu, que ainda tinha vivo na memória o encontro com aquele personagem, não via graça nele de forma alguma, mas reservei minha opinião para outro momento.

— Esse indivíduo, Coubert, ou como quer que se chamasse, tinha o rosto queimado, desfigurado?

Isaac me observou com um sorriso a meio caminho entre a troça e a preocupação.

— Não tenho a menor ideia. A pessoa que me contou isso tudo não chegou a vê-lo, e eu só soube porque Cabestany filho contou à sua secretária no dia seguinte. Não mencionou nada sobre rostos queimados. Quer dizer que o senhor não tirou isso de um romance?

Balancei a cabeça, desfazendo da importância do assunto.

— Como acabou a história? O filho do editor vendeu os livros para Coubert? — perguntei.

— O idiota do rapaz quis passar por esperto. Pediu mais dinheiro do que Coubert estava oferecendo, e o sujeito retirou a proposta. Dias depois, o depósito da editora Cabestany, em Pueblo Nuevo, ardeu em chamas até o cimento, pouco depois da meia-noite. E grátis.

Suspirei.

— O que aconteceu com os livros de Carax? Perderam-se no fogo?

— Quase todos. Por sorte, a secretária de Cabestany, ao ouvir a história da oferta, teve um pressentimento e, por sua própria conta e risco, foi ao depósito e levou para casa um exemplar de cada título de Carax. Era ela quem mantinha a correspondência com Carax, e ao longo dos anos os dois estabeleceram certa amizade. Chamava-se Nuria, e tudo indica que era a única pessoa na editora, provavelmente em toda Barcelona, que lia os romances de Carax. Nuria tinha um fraco pelas causas perdidas. Desde pequena recolhia animaizinhos na rua e os levava para casa. Com o tempo, passou a adotar romancistas malditos, talvez porque o pai quis ser um e nunca pôde.

— Parece que o senhor a conhece bem.

Isaac deu seu sorriso de diabinho coxo.

— Mais do que ela pensa. É minha filha.

O silêncio e a dúvida me assaltaram. Quanto mais eu escutava aquela história, mais perdido me sentia.

— Parece que Carax voltou a Barcelona em 1936. Há quem diga que morreu aqui. Ainda tinha família na cidade? Alguém que pudesse saber a seu respeito?

Isaac suspirou.

— Vá saber. Os pais de Carax tinham se separado havia tempos, acho. A mãe partiu para a América do Sul, onde tornou a se casar. Com o pai, que eu saiba, não falava desde que foi para Paris.

— Por que não?

— Como vou saber? As pessoas complicam a vida, como se já não fosse complicada o suficiente.

— Sabe se ainda está vivo?

— Espero que sim. Era mais novo que eu, mas eu saio pouco e há anos não leio o obituário, porque os conhecidos morrem como moscas e a gente fica assustado, de verdade. Carax era o sobrenome da mãe, com toda a certeza. O pai tinha por sobrenome Fortuny. Era dono de uma chapelaria no largo de San Antonio e, até onde sei, não se dava muito bem com o filho.

— Poderia ser então que, ao voltar a Barcelona, Carax tivesse ficado tentado a encontrar sua filha, Nuria, já que havia alguma amizade entre eles?

Isaac riu amargamente.

— Provavelmente sou o menos indicado para saber isso. Afinal de contas, sou pai dela. Sei que certa vez, em 1932 ou 1933, Nuria foi a Paris para tratar de assuntos de Cabestany e se hospedou na casa de Julián Carax por algumas semanas. Foi Cabestany quem me contou isso, porque, segundo ela, ficou em um hotel. Minha filha estava solteira nessa época, e eu desconfiava que Carax tivesse uma quedinha por ela. Minha Nuria é daquelas que partem corações simplesmente ao cruzar a porta.

— Quer dizer que eles eram amantes?

— Você gosta de uma novela, hein? Olhe, eu nunca me meti na vida particular de Nuria, porque a minha também não é nenhum modelo de perfeição. Se algum dia tiver uma filha, felicidade que não desejo a nin-guém, porque a lei da vida é que mais cedo ou mais tarde ela vai partir seu coração, enfim, como eu dizia, se algum dia você tiver uma filha, sem perceber vai começar a dividir os homens em duas categorias: os que o senhor suspeita que dormem com ela e os que não. Quem negar isso estará mentindo. Eu tinha a intuição de que Carax era da primeira categoria, de modo que para mim dava no mesmo se era um gênio ou um pobre coitado. Sempre o considerei um sem-vergonha.

— Talvez o senhor estivesse enganado.

— Com todo respeito, você é muito jovem ainda e sabe tanto sobre mulheres quanto eu sei sobre fazer *panellets*.

— Isso é verdade — concordei. — E o que aconteceu com os livros que sua filha salvou do depósito?

— Estão aqui.

— Aqui?

— De onde pensa que saiu esse que você encontrou no dia em que seu pai o trouxe aqui?

— Não estou entendendo.

— É muito simples. Certa noite, dias depois do incêndio no depósito de Cabestany, Nuria apareceu por aqui. Estava nervosa. Dizia que alguém a tinha seguido e que temia que o tal Coubert quisesse pegar os livros para destruí-los. Disse que vinha esconder os livros de Carax. Entrou no salão principal e os escondeu no labirinto de estantes, como quem enterra um tesouro. Não lhe perguntei onde os tinha posto, nem ela me contou. Antes de ir embora, disse que, quando conseguisse encontrar Carax, voltaria para pegá-los. Parecia que ainda estava apaixonada por ele, mas não me disse nada. Perguntei se o tinha visto recentemente, se sabia alguma coisa dele. Ela disse que havia meses não tinha notícias suas, praticamente desde que ele havia mandado as correções finais do manuscrito do último livro, de Paris. Eu não saberia lhe dizer se ela estava mentindo. O que sei é que depois daquele dia Nuria nunca mais voltou a ouvir falar de Carax e que aqueles livros ficaram aqui, acumulando poeira.

— O senhor acha que sua filha aceitaria conversar comigo sobre tudo isso?

— Bem, minha filha adora falar, mas não sei se ela vai poder lhe dizer alguma coisa que algum empregado já não tenha lhe contado. Olhe, tudo isso já faz muito tempo. E a verdade é que ela e eu não nos damos tão bem quanto eu gostaria. Vemo-nos uma vez por mês. Almoçamos perto daqui e ela logo vai embora, do mesmo jeito que chegou. Sei que há alguns anos se casou com um bom rapaz; jornalista e um pouco estouvado, é verdade, desses que estão sempre metidos em alguma confusão política, mas de bom coração. Casou-se no civil, sem convidados. Fiquei sabendo um mês depois. Ela nunca me apresentou ao marido. Miguel, chama-se. Ou algo assim. Suponho que não tenha muito orgulho do pai, e não a culpo. Ela agora é outra mulher. Imagine que até aprendeu a tricotar, e ouvi dizer que não se veste mais como Simone de Beauvoir. Um dia desses vou ficar sabendo que sou avô. Há anos trabalha em casa como tradutora de francês e italiano. Não sei de onde tirou esse talento, juro. É claro que não foi do pai. Deixe-me anotar o endereço dela, embora eu não saiba se é uma boa ideia lhe dizer que fui eu quem o mandou.

Isaac rabiscou uns garranchos no canto de um jornal velho e rasgou o pedaço para me dar.

— Agradeço — falei. — Talvez ela se lembre de alguma coisa, nunca se sabe...

Isaac sorriu com certa tristeza.

— Quando era pequena, lembrava-se de tudo. Tudo. Depois, os filhos crescem e já não sabemos o que pensam ou sentem. E assim deve ser, imagino. Não conte a Nuria o que lhe expliquei, hein? Que fique entre nós o que dissemos aqui.

— Não se preocupe. O senhor acha que ela ainda pensa em Carax?

Isaac suspirou longamente, baixando os olhos.

— Como vou saber? Não sei se gostava dele realmente. Essas coisas ficam no coração de cada um, e agora ela é uma mulher casada. Eu, na sua idade, tive uma namorada chamada Teresita Boadas, que costurava aventais para a fábrica de tecelagem Santamaría, na rua do Comércio. Tinha dezesseis anos, dois a menos do que eu, e foi a primeira mulher por quem me apaixonei. Não faça essa cara, porque já sei que vocês, jovens, acham que nós, velhos, nunca nos apaixonamos. O pai de Teresita tinha uma barraquinha de gelo no mercado de Borne e era mudo de nascença. Você não imagina o medo que senti no dia em que pedi a filha dele em casamento. O homem ficou cinco minutos me encarando sem dizer nada, com o picador de gelo na mão. Fazia dois anos que eu estava economizando para comprar uma aliança quando Teresita caiu doente. Alguma coisa que pegou no trabalho, disse ela. Em seis meses morreu de tuberculose. Ainda lembro como o mudo gemia no dia em que a enterramos no cemitério de Pueblo Nuevo.

Isaac se recolheu a um profundo silêncio. Não me atrevia sequer a respirar. Instantes depois, ergueu o olhar e sorriu.

— Estou falando de nada menos do que cinquenta e cinco anos atrás. Mas, sinceramente, não passo um dia sem me lembrar dela, dos passeios que dávamos nas ruínas da Exposição Universal de 1888 e de como ela ria de mim quando eu lhe lia os poemas que escrevia no quarto dos fundos do restaurante de tio Leopoldo, cuja especialidade eram chouriços e frutos do mar. Lembro-me até do rosto de uma cigana que leu nossa mão na praia de Bogatell e nos disse que passaríamos a vida toda juntos. De certa maneira, não estava mentindo. Pois então: acho que Nuria ainda pensa nesse homem, embora não o diga. E a verdade é que não sei se perdoarei Carax algum dia. Você ainda é muito jovem, mas eu sei como essas coisas doem. Se quer saber minha opinião, Carax era um ladrão de corações, e levou o da minha filha para a sepultura ou para o inferno. Só lhe peço uma coisa, se o senhor a vir e falar com ela: que me diga como está. Que descubra se é feliz. E se perdoou o pai.

Pouco antes do amanhecer, levando apenas uma lamparina a óleo, entrei uma vez mais no Cemitério dos Livros Esquecidos. Ao fazê-lo, imaginava a filha de Isaac percorrendo aqueles mesmos corredores escuros e intermináveis, com a mesma determinação que me impelia: salvar o livro. De início, eu achava que me lembraria do caminho que fizera durante a primeira visita àquele lugar, guiado pela mão do meu pai, mas logo compreendi que as bifurcações do labirinto multiplicavam os corredores em espirais impossíveis de serem lembradas. Três vezes tentei seguir um caminho que pensava saber de cor, e três vezes o labirinto me levou de volta ao ponto de partida. Isaac me esperava ali, sorrindo.

— Pensa voltar para buscá-lo um dia? — perguntou ele.

— Claro que sim.

— Nesse caso, talvez deva lançar mão de um pequeno truque.

— Truque?

— Rapaz, você ouve meio mal, hein? Lembra-se do Minotauro?

Levei alguns segundos para entender sua sugestão. Isaac extraiu um velho canivete do bolso e o estendeu para mim.

— Faça uma pequena marca em cada esquina que dobrar, uma marca que só você reconheça. É madeira velha, tem tantos arranhões e estrias que ninguém vai perceber, a menos que já saiba o que procura.

Seguindo seu conselho, entrei novamente no coração da estrutura. Sempre que mudava de direção, parava e marcava as estantes com um c e um x na lateral do corredor pelo qual seguia. Vinte minutos depois, estava completamente perdido nas entranhas da torre, mas o lugar onde enterraria o romance se revelou por acaso. À minha direita, vislumbrei uma fileira de volumes sobre a desamortização oriundos da pena do célebre Jovellanos. Aos meus olhos de adolescente, semelhante camuflagem teria dissuadido até as mais perversas mentes. Extraí alguns e inspecionei a segunda fileira, escondida atrás daqueles muros de prosa granítica. Entre nuvenzinhas de pó, várias comédias de Moratín e um resplandecente exemplar do romance de cavalaria catalão *Curial e Güelfa* se alternavam com o *Tractatus Logico Politicus* de Spinoza. Com um toque de humor, optei por confinar Carax entre um anuário de sentenças judiciais dos tribunais civis de Gerona de 1901 e uma coleção de romances de Juan Valera. Para ganhar espaço, decidi retirar o livro de poesia do Século de Ouro que os separava e, em seu lugar, fiz escorregar *A sombra do vento*. Despedi-me do romance com uma piscadela e voltei a colocar no lugar a antologia de Jovellanos, completando toda a primeira fila.

Sem mais cerimonial, afastei-me dali, orientando-me pelas marcas que havia deixado pelo caminho. Enquanto percorria túneis e mais túneis de livros na penumbra, não pude evitar que me invadisse uma sensação de tristeza e desânimo. Pensava que se eu, por puro acaso, tinha descoberto todo um universo em um só livro desconhecido na infinidade daquela necrópole, dezenas de milhares de outros livros ficariam inexplorados, esquecidos para sempre. Senti-me rodeado por milhares de páginas abandonadas, de universos e almas sem dono, que se fundiam em um oceano de escuridão enquanto o mundo que palpitava do lado de fora daquelas paredes perdia a memória sem perceber, dia após dia, sentindo-se mais sábio quanto mais esquecia.

Despontavam as primeiras luzes da aurora quando retornei ao meu apartamento, na rua Santa Ana. Abri a porta com cuidado e cruzei o umbral com a luz apagada. Do vestíbulo se via a sala de jantar no fim do corredor, a mesa ainda arrumada para a festa. A torta salgada continuava ali, intacta, e a baixela permanecia esperando o jantar. A silhueta de meu pai se recortava imóvel na grande poltrona, olhando pela janela. Estava acordado e ainda vestia seu terno de sair. Volutas de fumaça subiam preguiçosamente do cigarro preso entre o indicador e o anular, como se fosse uma pena. Fazia anos que eu não via meu pai fumar.

— Bom dia — murmurou ele, apagando o cigarro em um cinzeiro cheio de guimbas pela metade.

Olhei para ele sem saber o que dizer. A contraluz escondia seu olhar.

— Clara ligou várias vezes ontem, algumas horas depois que você saiu — disse ele. — Parecia muito preocupada. Deixou recado pedindo que você lhe retornasse, a qualquer hora.

— Não penso em ver Clara nunca mais, nem falar com ela.

Meu pai se limitou a assentir em silêncio. Deixei-me cair em uma das cadeiras da sala de jantar. Baixei o olhar para o chão.

— Vai me dizer onde estava?

— Por aí.

— Fiquei preocupado.

Não havia raiva em sua voz, nem mesmo censura, só cansaço.

— Eu sei. Sinto muito — respondi.

— O que aconteceu com seu rosto?

— Escorreguei na chuva e caí.

— Essa chuva devia ter uma direita poderosa. Ponha alguma coisa aí.

— Não é nada. Nem estou sentindo — menti. — Preciso é dormir. Não me aguento em pé.

— Pelo menos abra seu presente antes de ir para a cama.

Meu pai apontou para o pacote embrulhado em papel celofane que tinha depositado, na noite anterior, na mesa de jantar. Hesitei um segundo. Ele assentiu. Peguei o pacote e avaliei seu peso. Entreguei-o a meu pai sem abrir.

— É melhor devolver. Não mereço nenhum presente.

— Presentes são dados pelo prazer de quem presenteia, não pelo mérito de quem recebe — retrucou meu pai. — Além disso, não posso mais devolver. Vamos, abra.

Desfiz o cuidadoso embrulho na penumbra da madrugada. O pacote continha uma caixa de madeira lavrada, reluzente, debruada com rebites dourados. Um sorriso iluminou meu rosto antes de abri-la. O som do fecho era maravilhoso, um mecanismo de relojoaria. O interior do estojo era forrado de veludo azul-escuro. A fabulosa Montblanc Meinsterstück de Victor Hugo descansava no centro, deslumbrante. Tomei-a nas mãos e contemplei-a à luz da varanda. Sobre a pinça de ouro da tampa havia uma inscrição gravada.

DANIEL SEMPERE, 1950

Olhei boquiaberto para meu pai. Acho que nunca o vi tão feliz como me pareceu naquele instante. Sem dizer nada, levantou-se da poltrona e me abraçou com força. Senti que minha garganta se apertava e, sem palavras, não disse nada.

UMA FIGURA GENIAL
1953

11

Naquele ano, o outono cobriu Barcelona com um manto de folhas que esvoaçava pelas ruas como pele de serpente. A lembrança daquela longínqua noite de aniversário havia esfriado meu ânimo, ou quem sabe a vida tinha decidido me conceder um descanso das minhas penas para que eu começasse a amadurecer. Fiquei surpreso comigo mesmo de pensar tão pouco em Clara Barceló, ou em Julián Carax, ou naquele fantoche sem rosto que cheirava a papel queimado e se declarava personagem saído das páginas de um livro. Em novembro tinha completado um mês de sobriedade, sem me aproximar uma só vez da praça Real para mendigar um reflexo de Clara na janela. O mérito, devo confessar, não foi de todo meu. As coisas na livraria iam melhorando e meu pai e eu tínhamos mais trabalho, do qual não podíamos nos safar.

— Neste ritmo, vamos ter que contratar mais uma pessoa para nos ajudar na procura dos pedidos — comentou meu pai. — O ideal seria uma pessoa muito especial, meio detetive, meio poeta, que cobre barato e que não se assuste com missões impossíveis.

— Acho que tenho o candidato certo — falei.

Encontrei Fermín Romero de Torres em seu lugar de sempre, sob os arcos da rua Fernando. O mendigo estava recompondo a primeira página do *Hoja del Lunes*, a partir de pedaços resgatados de um montão de jornais velhos. A manchete do dia falava de obras públicas e desenvolvimento.

— Deus do céu! Mais um problema? — escutei-o exclamar. — Esses fascistas vão acabar transformando todos nós em uma raça de beatas e batráquios.

— Boa tarde — falei, baixinho. — Lembra-se de mim?

O mendigo levantou os olhos, e seu rosto logo se iluminou com um sorriso de orelha a orelha.

— Abençoados sejam meus olhos! O que o traz aqui, amigo? E vai aceitar um gole de vinho tinto, não vai?

— Hoje convido eu — falei. — Está com fome?

— Rapaz, eu não diria não a uma boa mariscada, mas estou pronto para tudo.

A caminho da livraria, Fermín Romero de Torres me relatou toda espécie de confusão que tinha vivido naquelas semanas com o objetivo de se esquivar das forças de segurança do Estado, mais particularmente de sua nêmesis, um tal inspetor Fumero, com quem, ao que parece, tinha um longo histórico de conflitos.

— Fumero? — perguntei, lembrando que aquele era o nome do soldado que havia assassinado o pai de Clara Barceló no castelo de Montjuic, no início da guerra.

O homenzinho assentiu, pálido e assustado. Estava faminto e sujo e fedia a meses de vida nas ruas. O coitado não tinha nem ideia de para onde eu o estava levando, e percebi seu olhar assustado e a crescente angústia que ele se esforçava em esconder com um falatório incessante. Quando chegamos à livraria, ele me lançou um olhar de preocupação.

— Vamos, entre. Esta é a livraria do meu pai, a quem quero apresentá-lo.

O mendigo se retraiu, um misto de sujeira e nervos.

— Não, não, de maneira alguma, não estou apresentável e este é um estabelecimento de categoria. Vou envergonhá-lo...

Meu pai apareceu à porta, deu uma olhada rápida no mendigo e me olhou de soslaio.

— Pai, este é Fermín Romero de Torres.

— A seu dispor — disse o mendigo, quase tremendo.

Meu pai sorriu serenamente e estendeu-lhe a mão. O mendigo não se atrevia a apertá-la, envergonhado de seu aspecto e da sujeira que lhe cobria a pele.

— Escute, é melhor que eu vá embora e os deixe — gaguejou ele.

Meu pai o segurou de leve pelo braço.

— Nada disso, meu filho disse que o senhor jantará conosco.

O mendigo nos olhou atônito, apavorado.

— Por que não sobe até nossa casa e toma um bom banho quente? — convidou meu pai. — Em seguida, se estiver de acordo, vamos caminhando até Can Solé.

Fermín Romero de Torres balbuciou algo ininteligível. Meu pai, sem abdicar do sorriso, guiou-o para a porta de entrada e precisou praticamente arrastá-lo escada acima até o apartamento, enquanto eu fechava a loja. Com muita oratória e táticas sub-reptícias, conseguimos colocá-lo na banheira e despi-lo de seus andrajos. Nu, ele parecia uma fotografia de guerra e tremia como um frango depenado. Tinha marcas profundas nos punhos e joelhos, e seu dorso e suas costas estavam cobertos de terríveis cicatrizes que doíam só de olhar. Meu pai e eu trocamos olhares de pavor, mas não dissemos nada.

O mendigo se deixou banhar como uma criança, assustado e tremendo. Enquanto eu buscava roupas limpas no baú, escutava a voz de meu pai, que falava sem interrupção. Encontrei um terno que meu pai não usava nunca, uma camisa velha e alguma roupa de baixo. Da muda que o mendigo trazia não se podia aproveitar nem os sapatos. Escolhi para ele uns que meu pai quase não usava porque estavam pequenos. Embrulhei os trapos em jornal, inclusive umas calças que tinham a cor e a consistência de presunto de Parma, e os joguei na lixeira. Quando voltei ao banheiro, meu pai estava fazendo a barba de Fermín Romero de Torres na banheira. Pálido e cheirando a sabão, ele parecia um homem com vinte anos a menos. Pelo que vi, os dois já haviam ficado amigos. Fermín Romero de Torres, talvez por efeito do banho, estava animado.

— Ouça o que lhe digo, sr. Sempere, se a vida não houvesse querido que minha carreira fosse no mundo da intriga internacional, minha vocação de coração eram os clássicos. Desde criança senti o apelo da poesia e queria ser Sófocles ou Virgílio, porque a tragédia e as línguas mortas me deixam todo arrepiado, mas meu pai, que descanse em paz, era um homem carrancudo, de pouca visão, e sempre quis que um de seus filhos ingressasse na Guarda Civil, já que nenhuma das minhas sete irmãs seria aceita na Benemérita, apesar do bigode que sempre caracterizou as mulheres da minha família por parte de mãe. No seu leito de morte, meu progenitor me fez jurar que, mesmo que nunca chegasse a ostentar o chapéu de três pontas, seria ao menos funcionário público e abandonaria toda pretensão de seguir minha inclinação lírica. Sou daqueles à moda antiga para quem um pai, mesmo burro, deve ser obedecido, o senhor me entende. Mas não pense que desprezei o cultivo do intelecto nos meus anos de aventura. Fiz minhas leituras e poderia lhe citar de cor trechos selecionados de *A vida é sonho.*

— Vamos, homem, vista essa roupa, faça-me o favor, que já não temos dúvidas da sua erudição — falei, tentando socorrer meu pai.

O olhar de Fermín Romero de Torres se derretia de gratidão. Ele saiu da banheira, reluzente, e meu pai o envolveu em uma toalha. O mendigo ria de puro prazer ao sentir o tecido limpo sobre a pele. Ajudei-o a vestir a roupa, que era uns dez tamanhos grande demais. Meu pai tirou o cinto e me entregou para que eu o passasse ao mendigo.

— O senhor está muito elegante — disse meu pai. — Não está, Daniel?

— Qualquer um pensaria que é um artista de cinema.

— Essa não, que já não sou mais como antes. Perdi minha musculatura hercúlea na prisão e desde então...

— Pois para mim o senhor está parecido com Charles Boyer — objetou meu pai. — O que me faz lembrar que eu gostaria de lhe fazer uma proposta.

— Pelo senhor, sr. Sempere, se for preciso eu até mato. Só precisa me dizer o nome, e eu liquido o homem sem dor.

— Não será preciso tanto. O que eu queria lhe oferecer é um trabalho na livraria. Trata-se de procurar livros raros para nossos clientes. É quase um cargo de arqueologia literária, para o qual se precisa conhecer tanto os clássicos quanto as técnicas básicas da pirataria. Não posso lhe pagar muito por agora, mas o senhor fará as refeições conosco e, até que lhe encontremos uma boa pensão, ficará hospedado na nossa casa, se estiver de acordo.

O mendigo olhou para nós, mudo.

— O que me diz? — perguntou meu pai. — Junta-se à equipe?

Achei que Fermín Romero de Torres estava prestes a responder, mas foi então que começou a chorar.

Com seu primeiro salário, Fermín Romero de Torres comprou um chapéu vistoso e uns sapatos de chuva e se empenhou em nos convidar, a meu pai e a mim, para um prato de rabada servido às segundas-feiras em um restaurante a algumas ruas da praça Monumental. Meu pai lhe conseguira um quarto em uma pensão na rua Joaquín Costa, onde, graças à amizade de nossa vizinha Mercedes com a dona, foi possível evitar o preenchimento do questionário da polícia para controle dos hóspedes e assim manter Fermín Romero de Torres longe do olfato do inspetor Fumero e seus comparsas. Às vezes me vinha à lembrança a imagem das terríveis cicatrizes que cobriam seu corpo. Eu ficava tentado a perguntar sobre elas, temendo que talvez o inspetor Fumero tivesse algo a ver com o assunto, mas alguma coisa no olhar do pobre homem me dizia que era melhor me calar. No momento oportuno, ele acabaria nos contando. Todas as manhãs, às sete em ponto, Fermín nos esperava na porta da livraria com aspecto impecável e sempre com um sorriso, disposto a trabalhar uma jornada de doze horas ou mais, sem interrupções. Havia descoberto uma paixão por chocolates e doces equivalente a seu entusiasmo pelas tragédias gregas, razão pela qual ganhara um pouco de peso. Fazia o estilo rapaz de boa família, com o cabelo penteado todo para trás, e, para acompanhar a moda, tinha deixado crescer um bigode fino. Trinta dias depois de sair daquela banheira, o ex-mendigo era outra pessoa. Mas, apesar da incrível mudança, Fermín Romero de Torres nos havia deixado boquiabertos mesmo era no campo de batalha. Seus instintos de detetive, que eu atribuíra a alucinações febris, eram de uma precisão cirúrgica. Em suas mãos, os pedidos mais estranhos se resolviam em dias, quando não em horas. Não havia título que ele não conhecesse, nem argúcia para consegui-lo que não lhe ocorresse para adquiri-lo a bom preço. Ele se enfiava nas bibliotecas particulares das duquesas da avenida Pearson e dos diletantes do círculo equestre somente com a lábia, sempre assumindo identidades fictícias, e conseguia que lhe presenteassem com os livros ou os vendessem a preço de banana.

A transformação do mendigo em cidadão exemplar parecia um milagre, um desses casos que os padres sempre gostam de contar para ilustrar a infinita misericórdia do Senhor, mas que sempre soam perfeitas demais para serem verdadeiras, como os anúncios de tônico capilar no bonde. Três meses e meio depois de Fermín começar a trabalhar na livraria, o telefone de casa nos despertou às duas da manhã, em um domingo. Era a dona da pensão onde se hospedava Fermín Romero de Torres. Com a voz entrecortada, ela nos explicou que o sr. Romero de Torres havia se trancado no quarto à chave e estava gritando como um louco, esmurrando as paredes e jurando que, se alguém entrasse, se mataria ali mesmo cortando o pescoço com uma garrafa quebrada.

— Não chame a polícia, por favor. Iremos agora mesmo.

Saímos correndo em direção à rua Joaquín Costa. A noite estava fria, com um vento cortante e céu de alcatrão. Passamos correndo pela frente da Casa da Misericórdia e da Casa da Piedade, ignorando os olhares e cochichos que vinham silvando de portais escuros cheirando a esterco e carvão. Chegamos à esquina da rua Ferlandina. A Joaquín Costa se abria como uma brecha de colmeias enegrecidas fundindo-se nas trevas do Raval. O filho mais velho da dona da pensão nos esperava à porta da rua.

— Chamaram a polícia? — perguntou meu pai.

— Ainda não — respondeu o filho.

Subimos a escada. A pensão ficava no segundo andar, e a escada era uma espiral de sujeira onde só se via o brilho ocre das lâmpadas nuas e cansadas que pendiam do fio descascado. Dona Encarna, viúva de um cabo da Guarda Civil e dona da pensão, nos recebeu à porta com um roupão azul-claro e a cabeça repleta de bobes.

— Olhe, sr. Sempere, esta é uma casa decente e de categoria. Sobram ofertas, não tenho por que aguentar essas cenas — disse ela enquanto nos guiava por um corredor escuro cheirando a umidade e amônia.

— Compreendo — murmurou meu pai.

Ouviam-se os gritos de Fermín Romero de Torres dilacerando as paredes no fim do corredor. Pelas portas entreabertas espiavam alguns rostos magros e assustados, rostos de pensão e de sopa aguada.

— Venha, e os outros vão dormir, que isto aqui não é teatro de revista — exclamou dona Encarna, de mau humor.

Paramos em frente à porta do quarto de Fermín. Meu pai bateu suavemente, com o nó dos dedos.

— Fermín? Está aí? É Sempere!

O uivo que atravessou a parede me gelou a alma. Até dona Encarna perdeu a compostura de chefe e levou as mãos ao coração, oculto sob as abundantes dobras do peito frondoso.

Meu pai chamou outra vez:

— Fermín? Ande, abra!

Fermín uivou de novo, jogando-se na parede, gritando obscenidades até ficar sem voz. Meu pai suspirou.

— A senhora tem a chave do quarto?

— Claro que sim.

— Vá buscá-la.

Dona Encarna hesitou. Os demais inquilinos voltaram a aparecer no corredor, lívidos de pavor. Aqueles gritos deviam estar sendo ouvidos até no porto.

— E você, Daniel, vá correndo buscar o dr. Baró, aqui do lado, no número doze da Riera Alta.

— Escute, não seria melhor chamar um padre? Porque eu acho que esse aí está é com o diabo no corpo — opinou dona Encarna.

— Não. É melhor um médico. E se ele resolver se matar? Vamos, Daniel, corra. E a senhora, me dê essa chave, por favor.

O dr. Baró era um solteirão insone que passava as noites lendo Zola e vendo fotografias de moças em trajes menores como forma de combater o tédio. Era cliente habitual da loja do meu pai e se autodenominava curandeiro, mas a verdade é que tinha mais olho para acertar diagnósticos do que metade dos arrogantes doutores com consultório na rua Muntaner. Grande parte de sua clientela era composta de velhas prostitutas do bairro e pobres-diabos que não podiam pagar quase nada, mas a quem ele atendia do mesmo jeito. Mais de uma vez eu o tinha ouvido dizer que o mundo era um penico e que ele estava esperando o Barcelona ser campeão logo de uma vez para morrer em paz. Abriu a porta de roupão, cheirando a vinho e com um cigarro apagado entre os lábios.

— Daniel?

— Meu pai me pediu para vir. É uma emergência.

De volta à pensão, encontramos dona Encarna soluçando, assustada, os inquilinos brancos como velas e meu pai segurando Fermín Romero de Torres nos braços em um canto do quarto. Fermín estava nu, chorando e tremendo de medo. O quarto estava todo arrebentado, as paredes manchadas com o que não era possível saber se era sangue ou excremento. O dr. Baró examinou por alto a situação e, com um gesto, indicou ao meu pai que seria preciso deitar Fermín na cama. O filho de dona Encarna, que era aspirante a boxeador, os ajudou. Fermín gemia e se contorcia como se um animal lhe devorasse as entranhas.

— Mas o que tem este pobre homem, Deus meu? O que ele tem? — gemia dona Encarna à porta, balançando a cabeça.

O doutor tomou-lhe o pulso, examinou suas pupilas com uma lanterninha e, sem dizer palavra, começou a preparar-lhe uma injeção de um frasco que trazia na maleta.

— Segurem-no. Isto o fará dormir. Daniel, ajude aqui.

Nós quatro, juntos, imobilizamos Fermín, que se sacudiu violentamente quando sentiu a picada da agulha. Os músculos se retesaram como cabos de aço, mas em alguns segundos seus olhos se enevoaram e seu corpo caiu inerte.

— Escute, tome cuidado, porque este homem é muito frágil e, dependendo do que lhe der, pode morrer — disse dona Encarna.

— Não se preocupe. Está só dormindo — disse o doutor, examinando as cicatrizes que cobriam o corpo esfomeado de Fermín.

Vi-o sacudir a cabeça em silêncio.

— *Fills de puta* — murmurou.

— O que são essas cicatrizes? — perguntei. — Cortes?

O dr. Baró fez que não com a cabeça, sem erguer a vista. Buscou um cobertor entre os destroços e cobriu seu paciente.

— Queimaduras. Este homem foi torturado — explicou. — Estas marcas foram feitas por um maçarico.

Fermín dormiu durante dois dias. Ao acordar, não se lembrava de nada, exceto que pensara ter acordado em uma cela escura, e depois mais nada. Sentiu-se tão envergonhado de seu comportamento que pediu perdão de joelhos a dona Encarna. Jurou-lhe que pintaria a pensão e, como sabia que ela era muito devota, que encomendaria para ela dez missas na igreja de Belém.

— O senhor tem é que ficar bem e não me dar mais esses sustos, que eu já estou velha para isso.

Meu pai pagou os prejuízos e pediu a dona Encarna que desse outra chance a Fermín. Ela concordou de bom grado. A maior parte de seus inquilinos era de deserdados e gente muito só no mundo, como ela. Passado o susto, seu carinho por Fermín aumentou, e ela o fez prometer que tomaria corretamente os remédios receitados pelo dr. Baró.

— Pela senhora, dona Encarna, engulo até um tijolo se for preciso.

Com o tempo, todos fingimos ter esquecido o ocorrido, mas nunca mais levei na brincadeira as histórias do inspetor Fumero. Depois daquele episódio, para que Fermín Romero de Torres não ficasse sozinho, quase todos os domingos o levávamos para comer no bar Novedades. Depois, íamos a pé até o cinema Fémina, na esquina da rua Diputación com o passeio de Gracia. Um dos lanterninhas era amigo do meu pai e nos deixava entrar pela porta de incêndio no meio do noticiário, sempre no momento em que o Generalíssimo cortava a faixa inaugural de algum novo reservatório de águas, o que deixava Fermín Romero de Torres com os nervos à flor da pele.

— Que vergonha — dizia ele, indignado.

— Não gosta de cinema, Fermín?

— Cá entre nós, essa tal de sétima arte me irrita. A meu ver, não passa de uma forma de anestesiar a plebe embrutecida, pior do que o futebol ou as touradas. O cinema nasceu como uma invenção para distrair as massas analfabetas e cinquenta anos depois continua do mesmo jeito.

Toda essa reticência mudou rapidamente no dia em que Fermín Romero de Torres descobriu Carole Lombard.

— Que busto, Jesus, Maria e José, que busto! — exclamou em plena projeção, fora de si. — Isso não são peitos, são duas caravelas!

— Cale a boca, seu papagaio, senão vou chamar o gerente agora mesmo — disse uma voz de confessionário instalada algumas filas atrás de nossas poltronas. — Mas que pouca vergonha. É um país de porcos!

— É melhor falar baixo, Fermín — aconselhei.

Fermín Romero de Torres não me escutou. Andava perdido no doce vaivém daquele milagroso decote, o sorriso congelado e os olhos envenenados de tecnicolor. Mesmo mais tarde, ao voltarmos pelo passeio de Gracia, nosso detetive bibliográfico continuava em transe.

— Acho que vamos ter que encontrar uma mulher para você — falei. — Uma mulher vai alegrar sua vida, você vai ver.

Fermín Romero de Torres suspirou, sua mente ainda relembrando as delícias da lei da gravidade.

— Fala por experiência própria, Daniel? — perguntou ele, ingenuamente.

Limitei-me a sorrir, sabendo que meu pai me observava de soslaio.

Depois daquele dia, Fermín Romero de Torres passou a ir todos os domingos ao cinema. Meu pai preferia ficar em casa lendo, mas Fermín Romero de Torres não perdia uma sessão. Comprava um monte de chocolates e se sentava na fila dezessete para devorá-los, esperando o aparecimento espetacular da diva da vez. A história não era o que mais lhe interessava, e ele não parava de falar até que uma dama de consideráveis atributos aparecesse na tela.

— Andei pensando nessa história sua do outro dia, de me arranjar uma mulher — disse Fermín Romero de Torres. — Talvez tenha razão. Na pensão há um inquilino novo, um ex-seminarista sevilhano engraçadíssimo, que de vez em quando aparece com umas mulheres fantásticas. Nossa, como a raça melhorou. Não sei a razão de seu sucesso, pois ele é um rapaz sem maiores atrativos, mas quem sabe ele as deixa tontas com seus padres-nossos. Como o quarto dele é ao lado do meu, eu ouço tudo, e, a julgar pelo que ouço, o frade é um verdadeiro artista. O que não faz um uniforme. E você, qual é seu tipo de mulher?

— A verdade é que não sei muito sobre elas.

— Saber, ninguém sabe, nem Freud, nem elas mesmas, mas isso é como a eletricidade, não é preciso saber como funciona para levar um choque. Vamos, diga. Qual é seu tipo? Que me desculpem, mas eu acho que uma mulher tem que ter formas de fêmea e algum lugar para se segurar, mas você tem jeito de preferir as magras, que é um gosto que respeito muitíssimo, viu, não me interprete mal.

— Para ser sincero, não tenho muita experiência com mulheres. Ou melhor, nenhuma.

Fermín Romero de Torres olhou-me devagar, intrigado com aquela manifestação de ascetismo.

— Eu achava que aquela história daquela noite, sabe, o soco...

— Antes tudo doesse como uma bofetada...

Fermín pareceu ler meu pensamento e abriu um sorriso solidário.

— Pois ouça, não faz mal, porque o melhor das mulheres é descobri-las. Como na primeira vez. Não sabemos o que é a vida até tirarmos a roupa de uma mulher pela primeira vez. Botão a botão, como se estivéssemos descascando uma batata bem quentinha, em uma noite de inverno. Ahhh...

Segundos depois, Veronica Lake fez sua entrada em cena e Fermín pulou para outra dimensão. Aproveitando uma sequência em que Veronica Lake descansava, Fermín anunciou que ia fazer uma visita ao balcão de guloseimas do saguão, para repor as energias. Depois de passar meses com fome, meu amigo tinha perdido o senso da medida, mas, graças a seu metabolismo veloz, nunca chegava a perder aquele ar esfomeado e esquálido do pós-guerra. Fiquei sozinho, apenas acompanhando a ação na tela. Mentiria se dissesse que pensava em Clara. Pensava apenas em seu corpo, trêmulo sob as investidas do professor de música, resplandecendo de suor e prazer. Meu olhar escorregou da tela e só então reparei no espectador que acabava de entrar. Vi sua silhueta avançar até as poltronas, seis filas na minha frente, e sentar-se. Pensei que os cinemas estavam repletos de gente solitária. Como eu.

Tentei me concentrar para retomar o fio da ação. O galã, um detetive cínico, mas de bom coração, explicava para um personagem secundário por que as mulheres como Veronica Lake eram a perdição de todo macho autêntico e que, apesar disso, não havia saída senão amá-las desesperadamente e morrer traído por perfídia. Fermín Romero de Torres, que estava se transformando em um crítico experiente, chamava a esse tipo de história "o conto do louva-a-deus". Segundo ele, não passavam de fantasias misóginas para funcionários públicos com problemas de prisão de ventre e beatas entediadas que sonhavam entregar-se ao vício e ter uma vida de putas perversas. Sorri ao imaginar os comentários de pé de página que teria feito meu amigo crítico caso não houvesse se ausentado para comparecer a seu encontro marcado com as guloseimas. Meu sorriso gelou em menos de um segundo. O espectador sentado seis filas adiante havia se virado e me olhava fixamente. O halo luminoso do projetor cortava as trevas da sala, um sopro de luz onde se movimentavam partículas de poeira que só desenhava linhas e manchas de cor. Reconheci no mesmo instante Coubert, o homem sem rosto. Seu olhar sem pálpebras brilhava, penetrante. O sorriso sem lábios aparecia na escuridão. Senti dedos gelados se fechando sobre meu coração. Duzentos violinos explodiram na tela, houve tiros, gritos e a cena escureceu. Por um instante a plateia desapareceu em uma escuridão absoluta e eu ouvia apenas o latejar martelando minhas têmporas. Até que, lentamente, uma nova cena surgiu na tela, desfazendo a escuridão da sala em um vapor de penumbra azul e púrpura. O homem sem rosto havia desaparecido. Virei-me e vi uma silhueta afastando-se pelo corredor da plateia, cruzando com Fermín Romero de Torres, que voltava de seu safári gastronômico. Ele entrou na fileira onde estávamos sentados e voltou a se instalar na poltrona. Ofereceu-me um bombom e me observou com certa reserva.

— Daniel, você está branco como nádega de freira. Está se sentindo bem?

Um alento invisível varria o espaço das poltronas.

— Estou sentindo um cheiro estranho — comentou Fermín Romero de Torres. — Como um peido rançoso, de notário ou procurador.

— Não. É cheiro de papel queimado.

— Vamos, coma uma bala de limão, que cura tudo.

— Não estou com vontade.

— Pois fique com ela, que nunca se sabe quando uma bala vai nos tirar de alguma encrenca.

Guardei a bala no bolso do casaco e passei o resto do filme sem prestar atenção em Veronica Lake nem nas vítimas de seus fatais encantos. Fermín Romero de Torres havia se perdido no espetáculo e nos chocolates. Quando acenderam a luz no final da sessão, parecia que eu havia despertado de um pesadelo, e fiquei tentado a considerar a existência daquele indivíduo na plateia como uma ilusão, um truque da memória, mas seu breve olhar na escuridão havia sido suficiente para me passar a mensagem. Ele não se esquecera de mim, nem do nosso pacto.

12

O primeiro efeito da chegada de Fermín logo se fez notar: descobri que eu ficava com muito mais tempo livre. Quando Fermín não estava ocupado com a caça e a captura de algum volume exótico para satisfazer os pedidos dos clientes, entretinha-se organizando o estoque, idealizando estratégias de promoção comercial no bairro, limpando o letreiro e as portas de vidro ou fazendo brilhar as lombadas dos livros com um pano com álcool. Dada a conjuntura, optei por investir meu tempo de ócio em dois afazeres dos quais havia descuidado totalmente nos últimos tempos: continuar investigando o enigma de Carax e, sobretudo, tentar passar mais tempo com meu amigo Tomás Aguilar, de quem sentia saudades.

Tomás era um rapaz introvertido e reservado, a quem as pessoas temiam por sua aparência de brigão, taciturno e ameaçador. Tinha uma constituição de lutador, ombros de gladiador e um olhar duro e penetrante. Havíamos nos conhecido anos antes, em uma briga, durante minha primeira semana no colégio de jesuítas de Caspe. Seu pai tinha vindo buscá-lo depois das aulas, acompanhado de uma menina presunçosa que acabou se revelando ser sua irmã. Tive a má ideia de fazer uma piada idiota a respeito dela, e, em um piscar de olhos, Tomás Aguilar havia se jogado em cima de mim com um dilúvio de socos que me deixou várias semanas muito dolorido. Tinha o dobro do meu tamanho, força e ferocidade. Naquele duelo no pátio, rodeado por um coro de garotos sedentos por luta sangrenta, perdi um dente e ganhei um novo senso de proporção. Não quis contar ao meu pai nem aos padres quem havia me surrado daquele jeito, nem explicar a eles que o pai de meu adversário havia assistido à surra feliz da vida com o espetáculo, fazendo coro com os demais colegas.

— Foi culpa minha — falei, dando o assunto por encerrado.

Três semanas depois, Tomás se aproximou de mim no recreio. Eu, morrendo de medo, fiquei paralisado. *Esse cara veio me matar*, pensei. Ele começou a gaguejar, e logo entendi que queria se desculpar, porque sabia que havia sido uma luta desigual.

— Sou eu quem tenho que pedir desculpas, por ter mexido com a sua irmã. Ia fazer isso no outro dia, mas você arrebentou minha boca antes de eu poder falar.

Tomás baixou os olhos, envergonhado. Observei aquele gigante tímido e silencioso que perambulava pelas aulas e pelos corredores do colégio como uma alma sem dono. Todos os outros garotos — a começar por mim — o temiam e evitavam falar com ele, sequer ousavam encará-lo. Com os olhos baixos, quase tremendo, ele me perguntou se eu queria ser seu amigo. Eu disse que sim. Ele ofereceu a mão e eu a apertei. O apertão doeu, mas eu aguentei. Naquela mesma tarde, Tomás me convidou para lanchar em sua casa e me mostrou a coleção de estranhos artefatos feitos a partir de peças e sucata que guardava no quarto.

— Fui eu que fiz — explicou ele, orgulhoso.

Eu era incapaz de entender o que era ou pretendia ser aquilo, mas me calei e concordei, admirado. Parecia que aquele grandalhão solitário tinha construído seus próprios amigos de latão e que eu era o primeiro a quem ele os havia apresentado. Era seu segredo. Falei da minha mãe e da saudade que sentia dela. Quando minha voz sumiu, Tomás me abraçou em silêncio. Tínhamos dez anos. Naquele dia, Tomás Aguilar se tornou meu melhor — e eu, seu único — amigo.

Apesar da aparência beligerante, Tomás era uma alma pacífica e bondosa a quem seu aspecto evitava qualquer confronto. Gaguejava bastante, especialmente quando falava com alguém que não fosse a mãe, a irmã ou eu, o que não ocorria quase nunca. Era fascinado por engenhocas mecânicas e invenções extravagantes, e logo descobri que fazia verdadeiras autópsias nos artefatos, de gramofones a calculadoras, a fim de descobrir seus segredos. Quando não estava comigo ou trabalhando com o pai, Tomás passava a maior parte do tempo fechado em seu quarto, construindo objetos estranhos. Tudo o que lhe sobrava de inteligência faltava-lhe em sentido prático. Seu interesse pelo mundo real concentrava-se em aspectos como a sincronia dos sinais de trânsito na Gran Vía, os mistérios dos chafarizes luminosos de Montjuic ou os brinquedos automáticos do parque de diversões de Tibidabo.

Tomás trabalhava à tarde no escritório do pai e às vezes, na saída, passava pela livraria. Meu pai sempre se interessava pelas invenções dele e o presenteava com manuais de mecânica ou com biografias de engenheiros como Eiffel e Edison, a quem Tomás idolatrava. Com o tempo, Tomás havia se afeiçoado muito ao meu pai e fazia tempo que tentava inventar para ele um sistema automático de arquivamento de fichas bibliográficas a partir de peças de um ventilador velho. Trabalhava no projeto havia quatro anos, mas meu pai continuava a mostrar entusiasmo pelo progresso dele, para que Tomás não desanimasse. No começo fiquei preocupado com Fermín, imaginando como reagiria a meu amigo.

— O senhor deve ser o amigo de Daniel, o inventor. Prazer em conhecê-lo. Fermín Romero de Torres, assessor bibliográfico da livraria Sempere, às suas ordens.

— Tomás Aguilar — gaguejou meu amigo, sorrindo e apertando a mão de Fermín.

— Cuidado, que isso que o senhor está me estendendo não é uma mão, é uma prensa hidráulica, e eu preciso conservar meus dedos de violinista para os trabalhos da loja.

Tomás soltou a mão dele, desculpando-se.

— Aliás, qual é sua opinião sobre o teorema de Fermat? — perguntou Fermín, esfregando as mãos.

Em seguida enredaram-se em uma discussão incompreensível sobre matemáticas ocultas que me soou como uma tentativa de autovalorização de ambos. Fermín o tratava todo o tempo por "senhor" ou "doutor" e fingia não perceber a gagueira de Tomás. Este, para retribuir a infinita paciência de Fermín, lhe trazia caixas e mais caixas de chocolates suíços embrulhados em fotografias de lagos de um azul impossível, vacas em pastagens verdes em tecnicolor e relógios cucos.

— Seu amigo Tomás tem talento, mas falta-lhe um rumo na vida e um pouco de ambição, que é o que decide as coisas — opinava Fermín Romero de Torres. — A mente científica tem dessas coisas. Veja, por exemplo, o sr. Albert Einstein. Inventou tantos prodígios, e o primeiro para o qual encontraram aplicação prática foi a bomba atômica, e ainda por cima sem sua permissão. Além disso, com essa aparência de boxeador que Tomás tem, vão lhe dificultar as coisas no meio acadêmico, porque nesta vida o que comanda tudo é o preconceito.

Motivado a salvar Tomás de uma trajetória de penúrias e incompreensões, Fermín tinha decidido que era preciso fazê-lo exercitar sua oratória latente e sua sociabilidade.

— O homem, como bom símio, é um animal social, e nele prevalecem as patotas, o nepotismo, as trapaças e os rumores como pauta intrínseca de conduta ética — argumentava. — É biologia pura.

— Não por muito tempo.

— Que sonso você é às vezes, Daniel.

Tomás havia herdado o ar durão do pai, um próspero administrador de fazendas que tinha escritório na rua Pelayo, junto dos armazéns El Águila. O sr. Aguilar pertencia à raça de mentes privilegiadas que têm sempre razão. Homem de convicções profundas, tinha certeza, entre outras coisas, de que o filho era um espírito mole e um deficiente mental. Para compensar essas taras vergonhosas, contratava toda espécie de professores particulares com o objetivo de colocar seu primogênito em ordem. "Quero que trate meu filho como se fosse um imbecil, estamos entendidos?", eu o ouvira dizer em numerosas ocasiões. Os professores tentavam tudo, inclusive a súplica, mas Tomás tinha por costume dirigir-se a eles somente em latim, língua que dominava com fluidez papal e na qual não gaguejava. Cedo ou tarde, os tutores se demitiam por desespero e temor de que o rapaz estivesse possuído pelo demônio e estivesse lhes rogando pragas em aramaico. A única esperança do sr. Aguilar era que o serviço militar fizesse de seu filho um homem corajoso.

Tomás tinha uma irmã um ano mais velha do que nós, Beatriz. Nossa amizade se devia a ela, porque se eu não a tivesse visto naquela longínqua tarde de mãos dadas com o pai, esperando o fim das aulas, e não tivesse me decidido a fazer uma piada de péssimo gosto a seu respeito, meu amigo nunca teria se lançado sobre mim com aquele dilúvio de socos e eu nunca teria tido coragem de falar com ele. Bea Aguilar era o retrato vivo da mãe e a menina dos olhos do pai. Ruiva e muito pálida, vestia sempre roupas caríssimas de lã ou seda natural. Era alta como uma modelo e caminhava ereta como um tronco de árvore, toda convencida e achando-se a princesa do próprio conto. Tinha olhos azul-esverdeados, mas insistia em dizer que eram cor de "esmeralda e safira". Apesar de ter estudado anos em um colégio de freiras teresianas, ou talvez por isso mesmo, quando o pai não estava olhando Bea tomava anis em copos longos, gastava dinheiro em meias de seda de La Perla Gris e maquiava-se como as vampiras cinematográficas que perturbavam o sono de meu amigo Fermín. Eu não a suportava, e ela correspondia a minha franca hostilidade com lânguidos olhares de desdém e indiferença. Bea tinha um noivo que fazia o serviço militar como alferes em Múrcia, um fascista engomadinho chamado Pablo Cascos Buendía, que pertencia a uma antiga família proprietária de numerosos estaleiros nos rios. O alferes Cascos Buendía, que passava a maior parte da vida de licença graças a um tio no Governo Militar, estava sempre dizendo bobagens sobre a superioridade genética e espiritual da raça espanhola e a iminente derrocada do império bolchevique.

— Marx morreu — dizia ele solenemente.

— Em 1883, para ser exato — respondia eu.

— Cale-se, desgraçado, olhe que eu lhe dou um soco que você vai parar em La Rioja.

Mais de uma vez eu havia surpreendido Bea sorrindo consigo mesma diante das barbaridades que dizia seu noivo alferes. Ela então erguia os olhos impenetráveis para mim. Eu lhe sorria com a cordialidade fraca dos inimigos em trégua indefinida, mas afastava rapidamente o olhar. Preferiria morrer a admitir isso, mas no fundo eu sentia medo dela.

13

No começo daquele ano, Tomás e Fermín Romero de Torres decidiram unir seus respectivos talentos em um novo projeto que, segundo eles, haveria de nos livrar, a mim e a meu amigo, do serviço militar. Fermín, em particular, não compartilhava do entusiasmo do sr. Aguilar pela experiência castrense.

— O serviço militar só serve para se descobrir a porcentagem de homens violentos na população — opinava ele. — E isso se descobre nas duas primeiras semanas, não é preciso dois anos. Exército, casamento, Igreja e banco: os quatro cavaleiros do Apocalipse. Sim, sim, pode rir.

O pensamento anárquico-libertário de Fermín Romero de Torres cairia por terra em uma tarde de outubro em que, por uma jogada do destino, recebemos na loja a visita de uma velha amiga. Meu pai tinha ido a Argentona para fazer a avaliação de uma coleção de livros e não voltaria antes do anoitecer. Fiquei atendendo no balcão, enquanto Fermín, com suas manobras de equilibrista, empenhava-se em subir na escada para arrumar a última estante de livros, que ficava a apenas um palmo do teto. Pouco antes de fechar, quando já tinha se posto o sol, a silhueta de Bernarda recortou-se atrás do balcão. Vestia a roupa de quinta-feira, seu dia de folga, e me fez um aceno de mão. Só de vê-la minha alma se iluminou, e lhe pedi que entrasse.

— Nossa, como está crescido! — disse ela, à entrada. — Quase não o reconheço mais... Já é um homem!

Ela me abraçou, deixando cair umas lagrimazinhas e me afagando a cabeça, os ombros e o rosto, para ver se eu me havia quebrado na sua ausência.

— Está nos fazendo falta em casa, senhorzinho — disse ela, baixando os olhos.

— E eu senti saudades suas, Bernarda. Venha cá, me dê um beijo.

Ela me beijou timidamente, e lhe sapequei dois sonoros beijos em cada bochecha. Ela riu. Vi em seus olhos que esperava que eu perguntasse por Clara, mas eu não tinha a intenção de fazê-lo.

— Você está muito bonita, muito elegante. A que devo sua visita?

— Bem, a verdade é que fazia tempo que queria vê-lo, mas sabe como são as coisas, e estou sempre muito ocupada, pois o sr. Barceló, embora seja muito sábio, é como uma criança, e preciso fazer das tripas coração. Mas o que me traz aqui é que amanhã é o aniversário da minha sobrinha, a de San Adrián, e eu gostaria de dar a ela um presente. Pensei em um bom livro, com muitas letras e poucas ilustrações, mas como sou lerda no assunto...

Antes que eu pudesse responder, a loja foi sacudida por um estrondo balístico que derrubou das alturas as obras completas de Blasco Ibánez de capa dura. Bernarda e eu olhamos para o alto, assustados. Fermín deslizava escada abaixo como um trapezista, o sorriso florentino estampado no rosto e os olhos impregnados de luxúria e arrebatamento.

— Bernarda, este é...

— Fermín Romero de Torres, assessor bibliográfico de Sempere & Filho, a seu dispor, senhora — proclamou Fermín, tomando a mão de Bernarda e beijando-a com cerimônia.

Em questão de segundos, Bernarda ficou vermelha como um pimentão.

— Nossa, o senhor está se confundindo. Senhora, eu?

— Marquesa, pelo menos — completou Fermín. — Eu é que sei, pois perambulo pelo que há de mais sofisticado na avenida Pearson. Permita-me a honra de escoltá-la até nossa seção de clássicos juvenis e infantis, onde providencialmente observo que temos um catálogo com o melhor de Emilio Salgari e da épica narrativa de Sandokan.

— Ai, não sei, vidas de santos não, porque o pai da menina era sindicalista, sabe?

— Não se preocupe, porque tenho aqui nada menos que *A ilha misteriosa*, de Júlio Verne, relato com muita aventura e grande conteúdo educativo, por causa dos avanços tecnológicos.

— Se o senhor acha bom...

Eu acompanhava a cena em silêncio, observando como Fermín babava e como Bernarda se encolhia com as atenções daquele homenzinho com jeito de conquistador e lábia de feirante que a olhava com o ardor que reservava para os chocolates Nestlé.

— E o senhorzinho Daniel, o que acha?

— Aqui o especialista é o sr. Romero de Torres, pode confiar nele.

— Pois então vou levar esse da ilha, podem embrulhar. Quanto é?

— É por conta da casa — falei.

— Ah, não, de forma alguma...

— Se a senhora me permite e assim faz de mim o homem mais feliz de Barcelona, quem convida é Fermín Romero de Torres.

Bernarda olhou para nós dois, sem palavras.

— Escutem, eu pago pelo que compro, e este é um presente que quero dar para minha sobrinha...

— Então a senhora me permitirá, em troca, convidá-la para um café — lançou Fermín, alisando o cabelo.

— Ande, mulher — animei-a. — Vai ver como vai gostar. Olhe, vou embrulhar isto para você enquanto Fermín vai pegar o casaco.

Fermín correu para o quarto dos fundos para se pentear, perfumar e vestir o paletó. Surrupiei algumas notas da caixa para que ele pudesse convidar Bernarda.

— Aonde a levo? — sussurrou-me ele, nervoso como uma criança.

— Eu a levaria ao Quatre Gats. Que eu saiba, traz sorte para assuntos do coração.

Entreguei o pacote com o livro a Bernarda e pisquei para ela.

— Quanto lhe devo, senhorzinho Daniel?

— Não sei. Depois lhe digo. O livro está sem preço, tenho que perguntar a meu pai — menti.

Vi-os partir de braços dados, perdendo-se pela rua Santa Ana, e pensei que talvez alguém no céu estivesse de guarda e por uma vez estivesse concedendo àquele par umas gotas de felicidade. Pendurei o letreiro de FECHADO na vitrine. Fui por um instante até o quarto dos fundos, para passar os olhos no livro onde meu pai anotava os pedidos, e ouvi a campainha da porta. Pensei que fosse Fermín que houvesse esquecido alguma coisa, ou talvez meu pai, já de volta de Argentona.

— Olá?

Passaram-se vários segundos sem que eu tivesse uma resposta. Continuei folheando o livro de pedidos.

Escutei passos na loja, lentos.

— Fermín? Pai? — chamei.

Não obtive resposta. Tive a impressão de ouvir uma risada sufocada e fechei o livro de pedidos. Talvez um cliente tivesse ignorado o letreiro de FECHADO. Estava disposto a atendê-lo quando ouvi o ruído de vários livros caindo das estantes. Engoli em seco. Agarrei uma lâmina de abrir cartas e me aproximei lentamente da porta do quarto dos fundos. Não me atrevi a chamar de novo. Logo depois ouvi novamente os passos, afastando-se. A campainha da porta soou outra vez, e senti um sopro de ar da rua. Entrei depressa na área principal da loja. Não havia ninguém. Corri até a porta da rua e a fechei com força. Respirei fundo, me sentindo ridículo e covarde. Estava voltando para o quarto dos fundos quando vi um papel em cima do balcão. Ao me aproximar, comprovei que se tratava de uma fotografia, uma velha imagem de estúdio das que se costumava imprimir em uma lâmina de papelão grosso. As bordas estavam queimadas e a imagem, enegrecida, parecia riscada pelo rastro de dedos sujos de carvão. Examinei-a sob uma lâmpada. Na fotografia se via um casal de jovens sorrindo para a câmera. Ele não parecia ter mais de dezessete ou dezoito anos, com cabelo claro e traços aristocráticos, frágeis. Ela parecia talvez um pouco mais nova do que ele, um ou dois anos no máximo. Tinha a tez pálida e um rosto cinzelado, rodeado por cabelo preto e curto que acentuava um olhar encantado, repleto de alegria. Ele a enlaçava pela cintura e ela parecia lhe sussurrar algo, em um tom brincalhão. A imagem transmitia um ardor que me roubou um sorriso, como se eu tivesse reconhecido velhos amigos naqueles dois desconhecidos. Atrás deles se via a vitrine de uma loja, repleta de chapéus fora de moda. Concentrei-me no casal. As roupas pareciam indicar que a imagem tinha pelo menos vinte e cinco ou trinta anos. Era uma imagem de luz e de esperança, prometendo coisas que só existem nos olhares dos jovens. As chamas haviam devorado quase todo o contorno da foto, mas ainda se podia adivinhar um rosto severo atrás do velho balcão, uma silhueta espectral insinuando-se por trás das letras gravadas na vidraça.

Filhos de Antonio Fortuny
Casa fundada em 1888

Naquela noite em que eu havia voltado ao Cemitério dos Livros Esquecidos, Isaac havia me contado que Carax usava o sobrenome da mãe, não o do pai: Fortuny. O pai de Carax tinha uma chapelaria nas imediações de San Antonio. Olhei novamente o retrato daquele casal e tive a certeza de que aquele rapaz era Julián Carax, sorrindo-me do passado, incapaz de ver as chamas que se fechavam sobre ele.

CIDADE DE SOMBRAS
1954

14

No dia seguinte, Fermín chegou ao trabalho montado nas asas de um cupido, sorrindo e assobiando boleros. Em outras circunstâncias, eu teria perguntado sobre seu café com Bernarda, mas não estava com ânimo para a lírica. Meu pai tinha ficado de entregar uma encomenda ao professor Javier Velázquez às onze da manhã, na faculdade, na praça Universidad. A simples menção do acadêmico provocava urticária em Fermín, e, com essa desculpa, eu me ofereci para levar os livros.

— Esse indivíduo é um pedante, um crápula e um puxa-saco fascista — proclamou Fermín, levantando o punho da maneira inequívoca que fazia quando o assaltava o impulso justiceiro. — Com o conto da cátedra e da prova final, esse aí, se pudesse, seduziria até uma planta.

— Não exagere, Fermín. Velázquez paga muito bem, sempre adiantado, e nos recomenda aos quatro ventos — recordou-lhe meu pai.

— Esse dinheiro está manchado do sangue das virgens inocentes — protestou Fermín. — Graças a Deus eu jamais seduzi uma menor de idade, e não por falta de vontade ou de oportunidade; vocês hoje me veem assim, mas já houve um tempo em que eu tinha mais presença e altivez do que ninguém, e mesmo assim, se por acaso acontecesse alguma coisa e eu visse que elas eram muito moças, lhes pedia a carteira de identidade ou uma autorização paterna por escrito, para não faltar com a ética.

Meu pai ergueu o olhar para o teto.

— Com você é impossível discutir, Fermín.

— Porque quando eu tenho razão, tenho razão.

Peguei o pacote que eu mesmo tinha preparado na noite anterior, dois Rilkes e um suposto ensaio atribuído a Ortega sobre as camadas e a profundidade do sentimento nacionalista, e deixei Fermín e meu pai entretidos no debate sobre maneiras e costumes.

O dia estava esplêndido, com um céu azul de brigadeiro e uma brisa limpa e fresca que cheirava a outono e a mar. Minha Barcelona favorita sempre havia sido a de outubro, quando nossa alma sai para passear e nos sentimos mais sábios só de beber água no chafariz de Canaletas, que, por milagre, nesses dias sequer tem gosto de cloro. Eu avançava a passos rápidos, esquivando-me dos engraxates, dos funcionários de escritório que voltavam do cafezinho da manhã, dos vendedores de bilhetes de loteria e de um balé de lixeiros que pareciam limpar a cidade com um pincel, sem nenhuma pressa e muito meticulosos. Nessa época, Barcelona começava a se encher de automóveis, e na altura do sinal da rua Balmes observei, nas duas calçadas, empregados de escritório com capas de chuva cinzentas e olhar faminto que comiam com os olhos um Studebaker como se ele fosse uma mulher em trajes de banho. Subi pela Balmes até a Gran Vía, aflito com os sinais, bondes, automóveis e até motocicletas com *sidecar*. Em uma vitrine, vi um cartaz da Philips anunciando a chegada de um novo messias, a televisão, que, diziam, mudaria nossa vida, transformando-nos em seres do futuro, como os norte-americanos. Fermín Romero de Torres, que sempre estava a par de todas as invenções, já havia profetizado o que iria acontecer.

— A televisão, amigo Daniel, é o Anticristo, e eu digo que bastarão três ou quatro gerações para as pessoas não saberem mais nem peidar por conta própria e para o ser humano voltar à caverna, à barbárie medieval, a estados de imbecilidade que a lesma já superou por volta do Pleistoceno. Este mundo não vai acabar por causa da bomba atômica, como dizem os jornais, vai acabar, sim, de tanta risada, de tanta banalidade, por essa mania de se fazer piada com tudo, e piadas ruins, ainda por cima.

A sala do professor Velázquez ficava no segundo andar da Faculdade de Letras, no final de uma galeria com chão de lajotas quadriculadas e luz empoeirada que dava para o claustro sul. Encontrei-o na porta da sala de aula, fingindo ouvir o que dizia uma aluna muito bonita, enfiada em um vestido grená colado ao corpo, deixando entrever umas panturrilhas helênicas reluzentes nas meias de seda fina. O professor Velázquez tinha fama de conquistador, e não faltava quem dissesse que a educação sentimental de qualquer senhorita de sobrenome importante não ficava completa sem um sabido fim de semana em um hotelzinho em Sitges recitando alexandrinos em tête-à-tête com o distinto catedrático. Por decoro, eu me controlei para não interromper a conversa e decidi matar o tempo fazendo uma radiografia da avantajada pupila. Talvez a caminhada a passo ligeiro me tivesse despertado, talvez fossem meus dezoito anos e o fato de que passava mais tempo entre as musas presas em velhos tomos do que em companhia de garotas de carne e osso, que sempre me pareciam a anos-luz do fantasma de Clara Barceló. De qualquer jeito, naquele momento, lendo cada dobra da anatomia da estudante, que eu só via de costas, mas que imaginava em três dimensões e perspectiva alexandrina, brotaram-me dentes compridos como os de um vampiro.

— Ora, é Daniel! — exclamou o professor Velázquez. — Ainda bem que veio você, e não aquele idiota da última vez, que tem nome de toureiro. Se não estava bêbado, deveriam trancá-lo em algum lugar e jogar fora a chave. Imagine que ele resolveu me perguntar sobre a etimologia da palavra "botão", e com um tom indolente bem desagradável.

— É que o médico lhe receitou uma medicação fortíssima. Coisas de fígado.

— Isso é porque anda mamado o dia todo — opinou Velázquez. — Eu, se fosse vocês, chamava logo a polícia. Não duvido muito que esse já esteja fichado. E que cheiro ruim exalava dos pés, meu Deus! Tem muito comunista solto por aí que não toma banho desde que caiu a República.

Eu estava disposto a inventar algum argumento plausível para eximir Fermín quando a estudante que conversava com o professor Velázquez se virou. Minha cara foi ao chão.

Ela sorriu para mim, e minhas orelhas pegaram fogo.

— Oi, Daniel — disse Beatriz Aguilar.

Cumprimentei-a com um gesto de cabeça, mudo por ter surpreendido a mim mesmo devorando com os olhos a irmã de meu melhor amigo, a Bea dos meus temores.

— Ah, então já se conhecem? — perguntou Velázquez, intrigado.

— Daniel é um velho amigo da família — explicou Bea. — E o único que teve a coragem de dizer certa vez que sou uma pessoa fútil e arrogante.

Velázquez olhou para mim, atônito.

— Isso faz uns dez anos — defendi-me. — E eu não estava falando sério.

— Pois ainda estou esperando suas desculpas.

Velázquez riu com vontade e pegou o pacote das minhas mãos.

— Parece que eu aqui estou sobrando — disse, abrindo o pacote. — Ah, ótimo. Escute, Daniel, diga ao seu pai que estou procurando um livro chamado *Matamoros: Cartas da juventude de Ceuta,* de Francisco Franco Bahamonde, com prólogo e anotações de Pemán.

— Pode deixar. Daqui a uma semana mais ou menos lhe daremos resposta.

— Confio em você. Já vou indo, porque tenho trinta e duas mentes em branco à minha espera.

Velázquez piscou para mim e desapareceu dentro da sala, deixando-me a sós com Bea. Eu não sabia para onde olhar.

— Escute, Bea, sobre a ofensa, a verdade é que...

— Eu estava brincando, Daniel. Sei que foi coisa de criança, e Tomás já lhe bateu o suficiente.

— Ainda dói.

Bea sorria para mim de um jeito que parecia de paz, ou ao menos de trégua.

— Além do mais, você tem razão, sou mesmo um pouco fútil e, às vezes, um pouco arrogante — continuou ela. — Você não gosta muito de mim, não é mesmo?

A pergunta me pegou totalmente de surpresa, desarmado e assustado por descobrir como era fácil perder a antipatia por quem é nosso inimigo quando ele deixa de se comportar como tal.

— Não, isso não é verdade.

— Tomás diz que não é que você tenha antipatia por mim, exatamente, é que não engole meu pai e faz com que eu pague por isso, porque com ele você não se atreve. Não o culpo. Ninguém enfrenta meu pai.

Fiquei branco, mas em alguns segundos me vi sorrindo e concordando.

— Isso mostra que Tomás me conhece mais do que eu mesmo.

— Não se impressione. Meu irmão confunde todo mundo, pois nunca diz nada, mas, quando resolve abrir a boca, as paredes caem. Ele gosta muito de você, sabia?

Dei de ombros, baixando o olhar.

— Sempre fala de você, do seu pai, da livraria e desse amigo que está trabalhando com vocês. Diz que é um gênio a ser descoberto. Às vezes parece pensar que vocês são mais sua família do que a que tem em casa.

Encontrei o olhar dela, forte, aberto, sem medo. Não sabendo o que dizer, limitei-me a sorrir. Senti que ela havia me encurralado com sua sinceridade e desviei o olhar para o pátio.

— Eu não sabia que você estudava aqui.

— É meu primeiro ano.

— Letras?

— Meu pai acha que as ciências não são para o sexo frágil.

— Claro. Números demais.

— Não ligo, porque gosto mesmo é de ler. Além do mais, aqui se pode conhecer pessoas interessantes.

— Como o professor Velázquez?

Bea sorriu de viés.

— Posso estar no primeiro ano, mas sei o suficiente para identificá-los de longe, Daniel. Especialmente os da espécie dele.

Perguntei-me em que espécie ela me classificaria.

— Além do mais, o professor Velázquez é amigo do meu pai. Os dois fazem parte do Conselho da Associação para a Proteção e Fomento da Zarzuela e da Lírica Espanhola.

Fiz-me de impressionado.

— E como vai seu noivo, o alferes Cascos Buendía?

O sorriso desapareceu.

— Pablo volta de licença daqui a três semanas.

— Você deve estar contente.

— Muito. É um rapaz fantástico, embora eu imagine o que você pensa dele.

Duvido, pensei. Bea me olhava com uma expressão ligeiramente tensa. Eu ia mudar de assunto, mas minha língua se adiantou:

— Tomás disse que vocês vão se casar e morar em El Ferrol.

Ela assentiu no mesmo instante.

— Quando Pablo acabar o serviço militar.

— Você deve estar impaciente — falei, sentindo o desgosto na minha própria voz, uma voz insolente que eu não sabia de onde vinha.

— Na verdade, não me importo. A família dele tem propriedades lá, dois estaleiros, e Pablo vai comandar um deles. É um líder nato.

— Nota-se.

Bea forçou um sorriso.

— Além do mais, já conheço Barcelona bem demais, depois de tantos anos...

Notei nela um olhar cansado, triste.

— Ouvi dizer que El Ferrol é uma cidade fascinante. Cheia de vida. E dizem que tem frutos do mar incríveis, especialmente o caranguejo.

Bea suspirou, balançando a cabeça. Parecia que queria chorar de raiva, mas era orgulhosa demais para isso. Deu uma risada plácida.

— Dez anos e você ainda não perdeu o prazer de me insultar, não é, Daniel? Pois vá embora logo, ande. A culpa é minha, por achar que talvez pudéssemos ser amigos, ou fingir que somos, mas suponho que eu não valha tanto quanto meu irmão. Perdoe-me por fazê-lo perder seu tempo.

Ela se virou e se afastou pelo corredor que ia até a biblioteca. Fiquei vendo-a percorrer as lajotas brancas e pretas, sua sombra cortando as cortinas de luz que vinham das vidraças.

— Bea, espere!

Tive raiva de mim mesmo e fui atrás dela. Detive-a no meio do corredor, segurando seu braço. Ela me lançou um olhar que queimava.

— Desculpe, mas está enganada: a culpa não é sua, é minha. Sou eu quem não vale tanto quanto seu irmão ou você. E, se a insultei, é por inveja desse imbecil que é seu noivo, por raiva de pensar que alguém como você iria para El Ferrol ou para o Congo em companhia dele.

— Daniel...

— Você está enganada a meu respeito, porque, sim, podemos ser amigos, se me deixar tentar, agora que sabe o pouco que valho. E também está enganada sobre Barcelona, porque, embora pense que já a conhece totalmente, eu lhe garanto que não é bem assim, e, se me deixar, vou mostrá-la a você.

Vi que seu sorriso se iluminava e que uma lágrima lenta, silenciosa, caía-lhe pelo rosto.

— É melhor que esteja sendo sincero — disse ela. — Porque senão falo com meu irmão e ele vai arrancar sua cabeça como se fosse uma tampa.

Estendi a mão.

— Acho justo. Amigos?

Ela estendeu a sua.

— A que horas você sai da aula na sexta? — perguntei.

Ela hesitou alguns segundos.

— Às cinco.

— Espero você no claustro às cinco em ponto. Antes de anoitecer vou lhe mostrar que existem coisas em Barcelona que ainda não viu e que não pode ir para El Ferrol com esse idiota de quem não posso acreditar que goste, porque, se fizer isso, a cidade a perseguirá e você morrerá de tristeza.

— Você parece muito seguro de si, Daniel.

Eu, que nunca estava seguro nem de que horas eram, concordei com a convicção do ignorante. Fiquei olhando-a se afastar por aquela galeria infinita até sua silhueta se fundir na penumbra e me perguntei o que havia acabado de fazer.

15

A chapelaria Fortuny, ou o que restava dela, era um lugar desolado no térreo de um edifício estreito, escurecido pela fuligem e de aspecto miserável, no largo de San Antonio, junto à praça de Goya. Ainda era possível ler as letras gravadas nas vidraças cobertas de sujeira, e um cartaz em forma de cartola pendia ondulante da fachada, prometendo desenhos sob medida e as últimas novidades de Paris. A porta estava trancada com um cadeado que parecia estar ali havia pelo menos dez anos. Colei-me à vidraça, tentando penetrar com o olhar as trevas do interior.

— Se veio por causa do aluguel, chegou tarde — disse uma voz às minhas costas. — O administrador do imóvel já foi embora.

A mulher que falava comigo devia ter uns sessenta anos e vestia o uniforme nacional da viúva devota. Entreviam-se dois bobes debaixo de um lenço rosa sobre o cabelo, e calçava uns chinelos de matelassê combinando com meias cor de carne até a metade da canela. Imaginei que fosse a zeladora.

— Então estão alugando a loja? — perguntei.

— Não foi por isso que veio?

— Na verdade, não, mas nunca se sabe.

A zeladora franziu o cenho, decidindo se me catalogava como um louco ou se me concedia o benefício da dúvida. Adotei o sorriso mais angelical possível.

— Faz muito tempo que a loja fechou?

— Pelo menos doze anos, quando morreu o velho.

— O sr. Fortuny? A senhora o conhecia?

— Trabalho neste edifício há quarenta e oito anos, rapaz.

— Talvez tenha conhecido então o filho do sr. Fortuny.

— Julián? Claro.

Tirei do bolso a fotografia queimada e lhe mostrei.

— Acha que pode dizer se o jovem que aparece na fotografia é Julián Carax?

A zeladora me olhou com certa desconfiança, mas pegou a fotografia e cravou o olhar nela.

— Reconhece-o?

— Carax era o sobrenome de solteira da mãe — ponderou a zeladora, com certa reprovação. — Este é Julián, sim. Lembro-me dele muito louro, embora aqui na fotografia pareça ter o cabelo mais escuro.

— Poderia me dizer quem é a moça que está com ele?

— E quem quer saber?

— A senhora me desculpe. Meu nome é Daniel Sempere. Estou tentando descobrir alguma coisa sobre o sr. Carax, sobre Julián.

— Julián foi para Paris, lá por 1918 ou 1919. O pai queria que entrasse para o Exército, sabe? Acho que a mãe o levou para livrá-lo disso. Aqui ficou apenas o sr. Fortuny, no último andar.

— Sabe se Julián voltou para Barcelona alguma vez?

A zeladora me olhou em silêncio.

— O senhor não sabe? Julián morreu naquele mesmo ano, em Paris.

— O que está dizendo?

— Estou dizendo que Julián faleceu. Em Paris. Assim que chegou. Melhor teria sido se tivesse entrado para o Exército.

— Posso perguntar como a senhora sabe disso?

— De que outra forma saberia? O pai dele me contou.

Assenti devagar.

— Entendo. E disse de que ele morreu?

— O velho não dava muitos detalhes, na verdade. Certo dia, pouco depois que Julián partiu, chegou uma carta para ele. Quando perguntei, ele me disse que o filho havia morrido e que, se chegasse correspondência para ele, que jogasse fora. Por que está com essa cara?

— O sr. Fortuny mentiu para a senhora. Julián não morreu em 1919.

— O que está dizendo?

— Julián morou em Paris pelo menos até 1935. Depois disso, voltou para Barcelona.

O rosto da zeladora se iluminou.

— Então está aqui, em Barcelona? Onde?

Assenti, confiando que assim a zeladora ficaria animada e me contaria mais.

— Minha Nossa Senhora... Pois o senhor me dá muita alegria, isto é, se é que ele está vivo, porque era uma criança muito carinhosa, um pouco estranha e muito fantasiosa, sim, mas tinha algo que cativava. Não teria servido para soldado, isso se notava de longe. Minha Isabelita tinha loucura por ele. Veja que, em uma época, pensei que acabariam se casando e tudo, coisa de crianças... Posso ver a fotografia outra vez?

Entreguei-lhe a foto novamente. A zeladora a contemplava como se fosse um talismã, uma passagem de volta para sua juventude.

— Parece mentira, veja, é como se o estivesse vendo agora mesmo... e esse cretino dizer que ele tinha morrido. Isso mostra que existe gente no mundo que faz de tudo. E o que aconteceu com Julián em Paris? Aposto que ficou rico. Sempre achei que Julián ficaria rico.

— Não exatamente. Virou escritor.

— De folhetim?

— Quase isso. Escrevia romances.

— Para o rádio? Ai, que bonito! Pois não me estranha nem um pouco, o senhor sabe? Desde pequeno ele passava a vida contando histórias para as crianças daqui do bairro. No verão, às vezes minha Isabelita e suas primas subiam para o terraço, à noite, para ouvi-lo. Diziam que ele nunca contava a mesma história duas vezes. Todas eram sobre mortos e almas, pois bem. Como disse, era uma criança um pouco estranha, embora, com aquele pai, estranho seria se não ficasse louco. Não me surpreende que no final a mulher o tenha deixado, porque era um cretino. Saiba o senhor que não me meto em nada, hein? Para mim está tudo muito bem, mas esse homem não era bom. Em um prédio, no final tudo se sabe. Ele batia nela, imagine o senhor. Sempre se ouviam os gritos na escada, e mais de uma vez a polícia precisou intervir. Eu até entendo que às vezes o marido precisa bater na mulher para que ela o respeite, não digo que não, pois existe muita mulher promíscua e as moças já não são como antes, mas é que esse gostava de surrá-la sem motivo, entende? A única amiga que essa pobre mulher tinha era uma moça jovem, Vicenteta, que morava no quarto andar. Às vezes a coitada se refugiava na casa de Vicenteta para que o marido não a surrasse mais. E lhe contava coisas...

— Que tipo de coisas?

A zeladora adotou um ar confidencial, erguendo uma sobrancelha e olhando para os lados de soslaio.

— Do tipo que o filho não era do chapeleiro.

— Julián? Quer dizer que Julián não era filho do sr. Fortuny?

— Foi o que disse a francesa a Vicenteta, não sei se por despeito ou sabe-se lá por quê. A moça me contou anos depois, quando eles já não moravam mais aqui.

— Então quem era o verdadeiro pai de Julián?

— A francesa nunca quis dizer. Talvez nem soubesse. Sabe como são os estrangeiros...

— E a senhora acha que por isso o marido batia nela?

— Vá saber. Três vezes tiveram que levá-la ao hospital, ouça bem, três vezes. E o porco tinha a ousadia de contar a todo mundo que a culpa era dela, que ela era alcoólatra e esbarrava nos móveis de tanta bebida. Não me venham com essa. Ele sempre brigava com todos os vizinhos. Certa vez denunciou meu falecido marido, que Deus o tenha, por ter roubado alguma coisa na loja, porque, segundo ele, todos os naturais de Múrcia eram vagabundos e ladrões, e olhe que somos de Úbeda...

— A senhora reconhece a moça que aparece na foto com Julián?

— Não, nunca a vi. Parece muito bonita.

— Pela fotografia, se poderia pensar que são namorados — sugeri, para ver se clareava sua memória.

Ela me devolveu a foto, sacudindo a cabeça.

— Não entendo de fotografias. Que eu saiba, Julián não tinha namorada, mas admito que, se tivesse, não me diria. A duras penas consegui saber que minha Isabelita tinha se apaixonado por ele... Vocês, jovens, nunca contam nada. Enquanto nós, os velhos, não paramos de falar.

— Lembra-se de amigos dele, alguém em especial que viesse aqui?

A zeladora deu de ombros.

— Ah, isso faz muito tempo. Além do mais, nos últimos anos Julián ficava pouco por aqui, sabe? Tinha feito amizade com um garoto no colégio, um menino de boa família, os Aldaya, o senhor não deve conhecer. Hoje já não se fala mais deles, mas naquela época eram como a família real. Muito dinheiro. Sei bem porque, às vezes, mandavam um carro para buscar Julián. O senhor precisava ver que carro! Nem Franco tinha um daqueles, juro. Com motorista, todo brilhoso. Meu Paco, que entendia dessas coisas, me disse que era um *rolsroi* ou algo assim. Só isso.

— A senhora se lembra do nome desse amigo de Julián?

— Com um sobrenome como Aldaya não é preciso nomes, se é que o senhor me entende. Também me lembro de outro menino, um pouco estouvado, um tal de Miquel. Se não me engano, também era colega de classe dele. Não me pergunte o sobrenome nem que cara tinha.

Parecia que havíamos chegado a um beco sem saída, e tive medo de que o interesse da zeladora começasse a diminuir. Decidi seguir um pressentimento.

— Mas hoje mora alguém no apartamento dos Fortuny?

— Não. O velho morreu sem fazer testamento, e a mulher, que eu saiba, ainda está em Buenos Aires, não veio nem para o enterro.

— Por que Buenos Aires?

— Porque não conseguiu encontrar nenhum lugar mais longe, na minha opinião. A verdade é que não a culpo. Ela deixou tudo nas mãos de um advogado, um homem bem estranho. Nunca o vi, mas minha filha Isabelita, que mora no quinto andar, logo embaixo, diz que às vezes, como ele tem a chave, vem aqui à noite, passa horas perambulando pelo apartamento e vai embora. Certa vez ela me disse até que ouviu barulhos parecidos com saltos de mulher. O que acha disso?

— Talvez fossem pernas de pau — sugeri.

Ela olhou para mim sem entender. Estava evidente que, para a zeladora, o assunto era muito sério.

— E mais ninguém visitou o apartamento nestes anos todos?

— Certa vez apareceu aqui um homem bem sinistro, desses que não param de rir, todo risonho, daqueles que se vê vindo de longe. Disse que era da Brigada Criminal. Queria ver o apartamento.

— Disse o motivo?

A zeladora fez que não.

— Lembra-se do nome dele?

— Inspetor não-sei-quê. Não acreditei que fosse da polícia. Aquilo não cheirava bem, se é que o senhor me entende. Eu o enrolei. Disse que não tinha as chaves do apartamento e que, se ele quisesse alguma coisa, que chamasse o advogado. Ele disse que voltaria, mas não o vi mais por aqui. Nem quero ver.

— Por acaso teria o nome e o endereço desse advogado?

— Seria preciso perguntar ao administrador do imóvel, sr. Molins. O escritório fica aqui perto, na rua Floridablanca, 28, sobreloja. Diga que foi mandado por Aurora, sua criada.

— Agradeço-lhe muito, dona Aurora. Então o apartamento dos Fortuny está vazio?

— Vazio não, porque ninguém tirou nada de lá em todos esses anos, desde que morreu o velho. Às vezes chega a feder. Eu diria que tem até ratos, imagine o senhor.

— A senhora acha que seria possível dar uma olhada? Talvez encontremos algo que nos indique o que aconteceu realmente com Julián.

— Não, não posso fazer isso. Terá que falar com o sr. Molins, que é o responsável.

Sorri com malícia.

— Mas a senhora deve ter uma chave mestra, imagino. Embora tenha dito a esse indivíduo que não... Não me diga que não morre de curiosidade de saber o que tem lá dentro.

Dona Aurora me olhou de soslaio.

— O senhor é um demônio.

A porta cedeu como a laje de uma sepultura, com um rangido brusco, exalando o ar fétido e viciado do interior. Empurrei a porta, entrevendo um corredor mergulhado em sombras. O ar fedia a mofo e umidade. Volutas de sujeira e pó coroavam os ângulos do teto, dependuradas como fios de cabelo branco. As pedras quebradas do chão estavam cobertas do que parecia um manto de cinzas. Percebi algo que aparentava ser marcas de pisadas entrando pelo apartamento.

— Santa Mãe de Deus — murmurou a zeladora. — Isso aqui está mais sujo do que pau de galinheiro.

— Se preferir, entro sozinho — sugeri.

— O senhor bem que gostaria. Vamos, vá em frente que eu o sigo.

Fechamos a porta depois de entrar. Por um momento, até nossa vista se acostumar à penumbra, permanecemos imóveis na entrada do apartamento. Escutei a respiração nervosa da zeladora e senti o cheiro azedo de suor que ela exalava. Vi a mim mesmo como um ladrão de túmulos, com a alma envenenada de cobiça e desejo.

— Escute. O que será esse barulho? — perguntou a zeladora, inquieta.

Entrevi uma forma pálida voando no final do corredor.

— Pombos — falei. — Devem ter entrado por uma janela quebrada e feito ninho aqui.

— Esses pássaros me dão nojo — disse a zeladora. — Sujam tudo.

— Acalme-se, dona Aurora, que eles só atacam quando têm fome.

Avançamos alguns passos pelo corredor até chegarmos a uma sala de jantar que dava para uma varanda. Via-se o contorno de uma mesa estropiada coberta com uma toalha esfiapada que mais parecia uma mortalha. Estava rodeada por quatro cadeiras e duas cristaleiras com vidros imundos que guardavam a baixela, uma coleção de copos e um jogo de chá. Em um canto ainda estava o velho piano vertical da mãe de Carax. As teclas tinham escurecido e viam-se apenas as juntas sob o véu de poeira. Na frente da varanda, uma poltrona de estofado gasto desbotava. Ao lado havia uma mesinha sobre a qual repousavam uns óculos de leitura e uma Bíblia encadernada com uma capa clara e debruada em filetes dourados, das que se dá na primeira comunhão. Ainda conservava o fino cordão escarlate.

— Veja, foi nessa poltrona que encontraram o velho morto. O médico disse que estava aí havia dois dias. Que triste morrer assim, solitário como um cachorro. E olhe que foi culpa dele, mas mesmo assim me dá pena.

Aproximei-me da poltrona mortuária do sr. Fortuny. Junto da Bíblia havia uma pequena caixa com fotografias em preto e branco, velhas imagens de estúdio. Ajoelhei-me para examiná-las, hesitando até em tocá-las. Sentia-me profanando as lembranças de um pobre homem, mas a curiosidade foi mais forte. A primeira imagem mostrava um casal jovem com uma criança de não mais que quatro anos. Reconheci-o pelos olhos.

— São eles. O sr. Fortuny jovem, e ela...

— Julián não tinha irmãos?

A zeladora deu de ombros, suspirando.

— Diziam por aí que ela havia perdido uma gravidez devido a uma das surras do marido, mas eu não sei. As pessoas adoram fofocas, a verdade é essa. Certa vez, Julián contou aos meninos do prédio que tinha uma irmã que só ele podia ver, que saía dos espelhos como se fosse de vapor e que vivia com o próprio Satanás, em um palácio debaixo de um lago. Minha Isabelita teve pesadelos durante um mês inteiro. Veja como esse menino era mórbido às vezes.

Dei uma olhada na cozinha. O vidro de uma janela pequena que dava para um pátio interno estava quebrado, e se ouvia o esvoaçar nervoso e hostil dos pombos do outro lado.

— Todos os apartamentos têm esta mesma distribuição? — perguntei.

— Os que dão para a rua, ou seja, os da segunda porta, sim, mas este, por ser o último, é um pouco diferente — explicou a zeladora. — Aí ficam a cozinha e uma lavanderia que dá para a claraboia. Por este corredor há três quartos e, no fundo, um banheiro. Se bem cuidados, são bons, não pense que não. Este apartamento é como o da minha Isabelita. Mas é claro que agora parece uma sepultura.

— A senhora sabe qual era o quarto de Julián?

— A primeira porta é o quarto principal. A segunda dá para um quarto menor. Talvez esse, acho.

Segui pelo corredor. A pintura das paredes se desfazia em lascas. Ao final do corredor, a porta do banheiro estava entreaberta. Um rosto me observava do espelho. Poderia ser o meu, ou o da irmã que morava nos espelhos daquele apartamento. Tentei abrir a segunda porta.

— Está trancada — falei.

A zeladora me olhou com ar assombrado.

— Essas portas não têm fechadura — murmurou.

— Esta tem.

— Pois o velho deve ter colocado, porque nos outros apartamentos...

Baixei a vista e observei que o rastro das pisadas na poeira chegava até a porta fechada.

— Alguém entrou no quarto — falei. — Recentemente.

— Não me assuste — disse a zeladora.

Aproximei-me da outra porta. Não tinha fechadura. Cedeu ao tato, deslizando para o interior com um gemido enferrujado. No centro descansava uma velha cama de baldaquino, desfeita. Os lençóis estavam amarelados como sudários. Um crucifixo estava suspenso sobre o leito. Via-se um pequeno espelho sobre uma cômoda, uma bacia, uma jarra e uma cadeira. Um armário entreaberto descansava contra uma parede. Contornei a cama até uma mesinha de cabeceira envidraçada que aprisionava retratos de antepassados, lembranças de funerais e bilhetes de loteria. Em cima da mesinha havia uma caixa de música de madeira lavrada e um relógio de bolso, congelado para sempre às cinco e vinte. Tentei dar corda na caixa de música, mas a melodia travou depois de seis notas.

Abri a gaveta da mesinha de cabeceira. Encontrei um estojo de óculos vazio, um alicate de unhas, um frasco de tabaco e uma medalhinha da Nossa Senhora de Lourdes. Mais nada.

— Tem que haver uma chave do quarto em algum lugar — falei.

— Deve estar com o administrador do edifício. Olhe, é melhor irmos embora e...

Meu olhar se deteve na caixa de música. Levantei a tampa e, ali, bloqueando o mecanismo, encontrei uma chave dourada. Peguei-a, e a caixa retomou seu tilintar. Reconheci uma melodia de Ravel.

— Esta deve ser a chave — falei, sorrindo para a zeladora.

— Olhe, se o quarto estava fechado, deve ser por algum motivo. Mesmo que seja apenas por respeito à memória de...

— Prefere esperar na portaria, dona Aurora?

— O senhor é um demônio. Ande, abra de uma vez.

16

Um sopro de ar frio silvou pelo orifício da fechadura, lambendo meus dedos enquanto eu inseria a chave. O sr. Fortuny mandara instalar na porta do quarto desocupado do filho uma fechadura que valia por três se comparada com a da porta principal do apartamento. Dona Aurora me olhava apreensiva, como se estivéssemos prestes a abrir a caixa de Pandora.

— Este quarto dá para a rua? — perguntei.

A zeladora fez que não.

— Tem uma janela pequena, uma abertura que dá para a claraboia.

Empurrei a porta. Um poço de escuridão abriu-se à nossa frente, impenetrável. A tênue claridade atrás de nós nos precedeu, como um alento que conseguia apenas arranhar as sombras. A janela que dava para o pátio estava coberta de páginas amareladas de jornal. Arranquei-as, e uma agulha de luz vaporosa perfurou as trevas.

— Jesus, Maria e José — murmurou a zeladora junto de mim.

O quarto estava infestado de crucifixos. Pendiam do teto, ondulando na ponta de cordões, e cobriam as paredes, presos com pregos. Contavam-se às dezenas. Era possível adivinhá-los no canto das paredes, gravados a faca nos móveis de madeira, riscados nas lajotas, pintados em vermelho nos espelhos. As pegadas que chegavam até a entrada da porta traçavam um rastro na poeira em torno de uma cama nua, em que se via apenas um estrado de rede metálica, agora um esqueleto de arame, com a madeira carcomida em volta. Em um extremo da alcova, sob a janela da claraboia, havia uma escrivaninha fechada e coroada por um trio de crucifixos de metal. Abri-a com cuidado. Não havia pó nas juntas das dobradiças de madeira, de modo que supus ter sido aberta não fazia muito tempo. Tinha seis gavetas. As fechaduras haviam sido forçadas. Inspecionei-as uma a uma. Vazias.

Ajoelhei-me diante da escrivaninha. Apalpei com os dedos os arranhões na madeira. Imaginei as mãos de Julián Carax traçando aqueles garranchos hieroglíficos cujo sentido havia sido levado pelo tempo. No fundo da escrivaninha se adivinhava uma pilha de cadernos e um copo com lápis e canetas. Peguei um dos cadernos e folheei-o. Desenhos e palavras soltas. Exercícios de matemática. Frases perdidas, citações de livros. Versos inacabados. Todos os cadernos eram iguais. Alguns desenhos se repetiam em todas as páginas, com diferentes matizes. Chamou-me a atenção a figura de um homem que parecia feito de chamas. Outra descrevia o que poderia ser um anjo ou um réptil enroscado em uma cruz. Adivinhavam-se esboços de um casarão de aspecto extravagante, com torreões e arcos de catedral. O traço mostrava segurança e certo dom. O jovem Carax era um desenhista de algum talento, mas as imagens não passavam de esboços.

Eu estava prestes a devolver o último caderno ao seu lugar sem examiná-lo quando alguma coisa escorregou do meio de suas páginas e caiu aos meus pés. Era uma fotografia tirada na frente daquele prédio e na qual reconheci a mesma moça da foto queimada nas bordas. Ela posava em um jardim suntuoso, e entre as copas das árvores notava-se a forma da casa que eu acabara de ver esboçada nos desenhos do Carax adolescente.

Reconheci-a no mesmo instante. A torre de "El Frare Blanc", na avenida Del Tibidabo. No verso da fotografia havia uma inscrição, que dizia apenas:

Com amor, Penélope

Guardei-a no bolso, fechei a escrivaninha e sorri para a zeladora.

— Acabou? — perguntou ela, ansiosa para sair daquele lugar.

— Quase. A senhora me disse que pouco depois de Julián partir para Paris chegou uma carta para ele, mas que o pai mandou jogá-la fora...

A zeladora hesitou um instante, mas em seguida confirmou.

— Botei a carta na gaveta da cômoda da antessala, para o caso de a francesa algum dia voltar. Ainda deve estar lá...

Fomos até a cômoda e abrimos a primeira gaveta. No meio de uma coleção de relógios parados, botões e moedas fora de circulação fazia vinte anos, via-se um envelope ocre. Peguei-o e o examinei.

— A senhora leu?

— Ora essa, que juízo faz de mim?

— Não se ofenda. Seria o mais normal nas circunstâncias, se a senhora achava que o pobre Julián estava morto...

A zeladora deu de ombros, baixou os olhos e se dirigiu à porta. Aproveitei o momento para guardar a carta no bolso interno do casaco e fechar a gaveta.

— Olhe, não vá ter uma impressão equivocada — disse a zeladora.

— Claro que não. O que dizia a carta?

— Era de amor. Como as do rádio, porém mais triste, isso sim, porque aquela soava verdadeira. Quando li, senti muita vontade de chorar.

— A senhora é só coração, dona Aurora.

— E o senhor é um demônio.

Naquela mesma tarde, depois de me despedir de dona Aurora e prometer mantê-la informada de minhas investigações sobre Julián Carax, dirigi-me ao escritório do administrador do imóvel. O sr. Molins já vira tempos melhores e agora se arrastava em um escritório sujo enterrado em uma sobreloja da rua Floridablanca. Molins era um indivíduo risonho e vaidoso, pregado a um toco de charuto que parecia brotar do bigode. Era difícil determinar se estava adormecido ou desperto, porque respirava como quem ronca. Tinha o cabelo oleoso empastado na testa e um olhar torpe e velhaco. Seus trajes não lhe renderiam nem dez pesetas no mercado Los Encantes, mas ele compensava com uma gravata extravagante, de colorido tropical. A julgar pelo aspecto do escritório, ali só se administravam insignificâncias e catacumbas de uma Barcelona anterior à Restauração.

— Estamos em reforma — informou Molins, à guisa de desculpas.

Para quebrar o gelo, mencionei o nome de dona Aurora, como se ela fosse uma velha amiga da família.

— Era ótima quando jovem — comentou Molins. — Mas os anos a deixaram gorda. É claro que eu também não sou mais o que era. Na sua idade, era um Adônis. As garotas se ajoelhavam para que eu lhes fizesse um favor, quando não um filho. O século xx é uma merda. Enfim, em que posso lhe ser útil, jovem?

Inventei uma história mais ou menos plausível sobre um suposto parentesco distante com os Fortuny. Depois de cinco minutos de conversa, Molins arrastou-se até o arquivo e me deu o endereço do advogado que cuidava dos negócios de Sophie Carax, mãe de Julián.

— Deixe-me ver... José María Requejo. Rua León XIII, 59. Embora todo semestre a correspondência lhe seja enviada pelo correio para uma caixa postal na agência central da via Layetana.

— Conhece o sr. Requejo?

— Devo ter falado com sua secretária por telefone algumas vezes. Na verdade, todos os trâmites com ele se dão pelo correio, e quem os leva é minha secretária, que hoje está no cabeleireiro. Os advogados de hoje não têm tempo para o trato formal de antes. Já não restam cavalheiros na profissão.

Ao que tudo indicava, tampouco restavam endereços confiáveis. Uma simples pesquisa no catálogo de ruas que estava sobre a mesa do escritório do administrador me confirmou o que eu suspeitava: o endereço do suposto advogado Requejo não existia. Comuniquei o fato ao sr. Molins, que absorveu a notícia como uma piada.

— Não brinque — disse ele, rindo. — O que foi que eu disse? Todos ladrões.

O administrador se reclinou em sua grande poltrona e emitiu outro ronco.

— O senhor teria o número dessa caixa de correio?

— Segundo a ficha, é 2837, embora eu não entenda os números que minha secretária escreve, porque todos sabem que as mulheres não servem para a matemática, só servem para...

— Permita que eu veja a ficha?

— É claro. Aqui está.

Ele me entregou a ficha, que examinei. Os números estavam perfeitamente legíveis. A caixa postal era 2321. Assustei-me ao pensar na contabilidade que se fazia naquele escritório.

— O senhor teve muito contato com o sr. Fortuny em vida? — perguntei.

— Mais ou menos. Era um homem muito austero. Lembro que, quando soube que a francesa o tinha deixado, convidei-o para ir a um bordel na companhia de alguns colegas, um local fantástico que conheço lá pelos lados de La Paloma. Para que se animasse, sabe? Só isso. E imagine o senhor que ele deixou de me dirigir a palavra e de me cumprimentar na rua, como se eu fosse invisível. O que acha disso?

— Fico surpreso. O que mais pode me contar sobre a família Fortuny? Lembra-se bem deles?

— Eram outros tempos — refletiu ele, nostálgico. — Quem eu conheci mesmo foi o avô Fortuny, que fundou a chapelaria. Do filho, que posso dizer? Ela, isso sim, era maravilhosa. Que mulher. E séria, hein? Apesar de todos os boatos que corriam por aí...

— Como o de que Julián não era filho legítimo do sr. Fortuny?

— Onde o senhor ouviu isso?

— Como lhe disse, sou da família. Tudo se sabe.

— Nada nunca ficou provado sobre isso.

— Mas se falou — instiguei.

— As pessoas cacarejam o tempo todo. O homem não vem do macaco, vem da galinha.

— E o que falavam?

— Posso lhe servir um pouco de rum? É de Igualada, mas tem um gostinho caribenho... Uma delícia.

— Não, obrigado, mas o acompanho. Vá contando, enquanto isso...

Antoni Fortuny, a quem todos chamavam de chapeleiro, conheceu Sophie Carax em 1899, em frente aos degraus da catedral de Barcelona. Tinha acabado de fazer uma promessa a santo Eustáquio, que, de todos os santos com capela particular na catedral, tinha fama de ser o mais rápido e o menos sovina na hora de conceder milagres de amor. Antoni Fortuny, que já havia completado trinta anos e transbordava solteirice, queria uma esposa e a queria já. Sophie era uma jovem francesa que morava em uma pensão para moças na rua Riera Alta e dava aulas particulares de solfejo e piano para os rebentos das famílias importantes de Barcelona. Não tinha família nem patrimônio, apenas juventude e a formação musical que o pai, pianista de um teatro em Nimes, havia conseguido lhe deixar antes de morrer de tuberculose, em 1886. Antoni Fortuny, pelo contrário, era um homem em vias de prosperar. Herdara havia pouco o negócio do pai, uma renomada chapelaria no largo de San Antonio, onde aprendera o ofício que um dia sonhava ensinar ao próprio filho. Sophie Carax lhe pareceu frágil, bonita, jovem, dócil e fértil. Santo Eustáquio havia feito jus a sua reputação. Após quatro meses de corte insistente, Sophie aceitou a proposta de casamento. O sr. Molins, amigo do sr. Fortuny, advertiu Antoni que ele estava se casando com uma desconhecida, que Sophie parecia boa moça, mas que talvez aquela união fosse excessivamente conveniente para ela, que ele esperasse pelo menos um ano... Antoni Fortuny retrucou que sabia já o suficiente sobre sua futura esposa. O resto não lhe interessava. Casaram-se na basílica do Pino e passaram a lua de mel de três dias em um balneário em Mongat. Na manhã antes de partir, o chapeleiro perguntou confidencialmente ao sr. Molins como proceder nos mistérios da alcova. Molins, sarcástico, disse-lhe que perguntasse à própria esposa. O casal Fortuny retornou a Barcelona apenas dois dias depois. Os vizinhos disseram que Sophie chorava ao aparecer na escada. Anos depois, Vicenteta juraria que ouvira de Sophie que o chapeleiro não encostara um dedo nela e que, quando ela tentara seduzi-lo, ele a chamara de puta e demonstrara repugnância pela obscenidade que ela lhe propunha. Seis meses mais tarde, Sophie anunciou ao marido que carregava um filho na barriga. O filho de outro homem.

Antoni Fortuny, que tinha visto o próprio pai bater na mãe uma infinidade de vezes, fez o que considerava procedente. Só parou quando achou que um toque a mais a mataria. Ainda assim, Sophie negou-se a revelar a identidade do pai da criatura que levava no ventre. Antoni Fortuny, aplicando sua lógica particular, decidiu que se tratava do demônio, pois aquele não era senão filho do pecado, e o pecado só tinha um pai: o maligno. Assim convencido de que o pecado havia se introduzido em seu lar e entre as coxas de sua esposa, o chapeleiro ocupou-se em pendurar crucifixos por toda parte: nas paredes, nas portas de todos os quartos e no teto. Quando o encontrou semeando de cruzes o quarto onde a havia confinado, Sophie assustou-se e, com lágrimas nos olhos, perguntou-lhe se tinha ficado louco. Cego de raiva, ele a esbofeteou. "Uma puta, como as outras", cuspiu ao jogá--la aos pontapés no patamar da escada, depois de surrá-la com o cinto. No dia seguinte, quando Antoni Fortuny abriu a porta de casa para descer à chapelaria, Sophie continuava ali, coberta de sangue seco e tiritando de frio. Os médicos nunca puderam consertar inteiramente as fraturas de sua mão direita. Sophie Carax nunca mais voltaria a tocar piano, mas deu à luz um menino a quem chamaria Julián, em memória do pai dela, que havia perdido muito cedo, como tudo na vida. Fortuny pensou em expulsá-la de casa, mas achou que o escândalo não seria bom para seu negócio. Ninguém compraria chapéus de um homem com fama de corno. Era um contrassenso. Sophie passou a ocupar um quarto escuro e frio nos fundos do apartamento. Ali daria à luz seu filho, com a ajuda de duas vizinhas. Antoni só voltou para casa três dias depois. "Este é o filho que Deus lhe deu", anunciou Sophie. "Se quiser castigar alguém, castigue a mim, mas não a uma criatura inocente. O menino precisa de um lar e de um pai. Meus pecados não são os dele. Rogo que se apiede de nós."

Os primeiros meses foram difíceis para ambos. Antoni Fortuny havia decidido rebaixar a esposa à condição de criada. Já não dividiam o leito nem a mesa, e era raro trocarem uma palavra que não fosse para resolver alguma questão de âmbito doméstico. Uma vez ao mês, normalmente coincidindo com a lua cheia, Antoni Fortuny comparecia ao quarto de Sophie de madrugada e, sem dizer palavra, investia contra a ex-esposa com ímpeto, mas pouca aplicação. Aproveitando-se desses raros e beligerantes momentos de intimidade, Sophie tentava se reconciliar com ele sussurrando-lhe palavras de amor e dedicando-lhe carícias experientes. Mas o chapeleiro não era homem de futilidades, e a inquietação de seu desejo se evaporava em questão de minutos, quando não de segundos. Das mencionadas investidas à camisola levantada não resultou nenhum filho. Depois de alguns anos, Antoni Fortuny deixou definitivamente de visitar o quarto de Sophie e adquiriu o hábito de ler as Sagradas Escrituras até cair a madrugada, buscando nelas consolo para seu tormento.

Com a ajuda dos Evangelhos, o chapeleiro esforçava-se por suscitar em seu coração um amor por aquela criança de olhar profundo, que gostava de fazer brincadeiras com tudo e inventar sombras onde não havia. Apesar de seu empenho, no entanto, não sentia que o pequeno Julián era filho de seu sangue nem se reconhecia nele. O menino, por sua vez, não parecia se interessar em demasia por chapéus nem pelos ensinamentos do catecismo. Chegado o Natal, Julián se distraía armando as figuras do presépio e urdindo intrigas nas quais o menino Jesus havia sido raptado pelos três reis magos do Oriente para fins escabrosos. Logo adquiriu a mania de desenhar anjos com dentes de lobo e inventar histórias de espíritos encapuzados que saíam das paredes e comiam as ideias das pessoas enquanto elas dormiam. Com o tempo, o chapeleiro perdeu qualquer esperança de guiar aquele rapaz para uma vida decente. Aquele menino não era um Fortuny e nunca seria. Alegava que se entediava no colégio e voltava com todos os cadernos repletos de rabiscos de seres monstruosos, serpentes aladas e edifícios vivos que caminhavam e devoravam os incautos. Já nessa época estava claro que a fantasia e a invenção lhe interessavam infinitamente mais do que a realidade cotidiana que o cercava. De todas as decepções que acumulou na vida, nenhuma doía tanto em Antoni Fortuny quanto aquele filho que o demônio lhe havia mandado para caçoar dele.

Aos dez anos, Julián anunciou que queria ser pintor como Velázquez, pois sonhava pintar as telas que o grande mestre não havia podido terminar em vida, argumentava, devido ao fato de ter que retratar por obrigação os débeis mentais da família real. Para completar, Sophie, talvez para matar a solidão e se lembrar do pai, resolveu dar-lhe aulas de piano. Julián, que adorava música, pintura e todas as disciplinas desprovidas de proveito e benefício na sociedade dos homens, logo aprendeu os rudimentos da harmonia e decidiu que preferia inventar as próprias composições a seguir as partituras do livro de solfejo, o que era antinatural. A essa altura, Antoni Fortuny ainda achava que parte das deficiências mentais do rapaz se devia a sua dieta, influenciada demais pelos hábitos da cozinha francesa de sua mãe. Afinal, era bem sabido que a exuberância de manteigas produzia a ruína moral e aturdia o pensamento. Ele, portanto, proibiu Sophie de cozinhar com manteiga para sempre. Os resultados não foram exatamente os esperados.

Aos doze anos, Julián começou a perder o interesse febril pela pintura e por Velásquez, mas as esperanças iniciais do chapeleiro duraram pouco. Julián abandonava os sonhos do Prado por outro vício muito mais pernicioso. Havia descoberto a biblioteca da rua Del Carmen e dedicava cada trégua que o pai lhe concedia na chapelaria para acudir ao santuário de livros e devorar tomos de romances, poesia e história. Certo dia, antes de completar treze anos, anunciou que queria ser alguém chamado Robert Louis Stevenson, para todos os efeitos um estrangeiro. O chapeleiro lhe anunciou que ele a duras penas chegaria a pedreiro. Teve então a certeza de que o filho era apenas um bobo.

Muitas vezes, sem conseguir dormir, Antoni Fortuny se retorcia no leito, de raiva e frustração. No fundo do coração, gostava daquele rapaz, dizia para si mesmo. E gostava também da mulher que o havia traído já no primeiro dia, embora ela não merecesse. Gostava deles de toda a sua alma, mas à sua maneira, que era a correta. Só pedia a Deus que lhe mostrasse de que forma os três poderiam ser felizes, de preferência também à sua maneira. Implorava ao Senhor que lhe enviasse um sinal, um cochicho, uma migalha de sua presença. Mas Deus, em sua infinita sabedoria, e talvez incomodado pela avalanche de pedidos de tantas almas atormentadas, não respondia. Enquanto Antoni Fortuny se desfazia em remorso e mágoa, Sophie, do outro lado da parede, definhava lentamente, vendo sua vida naufragar em um sopro de enganos, abandonos e culpa. Não amava o homem a quem servia, mas se sentia propriedade dele, e a possibilidade de abandoná-lo e levar consigo o filho parecia-lhe inconcebível. Lembrava com amargura o verdadeiro pai de Julián, e com o tempo aprendeu a odiá-lo e a detestar tudo que ele representava, que não era senão tudo por que ansiava. Na falta de conversas, o casal começou a trocar gritos. Insultos e recriminações afiadas voavam pelo chão como facas, crivando quem ousasse se interpor em sua trajetória — geralmente, Julián. Depois, o chapeleiro nunca lembrava exatamente por que havia batido na mulher. Lembrava-se apenas do fogo e da vergonha. Jurava, então, que aquilo não voltaria a acontecer, que se fosse preciso ele se entregaria às autoridades para que o confinassem em uma prisão.

Com a ajuda de Deus, Antoni Fortuny tinha a certeza de que poderia chegar a ser um homem melhor do que havia sido o próprio pai. Porém, mais cedo ou mais tarde seus punhos encontravam novamente a carne tenra de Sophie, e, com o tempo, Fortuny sentiu que, se não podia ser seu marido, seria seu carrasco. Assim, às escondidas, a família Fortuny deixou passar os anos, silenciando seus corações e suas almas, até o ponto em que, de tanto se calarem, esqueceram as palavras como meio de expressar seus verdadeiros sentimentos e se transformaram em estranhos que conviviam sob um mesmo teto, entre tantos outros da cidade infinita.

Passava já das duas e meia quando voltei à livraria. Assim que entrei, Fermín me lançou um olhar sarcástico do alto da escada, onde fazia brilhar uma coleção dos Episódios Nacionais do célebre dom Benito.

— Abençoados sejam meus olhos. Já o imaginávamos fazendo a travessia para as Américas, Daniel.

— Eu me demorei no caminho. E meu pai?

— Como você não chegava, saiu para entregar os pedidos. Pediu que lhe avisasse que esta tarde irá a Tiana avaliar a biblioteca particular de uma viúva. Seu pai, atrás daquele ar bonzinho, é bem esperto. Disse que não o esperasse para fechar a loja.

— Estava zangado?

Fermín fez que não, descendo a escada com agilidade felina.

— Que nada. Seu pai é um santo. Além do mais, estava muito contente de saber que você está de namorada nova.

— O quê?

Fermín piscou para mim, orgulhoso.

— Rapaz, estava escondendo de nós, hein? E que garota de fechar o comércio! O fino do fino. Nota-se que frequentou bons colégios, embora tenha um vício no olhar... Olhe, se Bernarda não houvesse roubado meu coração, porque ainda não contei sobre nosso lanche... Saíam faíscas, está me ouvindo? Faíscas. Parecia noite de são João...

— Fermín, do que você está falando?

— Da sua namorada.

— Eu não tenho namorada, Fermín.

— Bem, agora vocês, jovens, chamam isso de qualquer coisa, "guirli-frend" ou...

— Fermín, espere aí. Do que você está falando?

Fermín Romero de Torres me olhou desconcertado, gesticulando ao estilo siciliano, com os dedos de uma das mãos unidos.

— Pois então. Esta tarde, há mais ou menos uma hora ou uma hora e meia, uma garota sensacional passou por aqui perguntando por você. Seu pai e este seu criado estávamos de corpo presente, e posso lhe garantir, sem lugar para dúvidas, que a garota não era nenhum fantasma. Posso descrever até seu cheiro. Lavanda, porém mais doce. Como um bolinho recém-saído do forno.

— O bolinho por acaso disse que era minha namorada?

— Assim, com todas as palavras, não, mas deu uma risadinha de soslaio, sabe como é, e disse que o esperava na sexta-feira à tarde. Seu pai e eu nos limitamos a somar dois e dois.

— Bea... — murmurei.

— Então ela existe — assinalou Fermín, aliviado.

— Existe, mas não é minha namorada.

— Pois não sei o que você está esperando.

— É irmã de Tomás Aguilar.

— Seu amigo inventor?

Assenti.

— Mais motivo ainda. Ouça, nem que fosse irmã de Gil Robles, porque ela é muito bonita. Eu, no seu lugar, só estaria esperando a ocasião.

— Bea já tem namorado. Um alferes que está fazendo o serviço militar.

Fermín suspirou, irritado.

— Ah, o Exército, marca e reduto tribal do sindicato simiesco. Melhor assim, porque você poderá corneá-lo sem remorsos.

— Você está delirando, Fermín. Bea vai se casar quando o alferes terminar o serviço militar.

Fermín me sorriu, ladino.

— Pois veja só que coisa, estou com um pressentimento de que não, de que ela não vai se casar.

— Como você pode saber?

— Sei bem mais do que você sobre mulheres e sobre outras necessidades mundanas. Como ensina Freud, a mulher deseja o contrário do que pensa ou declara, o que, visto de outro ângulo, não é tão terrível assim, já que o homem, como nos ensina Perogrullo, obedece às ordens de seu aparelho genital ou digestivo.

— Não comece com os discursos, Fermín, que já sei aonde você quer chegar. Resuma o que tem a dizer.

— Pois olhe, em sucinta essência é o seguinte: ela não tinha cara de que ia se casar com o milico.

— Ah, não? E tinha cara de que, então?

Fermín se aproximou com ar confidencial.

— De morbidez — apontou, levantando a sobrancelha com ar de mistério. — E que conste que estou fazendo uma cortesia ao dizer isto.

Como sempre, Fermín tinha razão. Vencido, optei por jogar a bola no seu terreno.

— Falando de morbidez, conte-me sobre Bernarda. Houve beijo ou não houve beijo?

— Não me ofenda, Daniel. Devo lembrar-lhe que está falando com um profissional da sedução, e isso de beijo é para amadores e diletantes de chinelos. A mulher de verdade se ganha pouco a pouco. Tudo é questão de psicologia, como uma boa tourada.

— Ou seja, ela o rejeitou.

— Ninguém rejeita Fermín Romero de Torres, nem são Roque. O que acontece é que o homem, voltando a Freud e usando uma metáfora, é como uma lâmpada: esquenta em um instante e em seguida esfria em um instante. A fêmea, porém, e isso é ciência pura, esquenta como um ferro de passar, entende? Pouco a pouco, a fogo lento, como a boa *escudella*. Mas depois, quando acumula calor, não há quem a detenha. Como os grandes fornos de Viscaya.

Analisei as teorias termodinâmicas de Fermín.

— É isso que está fazendo com Bernarda? Pondo o ferro para esquentar?

Fermín deu uma piscadela.

— Essa mulher é um vulcão à beira da erupção, com uma libido de magma ígneo e um coração de santa — disse ele, envaidecido. — Para estabelecer um paralelo de verdade, lembra-me minha morena de Havana, que era uma santeira muito devota. Mas, como no fundo sou um cavalheiro à moda antiga, não me aproveitei dela e me conformei com um casto beijo na bochecha. Porque não estou com pressa, sabe? A espera aumenta o desejo. Tem uns bobalhões por aí que acham que, se põem a mão na bunda de uma mulher e ela não reclama, já está no papo. Aprendizes. O coração da mulher é um labirinto de sutilezas que desafia a mente grosseira do homem trapaceiro. Para realmente possuir uma mulher, é preciso pensar como ela, e a primeira coisa a fazer é ganhar sua alma. O resto, o doce e fofo embrulho que nos faz perder os sentidos e a virtude, vem por acréscimo.

Aplaudi seu discurso com solenidade.

— Fermín, você é um poeta.

— Não, estou com Ortega e sou um pragmático, porque a poesia mente, embora de forma bonita, e o que digo é mais substancial do que pão com tomate. Já dizia o mestre, mostre-me um mulherengo e eu lhe mostro um homossexual disfarçado. O meu negócio é a permanência, o perene. Você será minha testemunha de que farei de Bernarda uma mulher, se não de respeito, que isso ela já é, ao menos feliz.

Sorri, assentindo. Seu entusiasmo era contagiante, e sua métrica, invencível.

— Cuide bem dela, Fermín. Bernarda tem um coração de ouro e já passou por muitas decepções.

— Acha que não percebo? Vamos, isso está escrito na testa dela como um carimbo do patronato das viúvas de guerra. Estou dizendo que tenho muita experiência em matéria de tarefas difíceis: vou cobrir essa mulher de felicidade nem que seja a última coisa que eu faça neste mundo.

— Palavra?

Ele me estendeu a mão com aprumo templário. Apertei-a.

— Palavra de Fermín Romero de Torres.

Tivemos uma tarde tranquila na livraria, com apenas dois curiosos. Em vista da situação, sugeri a Fermín que ficasse com o resto do dia livre.

— Ande, vá buscar Bernarda e leve-a ao cinema ou para olhar as vitrines da rua Puerraferrisa segurando-a pelo braço, que isso ela adora.

Fermín apressou-se em fazer o que eu disse e foi se aprontar no quarto dos fundos, onde guardava sempre uma muda de roupa impecável e várias águas-de-colônia e unguentos em um nécessaire que teria dado inveja à cantora e atriz Concha Piquer. Quando saiu, parecia um galã de filme, mas com trinta quilos a menos. Vestia uma roupa que tinha sido do meu pai e um chapéu de feltro vários números maior, problema que ele resolveu colocando bolas de papel de jornal.

— Fermín, antes que você saia... Eu queria lhe pedir um favor.

— Diga. Você manda, estou aqui para obedecer.

— Quero lhe pedir que isso fique entre nós, hein? Nem uma palavra ao meu pai.

Ele sorriu de orelha a orelha.

— Ah, rapaz. Tem alguma coisa a ver com aquele mulherão imponente, hein?

— Não. Este é um assunto de investigação e de intriga. É do seu ramo.

— Bem, sobre mulherões eu também sei um pouco. Digo isso para se algum dia você precisar de uma consulta técnica, sabe? Com toda a confiança, que para isso sou como um médico. A mais pura seriedade.

— Vou me lembrar disso. Agora, o que eu preciso saber é a quem pertence uma caixa postal do correio central da via Layetana. Número 2321. E, se for possível, quem recolhe o correio que chega lá. Você acha que pode me ajudar?

Fermín anotou o número no baixo-ventre, sob a cueca, com a caneta.

— Isso é muito fácil. Não existe organismo oficial que me resista. Dê-me uns dias e lhe farei um relatório completo.

— Estamos combinados que não dirá nenhuma palavra a meu pai, hein?

— Relaxe. Faça de conta que sou a esfinge de Quéops.

— Agradeço. E agora vamos, saia logo, e tenha uma boa tarde.

Despedi-me dele com um cumprimento militar e o vi partir garboso como um galo rumo ao galinheiro. Não devia ter-se passado mais de cinco minutos quando escutei a campainha da porta e levantei os olhos das colunas de traços e números. Um indivíduo envolto em uma capa de chuva cinzenta e com um chapéu de feltro acabava de entrar. Ostentava um bigode da moda e tinha olhos azuis e brilhantes. Exibia um sorriso de vendedor, falso e forçado. Lamentei que Fermín não estivesse ali, porque ele tinha iniciativa para se livrar dos vendedores de refrescos e bugigangas que às vezes entravam na livraria. O visitante brindou-me com um sorriso sebento e falso, pegando ao acaso um volume de uma pilha junto à entrada, de títulos para arrumar e avaliar. Tudo nele transmitia desprezo pelo que via. *O senhor não vai me vender nem o boa-tarde*, pensei.

— Quanta letra, hein? — disse ele.

— É um livro, costumam ter muitas letras. Em que posso ajudá-lo, cavalheiro?

O indivíduo devolveu o livro à pilha, concordando com displicência e ignorando minha pergunta.

— É o que eu digo. Ler é para as pessoas que têm muito tempo e nada para fazer. Como as mulheres. Quem tem que trabalhar não dispõe de tempo para histórias. Na vida é preciso trabalhar. Não concorda?

— É uma opinião. O senhor procura algum título em especial?

— Não é uma opinião, é um fato. É o que acontece neste país, onde as pessoas não querem trabalhar. O que há é muito ócio, não acha?

— Não sei, cavalheiro. Talvez. Aqui, como vê, só vendemos livros.

O indivíduo se aproximou do balcão, com o olhar sempre voando para todos os lados e pousando ocasionalmente no meu. Sua aparência e seus gestos me eram vagamente familiares, embora eu não soubesse dizer de onde. Algo nele lembrava uma dessas figuras que aparecem em baralhos de antiquário ou de cartomante, um personagem saído das gravuras de um incunábulo. Tinha uma presença fúnebre e incandescente, como uma maldição em roupa de domingo.

— Se me disser em que posso servi-lo...

— Era eu quem vinha prestar um serviço. O senhor é o dono deste estabelecimento?

— Não. O dono é meu pai.

— E seu nome é?

— O meu ou o do meu pai?

O indivíduo me dedicou um sorriso exibido. *Um trocista*, pensei.

— Farei de conta de que o letreiro de "Sempere & Filhos" vale para ambos, então.

— Muito perspicaz. Posso lhe perguntar qual é o motivo de sua visita, se não está interessado em um livro?

— O motivo da minha visita, que é de cortesia, é adverti-lo de que chegou aos meus ouvidos que vocês têm relações com gente de reputação duvidosa, em particular invertidos e meliantes.

Fiquei olhando para ele, atônito.

— Como assim?

O indivíduo me encarou.

— Estou falando de bichas e ladrões. Não me diga que o senhor não sabe do que estou falando.

— Temo que não tenha a mais remota ideia, nem interesse nenhum em continuar a ouvi-lo.

O indivíduo assentiu, adotando uma expressão hostil e irritada.

— Pois vai ter que me escutar. Suponho que o senhor esteja a par das atividades do cidadão Federico Flaviá.

— Dom Federico é o relojoeiro do bairro, uma pessoa excelente, e duvido muito que seja um bandido.

— Estou falando de bichas. Ouvi dizer que esse veado frequenta seu estabelecimento, suponho que para comprar romancezinhos e pornografia.

— E posso lhe perguntar o que o senhor tem a ver com isso?

Como resposta, ele sacou a carteira e a pôs aberta sobre o balcão. Reconheci uma suja carteira de policial com o semblante do homem um pouco mais jovem. Li até onde dizia: "Inspetor-chefe Francisco Javier Fumero Almufiiz".

— Jovem, fale comigo com respeito, ou porei você e seu pai em tais dificuldades que vão perder o cabelo por vender lixo bolchevista. Estamos entendidos?

Eu quis retrucar, mas as palavras haviam ficado congeladas em meus lábios.

— De qualquer forma, essa bicha não é o que me traz aqui hoje. Mais cedo ou mais tarde acabará na delegacia, como todos os de sua laia, e então me ocuparei dele. O que me preocupa é que tenho informações de que os senhores estão empregando um ladrão vulgar, um indesejável da pior espécie.

— Não sei a quem o senhor está se referindo, inspetor.

Fumero deu sua risadinha servil e pegajosa, de camarilhas e mexericos.

— Sabe Deus que nome ele estará usando agora. Anos atrás fazia-se chamar Wilfredo Camagüey, ás do mambo, e dizia ser especialista em vodu, professor de dança de dom Juan de Borbón e amante de Mata Hari. Outras vezes adota nomes de embaixadores, artistas de musicais ou toureiros. Já perdemos a conta.

— Sinto não poder ajudá-lo, mas não conheço ninguém chamado Wilfredo Camagüey.

— Certamente não, mas sabe a quem me refiro, não?

— Não.

Fumero riu outra vez. Aquele riso forçado e amaneirado era um verdadeiro símbolo que o definia.

— O senhor gosta de tornar as coisas difíceis, não é? Olhe, eu vim aqui na condição de amigo, para adverti-los e preveni-los de que quem coloca um indesejável em casa acaba com os dedos escaldados, e o senhor me trata como um embusteiro.

— Em absoluto. Eu lhe agradeço sua visita e sua advertência, mas lhe garanto que não há...

— Não me venha com essas merdas, que se passar dos limites eu lhe dou uma surra e fecho esta espelunca, ouviu? Mas hoje estou de bom humor, de modo que vou deixá-lo apenas com a advertência. O senhor saberá quais companhias escolher. Se gosta de bichas e ladrões, deve ser que tem algo em comum com eles. Comigo, as coisas devem ser claras. Ou o senhor está do meu lado ou está contra mim. Assim é a vida. Como ficamos?

Eu não disse nada. Fumero aquiesceu, soltando outra risadinha.

— Muito bem, Sempere. Se quiser problemas, os terá. A vida não é como nas novelas, sabe? Na vida, temos que escolher um lado. E está claro qual lado o senhor escolheu. O dos que perdem por burrice.

— Vou lhe pedir que saia, por favor.

Ele se afastou até a porta arrastando seu risinho sibilino.

— Voltaremos a nos ver. E diga ao seu amigo que o inspetor Fumero já está de olho nele e que lhe manda muitas lembranças.

A visita do infausto inspetor e o eco de suas palavras incendiaram minha tarde. Depois de quinze minutos andando de lá para cá atrás do balcão com as tripas apertadas em um nó, decidi fechar a livraria antes da hora e sair à rua para caminhar sem rumo. Não conseguia tirar da cabeça as insinuações e as ameaças feitas por aquele aprendiz de carniceiro. Perguntava-me se deveria alertar meu pai e Fermín sobre aquela visita, mas supus que essa fosse exatamente a intenção de Fumero, semear a dúvida, a angústia, o medo e a incerteza entre nós. Decidi não entrar em seu jogo. No entanto, as insinuações acerca do passado de Fermín me assustaram. Envergonhei-me de mim mesmo ao descobrir que, por um instante, tinha dado crédito às palavras do policial. Depois de dar muitas voltas, decidi enterrar aquele episódio em algum canto da minha memória e ignorar suas implicações. De volta à casa, atravessei em frente à relojoaria do bairro. Dom Federico me cumprimentou do balcão, fazendo sinais para que eu entrasse no estabelecimento. O relojoeiro era uma pessoa afável e sorridente, que nunca se esquecia de dar parabéns por alguma data festiva e com quem sempre se podia contar para resolver uma dificuldade, com a tranquilidade de que ele encontraria a solução. Não pude evitar sentir um calafrio ao sabê-lo na lista de desafetos do inspetor Fumero, e me perguntei se deveria avisá-lo, embora não imaginasse como poderia fazê-lo sem me intrometer em assuntos que não eram da minha conta. Mais confuso do que nunca, entrei na relojoaria e sorri.

— Como vai, Daniel? Está com uma cara estranha.

— Um dia ruim. Como vai tudo, dom Federico?

— Sem problemas. Os relógios estão cada vez mais malfeitos e não canso de trabalhar. Se isto continuar assim, vou ter que contratar um ajudante. Seu amigo, o inventor, estaria interessado? Com certeza leva jeito.

Não me custou imaginar o que o pai de Tomás Aguilar pensaria sobre a possibilidade de seu filho aceitar um emprego no estabelecimento de dom Federico, bicha oficial do bairro.

— Vou comentar com ele.

— Certo, Daniel. Tenho aqui o despertador que seu pai trouxe há duas semanas. Não sei o que ele fez, mas seria melhor comprar um novo do que consertá-lo.

Lembrei que, às vezes, nas noites asfixiantes de verão, meu pai tinha o costume de dormir na varanda.

— Caiu na rua — falei.

— Eu já desconfiava. Peça a ele que me diga o que fazer. Posso conseguir um Radiant a bom preço. Se quiser, veja, leve-o para ele experimentar. Se gostar, paga depois. E se não, pode devolvê-lo.

— Muito obrigado, dom Federico.

O relojoeiro começou a embrulhar o artefato em questão.

— Alta tecnologia — disse ele, admirado. — Aliás, adorei o livro que Fermín me vendeu no outro dia. De Graham Greene. Esse Fermín é excelente vendedor.

Assenti.

— Sim, ele tem muito valor.

— Percebi que não usa relógio. Diga que passe por aqui que vamos resolver isso.

— Está bem. Obrigado, dom Federico. E cuide-se.

— Você também, Daniel.

Ao chegar em casa, encontrei meu pai dormindo no sofá com o jornal sobre o peito. Deixei o despertador sobre a mesa com um bilhete que dizia "da parte de dom Federico: jogar fora o velho" e me dirigi discretamente ao meu quarto. Deitei-me na cama, no escuro, e logo adormeci, pensando no inspetor, em Fermín e no relojoeiro. Quando acordei, já eram duas da manhã. Fui até o corredor e vi que meu pai tinha ido para o quarto com seu novo despertador. O apartamento estava na penumbra, e o mundo parecia um lugar mais escuro e sinistro do que me parecera na noite anterior. Entendi que, de fato, eu nunca imaginara que o inspetor Fumero pudesse realmente existir. Agora me parecia ser um entre mil. Fui à cozinha e me servi de um copo de leite frio. Me perguntei se Fermín estaria bem, são e salvo em sua pensão.

De volta ao quarto, procurei afastar do pensamento a imagem do policial. Novamente busquei conciliar o sono, mas logo percebi que não seria mais possível. Acendi a luz e quis examinar o envelope enviado a Julián Carax, que eu havia subtraído de dona Aurora naquela manhã e ainda estava no bolso do casaco. Coloquei-o sobre a escrivaninha debaixo do facho de luz. Era um envelope encorpado, com os lados serrilhados amarelecidos e aspecto rugoso. O carimbo, apenas uma sombra, dizia "18 de outubro de 1919". O selo de lacre havia se soltado, provavelmente devido aos bons serviços de dona Aurora. Em seu lugar havia ficado uma mancha vermelha como um toque de carmim que beijava o fecho, sobre o qual se lia o remetente:

Penélope Aldaya
Avenida del Tibidabo, 32, Barcelona

Abri o envelope e peguei a carta, uma folha de cor ocre dobrada ao meio. Um traço de tinta azul deslizava em ritmo nervoso, apagando-se aos poucos e recobrando intensidade a cada poucas palavras. Tudo naquela folha falava de outro tempo: o traço escravo do tinteiro, as palavras traçadas sobre o papel grosso pelo fio da pena, o toque enrugado do papel. Alisei a carta sobre a mesa e a li, quase sem tomar fôlego.

Querido Julián:

Esta manhã soube por Jorge que você realmente deixou Barcelona e partiu em busca de seus sonhos. Sempre temi que esses sonhos não fossem deixá-lo ser meu, nem de ninguém. Gostaria de tê-lo visto uma última vez, de olhar em seus olhos e lhe dizer coisas que não sei contar em uma carta. Nada saiu como planejamos. Eu o conheço bem demais e sei que você não me escreverá, que sequer me enviará seu endereço, que vai querer ser outra pessoa. Sei que me odiará por não ter estado com você, como lhe prometi. Que pensará que lhe falhei. Que não tive coragem.

Tantas vezes imaginei você sozinho naquele trem, convencido de que eu o havia traído. Muitas vezes tentei encontrá-lo através de Miquel, mas ele me disse que você já não queria saber nada a meu respeito. Que mentiras lhe contaram, Julián? O que disseram sobre mim? Por que acreditou nelas?

Agora sei que o perdi, que perdi tudo. E ainda assim não posso deixar você partir para sempre e me esquecer sem que saiba que não lhe guardo rancor, que eu sabia desde o começo, sabia que ia perdê-lo e que você jamais veria em mim o que vi em você. Quero que saiba, embora possa incomodá-lo saber, que amei você desde o primeiro dia e que continuo amando, agora mais do que nunca.

Escrevo às escondidas, sem que ninguém o saiba. Jorge jurou que, se voltar a encontrá-lo, o matará. Já não me deixam sair de casa, nem me aproximar da janela. Acho que nunca vão me perdoar. Alguém de confiança prometeu-me que lhe enviará esta carta. Não menciono seu nome para não comprometê-lo. Não sei se minhas palavras chegarão a você, mas se assim for e se você decidir voltar para me buscar, aqui encontrará o modo de fazê-lo. Enquanto escrevo imagino você naquele trem, repleto de sonhos e com a alma desgostosa devido à traição, fugindo de nós todos e de você mesmo. Há tantas coisas que não posso lhe contar, Julián... Coisas que nunca soubemos e que é melhor que você não saiba nunca.

Não desejo nada neste mundo senão sua felicidade, Julián, que tudo que você desejar se torne realidade e que, mesmo que com o tempo você me esqueça, possa algum dia compreender o quanto o amei.

Para sempre sua,
Penélope

17

As palavras de Penélope Aldaya, que li e reli naquela noite até decorar, apagaram de uma só vez o sabor ruim que a visita do inspetor Fumero havia deixado. Depois de passar a noite em claro, concentrado naquela carta e na voz que intuí nela, saí de casa de madrugada. Vesti-me em silêncio e deixei para meu pai um bilhete na cômoda da antessala avisando que precisava entregar alguns pedidos e que estaria de volta à livraria às nove e meia. Ao chegar à porta de entrada, as ruas ainda estavam às escuras, escondidas sob um manto azulado que lambia sombras e poças semeadas pela chuva miúda durante a noite. Abotoei o casaco até o pescoço e me dirigi a passo ligeiro rumo à praça Catalunha. As escadas do metrô cuspiam uma massa de vapor morno que brilhava em uma luz acobreada. No guichê dos trens catalães, comprei uma passagem de terceira classe para a estação de Tibidabo. Fiz o percurso em um vagão repleto de ordenanças, empregadas domésticas e jornaleiros que levavam marmitas do tamanho de um tijolo embrulhadas em folhas de jornal. Refugiei-me no breu dos túneis e apoiei a cabeça na janela, semicerrando os olhos enquanto o trem percorria as entranhas da cidade até chegar a Tibidabo. Ao sair à rua novamente, tive a sensação de descobrir outra Barcelona. Amanhecia, e um fio de púrpura rasgava as nuvens e salpicava a fachada dos palacetes e casarões senhoriais que rodeavam a avenida Del Tibidabo. O bonde azul arrastava-se preguiçosamente entre neblinas. Corri atrás dele e consegui subir na plataforma traseira sob o olhar severo do trocador. O vagão de madeira estava quase vazio. Dois frades e uma dama enlutada de pele acinzentada dormiam embalados pelo vaivém da carruagem de cavalos invisíveis.

— Só vou até o número 32 — avisei o trocador, oferecendo meu melhor sorriso.

— Pois para mim dá no mesmo se fosse até Finisterre — retrucou ele, indiferente. — Aqui, até os soldados de Cristo pagaram sua passagem. Ou paga ou desce. Até deles cobrei.

A dupla de frades, que calçava sandálias e vestia um manto de tecido marrom grosseiro de austeridade franciscana, assentiu, mostrando grandes bilhetes cor-de-rosa a título de prova.

— Pois então vou descer, porque não tenho trocado.

— Como quiser. Mas espere a próxima parada, que eu não quero acidentes.

O bonde subia quase a ritmo de passeio, acariciando a sombra do arvoredo e espiando por cima dos muros e jardins das mansões com alma de castelo que eu imaginava repletas de estátuas, fontes, cavalariças e capelas secretas. Subi em um dos lados da plataforma e pude ver a silhueta da torre do "El Frare Blanc" se recortando entre as árvores. Ao se aproximar da esquina de Román Macaya, o bonde diminuiu a marcha até parar quase por completo. O condutor fez soar a campainha e o trocador me lançou um olhar de censura.

— Vamos, seu sabe-tudo. Se apresse, que o número 32 está logo aí.

Desci e escutei o ruído do bonde perdendo-se na bruma. A residência da família Aldaya ficava do outro lado da rua. Um portão de ferro fundido coberto de hera e folhagem a protegia. Recortada no meio das barras adivinhava-se uma portinhola trancada a chave. Em cima das grades, moldado em serpentes de ferro preto, lia-se o número 32. Tentei espiar dali o interior da propriedade, mas só se adivinhavam as arestas e os arcos de um torreão escuro. Um rastro de ferrugem sangrava do orifício da fechadura da portinhola. Ajoelhei-me e procurei formar uma ideia do pátio. Via-se apenas um tufo de ervas silvestres e o contorno do que me pareceu um chafariz ou um lago de onde saía uma mão erguida, apontando para o céu. Demorei alguns segundos para perceber que se tratava de uma mão de pedra e que, submersos no lago, havia outros membros ou silhuetas que não distingui. Mais adiante, nas fileiras de mato, adivinhava-se uma escadaria de mármore danificada e coberta de escombros e folhagem. A fortuna e a glória dos Aldaya tinham tomado outro rumo havia muito tempo. Aquele lugar era um túmulo.

Afastei-me alguns passos, contornando a esquina para investigar a ala sul da casa. Dali se tinha uma visão mais nítida de uma das torres do palacete. Naquele instante, vi de rabo de olho a silhueta de um indivíduo de ar famélico vestindo uma bata azul e brandindo um escovão com o qual martirizava a folhagem da calçada. Dado que me observava com certo receio, supus ser o porteiro de uma das propriedades vizinhas. Sorri como só sabe fazê-lo quem passou muitas horas atrás de um balcão.

— Bom dia — entoei cordialmente. — Sabe me dizer se a casa dos Aldaya está fechada há muito tempo?

Ele me observou como se eu houvesse lhe perguntado sobre a quadratura do círculo. O homenzinho mexeu na barbicha com uns dedos amarelados que permitiam supor um fraco por cigarros Celta sem filtro. Lamentei não levar comigo um maço, para cair nas suas graças. Procurei nos bolsos do casaco para ver o que poderia lhe oferecer.

— Ao menos vinte ou vinte e cinco anos, e que continue assim — disse o porteiro, naquele tom lento e dócil das pessoas condenadas a servir à base de pancadas.

— Faz muito tempo que o senhor trabalha aqui?

O homenzinho assentiu.

— Sou empregado dos Miravell desde os anos vinte.

— O senhor não teria ideia do que aconteceu com a família Aldaya, teria?

— Bem, o senhor já deve saber que eles perderam muito com a República. Quem semeia discórdia... O pouco que sei é o que ouvi na casa dos Miravell, que antes eram amigos da família. Acho que o filho mais velho, Jorge, partiu para o estrangeiro, para a Argentina. Parece que tinham fábricas lá. Gente de muito dinheiro. Esses sempre caem de pé. O senhor não teria um cigarro, por acaso?

— Sinto muito, mas posso lhe oferecer uma bala, que já se demonstrou possuir a mesma quantidade de nicotina que um charuto Montecristo e, além do mais, uma barbaridade de vitaminas.

O porteiro franziu o cenho com certa incredulidade, mas assentiu. Presenteei-o com a bala de limão que Fermín havia me dado tempos antes e que tinha descoberto dentro de uma dobra do forro do meu bolso. Esperava que não estivesse passada.

— Está boa — decretou o porteiro, chupando a bala de goma.

— O senhor está mascando o orgulho da indústria confeiteira nacional. O Generalíssimo os engole como se fossem amendoins. Diga-me, alguma vez ouviu falar na filha dos Aldaya, Penélope?

O porteiro se apoiou na grande vassoura à maneira do pensador de Rodin.

— Parece-me que o senhor está enganado. Os Aldaya não tinham filhas. Eram todos rapazes.

— Tem certeza? Eu soube que lá pelo ano de 1919 morava nesta casa uma jovem chamada Penélope Aldaya, que provavelmente era irmã do tal Jorge.

— Podia ser, mas eu já lhe disse que só estou aqui desde os anos vinte.

— E a propriedade, a quem pertence agora?

— Que eu saiba, ainda está à venda, embora falem em destruí-la e construir um colégio. É o melhor que podem fazer, de verdade. Derrubá-la até o cimento.

— Por que diz isso?

O porteiro me olhou com ar conspiratório. Ao sorrir, observei que lhe faltavam ao menos quatro dentes superiores.

— Esse pessoal, os Aldaya... Não eram de confiança, o senhor já deve saber o que se comenta.

— Receio que não. O que se comenta?

— O senhor sabe. Dos barulhos e tudo o mais. Acreditar nessas histórias, eu não acredito, mas dizem que mais de um borrou as calças aí dentro, de medo.

— Não me diga que a casa é mal-assombrada — falei, reprimindo um sorriso.

— Pode rir. Mas na hora H...

— O senhor já viu alguma coisa?

— Ver, não. Mas escutei.

— Escutou? O quê?

— Olhe, uma vez, deve fazer anos, certa noite em que acompanhei Joanet, porque ele insistiu, hein, pois eu não havia perdido nada ali... como eu dizia, ouvi alguma coisa estranha. Como um choro.

O porteiro me ofereceu uma imitação ao vivo do som ao qual se referia. Deu-me a impressão da ladainha de um tísico cantarolando versinhos.

— Devia ser o vento — sugeri.

— Devia ser, mas, verdade seja dita, fiquei em pânico. Escute, o senhor não teria outra dessas balas, teria?

— Aceite uma pastilha. Tonificam muitíssimo depois do doce.

— Dê cá — aceitou o porteiro, estendendo a mão para receber a pastilha.

Entreguei-lhe o pacote todo. O gosto do alcaçuz pareceu lubrificar-lhe um pouco mais a língua sobre aquela história rocambolesca do palacete Aldaya.

— Entre mim e o senhor, assunto aqui é o que não falta. Certa vez, Joanet, filho do sr. Miravell, que é um homenzarrão que dá dois do senhor... basta dizer que está na seleção de basquete... pois uns amigos do senhorzinho Joanet tinham ouvido falar da casa dos Aldaya e o chamaram para ir lá. E ele me convidou para acompanhá-lo, porque falava muito, mas não se atrevia a entrar sozinho. Sabe como são os garotões. Fez de tudo para entrar ali de noite para namorar e por pouco não se mija todo de medo. Porque agora o senhor a está vendo de dia, mas de noite essa casa é outra, hein? O fato é que Joanet diz que subiu ao segundo andar... porque eu me neguei a entrar, sabe?, que isso não deve estar certo, porque a essa altura a casa já estava abandonada havia pelo menos dez anos... e disse que havia algo lá dentro. Pareceu-lhe escutar como uma voz em um quarto, mas, quando quis entrar, a porta se fechou no seu nariz. O que acha disso?

— Uma corrente de ar — falei.

— Ou de outra coisa — sugeriu o porteiro, baixando a voz. — Outro dia escutei no rádio: o universo está cheio de mistérios. Veja o senhor que parece que encontraram o verdadeiro santo sudário em pleno centro de Sardanyola. Tinham-no costurado na tela de um cinema, para ocultá-lo dos muçulmanos, que querem usá-lo para dizer que Jesus Cristo era negro. O que acha?

— Não tenho palavras.

— Estou lhe dizendo. Muito mistério. O que se deveria fazer é pôr abaixo essa propriedade e jogar cal no terreno.

Agradeci ao homem a informação e me dispus a descer a avenida para retornar a San Gervasio. Levantei os olhos e vi que a montanha do Tibidabo amanhecia entre nuvens de gaze. De repente, tive vontade de me aproximar do teleférico e escalar a ladeira até o antigo parque de diversões no topo, para me perder entre seus carrosséis e seus salões de máquinas de jogo, mas tinha prometido chegar à livraria na hora. De volta à estação de metrô, imaginei Julián Carax descendo por aquela mesma calçada e contemplando aquelas mesmas fachadas solenes que haviam mudado muito pouco desde então, com suas escadas e jardins de estátuas, talvez esperando aquele bonde azul que subia aos céus na ponta dos pés. Ao chegar ao pé da avenida, peguei a fotografia de Penélope Aldaya sorrindo no pátio do palacete familiar. Seus olhos prometiam a alma limpa e um futuro por escrever. *Com amor, Penélope.*

Imaginei um Julián Carax da minha idade segurando aquela fotografia, talvez na sombra da mesma árvore que me protegia. Quase podia vê-lo, sorridente e seguro de si, contemplando um futuro tão amplo e luminoso quanto aquela avenida, e por um instante pensei que ali não havia outros fantasmas senão os da ausência e da perda, e que aquela luz que me sorria era emprestada e só valia enquanto eu pudesse sustentá-la com o olhar, segundo a segundo.

18

Ao voltar para casa, comprovei que Fermín ou meu pai tinha aberto a livraria. Subi um instante ao apartamento para comer alguma coisa rapidamente. Meu pai havia deixado torradas, geleia e uma garrafa térmica com café na mesa de jantar. Comi e bebi com prazer e voltei a descer em menos de dez minutos. Entrei na livraria pela porta dos fundos, que dava para o hall do edifício, e fui até meu armário. Vesti o avental que usava na loja para proteger a roupa da poeira das caixas e das estantes. No fundo do armário eu deixava uma lata que ainda cheirava a biscoitos. Guardava ali todo tipo de bugigangas inúteis, mas das quais era incapaz de me desfazer. Relógios e esferográficas quebradas sem conserto, moedas velhas, miniaturas, peças de jogos, papéis de bala que havia encontrado no parque Labirinto e postais velhos da Barcelona do princípio do século. No meio de toda aquela bagunça estava também o velho pedaço de jornal onde Isaac Monfort havia anotado o endereço da filha Nuria na noite em que fui ao Cemitério dos Livros Esquecidos para esconder *A sombra do vento*. Examinei-o à luz empoeirada que caía por entre estantes e caixas empilhadas. Tampei a lata e guardei o endereço na carteira. Fui para a loja, decidido a ocupar a mente e as mãos na tarefa mais banal que estivesse à disposição.

— Bom dia — cumprimentei.

Fermín classificava o conteúdo de várias caixas que haviam chegado de um colecionador de Salamanca e meu pai as examinava para decifrar um catálogo alemão de apócrifa luterana que tinha nome de embutidos finos.

— E que Deus nos dê tardes ainda melhores — cantarolou Fermín, em velada alusão a meu encontro com Bea.

Não lhe dei o gosto de responder e decidi encarar a inevitável tarefa mensal de pôr em dia o livro de contabilidade, cotejando recibos e notas de remessas, cobranças e pagamentos. O rádio embalava nossa serena melancolia, presenteando-nos com uma seleção de momentos escolhidos da carreira de Antonio Machín, muito em voga naquela época. Os ritmos caribenhos irritavam os nervos de meu pai, mas ele os tolerava porque lembravam a Fermín sua saudosa Cuba. A cena se repetia a cada semana: meu pai fingia que não escutava e Fermín se abandonava a um doce balanço ao ritmo da música, pontuando os intervalos comerciais com anedotas de suas aventuras em Havana. A porta da loja estava aberta e entrava um cheiro doce de pão fresco e café que convidava ao otimismo. Ao cabo de um momento, nossa vizinha Merceditas, que acabava de fazer compras no mercado da Boquería, parou diante da vitrine e apareceu à porta.

— Olá, sr. Sempere — cantarolou.

Meu pai sorriu, envergonhado. Eu tinha a impressão de que Merceditas o agradava, mas sua ética de misantropo o obrigava a um silêncio inquebrantável. Fermín olhava para ela de soslaio, envaidecido e seguindo o suave balanço de suas cadeiras como se um doce gostoso houvesse acabado de entrar pela porta. Merceditas abriu um saco de papel e nos presenteou com três maçãs reluzentes. Imaginei que ainda tivesse em mente a ideia de trabalhar na livraria e, portanto, fizesse poucos esforços para ocultar a antipatia que parecia lhe inspirar Fermín, o usurpador.

— Vejam que lindas. Vi-as e disse a mim mesma: estas são para os Sempere — disse ela, em tom melindroso. — Sei que vocês, intelectuais, gostam de maçãs, como Isaac Peral.

— Isaac Newton, florzinha — corrigiu-a Fermín, solícito.

Merceditas lançou-lhe um olhar assassino.

— Lá vem o espertalhão. Pois o senhor agradeça que eu lhe tenha trazido uma também, e não um limão, que é o que merece.

— Mas, mulher, para mim esse oferecimento da fruta do pecado original pelas suas núbeis mãos me inflamam de...

— Fermín, faça-me o favor — interveio meu pai.

— Sim, sr. Sempere — acatou Fermín, batendo em retirada.

Merceditas estava prestes a responder a Fermín quando se ouviu uma agitação lá fora. Ficamos todos em silêncio, na expectativa. Na rua, erguiam-se vozes indignadas e começava uma balbúrdia. Merceditas aproximou-se da porta, prudente. Vimos passar vários comerciantes irritados, sacudindo a cabeça dissimuladamente. Dali a pouco apareceu na escada dom Anacleto Olmo, vizinho do prédio e porta-voz oficial da Real Academia da Língua. Dom Anacleto era um catedrático, licenciado em Literatura Espanhola e Humanidades, e dividia o segundo andar da frente do prédio com diversos gatos. Nos momentos que lhe sobravam da docência, fazia dupla jornada como redator de textos de quarta capa para uma editora de prestígio e, dizia-se, compunha versos de erotismo crepuscular que publicava com o pseudônimo de Rodolfo Pitón. No trato pessoal, dom Anacleto era um homem afável e encantador, mas em público sentia-se obrigado a representar o papel de declamador e afetava uns falares que lhe tinham valido o apelido de *Gongorino,* em referência ao poeta Luis de Góngora.

Naquela manhã, o catedrático tinha o rosto vermelho de aflição, e quase tremiam-lhe as mãos com que segurava a bengala de marfim. Olhamos os quatro para ele, intrigados.

— Dom Anacleto, o que está acontecendo? — perguntou meu pai.

— Franco morreu? Diga que sim — contribuiu Fermín, esperançoso.

— Cale-se, animal — cortou Merceditas. — E deixe falar o senhor doutor.

Dom Anacleto respirou fundo e, recuperando a compostura, passou a relatar parte dos acontecimentos com sua costumeira majestade.

— Amigos, a vida é drama, e até as mais nobres criaturas do senhor saboreiam as amarguras de um destino voluntarioso e tenaz. Ontem à noite, de madrugada, enquanto a cidade dormia o tão merecido sono dos povos trabalhadores, dom Federico Flaviá i Pujades, estimado vizinho que tanto contribuiu para o enriquecimento e conforto deste bairro no papel de relojoeiro, de seu estabelecimento localizado a apenas três portas desta, foi preso pelas forças de segurança do Estado.

Senti que minha alma me caía aos pés.

— Jesus, Maria e José — rogou Merceditas.

Fermín arfou, decepcionado, pois estava claro que o chefe de Estado continuava gozando de excelente saúde. Dom Anacleto, já embalado, respirou fundo e continuou:

— Ao que parece, e baseando-me no relato fidedigno que me foi revelado por fontes próximas da Direção Geral de Polícia, dois incógnitos membros condecorados da Brigada Criminal surpreenderam dom Federico, pouco depois da meia-noite de ontem, vestido de mulher e entoando canções pornográficas no palco de uma espelunca na rua Escudellers, para alegria de uma audiência supostamente composta de débeis mentais. Essas criaturas esquecidas por Deus, que tinham fugido naquela mesma tarde do Cotolengo de uma ordem religiosa, tinham descido as calças no frenesi do espetáculo e dançavam sem decoro, batendo palmas com o membro ereto e os beiços babando.

Merceditas persignou-se, surpresa com o rumo escabroso que tomavam os acontecimentos.

— A mãe de algum dos inocentes, ao ser informada do acontecimento, apresentou denúncia por escândalo público e atentado à moral mais elementar. A imprensa, ave de rapina, que progride na desgraça e na desonra, não demorou a sentir o cheiro da presa e, graças às argúcias de um delator profissional, não tinham transcorrido nem quarenta minutos da entrada em cena dos membros da autoridade quando se apresentou no dito local Kiko Calabuig, o fabuloso repórter do *El Caso*, mais conhecido como *reviramerda*, disposto a cobrir os fatos necessários para que seu sórdido artigo chegasse antes do fechamento da edição de hoje, na qual, é preciso dizer, o espetáculo ocorrido no lugar é classificado como dantesco e arrepiante, bem ao estilo vulgar da imprensa marrom, em manchete de corpo 24.

— Não pode ser — disse meu pai. — Parecia que dom Federico tinha se corrigido.

Dom Anacleto assentiu com veemência pastoral.

148

— Sim, mas não se esqueça do ditado, acervo e voz do nosso sentir mais profundo, quando diz: a cabra puxa encosta acima, e não só de forragem vive o homem. E os senhores ainda não ouviram o pior.

— Pois vá direto ao assunto, que com tanto voo metafórico está me dando vontade de ir ao banheiro — protestou Fermín.

— Não dê ouvidos a esse animal, eu gosto muito de como o senhor fala. É como o noticiário de cinema, senhor doutor — intercedeu Merceditas.

— Obrigado, filha, mas sou apenas um humilde professor. Mas, voltando ao assunto, sem mais delonga, preâmbulo ou floreio. Ao que parece, o relojoeiro, que no momento da sua prisão respondia pelo nome artístico de *Moça do Pente,* já havia sido preso algumas vezes em circunstâncias semelhantes, registradas nos anais da crônica policial dos guardiões da paz.

— Melhor dizendo, bandidos com distintivo — espetou Fermín.

— Eu não me meto em política. Posso lhes dizer que, após derrubar do palco o pobre dom Federico com uma garrafada certeira, os dois agentes o levaram para a delegacia da via Layetana. Em outra conjuntura, tendo sorte, a coisa não teria passado de piada, talvez com algumas bofetadas ou vexações menores, mas deu-se a circunstância funesta de que ontem à noite andava por aí o célebre inspetor Fumero.

— Fumero — murmurou Fermín, a quem a simples menção do nome havia provocado um calafrio.

— O próprio. Como eu dizia, o caudilho da segurança do cidadão, recém-chegado de uma pescaria triunfal em um local ilegal de apostas e de corridas de baratas localizado na rua Vigatans, foi informado do sucedido pela angustiada mãe de um dos rapazes extraviados do Cotolengo e suposto cérebro da fuga, Pepet Guardiola. Nesse ponto, o notável inspetor, que ao que parece levava na barriga doze xícaras de café com anis Soberano desde o jantar, decidiu se encarregar do assunto. Após estudar os agravantes em questão, Fumero se apressou em indicar ao sargento de guarda que tanta... e cito o vocábulo na sua mais descarnada literalidade, apesar da presença de uma senhora, pelo seu valor documental em relação ao ocorrido... tanta *veadagem* merecia punição e que o relojoeiro, entenda-se dom Federico Flaviá i Pujades, solteiro e natural da localidade de Ripollet, precisava, pelo seu bem e pelo bem da alma imortal dos rapazes mongoloides, cuja presença era acessória, mas determinante no caso, passar a noite em um calabouço comum do subsótão da instituição, na companhia de uma seleta turma de bandidos. Como vocês provavelmente sabem, essa cela é célebre entre o pessoal da polícia por suas inóspitas e precárias condições sanitárias, e a inclusão de um cidadão comum na lista de hóspedes é sempre um motivo de júbilo pelo que ela comporta de lúdico e novo na monotonia da vida carcerária.

Chegando a esse ponto, dom Anacleto começou a esboçar um breve, mas afetuoso, comentário sobre o caráter da vítima, já bem conhecido de todos.

— Não é necessário que lhes recorde que o sr. Flaviá i Pujades foi abençoado com uma personalidade frágil e delicada, todo bondade e piedade cristã. Se uma mosca entra na relojoaria, em vez de matá-la com uma chinelada, ele abre a porta e as janelas de par em par para que o inseto, criatura do Senhor, seja levado pela corrente de ar de volta ao ecossistema. Dom Federico, segundo me consta, é homem de fé, muito devoto e ocupado com as atividades da paróquia que, no entanto, teve que conviver toda a vida com uma tenebrosa tendência ao vício que, em pouquíssimas ocasiões, venceu-o e jogou-o na rua vestido de mulher. Sua habilidade para consertar de relógios de pulso a máquinas de costura sempre foi notória, e sua pessoa, apreciada por todos aqueles que o conhecem e frequentam seu estabelecimento, até mesmo por aqueles que não viam com bons olhos suas ocasionais escapadas noturnas vestindo peruca, fivela no cabelo e vestido de bolinhas.

— O senhor fala como se ele estivesse morto — aventurou Fermín, consternado.

— Morto não, graças a Deus.

Suspirei, aliviado. Dom Federico morava com a mãe octogenária e inteiramente surda, conhecida no bairro como Pepita e famosa por soltar umas flatulências com força de furacões que faziam cair aturdidos os pardais de sua varanda.

— Pepita nunca imaginaria que seu Federico — continuou o catedrático — passou a noite em uma cela imunda, onde um bando de cafetões e marginais abusou dele como se fosse um michê das madrugadas para depois, uma vez enjoados de sua carne magra, lhe aplicarem uma fabulosa surra, enquanto o resto dos presos cantava alegremente, em coro: "Veado, veado, come merda, bicha louca".

Um silêncio sepulcral apoderou-se de nós. Merceditas soluçava. Fermín quis consolá-la com um terno abraço, mas ela se afastou com um salto.

19

— Imaginem só o quadro — concluiu dom Anacleto, para consternação de todos.

O epílogo da história não melhorava as expectativas. No meio da manhã, um furgão cinzento da delegacia havia deixado dom Federico jogado na porta de casa. Estava ensanguentado, com o vestido em farrapos, sem a peruca nem as bijuterias finas. Haviam urinado nele, e tinha o rosto cheio de contusões e cortes. O filho da padeira o havia encontrado encolhido na porta de entrada, chorando como uma criança e tremendo.

— Não é direito, não senhor — comentou Merceditas, encostada na porta da livraria, longe das mãos de Fermín. — Coitadinho, é pessoa bondosa e não se mete com ninguém. Porque gosta de se vestir de mulher e sair cantando? E daí? As pessoas são muito malvadas.

Dom Anacleto permanecia calado, com o olhar baixo.

— Malvadas, não — observou Fermín. — Imbecis, o que não é a mesma coisa. O mal pressupõe uma determinação moral, intenção e certa inteligência. O imbecil ou selvagem não para para pensar ou raciocinar. Age por instinto, como besta de estábulo, convencido de que está fazendo o bem, de que sempre tem razão e orgulhoso de sair fodendo, desculpe, com tudo aquilo que lhe parece diferente dele próprio, seja em relação a cor, credo, idioma, nacionalidade ou, como no caso de dom Federico, pelos hábitos que tem nos momentos de ócio. O que faz falta no mundo é mais gente ruim de verdade e menos espertalhões limítrofes.

— Não diga besteiras. O que faz falta é um pouco mais de caridade cristã e menos mau humor, que este parece ser um país de animais — concluiu Merceditas. — Muita missa e tal, mas nem Deus leva em consideração nosso senhor Jesus Cristo.

— Merceditas, não mencionemos a indústria do missal, que ela é parte do problema e não da solução.

— Lá vem o ateu. O que o clero fez com o senhor, pode-se saber?

— Atenção, não briguem — interrompeu meu pai. — E você, Fermín, vá à casa de dom Federico e veja se ele precisa de algo, se quer algum remédio ou alguma compra do mercado.

— Sim, sr. Sempere. Agora mesmo. É que eu peco pela oratória, o senhor sabe.

— O senhor peca é pela pouca vergonha e pela irreverência — sentenciou Merceditas. — Blasfemo. Sua alma precisa ser limpa com água sanitária.

— Olhe, Merceditas, eu sei que você é boa pessoa, embora um pouco curta de entendimento e bem ignorante, e neste momento temos uma emergência social no bairro diante da qual é preciso priorizar esforços, mas, não fosse isso, eu lhe daria umas bolachas na cara.

— Fermín! — gritou meu pai.

Fermín fechou o bico e saiu fugido pela porta. Merceditas observava-o com reprovação.

— Esse homem ainda os coloca em uma confusão quando menos esperarem, anotem o que digo. Deve ser anarquista, maçom ou até judeu. Com esse narigão...

— Não o leve a sério, de modo algum. Ele faz isso para ser do contra.

Merceditas sacudiu a cabeça em silêncio, irada.

— Bem, vou deixá-los, estou sobrecarregada e o tempo voa. Bom dia.

Assentimos com reverência e a vimos partir, ereta e castigando a rua com os saltos do sapato. Meu pai respirou fundo, como se quisesse inspirar a paz recuperada. Dom Anacleto continuava ao seu lado, sem dizer nada, com o rosto às vezes pálido e um olhar triste e outonal.

— Este país está uma merda — disse ele, desistindo de sua oratória colossal.

— Ânimo, dom Anacleto. As coisas sempre foram assim, aqui e por toda parte, o que ocorre é que há momentos piores, e quando eles nos atingem, tudo se agrava. O senhor vai ver como dom Federico vai se recuperar, ele é mais forte do que pensávamos.

O catedrático negava de forma dissimulada.

— É como a maré, sabe? — disse, fora de si. — Estou falando da barbárie. Ela vai embora e a gente pensa que está a salvo, mas ela volta sempre, sempre... e nos afoga. Eu vejo isso todo dia no instituto. Deus do céu! Macacos, é isso que chega às aulas. Eu lhe garanto que Darwin era um sonhador. Nada de evolução nem de criança morta. Para cada um que raciocina, tenho que lidar com nove orangotangos.

Limitamo-nos a assentir com docilidade. O catedrático se despediu com um cumprimento e partiu, cabisbaixo e cinco anos mais velho do que havia entrado. Meu pai suspirou. Nós dois nos entreolhamos sem saber o que dizer. Perguntei-me se deveria contar sobre a visita do inspetor Fumero à livraria. Achava que tinha sido um aviso. Uma advertência. Fumero havia usado o pobre Federico como telegrama.

— Aconteceu alguma coisa, Daniel? Você está branco...

Suspirei e baixei os olhos. Comecei a relatar o incidente com o inspetor Fumero na noite anterior, suas insinuações. Meu pai escutava, engolindo a raiva.

— É culpa minha — falei. — Eu deveria ter dito alguma coisa...

Meu pai fez que não com a cabeça.

— Não. Você não tinha como saber, Daniel.

— Mas...

— Nem pense nisso. E nem uma palavra com Fermín. Sabe Deus como ele reagiria se soubesse que esse indivíduo está de novo à sua procura.

— Mas precisamos fazer alguma coisa.

— Tentar fazer com que ele não se meta em confusão.

Concordei, embora não de todo convencido, e resolvi continuar a tarefa que Fermín havia começado, enquanto meu pai voltava para sua correspondência. Entre um parágrafo e outro, meu pai me lançava um olhar de soslaio. Eu fingia não perceber.

— E como foi com o professor Velázquez ontem, tudo bem? — perguntou ele, querendo mudar de assunto.

— Sim. Ficou contente com os títulos. Comentou comigo que anda procurando um livro de cartas de Franco.

— *O Matamoros*. Mas é apócrifo... uma brincadeira de Madariaga. O que você disse a ele?

— Que daríamos uma resposta na próxima semana.

— Fez bem. Vamos colocar Fermín no assunto e cobrar preço de ouro.

Concordei. Continuamos a aparente rotina. Meu pai continuava olhando para mim. *Lá vem coisa*, pensei.

— Ontem passou por aqui uma moça muito simpática. Fermín me contou que é irmã de Tomás Aguilar.

— É.

Meu pai aquiesceu, ponderando o fato com um gesto de mas-puxa--que-coincidência. Concedeu-me um minuto de trégua antes de voltar ao ataque, dessa vez com ar de quem se lembrou de algo de repente:

— Escute, Daniel: hoje vamos ter um dia de pouco movimento e talvez você queira tirá-lo para cuidar das suas coisas. Além do mais, ultimamente acho que anda trabalhando demais.

— Estou bem, obrigado.

— Até estava pensando em deixar Fermín aqui e ir com Barceló à ópera. Esta tarde estão apresentando *Tannhäuser* e ele me convidou, já que tem vários ingressos para a plateia.

Meu pai fingia ler a correspondência. Era um péssimo ator.

— E desde quando você gosta de Wagner?

Ele deu de ombros.

— A cavalo dado... Além do mais, com Barceló dá no mesmo qualquer ópera que estiver sendo apresentada, porque ele passa o espetáculo inteiro comentando os lances e criticando o vestuário e o tempo. Pergunta muito por você. Veja se passa na loja um dia para vê-lo.

— Um dia desses.

— Então, se você estiver de acordo, deixaremos Fermín comandando hoje e vamos nos divertir um pouco, que essa é a nossa oportunidade. E se precisar de dinheiro...

— Pai, Bea não é minha namorada.

— E quem está falando em namoradas? Você mesmo é quem diz. Se precisar, tire do caixa, mas deixe um bilhete para Fermín não se assustar quando fechar as contas mais tarde.

Dito isso, ele se fez de sonso e partiu em direção ao quarto dos fundos, com um sorriso de orelha a orelha. Consultei o relógio. Eram dez e meia da manhã. Eu havia marcado com Bea no claustro da universidade às cinco, e, muito a contragosto, o dia ameaçava fazer-se mais longo do que *Os irmãos Karamazov*.

Pouco depois, Fermín voltou da casa do relojoeiro e nos informou de que um grupo de vizinhas havia montado guarda permanente para atender ao pobre dom Federico, em quem o doutor havia encontrado três costelas quebradas, contusões múltiplas e um rompimento retal digno de livro de medicina.

— Foi preciso comprar alguma coisa? — perguntou meu pai.

— Havia remédios e unguentos suficientes para abrir uma botica, por isso me permiti levar algumas flores, um frasco de água-de-colônia Nenuco e três garrafas de suco de pêssego, que é o favorito de dom Federico.

— Fez muito bem. Depois me diga quanto lhe devo — disse meu pai.

— E como ele estava?

— Um caquinho. Para que mentir? Só de vê-lo enrolado como um novelo de lã na cama, gemendo que queria morrer, invadiu-me uma ânsia assassina, veja o senhor. Eu poderia ir agora mesmo à Brigada Criminal, armado até o pescoço, e matar a trabucadas meia dúzia de cretinos, a começar por essa pústula supurada do Fumero.

— Fermín, não estraguemos a festa. Eu o proíbo terminantemente de fazer o que quer que seja.

— O senhor manda, Sempere.

— E Pepita? Está suportando bem tudo isso?

— Com uma presença de espírito exemplar. As vizinhas a mantêm dopada à base de goles de conhaque, e quando a vi estava caída inerte no sofá, onde roncava como uma ave de rapina e soltava gases que perfuravam o tapete.

— Típico. Fermín, vou lhe pedir para ficar na loja hoje, pois irei um minuto visitar dom Federico. Depois marquei encontro com Barceló. E Daniel tem umas coisas para fazer.

Levantei os olhos bem a tempo de surpreendê-los, Fermín e meu pai, trocando olhares de cumplicidade.

— Belo par de casamenteiras — falei.

Eles ainda riam quando saí, soltando faísca.

Uma brisa fria e cortante varria as ruas, semeando em seu rastro pinceladas de vapor. Um sol forte arrancava ecos de cobre do horizonte de telhados e campanários do bairro gótico. Como ainda faltavam algumas horas para meu encontro com Bea no claustro da universidade, decidi tentar a sorte e ir até a casa de Nuria Monfort, confiando que ainda morasse no endereço que o pai me dera fazia um tempo.

A praça San Felipe Neri é apenas uma trégua no labirinto de ruas que se intercalam no bairro gótico, escondida atrás das antigas muralhas romanas. Os buracos das balas de metralhadora dos dias de guerra salpicam as paredes das igrejas. Naquela manhã, um grupo de crianças brincava de soldadinho, indiferente à memória das pedras. Uma mulher jovem, com o cabelo repleto de mechas grisalhas, observava-as sentada em um banco, com um livro entreaberto no colo e um sorriso distante. Segundo as indicações, Nuria Monfort morava em um prédio na entrada da praça. Ainda se lia a data de construção, 1801, no arco de pedra enegrecido que coroava o portal. O saguão só permitia adivinhar um local de sombras pelo qual subia uma escada em forma de espiral. Consultei o conjunto de caixas de correio de metal. Era possível ler os nomes dos inquilinos em pedaços de cartão amarelados inseridos em uma ranhura apropriada.

Miquel Moliner / Nuria Monfort
3º – 2ª

Subi lentamente, temendo até que o prédio viesse abaixo caso eu me atrevesse a pisar mais forte naqueles minúsculos degraus de casa de boneca. Havia duas portas por andar, sem número nem diferenciação. Ao chegar ao terceiro, escolhi uma ao acaso e bati com o nó dos dedos. A escada cheirava a umidade, pedra envelhecida e argila. Bati várias vezes, sem obter resposta. Decidi tentar a sorte com a outra porta. Bati três vezes. De dentro do apartamento vinha o som do rádio a todo volume transmitindo o programa *Momentos de reflexão com padre Martín Calzado*.

Uma senhora veio abrir a porta de roupão quadriculado azul-turquesa, chinelo e bobes na cabeça. À luz fraca, parecia um mergulhador. Atrás dela, a voz aveludada do padre Martín Calzado dedicava algumas palavras ao patrocinador do programa, os produtos de beleza Aurorín, preferidos pelos peregrinos do santuário de Lourdes e verdadeiro milagre para pústulas e verrugas irreverentes.

— Boa tarde. Estou procurando a sra. Monfort.

— Nurieta? O senhor errou de porta, jovem. É em frente.

— Desculpe. É que bati e não havia ninguém.

— O senhor não é cobrador, é? — perguntou a vizinha de repente, com o receio produzido pela experiência.

— Não. Venho da parte do pai da sra. Monfort.

— Ah, bom. Nurieta deve estar lá embaixo, lendo. O senhor não a viu quando subiu?

Ao descer à rua, comprovei que a mulher de cabelo grisalho e livro na mão continuava sentada no banco da praça. Observei-a cuidadosamente. Nuria Monfort era uma mulher mais do que atraente, de traços feitos para desenhos de moda e fotos de estúdio, a quem a juventude parecia estar escapando pelo olhar. Havia alguma coisa do pai naquele porte frágil e elegante. Supus que tivesse quarenta e poucos anos, deixando-me levar talvez pelas mechas prateadas do cabelo e pelas rugas predominantes em um rosto que, à meia-luz, talvez parecesse dez anos mais jovem.

— Sra. Monfort?

Ela me olhou como quem acorda de um transe, sem me ver.

— Meu nome é Daniel Sempere. Seu pai me deu seu endereço há algum tempo, dizendo que talvez a senhora pudesse me falar sobre Julián Carax.

Ao escutar essas palavras, toda a expressão de sonho desapareceu de seu rosto. Intuí que mencionar seu pai não havia sido a melhor estratégia.

— O que o senhor deseja? — perguntou ela, receosa.

Senti que, se não ganhasse sua confiança naquele mesmo instante, perderia a oportunidade. A única carta que poderia jogar era a da verdade.

— Permita-me explicar. Há oito anos, quase por acaso, encontrei no Cemitério dos Livros Esquecidos um romance de Julián Carax que a senhora havia escondido ali para evitar que um homem que se faz chamar de Laín Coubert o destruísse — falei.

Ela me olhou fixamente, imóvel, como se temesse que o mundo desmoronasse em torno de si.

— Só vou lhe roubar alguns minutos — acrescentei. — Prometo.

Ela concordou, abatida.

— Como vai meu pai? — perguntou, desviando o olhar.

— Bem. Um pouco mais velho. Sente muito sua falta.

Nuria Monfort deixou escapar um suspiro que eu não soube decifrar.

— É melhor o senhor subir até meu apartamento. Não quero falar sobre isso na rua.

20

Nuria Monfort vivia em sombras. Um corredor estreito conduzia a uma sala de jantar que ao mesmo tempo fazia as vezes de cozinha, biblioteca e escritório. Ao atravessá-lo, entrevi um quarto modesto, sem janelas. Era só. O resto da casa reduzia-se a um banheiro mínimo, sem chuveiro ou bidê, no qual penetrava todo tipo de cheiro, desde o da cozinha do bar de baixo ao das tubulações e encanações de gás, que já haviam atravessado o século. Aquela casa estava em perpétua penumbra, uma varanda de escuridão erguida entre paredes descascadas. Cheirava a tabaco, frio e ausências. Nuria Monfort me observava enquanto eu fingia não reparar na precariedade de sua moradia.

— Desço para ler na rua porque no apartamento quase não há luz — disse ela. — Meu marido prometeu me trazer uma lâmpada nova quando voltasse para casa.

— Seu marido está viajando?

— Miquel está preso.

— Perdão, eu não sabia...

— Não havia como saber. Não tenho vergonha de dizê-lo, porque meu marido não é um criminoso. Desta última vez, levaram-no porque imprimiu uns versinhos para o sindicato de metalurgia. Já faz dois anos. Os vizinhos pensam que ele está nos Estados Unidos, em viagem. Meu pai também não sabe, e eu não gostaria que ficasse sabendo.

— Fique tranquila. Por mim não vai saber.

Fez-se um silêncio tenso. Supus que ela visse em mim um espião de Isaac.

— Deve ser duro cuidar da casa sozinha — falei estupidamente, para preencher aquele vazio.

— Não é fácil. Tiro o que posso com as traduções, mas, com um marido na prisão, não dá para muito. Os advogados quase me levaram à ruína e estou endividada até o pescoço. Traduzir dá quase tão pouco dinheiro quanto escrever.

Ela me observou como se esperasse alguma resposta. Limitei-me a sorrir docilmente.

— A senhora traduz livros?

— Não mais. Agora comecei a traduzir impressos, contratos e documentos alfandegários, porque se paga muito melhor. Traduzir literatura dá uma miséria, apesar de um pouco mais do que escrevê-la. O condomínio já tentou me expulsar algumas vezes. O menos grave é que me atrase no pagamento dos gastos do prédio. Imagine o senhor, falando vários idiomas e usando calças compridas. Mais de uma pessoa me acusou de usar este apartamento para encontros. Melhor sorte teria...

Pensei que a penumbra fosse esconder meu bocejo.

— Desculpe. Não sei por que estou lhe contando tudo isso. Estou cansando o senhor.

— É culpa minha. Fui eu quem perguntei.

Ela riu, nervosa. A solidão que emanava daquela mulher queimava.

— O senhor se parece um pouco com Julián — disse ela de repente. — No jeito de olhar e nos gestos. Ele era como o senhor. Ficava calado, olhando sem que se pudesse saber o que pensava, e como bobos lhe contavam coisas que era melhor não terem contado... Posso lhe oferecer alguma coisa? Um café com leite?

— Nada, obrigado. Não se incomode.

— Não é incômodo. Ia fazer para mim.

Algo me dizia que aquele café com leite era todo o seu almoço. Recusei novamente e a vi se retirar a um canto do corredor, onde se via um forninho elétrico.

— Fique à vontade — disse ela, dando-me as costas.

Olhei à minha volta e me perguntei como Nuria Monfort havia feito seu escritório colocando uma escrivaninha em um canto junto à varanda. Uma máquina de escrever Underwood descansava junto a uma lâmpada e uma estante repleta de dicionários e manuais. Não havia fotografias de família, mas a parede em frente ao escritório estava cheia de cartões-postais, todos imagens de uma ponte que eu me lembrava de ter visto em algum lugar, mas que não consegui identificar, talvez Paris ou Roma. Ao pé desse mural, a escrivaninha transpirava esmero e uma meticulosidade quase obsessiva. Os lápis estavam apontados e alinhados à perfeição. Os papéis e pastas estavam organizados e arrumados em três fileiras simétricas. Quando me virei, vi que Nuria Monfort me observava da entrada do corredor. Olhava-me em silêncio, como olhamos os estranhos na rua ou no metrô. Acendeu um cigarro e ficou no mesmo lugar, com o rosto escondido pelas volutas de fumaça azul. Pensei que Nuria Monfort exalava, sem querer, um ar de mulher fatal, daquelas que deslumbravam Fermín ao aparecerem entre as névoas de uma estação de trem de Berlim, envoltas por halos de luz impossível, e que talvez a própria aparência a incomodasse.

— Não há muito o que contar — começou ela. — Conheci Julián há mais de vinte anos, em Paris. Naquela época, eu trabalhava para a editora Cabestany. O sr. Cabestany havia adquirido, por dez pesetas, os direitos dos romances de Julián Carax. Eu havia começado a trabalhar no departamento de administração, mas quando o sr. Cabestany soube que eu falava francês, italiano e um pouco de alemão, colocou-me como responsável pelas aquisições e me fez sua secretária particular. Entre minhas funções estava manter contato com autores e editores estrangeiros com quem a editora tinha contrato, e foi assim que comecei a me relacionar com Julián Carax.

— Seu pai me contou que eram bons amigos.

— Meu pai deve ter dito que tivemos um caso, ou algo assim. Não foi? Para ele, eu saio correndo atrás de qualquer calça comprida como se fosse uma cadela no cio.

A sinceridade e o desembaraço daquela mulher me roubaram as palavras. Demorei bastante para maquinar uma resposta aceitável. Enquanto isso, Nuria Monfort sorriu para si mesma e negou com a cabeça.

— Não acredite no que ele diz. Meu pai tirou essa ideia de uma viagem que tive que fazer a Paris em 1933 para resolver uns negócios do sr. Cabestany com a Gallimard. Passei uma semana na cidade, hospedada no apartamento de Julián, pela simples razão de que o sr. Cabestany preferiu economizar em hotel. Veja só que romântico. Até então, eu mantinha relações com Julián Carax estritamente por carta, em geral para tratar de assuntos de direitos autorais, correções de provas e problemas de edição.

O que eu sabia sobre ele, ou imaginava saber, havia tirado da leitura dos manuscritos que nos enviava.

— Ele lhe contava alguma coisa sobre sua vida em Paris?

— Não. Julián não gostava de falar de seus livros ou de si mesmo. Não me pareceu que fosse feliz em Paris, embora me desse a impressão de que era dessas pessoas que não podiam ser felizes em lugar algum. A verdade é que nunca cheguei a conhecê-lo bem. Ele não permitia. Era muito reservado, e às vezes eu achava que o mundo e as pessoas tinham deixado de lhe interessar. O sr. Cabestany o considerava tímido em excesso e um tanto quanto lunático, mas tive a impressão de que Julián vivia no passado, fechado em suas lembranças. Vivia dentro de casa, para seus livros e dentro deles, como um prisioneiro de luxo.

— A senhora fala como se o invejasse.

— Existem prisões piores do que as palavras, Daniel.

Limitei-me a concordar, sem saber muito bem a que ela se referia.

— Julián alguma vez falou dessas lembranças, de seus anos em Barcelona?

— Muito pouco. Na semana que passei em sua casa, em Paris, ele me contou um pouco sobre sua família. A mãe era francesa, professora de música. O pai tinha uma chapelaria ou algo assim. Sei que era um homem muito religioso, muito rígido.

— Julián lhe explicou o tipo de relação que tinha com ele?

— Sei que não se davam bem. A coisa vinha de muito tempo. De fato, Julián foi residir em Paris para evitar que o pai o pusesse no Exército. A mãe lhe havia prometido que, antes que isso acontecesse, ela o levaria para longe daquele homem.

— Aquele homem era seu pai, apesar de tudo.

Nuria Monfort sorriu. Fazia-o apenas com uma insinuação na comissura dos lábios e com um brilho triste e cansado no olhar.

— Embora fosse, nunca se comportou como tal e Julián nunca o considerou assim. Certa ocasião, confessou-me que, antes de se casar, sua mãe havia tido uma aventura com um desconhecido, cujo nome nunca quisera revelar. Esse homem era o verdadeiro pai de Julián.

— Isso parece o início de *A sombra do vento*. Acha que ele estava dizendo a verdade?

Nuria Monfort assentiu.

— Julián me explicou que tinha crescido o vendo como o chapeleiro, porque era assim que o chamava quando o homem insultava e batia em sua mãe. Depois, entrava no quarto do menino para dizer-lhe que ele era filho do pecado, que havia herdado o caráter fraco e miserável da mãe e que seria um infeliz por toda a vida, um fracassado em qualquer coisa que fizesse...

— Julián sentia rancor do pai?

— O tempo esfria essas coisas. Ele nunca deixou transparecer que o odiava. Talvez tivesse sido melhor assim. Minha impressão é que, de tanto espetáculo, havia perdido totalmente o respeito pelo chapeleiro. Julián falava daquilo como se não se importasse, como se fizesse parte de um passado que deixara para trás, mas essas coisas nunca se esquecem. As palavras com que envenenamos o coração de um filho, por mesquinharia ou por ignorância, ficam guardadas na memória e mais cedo ou mais tarde lhe queimam a alma.

Perguntei-me se ela falava por experiência própria, e novamente me veio à mente a imagem de meu amigo Tomás Aguilar escutando, estoicamente, a lengalenga de seu nobre progenitor.

— Quantos anos tinha Julián nessa época?

— Oito ou dez anos, imagino.

Suspirei.

— Quando teve idade para entrar no Exército, a mãe o levou para Paris. Acho que nem se despediram. O chapeleiro nunca entendeu o abandono de sua família.

— A senhora alguma vez escutou Julián mencionar uma moça chamada Penélope?

— Penélope? Acho que não. Eu lembraria.

— Era sua namorada, de quando ainda morava em Barcelona.

Extraí a fotografia de Carax e Penélope Aldaya e lhe entreguei. Vi que seu sorriso se iluminou ao ver Julián Carax adolescente. A nostalgia e a perda a consumiam.

— Como estava jovem aqui, meu Deus... E essa é a tal Penélope?

Assenti.

— Muito bonita. Julián sempre dava um jeito de terminar cercado de mulheres bonitas.

Como a senhora, pensei.

— A senhora sabe se tinha muitas...?

— Namoradas? Amigas? Não sei. Para ser sincera, nunca o ouvi mencionar nenhuma mulher. Certa vez, para animá-lo, lhe perguntei. O senhor deve saber que ele ganhava a vida tocando piano em um bordel. Perguntei-lhe se não se sentia tentado, o dia inteiro rodeado de moças de vida fácil. Ele não gostou da brincadeira. Respondeu-me que não tinha o direito de amar ninguém, que merecia viver sozinho.

— Disse por quê?

— Julián nunca dizia por quê.

— Mesmo assim, no final, pouco antes de voltar para Barcelona, em 1936, Julián Carax estava para se casar.

— Era o que diziam.

— A senhora tem dúvidas?

Ela deu de ombros, cética.

— Como estou lhe dizendo, em todos os anos que nos relacionamos, Julián nunca mencionou nenhuma mulher em particular, muito menos uma com quem fosse se casar. Esse suposto casamento chegou aos meus ouvidos mais tarde. Neuval, o último editor de Carax, contou a Cabestany que a noiva era uma mulher vinte anos mais velha do que Julián, uma viúva endinheirada e doente. Segundo Neuval, essa mulher o sustentava, de certa forma, havia muitos anos. Os médicos lhe davam seis meses de vida, no máximo um ano. Segundo Neuval, ela queria se casar com Julián para que ele fosse seu herdeiro.

— Mas a cerimônia nunca chegou a se consumar.

— Se é que algum dia existiu tal plano ou tal viúva.

— Segundo tenho ouvido, Carax viu-se envolvido em um duelo no alvorecer do mesmo dia em que ia se casar. Sabe com quem ou por quê?

— Neuval supôs que se tratava de alguém relacionado com a viúva. Um parente distante e invejoso que temia que a herança fosse parar nas mãos de um forasteiro. Neuval publicava geralmente folhetins, e acho que o gênero lhe subiu à cabeça.

— Vejo que a senhora não dá muito crédito à história do casamento e do duelo.

— Não. Nunca acreditei.

— O que acha que aconteceu, então? Por que Carax voltou a Barcelona?
Ela sorriu com tristeza.

— Há dezessete anos me faço essa pergunta.

Nuria Monfort acendeu outro cigarro. Ofereceu-me um. Senti-me
tentado a aceitar, mas recusei.

— Mas a senhora deve ter alguma suspeita — sugeri.

— Tudo que sei é que no verão de 1936, pouco depois do início da guerra, um empregado do necrotério municipal ligou para a editora dizendo
que haviam recebido o cadáver de Julián Carax havia três dias. Tinham-no
encontrado morto em uma passagem do Raval, vestido de andrajos e com
uma bala alojada no coração. Levava consigo um livro, um exemplar de *A
sombra do vento,* e o passaporte. O carimbo indicava que havia atravessado
a fronteira da França um mês antes. Onde esteve durante todo esse tempo,
ninguém sabe. A polícia entrou em contato com seu pai, mas ele se negou
a encarregar-se do corpo, alegando que não tinha filho. Depois de dois dias
sem ninguém reclamar o cadáver, Julián foi enterrado em uma fossa comum no Cemitério de Montjuic. Não pude sequer lhe levar flores, porque
ninguém soube dizer onde havia sido enterrado. O empregado do necrotério,
que havia guardado o livro encontrado nas roupas de Julián, teve a ideia
de telefonar para a editora Cabestany alguns dias depois. Foi assim que eu
soube do ocorrido. Não consegui entender. Se ainda havia alguém a quem
Julián podia recorrer em Barcelona, era eu, ou pelo menos o sr. Cabestany.
Éramos seus únicos amigos, mas ele nunca nos contou que havia voltado.
Só soubemos que havia regressado a Barcelona depois de sua morte...

— A senhora conseguiu descobrir mais alguma coisa depois de receber
a notícia de sua morte?

— Não. Eram os primeiros meses da guerra, e Julián não era o único
que havia desaparecido sem deixar rastro. Ninguém fala mais nisso, mas
há muitos túmulos sem nome como o de Julián. Perguntar era como dar
com a cabeça na parede. Com a ajuda do sr. Cabestany, que a essa altura
estava muito doente, apresentei queixa à polícia e fiz tudo o que pude. A
única coisa que consegui foi receber a visita de um inspetor jovem, um
tipo sinistro e arrogante, que me disse que era melhor parar de fazer perguntas e concentrar meus esforços em uma atitude mais positiva, porque
o país estava em plena cruzada. Estas foram suas palavras. Chamava-se

Fumero, é só o que me lembro. Agora parece que é famoso. Aparece muito nos jornais. Talvez o senhor tenha ouvido falar nele.

Engoli em seco.

— Vagamente.

— Não tornei a ouvir falar de Julián até que um indivíduo entrou em contato com a editora interessado em adquirir os exemplares dos romances de Carax que restassem no depósito.

— Laín Coubert.

Nuria Monfort assentiu.

— Tem ideia de quem era esse homem?

— Uma suspeita, mas não tenho certeza. Em março de 1936, e lembro-me porque naquela época estávamos preparando a edição de *A sombra do vento,* uma pessoa ligou para a editora pedindo seu endereço. Disse que era um velho amigo e queria visitar Julián em Paris. Fazer-lhe uma surpresa. Passaram-no para mim, e eu lhe disse que não estava autorizada a dar essa informação.

— Ele disse quem era?

— Um tal de Jorge.

— Jorge Aldaya?

— É possível. Julián o havia mencionado em mais de uma ocasião. Parece que haviam estudado juntos no colégio San Gabriel, e às vezes se referia a ele como se houvesse sido seu melhor amigo.

— A senhora sabia que Jorge Aldaya era irmão de Penélope?

Nuria Monfort franziu o cenho, desconcertada.

— A senhora deu o endereço de Julián para Aldaya? — perguntei.

— Não. Fiquei desconfiada.

— O que ele disse?

— Riu de mim, disse que logo o encontraria por outras vias e desligou o telefone.

Algo parecia incomodá-la. Comecei a suspeitar do rumo que a conversa estava tomando.

— Mas a senhora voltou a ouvir falar nele, não foi?

Ela assentiu, nervosa.

— Como eu ia lhe dizendo, logo após o desaparecimento de Julián esse homem apareceu na editora. A essa altura, o sr. Cabestany não podia mais trabalhar e era seu filho mais velho quem tomava conta da empresa. O visitante, Laín Coubert, ofereceu-se para comprar todos os exemplares que restassem dos romances de Julián. Pensei que se tratasse de uma brincadeira de mau gosto, pois Laín Coubert é um personagem de *A sombra do vento*.

— O diabo.

Nuria Monfort assentiu.

— A senhora chegou a ver Laín Coubert?

Ela fez que não e acendeu um terceiro cigarro.

— Não. Mas ouvi parte da conversa com o filho do sr. Cabestany...

Ela deixou a frase inacabada, como se temesse completá-la ou não soubesse como fazê-lo. O cigarro tremia em seus dedos.

— A voz dele — falou. — Era a mesma voz do homem que telefonou dizendo ser Jorge Aldaya. O filho de Cabestany, um imbecil arrogante, pediu-lhe mais dinheiro. O tal Coubert disse que precisava pensar na oferta. Naquela mesma noite, o depósito da editora em Pueblo Nuevo pegou fogo, e os livros de Julián foram junto.

— Exceto os que a senhora resgatou e escondeu no Cemitério dos Livros Esquecidos.

— Isso mesmo.

— Tem alguma ideia do que levaria alguém a querer queimar todos os livros de Julián Carax?

— Por que se queimam livros? Por estupidez, por ignorância, por ódio... vá saber.

— E o que a senhora acha? — insisti.

— Julián vivia em seus livros. Aquele corpo que acabou no necrotério era só uma parte dele. Sua alma está nas histórias. Em certa ocasião, perguntei-lhe em quem se inspirava para criar seus personagens e ele me respondeu que em ninguém. Que todos os seus personagens eram ele próprio.

— Então, se alguém quisesse destruí-lo, teria que destruir essas histórias e esses personagens, não é isso?

Novamente surgiu aquele sorriso abatido, de derrota e cansaço.

— O senhor me lembra Julián — disse ela. — Antes de perder a fé.

— A fé em quê?

— Em tudo.

Ela se aproximou na penumbra e segurou minha mão. Acariciou-me a palma em silêncio, como se quisesse ler as linhas da pele. Minha mão tremia sob seu toque. Surpreendi a mim mesmo desenhando mentalmente o contorno de seu corpo sob aquelas roupas envelhecidas, emprestadas. Desejava tocá-la e sentir seu pulso arder sob a pele. Nossos olhares se encontraram e tive certeza de que ela sabia o que eu estava pensando. Senti-a mais sozinha que nunca. Encontrei seu olhar sereno, de abandono.

— Julián morreu sozinho, convencido de que ninguém mais se lembraria dele ou de seus livros e de que sua vida não havia significado nada — disse ela. — Ele teria gostado de saber que alguém quer mantê-lo vivo, que se lembra dele. Dizia que existimos enquanto alguém se lembra de nós.

Invadiu-me o desejo quase doloroso de beijar aquela mulher, uma ânsia como nunca havia experimentado, nem sequer recorrendo ao fantasma de Clara Barceló. Ela leu meu olhar.

— Está ficando tarde, Daniel — murmurou.

Parte de mim desejava ficar, perder-se naquela rara intimidade de penumbras com aquela desconhecida, escutando-a dizer como meus gestos e meus silêncios lhe lembravam Julián Carax.

— Está — balbuciei.

Ela assentiu sem dizer nada e me acompanhou até a porta. O corredor me pareceu infindável. Saí.

— Se vir meu pai, diga-lhe que estou bem. Minta.

Despedi-me em voz baixa, agradecendo-lhe por seu tempo e apertando-lhe a mão cordialmente. Nuria Monfort ignorou meu gesto formal: pôs a mão em meu braço, inclinou-se e me beijou na bochecha. Ficamos a nos olhar em silêncio, e dessa vez me aventurei a buscar seus lábios, quase tremendo. Pareceu-me que se entreabriam e que seus dedos buscavam meu rosto. No último instante, porém, Nuria Monfort se afastou e baixou o olhar.

— Acho que é melhor ir embora, Daniel — sussurrou.

Achei que fosse chorar, e, antes que eu pudesse dizer qualquer coisa, fechou a porta. Fiquei ali parado, sentindo sua presença do outro lado da porta, imóvel, perguntando-me o que havia acontecido ali dentro. No fim do corredor, o olho mágico da vizinha piscava. Fiz-lhe um aceno e lancei-me escada abaixo. Quando cheguei à rua, ainda tinha o rosto, a voz e o cheiro de Nuria cravados na alma. Arrastei o roçar de seus lábios e de seu toque pelas ruas repletas de gente sem rosto que fugia de escritórios e lojas. Ao entrar na rua Canuda, fui colhido por uma brisa gelada que cortava o tumulto. Agradeci o ar frio no rosto e rumei para a universidade. Ao atravessar as Ramblas, entrei na rua Tallers e me perdi em sua estreita passagem de penumbras, pensando que havia ficado preso naquela sala de jantar às escuras na qual agora imaginava Nuria Monfort sentada sozinha na sombra, arrumando seus lápis, suas pastas e suas lembranças em silêncio, com os olhos envenenados de lágrimas.

21

A tarde caiu quase por traição, com um ar frio e um manto púrpura que escorregava pelas fendas das ruas. Apertei o passo, e vinte minutos depois a fachada da universidade emergiu como um barco ocre varando a noite. O porteiro da Faculdade de Letras lia em sua guarita as plumas mais influentes da Espanha naquele momento, na edição vespertina do *El Mundo Deportivo*. Parecia restar apenas alguns estudantes no recinto. O eco dos meus passos me acompanhou por corredores e galerias que levavam ao claustro, onde o brilho de duas luzes amareladas só fazia inquietar a penumbra. Assaltou-me a ideia de que Bea havia caçoado de mim e marcado encontro ali, naquela hora de ninguém, para se vingar da minha presunção. As folhas das laranjeiras do claustro piscavam como lágrimas de prata e o rumor do chafariz serpenteava entre os arcos. Observei o pátio com o olhar embaralhado de decepção e, talvez, certo alívio covarde. Ali estava ela. Sua silhueta se recortava diante do chafariz, sentada em um dos bancos com o olhar escalando as abóbadas do claustro. Detive-me na entrada para contemplá-la e, por um instante, pareceu-me ver nela o reflexo de Nuria Monfort sonhando acordada em seu banco de praça. Percebi que Bea não levava sua pasta nem seus livros e suspeitei que talvez não tivesse tido aulas naquela tarde. Talvez tivesse ido ali apenas para me encontrar. Engoli em seco e penetrei no claustro.

Meus passos no pavimento me delataram e Bea ergueu os olhos, sorrindo surpresa, como se minha presença ali fosse obra do acaso.

— Achei que você não viesse — disse ela.

— Pensei o mesmo de você.

Ela continuou sentada, muito ereta, com os joelhos juntos e as mãos unidas sobre o colo. Perguntei-me como era possível sentir alguém tão distante e, no entanto, poder ler cada dobra de seus lábios.

— Vim porque quero mostrar a você que estava enganado naquilo que disse outro dia, Daniel. Eu vou me casar com Pablo e, não importa o que você me ensine esta noite, mesmo assim vou para El Ferrol assim que ele terminar o serviço militar.

Olhei-a como se olha um trem em fuga. Percebi que havia passado dois dias caminhando sobre as nuvens e o mundo agora me caía das mãos.

— E eu que pensava que você tivesse vindo porque queria me ver. — Sorri sem forças.

Observei que seu rosto se inflamava de dúvida.

— Estou brincando — menti. — Verdade mesmo era minha promessa de mostrar a você uma face da cidade que ainda não viu. Pelo menos assim terá um motivo para se lembrar de mim, ou de Barcelona, para onde quer que vá.

— Quase entrei em um cinema, sabe, para não ver você hoje — disse ela.

— Por quê?

Bea me observava em silêncio. Deu de ombros e levantou o olhar como se quisesse caçar as palavras que lhe escapavam em pleno voo.

— Porque tinha medo de que talvez você tivesse razão — disse ela por fim.

Suspirei. O anoitecer e aquele silêncio de abandono que une os estranhos nos amparavam, e tive coragem para lhe dizer qualquer coisa, embora fosse pela última vez.

— Você gosta dele ou não?

Ela me ofereceu um sorriso que se desfazia pelos cantos.

— Não é da sua conta.

— Isso é verdade. É assunto só seu.

Seu olhar esfriou.

— E por que você se importa?

— Não é da sua conta — respondi.

Ela não sorriu. Seus lábios tremiam.

— As pessoas que me conhecem sabem que gosto do Pablo. Minha família e...

— Mas eu sou quase um estranho — interrompi. — E gostaria de ouvir isso de você.

— Ouvir o quê?

— Que você gosta dele realmente. Que não vai se casar para sair de casa, ou para se afastar de Barcelona e da família, ir para onde não possam incomodá-la. Que vai embora, não que está fugindo.

As lágrimas de raiva brilhavam no rosto de Bea.

— Você não tem o direito de dizer isso, Daniel. Você não me conhece.

— Diga que estou errado e irei embora. Você gosta dele?

Ficamos nos olhando por um bom tempo em silêncio.

— Não sei — murmurou ela por fim. — Não sei.

— Alguém disse uma vez que na hora em que paramos e pensamos se gostamos de alguém, já deixamos de gostar.

Bea procurou ironia no meu rosto.

— Quem disse isso?

— Um tal de Julián Carax.

— Amigo seu?

Surpreendi a mim mesmo assentindo.

— Algo assim.

— Vai ter que me apresentar.

— Esta noite, se quiser.

Deixamos a universidade sob um céu incendiado de lilás. Caminhávamos sem rumo, mais para nos acostumarmos ao passo um do outro do que para chegar a algum lugar. Refugiamo-nos no único assunto que tínhamos em comum: seu irmão, Tomás. Bea falava dele como de um estranho de quem se gosta, mas que mal se conhece. Evitava meu olhar e sorria nervosamente. Senti que estava arrependida do que dissera no claustro da universidade, que as palavras que a estavam corroendo por dentro ainda doíam.

— Escute, você não vai dizer nada a Tomás sobre aquilo que eu falei mais cedo, vai? — disse ela de repente, sem motivo algum.

— Claro que não. A ninguém.

Ela deu uma risada nervosa.

— Não sei o que aconteceu. Não se ofenda, mas às vezes a gente se sente mais livre para falar com um estranho do que com as pessoas que conhecemos. Por que será?

Dei de ombros.

— Provavelmente porque um estranho nos vê como somos, não como deseja achar que somos.

— Isso também é do seu amigo Carax?

— Não, isso eu acabei de inventar para impressionar você.

— E como você me vê?

— Como um mistério.

— Esse é um elogio que nunca me fizeram.

— Não é um elogio. É uma ameaça.

— Como assim?

— É preciso resolver os mistérios, averiguar o que escondem.

— Talvez você se decepcione ao ver o que tem dentro de mim.

— Talvez eu me surpreenda. E você também.

— Tomás não me disse que você tinha tanta cara de pau.

— É que o pouco que tenho reservo para você.

— Por quê?

Porque você me intimida, pensei.

Bea e eu nos refugiamos em um antigo café próximo ao teatro Poliorama. Fomos para uma mesa junto à janela e pedimos uma entrada de presunto de Parma e dois cafés com leite para nos aquecermos. Pouco depois, o gerente, um sujeito esquálido com expressão de diabinho manco, aproximou-se da mesa com ar cerimonioso.

— Foram vocês que pediram a entrada de presunto?

Assentimos.

— Sinto ter que lhes dizer, em nome da direção, que nosso presunto acabou. Posso lhes oferecer linguiça preta, branca, mista, almôndegas ou salsicha. Mercadorias de primeira, fresquíssimas. Também tenho sardinhas no óleo, se os senhores não puderem comer produtos de carne por motivo de credo religioso. Como hoje é sexta-feira...

— Para mim basta o café com leite, sério — respondeu Bea.

Eu estava morto de fome.

— E se nos trouxer de entrada umas batatinhas? E um pouco de pão também, por favor.

— Agora mesmo, senhores. E perdoem a falta de mercadorias. Em geral tenho de tudo, até caviar bolchevique. Mas esta tarde foi a semifinal da Copa Europa e tivemos uma grande afluência. Que jogaço.

O garçom se afastou com gesto cerimonioso. Bea o observava, achando graça.

— De onde é esse sotaque? Jaén?

— Santa Coloma de Gramanet — respondi. — Você anda pouco de metrô, não é?

— Meu pai diz que o metrô só tem gentalha e que se a mulher estiver sozinha, os ciganos partem para o ataque.

Eu ia dizer alguma coisa, mas me calei. Bea riu. Assim que chegaram o café e a comida, comecei a dar conta de tudo aquilo sem fingir delicadeza. Bea não comeu nada. Segurando a xícara fumegante com as duas mãos, ela me olhava com um meio sorriso, entre a curiosidade e o assombro.

— E então, o que vai me mostrar hoje que eu ainda não vi?

— Muitas coisas. Na verdade, o que vou lhe mostrar faz parte de uma história. Você não disse no outro dia que gostava mesmo era de ler?

Bea assentiu, arqueando as sobrancelhas.

— Pois bem, esta é uma história de livros.

— De livros?

— De livros malditos, do homem que os escreveu, de um personagem que fugiu das páginas de um romance para queimá-lo, de uma traição e de uma amizade perdida. É uma história de amor, de ódio e dos sonhos que moram na sombra do vento.

— Está falando como a orelha de um romance barato, Daniel.

— Deve ser porque trabalho em uma livraria e já vi muitos. Mas esta é uma história real. Tenho tanta certeza disso quanto de que este pão que nos serviram tem pelo menos três dias. E, como todas as histórias reais, começa e termina em um cemitério, embora não o tipo de cemitério que você imagina.

Ela sorriu como sorriem as crianças a quem se promete uma adivinhação ou um truque de mágica.

— Sou toda ouvidos.

Tomei o último gole de café e olhei-a em silêncio por alguns instantes. Pensei no quanto desejava me refugiar naquele olhar fugidio que parecia transparente, vazio. Pensei na solidão que me assaltaria naquela noite quando me despedisse dela, sem mais truques nem histórias com as quais conservar sua companhia. Pensei no pouco que tinha para lhe oferecer e no muito que queria receber dela.

— Sua cabeça dá voltas, Daniel — disse ela. — O que está tramando?

Comecei meu relato com aquela madrugada distante em que acordei sem conseguir me lembrar do rosto da minha mãe e só parei ao lembrar o mundo de penumbras que havia intuído na casa de Nuria Monfort, naquela manhã. Bea me escutava em silêncio, com uma atenção que não revelava julgamento nem presunção. Contei sobre minha primeira visita ao Cemitério dos Livros Esquecidos e da noite que passei lendo *A sombra do vento*. Contei de meu encontro com o homem sem rosto e daquela carta assinada por Penélope Aldaya, que eu levava sempre comigo, sem saber por quê. Contei que nunca havia chegado a beijar Clara Barceló, nem ninguém, e como minhas mãos haviam tremido ao sentir na pele o roçar dos lábios de Nuria Monfort, apenas algumas horas antes. Contei que, até aquele instante, não havia compreendido que aquela era uma história de pessoas solitárias, de ausências e de perda, e que, por esse motivo, havia me refugiado nela até confundi-la com minha própria vida, como quem escapa pelas páginas de um romance porque aqueles que precisam amar são apenas sombras que moram na alma de um estranho.

— Não diga nada — murmurou Bea. — Só me leve a esse lugar.

Já era noite fechada quando paramos diante do portão do Cemitério dos Livros Esquecidos, nas sombras da rua do Arco do Teatro. Levei a mão à maçaneta do diabinho e bati três vezes. Soprava um vento frio impregnado de cheiro de carvão. Enquanto esperávamos, nos abrigamos sob o arco da entrada. Encontrei o olhar de Bea a apenas alguns centímetros do meu. Ela sorria. Pouco depois, escutamos passos leves se aproximando do portão e ouvimos a voz cansada do vigia:

— Quem é?

— Sou eu, Isaac, Daniel Sempere.

Tive a impressão de ouvir um palavrão em voz baixa. Seguiram-se os mil rangidos e gemidos do ferrolho kafkiano. Finalmente, a porta cedeu alguns centímetros, revelando o rosto aquilino de Isaac Monfort à luz de um lampião. Ao me ver, o vigia suspirou e levantou os olhos para o céu.

— Também nem sei por que perguntei. Quem mais poderia ser, a esta hora?

Isaac vestia o que me pareceu uma estranha mistura de bata, alhornoz e casaco militar russo. Os chinelos acolchoados combinavam à perfeição com um gorro de lã quadriculado com borla e barrete.

— Espero não ter tirado você da cama — falei.

— Imagine. Mal tinha começado a entoar o Pai-Nosso.

Ele lançou um olhar para Bea como se houvesse acabado de ver um feixe de bananas de dinamite aceso aos seus pés.

— Espero, para o seu bem, que isto não seja o que parece — ameaçou ele.

— Isaac, esta é minha amiga Beatriz, e, com sua permissão, eu gostaria de mostrar a ela este lugar. Não se preocupe, é de toda confiança.

— Sempere, conheci bebês de peito mais sensatos do que você.

— Será só um minutinho.

Isaac deixou escapar um suspiro de derrota e examinou Bea vagarosamente, com suspeita policial.

— A senhora sabe que está andando na companhia de um débil mental? — perguntou.

Bea sorriu cortesmente.

— Estou começando a perceber.

— Divina inocência. Conhece as regras?

Bea assentiu. Isaac sacudiu a cabeça em voz baixa e nos deixou passar, examinando, como sempre, as sombras da rua.

— Visitei sua filha, Nuria — comentei como que casualmente. — Ela está bem. Trabalhando muito, mas bem. Manda lembranças.

— Sim, e dardos envenenados. Como você leva pouco jeito para a mentira, Sempere. Mas eu lhe agradeço o esforço. Venham, entrem.

Uma vez lá dentro, ele me entregou o lampião e dedicou-se a fechar novamente o ferrolho sem prestar mais atenção em nós.

— Quando tiverem acabado, você sabe onde me encontrar.

O labirinto de livros surgia à nossa frente em ângulos espectrais que despontavam sob o manto de trevas. O lampião projetava uma bolha de claridade vaporosa aos nossos pés. Bea se deteve na entrada do labirinto, atônita. Sorri, reconhecendo em seu rosto a mesma expressão que meu pai devia ter visto no meu, anos antes. Entramos nos túneis e galerias do labirinto, que rangiam à nossa passagem. As marcas que eu havia deixado na minha última incursão continuavam ali.

— Venha, quero lhe mostrar uma coisa.

Mais de uma vez perdi meu próprio rastro, e tivemos que retroceder um trecho em busca da última marca. Bea me observava com um misto de preocupação e fascínio. Minha bússola mental sugeria que nossa rota havia se perdido em uma trança de espirais que subia lentamente rumo às entranhas do labirinto. Finalmente, consegui refazer meus passos na teia de corredores e túneis até entrar em um corredor estreito que parecia uma passarela aberta para o breu. Ajoelhei-me junto à última estante e procurei meu velho amigo escondido atrás da fileira de volumes sepultados por uma camada de pó que brilhava como geada à luz do lampião. Peguei o livro e o estendi para Bea.

— Aqui está. Julián Carax.

— *A sombra do vento* — leu Bea, acariciando as letras desbotadas da capa. — Posso levá-lo? — perguntou ela.

— Qualquer um menos este.

— Mas isso não é justo. Depois do que você me contou, é exatamente este o que eu quero.

— Algum dia, talvez. Hoje, não.

Tomei-o das mãos dela e o escondi novamente em seu lugar.

— Voltarei sem você e o levarei sem você saber — brincou ela.

— Não o encontraria nem em mil anos.

— É o que você pensa. Já vi as marcas, e também conheço a história do Minotauro.

— Isaac não a deixaria entrar.

— Você está enganado. Ele simpatizou mais comigo do que com você.

— Como pode saber?

— Sei ler olhares.

Com pesar, acreditei nela e escondi o meu.

— Escolha qualquer outro. Olhe, este aqui promete. *O porco do planalto, esse desconhecido: em busca das raízes do toucinho ibérico*, de Anselmo Torquemada. Tenho certeza que vendeu mais exemplares do que qualquer Julián Carax. Do porco tudo se aproveita.

— Este outro me atrai mais.

— *Tess d'Ubervilles*. Edição original. Você se atreve a ler Thomas Hardy em inglês?

Ela me olhou de esguelha.

— Concedido, então.

— Não vê que estava esperando por mim? Como se estivesse escondido aqui desde antes de eu nascer.

Olhei atônito para ela. Bea franziu o sorriso.

— O que você disse?

Então, sem pensar, com apenas um roçar dos lábios, eu a beijei.

Já era quase meia-noite quando chegamos ao portão da casa de Bea. Percorremos todo o caminho em silêncio, sem nos atrever a dizer o que pensávamos. Caminhávamos afastados, escondendo-nos um do outro. Bea caminhava ereta com seu *Tess* debaixo do braço e eu a seguia um passo atrás, com seu gosto nos lábios. Ainda podia ver o olhar de soslaio que me lançara Isaac ao deixar o Cemitério dos Livros Esquecidos. Era um olhar que eu conhecia bem e que tinha visto mil vezes em meu pai, um olhar que me perguntava se eu tinha alguma ideia do que estava fazendo. As últimas horas haviam transcorrido em outro mundo, um universo de toques, de olhares que eu não entendia e que devoravam a razão e a vergonha. Agora, de volta àquela realidade que sempre espreitava nas sombras, o feitiço se desfazia e restava apenas o doloroso desejo e uma inquietação que não tinha nome. Um simples olhar para Bea bastou-me para compreender que minhas reservas eram apenas um sopro na nevasca que a consumia por dentro. Paramos diante do portão e nos olhamos sem fazer nenhum esforço para fingir. Um cantor de toadas aproximou-se sem pressa, cantarolando boleros, fazendo-se acompanhar do tilintar agradável de seu molho de chaves.

— Talvez você prefira que não voltemos a nos ver — falei, sem convicção.

— Não sei, Daniel. Não sei de nada. É isso o que você quer?

— Não. Claro que não. E você?

Ela deu de ombros, esboçando um sorriso débil.

— O que acha? — perguntou. — Eu menti para você antes, sabe? No claustro.

— Mentiu por quê?

— Quando disse que não queria ver você hoje.

O vigia nos rondava, exibindo um sorrisinho de esguelha, obviamente indiferente àquela minha primeira cena de portão e sussurros que para ele, com toda a sua experiência, devia parecer banal e corriqueira.

— Por mim não há pressa — disse ele. — Vou fumar um cigarrinho ali na esquina e já volto.

Esperei o vigia se afastar.

— Quando vou ver você de novo?

— Não sei, Daniel.

— Amanhã?

— Por favor, Daniel. Não sei.

Assenti. Ela acariciou meu rosto.

— Agora é melhor você ir embora.

— Pelo menos você sabe onde me achar, não sabe?

Ela assentiu.

— Vou estar esperando.

— Eu também.

Afastei-me com o olhar grudado no seu. O vigia, conhecedor desses episódios, já corria para lhe abrir o portão.

— Seu sem-vergonha — sussurrou-me ao passar, não sem certa admiração. — Muito galanteador.

Esperei até Bea entrar no prédio e parti a passo ligeiro, olhando para trás a todo instante. Lentamente, invadiu-me a certeza absurda de que tudo era possível e pareceu-me que até aquelas ruas desertas e aquele vento hostil tinham cheiro de esperança. Ao chegar à praça Catalunha, percebi que um bando de pombos se juntava no centro. Cobriam tudo, como um manto de asas brancas que se movia silenciosamente. Pensei em contornar a praça, mas nesse momento percebi que o bando me abria passagem sem alçar voo. Avancei hesitante, observando como se afastavam à minha passagem e voltavam a fechar as fileiras atrás de mim. Ao chegar ao centro da praça, escutei o rumor dos sinos da catedral soando meia-noite. Detive-me por um minuto, em meio a um oceano de aves prateadas, e pensei que aquele havia sido o dia mais estranho e maravilhoso da minha vida.

22

Ainda havia luz na livraria quando passei em frente. Pensei que talvez meu pai houvesse ficado até tarde colocando a correspondência em dia, ou buscando alguma desculpa qualquer para me esperar acordado e me questionar sobre meu encontro com Bea. Observei uma silhueta arrumando uma pilha de livros e reconheci o perfil enxuto e nervoso de Fermín, em plena concentração. Bati no vidro com o nó dos dedos. Fermín se aproximou, gratamente surpreso, fazendo sinais para que eu passasse pela entrada e fosse até o quarto dos fundos.

— Ainda trabalhando, Fermín? Mas está tardíssimo.

— Na verdade eu estava fazendo hora para ir depois à casa do pobre Federico, para ajudá-lo. Montamos uns turnos com Eloy, da ótica. Aliás, sempre durmo pouco. Duas, três horas, quando muito. É claro que você também não perdeu tempo, Daniel. Passa da meia-noite, o que me faz deduzir que seu encontro com a garota foi um êxito clamoroso.

Dei de ombros.

— A verdade é que não sei — admiti.

— Passou a mão nela?

— Não.

— Bom sinal. Não confie nunca nas que se deixam bolinar logo no início. Mas menos ainda nas que precisam que um padre lhes dê aprovação. O melhor, e nisso vale a analogia com a carne, está no meio. Se a oportunidade aparece, não seja hipócrita e aproveite. Mas se o que procura é algo sério, como o meu com Bernarda, lembre-se dessa regra de ouro.

— O seu negócio é sério?

— Mais do que sério. Espiritual. E essa moça, Beatriz, como é? Que tem um saber enciclopédico, isso salta à vista, mas o x da questão é: será daquelas que se apaixonam, ou das que seduzem as vísceras menores?

— Não tenho a menor ideia — confessei. — Ambos, eu diria.

— Olhe, Daniel, isso é como a indigestão. Você sente alguma coisa aqui, na boca do estômago? Como se tivesse engolido um tijolo? Ou é só um calor generalizado?

— Acho que mais o do tijolo — falei, embora não tivesse descartado totalmente o calor.

— Então a coisa é séria. Deus o ajude. Ande, sente-se que vou preparar um chá.

Nós dois nos acomodamos em volta da mesa que havia no quarto dos fundos, rodeados de livros e silêncio. A cidade dormia e a livraria parecia um barco à deriva, em um oceano de paz e de sombra. Fermín entregou-me a xícara fumegante e me sorriu com certo embaraço. Alguma coisa o preocupava.

— Posso lhe fazer uma pergunta de âmbito pessoal, Daniel?

— Claro.

— Peço que me responda com toda a sinceridade — disse, e pigarreou. — Você acha que eu poderia chegar a ser pai? — Ele deve ter lido a perplexidade em meu rosto e se apressou em acrescentar: — Não quero dizer pai biológico, porque devo parecer um pouco enfraquecido agora, mas graças a Deus a providência me dotou da potência e da fúria viril de um miúra. Refiro-me a outro tipo de pai. Um bom pai, entenda o que digo.

— Um bom pai?

— Sim. Como o seu. Um homem com cabeça, coração e alma. Um homem que seja capaz de escutar, guiar e respeitar uma criatura, e de não afogar nela os próprios defeitos. Alguém de quem um filho não goste apenas por ser seu pai, mas que o admire pela pessoa que é. Alguém com quem ele queira se parecer.

— Por que me pergunta isso, Fermín? Achei que você não acreditasse no casamento e na família. O jugo e tal coisa, está lembrado?

Fermín assentiu.

— Olhe, tudo isso é diletantismo. O casamento e a família são apenas o que fazemos deles. Sem isso, não são mais que um monte de hipocrisias.

Fraudes e falatório. Mas, se existir amor realmente, daquele tipo que não se fala nem se declara aos quatro ventos, daquele tipo que se sabe e se demonstra...

— Você parece mesmo um novo homem, Fermín.

— E sou. Bernarda me fez desejar ser um homem melhor.

— E por quê?

— Para merecê-la. Você agora não entende isso, porque é jovem. Mas com o tempo verá que muitas vezes o que conta não é o que se dá, mas o que se cede. Bernarda e eu já conversamos a esse respeito. Ela é uma mãezona, você sabe disso. Não o diz, mas eu acho que a maior felicidade que poderia ter nesta vida é ser mãe. E eu gosto dessa mulher mais do que de pêssego em calda. Basta dizer que, por ela, sou capaz de passar por uma igreja depois de trinta e dois anos de abstinência clerical e recitar os salmos de são Serafim, ou o que for preciso.

— Não está se precipitando, Fermín? Faz tão pouco tempo que a conhece...

— Olhe, Daniel, na minha idade, ou a pessoa começa a jogar certo ou se dá mal. Esta vida vale a pena ser vivida por três ou quatro coisas, e o resto é adubo para o campo. Eu já fiz muita bobagem, e agora sei que a única coisa que desejo é fazer Bernarda feliz e morrer algum dia em seus braços. Quero voltar a ser um homem respeitado, sabe? Não por mim, que para mim o respeito desse bando de macacos a que chamamos de humanidade pouco interessa, mas por ela. Pois Bernarda acredita nessas coisas, nas novelas de rádio, nos padres, no respeito e na Nossa Senhora de Lourdes. Ela é assim e eu gosto dela do jeito que é, sem tirar um só pelo desses que nascem no seu queixo. E por isso quero ser alguém de quem ela possa se orgulhar. Quero que ela pense: meu Fermín é um homem de verdade, como Cary Grant, Hemingway ou Manolete.

Cruzei os braços, pensando no assunto.

— Você falou sobre isso tudo com ela? Sobre terem um filho?

— Não, imagine. Quem pensa que sou? Pensa que saio pelo mundo dizendo às mulheres que sinto vontade de emprenhá-las? E não é por falta de vontade, hein? Porque nessa bobona da Merceditas eu fazia agora mesmo de bom grado uns trigêmeos, mas...

— Você disse a Bernarda que quer formar uma família?

— Essas coisas não precisam ser ditas, Daniel. Estão estampadas na cara.

Assenti.

— Pois então, até onde vale minha opinião, tenho certeza de que você será um pai e um esposo formidáveis. Mesmo que não acredite em todas essas coisas, porque assim nunca as dará por certas.

Seu rosto se iluminou de alegria.

— Está falando sério?

— Claro que sim.

— Pois me tira um peso enorme. Porque só de me lembrar do meu progenitor e de pensar que eu possa chegar a ser para alguém o que ele foi para mim, tenho vontade de me esterilizar.

— Relaxe, Fermín. Além do mais, com certeza não haverá tratamento que freie seu vigor de inseminação.

— Também é verdade. Agora vamos, vá descansar que não quero aborrecê-lo mais.

— Você não está me aborrecendo, Fermín. Tenho a impressão de que não vou pregar o olho.

— Doenças de amor não incomodam tanto... Aliás, aquilo que você me falou sobre a caixa de correios, está lembrado?

— Já descobriu alguma coisa?

— Já lhe falei que deixasse tudo por minha conta. Na hora do almoço, ao meio-dia, fui até os correios e tive uma conversa com um velho conhecido meu que trabalha lá. Na caixa de correio 2321 consta o nome de um tal de José María Requejo, advogado com escritório na rua León XIII. Resolvi checar o endereço do cretino e não foi surpresa alguma descobrir que não existe, embora ache que você já sabia disso. A correspondência dirigida para essa caixa postal vem sendo recolhida pela mesma pessoa há anos. Sei disso porque algumas das remessas recebidas de uma corretagem de propriedades rurais vêm registradas, e, ao recolhê-las, é preciso assinar um pequeno recibo e apresentar a documentação.

— Quem é? Um empregado do advogado Requejo?

— Até aí não pude chegar, mas duvido. Ou muito me engano, ou o tal Requejo só existe no plano da Virgem de Fátima. Só posso dizer o nome da pessoa que recebe a correspondência: Nuria Monfort.

Fiquei branco.

— Nuria Monfort? Tem certeza, Fermín?

— Eu mesmo vi alguns desses recibos. Em todos constava o nome e o número da carteira de identidade. Deduzo, pela sua cara de vômito, que essa revelação o surpreende.

— Muito.

— Posso lhe perguntar quem é essa tal de Nuria Monfort? O empregado com quem falei disse que se lembrava perfeitamente dela, porque há algumas semanas a mulher tinha ido retirar a correspondência e, na opinião imparcial dele, era mais gostosa do que a Vênus de Milo e com peitos mais firmes. E eu confio na avaliação do sujeito, porque antes da guerra ele era um catedrático de estética, mas como era primo distante de Largo Caballero, claro, agora lambe apólices de peseta...

— Hoje mesmo estive com essa mulher, na casa dela — murmurei.

Fermín observou-me, atônito.

— Com Nuria Monfort? Estou começando a pensar que me enganei a seu respeito, Daniel. Está me parecendo que você está se esbaldando...

— Não é o que você está pensando, Fermín.

— Pois está perdendo. Eu, na sua idade, fazia como El Molino: de manhã, de tarde e de noite.

Observei aquele homenzinho enxuto e ossudo, só nariz e pele amarelada, e percebi que ele estava se tornando meu melhor amigo.

— Posso lhe contar uma coisa, Fermín? Uma coisa que está dando voltas na minha cabeça já há algum tempo.

— Claro que sim. Seja o que for. Especialmente se for escabroso e disser respeito a essa moça.

Pela segunda vez naquela noite, comecei a relatar para Fermín a história de Julián Carax e o enigma de sua morte. Fermín escutava com atenção, tomando notas em um caderno e às vezes me interrompendo para perguntar algum detalhe cuja relevância me houvesse escapado. Escutando a mim mesmo, ficavam cada vez mais evidentes as lacunas que havia naquela história. Em mais de uma ocasião tive um branco, com o pensamento perdido tentando entender por que razão Nuria Monfort havia mentido. Qual o significado do fato de, por anos a fio, ela recolher a correspondência dirigida a um escritório de advogados inexistente, que supostamente tinha a seu encargo o apartamento da família Fortuny-Carax, nas imediações de San Antonio? Não percebi que estava formulando minhas dúvidas em voz alta.

— Não podemos saber ainda por que essa mulher mentiu — disse Fermín. — Mas podemos nos aventurar a supor que, se o fez a esse respeito, pode tê-lo feito, e provavelmente o fez, a respeito de muitas outras coisas.

Suspirei, perdido.

— O que me sugere, Fermín?

Fermín Romero de Torres suspirou, com ares de alta filosofia.

— Vou lhe dizer o que podemos fazer. Este domingo, se você concordar, aparecemos como quem não quer nada no colégio San Gabriel e averiguamos alguma coisa sobre as origens da amizade entre esse Carax e o outro rapaz, o ricaço...

— Aldaya.

— Eu levo jeito para tratar com padres, você vai ver, nem que seja por esse ar de casmurro sem-vergonha que tenho. Quatro lisonjas e eu os ponho no bolso.

— O que quer dizer?

— Ora! Garanto a você que vão nos contar tudo.

23

Passei o sábado em transe, ancorado detrás do balcão da livraria, esperando que Bea aparecesse como por um passe de mágica. Sempre que o telefone tocava, eu saía correndo para atender, arrancando o fone da mão de meu pai ou de Fermín. No meio da tarde, depois de mais de vinte telefonemas de clientes e sem notícias de Bea, comecei a aceitar que o mundo e minha miserável existência chegavam ao fim. Meu pai havia saído para avaliar uma coleção em San Gervasio, e Fermín aproveitou a conjuntura para novamente me administrar mais uma de suas magistrais lições sobre os velados assuntos eróticos.

— Acalme-se ou vai criar uma pedra no fígado — aconselhou Fermín.

— Cortejar uma mulher é como o tango: absurdo, pura frescura. Mas é você o homem, e é você quem deve tomar a iniciativa.

Aquilo começava a adquirir um aspecto funesto.

— Eu? A iniciativa?

— Está pensando o quê? Poder mijar em pé tem que ter algum preço.

— Mas se Bea deu a entender que me procuraria...

— Como você entende pouco de mulheres, Daniel. Aposto que essa garota está agora em casa, olhando languidamente pela janela como a Dama das Camélias, esperando você chegar para resgatá-la do idiota do senhor seu pai, para arrastá-la em uma espiral incontrolável de luxúria e pecado.

— Acha mesmo?

— Pura ciência.

— E se Bea estiver decidida a não me ver mais?

— Olhe, Daniel, as mulheres, com notáveis exceções, como sua vizinha Merceditas, são mais inteligentes do que nós, ou, pelo menos, mais sinceras consigo mesmas sobre o que querem ou não. Mas dizer isso para nós ou para o mundo são outros quinhentos. Você está diante do enigma da natureza, Fermín. A fêmea, babel e labirinto. Se a deixar pensar, está perdido. Lembre-se: coração quente, mente fria. O código do sedutor.

Fermín estava começando a detalhar para mim as particularidades e técnicas da arte da sedução quando a campainha da porta soou e vimos entrar meu amigo Tomás Aguilar. Meu coração disparou. A providência me negava Bea, mas me mandava seu irmão.

Funesto mensageiro, pensei. Tomás tinha o rosto sombrio e um ar desanimado.

— Está com um ar de funeral, dom Tomás — comentou Fermín. — Aceitaria um cafezinho, pelo menos?

— Não o recusarei — disse Tomás, com sua habitual reserva.

Fermín serviu-lhe imediatamente uma xícara da mistura que guardava na garrafa térmica e que desprendia um aroma de xerez um pouco suspeito.

— Algum problema? — perguntei.

Tomás deu de ombros.

— Nada de novo. Meu pai hoje está em um dos seus dias, e preferi sair para tomar um ar.

Engoli em seco.

— O que aconteceu?

— Vá saber. Ontem, minha irmã Bea chegou tardíssimo. Meu pai a esperava acordado e bem alterado, como sempre. Ela se negou a dizer de onde vinha ou com quem estivera, e meu pai ficou furioso. Gritou até as quatro da manhã, chamando-a de vagabunda para baixo e jurando que a faria entrar para um convento e que se ficasse grávida a mandaria para a rua aos pontapés.

Fermín lançou-me um olhar preocupado. Senti que as gotas de suor que me corriam pelas costas desciam vários graus em temperatura.

— Esta manhã — prosseguiu Tomás —, Bea fechou-se no quarto e não saiu o dia todo. Meu pai plantou-se na sala de jantar para ler o *ABC* e escutar umas zarzuelas no rádio, no volume máximo. No intervalo de *Luisa Fernanda*, tive que sair, senão acabaria ficando louco.

— Bem, sem dúvida sua irmã estava com o namorado, não? — alfinetou Fermín. — É natural.

Dei-lhe um pontapé por trás do balcão, mas Fermín o driblou com agilidade felina.

— O namorado dela está fazendo o serviço militar — explicou Tomás. — Ele vem de licença daqui a algumas semanas. Além do mais, quando ela sai com ele chega em casa, no mais tardar, às oito.

— E você não tem ideia de onde ela esteve ou com quem?

— Ele já disse que não, Fermín — intervim, ansioso por mudar de assunto.

— E seu pai também não? — insistiu Fermín, que estava se divertindo muito.

— Não. Mas jurou descobrir e quebrar as pernas e a cara do rapaz quando souber quem é.

Fiquei lívido. Fermín me serviu uma xícara de sua bebida sem me perguntar nada. Tomei-a de um só gole. Tinha gosto de gasolina morna. Tomás me observava em silêncio, com o olhar impenetrável e escuro.

— Ouviram isso? — disse Fermín, de repente. — Foi como um salto mortal duplo.

— Não.

— Foi meu estômago. Olhem, de repente fiquei com uma fome... Não se importam se eu deixá-los sozinhos um pouco e for até a padaria ver se acho algum bolo? Isso sem falar da atendente nova, recém-chegada de Reus, que é muito gostosa. Chama-se María Virtudes, mas tem um vício, a moça... Então vou deixá-los para falarem das suas coisas, está bem?

Em dez segundos Fermín desapareceu como que por encanto, rumo a seu lanche e ao encontro com a ninfa. Tomás e eu ficamos sozinhos, cercados por um silêncio que prometia mais solidez do que o franco suíço.

— Tomás — comecei, com a boca seca —, ontem à noite sua irmã estava comigo.

Ele me contemplou sem ao menos piscar. Engoli em seco.

— Diga alguma coisa.

— Você não está batendo bem da cabeça.

Passou-se um minuto de murmúrios na rua. Tomás segurava seu café intacto.

— Está falando sério? — perguntou.

— Só me encontrei com ela uma vez.

— Isso não é resposta.

— Você se importaria?

Ele deu de ombros.

— Você sabe o que faz. Deixaria de vê-la se eu lhe pedisse?

— Deixaria — menti. — Mas não me peça.

Tomás baixou a cabeça.

— Você não conhece Bea — murmurou ele.

Calei-me. Deixamos passar vários minutos sem nos dizer palavra, olhando as figuras cinzentas que inspecionavam da vidraça, desejando que alguma se animasse a entrar para nos resgatar daquele silêncio envenenado. Depois de alguns instantes, Tomás abandonou a xícara sobre o balcão e dirigiu-se à porta.

— Já vai?

Ele assentiu.

— Vamos sair um pouco amanhã? — perguntei. — Poderíamos ir ao cinema com Fermín, como antes.

Ele parou à porta.

— Só vou lhe dizer isto uma vez, Daniel: não faça mal à minha irmã.

Ao sair, ele cruzou com Fermín, que carregava uma bandeja de doces fumegantes. Fermín viu-o se perder na noite, balançando a cabeça. Pôs os doces sobre o balcão e ofereceu-me um pedaço de torta recém-saída do forno. Recusei a oferta. Não conseguiria engolir nem uma aspirina.

— Já vai passar, Daniel. Você vai ver. Essas coisas são normais entre amigos.

— Não sei — murmurei.

24

Nós nos encontramos às sete e meia da manhã de domingo, no café Canaletas. Fermín me convidara para um café com leite e uns brioches cuja textura, mesmo com manteiga, guardava certa semelhança com a de pedra-pomes. Fomos atendidos por um garçom de bigodinho fino que ostentava um emblema da Falange na lapela. Ele não parava de cantarolar e, quando lhe perguntamos a causa do excelente humor, explicou-nos que havia se tornado pai no dia anterior. Quando o cumprimentamos, insistiu em presentear-nos com um charuto para cada um, para que fumássemos durante o dia à saúde do primogênito. Prometemos fazê-lo. Fermín o olhava de esguelha, com o cenho franzido, e suspeitei que tramasse algo.

Durante o café da manhã, Fermín deu por inaugurada a jornada detetivesca, com um esboço geral do enigma.

— Tudo começa com a amizade sincera entre dois rapazes, Julián Carax e Jorge Aldaya, colegas de sala desde a infância, como Tomás e você. Durante anos tudo vai bem. Amigos inseparáveis, com uma vida toda pela frente. No entanto, em algum momento se produz um conflito que rompe essa amizade. Parafraseando os dramaturgos de salão, o conflito tem nome de mulher e chama-se Penélope. Muito homérico. Está me acompanhando?

A única coisa que me veio à cabeça foram as últimas palavras de Tomás Aguilar na noite anterior, na livraria: "Não faça mal à minha irmã". Senti náuseas.

— Em 1919, Julián Carax parte rumo a Paris, qual vulgar Odisseu — continuou Fermín. — A carta assinada por Penélope, que ele nunca chega a receber, estabelece que a essa altura a jovem está reclusa na própria casa, prisioneira da família por motivos pouco claros, e que a amizade entre Aldaya e Carax feneceu. Mais do que isso: pelo que nos conta Penélope, seu irmão Jorge jurou que, se tornar a ver o velho amigo Julián, o matará. Grandes palavras para o fim de uma amizade. Não é preciso ser Pasteur para inferir que o conflito é consequência direta da relação entre Penélope e Carax.

Um suor frio cobria minha testa. Senti que o café com leite e os quatro sanduíches que havia engolido me subiam pela garganta.

— Contudo, devemos supor que Carax nunca vem a saber do ocorrido com Penélope, porque a carta não chega às mãos dele. Sua vida se perde nas névoas de Paris, onde desenvolverá uma existência fantasmagórica, entre seu emprego de pianista em um estabelecimento de variedades e uma desastrosa carreira como romancista sem êxito algum. Esses anos em Paris são um mistério. Tudo que resta deles é uma obra literária esquecida e praticamente desaparecida. Sabemos que em algum momento ele decide se casar com uma enigmática e endinheirada dama com o dobro de sua idade, mas a natureza de tal casamento, se vamos nos ater aos testemunhos, parece mais um ato de caridade ou de amizade de parte de uma dama doente do que algo romântico. Para todos os efeitos, a mecenas, receando pelo futuro econômico de seu protegido, opta por lhe deixar sua fortuna e se despedir deste mundo com uma reviravolta, para glória maior do protetorado das artes. Os parisienses são assim.

— Talvez tenha sido um amor genuíno — sugeri, com um fio de voz.

— Escute, Daniel, você está bem? Está branco como papel e suando em bicas.

— Estou muito bem — menti.

— Prosseguindo. O amor é como os frios: há presunto de Parma e há mortadela. Tudo tem seu lugar e sua função. Carax declarou não se sentir digno de nenhum amor e, de fato, não sabemos de nenhum romance registrado durante seus anos em Paris. É claro que, trabalhando em um prostíbulo, talvez os ardores primários do instinto ficassem recobertos pela confraternização entre funcionários da empresa, como se fosse um bônus, ou, melhor não poderia ser, um presente de Natal. Mas isso é pura especulação. Voltemos ao momento em que se anuncia o casamento entre Carax e sua protetora. É então que Jorge Aldaya volta a aparecer no mapa desse obscuro assunto. Sabemos que ele entra em contato com o editor de

Carax em Barcelona, a fim de averiguar o paradeiro do romancista. Pouco depois, na manhã do dia de sua boda, Julián Carax trava um duelo com um desconhecido no cemitério Père-Lachaise e desaparece. O casamento nunca acontece. A partir daí, tudo se confunde.

Fermín fez uma pausa dramática, dirigindo-me seu olhar de alta intriga.

— Supostamente, Carax atravessa a fronteira e, demonstrando mais uma vez seu proverbial senso de oportunidade, retorna a Barcelona em 1936, em plena explosão da guerra civil. Suas atividades e seu paradeiro durante essas semanas são confusos. Suponhamos que permaneça durante um mês na cidade e durante esse tempo não entre em contato com nenhum de seus conhecidos. Nem com o pai nem com a amiga Nuria Monfort. É encontrado morto pouco depois, na rua, assassinado com um tiro. Não tarda em surgir um funesto personagem que se faz chamar Laín Coubert, nome que toma emprestado de um personagem do último romance do próprio Carax que, para maior escárnio, não é outro senão o príncipe dos infernos. O suposto diabinho se declara disposto a varrer do mapa o pouco que resta de Carax e destruir seus livros para sempre. Para completar o melodrama, aparece como um homem sem rosto, desfigurado pelo fogo. Um vilão fugido de uma opereta gótica e em quem, para confundir ainda mais as coisas, Nuria Monfort pensa reconhecer a voz de Jorge Aldaya.

— Devo lembrar-lhe que Nuria Monfort mentiu para mim — falei.

— Certo, mas mesmo que Nuria Monfort tenha mentido para você, é possível que o tenha feito mais por omissão e, talvez, para se desvincular dos fatos. Há poucas razões para se dizer a verdade, mas para mentir o número é infinito. Escute, tem certeza de que está bem? Está com o rosto em cor estranha.

Fiz que não e saí correndo para o banheiro.

Vomitei o café da manhã, o jantar e boa parte da raiva que sentia. Lavei o rosto com água gelada da bica e observei meu reflexo no espelho nublado sobre o qual alguém havia rabiscado, com um lápis de cera, a inscrição "Estandarte de chifrudo". Ao voltar para a mesa, comprovei que Fermín estava ótimo, pagando a conta e discutindo futebol com o garçom que nos tinha atendido.

— Sente-se melhor? — perguntou Fermín.

Assenti.

— Isso é queda de pressão — opinou ele. — Pegue uma bala, que cura tudo.

Ao sair do café, Fermín insistiu para que tomássemos um táxi até o colégio San Gabriel e que deixássemos o metrô para outro dia, argumentando que fazia uma manhã linda e que os túneis eram para os ratos.

— Um táxi até Sarriá vai custar uma fortuna — objetei.

— Quem convida é a pensão dos cretinos — completou Fermín —, já que o patriota me deu o troco errado e fizemos um bom negócio. E você não está em condições de viajar debaixo da terra.

Munidos assim de fundos ilícitos, paramos em uma esquina ao pé da Rambla de Catalunha e esperamos um táxi. Tivemos que deixar passar alguns, porque Fermín declarou que, uma vez disposto a subir em um automóvel, queria que fosse pelo menos um Studebaker. Passaram-se quinze minutos até vermos um veículo de seu agrado, que Fermín deteve com muitas exclamações. Insistiu em viajar no banco da frente, o que lhe deu oportunidade de envolver-se em uma discussão com o motorista em torno do ouro de Moscou e deIóssif Stálin, que era seu ídolo e guia espiritual a distância.

— Houve três grandes figuras neste século: Dolores Ibárruri, Manolete e Ióssif Stálin — proclamou o taxista, disposto a nos presentear com uma detalhada hagiografia do ilustre camarada.

Eu viajava confortavelmente no banco de trás, alheio à polêmica e com a janela aberta, saboreando o ar fresco. Fermín, feliz por estar passeando em um Studebaker, dava corda ao motorista, pontuando de vez em quando o íntimo esboço do líder soviético com questões de duvidoso interesse historiográfico.

— Pois ouvi dizer que ele sofria muito da próstata desde que engoliu um caroço de nêspera e que só conseguia urinar se cantarolassem "A Internacional".

— Propaganda fascista — esclareceu o taxista, mais devoto do que nunca. — O camarada mija como um touro. Tão caudaloso que dá inveja no rio Volga.

O debate da alta política nos acompanhou por toda a travessia da via Augusta rumo à parte alta da cidade. Clareava o dia, e uma brisa fresca vestia o céu de um azul vibrante. Ao chegar à rua Ganduxer, o motorista tomou a direita e começamos a lenta subida até Bonanova.

O colégio de San Gabriel erguia-se no centro de uma alameda, no alto de uma rua estreita e ondulada que subia de Bonanova. A fachada, salpicada de janelões em forma de punhal, recortava os perfis de um palácio gótico de tijolo vermelho, suspenso em arcos e torreões que apareciam sobre as copas de um bananal em arestas de catedral. Saímos do táxi e nos embrenhamos por um frondoso jardim repleto de fontes das quais emergiam querubins embolorados e de caminhos de pedra que se arrastavam entre as árvores. No caminho para a entrada principal, Fermín me informou sobre os antecedentes da instituição com uma de suas habituais lições magistrais de história social.

— Embora agora pareça o mausoléu de Raspútin, o colégio San Gabriel foi, em sua época, uma das mais prestigiosas e exclusivas instituições de Barcelona. Nos tempos da República se deteriorou, porque os novos-ricos de então, os novos industriais e banqueiros a cujos descendentes havia sido negada matrícula durante anos porque seus sobrenomes cheiravam a novo, decidiram criar as próprias escolas, onde fossem tratados com reverência e onde pudessem negar matrícula aos filhos dos outros. O dinheiro é como qualquer outro vírus: uma vez que apodrece a alma de quem o hospeda, parte em busca de carne fresca. Neste mundo, um sobrenome dura menos que um pesadelo. Nos bons tempos, digamos entre 1880 e 1930 mais ou menos, o colégio San Gabriel acolhia a nata dos rapazes de linhagem antiga e bolsa recheada. Os Aldaya e companhia acudiam a este sinistro lugar em regime de internato, para confraternizarem com seus semelhantes, ouvir missa e aprender história, a fim de, assim, repeti-la *ad nauseam*.

— Mas Julián Carax não era exatamente um deles — observei.

— Bem, às vezes essas instituições famosas oferecem uma ou duas bolsas para os filhos do jardineiro ou do engraxate, para mostrar sua grandeza de espírito e sua generosidade cristã — sugeriu Fermín. — O modo mais eficaz de tornar os pobres inofensivos é ensiná-los a querer imitar os ricos. Esse é o veneno com que o capitalismo cega...

— Não comece agora com doutrina social, Fermín, que se um desses padres nos escuta, vai nos expulsar a pontapés — cortei-o, advertindo que dois sacerdotes nos observavam com um misto de curiosidade e reserva do alto da escadaria que se erguia até o portão do colégio e me perguntando se teriam escutado algum trecho de nossa conversa.

Um deles se adiantou exibindo um sorriso cortês e com as mãos cruzadas no peito, em gesto de bispo. Devia ter cerca de cinquenta anos. A magreza e a cabeleira rala lhe conferiam um ar de ave de rapina. Tinha um olhar penetrante e desprendia um cheiro de água-de-colônia fresca e naftalina.

— Bom dia. Sou o padre Fernando Ramos — anunciou. — Em que posso servi-los?

Fermín ofereceu a mão, que o sacerdote observou brevemente antes de apertar, sempre abrigado atrás do sorriso glacial.

— Fermín Romero de Torres, assessor bibliográfico da Sempere & Filhos, com enorme prazer de cumprimentar sua devotíssima excelência. Aqui ao meu lado, meu colaborador e também amigo Daniel, jovem de futuro e reconhecida qualidade cristã.

Padre Fernando observou-nos sem pestanejar. Desejei que a terra me engolisse.

— O prazer é meu, sr. Romero de Torres — retrucou, cordialmente. — Posso lhes perguntar o que traz tão formidável dupla a esta nossa humilde instituição?

Decidi intervir antes que Fermín soltasse outra barbaridade para o sacerdote e tivéssemos que fugir às pressas dali.

— Padre Fernando, estamos tentando localizar dois antigos alunos do colégio San Gabriel: Jorge Aldaya e Julián Carax.

Padre Fernando apertou os lábios e arqueou uma sobrancelha.

— Julián morreu há mais de quinze anos e Aldaya partiu para a Argentina — disse ele, secamente.

— O senhor os conhecia? — perguntou Fermín.

O olhar mordaz do sacerdote se deteve em cada um de nós antes de responder:

— Fomos colegas de sala. Posso perguntar qual é seu interesse no assunto?

Eu estava pensando em como responder àquela pergunta quando Fermín se adiantou:

192

— Acontece que chegou ao nosso poder uma série de artigos que pertencem ou pertenceram, pois a jurisprudência é confusa neste particular, aos dois mencionados.

— E qual é a natureza dos ditos artigos, se não é demais perguntar?

— Rogo a vossa mercê que aceite nosso silêncio, pois sabe Deus que abundam na matéria motivos de consciência e segredo que nada têm a ver com a supina confiança que sua excelentíssima e a ordem que representa com tanta galhardia e piedade nos dedicam — soltou Fermín, a toda a velocidade.

Padre Fernando o observava totalmente pasmo. Optei por retomar a conversa, antes que Fermín recobrasse o ânimo.

— Os artigos aos quais o sr. Romero de Torres faz referência são de índole familiar, lembranças e objetos de valor puramente sentimental. O que queríamos lhe pedir, padre, se não for incômodo, é que nos falasse do que se lembra sobre Julián e Aldaya em seu tempo de estudantes.

Padre Fernando nos observava ainda com receio. Compreendi que não lhe bastavam as explicações que tínhamos dado para justificar nosso interesse e conseguir sua colaboração. Lancei um olhar de socorro para Fermín, implorando que inventasse alguma coisa para ganharmos o padre.

— Sabe que o senhor se parece um pouco com Julián quando jovem? — disse, de repente, padre Fernando.

O olhar de Fermín se acendeu. *Lá vem*, pensei. *É agora ou nunca.*

— O senhor é uma raposa, reverência — proclamou Fermín, fingindo assombro. — Sua perspicácia nos desmascarou sem misericórdia. O senhor chegará ao menos a cardeal ou papa.

— Do que está falando?

— Não é óbvio e patente, ilustríssimo?

— A verdade é que não.

— Podemos contar com seu sigilo de confissão?

— Isto é um jardim, não um confessionário.

— Sua discrição eclesiástica nos basta.

— Os senhores a têm.

Fermín suspirou profundamente e me olhou com ar melancólico.

— Daniel, não podemos continuar mentindo a este santo soldado de Cristo.

— Claro que não... — corroborei, totalmente perdido.

Fermín aproximou-se do sacerdote e murmurou, em tom confidencial:

— *Pater*, temos motivos fortíssimos para suspeitar que este nosso amigo Daniel seja filho secreto do falecido Julián Carax. Daí nosso interesse em reconstruir seu passado e recobrar a memória de um herói ausente, que a morte quis arrancar do lado de um pobre garotinho.

Padre Fernando cravou-me o olhar, atônito.

— Isso é verdade?

Assenti. Fermín deu um tapinha em minhas costas, compungido.

— Olhe para ele, coitadinho, procurando um progenitor perdido nas névoas da memória. O que pode haver de mais triste do que isso? Conte-me, vossa santíssima mercê.

— Vocês têm provas que sustentem suas afirmações?

Fermín tomou meu queixo e ofereceu meu rosto como forma de pagamento.

— Que prova melhor do que este rosto, testemunho mudo e fidedigno do fato paternal em questão?

O sacerdote pareceu hesitar.

— O senhor vai me ajudar, padre? — implorei, astuto. — Por favor...

Padre Fernando suspirou, incomodado.

— Não vejo mal nisso, suponho — disse ele por fim. — O que desejam saber?

— Tudo — disse Fermín.

25

Padre Fernando recapitulava suas lembranças com certo tom de homilia. Construía suas frases com beleza e magistral sobriedade, dotando-as de uma cadência que parecia conter uma lição de moral ao final que nunca chegava a se materializar. Anos de professorado haviam-lhe deixado aquele tom firme e didático de quem está acostumado a ser ouvido, mas que se pergunta se é escutado.

— Se não me falha a memória, Julián Carax ingressou como aluno no colégio San Gabriel no ano de 1914. Logo simpatizei com ele, porque formávamos parte do reduzido grupo de alunos que não vinham de famílias abastadas. Éramos chamados de comando *Mortsdegana*. Cada um de nós tinha a própria história. Eu havia conseguido a matrícula com bolsa graças ao meu pai, que durante vinte e cinco anos trabalhou nas cozinhas desta casa. Julián havia sido aceito graças à intervenção do sr. Aldaya, que era cliente da chapelaria Fortuny, propriedade do pai de Julián. Eram outros tempos, claro, e naquela época o poder ainda se concentrava em famílias e dinastias. É um mundo desaparecido, cujos últimos restos foram levados pela República, suponho que felizmente, e tudo que sobrou dele são esses nomes no cabeçalho das empresas, bancos e consórcios sem rosto. Como todas as cidades antigas, Barcelona é uma soma de ruínas. As grandes glórias das quais muitos se vangloriam, tais como palácios, feitorias e monumentos, símbolos com os quais nos identificamos, não passam de cadáveres, relíquias de uma civilização extinta.

Nesse ponto, padre Fernando fez uma pausa solene, como se esperasse a resposta da congregação com algum latinismo ou réplica do missal.

— Amém, reverendo padre. É uma grande verdade — ofereceu Fermín, para nos salvar do incômodo silêncio.

— O senhor falava do primeiro ano do meu pai no colégio — observei com delicadeza.

Padre Fernando assentiu.

— Já nessa época ele se fazia chamar Carax, embora seu sobrenome paterno fosse Fortuny. A princípio, alguns dos rapazes caçoavam dele por isso, e por ele ser um dos *Mortsdegana*, é lógico. Também caçoavam de mim, por ser filho do cozinheiro. Os senhores sabem como são os meninos. No fundo de seu coração, Deus os encheu de bondade, mas eles repetem o que ouvem em casa.

— Uns anjinhos — pontuou Fermín.

— Qual a lembrança que o senhor tem do meu pai?

— Bem, já faz tanto... O melhor amigo de seu pai nessa época não era Jorge Aldaya, mas sim um rapaz chamado Miquel Moliner. Miquel provinha de uma família quase tão endinheirada quanto os Aldaya, e eu me atreveria a dizer que era o aluno mais extravagante que esta escola já viu. O reitor o considerava possuído pelo demônio, porque recitava Marx em alemão durante as missas.

— Sinal inequívoco de possessão — corroborou Fermín.

— Miquel e Julián sabiam fazer amigos. Às vezes nos reuníamos, os três, durante a hora do recreio ao meio-dia e Julián nos contava histórias. Outras vezes nos falava de sua família e dos Aldaya...

O sacerdote pareceu hesitar.

— Inclusive depois de sair da escola, Miquel e eu mantivemos contato por um tempo. A essa altura, Julián já havia partido para Paris. Sei que Miquel sentia sua falta, e frequentemente o mencionava, e repetia confidências que ele lhe havia feito tempos antes. Em seguida, quando entrei para o seminário, Miquel dizia, brincando, que eu havia passado para o lado inimigo, mas a verdade é que nos distanciamos.

— O senhor ouviu alguma coisa sobre Miquel ter se casado com uma tal de Nuria Monfort?

— Miquel, casado?

— O senhor acha estranho?

— Suponho que não deveria achar, mas não sei... Não sei. A verdade é que faz muitos anos que nada sei de Miquel. Desde antes da guerra.

— Ele alguma vez mencionou o nome de Nuria Monfort?

— Não, nunca. Nem que pensasse em se casar ou que tivesse uma namorada... Escutem, não estou inteiramente certo de que deva lhes falar sobre tudo isso. São coisas que Julián e Miquel me contaram em particular, dada a cumplicidade que havia entre nós...

— E o senhor vai negar a um filho a única oportunidade de recuperar a memória de seu pai? — perguntou Fermín.

Padre Fernando se debatia entre a dúvida e, pareceu-me, o desejo de se lembrar daqueles dias perdidos.

— Suponho que já se passaram tantos anos que não tem importância. Lembro-me ainda do dia em que Julián nos contou como conhecera os Aldaya e como, sem que se desse conta, sua vida havia mudado...

... Em outubro de 1914, um artefato que muitos acharam que era um jazigo sobre rodas parou certa tarde diante da chapelaria Fortuny, nas imediações de San Antonio. Dele emergiu a figura altiva, majestosa e arrogante de dom Ricardo Aldaya, já àquela altura um dos homens mais ricos de Barcelona, se não da Espanha, cujo império de indústrias têxteis se es-

tendia a cidadelas e colônias ao longo dos rios de toda a Catalunha. Sua mão direita segurava as rédeas do comércio bancário e das propriedades territoriais de metade da província. A esquerda, sempre ativa, controlava os deputados, a junta administrativa, vários ministérios, o bispado e o serviço portuário de alfândegas.

Naquela tarde, o rosto de bigode exuberante, belas suíças e testa descoberta que a todos intimidava precisava de um chapéu. Entrou na loja de dom Antoni Fortuny e, depois de passar os olhos nas instalações, olhou de soslaio para o chapeleiro e seu ajudante, o jovem Julián, e disse o seguinte: "Disseram-me que daqui, apesar das aparências, saem os melhores chapéus de Barcelona. O outono promete frio, e vou precisar de seis cartolas, uma dúzia de chapéus de feltro, boinas de caça e alguma coisa para levar para a corte de Madri. O senhor está anotando, ou espera que eu lhe repita?". Aquilo foi o começo de um trabalhoso e lucrativo processo no qual pai e filho uniram esforços para completar a encomenda de Ricardo Aldaya. A Julián, que lia os jornais, não escapou a alta posição de Aldaya, e disse a si mesmo que não podia falhar ao pai agora, no momento mais crucial e decisivo de seus negócios. Desde que o todo-poderoso havia entrado em sua loja, o chapeleiro levitava de gozo. Aldaya lhe havia prometido que, se ficasse satisfeito, recomendaria o estabelecimento a todas as suas amizades. Isso significava que a chapelaria Fortuny, de comércio pequeno, mas honesto, pularia para as mais altas esferas, ornando cabeçorras e cabecinhas de deputados, governadores, cardeais e ministros. Os dias daquela semana passaram com enorme rapidez. Julián não foi à aula e passou jornadas de dezoito a vinte horas trabalhando na oficina dos fundos. O pai, cheio de entusiasmo, o abraçava de vez em quando e até o beijava sem se dar conta. Chegou ao extremo de presentear a esposa, Sophie, com um vestido e um par de sapatos novos pela primeira vez em catorze anos. O chapeleiro estava nas nuvens. Certo domingo, esqueceu de ir à missa, e naquela mesma tarde, com muito orgulho, envolveu Julián com os braços e lhe disse, com lágrimas nos olhos: "Vovô estaria muito orgulhoso de nós".

Um dos processos mais complexos na já desaparecida ciência da chapelaria, técnica e politicamente, era o de tirar medidas. Dom Ricardo Aldaya tinha um crânio que, segundo Julián, beirava o cabeção e o grotesco. O chapeleiro ficou consciente das dificuldades assim que avistou a testa do *digníssimo homem, e naquela mesma noite, quando Julián lhe disse que ele lembrava certos fragmentos do maciço de Montserrat, Fortuny não teve remédio senão concordar: "Pai, com todo o respeito, o senhor sabe que na hora de tomar medidas eu tenho mais jeito do que o senhor, que fica nervoso. Deixe-me fazê-lo". O chapeleiro aceitou de bom grado. No dia seguinte, quando Aldaya chegou em seu Mercedes-Benz, Julián foi quem o recebeu, e o conduziu ao ateliê. Aldaya, ao comprovar que as medidas seriam tomadas por um garoto de catorze anos, enfureceu-se: "Mas o que é isto? Um garoto? Estão caçoando de mim?". Julián, que tinha consciência da importância pública do personagem, mas que não se sentia de forma alguma intimidado por ele, retrucou: "Sr. Aldaya, caçoar do senhor nem pensar, mesmo com esse cocuruto que mais parece a praça das Arenas, e se não lhe fizermos rápido um chapéu vão confundir sua careca com o plano Cerdí". Ao escutar essas palavras, Fortuny quis morrer. Aldaya, impávido, cravou os olhos em Julián. Então, para surpresa de todos, começou a rir como não fazia havia anos.*

"Este seu garoto vai longe, Fortunato", sentenciou Aldaya, que não conseguia aprender o sobrenome do chapeleiro.

Foi assim que descobriram que dom Ricardo Aldaya estava farto que todos tivessem medo dele, que o adulassem e que se jogassem no chão como uma esteira quando passava. Desprezava os bajuladores, os pusilânimes e qualquer um que demonstrasse fraqueza, fosse física, mental ou moral. Ao topar com um humilde rapaz, somente um aprendiz, que tivera a coragem e a graça de caçoar dele, Aldaya concluiu que realmente havia encontrado a chapelaria ideal e duplicou as encomendas. Durante aquela semana, apareceu sempre de boa vontade, na hora marcada, para Julián tirar suas medidas e para experimentar os modelos. Antoni Fortuny ficava maravilhado ao ver como o caudilho da sociedade catalã morria de rir com as brincadeiras e histórias que lhe contava aquele filho que lhe era desconhecido, com o qual nunca falava e que havia anos não mostrava indício algum de ter senso de humor. Ao final daquela semana, Aldaya aproximou-se do chapeleiro e o levou a um canto para lhe falar confidencialmente.

— Olhe, Fortunato, este seu filho é um talento e você o mantém aqui, espanando com tédio as teias de aranha de uma loja de três metros por quatro.

— Este é um bom negócio, dom Ricardo, e o rapaz mostra certa habilidade, embora lhe falte ambição.

— Bobagens. Em que colégio o colocou?

— Bem, vai à escola de...

— São fábricas de peões. Se não cuidarmos do talento, do gênio na juventude, ele se deforma e devora aquele que o possui. É preciso dar-lhe ordem. Apoio. Está entendendo, sr. Fortunato?

— O senhor está enganado sobre meu filho. Ele não é nem um pouco gênio. Passou raspando em geografia... os professores dizem que é avoado e tem mau comportamento, como a mãe, mas aqui ao menos terá um ofício honrado e...

— Fortunato, o senhor está me aborrecendo. Hoje mesmo vou falar com o comitê de direção do colégio San Gabriel e lhes mandarei aceitar seu filho na mesma sala que meu primogênito, Jorge. Menos do que isso seria miserável.

Os olhos do chapeleiro se arregalaram em curiosidade. O colégio San Gabriel era o criadouro da nata da alta sociedade.

— Mas, dom Ricardo, eu não poderia nem pagar...

— Ninguém lhe disse em pagar um centavo. Da educação do rapaz me encarrego eu. O senhor, como pai, só precisa dizer que sim.

— É claro que sim, imagine, mas...

— Não se fala mais nisso, então. Se e quando Julián aceitar, é claro.

— Ele fará o que mandarmos, só faltava essa.

Nesse ponto da conversa, Julián apareceu à porta do quarto dos fundos, com um molde nas mãos.

— Dom Ricardo, quando o senhor quiser...

— Diga-me, Julián, o que tem para fazer esta tarde? — perguntou Aldaya.

Julián olhou alternadamente para o pai e para o industrial.

— Bem, ajudar aqui na loja do meu pai.

— Além disso.

— Pensava em ir à biblioteca de...

— Gosta de livros, hein?

— Sim, senhor.

— Já leu Conrad? O coração das trevas?

— Três vezes.

O chapeleiro franziu o cenho, totalmente perdido.

— E quem é esse Conrad, pode-se saber?

Aldaya o silenciou com um gesto que parecia forjado para calar conselhos de acionistas.

— Na minha casa tenho uma biblioteca com catorze mil volumes, Julián. Eu lia muito quando moço, mas agora já não tenho tempo. Agora que penso no assunto, tenho três exemplares autografados por Conrad em pessoa. Meu filho não entra em bibliotecas nem arrastado. Em casa, a única que lê e pensa é minha filha, Penélope, portanto todos esses livros estão lá apodrecendo. Gostaria de vê-los?

Julián assentiu, sem fala. O chapeleiro presenciava a cena com uma inquietação que não conseguia definir. Ignorava todos aqueles nomes. Romances, como todo mundo sabia, eram coisa para mulheres e pessoas que não tinham nada para fazer. O coração das trevas lhe soava, no mínimo, como pecado mortal.

— Fortunato, seu filho vai comigo, pois quero apresentá-lo ao meu Jorge. Fique calmo que logo o devolveremos. Diga-me, rapaz, alguma vez já entrou em um Mercedes-Benz?

Julián deduziu que aquele era o nome do trambolho imperial que o industrial utilizava para deslocar-se. Negou com a cabeça.

— Pois já está chegando a hora. É como ir ao céu, mas sem ser necessário morrer.

Antoni Fortuny os viu partir naquela carruagem de luxo desaforado e, quando procurou em seu coração, sentiu apenas tristeza. Naquela noite, enquanto jantava com Sophie (que usava seu vestido e seus sapatos novos e quase não mostrava as marcas e cicatrizes), perguntou-se no que teria errado dessa vez. Justamente quando Deus lhe devolvia um filho, Aldaya o tomava.

— Tire esse vestido, mulher, que você mais parece uma puta. E não quero mais ver este vinho na mesa. O diluído em água já é mais que suficiente. A ambição acabará nos apodrecendo.

Julián nunca havia atravessado para o outro lado da avenida Diagonal. Aquela linha de arvoredos, mansões e palácios arruinados à espera de uma cidade era uma fronteira proibida. Por cima da Diagonal estendiam-se aldeias, colinas e paragens de mistério, riqueza e lenda. No caminho, Aldaya falava do colégio San Gabriel, dos novos amigos que Julián ainda não vira, de um futuro que ele não imaginava possível.

— E você, Julián, ao que aspira? Na vida, quero dizer.

— Não sei. Às vezes penso que gostaria de ser escritor. Romancista.

— Como Conrad, hein? Você ainda é muito jovem, claro. E, diga-me, não lhe agrada a atividade bancária?

— Não sei, senhor. A verdade é que isso nunca me passou pela cabeça. Nunca vi mais do que três pesetas juntas. O mundo das finanças é um mistério para mim.

Aldaya riu.

— Não há nenhum mistério, Julián. O truque está em não se juntar as pesetas de três em três, mas de três milhões em três milhões. Então não há enigma que aguente. Nem a Santíssima Trindade.

Naquela tarde, subindo pela avenida Del Tibidabo, Julián achou que atravessava as portas do paraíso. Mansões que pareciam catedrais contornavam o caminho. No meio do trajeto, o chofer fez uma curva e eles atravessaram as grades de uma delas. No mesmo instante, um exército de criados pôs-se em marcha para receber o senhor. Tudo o que Julián podia ver era um casarão majestoso de três andares. Jamais lhe havia ocorrido que pessoas normais pudessem viver em um lugar daqueles. Deixou-se arrastar pelo vestíbulo, atravessou uma sala abobadada onde se erguia uma escadaria de mármore ladeada por cortinas de veludo e entrou em um salão cujas paredes estavam repletas de livros do chão até o infinito.

— O que acha? — perguntou Aldaya.

Julián apenas o escutava.

— Damián, diga a Jorge para descer agora mesmo ao escritório.

Os criados, sem rosto nem presença audível, acudiam à menor ordem do senhor com a eficiência e a doçura de um corpo de insetos bem treinados.

— Você vai precisar de outro guarda-roupa, Julián. Há muita gente por aí a quem só interessa a aparência. Vou pedir a Jacinta que se encarregue disso, não se preocupe. E seria até melhor que você não falasse disso com seu pai, para não incomodá-lo. Veja, aí está Jorge. Jorge, quero que conheça um rapaz ótimo, que vai entrar na mesma turma que você no colégio. Julián Fortu...

— Julián Carax — corrigiu o menino.

— Julián Carax — repetiu Aldaya, satisfeito. — Gosto de como soa. Julián, este é meu filho, Jorge.

Julián ofereceu a mão e Jorge Aldaya a apertou. Seu toque era morno, sem vontade. Seu rosto tinha os traços puros e pálidos de alguém que havia crescido naquele mundo de bonecas. Vestia roupas e calçava sapatos que a Julián pareceram novelescos. Seu olhar revelava um ar de autossuficiência e arrogância, de desprezo e cortesia açucarada. Julián sorriu-lhe abertamente, lendo insegurança, medo e vazio sob aquela carapaça de pompa e circunstância.

— É verdade que você não leu nenhum destes livros?

— Os livros são chatos.

— Os livros são espelhos: neles só se vê o que temos dentro de nós — retrucou Julián.

Dom Ricardo Aldaya tornou a rir.

— Bem, vou deixá-los a sós para que se conheçam. Julián, você verá que Jorge, por baixo dessa careta de menino mimado e orgulhoso, não é tão bobo quanto parece. Tem alguma coisa do pai.

As palavras de Aldaya pareceram cair como punhais sobre o rapaz, embora seu sorriso não tenha cedido nem um milímetro. Julián se arrependeu de sua resposta e sentiu pena do rapaz.

— Você deve ser o filho do chapeleiro — disse Jorge, sem maldade. — Meu pai fala muito em você ultimamente.

— É a novidade. Espero que não o leve a sério. Debaixo dessa careta de intrometido sabe-tudo, não sou tão idiota quanto pareço.

Jorge sorriu para ele. Julián pensou que sorria como as pessoas que não têm amigos, com gratidão.

— Venha, vou lhe mostrar o resto da casa.

Deixaram para trás a biblioteca e se afastaram rumo à porta principal, até os jardins. Ao atravessar a sala ao pé da escada, Julián levantou a vista e vislumbrou uma silhueta subindo, com a mão no corrimão. Teve a sensação de estar se perdendo em uma visão. A moça devia ter doze ou treze anos e ia escoltada por uma mulher madura, gorda e rosada, com aspecto de governanta. Usava um vestido azul acetinado. Seu cabelo era cor de amêndoa, e a pele dos ombros e seu pescoço esbelto pareciam refletir a luz. Deteve-se no alto da escada e virou-se um instante. Por um segundo, seus olhares se encontraram e ela lhe concedeu apenas um esboço de sorriso. Em seguida, a criada passou os braços sobre o ombro da moça e a guiou para a entrada de um corredor, onde ambas desapareceram. Julián baixou o olhar e tornou a encontrar Jorge.

— Essa é Penélope, minha irmã. Já vai conhecê-la. Anda meio maluca. Passa o dia lendo. Ande, venha, quero lhe mostrar a capela do sótão. Segundo as cozinheiras, é mal-assombrada.

Julián seguiu o rapaz docilmente, mas se sentia totalmente alheio a tudo. Pela primeira vez desde que havia entrado no Mercedes-Benz de dom Ricardo Aldaya, compreendeu qual era o motivo de tudo aquilo. Ele a vira em sonhos inúmeras vezes, naquela mesma escada, com aquele mesmo vestido azul e aquele giro no olhar de cinzas, sem saber quem era nem por que lhe sorria. Quando saiu ao jardim, deixou-se guiar por Jorge até as cocheiras e as quadras de tênis que se estendiam ao longe. Só então virou a cabeça e a viu, na janela do segundo andar. Só distinguiu sua silhueta, mas teve a certeza de que ela lhe sorria e que, de alguma maneira, também o havia reconhecido.

Aquele vislumbre efêmero de Penélope Aldaya no alto da escada o acompanhou durante suas primeiras semanas no colégio San Gabriel. Seu novo mundo tinha muitas novidades, e nem todas eram do seu agrado. Os alunos se comportavam como príncipes altivos e arrogantes, e os professores pareciam criados dóceis e ilustrados. O primeiro amigo que Julián fez, além de Jorge Aldaya, foi um rapaz chamado Fernando Ramos, filho de um dos cozinheiros do colégio, que nunca imaginaria que acabaria vestindo uma batina e dando aulas nas mesmas salas onde havia crescido. Fernando, a quem os demais apelidavam de Cozinheirinho e a quem tratavam como empregado, possuía uma inteligência viva, mas tinha bem poucos amigos entre os alunos. Seu único companheiro era um rapaz extravagante chamado Miquel Moliner, que, com o tempo, se tornaria o melhor amigo de Julián naquela escola. Miquel Moliner, a quem sobrava cérebro e faltava paciência, sentia prazer em provocar raiva nos professores, pondo em dúvida todas as suas afirmações mediante a aplicação de jogos dialéticos que revelavam tanto engenhosidade quanto fúria viperina. Os demais temiam sua língua afiada e o consideravam um membro de outra espécie, o que, de certo modo, não deixava ser sua verdade. Apesar dos traços boêmios e do tom nem um pouco aristocrático que aparentava, Miquel era filho de um industrial enriquecido até as raias do absurdo graças à fabricação de armas.

— Carax, não é? Disseram-me que seu pai faz chapéus — disse ele quando Fernando Ramos os apresentou.

— Julián para os amigos. Disseram-me que o seu faz canhões.

— Ele só os vende. A única coisa que sabe fazer é dinheiro. Meus amigos, entre os quais conto apenas com Nietzsche e com o colega Fernando aqui, me chamam de Miquel.

Miquel Moliner era um rapaz triste. Padecia de uma obsessão malsã com a morte e todos os assuntos fúnebres, matéria à qual dedicava boa parte de seu tempo e talento. Sua mãe havia morrido três anos antes, em um estranho acidente doméstico que algum médico imprudente havia qualificado como suicídio. Foi Miquel quem encontrou o cadáver reluzente sob as águas do açude do palacete de verão que a família tinha em Argentona. Quando a içaram com cordas, comprovou-se que os bolsos do casaco da morta estavam cheios de pedras. Havia também uma carta escrita em alemão, a língua materna da mãe, mas o sr. Moliner, que nunca havia se preocupado em aprender o idioma, queimou-a naquela mesma tarde sem permitir que ninguém a lesse. Miquel Moliner via a morta por toda parte, na folhagem, nos pássaros que caíam dos ninhos, nos velhos e na chuva, que a tudo levava. Tinha um talento excepcional para o desenho e constantemente passava horas fazendo a carvão desenhos onde sempre aparecia uma dama entre brumas e praias desertas, que Julián imaginava ser sua mãe.

— O que você quer ser quando crescer, Miquel?

— Eu nunca vou crescer — dizia ele, enigmático.

Sua principal afeição, além do desenho e de opor-se a qualquer ser humano, eram as obras de um enigmático médico austríaco que, com os anos, viria a se tornar célebre: Sigmund Freud. Miquel Moliner, que, devido a sua defunta mãe, lia e escrevia o alemão com perfeição, possuía vários volumes de textos do doutor vienense. Seu assunto favorito era o da interpretação dos sonhos. Tinha o costume de perguntar às pessoas com o que tinham sonhado, para logo proceder a um diagnóstico do paciente. Dizia sempre que morreria jovem e que não se importava com isso. De tanto pensar na morte, Julián achava que Miquel havia conseguido encontrar nela mais sentido do que na vida.

— Quando eu morrer, tudo o que é meu será seu, Julián — dizia o rapaz. — Menos os sonhos.

Além de Fernando Ramos, Moliner e Jorge Aldaya, Julián logo travou conhecimento com um rapaz tímido e um tanto arisco chamado Javier, filho único dos zeladores do San Gabriel, que moravam em uma casinha instalada na entrada dos jardins do colégio. Do mesmo modo que acontecia com Fernando, o resto dos rapazes considerava Javier não mais do que um indesejável serviçal, e ele perambulava sozinho pelos jardins e pátios do estabelecimento sem travar contato com ninguém. De tanto vagar pelo colégio, tinha conhecido todos os recantos do edifício, os túneis do sótão, as passagens que levavam às torres e toda espécie de esconderijos labirínticos dos quais ninguém mais se lembrava. Era esse seu mundo secreto e seu refúgio. Levava sempre consigo um canivete que havia surrupiado das gavetas do pai e gostava de esculpir com ele figuras de madeira que escondia no pombal da escola. O pai, Ramón, zelador da propriedade, era veterano da guerra de Cuba, onde havia perdido uma das mãos e (dizia-se, com certa malícia) o testículo direito, em um tiro disparado pelo próprio Theodore Roosevelt durante a perigosa investida de Cochinos. Convencido de que a ociosidade era a mãe de todo mal, Ramón, o Unicolhão (como era chamado pelos alunos), havia encarregado o filho de recolher em um saco as folhas secas do pinheiral e do pátio dos chafarizes. Ramón era um homem bom, um pouco tolo e fatalmente condenado a escolher para si más companhias. A pior delas era a esposa. O Unicolhão havia se casado com uma mulher curta de ideias e com delírios de princesa, com aspecto muito descuidado e que gostava de se insinuar em trajes menores na frente do filho e dos alunos do colégio, o que era motivo de caçoadas e imitações semanais. Seu nome de batismo era María Craponcia, mas ela o havia mudado para Yvonne, porque lhe parecia mais bonito. Yvonne tinha o hábito de interrogar o filho sobre as chances de ascensão social possibilitadas pelas amizades que ela julgava estabelecidas entre o menino e a nata da sociedade barcelonesa. Perguntava-lhe sobre a fortuna deste ou daquele, imaginando a si mesma vestida de finas sedas e sendo recebida para um chá com bolinhos nos salões da alta sociedade.

Javier tentava passar o mínimo de tempo possível em casa e agradecia as tarefas impostas pelo pai, por mais duras que fossem. Qualquer desculpa era boa para ficar a sós, para fugir para seu mundo secreto, para esculpir suas figuras de madeira. Quando os alunos do colégio o viam de longe, alguns riam ou lhe atiravam pedras. Certo dia, Julián sentiu tanta pena ao ver uma pedrada lhe abrir a testa e derrubá-lo sobre uns escombros que decidiu correr em seu auxílio e lhe oferecer amizade. A princípio, Javier pensou que Julián também viesse agredi-lo enquanto os outros se afastavam, às gargalhadas.

— Meu nome é Julián — disse, oferecendo a mão. — Meus amigos e eu íamos jogar umas partidas de xadrez no pinheiral e eu estava me perguntando se você gostaria de ir conosco.

— Não sei jogar xadrez.

— Até duas semanas atrás eu também não sabia. Mas Miquel é um bom professor...

O rapaz olhava receoso, esperando que viesse a qualquer momento a piada, a agressão.

— Não sei se seus amigos vão querer que eu fique com vocês...

— Foi ideia deles. O que me diz?

A partir daquele dia, Javier se juntava a eles no final das tarefas para as quais fora designado. Em geral ficava calado, escutando e observando os outros. Aldaya tinha certo medo dele. Fernando, que sentira na pele o desprezo dos demais devido a sua origem humilde, se desdobrava em amabilidades para com o enigmático rapaz. Miquel Moliner, que lhe ensinava os rudimentos do xadrez e o observava com olho clínico, era o menos convencido de todos.

— Esse aí é totalmente maluco. Sabe que caça gatos e pombos e que os tortura horas a fio com uma faca? Depois os enterra no pombal. Que delícia!

— Quem disse isso?

— Ele mesmo me contou outro dia, enquanto eu lhe explicava o salto do cavalo. Também me contou que às vezes, quando a mãe o põe na cama à noite, o bolina.

— Deve estar caçoando de você.

— Duvido. Esse garoto não é bom da cabeça, Julián, e provavelmente a culpa não é dele.

Julián se esforçava para ignorar as advertências e profecias de Miquel, mas a verdade era que estava achando muito difícil estabelecer uma amizade com o filho do zelador. Yvonne, em especial, não via nem Julián nem Fernando Ramos com bons olhos. De toda a tropa dos meninos ricos, eles eram os únicos que não tinham nada. Dizia-se que o pai de Julián era um humilde comerciante e que a mãe só chegara a professora de música. "Essa

gente não tem dinheiro, nem classe, nem elegância, meu anjo", ensinava-
-lhe a mãe. "Quem lhe convém é Aldaya, que é de boa família." "Sim, mãe",
respondia ele, "como a senhora quiser." Com o tempo, Javier pareceu começar a confiar em seus novos amigos. Ocasionalmente abria a boca, e estava esculpindo um novo jogo de peças de xadrez para Miquel Moliner, em
agradecimento pelas aulas. Certo dia, quando ninguém esperava ou achava
possível, descobriram que Javier sabia sorrir e que tinha um sorriso branco
e bonito, sorriso de criança.

— Está vendo? É um rapaz normal e comum — argumentou Julián.

Miquel Moliner, no entanto, não se deu por convencido, e observava o
estranho rapaz com inquietação e receio quase científicos.

— Javier está obcecado por você, Julián — disse-lhe certo dia. — Tudo
o que faz é para ganhar sua aprovação.

— Que bobagem! Para isso ele já tem pai e mãe, eu sou apenas um amigo.

— Você é um irresponsável, é essa a verdade. O pai dele era um pobre-
-diabo, com dificuldade até para achar as nádegas na hora de fazer as necessidades maiores, e dona Yvonne, uma águia com cérebro de pulga que
passa o dia inteiro tentando se encontrar com certas pessoas e fingindo que
o encontro foi por acaso, sempre em trajes menores e convencida de que
é a anarquista María Guerrero ou algo pior, que prefiro não mencionar. O
garoto, é natural, busca em você um substituto, seu anjo salvador, que caiu
do céu e lhe estendeu a mão. São Julián do Chafariz, o pai dos deserdados.

— Esse tal de sr. Freud está apodrecendo seus miolos, Miquel. Todos
precisamos de amigos, até você.

— Esse rapaz não tem amigos, nem nunca terá. Sua alma é como a de
uma aranha. Se não acredita, dê tempo ao tempo. Nem imagino quais serão seus sonhos...

Miquel Moliner mal suspeitava que os sonhos de Javier eram mais parecidos
com os de seu amigo Julián do que ele poderia imaginar. Em certa ocasião,
meses antes de Julián entrar no colégio, o filho do zelador estava limpando
o jardim do pátio dos chafarizes quando apareceu o fantástico automóvel
de dom Ricardo Aldaya. Naquela tarde, o industrial vinha acompanhado.
Escoltava-o uma espécie de miragem, um anjo de luz metido em um vestido
de seda que parecia levitar pelo chão. O anjo, que era sua filha Penélope,
desceu do Mercedes e andou até o chafariz, balançando sua sombrinha e

207

fazendo uma pausa para bater com a mão na água do lago. Como sempre, vinha acompanhada de Jacinta, sua aia, solícita e atenta ao menor gesto da moça. Mas pouco teria importado que um exército de empregados a houvesse acompanhado: Javier só tinha olhos para a moça. Receou que, ao piscar, aquela visão se dissipasse. Ficou ali, imóvel, observando aquela miragem sem sequer respirar. Pouco depois, como se houvesse intuído sua presença e seu olhar furtivo, Penélope levantou os olhos para ele. A beleza daquele rosto chegou a lhe doer, algo insustentável. Pareceu-lhe entrever um esboço de sorriso em seus lábios. Apavorado, Javier correu para seu esconderijo predileto, no pombal, no ponto mais alto da torre das cisternas, no último andar do colégio. Suas mãos ainda estavam trêmulas quando pegou as ferramentas de esculpir e começou a trabalhar em uma nova peça, que ia se assemelhando ao rosto que acabara de vislumbrar. Quando voltou para casa naquela noite, algumas horas mais tarde do que estava habituado, a mãe o esperava seminua e bem furiosa. O rapaz baixou os olhos, temendo que, se a mãe lesse seu olhar, visse neles a moça do lago e soubesse em que andava pensando.

— E você, onde se meteu, garoto idiota?

— Desculpe, mãe. Eu me perdi...

— Você está perdido desde o dia em que nasceu.

Anos depois, sempre que introduzia seu revólver na boca de um prisioneiro e apertava o gatilho, o inspetor-chefe Francisco Javier Fumero se lembraria do dia em que vira o crânio da mãe explodir como uma melancia madura nas imediações de um refeitório popular de Las Planas e de não ter sentido nada, apenas o tédio das coisas mortas. A Guarda Civil, alertada pelo gerente do estabelecimento que havia escutado o tiro, encontrou o rapaz sentado em uma pedra e segurando a espingarda no colo, ainda morna. Observava impávido o corpo decapitado de María Craponcia, ou melhor, Yvonne, que estava cheio de insetos. Ao ver os guardas se aproximarem, limitou-se a dar de ombros, com o rosto salpicado de gotas de sangue, como se estivesse com varíola. Seguindo os soluços, os guardas encontraram Ramón, o Unicolhão, agachado junto da árvore, a trinta metros dali, no meio do mato. Tremia como uma criança e foi incapaz de dizer coisa com coisa. O tenente da Guarda Civil, depois de muito matutar, concluiu que o ocorrido havia sido um trágico acidente e assim fez constar no atestado, mas não em sua consciência. Quando perguntou ao rapaz se era possível fazer algo por ele,

Francisco Javier Fumero perguntou se podia conservar consigo aquela velha espingarda, porque quando crescesse queria ser soldado...

— O senhor está se sentindo bem, sr. Romero de Torres?

O aparecimento súbito de Fumero no relato do padre Fernando Ramos me deixara gelado, e o efeito sobre Fermín havia sido fulminante. Estava amarelo e com as mãos trêmulas.

— É uma queda de pressão — improvisou Fermín, com um fio de voz. — Este clima catalão castiga muito as pessoas do sul.

— Posso lhe oferecer um copo d'água? — perguntou o sacerdote, consternado.

— Se não houver inconveniente para vossa ilustríssima. E um chocolate, talvez, por causa da glicose...

O sacerdote lhe serviu um copo d'água, que Fermín bebeu com sofreguidão.

— Só o que tenho são balas de eucalipto. Quer?

— Deus lhe pague.

Fermín engoliu as balas e logo pareceu recuperar alguma cor.

— Esse rapaz, o filho do zelador que perdeu heroicamente o escroto defendendo as colônias da Espanha, o senhor tem certeza de que ele se chamava Fumero, Francisco Javier Fumero?

— Sim. Tenho. Os senhores por acaso o conhecem?

— Não — entoamos os dois em uníssono.

Padre Fernando franziu o cenho.

— Não seria de estranhar. Francisco Javier acabou sendo um personagem tristemente célebre.

— Não estamos entendendo...

— Os senhores estão entendendo muito bem. Francisco Javier Fumero é inspetor-chefe da Brigada Criminal de Barcelona e sua reputação é mais do que conhecida, inclusive por nós, que não saímos deste recinto. E o senhor, ao escutar seu nome, eu diria que encolheu vários centímetros.

— Agora que vossa excelência o menciona, de fato soa um pouco familiar...

Padre Fernando nos olhou de esguelha.

— Este rapaz não é filho de Julián Carax, certo?

— Filho espiritual, eminência, o que moralmente tem maior peso.

— Em que espécie de confusão os senhores estão metidos? Quem os mandou aqui?

Tive certeza de que estávamos prestes a sermos expulsos a pontapés do gabinete do sacerdote, portanto optei por silenciar Fermín e, pela primeira vez, jogar a carta da honestidade.

— O senhor tem razão, padre. Julián Carax não é meu pai. Mas ninguém nos mandou aqui. Há anos tropecei por acaso em um livro de Carax, um livro que havia desaparecido, e desde então venho tentando averiguar mais coisas a seu respeito e esclarecer as circunstâncias de sua morte. O sr. Romero de Torres me prestou sua ajuda...

— Que livro?

— *A sombra do vento*. O senhor o leu?

— Li todos os romances de Julián.

— Tem os livros consigo?

O sacerdote fez que não.

— Posso lhe perguntar o que fez com eles?

— Anos atrás, alguém entrou no meu quarto e os queimou.

— O senhor suspeita de alguém?

— Claro. De Fumero. Não é por isso que estão aqui?

Fermín e eu trocamos um olhar de perplexidade.

— O inspetor Fumero? Por que ele desejaria queimar esses livros?

— Quem mais, se não ele? Durante o último ano que passamos juntos no colégio, Francisco Javier tentou matar Julián com a espingarda do pai. Se Miquel não o houvesse detido...

— Por que ele tentou matá-lo? Julián havia sido seu único amigo.

— Francisco Javier estava obcecado por Penélope Aldaya. Mas ninguém sabia. Acredito que nem a própria Penélope havia reparado na existência do rapaz. Ele manteve o segredo por anos a fio. Ao que parece, seguia Julián sem que ele o soubesse. Acho que um dia o viu beijando a moça. Não sei. O que sei é que tentou matá-lo, em plena luz do dia. Miquel Moliner, que nunca havia confiado em Fumero, jogou-se sobre ele e o deteve no último minuto. Ainda se pode ver o buraco da bala junto da entrada. Sempre que passo por ali me lembro daquele dia.

— O que aconteceu com Fumero?

— Ele e a família foram expulsos da instituição. Acho que puseram Francisco Javier em um internato durante certo período. Só soubemos dele alguns anos depois, quando a mãe morreu em um acidente de caça. Um acidente fictício. Miquel tinha razão desde o começo: Francisco Javier Fumero é um assassino.

— Se eu lhe contasse... — balbuciou Fermín.

— Pois não seria pedir muito que vocês agora me contem alguma coisa, de preferência verídica.

— Podemos dizer que não foi Fumero quem queimou seus livros.

— Quem foi, então?

— Com toda a certeza foi um homem com o rosto desfigurado pelo fogo que se faz passar por Laín Coubert.

— Esse não é...

Aquiesci.

— O nome de um personagem de Carax. Do diabo.

Padre Fernando reclinou-se na poltrona, quase tão perdido quanto nós.

— O que parece cada vez mais claro é que Penélope Aldaya é a parte central de toda esta história, e é sobre ela que menos sabemos — observou Fermín.

— Acho que não posso ajudá-los com isso. Só a vi duas ou três vezes, e de longe. Tudo que sei dela é o que Julián me contou, o que não foi muito. A única pessoa que ouvi mencionar o nome de Penélope alguma vez foi Jacinta Coronado.

— Jacinta Coronado?

— A aia. Ela criou Jorge e Penélope. Gostava demais deles, especialmente da menina. Às vezes vinha ao colégio buscar Jorge na saída, porque dom Ricardo Aldaya não gostava que os filhos passassem um segundo sequer sem a vigilância de alguém da casa. Jacinta era um anjo. Tinha ouvido falar que eu, assim como Julián, éramos rapazes de poucos recursos, por isso sempre trazia alguma coisa para o lanche, pensando que pudéssemos estar passando fome. Eu dizia a ela que meu pai era o cozinheiro do colégio, que não se preocupasse, que não me faltava de comer. Mas ela insistia. Às vezes eu a esperava e nós conversávamos. Era uma mulher muito boa, como nunca conheci igual. Não tinha filhos nem namorado, era só no mundo, e tinha dado a vida para criar os filhos dos Aldaya. Adorava Penélope com toda a sua alma. Até hoje a menciona...

— O senhor ainda tem contato com Jacinta?

— Às vezes a visito no Asilo de Santa Lucia. Ela não tem ninguém. O Senhor, por motivos que estão fora de nossa compreensão, nem sempre nos compensa em vida. Jacinta é uma mulher já bem mais velha e continua sozinha como sempre foi.

Fermín e eu trocamos um olhar.

— E Penélope? Nunca a visitou?

O olhar do padre Fernando se tornou um poço de negrume.

— Ninguém sabe o que foi feito de Penélope. Essa moça era a vida de Jacinta. Quando os Aldaya partiram para a América e ela a perdeu, perdeu tudo.

— Por que não levaram Jacinta também? Penélope também foi para a Argentina, junto com os outros Aldaya? — perguntei.

O sacerdote deu de ombros.

— Não sei. Ninguém voltou a ver Penélope, nem ouviu falar dela depois de 1919.

— O ano em que Carax partiu para Paris — observou Fermín.

— Os senhores vão me prometer que não incomodarão essa pobre anciã para desenterrar lembranças dolorosas.

— Por quem nos toma o prelado? — perguntou Fermín, irritado.

Suspeitando que não arrancaria mais nada de nós, padre Fernando nos fez jurar que o manteríamos informado do que descobríssemos. Fermín, para acalmá-lo, fez questão de jurar sobre um Novo Testamento que estava na escrivaninha do sacerdote.

— Deixe em paz os Evangelhos. Sua palavra basta.

— O senhor não deixa passar uma, não é, padre?

— Venham, vou acompanhá-los até a saída.

Ele nos guiou pelo jardim até a grade e parou a uma distância prudente da saída, observando a rua que serpenteava em declive rumo ao mundo real, como se temesse evaporar caso se aventurasse alguns passos mais à frente. Perguntei-me quando teria sido a última vez que padre Fernando deixara o recinto do colégio San Gabriel.

— Senti muito quando soube da morte de Julián — disse ele, em voz baixa. — Apesar de tudo o que aconteceu depois e do fato de termos nos distanciado com o tempo, fomos bons amigos. Miquel, Aldaya, Julián e eu. Até Fumero. Sempre achei que continuaríamos inseparáveis, mas a vida deve saber de alguma coisa que nós não sabemos. Nunca voltei a ter amigos como aqueles e acho que não voltarei. Espero que consiga encontrar o que procura, Daniel.

26

Era quase o meio da manhã quando chegamos ao passeio de la Bonanova, cada qual absorvido nos próprios pensamentos. Eu não tinha dúvidas de que os de Fermín se concentravam no sinistro aparecimento do inspetor Fumero na história. Olhei-o de esguelha e notei que tinha o semblante carregado, carcomido de inquietação. Um véu de nuvens escuras se espalhava como sangue derramado e destilava faíscas de luz da cor das folhas.

— É melhor nos apressarmos, pois vem tempestade — falei.

— Ainda não. Essas nuvens têm cara de noite, de contusões. São daquelas que esperam.

— Não me diga que você também entende de nuvens, Fermín.

— Viver na rua ensina mais do que gostaríamos. Só de pensar em Fumero, me deu uma fome terrível. O que acha de irmos àquele barzinho da praça Sarriá comer duas omeletes com muita cebola?

Dirigimo-nos à praça, onde uma horda de velhinhos se distraía com o pombal local, reduzindo a vida a um jogo de migalhas e espera. Procuramos uma mesa junto à porta do boteco, onde Fermín acabou devorando os dois pedaços, o dele e o meu, um copo de cerveja, dois chocolates e um drinque de café com leite e rum. De sobremesa, comeu uma bala. Na mesa ao lado, um homem observava Fermín de soslaio por cima do jornal, provavelmente pensando o mesmo que eu.

— Não sei onde você coloca tudo isso, Fermín.

— Na minha família, sempre tivemos metabolismo acelerado. Jesusa, minha irmã, que Deus a tenha, era capaz de comer uma omelete de linguiça e alho de seis ovos no meio da tarde e ainda devorar com avidez o jantar. Chamavam-na de *Figadozinhos*, porque tinha mau hálito. Pobrezinha. Parecia-se muito comigo, sabe? Com essa mesma cara e esse mesmo corpo de camponês, mais para o magro. Um doutor de Cáceres disse certa vez a minha mãe que nós, Romero de Torres, éramos o elo perdido entre o homem e o peixe-martelo, porque noventa por cento de nosso organismo é somente cartilagem, que se concentra na maior parte no nariz e no pavilhão auditivo. Em nosso povoado, confundiam muito Jesusa comigo, porque o peito da pobrezinha jamais cresceu e ela começou a se barbear antes de mim. Morreu tísica, aos vinte e dois anos, virgem terminal e com uma paixão secreta por um padre santarrão que quando cruzava com ela na rua sempre dizia: "Salve, Fermín, já está um homenzinho". Ironias da vida.

— Sente falta deles?

— Da família?

Fermín deu de ombros, com um sorriso nostálgico.

— Como vou saber? Poucas coisas enganam mais do que as lembranças. Veja o padre... E você? Sente saudade da sua mãe?

Baixei os olhos.

— Muita.

— Sabe do que mais lembro da minha? — perguntou Fermín. — Do cheiro. Ela sempre tinha cheiro de coisa limpa, de pão doce. Dava no mesmo se passasse o dia todo trabalhando no campo ou se usasse os mesmos farrapos a semana inteira. Sempre cheirava a tudo de bom que há no mundo. E imagine que era analfabeta. Xingava como um estivador, mas tinha o mesmo cheiro das princesas das histórias. Pelo menos era o que eu achava. E você? Do que mais se lembra de sua mãe, Daniel?

Hesitei um instante, recolhendo as palavras que me fugiam.

— De nada. Faz anos que não consigo me lembrar de nada da minha mãe. Nem de seu rosto, nem de sua voz, nem de seu cheiro. Eu os perdi no dia em que descobri Julián Carax, e não voltaram mais.

Fermín me observava com cautela, medindo sua resposta.

— Não tem um retrato dela?

— Nunca quis vê-los.

— Por que não?

Eu nunca havia contado isso para ninguém, nem mesmo para meu pai ou para Tomás.

— Porque tenho medo. Tenho medo de olhar um retrato da minha mãe e descobrir nela uma estranha. Pode parecer bobagem.

Fermín fez que não.

— E é por isso que você acha que, se conseguir desvendar o mistério de Julián Carax e resgatá-lo do esquecimento, o rosto de sua mãe voltará?

Encarei-o em silêncio. Não havia ironia nem julgamento em seu olhar. Por um instante, Fermín Romero de Torres pareceu-me o homem mais lúcido e sábio do universo.

— Talvez — respondi, sem sequer pensar.

Pouco antes do meio-dia, pegamos o ônibus para voltar ao centro. Fomos nos sentar na frente, bem atrás do motorista, circunstância que permitiu a Fermín entabular com ele um debate sobre os enormes avanços, técnicos e higiênicos, que via no transporte público de superfície em comparação com a última vez que o havia utilizado, por volta de 1940, em especial no que se referia aos anúncios, como no cartaz que dizia: "É proibido cuspir e dizer palavrões". Fermín examinou o cartaz de soslaio e optou por se rebelar contra ele, dando uma sonora gargalhada, o que bastou para atrair sobre nós os olhares zangados de um trio de beatas que viajavam juntas nos fundos, munidas de grandes missais.

— Selvagem — murmurou a beata do flanco leste, que tinha uma assustadora semelhança com o retrato oficial do general Yague.

— Aí vão — disse Fermín. — Três santas da minha Espanha. Santa Desgosto, Santa Puritana e Santa Frescura. Nós todos transformamos este país em uma grande piada.

— É verdade — concordou o motorista. — Com Azara estávamos bem melhor. Isso sem falar do trânsito. Dá nojo.

Um homem sentado atrás riu, divertindo-se com o embate de opiniões. Reconheci-o, pois era o mesmo que antes estivera no bar sentado ao nosso lado. Tinha a expressão de que torcia por Fermín e que gostaria de vê-lo enfrentar as beatas. Nossos olhares se cruzaram rapidamente. Sorriu-me com cordialidade e voltou para seu jornal, desinteressado. Ao chegar à rua Ganduxer, percebi que Fermín havia se dobrado como um novelo de lã sob a capa de chuva e que estava tirando uma soneca, a boca aberta e o rosto relaxado. O ônibus passava pelas mansões luxuosas do passeio de San Gervasio quando Fermín despertou de repente.

— Estava sonhando com padre Fernando — contou. — Só que, no sonho, ele estava vestido de centroavante do Real Madrid e tinha a taça do clube ao lado, brilhando como ouro.

— E o que acha disso?

— Se Freud tiver razão, deve ser que o padre fez um gol em nós.

— Mas ele parecia um homem honesto.

— É verdade. Talvez até demais da conta. Os padres com vocação para santo acabam sendo enviados a qualquer missão e geralmente são comidos pelos mosquitos ou pelas piranhas.

— Não é bem assim.

— Bendita inocência, Daniel. Você é daqueles que acreditam na história da fadinha do dente. Mas se não for isso, pelo menos é prova de alguma coisa: essa confusão a respeito de Miquel Moliner que Nuria Monfort lhe contou. Acho que essa mulher disse mais mentiras do que a página editorial de *L'Osservatore Romano*. Agora se revela que é casada com um amigo de infância de Aldaya e Carax, veja você o rumo que as coisas estão tomando. E ainda por cima essa história de Jacinta, a boa aia, que possivelmente é verídica, mas soa demais como o último ato de uma peça de teatro. Para não falar no aparecimento estrelar de Fumero, no papel de carniceiro.

— Você acha, então, que padre Fernando mentiu?

— Não. Concordo com você que ele parece honesto, mas a batina tem seu peso, e ele provavelmente guardou alguma carta na manga, por assim dizer. Acho que, se mentiu, foi por omissão e decoro, não por esperteza ou maldade. Além do mais, não acho que ele tenha capacidade para inventar tal confusão. Se soubesse mentir tão bem assim, não estaria dando aulas de álgebra e latim, estaria no bispado, em um gabinete de cardeal e com bolinhos quentes para saborear com o cafezinho.

— O que você sugere que façamos, então?

— Mais cedo ou mais tarde vamos precisar desenterrar aquela múmia da avó angelical e sacudi-la pelos tornozelos, para ver o que cai. Por enquanto, vou puxar algumas cordinhas para ver o que descubro sobre esse tal de Miquel Moliner. E não custa nada tentar saber mais sobre essa tal de Nuria Monfort, que está parecendo ser o que minha mãe chamava de uma verdadeira víbora.

— Você está enganado a respeito dela... — objetei.

— A você basta mostrar uns peitos bonitos e acha que viu Santa Teresinha de Jesus, o que na sua idade tem desculpa, mas não conserto. Deixe comigo, Daniel, que a fragrância do eterno feminino não me perturba mais tanto quanto a você. Na minha idade, a irrigação sanguínea na cabeça adquire preferência sobre aquela destinada às partes macias.

— Lá vêm os detalhes...

Fermín pegou a carteira e começou a contar o dinheiro.

— Mas tem uma fortuna aí — falei. — Tudo isso é o troco de hoje de manhã?

— Uma parte. O resto é legítimo. É que hoje vou levar minha Bernarda para um passeio. Não posso negar nada a essa mulher. Se for preciso, assalto o Banco de Espanha para satisfazer seus caprichos. E você, quais são seus planos para o resto do dia?

— Nada especial.

— E aquela garota?

— Que garota?

— A dos laços de fita. Que garota poderia ser? A irmã de Aguilar.

— Não sei.

— Saber, sabe; o que não tem, para falar a verdade, são colhões para segurar o touro pelos chifres.

A essa altura, o trocador se aproximou de nós com ar cansado, fazendo malabarismos com um palito que passeava e girava entre os dentes com uma destreza de circo.

— Desculpem, mas as senhoras estão perguntando se os senhores podem utilizar uma linguagem mais decorosa.

— Vão à merda — retrucou Fermín, bem alto.

O trocador se virou para as três damas e deu de ombros, dando a entender que havia feito o possível e que não estava disposto a sair no tapa por uma questão de pudor semântico.

— As pessoas que não têm vida sempre se metem na dos outros — resmungou Fermín. — Do que estávamos falando?

— Da minha falta de coragem.

— De fato. Um caso crônico. Acredite em mim. Vá buscar sua garota que a vida passa voando, especialmente a parte que vale a pena ser vivida. Você viu o que o padre disse. Passa muito rápido.

— Mas ela não é *minha* garota.

— Pois conquiste-a antes que outro o faça, especialmente um soldadinho de chumbo.

— Você fala como se Bea fosse um troféu.

— Não, como se fosse uma bênção — corrigiu Fermín. — Olhe, Daniel, o destino costuma estar na curva de uma esquina. Como se fosse uma linguiça, uma puta ou um vendedor de loteria: as três encarnações mais comuns. Mas uma coisa que ele não faz é visitas em domicílio. É preciso ir atrás dele.

Dediquei o resto do trajeto a considerar essa pérola filosófica, enquanto Fermín iniciava nova soneca, necessária para quem tinha um talento napoleônico. Descemos do ônibus na esquina da Gran Vía com o passeio de Gracia sob um céu cinzento que devorava a luz. Abotoando a capa de chuva até o pescoço, Fermín anunciou que partiria às pressas rumo à pensão, a fim de se aprontar para seu encontro com Bernarda.

— Leve em conta que, com essa minha aparência mais para modesta, a arrumação não leva menos que noventa minutos. Não há gênio sem figura; essa é a triste realidade destes tempos trapaceiros. *Vanitas pecata mundi.*

Vi-o se afastar pela Gran Vía, apenas um indivíduo minúsculo dentro de uma capa de chuva que balançava como uma bandeira ao vento. Dirigi-me para casa, onde tinha planos de pegar um bom livro e fugir do mundo. Ao dobrar a esquina de Puerta del Ángel com rua Santa Ana, tive um sobressalto. Fermín havia acertado, como sempre. O destino me aguardava em frente à livraria trajando uma roupa de lã cinzenta, sapatos novos e meias de seda, e examinava o próprio reflexo na vitrine.

— Meu pai acha que estou na missa de meio-dia — disse Bea, sem tirar os olhos da própria imagem.

— É como se estivesse. A menos de vinte metros daqui, na igreja de Santa Ana, há missa em sessão contínua desde as oito da manhã.

Falávamos como dois desconhecidos que houvessem casualmente parado diante de uma vitrine, buscando o olhar do outro na vidraça.

— Não estou brincando. Tive que pegar uma folha dominical para ver qual é o assunto do sermão de hoje. Depois ele vai me pedir para lhe fazer um resumo detalhado.

— Seu pai se mete em tudo.

— Jurou que vai quebrar suas pernas.

— Antes terá que descobrir quem sou. E, enquanto eu tiver as pernas inteiras, corro mais do que ele.

Bea me observava tensa, olhando por cima do ombro para os transeuntes que se movimentavam atrás de nós em rajadas de cinza e vento.

— Não sei do que você zomba — disse ela. — Estou falando sério.

— Não estou zombando. Estou morrendo de medo. Mas é que estou alegre por ver você.

Um meio sorriso, nervoso, fugaz.

— Eu também — admitiu Bea.

— Você diz isso como se fosse uma doença.

— É pior do que doença. Achei que, se tornasse a ver você à luz do dia, talvez recobrasse o juízo.

Perguntei-me se aquilo era um elogio ou uma condenação.

— Ninguém pode nos ver juntos, Daniel. Não assim, em plena rua.

— Se quiser, podemos entrar na livraria. No quarto dos fundos há uma cafeteira e...

— Não. Não quero que ninguém me veja entrar nem sair. Se alguém me vir falando agora com você, posso dizer que topei por acaso com o melhor amigo do meu irmão. Se nos virem duas vezes juntos, já levantamos suspeitas.

Suspirei.

— E quem vai nos ver? Quem se importa com o que nós fazemos ou não?

— As pessoas sempre têm olhos para o que não importa, e meu pai conhece meia Barcelona.

— Então por que veio até aqui me esperar?

— Não vim esperar você. Vim à missa, lembra? Você mesmo disse. A vinte metros daqui...

— Tenho medo de você, Bea. Mente ainda melhor do que eu.

— Você não me conhece, Daniel.

— É o que diz seu irmão.

Nossos olhos se encontraram no reflexo.

— Você me mostrou uma coisa na outra noite que eu nunca tinha visto — murmurou Bea. — Agora é minha vez.

Franzi o cenho, intrigado. Bea abriu a bolsa, extraiu um papel dobrado e me entregou.

— Você não é o único que conhece mistérios em Barcelona, Daniel. Tenho uma surpresa para você. Te espero nesse endereço, hoje, às quatro. Ninguém pode saber que fomos lá.

— Como saberei chegar a esse lugar?

— Vai saber.

Olhei-a de esguelha, pensando que poderia estar caçoando de mim.

— Se não for, eu vou entender — disse Bea. — Vou entender que não quer mais me ver.

Sem me conceder um só minuto de resposta, Bea deu meia-volta e saiu rápido em direção às Ramblas. Fiquei com o papel nas mãos e a palavra nos lábios, perseguindo-a com o olhar até sua silhueta se fundir na penumbra cinzenta que precedia a tempestade. Abri o papel. Lá dentro, com letra azul, havia um endereço que eu conhecia muito bem.

Avenida Del Tibidabo, 32

27

A tempestade não esperou o anoitecer para mostrar os dentes. Os primeiros relâmpagos me surpreenderam logo depois que peguei um ônibus da linha 22. Ao contornar a praça Molina e subir a rua Balmes, a cidade já se desenhava debaixo de telões de veludo líquido, lembrando-me que eu sequer havia tido o cuidado de levar um mísero guarda-chuva.

— É preciso ser forte — murmurou o motorista quando pedi que parasse.

Já eram quatro e dez quando o ônibus me deixou em uma curva perdida no fim da rua Balmes, à mercê da tempestade. À minha frente, a avenida Del Tibidabo se desvanecia qual um espelho aquoso sob um céu de chumbo. Contei até três e comecei a correr sob a chuva. Minutos depois, empapado até a medula e tiritando de frio, protegi-me debaixo de um pórtico para recuperar o fôlego. Observei o restante do percurso. O ar gelado da tempestade arrastava um véu cinzento que cobria o contorno espectral de palacetes e mansões enterrados na névoa. Entre eles erguia-se o torreão escuro e solitário do palacete Aldaya, enfiado no arvoredo ondulante. Afastei os cabelos empapados que caíam nos meus olhos e comecei a correr naquela direção, atravessando a avenida deserta.

A grade da portinhola balançava ao vento. Mais adiante se delineava um caminho em curvas que subia até o casarão. Passei pela portinhola e entrei na propriedade. Entre a vegetação se viam pedestais de estátuas postas abaixo sem piedade. Ao me aproximar do casarão, percebi que uma das estátuas, a efígie de um anjo purificador, havia sido abandonada dentro de um chafariz que coroava o jardim. A silhueta de mármore enegrecido brilhava como um espectro sobre o espelho d'água que transbordava do chafariz. A mão do anjo ígneo saía das águas, um dedo acusador, afilado como uma baioneta, assinalava a porta principal da casa. O portão de carvalho lavrado estava entreaberto. Empurrei a porta e me aventurei alguns passos em uma antessala cavernosa, cujas paredes flutuavam sob a carícia de uma vela.

— Achei que você não viria — disse Bea.

Sua silhueta perfilava-se em um corredor cravado na penumbra, recortada pela claridade mortiça de uma galeria que se abria ao fundo. Estava sentada em uma cadeira contra a parede, com uma vela aos pés.

— Feche a porta — indicou ela, sem se levantar. — A chave está na fechadura.

Obedeci. A fechadura rangeu com um eco sepulcral. Escutei os passos de Bea atrás de mim e senti seu toque na roupa empapada.

— Você está tremendo. É de medo ou de frio?

— Ainda não decidi. Por que estamos aqui?

Ela sorriu na escuridão e segurou minha mão.

— Você não sabe? Achei que fosse adivinhar...

— Esta é a casa dos Aldaya, isso é tudo que sei. Como você conseguiu entrar e como sabia...?

— Venha, vamos acender um fogo para você se aquecer.

Ela me guiou pelo corredor até a galeria que presidia o pátio interno da casa. O salão erguia-se em colunas de mármore e paredes nuas que se arrastavam até os caixilhos de um teto em pedaços. Adivinhavam-se as marcas dos quadros e espelhos que tempos antes teriam coberto as paredes, da mesma forma que o rastro dos móveis no chão de mármore. Em um extremo do salão via-se uma lareira cheia de lenha. Uma pilha de jornais velhos descansava perto do atiçador. O ar da chaminé tinha cheiro de fogo recente e de carvão. Bea se ajoelhou diante da lareira e começou a pôr folhas de jornal no meio da lenha.

Pegou um fósforo e acendeu, erguendo rapidamente uma coroa de chamas. As mãos de Bea mexiam na lenha com habilidade e experiência. Imaginei que ela me supunha morto de curiosidade e impaciência, mas decidi adotar um ar vagaroso para lhe mostrar que, se quisesse brincar de mistério comigo, acabaria perdendo. Ela estava toda orgulhosa, e deu uma risadinha de vitória. Minhas mãos trêmulas talvez não ajudassem minha encenação.

— Você vem muito aqui? — perguntei.

— Hoje é a primeira vez. Curioso?

— Um pouco.

Ela se ajoelhou diante do fogo e esticou um cobertor limpo que havia tirado de uma bolsa de lona. Tinha cheiro de lavanda.

— Ande, sente-se aqui junto do fogo, não quero que pegue uma pneumonia por minha causa.

O calor da fogueira me devolveu a vida. Bea contemplava as chamas em silêncio, enfeitiçada.

— Vai me contar o segredo? — perguntei por fim.

Bea suspirou e sentou-se em uma das cadeiras. Continuei perto do fogo, observando como o vapor se soltava da minha roupa como uma alma em fuga.

— O que você chama de palacete Aldaya, na verdade, tem nome próprio. A casa se chama "O anjo de bruma", mas quase ninguém sabe disso. Faz quinze anos que o escritório do meu pai tenta vender esta propriedade e não consegue. No outro dia, enquanto você me explicava a história de Julián Carax e de Penélope Aldaya, não reparei nisso. Depois, à noite, em casa, juntei os fatos e lembrei que tinha escutado, certa vez, meu pai falar da família Aldaya e desta casa. Ontem fui até o escritório do meu pai, e Casasús, seu secretário, me contou a história da propriedade. Você sabia que na verdade esta não era a residência oficial da família, apenas uma de suas casas de veraneio?

Fiz que não.

— A casa principal dos Aldaya era um palácio desenhado por Puig i Cadafalch por encomenda do avô de Penélope e Jorge, Simón Aldaya, em 1896, quando aquela região só possuía campos e canais, e foi derrubado em 1925 para se erguer um edifício, onde hoje é o cruzamento das ruas Bruch e Mallorca. Esta aqui, o filho mais velho do patriarca Simón, dom Ricardo Aldaya, comprou nos últimos anos do século xix de um personagem pitoresco por um preço irrisório, porque a casa tinha má fama. Casasús me disse que era amaldiçoada e que nem os vendedores se atreviam a vir mostrá-la, que evitavam a responsabilidade sob qualquer pretexto...

28

Naquela tarde, enquanto eu me aquecia, Bea me contou a história de como "O anjo de bruma" havia chegado às mãos da família Aldaya. O relato era um melodrama escabroso que poderia muito bem ter saído da pena de Julián Carax. A casa havia sido construída em 1899, pela firma de arquitetos Naulí, Martorell i Bergadà, sob os auspícios de um próspero e extravagante financista catalão chamado Salvador Jausà, que ali viveria por apenas um ano. O ricaço, órfão desde os seis anos e de origem humilde, havia dilapidado a maior parte de sua fortuna em Cuba e Porto Rico. Dizia-se que sua mão era uma de muitas por trás da trama da queda de Cuba e da guerra com os Estados Unidos na qual foram perdidas as últimas colônias. Do Novo Mundo, ele trouxe algo mais do que uma fortuna: acompanhavam-no uma esposa norte-americana, moça pálida e frágil da ilustre sociedade da Filadélfia, que não falava nem uma palavra de castelhano, e uma criada negra que havia estado a seu serviço desde os primeiros anos em Cuba e que viajava com um macaquinho enjaulado vestido de arlequim e sete baús de bagagem. No início eles se instalaram em diversos quartos do hotel Colón, na praça Catalunha, enquanto buscavam uma moradia adequada aos gostos e vontades de Jausà.

Ninguém tinha a menor dúvida de que a criada — beleza de ébano, dotada de olhar e porte que, segundo as crônicas da sociedade local, provocavam taquicardias — era na verdade sua amante e guia em prazeres ilícitos e inomináveis. Supunha-se, por extrapolação, que era bruxa e feiticeira. Seu nome era Marisela, ou assim a chamava Jausà, e sua presença e seu ar enigmáticos não demoraram para se transformar no escândalo predileto das reuniões que as damas de boa família organizavam para degustarem guloseimas e matar o tempo e os dissabores do outono. Nessas tertúlias circulavam rumores sem confirmação que sugeriam que a mulher africana, por inspiração direta dos infernos, fornicava em cima do homem, quer dizer, cavalgando-o como uma égua no cio, coisa que incorria em pelo menos cinco ou seis pecados capitais. Diante de semelhante influência, não faltou, portanto, quem escrevesse ao bispado solicitando uma bênção especial e proteção para a alma impoluta e nívea das famílias de sobrenomes ilustres de Barcelona. Para maior escárnio, Jausà tinha a desfaçatez de sair a passeio em sua carruagem no meio das manhãs de domingo com a esposa e Marisela, oferecendo assim o espetáculo babilônico da depravação aos olhos de qualquer rapazola honesto que pudesse estar passando pelo passeio de Gracia no trajeto para a missa das onze. Até os jornais comentavam a respeito do olhar altivo e orgulhoso de Marisela, que observava o público barcelonês "como uma rainha das selvas contemplaria uma confraria de pigmeus".

A essa altura, a febre modernista já havia se instalado em Barcelona, mas Jausà indicou claramente aos arquitetos que havia contratado para construir sua nova moradia que queria algo "diferente". Em seu dicionário, "diferente" era o melhor dos epítetos. Jausà havia passado anos perambulando pela fileira de mansões neogóticas que os grandes magnatas da era industrial americana haviam mandado construir no trecho da Quinta Avenida situado entre as ruas 58 e 72, em frente à parte leste do Central Park. Mergulhado em seus sonhos americanos, o financista negou-se a ouvir qualquer argumento a favor de uma construção em sintonia com a moda e o costume do momento, do mesmo modo que havia se negado a adquirir um camarote no Liceu, como era o costume, qualificando o teatro como babel dos surdos e colmeia dos indesejáveis. Desejava que sua casa ficasse bem longe da cidade, próxima da na época ainda relativamente desabitada avenida Del Tibidabo. Dizia que queria contemplar Barcelona de longe. Como única companhia, desejava apenas um jardim com estátuas de anjos que, segundo suas instruções (encaminhadas por Marisela), deveriam ser colocadas nos vértices do traçado de uma estrela de sete pontas, nem uma a mais, nem uma a menos. Decidido a levar adiante seus planos, e com os cofres repletos para fazê-lo de acordo com seus caprichos, Salvador Jausà enviou seus arquitetos por três meses a Nova York para que estudassem as delirantes estruturas erigidas para abrigar o comodoro Vandervilt, a família de John Jacob Astor, Andrew Carnegie e o restante das cinquenta famílias douradas. Deu instruções para que imitassem o estilo e as técnicas do escritório de arquitetura de Stanford, White & McKim e advertiu-lhes que não batessem em sua porta com um projeto ao gosto do que ele denominava "fabricantes de linguiças e botões".

Um ano depois, os três arquitetos se apresentaram nas suntuosas suítes do hotel Colón com o projeto. Jausà, acompanhado de Marisela, ouviu-os em silêncio e, ao final da exposição, perguntou-lhes qual seria o custo para fazer a obra em seis meses. Frederic Martorell, principal sócio do escritório de arquitetura, tossiu e anotou educadamente a cifra em um papel, entregando-a ao ricaço. Este, sem pestanejar, entregou no ato um cheque da soma total e dispensou a comitiva com um cumprimento vago. Sete meses depois, em julho de 1900, Jausà, a esposa e a criada se mudavam para a casa. Em agosto daquele ano, as duas mulheres estariam mortas, e a polícia encontraria Salvador Jausà agonizante, nu e algemado na poltrona de seu escritório. O relatório do sargento encarregado do caso mencionava que as paredes da casa estavam cobertas de sangue, que as estátuas dos anjos que contornavam o jardim haviam sido mutiladas — seus rostos, pintados ao estilo das máscaras tribais — e que haviam sido encontrados vestígios de velas pretas nos pedestais. A investigação durou oito meses. A essa altura, Jausà já havia emudecido.

As investigações da polícia concluíram o seguinte: tudo parecia indicar que Jausà e a esposa haviam sido envenenados por um extrato vegetal administrado por Marisela, em cujos aposentos se encontraram vários frascos da substância. Por alguma razão, Jausà havia sobrevivido ao veneno, embora as sequelas tivessem sido terríveis, fazendo com que ele perdesse a fala e a audição, paralisando parte de seu corpo com dores terríveis e condenando-o a viver o resto dos dias em agonia perpétua. A esposa de Jausà foi encontrada em seu quarto, deitada sobre a cama sem nada no corpo a não ser as joias e uma pulseira de brilhantes. As suposições da polícia diziam que, uma vez cometido o crime, Marisela teria aberto as próprias veias com uma faca e percorrido a casa espalhando seu sangue pelas paredes de corredores e cômodos até cair morta em seu quarto, no sótão. O motivo do crime, segundo a polícia, teria sido ciúme. Ao que parece, a esposa do ricaço estava grávida quando morreu. Marisela, dizia-se, havia desenhado uma caveira com cera quente vermelha sobre a barriga nua da esposa de Jausà. O caso, como os lábios de Salvador Jausà, foi selado para sempre alguns meses depois. A boa sociedade de Barcelona comentava que nunca havia acontecido nada semelhante na história da cidade e que a corja de índios e gentalha vinda da América estava arruinando a sólida fibra moral do país. No íntimo, muitos se alegraram de as excentricidades de Salvador Jausà haverem chegado ao fim. Como sempre, estavam enganados: mal haviam começado.

A polícia e os advogados de Jausà se encarregaram de encerrar o caso, mas o índio Jausà estava disposto a continuar. Foi nesse momento que ele conheceu dom Ricardo Aldaya, naquela época um industrial com fama de mulherengo e de temperamento despótico, que se ofereceu para comprar a propriedade com a intenção de derrubá-la e vender o terreno a preço de ouro, porque o valor do terreno naquela região estava subindo como espuma. Jausà não concordou em vendê-la, mas convidou dom Ricardo Aldaya para visitar a casa, com a intenção de lhe mostrar o que chamou de "experiência científica e espiritual". Ninguém voltara a entrar na propriedade desde o final da investigação. O que Aldaya presenciou ali dentro deixou-o apavorado. Jausà havia perdido totalmente a razão. A sombra escura do sangue de Marisela ainda estava nas paredes. Jausà havia contratado um inventor pioneiro na curiosidade tecnológica do momento, o cinematógrafo. Seu nome era Fructuós Gelabert. Ele havia concordado com as demandas de Jausà em troca de fundos para a construção de uns estúdios cinematográficos em Vallés, certo de que durante o século xx as imagens animadas substituiriam a religião. Parece que Jausà estava convencido de que o espírito de Marisela continuava na casa. Afirmava sentir sua presença, sua voz e seus cheiros, inclusive seu tato na escuridão. Os criados, ao escutarem essas histórias, haviam fugido em busca de empregos de menor tensão nervosa na localidade vizinha de Sarriá, onde não faltavam palácios e famílias incapazes de encher um balde d'água ou de remendar as próprias meias.

Jausà então ficou sozinho, com sua obsessão e seus fantasmas invisíveis. Logo decidiu que a solução seria superar essa condição de invisibilidade. O índio já tivera a oportunidade de ver alguns resultados da invenção do cinematógrafo em Nova York e compartilhava da opinião da defunta Marisela de que a câmera sugava almas, a do indivíduo filmado e a do espectador. Seguindo essa linha de raciocínio, havia encarregado Fructuós Gelabert de filmar metros e metros de película nos corredores do "Anjo de bruma", em busca de sinais e visões do outro mundo. Até então, as tentativas — apesar do sugestivo nome do técnico que comandava a operação — não tinham dado frutos.

Tudo mudou quando Fructuós Gelabert anunciou que havia recebido um novo tipo de material sensível da fábrica de Thomas Edison em Menlo Park, Nova Jersey, que permitia filmar cenas em condições de luz precárias, algo desconhecido até então. Mediante uma técnica nunca esclarecida, um dos ajudantes do laboratório de Gelabert havia derramado um vinho espumante de tipo *xarelo*, proveniente do Penedés, na cuba do revelador e, devido a uma reação química, estranhas formas começaram a aparecer na película exposta. Era esse o filme que Jausà queria mostrar a dom Ricardo Aldaya na noite em que o convidou a seu casarão espectral, no número 32 da avenida Del Tibidabo.

Aldaya, ao ouvir isso, supôs que Gelabert receasse ver desaparecerem os fundos econômicos que Jausà lhe proporcionava e que recorria a um ardil tão esdrúxulo assim para manter o interesse do patrão. Jausà, porém, não tinha nenhuma dúvida quanto à confiabilidade dos resultados. Mais do que isso, onde outros viam formas e sombras, ele via almas. Jurava distinguir a silhueta de Marisela materializando-se em um sudário, sombra que se transformava em um lobo a caminhar ereto. Ricardo Aldaya viu na projeção apenas manchas, argumentando, além do mais, que tanto o filme projetado quanto o técnico que operava o projetor cheiravam a vinho e outras bebidas alcoólicas. Ainda assim, como bom homem de negócios, o industrial intuiu que tudo aquilo poderia terminar sendo vantajoso para ele. Um milionário maluco, solitário e obcecado com a captura de ectoplasmas constituía uma vítima perfeita. Assim, ele lhe deu razão e animou-o a prosseguir em seu empreendimento. Durante semanas, Gelabert e seus homens gastaram quilômetros de película, que seria revelada em diferentes tanques com soluções químicas de revelador diluído em licor de ervas, vinho tinto e toda espécie de produtos dos vinhedos de Tarragona. Entre uma projeção e outra, Jausà transferia poderes, assinava autorizações e conferia o controle de suas reservas financeiras a Ricardo Aldaya.

Jausà desapareceu em uma noite de novembro daquele ano, durante uma tempestade. Ninguém sabe o que aconteceu com ele. Ao que parece, estava expondo um dos rolos do filme especial de Gelabert quando lhe sobreveio um acidente. Dom Ricardo Aldaya encarregou Gelabert de recuperar o dito rolo e, após examiná-lo em particular, queimou-o ele próprio e posteriormente sugeriu ao técnico que esquecesse o assunto, com a ajuda de um cheque de indiscutível generosidade. A essa altura, Aldaya já era titular da maior parte das propriedades do desaparecido Jausà. Houve quem dissesse que a defunta Marisela havia voltado para levá-lo ao inferno. Outros comentaram que um mendigo muito parecido com o defunto milionário havia sido visto durante alguns meses nos arredores da cidade, até que uma carruagem preta, de cortinado escuro, agarrou-o, ainda em movimento, em plena luz do dia. Já era tarde: a lenda sombria do casarão e a invasão de boatos grosseiros nos bailes da cidade eram irreversíveis.

Meses depois, dom Ricardo Aldaya transferiu sua família para a casa da avenida Del Tibidabo, onde, em duas semanas, nasceria a filha mais nova do casal, Penélope. Para celebrar o nascimento, Aldaya rebatizou a casa de "Vila Penélope". O novo nome, entretanto, nunca pegou. A casa tinha personalidade própria e se mostrava imune à influência dos novos donos. Os novos inquilinos se queixavam de barulhos e pancadas nas paredes à noite, súbitos odores de putrefação e correntes de ar geladas que pareciam percorrer a casa como sentinelas errantes. O casarão era um compêndio de mistérios. Tinha um sótão duplo, com uma espécie de cripta desocupada no nível inferior e uma capela no superior, dominada por um enorme Cristo em uma cruz multicolorida em quem os empregados encontraram uma inquietante semelhança com Rasputin, personagem muito popular na época. Os livros da biblioteca pareciam ser constantemente reordenados ou revirados. No terceiro andar havia um cômodo que não era utilizado devido às inexplicáveis manchas de umidade nas paredes que formavam fisionomias, sem contar que as flores frescas murchavam em segundos e sempre se ouviam moscas voando, embora fosse impossível vê-las.

As cozinheiras garantiam que certos produtos, como o açúcar, desapareciam como por encanto da despensa e que o leite ficava vermelho na primeira lua de cada mês. Às vezes se encontravam pássaros mortos na porta de alguns quartos, ou pequenos roedores. Outras vezes, dava-se pela falta de objetos, especialmente joias e botões das roupas guardadas nos armários e nas gavetas. Da Páscoa ao Domingo de Ramos, alguns objetos subtraídos apareciam como por milagre meses depois em algum canto remoto da casa, ou enterrados no jardim. Em geral, no entanto, nunca eram encontrados. Dom Ricardo achava que todos esses acontecimentos eram superstições e bobagens próprias de gente endinheirada. Na sua opinião, uma semana em jejum curaria a família dos sustos. O que ele já não via com tanta filosofia eram os roubos das joias da esposa. Mais de cinco empregados foram despedidos quando desapareceram diferentes peças do estojo da senhora, embora todos jurassem de pés juntos sua inocência. Os mais perspicazes sentiam-se inclinados a pensar que, sem tanto mistério, aquilo se devia ao infausto costume de dom Ricardo de visitar as alcovas das jovens criadas bem tarde da noite, com fins lúdicos e extramatrimoniais. Sua reputação a esse respeito era quase tão famosa quanto sua fortuna, e não faltava quem dissesse que, no ritmo em que iam as suas proezas, os bastardos que deixava pelo caminho teriam o próprio sindicato. A verdade era que não eram apenas as joias que desapareciam. Com o tempo, a família perdeu o gosto de viver.

A família Aldaya nunca foi feliz naquela casa, obtida graças às turvas artes de negociante de dom Ricardo. A sra. Aldaya rogava insistentemente ao marido que vendesse a propriedade, que se mudassem para uma residência na cidade, ou até que voltassem para o palácio que Puig i Cadafalch haviam construído para o avô Simón, patriarca do clã. Ricardo Aldaya negava, sem discussão. Já que passava a maior parte do tempo viajando ou nos escritórios da família, não via nenhum problema com a casa. Certa ocasião, o pequeno Jorge desapareceu durante oito horas no interior da residência. A mãe e os empregados o procuraram desesperadamente, sem êxito. Quando o rapaz reapareceu, pálido e confuso, disse que havia ficado o tempo todo na biblioteca em companhia de uma misteriosa mulher negra, que havia lhe mostrado fotografias e dito que todas as mulheres da família daquela casa iriam morrer para expiar os pecados dos homens. A misteriosa dama chegou inclusive a contar ao pequeno Jorge a data em que morreria sua mãe: 12 de abril de 1921. É preciso dizer que a suposta dama negra nunca foi encontrada, embora, anos depois, a sra. Aldaya tenha sido encontrada sem vida no leito de seu quarto na madrugada de 12 de abril de 1921. Todas as suas joias haviam desaparecido. Ao drenar o poço do pátio, um dos criados as encontrou misturadas ao lodo do fundo, junto com uma boneca que havia pertencido a sua filha Penélope.

Uma semana depois do ocorrido, dom Ricardo Aldaya decidiu se desfazer da casa. A essa altura, seu império financeiro já estava ferido de morte, e não faltava quem insinuasse que tudo se devia àquela maldita casa, que trazia a desgraça para quem a habitasse. Outros, mais cautelosos, limitavam-se a opinar que Aldaya nunca havia entendido as transformações do mercado e que tudo que havia feito ao longo da vida fora arruinar a empresa erguida pelo patriarca Simón. Ricardo Aldaya anunciou que deixaria Barcelona e se transferiria com a família para a Argentina, onde suas indústrias têxteis iam de vento em popa. Muitos disseram que ele estava fugindo do fracasso e da vergonha.

Em 1922, "O anjo de bruma" foi posta à venda a um preço irrisório. No início houve muito interesse em adquiri-la, tanto pela morbidez quanto pelo prestígio crescente do bairro, mas nenhum dos possíveis compradores fez oferta depois de visitá-la. Em 1923, o palacete foi fechado. O título de propriedade foi transferido para uma sociedade à qual Aldaya devia dinheiro, para que negociasse sua venda, demolição ou o que quer que fosse. A casa ficou anos à venda sem que a empresa conseguisse encontrar um comprador. Essa sociedade, Botell i Llofré, foi à falência em 1939, quando seus dois sócios titulares foram presos sob acusações jamais esclarecidas. Depois do trágico falecimento de ambos, em um acidente na penitenciária de Sant Vicenç, em 1940, foi absorvida por um consórcio financeiro de Madri, e entre seus sócios titulares estavam três generais, um banqueiro suíço e o membro executivo e diretor da firma, o sr. Aguilar, pai do meu amigo Tomás e de Bea. Apesar de todos os esforços promocionais, nenhum dos vendedores comandados pelo sr. Aguilar conseguiu vender a casa, nem mesmo oferecendo-a a um preço muito abaixo de seu valor de mercado. Ninguém voltara a entrar na propriedade em mais de dez anos.

— Até hoje — concluiu Bea, para mergulhar novamente em seus silêncios.

Com o tempo eu iria me acostumar a eles, vê-la se retrair, com o olhar perdido e a voz desaparecendo aos poucos.

— Eu queria lhe mostrar este lugar, sabe? Queria lhe fazer uma surpresa. Quando ouvi Casasús, disse a mim mesma que precisava trazer você aqui, porque isto fazia parte da sua história, de Carax e de Penélope. Peguei a chave no escritório do meu pai. Ninguém sabe que estamos aqui. É o nosso segredo. Eu queria dividi-lo com você. E estava me perguntando se você viria.

— Você sabia que eu viria.

Ela sorriu, concordando.

— Acho que nada acontece por acaso, sabe? No fundo, as coisas têm seu plano secreto, embora não entendamos. Como o fato de você encontrar esse romance de Julián Carax no Cemitério dos Livros Esquecidos, ou estarmos você e eu aqui agora, nesta casa que pertenceu aos Aldaya. Tudo faz parte de alguma coisa que não podemos entender, mas que nos fascina.

Enquanto ela falava, minha mão havia escorregado com torpeza em direção ao tornozelo de Bea e subia até seu joelho. Ela a observou como se fosse um inseto que houvesse subido até ali. Perguntei-me o que Fermín faria naquele momento. Onde estava sua ciência quando eu mais precisava dela?

— Tomás disse que você nunca teve namorada — disse Bea, como se aquilo explicasse tudo.

Retirei a mão e baixei os olhos, derrotado. Pareceu-me que Bea estava sorrindo, mas preferi não averiguar.

— Para quem é tão calado, seu irmão está se revelando um tagarela. O que o jornal ambulante diz sobre mim?

— Disse que você foi apaixonado por uma mulher mais velha durante anos e que a experiência partiu seu coração.

— A única coisa partida que tirei de tudo aquilo foi a boca e a vergonha.

— Tomás disse que você não voltou a sair com nenhuma garota porque compara todas com essa mulher.

O bom Tomás e seus golpes escondidos.

— O nome dela é Clara — falei.

— Eu sei. Clara Barceló.

— Você a conhece?

— Todo mundo conhece alguma Clara Barceló. O nome é o de menos.

Ficamos alguns minutos em silêncio, olhando as faíscas do fogo.

— Ontem à noite, depois que nos separamos, escrevi uma carta para Pablo — disse Bea.

Engoli em seco.

— Para seu namorado, o alferes? Dizendo o quê?

Bea extraiu um envelope do bolso da blusa e me mostrou. Estava fechado e selado.

— Na carta, digo que quero me casar o quanto antes, daqui a um mês se possível, e que quero ir embora de Barcelona para sempre.

Enfrentei seu olhar impenetrável, quase tremendo.

— Por que está me contando isso?

— Porque quero que você me diga se devo enviá-la ou não. Por isso o fiz vir até aqui hoje, Daniel.

Estudei o envelope que girava em suas mãos como um lance de dados.

— Olhe para mim — disse ela.

Levantei os olhos e sustentei seu olhar. Não soube o que responder. Bea baixou os olhos e se afastou em direção ao final da galeria. Uma porta levava à balaustrada de mármore que dava para o pátio interno da casa. Observei sua silhueta se fundindo à chuva. Fui atrás dela e a detive, arrancando-lhe o envelope das mãos. A chuva lhe castigava o rosto, varrendo as lágrimas e a raiva. Tornei a levá-la para dentro do casarão e a arrastei até o calor da fogueira. Ela evitava meus olhos. Peguei o envelope e o joguei nas chamas. Observamos a carta se desfazendo entre as brasas, as páginas se evaporando uma a uma em espirais de fumaça azul. Bea ajoelhou-se ao meu lado, com lágrimas nos olhos. Eu a abracei e senti sua respiração no meu pescoço.

— Não me abandone, Daniel — murmurou ela.

O homem mais sábio que conheci, Fermín Romero de Torres, me havia explicado, certa ocasião, que não existia na vida experiência comparável à primeira vez em que se despe uma mulher. Sábio como era, ele não havia mentido, mas também não havia me contado toda a verdade. Não dissera nada sobre aquele estranho tremor das mãos que transformava cada botão, cada silêncio, em uma tarefa de titãs. Nada dissera sobre aquele feitiço de pele pálida e trêmula, sobre aquele primeiro roçar dos lábios, nem sobre aquela alucinação que parecia arder em cada poro da pele. Nada me contou sobre tudo aquilo porque sabia que o milagre só acontecia uma vez e que, ao fazê-lo, falava uma linguagem de segredos que, uma vez descobertos, desapareciam para sempre. Mil vezes quis recuperar aquela primeira tarde com Bea no casarão da avenida Del Tibidabo, quando o barulho da chuva levou o mundo para longe. Mil vezes quis voltar e me perder em uma lembrança da qual só posso resgatar uma imagem roubada ao calor das chamas. Bea, nua e reluzente de chuva, deitada junto ao fogo, com um olhar que desde então me persegue. Inclinei-me sobre ela e acariciei a pele de sua barriga com a ponta dos dedos. Bea baixou os cílios, os olhos e me sorriu, segura e forte.

— Faça o que quiser comigo — sussurrou ela.

Tinha dezessete anos e a vida nos lábios.

29

Já havia anoitecido quando deixamos o casarão, imersos em sombras azuis. Da tempestade restara um sopro de chuva fina e fria. Quis devolver a chave, mas Bea me indicou com o olhar que a guardasse. Descemos até o passeio de San Gervasio com a esperança de encontrar um táxi ou um ônibus. Caminhamos em silêncio, de mãos dadas e sem nos olhar.

— Não vou poder vê-lo de novo antes de terça-feira — disse Bea, com a voz trêmula, como se de repente duvidasse do meu desejo de vê-la outra vez.

— Vou esperar você aqui — falei.

Supus que todos os meus encontros com Bea aconteceriam entre as paredes daquele velho casarão, que o resto da cidade não nos pertencia. Tive inclusive a impressão de que seu toque firme se enfraquecia à medida que nos afastávamos dali, que sua força e seu calor minguavam a cada passo. Ao chegar ao passeio de San Gervasio, constatamos que as ruas estavam praticamente desertas.

— Aqui não vamos conseguir nada — disse Bea. — Melhor descermos pela rua Balmes.

Atravessamos a Balmes a passo firme, caminhando sob a copa das árvores para nos proteger da chuva miúda e, talvez, do encontro de nossos olhares. Pareceu-me que Bea às vezes acelerava o passo, que quase me puxava. Por um momento pensei que, se soltasse sua mão, ela começaria a correr. Minha imaginação, ainda tomada pela textura e pelo sabor de seu corpo, ardia com o desejo de puxá-la até um banco de praça, beijá-la, dizer-lhe muitas bobagens que fariam qualquer outra pessoa morrer de rir à minha custa. Mas Bea não estava mais ali. Algo a devorava por dentro, em silêncio e de forma violenta.

— O que está acontecendo? — murmurei.

Ela me devolveu um sorriso quebrado de medo e solidão. Vi então a mim mesmo através dos seus olhos; apenas um rapaz transparente, que pensava ter ganho o mundo em uma hora e que ainda não sabia que podia perdê-lo em um minuto. Continuei andando, sem esperar resposta. Por fim, despertei. Aos poucos ouvimos o barulho dos carros e o ar parecia subir como uma bolha de gás no calor de faróis e sinais que me fizeram pensar em uma muralha invisível.

— É melhor nos separarmos aqui — disse Bea, soltando minha mão.

Vislumbrei as luzes de um ponto de táxi na esquina, um desfile de pirilampos.

— Como quiser.

Bea inclinou-se e tocou meu rosto com os lábios. Seu cabelo tinha cheiro de cera.

— Bea — comecei, quase sem voz —, eu te amo...

Ela sacudiu a cabeça em silêncio, selando meus lábios com a mão como se minhas palavras a ferissem.

— Terça-feira às seis, está bem?

Tornei a concordar. Vi-a partir e perder-se em um táxi, quase uma desconhecida. Um dos motoristas, que havia acompanhado o diálogo com olhos de juiz de futebol, me observava com curiosidade.

— E então? Vamos para casa, chefe?

Entrei no táxi sem pensar. Os olhos do taxista me examinaram pelo espelho. Os meus perdiam de vista o carro que levava Bea, dois pontos de luz mergulhando em um poço de negror.

Não consegui dormir até que a madrugada derramou cem tonalidades de cinza sobre a janela do quarto, cada qual mais pessimista. Fermín me acordou jogando pedrinhas na minha janela da praça da igreja. Vesti a primeira roupa que encontrei e desci para abrir a porta. Ele estava com seu insuportável entusiasmo de segunda-feira. Levantamos as grades e penduramos o cartaz de ABERTO.

— Que olheiras, Daniel. Parece um terreno baldio. Dá para ver que se acabou esta noite.

De volta ao quarto dos fundos, vesti meu avental azul e entreguei o dele, ou melhor, atirei-o com força. Fermín o segurou no ar com um sorriso debochado.

— Foi a noite que acabou comigo — acrescentei.

— Deixe as máximas para quem entende do assunto, que as suas são péssimas. Vamos, conte.

— O que quer que eu conte?

— O que quiser. O número de vezes ou a conversa fiada.

— Não estou de bom humor, Fermín.

— Juventude, época da bobeira. Enfim, não se zangue comigo que tenho notícias frescas de nossa investigação sobre seu amigo Julián Carax.

— Sou todo ouvidos.

Ele me lançou seu olhar de intriga internacional; uma sobrancelha arqueada, a outra alerta.

— Pois acontece que ontem, depois de deixar Bernarda em casa, com a virtude intacta, mas com dois bons beliscões nas nádegas, tive uma terrível insônia por causa do tesão vespertino, circunstância que aproveitei para me aproximar de um dos centros informativos do submundo barcelonês, cortesia da taberna de Eliodoro Salfumán, mais conhecido como Pau Frio, localizada em um lugar insalubre, mas muito colorido, na rua Sant Jeroni, orgulho e alma do bairro do Raval.

— Resuma, Fermín, pelo amor de Deus.

— Estou chegando lá. O caso é que, uma vez ali, congraçando-me com alguns clientes, velhos companheiros de fadigas, comecei a indagar sobre Miquel Moliner, marido de sua Mata Hari, Nuria Monfort, e suposto interno nos hotéis penitenciários do município.

— Suposto?

— Não há melhor maneira de dizê-lo, porque é preciso dizer que neste caso não há distância alguma entre o particípio e o fato. Consta, por experiência, que no que diz respeito ao censo e à contagem da população carcerária, meus informantes da taberna do Pau Frio têm mais crédito do que os puxa-sacos do Palácio da Justiça, e posso lhe garantir, amigo Daniel, que ninguém ouviu falar em um tal de Miquel Moliner em qualidade de preso, visitante ou ser vivo nas prisões de Barcelona em ao menos dez anos.

— Talvez ele esteja preso em outra penitenciária.

— Alcatraz, Sing-Sing ou a Bastilha. Daniel, essa mulher mentiu.

— Suponho que sim.

— Não suponha, aceite.

— E agora? Miquel Moliner é uma pista morta.

— Ou essa Nuria é muito viva.

— O que você sugere?

— Por ora, explorar outras vias. Não custaria nada visitar aquela velhinha, a bondosa aia da história que o prelado nos contou ontem de manhã.

— Não me diga que você suspeita que a aia também tenha desaparecido.

— Não, mas acho que chegou a hora de parar de frescura e de ficar implorando por informações. Nesse assunto, devemos entrar pela porta dos fundos. Concorda comigo?

— Fermín, o que você disser para mim é lei.

— Pois vá espanando sua fantasia de bom-moço que esta tarde, quando fecharmos a loja, vamos fazer uma visita de misericórdia à velhota no Asilo de Santa Lucia. E agora, conte-me, como foi o dia de ontem com aquela potranca? Não seja hermético, o que não me contar acabará saindo em forma de espinhas.

Suspirei, vencido, e me esvaí em confissões sem deixar nada de fora. Ao final da história e do relato de minhas angústias existenciais de colegial atrasado, Fermín me surpreendeu com um repentino abraço sentido.

— Você está apaixonado — murmurou, emocionado, dando um tapinha nas minhas costas. — Coitadinho.

Naquela tarde, saímos da livraria logo ao final do expediente, o que bastou para ganharmos um olhar penetrante do meu pai, que começava a suspeitar que, dado nosso constante ir e vir, estivéssemos metidos em algo complicado.

Fermín balbuciou algumas incoerências sobre recados pendentes, e escapulimos rapidamente pelos fundos da loja. Supus que mais cedo ou mais tarde teria que contar parte de toda aquela confusão ao meu pai. Qual parte, exatamente, era outra história.

No caminho, com sua costumeira verve para o folclore novelesco, Fermín me informou sobre os antecedentes do local ao qual nos dirigíamos. O Asilo de Santa Lucia era uma instituição de reputação espectral situada nas entranhas de um antigo palácio em ruínas na rua Moncada. A lenda em torno dele desenhava um perfil a meio caminho entre um purgatório e um necrotério, com péssimas condições sanitárias. Sua história era, no mínimo, peculiar. Desde o século XI havia abrigado, entre outras coisas, várias residências de famílias importantes, uma prisão, um salão de cortesãs, uma biblioteca de livros proibidos, um quartel, um ateliê de escultura, um sanatório de pestilentos e um convento. Em meados do século XIX, praticamente ruindo, o palácio foi transformado em um museu de deformidades e atrocidades circenses, por um extravagante empresário que se fazia chamar Laszlo de Vicherny, duque de Parma e alquimista particular da casa de Bourbon, mas cujo verdadeiro nome era Baltasar Deulofeu i Carallot, natural de Esparraguera, gigolô e charlatão profissional.

O supracitado se orgulhava de contar com a mais extensa coleção de fetos humanoides em diferentes fases de deformação, preservados em frascos de formol, sem falar da até hoje mais ampla coleção de ordens de captura expedidas por policiais de metade da Europa e da América. Entre outras atrações, o *Tenebrarium* (que era como Deulofeu havia rebatizado sua criação) oferecia sessões de espiritismo, necromancia, brigas de galos, ratos, cachorros, matronas, aleijados ou mistas, sem descartar as apostas, um prostíbulo especializado em paralíticos e fenômenos, um cassino, uma assessoria legal e financeira, uma oficina de filtros de amor, um cenário para espetáculos de folclore regional, espetáculos de marionetes e desfiles de bailarinas exóticas. No Natal, encenavam uma peça temática com o elenco do museu e da prostituição, cuja fama havia chegado aos confins da província.

O *Tenebrarium* foi um êxito retumbante durante quinze anos, até que, quando se descobriu que Deulofeu havia seduzido a esposa, a filha e a mãe do governador militar da província no espaço de apenas uma semana, a mais sombria ignomínia recaiu sobre o centro recreativo e seu criador. Antes que Deulofeu pudesse fugir da cidade e assumir outra de suas múltiplas identidades, um grupo de mascarados caçou-o nos becos do bairro de Santa Maria e o pendurou e lhe pôs fogo na Ciudadela, abandonando em seguida seu corpo para ser devorado pelos cães selvagens que perambulavam pela região. Após duas décadas de abandono, e sem que ninguém se incomodasse de retirar o catálogo de atrocidades do malogrado Laszlo, o *Tenebrarium* foi transformado em uma instituição de caridade pública de uma ordem de religiosas.

— "As Damas do Último Suplício", ou alguma morbidez desse estilo — disse Fermín. — O ruim é que elas são muito ciumentas do sincretismo do lugar... por má consciência, eu diria... Por isso, será preciso encontrar algum subterfúgio para entrar lá.

Em épocas mais recentes, os hóspedes do Asilo de Santa Lucia vinham sendo recrutados entre as fileiras de moribundos, anciãos abandonados, dementes, indigentes e um ou outro iluminado ocasional que formavam o abundante submundo barcelonês. Por sorte, a maioria deles tinha tendência a durar pouco depois do ingresso; as condições do local não convidavam à longevidade. Segundo Fermín, os defuntos eram removidos pouco antes do amanhecer e faziam sua última viagem para a vala comum em um carrinho doado por uma empresa de Hospitalet de Llobregat, especializada em produtos de carne e frios de reputação duvidosa que anos depois se veria envolvida em um escândalo sombrio.

— Você está inventando isso tudo — protestei, assombrado com aquele retrato dantesco.

— Meus dotes de invenção não chegam a tanto, Daniel. Espere e verá. Visitei o lugar em uma ocasião infeliz dez anos atrás e posso lhe dizer que parecia que haviam contratado como decorador seu amigo Julián

Carax. Pena que não tenhamos trazido umas folhas de louro para aliviar os aromas que o caracterizam. Já teremos trabalho suficiente para que nos deixem entrar.

Com essas expectativas, entramos na rua Moncada, que a essa hora já se transformava em um caminho de trevas cercado pelos velhos palácios transformados em depósitos e escritórios. A litania de badaladas da basílica de Santa Maria do Mar pontuava o eco de nossos passos. Aos poucos, um cheiro amargo e penetrante permeou a brisa fria de inverno.

— Que cheiro é esse?

— Chegamos — anunciou Fermín.

30

Um portão de madeira podre nos conduziu ao interior de um pátio iluminado por lampiões a gás que salpicavam de luz gárgulas e anjos cujas feições se desfaziam na pedra envelhecida. Uma escadaria levava ao primeiro andar, onde um retângulo de claridade vaporosa desenhava a entrada principal do asilo. A luz de gás que emanava dessa abertura tingia de ocre a neblina de miasmas vinda do interior. Uma silhueta angulosa de ave de rapina nos observava do arco da porta. No escuro, era possível distinguir o olhar penetrante, da mesma cor que o hábito. Ela segurava um cubo de madeira que fumegava e exalava um fedor indescritível.

— AveMariaPuríssimaSemPecadoConcebida — exclamou Fermín, de uma vez só e com entusiasmo.

— E a caixa? — retrucou a voz, em um tom elevado, grave e reticente.

— Caixa? — perguntamos Fermín e eu em uníssono.

— Os senhores não são da funerária? — perguntou a freira, com a voz cansada.

Perguntei-me se aquilo se referia a nossa aparência ou se era uma pergunta genuína. O rosto de Fermín se iluminou diante de tão providencial oportunidade.

— A caixa está no furgão. Primeiro gostaríamos de reconhecer o cliente. Detalhes, apenas.

Senti a náusea me devorar.

— Pensei que o sr. Collbató viesse pessoalmente — disse a freira.

— O sr. Collbató pede que aceite suas desculpas, mas apareceu um embalsamamento de última hora muito complicado. Um fortão de circo.

— Os senhores trabalham com o sr. Collbató na funerária?

— Somos suas mãos esquerda e direita, respectivamente. Wilfredo Velludo a seu serviço, e aqui ao lado meu aprendiz, Sansón Carrasco.

— Muito prazer — completei.

A freira nos examinou rapidamente e assentiu, indiferente aos dois espantalhos refletidos em seu olhar.

— Bem-vindos ao Santa Lucia. Sou a irmã Hortensia, quem os chamou. Acompanhem-me.

Seguimos irmã Hortensia, sem despregar os lábios, por um corredor cavernoso cujo cheiro me fez recordar os túneis do metrô. O corredor era ladeado por umbrais sem portas atrás dos quais se adivinhavam salas iluminadas por velas, ocupadas por fileiras de leitos encostados nas paredes e cobertos com mosquiteiros que ondulavam como sudários. Pelas frestas das cortinas era possível escutar lamentos e entrever silhuetas.

— Por aqui — indicou irmã Hortensia, que ia alguns metros mais adiante.

Entramos em uma sala de abóbada ampla onde não me foi difícil situar a cena do *Tenebrarium* descrita por Fermín. A escuridão escondia o que, à primeira vista, pareceu-me uma coleção de figuras de cera sentadas ou abandonadas pelos cantos, de olhos mortos e brilhantes que resplandeciam como moedas de metal à luz das velas. Pensei que fossem talvez bonecos ou restos do velho museu. Logo notei que se moviam, embora muito devagar e em silêncio. Não tinham idade ou sexo discernível. Os farrapos que vestiam eram de cor cinzenta.

— O sr. Collbató nos disse para não tocar nem limpar nada — disse irmã Hortensia, em certo tom de desculpa. — Então, nos limitamos a colocar o pobrezinho em uma das caixas que havia por aqui, porque estava começando a pingar, mas agora está tudo bem.

— Fizeram bem. Toda precaução é pouca — concordou Fermín.

Lancei-lhe um olhar desesperado. Ele sacudiu a cabeça serenamente, dando a entender que o deixasse cuidar da situação. Irmã Hortensia nos conduziu até o que parecia uma cela sem ventilação nem luz no fim de um corredor estreito. Pegou um dos lampiões a gás que pendiam das paredes e nos entregou.

— Os senhores vão demorar? Tenho muito que fazer.

— Não se preocupe conosco. Faça suas coisas, que já o levaremos embora. Fique tranquila.

— Bem, se precisarem de alguma coisa estarei no sótão, na galeria dos acamados. Se não for pedir muito, levem-no pela porta dos fundos. Para os outros não verem. É ruim para o moral dos internos.

— Pode deixar — falei, com a voz embargada.

Irmã Hortensia contemplou-me por alguns instantes com vaga curiosidade. Ao observá-la de perto, percebi que era uma senhora de idade, quase uma anciã. Poucos anos a separavam do resto dos inquilinos da casa.

— Escute, o ajudante não é um pouco jovem para este trabalho?

— As verdades da vida não conhecem idade, irmã — comentou Fermín.

A freira sorriu-me com doçura, concordando. Não havia desconfiança naquele olhar, só tristeza.

— Mesmo assim — murmurou ela.

A irmã afastou-se nas trevas, levando seu balde e arrastando sua sombra como um véu nupcial. Fermín empurrou-me para o interior da cela. Era um cubículo miserável limitado por muralhas de gruta supurando umidade, de cujo teto pendiam correntes que terminavam em forma de ganchos de ferro e cujo chão quebrado era dividido em quatro por um ralo de esgoto. No centro, sobre uma mesa de mármore cinzenta, via-se uma caixa de madeira de embalagem industrial. Fermín levantou o lampião e distinguimos a silhueta do defunto aparecendo no forro de palha. Feições de pergaminho, impossíveis, recortadas e sem vida. A pele intumescida era de cor púrpura. Os olhos, brancos como cascas de ovo quebradas, estavam abertos.

Senti o estômago embrulhado e desviei o olhar.

— Venha, mãos à obra — indicou Fermín.

— Você está louco?

— Estou dizendo que temos que encontrar a tal Jacinta antes que descubram nosso ardil.

— Como?

— De que outra maneira seria? Perguntando.

Aproximamo-nos do corredor para termos certeza de que irmã Hortensia havia desaparecido. Em seguida, silenciosamente, fomos até o salão que já havíamos atravessado. As figuras miseráveis continuavam a nos fitar com olhares que iam desde a curiosidade até o temor e, em alguns casos, a cobiça.

— Tome cuidado que alguns desses, se pudessem chupar seu sangue para voltar a ser jovens, agarrariam seu pescoço — disse Fermín. — A idade faz com que todos pareçam bonzinhos como carneirinhos, mas aqui tem tanto filho da puta quanto lá fora, ou mais. Porque estes são os que sobreviveram e enterraram os demais. Não tenha pena. Ande, comece por esses do canto de lá, que parecem não ter dentes.

Se estas palavras tinham o objetivo de me animar para a missão, fracassaram miseravelmente. Observei aquele grupo de despojos humanos em um canto e sorri. Sua mera presença me pareceu um estratagema de propaganda em favor do vazio moral do universo e da brutalidade mecânica com que este destruía as peças que já não lhe pareciam úteis. Fermín pareceu ler meus tão profundos pensamentos e concordou com gravidade.

— A mãe natureza é uma grande puta, é a triste realidade — disse. — Coragem, e mãos à obra.

Minha primeira rodada de interrogatórios trouxe apenas olhares vazios, gemidos, arrotos e desvarios da parte de todos a quem perguntei sobre o paradeiro de Jacinta Coronado. Em quinze minutos eu já havia desistido, e fui ao encontro de Fermín para ver se ele havia tido mais sorte. Estava desanimado.

— Como vamos encontrar Jacinta Coronado neste buraco?

— Não sei. Isto aqui é um balaio de doidos. Tentei seduzi-los com balas, mas eles pensam que são supositórios.

— E se perguntarmos à irmã Hortensia? Dizemos a verdade a ela e pronto.

— A verdade só se diz como último recurso, Daniel, ainda mais para uma freira. Vamos antes esgotar todos os cartuchos. Olhe aquele grupinho ali, que parece muito animado. Tenho certeza de que sabem falar latim. Vá interrogá-los.

— E você, o que pensa fazer?

— Vou vigiar a retaguarda, para se a bobona resolver voltar. Vamos, ao trabalho.

Com pouca ou nenhuma esperança de êxito, aproximei-me de um grupo de internos que ocupava um canto do salão.

— Boa noite — falei, compreendendo no ato o absurdo do meu cumprimento, pois ali era sempre noite. — Estou procurando a sra. Jacinta Coronado. Co-ro-na-do. Algum de vocês a conhece, ou pode me dizer onde encontrá-la?

À minha frente havia quatro olhares envilecidos de avidez. *Aqui há pulso*, disse eu a mim mesmo. *Talvez não esteja tudo perdido.*

— Jacinta Coronado? — insisti.

Os quatro internos trocaram olhares e concordaram entre si. Um deles, gordo e sem um fio de cabelo no corpo, parecia ser o líder. Seu semblante e seu desembaraço em pleno viveiro de escatologias me despertou a imagem de um Nero feliz tocando sua harpa enquanto Roma apodrecia a seus pés. Em um gesto majestoso, o Nero sorriu para mim, brincalhão. Retribuí o sorriso, esperançoso.

O idiota me indicou que me aproximasse, como se quisesse cochichar no meu ouvido. Duvidei, mas aceitei as condições.

— O senhor saberia me dizer onde posso encontrar a sra. Jacinta Coronado? — perguntei pela última vez.

Aproximei o ouvido dos lábios do interno, tanto que pude sentir seu bafo fétido e morno na pele. Receei uma mordida, mas inesperadamente ele começou a expelir gases intestinais de bastante contundência. Seus companheiros começaram a rir e bater palmas. Afastei-me alguns passos, mas o eflúvio flatulento já havia me envolvido sem remédio. Foi então que percebi ao meu lado um ancião muito curvado, com barbas de profeta, cabelos claros e olhos de fogo, que se apoiava em uma bengala e os observava com desprezo.

— Está perdendo seu tempo, jovem. Juanito só sabe soltar peidos e esses aí só sabem rir e aspirá-los. Como vê, a estrutura social aqui não é muito diferente da do mundo lá fora.

O ancião filósofo falava com voz grave e dicção perfeita. Olhou-me de cima a baixo, me examinando.

— O senhor disse que está procurando Jacinta?

Concordei, atônito diante do aparecimento de vida inteligente naquele antro de horrores.

— Por quê? — perguntou ele.

— Sou neto dela.

— E eu sou um marquês. Um mentiroso vulgar, é isso que você é. Diga-me por que a está procurando ou eu me finjo de louco. Aqui é fácil. E se estiver pensando em sair perguntando a esses infelizes um a um, não vai demorar para entender por quê.

Juanito e sua turma de inaladores continuavam rindo a valer. O solista emitiu então um bis, mais amortizado e prolongado do que o primeiro, em forma de cicio, que imitava um furo em um pneu e deixava claro que Juanito possuía um controle do esfíncter próximo do virtuosismo. Rendi-me à evidência.

— O senhor tem razão. Não sou parente da sra. Coronado, mas preciso falar com ela. É um assunto da maior importância.

O ancião se aproximou. Tinha um sorriso velhaco e felino, de criança envelhecida, e a astúcia brilhava em seu olhar.

— O senhor pode me ajudar? — supliquei.

— Isso depende do que você puder fazer para *me* ajudar.

— Se estiver ao meu alcance, ficarei muito satisfeito em ajudá-lo. O senhor quer que eu dê um recado à sua família?

O ancião pôs-se a rir com amargura.

— Minha família foi quem me confinou neste poço. Triste matilha de sanguessugas, capaz de roubar até nossas cuecas enquanto ainda estão mornas. Esses podem ficar no inferno ou na prefeitura. Eu já os aguentei e sustentei anos suficientes. O que quero é uma mulher.

— O quê?

O ancião me olhou, impaciente.

— A pouca idade não é desculpa para o parco entendimento, meu jovem. Estou dizendo que quero uma mulher. Uma fêmea, criada ou potranca de raça. Jovem, ou seja, com menos de cinquenta e cinco anos, e saudável, sem feridas ou fraturas.

— Não estou entendendo bem...

— Você está entendendo divinamente. Antes de passar desta para a melhor, quero me deitar com uma mulher que tenha dentes e não mije em cima de mim. Não me importo que seja muito bonita ou não; estou meio cego e, na minha idade, qualquer mulher que tenha carne para agarrar é uma Vênus. Está me entendendo?

— Como um livro aberto. Mas não vejo como eu iria encontrar uma mulher...

— Quando eu tinha a sua idade, havia uma coisa no setor de serviços que se chamava mulheres de vida fácil. Sei que o mundo muda, mas não no essencial. Consiga-me uma, fornida e voraz, e faremos negócio. E se você estiver se perguntando sobre minha capacidade para gozar de uma dama, pense que me contento em beliscar-lhe a bunda e examinar-lhe as formosuras. Vantagens da experiência.

— A técnica é com o senhor, mas não posso lhe trazer uma mulher agora.

— Posso ser um velho tarado, mas não sou burro. Isso eu já sei. Basta que me prometa.

— E como sabe que não lhe direi sim só para o senhor me dizer onde está Jacinta Coronado?

O velhinho sorriu, ladino.

— Dê-me sua palavra, e deixe os problemas de consciência por minha conta.

Olhei em volta. Juanito começava a segunda parte de seu recital. A vida se apagava por momentos.

O pedido daquele vovô lascivo era a única coisa que parecia fazer sentido naquele purgatório.

— Dou-lhe minha palavra. Farei o que puder.

O ancião sorriu de orelha a orelha. Contei-lhe três dentes.

— Loura, mesmo que seja oxigenada. Com um par de bons peitos e voz de vadia, se possível, porque, de todos os meus sentidos, o que está melhor é a audição.

— Verei o que posso fazer. Agora me diga onde posso encontrar Jacinta Coronado.

31

— O que você prometeu a esse Matusalém?

— Você ouviu.

— Você falou de brincadeira, espero.

— Não minto a um vovô nas últimas, por mais sem-vergonha que seja.

— E isso o enobrece, Daniel, mas como está pensando em pôr uma prostituta dentro desta santa casa?

— Pagando o triplo, suponho. Deixo os detalhes com você.

Fermín deu de ombros, resignado.

— Enfim, trato é trato. Daremos um jeito. Agora escute aqui, da próxima vez que aparecer uma coisa assim, deixe que eu falo.

— Combinado.

Assim como me havia indicado o velhinho safado, encontramos Jacinta Coronado em um desvão ao qual só se podia chegar por uma escada no terceiro andar. Segundo o vovô lascivo, o último andar era o refúgio dos poucos internos a quem a proximidade da morte não tivera a decência de privar de entendimento, estado aliás de escassa longevidade. Ao que parece, aquela ala escondida havia abrigado nos dias de glória os aposentos de Baltasar Deulofeu, ou *Laszlo de Vicherny*, de onde ele presidia as atividades do *Tenebrarium* e onde cultivava as artes eróticas recém-chegadas do Oriente entre vapores e óleos perfumados. A única coisa que restava daquele duvidoso esplendor eram os eflúvios e os perfumes, se bem que de outra natureza. Jacinta Coronado estava instalada em uma cadeira de vime, enrolada em uma manta.

— Sra. Coronado? — perguntei erguendo a voz, temendo que a coitadinha estivesse surda, maluca ou as duas coisas.

A anciã nos examinou devagar e com certa reserva. Tinha o olhar arenoso, e apenas algumas mechas de cabelos esbranquiçados cobriam sua cabeça. Percebi que me observava com estranheza, como se houvesse me visto antes e não se lembrasse de onde. Temi que Fermín se apressasse em me apresentar como filho de Carax ou algum ardil semelhante, mas ele se limitou a se ajoelhar ao lado da anciã e a segurar sua mão trêmula e maltratada.

— Jacinta, eu me chamo Fermín, e este rapaz é meu amigo Daniel. Viemos da parte do padre Fernando Ramos, que hoje não pôde vir porque tinha que rezar doze missas, sabe como são esses livros de santos, mas lhe manda muitas lembranças. Como tem passado?

A anciã sorriu docemente para Fermín. Meu amigo acariciou-lhe o rosto e a testa. A anciã agradecia o toque de outra pele como um filhote de gato. Senti um aperto na garganta.

— Que pergunta boba, não é? — prosseguiu Fermín. — A senhora gostaria era de estar por aí, dançando. Porque a senhora tem pés de bailarina, todo mundo deve ter-lhe dito isso.

Nunca o havia visto tratar ninguém com tamanha delicadeza, nem mesmo Bernarda. As palavras eram pura bajulação, mas o tom e a expressão do rosto eram sinceros.

— Que coisas mais bonitas o senhor diz — murmurou uma voz cansada por não ter com quem falar ou por não ter nada para dizer.

— Nem a metade da sua beleza, Jacinta. Gostaríamos de lhe fazer algumas perguntas. Como nos concursos de rádio, pode ser?

Como única resposta, a anciã pestanejou.

— Eu diria que isso é um sim. A senhora se lembra de Penélope, Jacinta? Penélope Aldaya? É sobre ela que queríamos perguntar.

Jacinta assentiu, o olhar subitamente iluminado.

— Minha menina — murmurou, e parecia que ia já começar a chorar.

— Essa mesmo. A senhora se lembra, não é? Somos amigos de Julián. Julián Carax. O das histórias de terror, lembra-se dele?

Os olhos da anciã brilhavam como se as palavras e o toque na pele lhe devolvessem a vida por alguns instantes.

— Padre Fernando, do colégio San Gabriel, disse que a senhora gostava muito de Penélope. Sabia que ele também gosta muito da senhora e que se lembra todos os dias da senhora? Não pode vir aqui mais vezes porque o novo bispo, um arrivista, obriga-o a rezar tantas missas que ele fica afônico.

— O senhor se alimenta bem? — perguntou a anciã de repente, inquieta.

— Como um leão, Jacinta, mas meu metabolismo é muito masculino e queimo tudo. Mas, veja, debaixo dessa roupa é só músculo. Toque, vamos. Como Charles Atlas, só que mais macio.

Jacinta concordou, mais calma. Só tinha olhos para Fermín. Havia se esquecido totalmente de mim.

— O que a senhora pode nos dizer sobre Penélope e Julián?

— Eles a tiraram de mim. Minha menina.

Adiantei-me para dizer algo, mas Fermín me lançou um olhar que dizia *cale-se*.

— Quem lhe tirou Penélope, Jacinta, a senhora se lembra?

— Meu senhor — disse ela, erguendo os olhos com medo, como se temesse que alguém pudesse nos ouvir.

Fermín ficou atento à ênfase do gesto da anciã e acompanhou seu olhar para as alturas, comparando possibilidades.

— A senhora está se referindo a Deus Todo-Poderoso, imperador dos céus, ou ao pai da srta. Penélope, dom Ricardo?

— Como está Fernando? — perguntou a anciã.

— O padre? Muito bem. Um dia desses vão consagrá-lo papa, e vai pôr a senhora na Capela Sistina. Manda-lhe muitas lembranças.

— Ele é o único que me visita, sabe? Vem porque sabe que não tenho mais ninguém.

Fermín lançou-me um olhar de esguelha, como se estivesse pensando o mesmo que eu. Jacinta Coronado estava muito mais lúcida do que seu aspecto sugeria. O corpo se apagava, mas a mente e a alma continuavam se consumindo naquele poço de miséria. Perguntei a mim mesmo quantos mais como ela, e como o velhinho licencioso que nos havia indicado onde encontrá-la, estariam confinados ali.

— Vem porque gosta muito da senhora, Jacinta. Porque se lembra de como a senhora o mantinha bem-cuidado e bem-alimentado quando jovem, porque ele nos contou tudo. A senhora se lembra, Jacinta? Lembra-se de que ia buscar Jorge no colégio, lembra-se de Fernando e Julián?

— Julián...

Sua voz era um sussurro arrastado, mas o sorriso a traía.

— A senhora se lembra de Julián Carax, Jacinta?

— Lembro-me do dia em que Penélope disse que ia se casar com ele...

Fermín e eu nos entreolhamos, atônitos.

— Casar? Quando foi isso, Jacinta?

— No dia em que o viu pela primeira vez. Tinha treze anos e não sabia quem era nem como se chamava.

— Como sabia que ia se casar com ele, então?

— Porque o tinha visto. Em sonhos.

Desde criança, María Jacinta Coronado estava convencida de que o mundo acabava na periferia de Toledo e que além dos confins da cidade havia somente trevas e oceanos de fogo. Jacinta havia tirado essa ideia de um sonho que tivera no decorrer de uma febre que quase acabou com ela aos quatro anos. Os sonhos começaram depois daquela febre misteriosa, cuja causa alguns atribuíam à picada de um enorme escorpião vermelho que um dia apareceu na casa e não foi mais visto, e outros, aos maus ofícios de uma freira maluca que se infiltrava à noite nas casas para envenenar crianças e que, anos depois, morreria no vil garrote, declamando o pai-nosso ao contrário e com os olhos saltados das órbitas, exatamente no instante em que uma nuvem vermelha se espalhava pelos céus da cidade descarregando uma tempestade de escaravelhos mortos. Em seus sonhos, Jacinta via o passado, o futuro e, às vezes, vislumbrava segredos e mistérios das velhas ruas de Toledo. Um dos personagens que frequentavam seus sonhos era Zacarias, um anjo que estava sempre vestido de preto e acompanhado por um gato escuro de olhos amarelos cujo hálito cheirava a enxofre. Zacarias sabia de tudo: tinha adivinhado o dia e a hora em que morreria seu tio Venancio, o vendedor de unguentos e águas bentas. Havia descoberto o lugar em que sua mãe, ardorosa beata, escondia um maço de cartas de um fogoso estudante de medicina de parcos recursos econômicos, mas sólidos conhecimentos de anatomia em cuja alcova, no beco de Santa Maria, havia descoberto antecipadamente as portas do paraíso. Havia lhe anunciado que havia algo ruim cravado em seu ventre, um espírito morto que não gostava dela, e que ela só conheceria o amor de um homem, um amor vazio e egoísta que partiria sua alma em duas. Havia previsto que ela veria perecer em vida tudo aquilo de que gostava e que antes de chegar ao céu visitaria o inferno. No dia de sua primeira menstruação, Zacarias e seu gato sulfúrico desapareceram de seus sonhos, mas, anos depois, Jacinta se lembraria das visitas do anjo de preto com lágrimas nos olhos, pois todas as suas profecias haviam se cumprido.

Assim, quando os médicos diagnosticaram que ela nunca teria filhos, Jacinta não se surpreendeu. Também não se surpreendeu, embora quase tenha morrido de desgosto, quando seu esposo havia três anos lhe anunciou que a abandonaria porque ela era como um terreno ermo e baldio que não dava frutos, porque não era mulher. Na ausência de Zacarias (a quem considerava um emissário dos céus, pois, de preto ou não, era um anjo luminoso — e o homem mais bonito que já vira ou sonhara), Jacinta falava com Deus sozinha pelos cantos, sem vê-lo e sem esperar que ele se incomodasse em responder, porque havia muita tristeza no mundo, e seus desgostos, afinal, eram miudezas. Todos os seus monólogos com Deus versavam sobre o mesmo assunto: ela tinha apenas um desejo na vida, que era ser mãe, ser mulher.

Certo dia igual a tantos outros, rezando na catedral, aproximou-se dela um homem que ela reconheceu como Zacarias. Estava vestido como sempre e segurava no colo seu gato malicioso. Não havia envelhecido um só dia e continuava exibindo aquelas magníficas unhas de duquesa, longas e finas. O anjo lhe confessou que vinha porque Deus não pensava deixar suas preces sem resposta. Zacarias lhe disse que não se preocupasse, porque, de um modo ou de outro, ele lhe enviaria uma criança. Debruçou-se sobre ela, sussurrou a palavra Tibidabo e beijou-a na boca com ternura. Ao contato daqueles lábios doces como caramelo, Jacinta teve uma visão: teria uma menina sem precisar conhecer nenhum homem (o que, a julgar por sua experiência de três anos de alcova com o marido, que insistia em fazer suas coisas nela enquanto cobria a cabeça de Jacinta com um travesseiro e lhe sussurrava "Não olhe, vadia", deixou-a aliviada). Essa criança viria para ela em uma cidade muito longínqua, presa entre uma lua de montanhas e um mar de luz, uma cidade forjada de edifícios que só poderiam existir em sonhos. Depois, Jacinta não soube dizer se a visita de Zacarias havia sido mais um de seus sonhos ou se realmente o anjo havia se aproximado dela na catedral de Toledo com seu gato e suas unhas escarlates, recém-pintadas. Só não duvidou, nem por um instante, da veracidade daquelas profecias. Naquela mesma tarde, consultou o diácono da paróquia, que era um homem instruído e viajado (dizia-se que tinha ido até Andorra e que falava um pouco de basco). O diácono, que alegou desconhecer o anjo Zacarias dentre as legiões aladas do céu, escutou com atenção a visão de Jacinta e, depois de muito refletir sobre o assunto e atendo-se à descrição de uma espécie de catedral que, nas palavras da vidente, parecia uma enorme fivela feita com chocolate derretido, lhe disse: "Jacinta, isso que você viu é Barcelona, a grande feiticeira, o templo expiatório da Sagrada Família...". Duas semanas *depois, munida de uma trouxa, de um missal e de seu primeiro sorriso em cinco anos, Jacinta partia rumo a Barcelona, convencida de que tudo o que o anjo dissera se tornaria realidade.*

Meses de muitas atribulações se passariam antes de Jacinta encontrar um emprego fixo em um dos armazéns Aldaya & Filhos, junto dos pavilhões da velha Exposição Universal de Ciudadela. A Barcelona de seus sonhos havia se transformado em uma cidade hostil e ameaçadora, com palácios fechados e fábricas que sopravam uma fumaça que envenenava a pele com carvão e enxofre. Jacinta soube desde o primeiro dia que aquela cidade era uma mulher vaidosa e cruel, e aprendeu a temê-la e a nunca olhá-la nos olhos. Foi morar sozinha em uma pensão no bairro da Ribera, onde seu ordenado só lhe permitia pagar um miserável quarto, sem janelas nem outra luz que não a das velas que roubava da catedral e deixava acesas a noite inteira, para assustar os ratos que haviam comido as orelhas e os dedos do bebê de seis meses de Ramoneta, prostituta que alugava o quarto ao lado e única amiga que fizera em onze meses de Barcelona. Naquele inverno choveu quase todos os dias, choveu uma chuva preta, de fuligem e arsênico. Logo Jacinta começou a temer que Zacarias a tivesse enganado, que ela viera para aquela cidade horrorosa para morrer de frio, miséria e esquecimento.

Disposta a sobreviver, Jacinta chegava ao armazém todos os dias antes do amanhecer e só saía tarde da noite. Ali a encontraria, por acaso, dom Ricardo Aldaya, ajudando a filha de um dos capatazes que havia adoecido de desnutrição. Vendo o cuidado e a ternura demonstrados pela moça, decidiu levá-la para casa para cuidar de sua esposa, que estava grávida de seu primogênito. As preces de Jacinta haviam sido escutadas. Naquela noite, ela tornou a ver Zacarias em seus sonhos. O anjo não estava mais vestido de preto. Estava nu, sua pele coberta de escamas. Já não vinha acompanhado do gato, mas de uma serpente branca enroscada no torso. Seu cabelo havia crescido até a cintura e seu sorriso, o sorriso de caramelo que ela havia beijado na catedral de Toledo, estava sulcado de dentes triangulares e serrilhados como os que ela vira em alguns peixes de alto-mar que agitavam suas caudas na rede dos pescadores. Anos depois, a moça descreveria essa visão para um Julián Carax de dezoito anos, lembrando que, no dia em que deixara a pensão de Ribera para se mudar para o palacete Aldaya, soube que sua amiga Ramoneta havia sido assassinada a facadas na porta de entrada naquela mesma noite e que seu bebê havia morrido de frio nos braços do cadáver. Ao saber da notícia, os inquilinos da pensão se engalfinharam em uma briga de gritos, socos e arranhões para disputar os parcos pertences da morta. A única coisa que deixaram foi o que havia sido seu mais precioso tesouro: um livro. Jacinta o reconheceu porque em muitas noites Ramoneta lhe pedia para ler uma ou duas páginas. Ela nunca aprendera a ler.

Quatro meses depois nascia Jorge Aldaya, e, embora Jacinta desse a ele todo o carinho que a mãe — uma dama etérea que sempre pareceu presa à própria imagem no espelho — nunca soube ou quis dar, a aia intuiu que não era aquela a criança que Zacarias lhe havia prometido. Naqueles anos, Jacinta se afastou de sua juventude e se tornou outra mulher, que conservava da anterior apenas o mesmo nome e o mesmo rosto. A outra Jacinta havia ficado naquela pensão do bairro de Ribera, tão morta quanto Ramoneta. Agora ela vivia à sombra do luxo dos Aldaya, longe daquela cidade terrível que tanto havia odiado e onde não se aventurava nem mesmo no dia de sua folga, uma vez por mês. Aprendeu a viver através dos outros, daquela família montada em uma fortuna que estava muito além de sua compreensão. Vivia esperando aquela criatura que seria uma menina, como a cidade, e a quem entregaria todo o amor com que Deus havia envenenado sua alma. Às vezes, Jacinta se perguntava se aquela paz tediosa que devorava seus dias, aquele torpor da consciência, era o que algumas pessoas chamavam de felicidade, e queria acreditar que Deus, em seu infinito silêncio, havia respondido de alguma maneira a suas preces.

Penélope Aldaya nasceu na primavera de 1903. A essa altura, dom Ricardo Aldaya já havia comprado a casa da avenida Del Tibidabo, aquele casarão que seus colegas de escritório estavam convencidos de estar preso a algum poderoso feitiço, mas Jacinta não tinha medo, porque sabia que o que os outros consideravam feitiço era apenas uma presença que só ela podia ver; a sombra de Zacarias, agora pouquíssimo parecido com o homem do qual ela se lembrava e que só se manifestava na forma de um lobo caminhando sobre as patas traseiras.

Penélope foi uma criança frágil, pálida e magra. Jacinta a viu crescer como uma flor protegida de inverno. Durante anos a velou cada noite, preparou cada uma de suas refeições, costurou suas roupas, esteve ao seu lado quando lhe acometeram mil e uma doenças, quando disse as primeiras *palavras, quando se tornou mulher. A sra. Aldaya era mais uma figura decorativa, uma peça que entrava e saía de cena de acordo com as expectativas de seu papel. Antes de se deitar, despedia-se da filha dizendo que a amava mais do que tudo no mundo, que ela era a coisa mais importante do universo. Jacinta nunca disse a Penélope que a amava. Sabia que quem amava de verdade amava em silêncio, com fatos, e não com palavras. Em segredo, Jacinta sentia desprezo pela sra. Aldaya, criatura vaidosa e vazia que envelhecia pelos corredores do casarão sob o peso das joias com que seu esposo, que havia anos atracava em portos alheios, a fazia sossegar. Odiava-a porque, dentre todas as mulheres, Deus a havia escolhido para dar à luz Penélope, enquanto seu ventre, o ventre da verdadeira mãe, permanecia árido e vazio. Com o tempo, como se as palavras do marido houvessem sido proféticas, Jacinta perdeu até mesmo suas formas de mulher. Perdeu peso, e sua figura lembrava o semblante austero dado pela pele cansada e pelo osso. Seus seios minguaram até se transformarem em sopros de pele, suas cadeiras pareciam as de um rapazola e suas carnes, duras e angulosas, passavam despercebidas até mesmo a dom Ricardo Aldaya, a quem bastava intuir alguma migalha de exuberância para investir com fúria, como bem o sabiam todas as criadas da casa e as das casas dos parentes. Melhor assim, dizia Jacinta para si mesma. Não tinha tempo para essas bobagens.*

Todo o seu tempo era para Penélope. Lia histórias para ela, acompanhava-a a todos os lugares, dava-lhe banho, vestia-a, despia-a, penteava-a, levava-a para passear, deitava-a e acordava-a. Sobretudo, conversava com ela. Todos a viam como uma aia lunática, uma solteirona sem outra vida a não ser o emprego naquela casa, mas ninguém sabia a verdade: Jacinta não só era a mãe daquela criança, como também sua melhor amiga. Desde que a menina começou a falar e articular pensamentos, coisa que Jacinta achou que havia acontecido antes do que com qualquer outra criança, as duas compartilhavam seus segredos, seus sonhos e suas vidas.

A passagem do tempo só fez fortalecer essa união. Quando Penélope chegou à adolescência, eram companheiras inseparáveis. Jacinta viu florescer em Penélope uma mulher cuja beleza e luminosidade não ficavam evidentes somente para seus olhos amorosos. Penélope era a luz. Quando aquele rapaz enigmático chamado Julián apareceu na casa, Jacinta percebeu, desde o primeiro momento, que havia uma química entre ele e Penélope. Um vínculo os unia, parecido ao vínculo que a unia a Penélope, mas, ao mesmo tempo, diferente. Mais intenso. Perigoso. A princípio, ela chegou a pensar que acabaria odiando o rapaz, mas logo comprovou que não odiava Julián Carax e que não poderia odiá-lo nunca. À medida que Penélope foi cedendo ao feitiço de Julián, Jacinta também se deixou arrastar e, com o tempo, desejava somente aquilo que desejava Penélope. Ninguém havia percebido, ninguém havia prestado atenção, mas, como sempre, o essencial da questão havia sido decidido antes que a história começasse e, àquela altura, já era tarde.

Muitos meses de olhares e anseios vãos se passariam antes que Julián Carax e Penélope pudessem ficar a sós. Eles viviam do acaso. Encontravam-se pelos corredores, fitavam-se de extremos opostos da mesa, tocavam-se em silêncio, sentiam-se na ausência. Trocaram suas primeiras palavras na biblioteca da casa da avenida Del Tibidabo, em uma tarde de tempestade em que a "Vila Penélope" foi inundada pelo brilho das velas, apenas alguns segundos roubados à penumbra em que Julián acreditou ver nos olhos da moça a certeza de que ambos nutriam o mesmo sentimento, de que o mesmo segredo os devorava. Ninguém parecia perceber. Ninguém exceto Jacinta, que via com crescente inquietação o jogo de olhares entre Penélope e Julián à sombra dos Aldaya. E temia por eles.

Nessa época, Julián já havia começado a passar as noites em claro escrevendo relatos desde a meia-noite até o amanhecer, onde esvaziava sua alma para Penélope. Em seguida, inventando uma desculpa qualquer, visitava a casa da avenida Del Tibidabo procurando um momento para introduzir-se às escondidas no quarto de Jacinta e entregar-lhe as páginas para que ela, por sua vez, as entregasse à moça. Às vezes, Jacinta entregava a ele um bilhete escrito por Penélope que ele passava os dias lendo e relendo. Aquele jogo duraria meses. Enquanto o tempo lhes roubava a sorte, Julián fazia de tudo para estar com Penélope. Jacinta o ajudava, porque queria ver Penélope feliz, para que ela conservasse sua luz. Julián, por sua vez, sentia que a inocência fortuita do início se esvaía e que era necessário começar a ganhar terreno. Assim, começou a mentir para dom Ricardo sobre seus planos para o futuro, exibindo um falso entusiasmo em relação à carreira no banco e às finanças, fingindo um afeto e um apego por Jorge Aldaya que não sentia, justificando assim sua presença quase constante na casa da avenida Del Tibidabo; acostumou-se a dizer apenas o que os outros queriam ouvir, a *ler em seus olhos seus anseios, fechando a honestidade e a sinceridade no calabouço das imprudências, sentindo que vendia sua alma a prestações e receando que, se algum dia chegasse a merecer Penélope, não sobraria nada do Julián que a vira pela primeira vez. Julián às vezes acordava de madrugada, morto de raiva, desejando declarar ao mundo seus verdadeiros sentimentos, encarar dom Ricardo Aldaya e lhe dizer que não sentia nenhum interesse por sua fortuna, por suas cartas de futuro e por sua companhia, que desejava apenas sua filha e que tinha intenções de levá-la para o mais longe possível daquele mundo vazio e embalsamado no qual ele a havia aprisionado. A luz do dia dissipava sua coragem.*

Em algumas ocasiões, Julián se abria com Jacinta, que começava a gostar do rapaz mais do que desejaria. Com frequência, Jacinta se separava momentaneamente da menina e, com a desculpa de ir buscar Jorge no colégio San Gabriel, visitava Julián e lhe entregava os recados de Penélope. Foi assim que conheceu Fernando, que muitos anos mais tarde haveria de ser o único amigo que lhe restaria enquanto esperava a morte no infernal Asilo de Santa Lucia, conforme havia profetizado o anjo Zacarias. Às vezes, com malícia, a aia levava Penélope consigo e facilitava um breve encontro entre os dois jovens, vendo crescer entre eles um amor que ela nunca havia conhecido, que lhe havia sido negado. Foi também por volta dessa época que Jacinta percebeu a presença sombria e ameaçadora daquele silencioso rapaz a quem todos chamavam Francisco Javier, filho do zelador do San Gabriel. Surpreendia-o a espioná-los, a ler seus gestos de longe e a devorar Penélope com os olhos. Jacinta conservava uma fotografia que o retratista oficial dos Aldaya, Recasens, havia tirado de Julián e Penélope na porta da chapelaria nas imediações de San Antonio. Era uma fotografia inocente, tirada ao meio-dia na presença de dom Ricardo e de Sophie Carax. Jacinta a levava sempre consigo.

Certo dia, enquanto esperava Jorge na saída do colégio San Gabriel, a aia esqueceu a bolsa perto do chafariz. Ao voltar para pegá-la, percebeu que o jovem Fumero perambulava por ali e que a olhava com ar tenso. Naquela noite, quando procurou o retrato e não o encontrou, teve certeza de que o rapaz o havia roubado. Em outra ocasião, semanas depois, Francisco Javier Fumero se aproximou da aia e lhe perguntou se ela poderia entregar algo a Penélope de sua parte. Quando Jacinta lhe perguntou do que se tratava, o rapaz tirou um pano com o qual havia embrulhado o que parecia ser uma figura talhada em madeira de pinho. Jacinta reconheceu nela Penélope e sentiu um calafrio. Antes que pudesse dizer qualquer coisa, o rapaz se afastou. A caminho da casa à avenida Del Tibidabo, Jacinta jogou a figura longe pela janela do carro, como se fosse uma carniça malcheirosa. Mais de uma vez Jacinta acordaria de madrugada, banhada em suor, perseguida por pesadelos nos quais aquele rapaz de olhar turvo se atirava sobre Penélope com a fria e indiferente brutalidade de um inseto.

Em certas tardes, quando ia buscar Jorge, Jacinta ficava conversando com Julián caso o filho dos Aldaya se atrasasse. Também Julián começava a gostar daquela mulher de feições duras e a confiar mais nela do que em si mesmo. Depois, quando algum problema ou uma sombra lhe escurecia a vida, ela e Miquel Moliner eram os primeiros, e às vezes os únicos, a saber. Em certa ocasião, Julián contou a Jacinta que vira a mãe e dom Ricardo Aldaya conversando no pátio dos chafarizes enquanto esperavam a saída dos alunos. Dom Ricardo parecia muito contente em companhia de Sophie e Julián ficou preocupado, pois sabia da reputação de dom-juan do industrial e de seu voraz apetite por prazeres do gênero feminino, sem distinção de casta ou condição social, ao qual somente sua santa esposa parecia estar imune.

— Estava comentando com sua mãe que você está gostando muito do novo colégio.

Ao se despedir deles, dom Ricardo piscou um olho e se afastou com uma risadinha. Sua mãe fez todo o trajeto de volta em silêncio, evidentemente ofendida com os comentários feitos por dom Ricardo Aldaya.

Sophie tinha receio da crescente vinculação de Julián aos Aldaya e também do abandono ao qual Julián havia relegado os antigos amigos do bairro e da família. No entanto, enquanto a mãe demonstrava tristeza e silêncio, o chapeleiro mostrava rancor e despeito. O entusiasmo inicial de ampliar sua clientela para a nata da sociedade barcelonesa havia se evaporado rapidamente. Ele quase já não via o filho, e logo precisou contratar Quimet, um rapaz das redondezas, velho amigo de Julián, como ajudante e aprendiz da loja. Antoni Fortuny era um homem que só se sentia em condições de falar com naturalidade sobre chapéus. Fechava seus sentimentos no calabouço da alma durante meses a fio até se envenenarem sem solução possível. Cada dia ficava mais ranzinza e irritadiço. Tudo parecia ruim, desde os grandes esforços do pobre Quimet para aprender o ofício até os de sua esposa para atenuar o aparente esquecimento a que Julián os havia condenado.

— Seu filho pensa que é alguém porque esses ricaços o veem como um macaquinho de circo — dizia ele com ar sombrio, cheio de ressentimento.

Um belo dia, quando fazia três anos da primeira visita de dom Ricardo Aldaya à chapelaria Fortuny & Filhos, o chapeleiro deixou Quimet à frente da loja e disse que voltaria ao meio-dia. Com muita determinação, apresentou-se nos escritórios do consórcio Aldaya no passeio de Gracia, e pediu para ver dom Ricardo.

— E a quem tenho a honra de anunciar? — perguntou um funcionário de porte altivo.

— Seu chapeleiro pessoal.

Dom Ricardo o recebeu um tanto surpreso, mas com boa disposição, achando que talvez Fortuny lhe trouxesse alguma conta a ser paga. Os pequenos comerciantes nunca entendiam muito bem o protocolo do dinheiro.

— Diga-me, o que posso fazer por você, amigo Fortunato?

Sem mais preâmbulos, Antoni Fortuny começou a lhe explicar que ele estava enganado a respeito de Julián.

— Meu filho, dom Ricardo, não é o que o senhor pensa. Muito pelo contrário: é um rapaz ignorante e malandro, e seu talento não passa de algumas bobagens prepotentes que a mãe lhe enfiou na cabeça. Nunca chegará a coisa alguma, acredite. Falta-lhe ambição e caráter. O senhor não o conhece, e ele pode ter muita habilidade para enganar os estranhos para que pensem que sabe tudo, mas não sabe nada. É medíocre. Eu o conheço melhor do que ninguém e achei que fosse preciso adverti-lo.

Dom Ricardo Aldaya escutou aquele discurso em silêncio, sem sequer pestanejar.

— É só isso, Fortunato?

O industrial apertou uma campainha de seu escritório e em poucos instantes apareceu na porta do gabinete o funcionário que o havia recebido.

— O amigo Fortunato já está de saída, Balcells — anunciou. — Faça o favor de acompanhá-lo até a porta.

O tom gélido do industrial não agradou ao chapeleiro.

— Permita-me, dom Ricardo: é Fortuny, não Fortunato.

— O que seja. O senhor é um homem muito triste, Fortuny. Ficarei agradecido se não voltar aqui.

Quando Fortuny se viu novamente na rua, sentiu-se mais só do que nunca, convencido de que todos estavam contra ele. E, alguns dias depois, os prepotentes clientes conquistados à custa de sua relação com os Aldaya começaram a enviar recados cancelando as encomendas e saldando as dívidas. Em apenas algumas semanas ele teve que despedir Quimet, pois não havia trabalho para os dois na loja. No fim das contas, o rapaz também não valia grande coisa. Era medíocre e malandro, como todos.

Foi por volta dessa época que o pessoal das redondezas começou a comentar que o sr. Fortuny estava parecendo mais velho do que era, que havia se tornado ainda mais sozinho e mais amargo. Não falava com ninguém e passava horas inteiras trancafiado na loja sem nada para fazer, vendo passarem as pessoas do outro lado da vitrine, sentindo por elas apenas desprezo, e ao mesmo tempo cheio de ansiedade. Logo começou a se comentar que as modas haviam mudado, que os jovens já não usavam chapéu e que os que o faziam preferiam ir a outros estabelecimentos, onde já eram vendidos em medidas padronizadas, com desenhos mais atuais e preço mais em conta. A chapelaria Fortuny & Filho afundou lentamente em uma letargia de sombras e silêncios.

— Estão esperando minha morte — dizia ele para si mesmo. — Pois talvez eu lhes dê essa satisfação.

Ele não sabia, mas já havia começado a morrer havia muito tempo.

Depois desse incidente, Julián se voltou inteiramente para o mundo dos Aldaya, para Penélope e para o único futuro que poderia imaginar para si. Assim passaram quase dois anos em uma corda bamba, vivendo às escondidas. Zacarias, à sua maneira, já previra isso havia muito tempo. Sombras se espalhavam à volta deles e logo estreitariam o cerco. O primeiro sinal veio em abril de 1918. Jorge Aldaya faria dezoito anos, e dom Ricardo, em seu papel de grande patriarca, havia decidido organizar (ou melhor, dar ordens para organizarem) uma fantástica festa de aniversário, festa que o filho não desejava e à qual o pai, argumentando razões profissionais, não compareceria para encontrar-se na suíte azul do hotel Colón com uma deliciosa dama da noite recém-chegada de São Petersburgo. A casa da avenida Del Tibidabo transformou-se para o evento em um pavilhão circense, *repleta de luzes, bandeirinhas e barraquinhas nos jardins para atender aos convidados.*

Quase todos os colegas de Jorge Aldaya do colégio San Gabriel foram convidados. Por sugestão de Julián, Jorge incluiu Francisco Javier Fumero na lista, embora Miquel Moliner os tivesse avisado de que o filho do zelador se sentiria deslocado naquele ambiente requintado e pomposo dos rapazes filhinhos de papai. Francisco Javier recebeu seu convite, mas, intuindo o mesmo que previa Miquel Moliner, resolveu não comparecer. Quando sua mãe, dona Yvonne, soube que o filho pretendia recusar um convite para a luxuosa mansão dos Aldaya, quase lhe arrancou o couro. Aquilo não era um sinal de que em breve ela entraria na alta sociedade? O passo seguinte seria, com certeza, um convite para tomar chá com bolinhos com a sra. Aldaya e outras damas de reputação irrefutável. Assim, dona Yvonne juntou suas economias provenientes do ordenado do marido e comprou uma roupa de marinheiro para o filho.

Francisco Javier já tinha então dezessete anos, e aquela roupa azul, com calça curta decididamente ajustada à refinada sensibilidade de dona Yvonne, lhe caía de forma grotesca e humilhante. Pressionado pela mãe, Francisco Javier aceitou o convite e passou uma semana afiando um cortador de papel com o qual pretendia presentear Jorge. No dia da festa, dona Yvonne se empenhou em escoltar o filho até as portas da mansão dos Aldaya. Queria sentir o cheiro de realeza e aspirar a glória de ver seu filho adentrar portas que logo se abririam para ela. Na hora de vestir a ridícula roupa de marinheiro, Francisco Javier viu que estava pequena. Yvonne decidiu fazer um conserto de última hora. Chegaram atrasados. Enquanto isso, aproveitando o barulho e a ausência de dom Ricardo, que naquele instante se sentia muito à vontade saboreando o melhor da raça eslava e comemorando à sua maneira, Julián havia escapulido da festa. Penélope e ele haviam marcado encontro na biblioteca, onde não havia risco de se depararem com algum membro da culta e fantástica alta sociedade. Preocupados demais devorando os lábios um do outro, nenhum dos dois viu o par absurdo que se aproximava das portas da casa. Francisco Javier, com uma roupa de marinheiro em dia de primeira comunhão e vermelho de humilhação, vinha quase arrastado por dona Yvonne, que, para aquela ocasião, havia resolvido desempoeirar um grande chapéu que fazia jogo com um vestido pregueado cheio de enfeites que a deixavam parecida com um balcão de doces, ou, nas palavras de Miquel Moliner, que a vira de longe, um bisão disfarçado de Madame Récamier. Dois empregados controlavam a entrada da festa. Não pareceram muito impressionados com os visitantes. Dona Yvonne anunciou que o filho, dom Francisco Javier Fumero de Sotoceballos, estava entrando. Os dois empregados retrucaram, com lentidão, que não estavam encontrando seu nome na lista. Irritada, mas mantendo sua compostura de grande senhora, Yvonne pediu ao filho que lhes mostrasse o convite. Infelizmente, ao fazer o conserto da roupa, o convite havia ficado sobre a mesa de costura de dona Yvonne.

Francisco Javier tentou explicar o ocorrido, mas gaguejava, e as risadas dos empregados não ajudaram a esclarecer o mal-entendido. Mãe e filho foram convidados a se retirar sem mais. Dona Yvonne, explodindo de raiva, anunciou que eles não sabiam quem estavam desrespeitando. Os seguranças responderam que a vaga de faxineira já havia sido preenchida. Da janela de seu quarto, Jacinta viu que Francisco Javier se afastava quando, de repente, estancou. O rapaz virou-se e, mais além do espetáculo da mãe gritando com os arrogantes empregados, os viu. No janelão da biblioteca, Julián beijava Penélope. Beijavam-se com a intensidade de quem pertence um ao outro, alheios ao mundo.

No dia seguinte, durante o recreio do meio-dia, Francisco Javier surgiu de repente. A notícia do escândalo do dia anterior já havia se espalhado entre os alunos e as risadas não se fizeram esperar, nem as perguntas sobre o que ele havia feito com a roupa de marinheiro. As risadas pararam de repente quando os alunos perceberam que o rapaz trazia na mão a espingarda do pai. Fez-se silêncio, e muitos se afastaram. Somente o grupo de Aldaya, Moliner, Fernando e Julián deu meia-volta e ficou encarando o rapaz, sem entender. Sem hesitar, Francisco Javier levantou a espingarda e apontou. As testemunhas disseram depois que não havia ódio nem raiva em seu rosto. Francisco Javier demonstrava a mesma frieza automática com que desempenhava as tarefas de limpeza no jardim. A primeira bala passou raspando sobre a cabeça de Julián. A segunda teria atravessado sua garganta se Miquel Moliner não tivesse se jogado sobre o filho do zelador e lhe arrancado a espingarda a socos. Julián Carax havia assistido à cena atônito, paralisado. Todos acharam que os tiros eram dirigidos a Jorge Aldaya, como *vingança pela humilhação sofrida na tarde anterior. Só mais tarde, quando a Guarda Civil já havia levado o rapaz e os zeladores eram desalojados de sua casa praticamente aos pontapés, foi que Miquel Moliner se aproximou de Julián e lhe disse, sem orgulho, que havia lhe salvado a vida. Julián não imaginava que essa vida, ou a parte dela que lhe interessava viver, já estava chegando ao fim.*

Aquele era o último ano para Julián e seus companheiros no colégio San Gabriel. Todos já comentavam seus planos, ou os planos de suas respectivas famílias para eles no ano seguinte. Jorge Aldaya já sabia que o pai o mandaria estudar na Inglaterra, e Miquel Moliner dava por certa sua entrada na Universidade de Barcelona. Fernando Ramos havia mencionado mais de uma vez que talvez entrasse para o seminário da Companhia, perspectiva que seus professores consideravam a mais sábia em sua situação. Quanto a Francisco Javier Fumero, tudo que se sabia era que, por intercessão de dom Ricardo Aldaya, havia ingressado em um reformatório perdido no Vale de Arán, onde o esperava um longo inverno. Vendo seus companheiros encaminhados em alguma direção, Julián se perguntava o que seria feito de si. Seus sonhos e ambições literárias lhe pareciam mais longínquos e inviáveis do que nunca. Desejava apenas estar junto a Penélope.

Enquanto ele se perguntava sobre seu futuro, outros planejavam por ele. Dom Ricardo Aldaya já lhe preparava um lugar em sua empresa para iniciá-lo nos negócios. O chapeleiro, por sua vez, havia decidido que se o filho não quisesse continuar na empresa familiar, poderia esquecer de viver às suas custas. Para isso, havia iniciado secretamente os trâmites para mandá-lo para o Exército, onde alguns anos de vida militar poderiam curá-lo dos delírios de grandeza. Julián ignorava esses planos e, quando descobrisse o que lhe preparavam uns e outros, já seria tarde. Só Penélope ocupava seus pensamentos, e a distância fingida e os encontros furtivos de antes já não o satisfaziam mais. Ele insistia em vê-la mais vezes, cada vez correndo mais riscos que descobrissem sua relação com a moça. Jacinta fazia tudo que podia para acobertá-los: mentia pelos cotovelos, tramava reuniões secretas e inventava mil e um ardis para lhes conceder alguns instantes a sós. Até ela compreendia que aquilo já não era suficiente, que cada minuto que Penélope e Julián passavam juntos os unia mais. Fazia tempo que a aia havia aprendido a reconhecer em seus olhos o desafio e a arrogância do de-

sejo: uma vontade cega de serem descobertos, de que seu segredo fosse um escândalo em voz alta e de não terem mais que se esconder pelos cantos e desvãos para se amarem às apalpadelas. Às vezes, quando Jacinta chegava para vestir Penélope, a moça se desfazia em lágrimas e lhe confessava seus desejos de fugir com Julián, de tomar o primeiro trem e desaparecer para onde ninguém os conhecesse. Jacinta, que se lembrava do tipo de mundo que se estendia fora das grades do palacete Aldaya, sentia um calafrio e a dissuadia. Penélope era um espírito dócil, e o medo que via no rosto de Jacinta bastava para sossegá-la. Julián era outra história.

Durante aquela última primavera no San Gabriel, Julián descobriu, com inquietação, que dom Ricardo Aldaya e sua mãe, Sophie, se encontravam às vezes, às escondidas. A princípio, temeu que o industrial houvesse decidido que Sophie era uma conquista apetecível para acrescentar à sua coleção, mas logo compreendeu que os encontros, que sempre ocorriam em cafés do centro da cidade e se desenvolviam dentro do mais estrito decoro, se limitavam a conversas. Sophie os mantinha em segredo. Quando finalmente Julián decidiu abordar dom Ricardo e lhe perguntar o que estava acontecendo entre ele e sua mãe, o industrial riu.

— Nada lhe escapa, hein, Julián? A verdade é que queria falar com você sobre isso. Sua mãe e eu estamos discutindo seu futuro. Ela veio me ver há algumas semanas, preocupada porque seu pai planejava mandá-lo para o Exército no ano que vem. Sua mãe, como é natural, quer o melhor para você e recorreu a mim para ver se nós dois, juntos, poderíamos fazer alguma coisa. Não se preocupe, você não será carne de canhão, palavra de Ricardo Aldaya. Sua mãe e eu temos grandes planos para você. Confie em nós.

Julián queria confiar, mas dom Ricardo lhe inspirava tudo, menos confiança. Conversando com Miquel Moliner, o rapaz lhe deu razão.

— Se o que você quer é fugir com Penélope, precisa organizar tudo. E vai precisar de dinheiro.

Dinheiro era o que Julián não tinha.

— Isso se resolve — informou Miquel. — É para isso que servem os amigos ricos.

Foi assim que Miquel e Julián começaram a planejar a fuga dos amantes. O destino, por sugestão de Miquel, seria Paris. O rapaz era da opinião de que, sendo Julián um artista boêmio e morto de fome, pelo menos estaria no cenário mais bonito de todos. Penélope falava alguma coisa de francês e Julián, graças aos ensinamentos da mãe, o tinha como segunda língua.

— Além do mais, Paris é grande o suficiente para nos perdermos nela, mas pequena o suficiente para encontrarmos novas oportunidades — dizia Miquel.

Seu amigo juntou uma pequena fortuna, reunindo suas economias de anos com o que pôde tirar do pai graças às desculpas mais extravagantes. Só Miquel sabia para onde eles iam.

— E eu pretendo ficar mudo assim que vocês subirem no trem.

Naquela mesma tarde, depois de discutir os últimos detalhes com o amigo, Julián foi à casa da avenida Del Tibidabo para explicar o plano a Penélope.

— O que vou lhe dizer, você não pode contar a ninguém. A ninguém. Nem mesmo a Jacinta — começou Julián.

A moça o escutou, entre atônita e fascinada. O plano era impecável. Miquel compraria as passagens usando um nome falso e contratando um desconhecido para que as recolhesse no guichê da estação. Se a polícia o pegasse, tudo o que ele poderia lhes dar era a descrição de um personagem que não se parecia com Julián. Penélope e Julián se encontrariam no trem. Não haveria espera na plataforma para que não houvesse chance de alguém vê-los. A fuga seria em um domingo, ao meio-dia. Julián chegaria por conta própria à estação de Francia, onde o esperaria Miquel, com as passagens e o dinheiro.

A parte mais delicada era a que dizia respeito a Penélope. Ela precisaria enganar Jacinta e pedir à aia que inventasse uma desculpa para tirá-la da missa das onze e levá-la para casa. No caminho, Penélope pediria que a deixasse ir encontrar Julián, prometendo voltar antes que a família retornasse ao casarão. Penélope aproveitaria, então, para ir até a estação. Ambos sabiam que, se dissessem a verdade, Jacinta não os deixaria partir. Gostava demais deles.

— É um plano perfeito, Miquel — dissera Julián ao escutar a estratégia idealizada pelo amigo.

Miquel concordou, com tristeza.

— Exceto por um detalhe. O mal que vocês vão fazer a muita gente indo embora para sempre.

Julián havia concordado, pensando na mãe e em Jacinta. Não lhe ocorreu pensar que Miquel Moliner estava falando de si mesmo.

O mais difícil foi convencer Penélope da necessidade de não contar nada a Jacinta a respeito do plano. Apenas Miquel saberia da verdade. O trem partiria à uma da tarde. Quando a ausência de Penélope se fizesse notar, eles já teriam cruzado a fronteira. Uma vez em Paris, os dois se instalariam em um albergue como marido e esposa, sob nomes falsos. Então enviariam a Miquel Moliner uma carta dirigida às suas famílias confessando seu amor, dizendo que estavam bem, que se importavam com eles, anunciando seu casamento pela igreja e pedindo seu perdão e compreensão. Miquel Moliner colocaria a carta em um segundo envelope, para eliminar o carimbo de Paris, e se encarregaria de enviá-la de uma localidade próxima.

— Quando? — perguntou Penélope.

— Daqui a seis dias — respondeu Julián. — Neste domingo.

Miquel achava que, para não despertar suspeitas, o melhor era que durante esses dias que faltavam para a fuga Julián não visitasse Penélope. Deveriam combinar tudo e não tornar a se ver até se encontrarem naquele trem rumo a Paris. Seis dias sem vê-la, sem tocá-la, parecia o infinito para ele. Selaram o pacto, um casamento secreto, com os lábios.

Foi então que Julián levou Penélope até o quarto de Jacinta, no terceiro andar da casa. Naquele andar ficavam apenas os quartos dos criados, e Julián pensou que ninguém os encontraria. Despiram-se com sofreguidão, com raiva e desejo, arranhando a pele um do outro e desfazendo-se em silêncios. Aprenderam de cor cada parte do corpo um do outro e enterraram aqueles seis dias de separação em suor e saliva. Julián a penetrou com fúria, cravando-a contra a madeira do chão. Penélope o recebia de olhos abertos, as pernas enlaçadas em seu torso e os lábios entreabertos de ânsia. Não havia sinal de fragilidade ou criancice em seu olhar, em seu corpo cálido que pedia mais. Quando tudo terminou, Julián soube, com o rosto ainda fascinado pela visão do ventre de Penélope e as mãos em seu peito branco ainda trêmulo, que deveriam se despedir. Mal teve tempo de se levantar quando a porta do quarto se abriu devagar e a silhueta de uma mulher perfilou-se na entrada. Por um segundo Julián achou que fosse Jacinta, mas logo compreendeu que era a sra. Aldaya, que os observava possuída ao mesmo tempo de fascínio e repugnância. Quando conseguiu balbuciar, ela perguntou: "Onde está

Jacinta?". Sem mais, virou-se e se afastou em silêncio, enquanto Penélope se encolhia no chão em uma agonia muda e Julián sentia que o mundo desmoronava à sua volta.

— Vá embora logo, Julián. Antes que meu pai chegue.

— Mas...

— Vá embora.

Julián concordou.

— Aconteça o que acontecer, domingo espero você no trem.

Penélope conseguiu esboçar um sorriso.

— Estarei lá. Vá embora agora, por favor...

Ela ainda estava nua quando ele a deixou e deslizou pela escada de serviço até as cocheiras e, dali, para a noite mais fria da qual tinha lembrança.

Os dias que se seguiram foram os piores. Julián havia passado a noite acordado, esperando que a qualquer momento viessem buscá-lo os facínoras de dom Ricardo. Nem mesmo o sono o visitou. No dia seguinte, no colégio, não percebeu nenhuma mudança no comportamento de Jorge Aldaya. Devorado pela angústia, Julián confessou a Miquel o que havia ocorrido. Miquel, com sua costumeira fleuma, sacudiu a cabeça em silêncio.

— Você é louco, Julián, mas isso não é novidade. O estranho é que não tenha havido confusão na casa dos Aldaya. O que, pensando bem, não é tão surpreendente. Se, como você diz, foi a sra. Aldaya quem os descobriu, é possível que nem ela mesma saiba ainda o que fazer. Tive três conversas com ela na minha vida, e delas extraí duas conclusões: primeira, que tem a idade mental de doze anos, e segunda, que padece de um narcisismo crônico que a impossibilita de ver ou compreender qualquer outra coisa que não o que quer ver e compreender, especialmente em relação a si própria.

— Poupe-me de seu diagnóstico, Miquel.

— O que quero dizer é que ela provavelmente ainda está pensando no que dizer, como, quando e a quem. Primeiro terá que pensar nas consequências para si mesma: o potencial escândalo, a fúria do esposo... O resto, atrevo-me a supor, lhe é indiferente...

— Acha, então, que ela não dirá nada?

— Talvez demore um ou dois dias. Mas não acho que seja capaz de guardar um segredo assim sem contar ao marido. E o plano de fuga, então? Continua de pé?

— *Mais do que nunca.*

— *Alegro-me em ouvir. Porque agora sim acho que não tem mais volta.*

Os dias daquela semana se passaram em lenta agonia. Julián ia cada dia ao colégio San Gabriel acompanhado pela incerteza. Passava as horas fingindo estar ali, só conseguindo trocar olhares com Miquel Moliner, que começava a ficar tanto ou mais preocupado do que ele. Jorge Aldaya não dizia nada. Mostrava-se tão educado como sempre. Jacinta não voltara a aparecer para buscar Jorge. O motorista de dom Ricardo vinha todas as tardes. Julián se sentia mal, quase desejando que o que tivesse que acontecer acontecesse logo, que aquela espera chegasse ao fim. Na quinta-feira à tarde, ao terminarem as aulas, Julián começou a pensar que a sorte estivesse ao seu lado. A sra. Aldaya não dissera nada, talvez por vergonha, por estupidez ou por quaisquer das razões que Miquel sugerira. Pouco importava. O importante era que ela guardasse o segredo até domingo. Naquela noite, pela primeira vez em vários dias, ele conseguiu conciliar o sono.

Na sexta-feira de manhã, ao chegar à sala de aula, o padre Romanones o esperava no gradil.

— *Julián, preciso falar com você.*

— *Sim, pois não, padre.*

— *Sempre soube que esse dia chegaria e fico contente de que seja eu a lhe dar a notícia.*

— *Que notícia, padre?*

Julián Carax não era mais aluno do colégio San Gabriel. Sua presença no recinto, nas aulas ou mesmo nos jardins estava terminantemente proibida. Seu material, seus livros escolares e todos os seus pertences passavam a ser propriedade do colégio.

— *O termo técnico é expulsão fulminante* — *resumiu o padre Romanones.*

— *Posso saber o motivo?*

— *Ocorrem-me uma dúzia, mas tenho certeza de que você saberá escolher o mais idôneo. Tenha um bom dia, Carax. Sorte na vida. Vai precisar de muita.*

A uns trinta metros, no pátio dos chafarizes, um grupo de alunos o observava. Alguns riam, fazendo um gesto de despedida com a mão. Outros o olhavam com estranheza e compaixão. Só um sorria com tristeza: seu amigo Miquel Moliner, que se limitou a assentir e a murmurar em silêncio palavras que Julián pensou ler no ar: "Até domingo".

Ao retornar ao apartamento do largo de San Antonio, Julián percebeu que o Mercedes-Benz de dom Ricardo Aldaya estava estacionado diante da chapelaria. Estancou na esquina e esperou. Logo depois, dom Ricardo saiu da loja de seu pai e entrou no carro. Julián escondeu-se no vão de uma porta até ele desaparecer rumo à praça Universidad. Somente então se apressou em subir a escada até sua casa. Sua mãe o esperava ali, mergulhada em lágrimas.

— O que você fez, Julián? — murmurou ela, sem raiva.

— Perdoe-me, mãe...

Sophie abraçou o filho com força. Havia emagrecido e estava envelhecida, como se todos eles juntos lhe houvessem roubado a vida e a juventude. Eu mais do que ninguém, pensou Julián.

— Escute bem, Julián. Seu pai e dom Ricardo Aldaya arrumaram tudo para mandá-lo para o Exército dentro de alguns dias. Você precisa ir, Julián. Precisa ir aonde nenhum dos dois possa encontrá-lo...

Julián pensou ver no olhar da mãe uma sombra que a consumia por dentro.

— Existe alguma outra coisa, mãe? Alguma coisa que a senhora não me contou?

Sophie observou-o com os lábios trêmulos.

— Você precisa partir. Nós dois vamos ter que partir daqui para sempre.

Julián a abraçou com força e lhe sussurrou ao ouvido:

— Não se preocupe comigo, mãe. Não se preocupe.

Julián passou o sábado trancado no quarto, entre seus livros e cadernos de desenho. O chapeleiro havia descido para a loja quase ao alvorecer e só retornou bem tarde, de madrugada. Nem tem coragem de me dizer na cara, *pensou Julián. Naquela noite, com os olhos cheios de lágrimas, ele se despediu dos anos que havia passado naquele quarto escuro e frio, perdido em sonhos que agora sabia que nunca chegariam a se realizar. No alvorecer de domingo, munido apenas de uma maleta com algumas roupas e livros, beijou a testa de Sophie, que dormia enrolada em mantas na sala de jantar, e partiu. As ruas vestiam uma neblina azulada, e faíscas de cobre despontavam sobre os telhados da cidade antiga. Caminhou devagar, despedindo-se de cada portão, de cada esquina, perguntando-se se a armadilha do tempo seria certeira e se algum dia só seria capaz de se lembrar das coisas boas, de esquecer a solidão que tantas vezes o havia perseguido pelas ruas.*

A estação de Francia estava deserta, as plataformas curvadas em forma de sabres espelhados que brilhavam ao amanhecer, afundando-se na névoa. Julián sentou-se em um banco sob a abóbada e sacou seu livro. Deixou passar as horas perdido na magia das palavras, mudando de pele e de nome, sentindo-se outro. Deixou-se arrastar pelos sonhos dos personagens em sombra, acreditando que não lhe restava outro santuário ou refúgio senão aquele. Já sabia que Penélope não viria ao encontro marcado. Sabia que subiria naquele trem sem outra companhia senão a lembrança dela. Quando, ao meio-dia, Miquel Moliner apareceu na estação e lhe entregou sua passagem e todo o dinheiro que havia conseguido juntar, os dois amigos se abraçaram em silêncio. Julián nunca tinha visto Miquel Moliner chorar. O relógio os procurava, contando os minutos que faltavam.

— Ainda há tempo — murmurava Miquel, os olhos fixos na entrada da estação.

À uma e cinco, o chefe de estação deu a chamada final para os passageiros com destino a Paris. O trem já havia começado a deslizar na plataforma quando Julián se virou para se despedir do amigo. Miquel Moliner observava da plataforma, as mãos nos bolsos.

— Escreva — disse ele.

— Escreverei assim que chegar — respondeu Julián.

— Não. A mim, não. Escreva livros. Não cartas. Escreva-os por mim. Por Penélope.

Julián concordou, só então percebendo quanta falta sentiria do amigo.

— E conserve seus sonhos — disse Miquel. — Nunca se sabe quando vão nos fazer falta.

— Sempre — murmurou Julián, mas o barulho do trem já lhes havia roubado as palavras.

— Penélope me contou o que se passou na noite em que a sra. Aldaya os surpreendeu no meu quarto. No dia seguinte, a senhora mandou me chamar e me perguntou o que eu sabia sobre Julián. Eu lhe disse que nada, que ele era um bom rapaz, amigo de Jorge... Ela me deu ordens para manter Penélope no quarto até que ela lhe desse permissão para sair. Dom Ricardo estava em Madri e só voltou na sexta-feira. Assim que ele chegou, a senhora lhe contou o ocorrido. Eu estava presente. Dom Ricardo pulou da poltrona e deu uma bofetada na sra. Aldaya que a derrubou no chão. Em seguida, gritando como um doido, disse para ela repetir o que tinha dito. A senhora estava apavorada. Nunca tínhamos visto o sr. Aldaya naquele estado. Nunca. Era como se ele estivesse possuído por todos os demônios. Vermelho de raiva, subiu ao quarto de Penélope e a tirou da cama arrastando-a pelos cabelos. Eu quis detê-lo, mas ele me afastou aos pontapés. Naquela mesma noite mandou chamar o médico da família para examinar Penélope. Quando o médico terminou, falou com o senhor. Trancaram Penélope no quarto, e a senhora me mandou arrumar minhas coisas.

"Não me deixaram ver Penélope, nem me despedir dela. Dom Ricardo ameaçou me denunciar à polícia caso eu revelasse o ocorrido a alguém. Expulsaram-me aos pontapés naquela mesma noite, sem ter para onde ir, depois de dezoito anos de serviço ininterrupto na casa. Dois dias depois, em uma pensão da rua Muntaner, recebi a visita de Miquel Moliner, que me contou que Julián fora embora para Paris. Ele queria que eu lhe contasse o que havia acontecido com Penélope e descobrir por que ela não fora ao encontro na estação. Durante semanas voltei a casa, rogando que me deixassem visitar Penélope, mas não me deixaram sequer atravessar as grades. Às vezes eu passava dias inteiros na esquina em frente esperando vê-los sair. Nunca a vi. Ela não saía de casa. Dias depois, o sr. Aldaya chamou a polícia e, com a ajuda de seus amigos influentes, conseguiu que me internassem no manicômio de Horta, alegando que ninguém me conhecia e que eu era uma demente que estava importunando sua família e seus filhos. Passei dois anos trancafiada lá como um animal. A primeira coisa que fiz quando saí foi ir à casa da avenida Del Tibidabo, para ver Penélope."

— Conseguiu vê-la?

— A casa estava fechada, à venda. Ninguém morava mais ali. Disseram-me que os Aldaya tinham partido para a Argentina. Escrevi ao endereço que me deram. As cartas voltaram ainda seladas...

— O que aconteceu com Penélope? A senhora sabe?

Jacinta sacudiu a cabeça, desmoronando.

— Nunca mais a vi.

A anciã gemia, chorando compulsivamente. Fermín acolheu-a nos braços e a afagou. O corpo de Jacinta Coronado havia encolhido ao tamanho de uma criança, e ao seu lado Fermín parecia um gigante. Na minha cabeça ferviam mil perguntas, mas meu amigo fez um gesto que indicava claramente o fim da entrevista. Vi-o contemplar aquele buraco sujo e frio onde Jacinta Coronado desperdiçava suas últimas horas.

— Ande, Daniel. Vamos.

Fiz o que ele me dizia. Ao me afastar, virei-me por um instante e vi que Fermín se ajoelhava diante da anciã e a beijava na testa. Ela exibiu seu sorriso desdentado.

— Diga-me, Jacinta — escutei Fermín dizer. — A senhora gosta de balas, não gosta?

Em nosso percurso até a saída, cruzamos com o verdadeiro agente funerário e dois ajudantes de aparência simiesca, que carregavam um caixão de pinho, umas cordas e vários lençóis velhos de uso duvidoso. A comitiva desprendia um cheiro sinistro de formol e água-de-colônia barata e tinha uma pele transparente que emoldurava sorrisos macilentos e caninos. Fermín limitou-se a apontar para a cela onde o defunto esperava e fez um gesto benzendo o trio, que correspondeu assentindo e persignando-se respeitosamente.

— Vão em paz — murmurou Fermín, arrastando-me para a saída, onde uma freira segurando uma lamparina a óleo se despediu de nós com um olhar fúnebre e recriminatório.

Uma vez fora do recinto, o lúgubre canhão de pedra e sombra da rua Moncada pareceu-me um vale de glória e esperança. Ao meu lado, Fermín respirava fundo, aliviado, e vi que não era só eu quem estava contente de deixar para trás aquele bazar de trevas. A história contada por Jacinta nos pesava na consciência mais do que gostaríamos de admitir.

— Escute, Daniel. E se formos comer croquetes de presunto e tomar refrescos no Xampañet, para tirar esse gosto ruim da boca?

— A verdade é que eu não diria não.

— Não marcou encontro com a garota hoje?

— Amanhã.

— Ah, garotão! Está se fazendo de rogado, hein? Vejo que está aprendendo...

Mal havíamos dado dez passos rumo ao barulhento boteco, apenas alguns números adiante, quando três silhuetas espectrais saíram das sombras, interceptando-nos no meio do caminho. Os dois magarefes se postaram atrás de nós, tão próximos que senti o hálito deles na nuca. O terceiro, menor, mas infinitamente mais sinistro, nos impediu de passar. Vestia a mesma capa de chuva, e seu sorriso oleoso parecia transbordar de gozo pelo canto dos lábios.

— Ora, ora, quem temos aqui? Meu velho amigo, o homem das mil caras — disse o inspetor Fumero.

Pareceu-me ouvir os ossos de Fermín rangerem de pavor diante da aparição. Sua loquacidade ficou reduzida a um gemido afogado. A essa altura, os dois bandidos, que logo supus serem dois agentes da Brigada Criminal, já haviam nos imobilizado pela nuca e pelo pulso direito, prontos para nos torcerem o braço ao menor indício de movimento.

— Vejo, pela sua cara de surpresa, que você achava que eu já havia perdido seu rastro há muito tempo, hein? Imagino que não tenha pensado que uma merda seca como você poderia sair da sarjeta e se fazer passar por um cidadão decente, hein? Você é maluco, mas não tanto. Além do mais, ouvi dizer que está pondo o nariz, que no seu caso é muito grande, em um monte de assuntos que não são da sua conta. Mau sinal... Que confusão é essa com as freiras? Está transando com alguma delas? Qual é o preço que cobram agora?

— Eu respeito as nádegas alheias, inspetor, especialmente as que estão sob clausura. Quem sabe se o senhor se preocupasse mais com as próprias coisas economizaria em penicilina e estaria melhor dos intestinos.

Fumero soltou uma risadinha abjeta, explodindo de raiva.

— É assim que eu gosto. Colhões de touro. É o que eu digo: se todos os bandidos fossem como você, meu trabalho seria uma festa. Diga-me, como se chama agora, idiota? Gary Cooper? Vamos, conte-me o que anda fazendo metendo esse narigão aqui no Asilo de Santa Lucia e talvez eu o deixe ir embora só com uns beliscões. Diga, vamos. O que os traz por aqui?

— Um assunto particular. Viemos visitar um parente.

— É, a puta da sua mãe. Hoje você me pegou de bom humor, porque se não eu o levava agora mesmo para a delegacia e lhe aplicava outra vez o maçarico. Vamos, seja um bom garoto e conte a verdade para seu amigo inspetor Fumero, que diabos faziam você e seu amigo aqui? Colabore um pouco, porra, assim eu não preciso quebrar a cara desse menino que você encontrou para ser seu mecenas.

— Encoste em um fio de cabelo dele e juro que...

— Ai, que medo. Até caguei nas calças.

Fermín engoliu em seco e pareceu recuperar a coragem que lhe fugia pelos poros.

— Não serão essas as calças de marinheiro que o fez vestir sua nobre mãe, a ilustre faxineira? Seria uma pena, pois me disseram que o modelito lhe caía muito bem.

O rosto do inspetor Fumero empalideceu, e em seu olhar já não havia nenhuma expressão.

— O que você disse, desgraçado?

— Disse que parece que o senhor herdou o gosto e o charme de dona Yvonne Sotoceballos, dama da alta sociedade...

Fermín não era um homem corpulento, e o primeiro soco bastou para derrubá-lo. Ainda estava encolhido como um novelo na poça em que havia aterrissado quando Fumero lhe aplicou vários pontapés no estômago, nos rins e na cabeça. Perdi a conta no quinto. Um instante depois, Fermín perdeu o fôlego e a capacidade de mexer um dedo ou de se proteger dos socos. Os dois policiais que me seguravam riam por cortesia ou por obrigação, contendo-me com mão de ferro.

— E você não se meta — sussurrou um deles. — Não quero ser obrigado a quebrar seu braço.

Tentei me soltar, mas foi em vão. No entanto, entrevi por um momento o rosto do agente que havia falado. Era o homem da capa de chuva e do jornal no bar da praça de Sarriá dias antes, o mesmo que havia me seguido no ônibus, rindo das piadas de Fermín.

— Olhe, o que eu mais detesto no mundo são as pessoas que fuçam na merda e no passado — clamava Fumero, rodeando Fermín. — As coisas passadas devem ficar como estão, entendeu? E isso vale para você e para o imbecil do seu amigo. Olhe bem e aprenda, garoto, que logo chegará a sua vez.

Vi como o inspetor Fumero arrebentava Fermín a pontapés sob a luz oblíqua de um poste. Durante todo o episódio fui incapaz de abrir a boca. Lembro-me do impacto surdo, terrível, dos socos caindo sem piedade sobre meu amigo. Ainda me doem. Limitei-me a me refugiar naquele conveniente abraço dos policiais, tremendo e derramando lágrimas de covardia em silêncio. Quando Fumero enjoou de sacudir um peso morto, abriu a capa de chuva, desceu a braguilha e começou a urinar em cima de Fermín. Meu amigo não se mexia, era apenas um fardo de roupa velha em uma poça. Enquanto Fumero descarregava seu jorro leve e generoso sobre Fermín, continuei incapaz de abrir a boca. Quando terminou, o inspetor abotoou a braguilha e se aproximou de mim com o rosto suado, ofegante. Um dos agentes lhe deu um lenço com o qual secou o rosto e o pescoço. Fumero aproximou-se até ficar com o rosto a alguns centímetros do meu e me cravou os olhos.

— Você não valia essa surra, garoto. Esse é o problema do seu amigo: sempre aposta no bando errado. Da próxima vez vou acabar com ele de verdade, como nunca, e tenho certeza de que a culpa vai ser sua.

Achei então que ele fosse me esbofetear, que havia chegado minha vez. E, por alguma razão, fiquei satisfeito. Quis acreditar que os socos me curariam da vergonha de ter sido incapaz de mexer um dedo para ajudar Fermín, quando a única coisa que ele estava tentando fazer era me proteger, como sempre. Mas não veio soco algum. Apenas a chicotada daqueles olhos cheios de desprezo. Fumero se limitou a apalpar meu rosto.

— Calma, rapaz. Não sujo a mão com covardes.

Os dois policiais riram, mais relaxados ao comprovarem que o espetáculo havia terminado. Estava claro que desejavam abandonar a cena. Afastaram-se rindo pela sombra. Quando acudi em sua ajuda, Fermín tentava se levantar e encontrar os dentes que havia perdido na água suja da poça. Sua boca, nariz, ouvidos e pálpebras sangravam. Ao me ver são e salvo, deu um esboço de sorriso e achei que morreria ali mesmo. Ajoelhei-me ao seu lado e o segurei nos braços. O primeiro pensamento que me passou pela cabeça foi que ele pesava menos do que Bea.

— Fermín, pelo amor de Deus, você precisa ir para o hospital agora mesmo.

Ele sacudiu a cabeça com energia.

— Leve-me até ela.

— Até quem, Fermín?

— Bernarda. Se vou morrer, que seja em seus braços.

32

Naquela noite, voltei ao apartamento da praça Real, onde, anos antes, havia jurado não pôr mais os pés. Dois paroquianos, que haviam assistido à surra da porta do Xampañet, se ofereceram para me ajudar a levar Fermín até um ponto de táxi da rua Princesa, enquanto um garçom do estabelecimento ligava para o número que eu lhe dera, anunciando nossa chegada. A corrida no táxi me pareceu infinita. Fermín perdeu os sentidos antes de o táxi andar. Eu o segurava nos braços, apertando-o contra o peito e tentando lhe transmitir calor. Sentia seu sangue morno empapando minha roupa. Sussurrava em seu ouvido, dizendo que já estávamos chegando, que não ia acontecer nada. Minha voz tremia. O motorista me lançava olhares furtivos pelo espelho.

— Escute, não quero confusão, hein? Se esse daí morrer, vocês descem.

— Acelere e cale a boca.

Quando chegamos à rua Fernando, Gustavo Barceló e Bernarda já esperavam na porta do edifício em companhia do dr. Soldevila. Ao nos ver sujos e ensanguentados, Bernarda começou a gritar, em um acesso de pânico. O doutor tomou rapidamente o pulso de Fermín e certificou-se de que o paciente estava vivo. Nós quatro, juntos, conseguimos carregar Fermín pelas escadas e levá-lo até o quarto de Bernarda, onde uma enfermeira que o doutor havia trazido já preparava tudo. Uma vez o paciente estendido sobre a cama, a enfermeira começou a despi-lo. O dr. Soldevila insistiu para que todos saíssemos do quarto e os deixássemos agir. Fechou a porta na nossa cara com um sucinto "ele vai viver".

No corredor, Bernarda chorava desconsolada, gemendo que na primeira vez que encontrava um homem bom, vinha Deus e o arrancava a pontapés. Dom Gustavo Barceló tomou-a nos braços e a levou até a cozinha, onde começou a entupi-la de conhaque até a coitada mal conseguir ficar em pé. Quando as palavras da empregada começaram a ficar ininteligíveis, o livreiro serviu uma dose para si e bebeu de um gole só.

— Sinto muito. Não sabia aonde ir...

— Calma. Você agiu certo. Soldevila é o melhor ortopedista de Barcelona — disse ele, sem se dirigir a ninguém em particular.

— Obrigado — murmurei.

Barceló suspirou e me serviu uma boa dose de conhaque. Recusei a oferta, que passou às mãos de Bernarda, em cujos lábios desapareceu como que por encanto.

— Faça o favor de tomar um banho e pôr uma roupa limpa — disse Barceló. — Se voltar para casa com esse aspecto, vai matar seu pai de susto.

— Não faz mal... estou bem.

— Pois então pare de tremer. Ande, vá, pode usar meu banheiro, que tem água quente. Você conhece o caminho. Enquanto isso, vou ligar para seu pai e lhe dizer, bem, não sei o que vou lhe dizer. Pensarei em alguma coisa.

Concordei.

— Esta continua sendo sua casa, Daniel — disse Barceló enquanto eu me afastava no corredor. — Sentimos sua falta.

Consegui encontrar o banheiro de Gustavo Barceló, mas não o interruptor de luz. *Pensando bem*, disse para mim mesmo, *prefiro tomar banho no escuro*. Tirei a roupa suja e manchada de sangue e subi na banheira imperial de Gustavo Barceló. Uma névoa perolada infiltrava-se pelo janelão que dava para o pátio interno da casa, deixando adivinhar os contornos da mansão e o desenho das lajotas esmaltadas do chão e das paredes. A água saía fervendo e com tal pressão que, comparada com a simplicidade do nosso banheiro da rua Santa Ana, pareceu-me digna de hotéis de luxo onde eu nunca havia posto os pés. Permaneci vários minutos debaixo do vapor da ducha, imóvel.

O eco dos socos caindo sobre Fermín continuava a martelar em meus ouvidos. Eu não conseguia tirar da cabeça as palavras de Fumero, nem o rosto daquele policial que me havia segurado, provavelmente para me proteger. Logo depois percebi que a água começava a esfriar e me dei conta de que estava acabando com a reserva da caldeira do meu anfitrião. Usei até a última gota de água morna e fechei a torneira. O vapor subia da minha pele como fios de seda. Através da cortina da ducha adivinhei uma silhueta imóvel em frente à porta. Seu olhar vazio brilhava como o de um gato.

— Pode sair sem medo, Daniel. Apesar de todas as minhas maldades, continuo sem poder enxergá-lo.

— Olá, Clara.

Ela me estendeu uma toalha limpa. Estiquei o braço e a peguei. Enrolei-me com o pudor de um colegial e mesmo na escuridão de vapor pude ver que Clara sorria, adivinhando meus movimentos.

— Não ouvi você entrar — falei.

— Não me anunciei. Por que está tomando banho no escuro?

— Como sabe que a luz não está acesa?

— O zumbido da lâmpada — explicou ela. — Você nunca voltou para se despedir.

Voltei, sim, pensei, *mas você estava muito ocupada.* Mas as palavras morreram em meus lábios, com o rancor e a amargura distantes, ridículos de repente.

— Eu sei. Me perdoe.

Saí do chuveiro para o tapete de feltro. O halo do vapor resplandecia em manchas de prata, a luz da claraboia era um véu branco sobre o rosto de Clara. Ela não havia mudado nada em comparação com minhas lembranças. Quatro anos de ausência pouco haviam adiantado.

— Sua voz mudou — disse ela. — Você também mudou, Daniel?

— Continuo sendo tão bobo quanto antes, se é isso que você quer saber.

E mais covarde, acrescentei para mim mesmo. Ela conservava aquele mesmo sorriso partido que doía até na penumbra. Estendeu a mão e, como naquela tarde oito anos antes, na biblioteca do Ateneu, entendi imediatamente. Guiei sua mão até meu rosto úmido e senti seus dedos me descobrirem novamente, seus lábios desenhando palavras em silêncio.

— Eu nunca quis magoar você, Daniel. Me perdoe.

Segurei sua mão e a beijei na escuridão.

— Sou eu quem peço perdão.

Qualquer indício de melodrama partiu-se em pedaços quando Bernarda apareceu na porta e, apesar de estar quase bêbada, me viu nu, pingando, segurando a mão de Clara nos lábios e com a luz apagada.

— Pelo amor de Deus, senhorzinho Daniel. Que pouca vergonha. Jesus, Maria e José. Tem gente que não tem jeito...

Bernarda bateu em retirada, irritada, e confiei que quando passassem os efeitos do conhaque a lembrança do que tinha visto desapareceria de sua mente como um retalho de sonho. Clara se afastou alguns passos e me entregou a roupa que segurava no braço esquerdo.

— Meu tio me deu esta roupa para você vestir. É de quando ele era jovem. Disse que você cresceu muito e que já deve lhe servir. Deixo-a aqui para você. Não deveria ter entrado sem avisar.

Peguei a muda de roupa que ela me oferecia e comecei a vestir a roupa de baixo, morna e perfumada, a camisa de algodão rosa, as meias, o colete, a calça e, por fim, o paletó. O espelho mostrava um vendedor a domicílio, sem o sorriso. Quando voltei à cozinha, o dr. Soldevila havia saído um instante do quarto onde atendia Fermín para informar-nos sobre seu estado.

— Por ora, o pior já passou — anunciou ele. — Não é preciso se preocupar. Essas coisas sempre parecem mais graves do que realmente são. Seu amigo sofreu uma fratura no braço esquerdo e teve duas costelas quebradas, perdeu três dentes e apresenta muitas contusões, cortes e ferimentos, mas graças a Deus não tem hemorragias internas nem sintomas de lesão cerebral. Os jornais dobrados que o paciente usava debaixo da roupa, para se aquecer e para aumentar sua corpulência, como ele diz, serviram de armadura para absorver os socos. Há alguns instantes, ao recobrar a consciência por alguns minutos, o paciente pediu que lhes dissesse que está se sentindo como um rapaz de vinte anos e que gostaria de comer um pouco de linguiça com alho, chocolate e balas de limão. A princípio, não vejo inconveniente, embora ache que por enquanto é melhor começar com sucos, iogurte e talvez um pouco de arroz cozido. Além do mais, e como prova de sua vivacidade e de seu ânimo, o paciente pediu que lhes transmitisse que quando a enfermeira Amparo deu uns pontos na sua perna ele teve uma ereção de grande vigor.

— É porque ele é um homem de verdade — murmurou Bernarda, em tom de desculpas.

— Quando poderemos vê-lo? — perguntei.

— Agora é melhor não. Talvez de madrugada. Ele precisa descansar um pouco, e amanhã mesmo eu gostaria de levá-lo ao Hospital del Mar e lhe fazer um encefalograma, para nos tranquilizarmos, mas acho que estamos com sorte e que o sr. Romero de Torres estará como novo dentro de alguns dias. A julgar pelas marcas e cicatrizes que tem pelo corpo, esse homem já passou por coisas piores e é um sobrevivente, em todos os sentidos. Se os senhores precisarem de uma cópia do diagnóstico para apresentar uma denúncia na delegacia...

— Não será necessário — interrompi.

— Jovem, advirto-o que isto poderia ter sido muito sério. É preciso comunicar à polícia imediatamente.

Barceló me observava atentamente. Devolvi-lhe o olhar, e ele assentiu.

— Haverá tempo para esses trâmites, doutor, não se preocupe — disse Barceló. — Agora, o importante é ter certeza de que o paciente esteja em bom estado. Eu mesmo apresentarei a denúncia amanhã na primeira hora. Até as autoridades têm direito a um pouco de paz e sossego noturno.

Obviamente, o doutor não via com bons olhos minha sugestão de esconder o incidente da polícia, mas, ao comprovar que Barceló se responsabilizava pelo assunto, deu de ombros e retornou ao quarto para prosseguir com os curativos. Assim que ele desapareceu, Barceló indicou-me que o acompanhasse a seu escritório. Bernarda suspirava em seu banquinho, abalada pelo conhaque e pelo susto.

— Bernarda, ao trabalho. Faça um pouco de café, por favor. Bem forte.

— Sim, senhor. Agora mesmo.

Segui Barceló até seu escritório, uma cova submersa em névoas de fumo de cachimbo que se alinhava entre colunas de livros e papéis. Os ecos do piano de Clara nos chegavam em eflúvios descompassados. As lições do professor Neri obviamente não haviam adiantado muito, pelo menos no terreno musical. O livreiro fez um gesto para que eu me sentasse e começou a preparar um cachimbo.

— Liguei para seu pai. Disse que Fermín sofreu um pequeno acidente e que você o trouxe aqui.

— Ele engoliu?

— Acho que não.

— Claro que não.

O livreiro pegou seu cachimbo e recostou-se na poltrona do escritório, muito à vontade em sua pose mefistofélica. No outro extremo do apartamento, Clara torturava Debussy. Barceló revirou os olhos.

— Que fim levou o professor de música? — perguntei.

— Eu o despedi. Abuso de posição.

— Claro.

— Tem certeza de que não levou uma surra também? Você agora só fala em monossílabos. Quando garoto, era bem tagarela.

A porta do escritório se abriu e Bernarda entrou, trazendo uma bandeja com duas xícaras fumegantes e um açucareiro. Ao ver a maneira como ela andava, tive medo de ficar no meio da trajetória de uma chuva de café fervente.

— Com licença. O senhor vai tomá-lo com um pouco de conhaque?

— Parece que a garrafa ganhou um descanso esta noite, Bernarda. E você também. Vamos, pode ir dormir. Daniel e eu ficaremos acordados para o caso de ele precisar de alguma coisa. Já que Fermín está no seu quarto, você pode dormir no meu.

— Não, senhor, de maneira alguma.

— É uma ordem, Bernarda. E não discuta. Quero vê-la dormindo daqui a cinco minutos.

— Mas, senhor...

— Bernarda, é seu ordenado que está em jogo.

— Como quiser, sr. Barceló. Mas vou dormir em cima da colcha. Só faltava essa.

Barceló esperou cerimoniosamente que Bernarda se retirasse. Serviu-se de sete torrões de açúcar e começou a mexer a xícara com a colher, esboçando um sorriso felino entre grandes nuvens de tabaco holandês.

— Está vendo? Tenho que levar a casa com mão de ferro.

— Sim, o senhor parece um ogro, dom Gustavo.

— E você, um metido. Diga, Daniel, agora que ninguém está nos ouvindo. Por que não é uma boa ideia dar parte à polícia do ocorrido?

— Porque eles já sabem.

— Quer dizer...?

Assenti.

— Em que espécie de confusão vocês estão metidos, se não é demais perguntar?

Suspirei.

— Alguma coisa em que eu possa ajudar?

Levantei os olhos. Barceló me sorria sem malícia, o semblante de ironia em rara trégua.

— Será que tudo isso por acaso não tem a ver com aquele livro de Carax que você não quis me vender quando deveria?

Levei um susto.

— Eu poderia ajudá-los — ofereceu ele. — Tenho de sobra o que falta a vocês: dinheiro e bom senso.

— Acredite, dom Gustavo, já envolvi muita gente neste assunto.

— Então um a mais não fará diferença. Vamos, confie em mim. Imagine que eu seja seu confessor.

— Há anos não me confesso.

— Logo se vê.

33

Gustavo Barceló tinha uma forma de escutar contemplativa e salomônica, de médico ou representante apostólico. Observava-me com as mãos unidas sob o queixo em gesto de prece e os cotovelos sobre a escrivaninha, sem pestanejar, concordando aqui e ali, como se detectasse sintomas ou pecados no fluxo de meu relato e fosse compondo seu próprio diagnóstico sobre os fatos à medida que eu os servia de bandeja. A cada vez que eu parava, o livreiro erguia as sobrancelhas com curiosidade e fazia um gesto com a mão direita, indicando que eu continuasse desfiando as confusões da minha história, que parecia diverti-lo imensamente. De vez em quando ele tomava notas, ou levantava o olhar para o infinito como se quisesse considerar as implicações do que eu lhe relatava. Na maior parte das vezes, porém, contentava-se com um sorriso sarcástico que eu não podia evitar atribuir à minha ingenuidade ou à torpeza das minhas conjecturas.

— Ouça, se o senhor achar que é bobagem eu me calo.

— Pelo contrário. Tolos falam, covardes se calam, sábios escutam.

— Quem disse isso? Sêneca?

— Não. O sr. Braulio Recolons, que administra um açougue na rua Aviñón e possui um imenso dom, tanto para as linguiças quanto para os provérbios engraçados. Prossiga, por favor. Você estava falando da garota espirituosa...

— Bea. Isso é assunto meu e não tem nada a ver com o resto.

Barceló ria baixinho. Eu estava prestes a prosseguir o relato das minhas peripécias quando o sr. Soldevila apareceu à porta do escritório com aspecto cansado e arfando.

— Com licença. Eu já estava de saída. O paciente está bem e, digamos, cheio de energia. Este cavalheiro vai enterrar todos nós. Ele afirma que os calmantes lhe subiram à cabeça e está muito acelerado. Recusa-se a descansar e insiste que precisa falar com o sr. Daniel sobre assuntos cuja natureza não quis me revelar alegando não acreditar no juramento hipocrático, ou hipócrita, como diz.

— Vamos vê-lo agora mesmo. E queira desculpar o pobre Fermín. Sem dúvida suas palavras são consequência do trauma.

— Talvez, mas eu não descartaria a pouca-vergonha, porque não há modo de fazê-lo parar de beliscar o traseiro da enfermeira e de recitar quadrinhas elogiando suas coxas firmes e roliças.

Escoltamos o doutor e sua enfermeira até a porta e lhes agradecemos efusivamente por seus bons serviços. Ao entrar no quarto, descobrimos que, no final das contas, Bernarda havia desafiado as ordens de Barceló e se estendido na cama ao lado de Fermín quando o susto, a bebida e o cansaço finalmente a deixaram conciliar o sono. Fermín a segurava suavemente, acariciando-lhe os cabelos, cheio de curativos, vendas e tipoias. Em seu rosto havia um machucado que doía só de olhar e do qual saltava o narigão incólume, duas orelhas como antenas idênticas e uns olhos de ratinho aprisionado. O sorriso desdentado e repleto de cortes era de triunfo, e ele nos recebeu levantando a mão direita com o sinal da vitória.

— Como está se sentindo, Fermín? — perguntei.

— Vinte anos mais jovem — respondeu ele, em voz baixa para não acordar Bernarda.

— Deixe de cascatas, Fermín, dá para ver que você está péssimo. Que susto. Tem certeza de que está se sentindo bem? Sua cabeça não está girando? Não está ouvindo vozes?

— Agora que você falou, há pouco me pareceu perceber um murmúrio dissonante e arrítmico, como se um macaco estivesse tentando tocar piano.

Barceló franziu o cenho. Clara continuava batendo nas teclas.

— Não se preocupe, Daniel. Já recebi surras maiores. Esse Fumero não sabe brigar.

— Então quem lhe quebrou a cara foi o famoso inspetor Fumero — disse Barceló. — Vê-se que vocês frequentam as altas esferas.

— Eu ainda não tinha chegado a essa parte da história — falei.

Fermín lançou-me um olhar de pânico.

— Calma, Fermín. Daniel está me pondo a par dessa pequena comédia que vocês têm nas mãos. Devo reconhecer que o assunto é interessantíssimo. E o senhor, Fermín, como anda de confissões? Devo lhe avisar que tenho dois anos de seminarista.

— Eu achava que tivesse pelo menos três, dom Gustavo.

— Tudo se perde, a começar pela vergonha. É a primeira vez que o senhor vem à minha casa e já acaba na cama com a donzela.

— Olhe para a pobrezinha, meu anjo. Saiba que minhas intenções são honestas, dom Gustavo.

— Suas intenções são assunto seu e de Bernarda, que ela já é maior de idade. Agora me contem. Em que confusão vocês se meteram?

— O que você contou a ele, Daniel?

— Chegamos até o segundo ato: a entrada da femme fatale — precisou Barceló.

— Nuria Monfort? — perguntou Fermín.

Barceló riu com deleite.

— Existe mais de uma? Isso parece o rapto do harém.

— Peço-lhe para baixar a voz, que minha namorada está presente.

— Calma, sua namorada tem meia garrafa de *brandy* nas veias. Não acordaria nem com canhões. Vamos, diga a Daniel para me contar o resto. Três cabeças pensam melhor do que duas, especialmente se a terceira for a minha.

Fermín fez menção de dar de ombros entre as tipoias.

— Eu não me oponho, Daniel. Você decide.

Resignado a pôr dom Gustavo Barceló a par da história, prossegui meu relato até chegar ao ponto em que Fumero e seus homens nos surpreenderam na rua Moncada, horas antes. Terminada a narração, Barceló se levantou e andou de um lado para outro do quarto, refletindo. Fermín e eu o observávamos com cautela. Bernarda roncava como um bezerrinho.

— Coitadinha — sussurrava Fermín, enlevado.

— Várias coisas me chamam a atenção — disse, por fim, o livreiro. — É óbvio que o inspetor Fumero está envolvido nisso até o pescoço, embora como e por que seja algo que me escape. Por um lado, há essa mulher...

— Nuria Monfort.

— Em seguida, temos o assunto da volta de Julián Carax a Barcelona e do seu assassinato nas ruas da cidade depois de um mês em que ninguém sabe dele. Obviamente, essa mulher mente pelos cotovelos e até sobre o tempo.

— Isso eu venho dizendo desde o começo — lembrou Fermín. — O que ocorre é que aqui há muito tesão juvenil e pouca visão de conjunto.

— Olhe quem fala: são João da Cruz.

— Alto lá. Vamos ficar calmos e nos ater aos fatos. Segundo o que Daniel contou, uma coisa me pareceu muito estranha, ainda mais do que o resto, e não pelo caráter novelesco da confusão toda, mas por um detalhe essencial e aparentemente banal — acrescentou Barceló.

— Assombre-nos, dom Gustavo.

— Pois aí vai: essa história de o pai de Carax se negar a reconhecer o cadáver alegando não ter filho. É muito estranho. Quase antinatural. Não há pai no mundo que faça isso. Não importa os conflitos que haja entre eles. A morte tem dessas coisas: desperta o sentimental que há em nós. Diante de um túmulo vemos apenas o bom, ou o que queremos ver.

— Que grande citação essa, dom Gustavo — acrescentou Fermín. — Importa-se se eu a incluir no meu repertório?

— Para tudo há exceções — objetei. — Pelo que sabemos, o sr. Fortuny era um ser singular.

— Tudo que sabemos dele são fofocas de terceira mão — disse Barceló. — Quando todo mundo se empenha em pintar alguém como um monstro, das duas uma: ou era um santo, ou as pessoas não estão bem informadas.

— É que o senhor simpatizou com o chapeleiro desde o começo — disse Fermín.

— Com todo o respeito pela profissão, quando o perfil de vilão tem como única fonte o testemunho da zeladora do prédio, meu primeiro instinto é o da desconfiança.

— Por essa regra não podemos ter certeza de nada. Tudo que sabemos é, como o senhor diz, de terceira ou de quarta mão. Com ou sem zeladoras.

— Não confie em quem confia em todo mundo — sentenciou Barceló.

— Que coleção o senhor tem, dom Gustavo — elogiou Fermín. — Pérolas cultivadas por atacado. Quem me dera ter uma visão tão brilhante das coisas.

— A única coisa clara nisso tudo é que vocês precisam da minha ajuda, logística e provavelmente pecuniária, se pretendem resolver esta confusão antes que o inspetor Fumero lhes reserve uma suíte no presídio de San Sebas. Fermín, o senhor concorda comigo?

— Estou às ordens de Daniel. Se ele ordenar, eu me fantasio até de menino Jesus.

— Daniel, o que diz?

— Vocês que resolvam. O que o senhor propõe?

— Meu plano é o seguinte: quando Fermín se recuperar, você, Daniel, fará uma visita casual a Nuria Monfort e porá as cartas na mesa. Fará com que ela entenda que você sabe que ela mentiu e que está escondendo alguma coisa, logo veremos se muita ou pouca.

— Para quê? — perguntei.

— Para ver como reage. Ela não vai dizer, lógico. Ou vai tornar a mentir. O importante é cravar a bandarilha, para usar uma analogia taurina, e ver aonde nos leva o touro, nesse caso, a bezerrinha. E é aí que você entra, Fermín. Enquanto Daniel se arrisca com Nuria, você se posiciona discretamente para vigiar a suspeita e esperar que ela morda o anzol. Quando ela o fizer, siga-a.

— O senhor tem certeza de que ela irá a algum lugar? — protestei.

— Homem de pouca fé! Ela irá. Mais cedo ou mais tarde. E alguma coisa me diz que, neste caso, será mais cedo do que tarde. É a base da psicologia feminina.

— Enquanto isso, o que o senhor pretende fazer, dr. Freud? — perguntei.

— Isso é assunto meu, você saberá no seu devido tempo. E me agradecerá.

Busquei apoio no olhar de Fermín, mas o coitado havia adormecido abraçado a Bernarda, enquanto Barceló formulava seu discurso triunfal. Fermín havia inclinado a cabeça de lado e babava com um sorriso beato no rosto. Bernarda emitia roncos profundos e cavernosos.

— Tomara que este seja bom para ela — murmurou Barceló.

— Fermín é um ótimo sujeito.

— Deve ser, porque não creio que a tenha conquistado pela aparência. Ande, vamos.

Apagamos a luz e saímos do quarto silenciosamente, fechando a porta e deixando os dois pombinhos tomados pelo torpor. Parecia que o primeiro sopro da alvorada despontava nas janelas da galeria, ao final do corredor.

— Suponhamos que eu lhe diga não — falei, baixinho. — Que lhe peça para esquecer tudo.

Barceló sorriu.

— É tarde demais, Daniel. Você deveria ter me vendido esse livro há anos, quando teve a oportunidade.

Cheguei em casa ao amanhecer, arrastando aquela absurda roupa emprestada e o naufrágio de uma noite interminável por ruas úmidas que brilhavam em tons de escarlate. Encontrei meu pai dormindo na poltrona da sala de jantar, com um cobertor nas pernas e seu livro favorito aberto no colo, um exemplar do *Cândido*, de Voltaire, que ele relia mais de uma vez todos os anos, as poucas vezes que eu o ouvia rir de verdade. Observei-o em silêncio. Tinha o cabelo grisalho e ralo, e a pele do rosto havia começado a perder a firmeza em volta das maçãs. Contemplei aquele homem que eu outrora imaginava forte, quase invencível, e o vi frágil, vencido sem que ele próprio soubesse. Talvez estivéssemos vencidos os dois. Inclinei-me para agasalhá-lo com aquele cobertor que havia anos ele prometia doar a uma instituição e beijei-o na testa, como se quisesse assim protegê-lo dos fios invisíveis que o afastavam de mim, daquele pequeno apartamento e das minhas lembranças, como se achasse que com aquele beijo poderia enganar o tempo e convencê-lo a não nos atingir, a voltar outro dia, em outra vida.

34

Passei quase a manhã inteira sonhando acordado no quarto dos fundos, evocando imagens de Bea. Desenhava sua pele nua nas minhas mãos e sentia que saboreava seu hálito com aroma de pão doce. Surpreendia-me lembrando com precisão cartográfica das curvas de seu corpo, do brilho da minha saliva em seus lábios e daquela linha de pelos louros, quase transparentes, que lhe descia pelo ventre e à qual meu amigo Fermín, em suas improvisadas conferências sobre logística carnal, se referia como "o caminhozinho de Xerez".

Consultei o relógio pela enésima vez e comprovei, com horror, que ainda faltavam várias horas até eu tornar a ver — e tocar — Bea. Tentei organizar os recibos do mês, mas o som das pilhas de papel me lembrava o roçar da roupa de baixo deslizando pelos quadris e pelas coxas pálidas de dona Beatriz Aguilar, irmã de meu íntimo amigo de infância.

— Daniel, você está nas nuvens. Está preocupado com alguma coisa? É Fermín? — perguntou meu pai.

Concordei, envergonhado. Meu melhor amigo havia tido várias coste-las quebradas para me salvar a pele algumas horas antes, e meu primeiro pensamento era para o fecho de um sutiã.

— Falando em César...

Levantei os olhos e lá estava ele. Fermín Romero de Torres em carne e osso, vestindo sua melhor roupa e com aquela aparência de conquista-dor astuto, entrava pela porta com um sorriso triunfal e um cravo fresco na lapela.

— Mas o que está fazendo aqui? Não tinha que ficar em repouso?

— O repouso que fique lá. Eu sou um homem de ação. E quando não estou aqui, os senhores não vendem nem um catecismo.

Sem ouvir os conselhos do médico, Fermín viera decidido a retomar seu posto. Exibia uma pele amarelada e cheia de contusões, mancava de forma estranha e se mexia como um boneco quebrado.

— Vá agora mesmo para cama, Fermín, pelo amor de Deus — disse meu pai, horrorizado.

— Jamais. As estatísticas comprovam: morre mais gente na cama do que na trincheira.

Todas as nossas propostas foram descartadas. Aos poucos, meu pai cedeu, porque alguma coisa no olhar do pobre Fermín sugeria que, embora os ossos lhe doessem até a alma, doía-lhe mais a perspectiva de ficar sozinho no quarto de pensão.

— Está bem, mas se eu o vir levantar alguma coisa que não seja um lápis, vai escutar.

— Está bem. Hoje dou minha palavra de que não levanto nem suspeita.

Sem perda de tempo, Fermín vestiu seu avental azul e, munido de um pano e de uma garrafa de álcool, instalou-se atrás do balcão com a intenção de deixar como novas as capas e as lombadas dos quinze exemplares usados que nos chegaram naquela manhã de um título muito procurado, *O chapéu de três pontas: história da Guarda Civil em versos alexandrinos*, do catedrático Fulgencio Capón, autor muito jovem, mas já consagrado pela crítica de todo o país. Enquanto desempenhava sua tarefa, Fermín me lançava olhares furtivos e piscava como o diabinho coxo das histórias.

— Suas orelhas estão vermelhas como um tomate, Daniel.

— Deve ser de tanto escutar suas besteiras.

— Ou por causa desse fogo que o está devorando. Quando vai se encontrar com a moça?

— Não é da sua conta.

— Você está mal mesmo, hein. Já anda evitando comidas apimentadas? Cuidado que a pimenta é um poderoso vasodilatador.

— Vá à merda.

Como vinha acontecendo, tivemos uma tarde entre lenta e miserável. Um comprador calado, inteiramente de cinza da capa de chuva até a voz, entrou para perguntar se tínhamos algum livro de Zorrilla, convencido de que se tratava de uma crônica relativa às aventuras de uma mulher jovem na Madri dos Habsburgos. Meu pai não soube o que dizer, mas Fermín saiu em seu auxílio, dessa vez muito comedido.

— O senhor está se confundindo. Zorrilla é um dramaturgo. Talvez lhe interesse o *Don Juan*. Traz muitas histórias de saias e, além do mais, o protagonista se relaciona com uma freira.

— Vou levar.

A tarde já ia adiantada quando o metrô me deixou ao pé da avenida Del Tibidabo. Nas dobras de uma neblina violácea distinguia-se a silhueta do bonde azul que se afastava. Decidi não esperar pelo seu regresso e fiz o caminho a pé, enquanto anoitecia. Pouco depois, vislumbrei a silhueta do "O anjo de bruma". Extraí a chave que Bea me dera e comecei a abrir a portinha recortada na grade. Entrei na propriedade e deixei a porta encostada, aparentemente fechada, mas preparada para permitir a entrada de Bea. Tinha, deliberadamente, chegado cedo. Sabia que Bea demoraria pelo menos meia hora ou quarenta e cinco minutos para chegar. Queria sentir sozinho a presença da casa, explorá-la antes que Bea chegasse e a fizesse sua. Detive-me um segundo para observar o chafariz e a mão do anjo subindo das águas tingidas de escarlate. O dedo indicador, acusador, parecia afiado como um punhal. Aproximei-me da beira do lago. O rosto talhado, sem olhar nem alma, tremia sob a superfície.

Subi a escada que conduzia à entrada. A porta principal estava aberta alguns centímetros. Senti uma pinçada de inquietação, pois pensava tê-la fechado na outra noite, quando saí da casa. Examinei a fechadura, que não parecia ter sido forçada, e supus que havia me esquecido de fechá-la. Empurrei-a com delicadeza e senti o cheiro da casa acariciando meu rosto, um cheiro de madeira queimada, umidade e flores mortas. Extraí a caixa de fósforos que havia pegado antes de sair da livraria e me ajoelhei para acender a primeira das velas que Bea havia deixado. Uma bolha de cor cobre se acendeu em minhas mãos e revelou os contornos dançantes de paredes manchadas de lágrimas de umidade, tetos derrubados e portas empenadas.

Adiantei-me até a vela seguinte e a acendi. Lentamente, quase seguindo um ritual, percorri o rastro de velas deixado por Bea e as acendi uma por uma, levantando um halo de luz âmbar que flutuava no ar como uma teia de aranha presa entre mantos de negrume impenetrável. Meu trajeto terminou junto à lareira da biblioteca, junto aos cobertores que continuavam no chão, manchados pelas cinzas. Sentei-me ali, de frente para o resto da sala. Esperava silêncio, mas a casa respirava milhões de barulhos. Rangidos na madeira, o roçar do vento nas telhas, mil e uma batidas entre os muros, debaixo do assoalho, deslocando-se por trás das paredes.

Deviam ter-se passado quase trinta minutos quando percebi que o frio e a escuridão começavam a me deixar sonolento. Levantei-me e comecei a andar pela sala para me aquecer. Na lareira havia apenas restos de troncos, e supus que, quando Bea chegasse, a temperatura no interior do casarão teria baixado o suficiente a ponto de me inspirar momentos de pureza e castidade e apagar todas as febris alucinações que me haviam assaltado por dias a fio. Tendo encontrado um propósito prático e de menor envergadura poética do que a observação das ruínas do tempo, peguei uma das velas e comecei a explorar o casarão em busca de material combustível para tornar habitável a sala e aqueles dois cobertores que agora tiritavam diante da lareira, alheios às cálidas lembranças que eu havia conservado deles.

Minhas noções de literatura vitoriana me sugeriam que o mais razoável era iniciar a busca pelo porão, onde, com toda a certeza, deviam ficar as cozinhas e uma excelente carvoaria em outras épocas. Com essa ideia em mente, demorei quase cinco minutos para encontrar uma porta ou escada que me levasse até lá. Escolhi um portão de madeira lavrada no final de um corredor. Parecia uma fina peça de marcenaria, com relevos em forma de anjos, pinturas e uma grande cruz ao centro. A maçaneta ficava no centro do portão, debaixo da cruz. Tentei forçá-la, sem êxito. O mecanismo certamente estava travado ou simplesmente corroído pela ferrugem. A única maneira de vencer aquela porta seria forçá-la com uma alavanca ou derrubá-la a golpes de machado, alternativas que rapidamente descartei. Examinei aquele portão à luz das velas, pensando que lembrava mais a imagem de um sarcófago do que a de uma porta. Perguntei-me o que havia escondido do outro lado.

Um exame mais atento dos anjos lavrados na porta me tirou a vontade de averiguá-lo e me afastei daquele lugar. Estava quase desistindo da minha busca de um acesso ao porão quando, quase que por acaso, deparei-me com uma pequena porta no outro extremo do corredor que, a princípio, pensei ser um armário de vassouras e outros utensílios de limpeza. Experimentei o trinco, que cedeu de imediato. Do outro lado adivinhava-se uma escada que descia vertiginosamente para um poço de escuridão. Um fedor intenso de terra molhada me esbofeteou. Na presença daquele mau cheiro, tão estranhamente familiar, e com o olhar posto no poço de escuridão à minha frente, invadiu-me uma imagem que eu conservava desde a infância, enterrada entre cortinas de medo.

Uma tarde de chuva na encosta leste do Cemitério de Montjuic, olhando o mar em pleno bosque de mausoléus impossíveis, um bosque de cruzes e lápides talhadas com rosto de caveiras e crianças sem lábios nem olhar, que fedia a morte, as silhuetas de uma vintena de adultos dos quais eu só conseguia me lembrar das roupas pretas, empapadas de chuva, e a mão de meu pai segurando a minha com força excessiva, como se assim quisesse silenciar suas lágrimas, enquanto as palavras ocas de um sacerdote caíam naquela fossa de mármore para dentro da qual três coveiros sem rosto empurravam um caixão cinzento onde o aguaceiro deslizava como cera fundida e onde eu acreditava ouvir a voz de minha mãe chamando-me, suplicando para eu libertá-la daquela prisão de pedra e de escuridão, enquanto eu só conseguia tremer e murmurar, sem voz, para meu pai não apertar tanto minha mão, pois estava me machucando, e aquele cheiro de terra fresca, terra de cinza e de chuva, devorando tudo, cheiro de morte e de vazio.

Abri os olhos e desci os degraus quase às cegas, pois a claridade da vela só conseguia roubar alguns centímetros da escuridão. Ao chegar lá embaixo, segurei a vela no alto e olhei em volta. Não encontrei cozinha ou despensa onde pudesse haver madeira seca. À minha frente se abria um corredor estreito que terminava em uma sala em forma de semicírculo, onde se erguia uma silhueta com o rosto riscado de lágrimas de sangue e dois olhos negros sem fundo, com os braços caídos como asas e uma coroa de espinhos brotando da fronte. Senti uma onda de frio apunhalar-me a nuca. Em algum momento recobrei a serenidade e compreendi que contemplava a imagem de um Cristo talhada em madeira na parede de uma capela. Adiantei-me alguns metros e vislumbrei uma imagem espectral. Havia uma dúzia de torsos femininos empilhados no canto da antiga capela. Percebi que não tinham braços nem cabeça e que se sustentavam em um tripé. Cada um deles tinha uma forma claramente diferenciada, e não me custou adivinhar o contorno de mulheres de diferentes idades e constituições. Sobre o ventre, liam-se palavras escritas a carvão: "Isabel. Eugenia. Penélope". Pelo menos daquela vez minhas leituras vitorianas me ajudaram, e compreendi que aquela visão eram os restos de uma prática já em desuso, um eco de tempos em que famílias poderosas tinham manequins criados à semelhança dos membros da família para a confecção de vestidos e enxovais. Apesar do olhar severo e ameaçador do Cristo, não resisti à tentação de estender a mão e tocar a cintura do torso que levava o nome de Penélope Aldaya.

Então tive a impressão de ouvir passos no andar de cima. Pensei que Bea já houvesse chegado e estivesse me procurando pelo casarão. Deixei a capela, aliviado, e rumei novamente para a escada. Estava prestes a subir quando avistei no extremo oposto do corredor uma caldeira e uma instalação de calefação aparentemente em bom estado, que parecia destoar do resto do sótão. Lembrei que Bea havia comentado que a imobiliária que tentara vender o palacete Aldaya durante anos havia realizado algumas melhorias, com a intenção de atrair compradores potenciais, sem êxito. Aproximei-me para examinar o engenho com mais cuidado e constatei que se tratava de um sistema de radiadores alimentado por uma pequena caldeira. A meus pés encontrei inúmeras caixas de carvão, peças de madeira prensada e algumas latas que supus serem de querosene. Abri a comporta da caldeira e observei o interior. Tudo parecia em ordem. A perspectiva de conseguir fazer funcionar aquele aparato depois de tantos anos me pareceu improvável, mas isso não me impediu de começar a encher a caldeira com pedaços de carvão e madeira e de lhes dar um bom banho de querosene. Enquanto fazia isso, pensei ouvir um rangido na madeira velha e por um instante me virei para olhar. Invadiu-me a visão de espinhos ensanguentados soltando-se da madeira e, enfrentando a penumbra, temi ver surgir a apenas alguns passos de mim a figura daquele Cristo, que vinha ao meu encontro exibindo um sorriso lupino.

Ao contato da vela, a caldeira pegou fogo com uma labareda que provocou um estrondo metálico. Fechei a comporta e afastei-me alguns passos, cada vez menos seguro da solidez de meus propósitos. A caldeira parecia funcionar com certa dificuldade, e decidi retornar ao térreo para comprovar se a ação tivera alguma consequência prática. Subi a escada e retornei ao salão esperando encontrar Bea, mas não havia sinal dela. Supus que houvesse se passado quase uma hora desde minha chegada, e meus temores de que o objeto dos meus turvos desejos nunca fosse se apresentar recobraram ares de dolorosa verossimilhança. Para matar minha inquietação, decidi continuar com minhas proezas de lampeiro e parti em busca de radiadores que confirmassem o êxito da ressurreição da caldeira. Todos os que encontrei demonstraram resistir aos meus anseios, frios como blocos de gelo. Todos menos um. Em um pequeno cômodo de não mais de quatro ou cinco metros quadrados, um banheiro, que supus estar localizado justamente em cima da caldeira, percebia-se certo calorzinho. Ajoelhei-me e comprovei, alegremente, que as lajotas do chão estavam mornas. Foi assim que Bea me encontrou, de quatro no chão, apalpando como um idiota as lajotas de um banheiro, com um sorriso bobo estampado na cara.

Quando olho para trás e tento reconstruir os acontecimentos daquela noite no palacete Aldaya, a única desculpa que me ocorre para justificar meu comportamento é alegar que, aos dezoito anos, na falta de maiores sutileza e experiência, um velho lavabo pode fazer as vezes de paraíso. Bastaram-me alguns minutos para convencer Bea de pegarmos os cobertores no salão e nos fecharmos naquele recinto minúsculo, com a companhia apenas de duas velas e alguns acessórios de banheiro de museu. Meu argumento principal, climatológico, rapidamente convenceu Bea, a quem o calorzinho que saía daquelas lajotas dissipou os primeiros temores de que minha disparatada invenção fosse pôr fogo no casarão. Pouco depois, na penumbra avermelhada das velas, enquanto eu a despia com os dedos trêmulos, ela estava sorrindo, me procurando com os olhos e demonstrando que, naquele momento e sempre, qualquer coisa que pudesse acontecer comigo já havia acontecido antes com ela.

Lembro-me dela sentada, com as costas apoiadas na porta fechada daquele cubículo, os braços jogados ao lado do corpo, as palmas das mãos abertas na minha direção. Lembro-me de como mantinha o rosto erguido, desafiante, enquanto eu lhe acariciava o pescoço com a ponta dos dedos. Lembro-me de como segurou minhas mãos e as pôs sobre o peito, de como seu olhar e seus lábios tremiam quando peguei seus mamilos entre os dedos e belisquei-os, abobalhado, de como escorregou no chão enquanto eu procurava seu ventre com os lábios e suas coxas brancas me recebiam.

— Você já tinha feito isto antes, Daniel?

— Em sonhos.

— Estou falando sério.

— Não. E você?

— Não. Nem com Clara Barceló?

Eu ri, provavelmente de mim mesmo.

— O que você sabe sobre Clara Barceló?

— Nada.

— Pois eu sei menos ainda — falei.

— Não acredito.

Inclinei-me sobre ela e olhei-a nos olhos.

— Eu nunca fiz isto com ninguém.

Bea sorriu. Minha mão escapou entre suas coxas e me debrucei em busca de seus lábios, já convencido de que o canibalismo era a encarnação suprema da sabedoria.

— Daniel? — disse Bea, com um fio de voz.

— O que foi?

A resposta nunca chegou aos seus lábios. Subitamente, uma língua de ar frio silvou debaixo da porta e, naquele segundo interminável antes de o vento apagar as velas, nossos olhares se encontraram e sentimos que a ilusão daquele momento se rompia em mil pedaços. Bastou-nos um instante para saber que havia alguém do outro lado da porta. Vi o medo se desenhando no rosto de Bea, e um segundo depois a escuridão nos cobriu. Depois veio o murro na porta. Brutal, como se um punho de aço tivesse ido de encontro à porta, quase a arrancando das dobradiças.

Senti o corpo de Bea pular na escuridão e a envolvi com os braços. Nós dois nos afastamos para o interior do cômodo, um minuto antes de o segundo murro se abater sobre a porta, lançando-a com terrível força contra a parede. Bea gritou e apertou-se mais junto a mim. Por um instante, só consegui ver a névoa azul que se arrastava vinda do corredor e as serpentes de fumaça das velas apagadas subindo em espiral. O contorno da porta desenhava gargantas de sombra e pensei ver uma silhueta angulosa que se perfilava no limiar da escuridão.

Aproximei-me do corredor com medo, ou talvez com desejo, de encontrar apenas um estranho, um vagabundo qualquer que houvesse se aventurado em um casarão em ruínas em busca de refúgio em uma noite desagradável. Mas não havia ninguém ali, somente as línguas azuis vindas das janelas. Encolhida em um canto do cômodo, Bea sussurrou meu nome.

— Não há ninguém — falei. — Talvez tenha sido uma rajada de vento.

— O vento não dá murros nas portas, Daniel. Vamos embora daqui.

Voltei ao cômodo e recolhi nossas roupas.

— Vamos, vista-se. Vamos dar uma olhada.

— Melhor irmos embora agora.

— Já vamos. Só quero ter certeza de uma coisa.

Vestimo-nos às pressas e às cegas. Em questão de segundos, víamos nosso hálito desenhado no ar. Recolhi uma das velas do chão e tornei a acendê-la. Uma corrente de ar frio flutuava pela casa, como se alguém houvesse aberto portas e janelas.

— Está vendo? É o vento.

Bea se limitou a balançar a cabeça em silêncio. Dirigimo-nos novamente para a sala, protegendo a chama com as mãos. Bea me seguia de perto, quase sem respirar.

— O que estamos procurando, Daniel?

— Me dê só um minuto.

— Não. Vamos embora agora.

— Está bem.

Demos meia-volta para nos dirigirmos para a saída, e foi então que percebi. O portão de madeira lavrada no final do corredor, que eu havia tentado abrir uma ou duas horas antes sem sucesso, estava aberto.

— O que está acontecendo? — perguntou Bea.

— Espere aqui.

— Daniel, por favor...

Penetrei no corredor, segurando a vela que tremia no sopro frio do vento. Bea suspirou e me seguiu a contragosto. Parei na frente do portão. Era possível adivinhar degraus de mármore levando até o breu. Comecei a descer. Bea, petrificada, segurava a vela no limiar da porta.

— Por favor, Daniel, vamos embora agora...

Desci degrau a degrau até o final da escada. O halo espectral da vela no alto traçava o contorno de um cômodo retangular, de paredes de pedra nuas, repletas de crucifixos. O frio que fazia ali era de paralisar a respiração. Na parte da frente se via uma laje de mármore e, sobre ela, alinhados um do lado do outro, pareceu-me reconhecer dois objetos similares de tamanhos diferentes, brancos. Refletiam o tremor da vela com mais intensidade do que o resto do cômodo, e imaginei que fossem feitos de madeira esmaltada. Dei um passo à frente e só então compreendi. Os dois objetos eram caixões brancos. Um deles media apenas três palmos. Senti um frio na nuca. Era o caixão de uma criança. Eu estava em uma cripta.

Sem perceber o que fazia, aproximei-me da lápide de mármore até estar perto o suficiente para poder estender a mão e tocá-la. Percebi, então, que sobre os dois caixões estava lavrado um nome e uma cruz. A poeira os escondia como um manto de cinzas. Pousei a mão sobre um deles, o de tamanho maior. Lentamente, quase em transe, sem parar para pensar no que fazia, varri as cinzas que cobriam a tampa do caixão. Na escuridão avermelhada das velas, lia-se apenas:

✝

PENÉLOPE ALDAYA
1902-1919

Fiquei paralisado. Algo ou alguém se mexia na escuridão. Senti que o ar frio escorregava pela minha pele e só então dei alguns passos para trás.

— Fora daqui — murmurou a voz de dentro das sombras.

Reconheci-a imediatamente. Laín Coubert. A voz do diabo.

Lancei-me escada acima e, uma vez no térreo, peguei Bea pelo braço e a arrastei com rapidez para a saída. Havíamos perdido a vela e corríamos às cegas. Bea, assustada, não entendia meu súbito pânico. Ela não tinha visto nada. Não tinha ouvido nada. Não parei para lhe dar explicações. Esperava a qualquer momento que alguma coisa saltasse das sombras e nos interceptasse, mas a porta principal nos esperava no final do corredor, seus resquícios projetando um retângulo de luz.

— Está fechada — disse Bea entre dentes.

Apalpei meus bolsos à procura da chave. Virei-me para trás por uma fração de segundos e tive a certeza de que dois pontos brilhantes avançavam lentamente na nossa direção, vindos do final do corredor. Olhos. Meus dedos encontraram a chave. Introduzi-a desesperadamente na fechadura, abri e empurrei Bea para fora, bruscamente. Bea deve ter lido o medo na minha voz, porque correu pelo jardim até a grade e só parou quando chegamos à calçada da avenida Del Tibidabo, sem fôlego, suando frio.

— O que aconteceu lá embaixo, Daniel? Havia alguém?

— Não.

— Você está pálido.

— Eu sou pálido. Vamos, ande.

— E a chave?

Eu a havia deixado dentro da casa, na fechadura. Não tive vontade de voltar para buscá-la.

— Acho que a perdi ao sair. Vamos procurá-la outro dia.

Bea e eu nos afastamos a passo ligeiro, descendo a avenida. Atravessamos até a outra calçada e não diminuímos o passo até estarmos a uma centena de metros do casarão e sua silhueta mal poder ser distinguida na noite. Descobri então que ainda tinha a mão manchada de cinzas e agradeci pelo manto de sombra da noite, que escondia de Bea as lágrimas de pânico que me rolavam pela face.

Descemos a rua Balmes até a praça Núnez de Arce, onde encontramos um solitário táxi. Descemos pela Balmes até Consejo de Ciento quase sem trocar uma palavra. Bea pegou minha mão, e uma ou duas vezes a notei me observando com um olhar brilhante, impenetrável. Inclinei-me para beijá-la, mas ela não entreabriu os lábios.

— Quando voltarei a vê-la?

— Telefono para você amanhã ou depois — disse ela.

— Promete?

Ela assentiu.

— Pode ligar para minha casa ou para a livraria. O número é o mesmo. Você tem, não tem?

Ela tornou a assentir. Pedi ao motorista que parasse um instante na esquina das ruas Muntaner e Diputación. Ofereci-me para acompanhar Bea até a porta, mas ela não quis e se afastou, sem me deixar beijá-la de novo, sem me deixar sequer tocar sua mão. Saiu correndo, e do táxi eu a vi partir. As luzes do apartamento dos Aguilar estavam acesas e meu amigo Tomás me olhava da janela do quarto, onde havíamos passado tantas tardes conversando e jogando xadrez. Cumprimentei-o de longe, forçando um sorriso que ele provavelmente não conseguia ver. Ele não retribuiu meu cumprimento. Sua silhueta se manteve imóvel, colada ao vidro, observando-me com frieza. Alguns segundos depois ele se retirou, e as janelas escureceram. *Estava à nossa espera*, pensei.

35

Ao chegar em casa, encontrei na mesa os restos de um jantar para dois. Meu pai já havia se retirado e perguntei-me se, por acaso, teria se animado a convidar Merceditas para jantar. Esgueirei-me até meu quarto e entrei sem acender a luz. Assim que me sentei na beira da cama, percebi que havia mais alguém no quarto, estendido no escuro sobre a cama como um defunto, com as mãos cruzadas no peito. Senti uma chicotada de frio no estômago, mas rapidamente reconheci os roncos e o perfil daquele nariz indescritível. Acendi o abajur e encontrei Fermín Romero de Torres perdido em um sorriso enlevado e emitindo pequenos gemidos de prazer em cima da colcha. Suspirei, e o dorminhoco abriu os olhos. Ao me ver, pareceu estranhar. Obviamente esperava outra companhia. Esfregou os olhos e olhou em volta, fazendo uma inspeção mais detalhada do local.

— Espero não tê-lo assustado. Bernarda diz que, dormindo, pareço Boris Karloff em versão espanhola.

— O que está fazendo na minha cama, Fermín?

Ele revirou os olhos com certa nostalgia.

— Sonhando com Carole Lombard. Estávamos em Tânger, em um banho turco, e eu a untava toda de óleo, desses que se vende para bunda de neném. Alguma vez já untou uma mulher de óleo de cima a baixo, com muita energia?

— Fermín, é meia-noite e meia e estou morto de sono.

— Mil desculpas, Daniel. É que seu pai insistiu para eu subir para jantar, e logo fiquei com um sono terrível, porque a carne de vaca provoca em mim um efeito narcótico. Seu pai sugeriu que eu me deitasse um pouco aqui, alegando que você não se importaria...

— E não me importo, Fermín. Só fiquei surpreso. Fique com a cama e volte para Carole Lombard, que deve estar esperando por você. E entre debaixo das cobertas, porque a noite está fria e só falta agora você pegar alguma doença. Vou dormir na sala.

Fermín concordou, dócil. Os machucados de seu rosto estavam inflamados e sua cabeça, com uma barba de dois dias e aquela escassa cabeleira negra, parecia uma fruta madura caída da árvore. Peguei um cobertor na cômoda e entreguei outro a Fermín. Apaguei a luz e saí para a sala de jantar, onde me esperava a poltrona predileta do meu pai. Enrolei-me no cobertor e acomodei-me como pude, convencido de que não iria pregar o olho. A imagem dos dois túmulos brancos na escuridão sangrava em minha mente. Fechei os olhos e dediquei todo o meu empenho a apagar aquela visão. Em seu lugar, procurei a visão de Bea nua sobre os cobertores, naquele banheiro à luz de velas. Abandonado a esses felizes pensamentos, pareceu-me escutar o murmúrio distante do mar e perguntei-me se o sono teria me vencido sem eu saber. Talvez eu estivesse navegando rumo a Tânger. Aos poucos compreendi que eram apenas os roncos de Fermín, e um instante depois o mundo se apagou. Em toda a minha vida, nunca dormi melhor ou mais profundamente do que naquela noite.

Amanheceu chovendo a cântaros, com as ruas alagadas e a chuva batendo com raiva nas janelas. O telefone tocou às sete e meia. Saltei da poltrona para responder, o coração saindo pela boca. Fermín, de roupão e chinelos, e meu pai, com a cafeteira na mão, trocaram aquele olhar que começava a ser frequente.

— Bea? — sussurrei ao fone, virando-lhes as costas.

Pensei ouvir um suspiro na linha.

— Bea, é você?

Não tive resposta, e segundos depois a ligação caiu. Fiquei olhando para o telefone durante um minuto, esperando que voltasse a tocar.

— Vão ligar de novo, Daniel. Agora venha tomar seu café — disse meu pai.

Ela vai ligar depois, falei para mim mesmo. *Alguém deve tê-la surpreendido.* Não devia ser fácil burlar o toque de recolher do senhor Aguilar. Não havia razão para sustos. Com essas e outras desculpas arrastei-me até a mesa para fingir que acompanhava meu pai e Fermín em seu café da manhã. Talvez fosse a chuva, mas a comida havia perdido todo o seu sabor.

Choveu a manhã inteira, e logo depois de abrir a livraria tivemos uma falta de luz geral no bairro que durou até o meio-dia.

— Só faltava essa — disse meu pai, suspirando.

Às três começaram as primeiras goteiras. Fermín se ofereceu para subir à casa de Merceditas e lhe pedir emprestadas umas bacias, pratos ou qualquer objeto côncavo para usar. Meu pai o proibiu terminantemente. O dilúvio persistia. Para matar a angústia, relatei a Fermín o ocorrido na noite anterior, omitindo, porém, o que vira naquela cripta. Fermín me escutou fascinado, mas, apesar de sua insistência titânica, neguei-me a lhe descrever a consistência, a textura e a disposição do busto de Bea. O aguaceiro levou embora o dia.

Depois de jantar, sob o pretexto de dar um passeio para esticar as pernas, deixei meu pai lendo e rumei para a casa de Bea. Ao chegar, parei na esquina para observar os janelões do apartamento e me perguntei o que estava fazendo ali. Espiando, bisbilhotando e fazendo papel de ridículo foram alguns dos termos que me atravessaram a mente. Ainda assim, tão desprovido de dignidade quanto de agasalho apropriado para a temperatura gélida, protegi-me do vento no vão de uma porta do outro lado da rua e fiquei ali por cerca de meia hora, vigiando as janelas e vendo passar as silhuetas do sr. Aguilar e sua esposa. Nenhum sinal de Bea.

Era quase meia-noite quando voltei para casa, tiritando de frio e com todo o peso do mundo nas costas. *Ela vai ligar amanhã*, repeti mil vezes enquanto tentava dormir. Bea não ligou no dia seguinte. Nem no outro. Nem naquela semana toda, a mais longa e a última de minha vida.

Dali a sete dias, eu estaria morto.

36

Só alguém a quem resta apenas uma semana de vida é capaz de desperdiçar o tempo como fiz naqueles dias. Eu me dedicava a tomar conta do telefone e roer minha alma, tão prisioneiro da minha própria cegueira que mal conseguia adivinhar o que o destino já dava por certo. Na segunda-feira, ao meio-dia, fui até a Faculdade de Letras, na praça Universidad, com a intenção de ver Bea. Sabia que ela não acharia graça em me ver por ali e em que nos vissem juntos em público, mas preferia enfrentar sua raiva a continuar naquela incerteza.

Perguntei na secretaria sobre a aula do professor Velázquez e me dispus a esperar pela saída dos estudantes. Aguardei uns vinte minutos, até que as portas se abriram e vi passar o semblante arrogante do professor Velázquez, sempre cercado por seu séquito de admiradoras. Cinco minutos depois, não havia sinal de Bea. Decidi me aproximar da porta da sala de aula e dar uma olhada. Um trio de moças com ar de colégio de freiras conversava e trocava anotações e confidências. A que parecia a líder da congregação percebeu minha presença e interrompeu seu monólogo para me examinar com olhar inquisitivo.

— Com licença, estou procurando Beatriz Aguilar. Sabe se ela assiste a essa aula?

As moças trocaram um olhar venenoso e me olharam de cima a baixo.

— Você é o namorado dela? — perguntou uma das moças. — O alferes?

Limitei-me a oferecer um sorriso vazio, que elas consideraram um assentimento. Só a terceira moça me retribuiu o sorriso, com timidez e desviando o olhar. As outras duas prosseguiram, desafiadoras.

— Eu o imaginava diferente — disse a que parecia a chefe do comando.

— Onde está seu uniforme? — perguntou a segunda oficial, observando-me com desconfiança.

— Estou de licença. Sabem se ela já foi embora?

— Beatriz não veio à aula hoje — informou a chefe, com ar desafiador.

— Ah, não?

— Não — confirmou a tenente de dúvidas e receios. — Se você é namorado dela, deveria saber.

— Sou seu namorado, não um guarda civil.

— Andem, vamos embora, esse daí é um idiota qualquer — concluiu a chefe.

Ambas passaram por mim lançando-me um olhar de esguelha e um meio sorriso de desprezo. A terceira, que ficou um pouco atrás, parou um instante antes de sair e, certificando-se de que as outras não estavam vendo, sussurrou ao meu ouvido:

— Beatriz não veio na sexta também.

— Você sabe por quê?

— Você não é namorado dela, é?

— Não. Sou só um amigo.

— Acho que está doente.

— Doente?

— Foi o que disse uma das meninas que ligou para a casa dela. Agora tenho que ir embora.

Antes que eu pudesse agradecer sua ajuda, a moça partiu ao encontro das outras duas, que a esperavam com os olhos fulminantes no outro extremo do claustro.

— Daniel, deve ter acontecido alguma coisa. Uma tia-avó que morreu, um papagaio com caxumba, um resfriado de tanto andar com o traseiro descoberto... sabe Deus o quê. Ao contrário do que você acredita piamente, o universo não gira em torno das vontades da sua virilha. Outros fatores influem no devir da humanidade.

— Pensa que não sei? Parece que você não me conhece, Fermín.

— Querido, se Deus tivesse querido me dar cadeiras mais amplas, eu poderia até tê-lo parido: isso é o quão bem o conheço. Faça o que estou dizendo. Liberte-se dos seus pensamentos e vá tomar um ar fresco. A espera é a ferrugem da alma.

— Então você me acha ridículo?

— Não. Acho que é preocupante. Sei que na sua idade estas coisas parecem o fim do mundo, mas tudo tem seu limite. Esta noite vamos fazer uma farra em um estabelecimento da rua Platería que, segundo me disseram, está fazendo furor. Disseram-me que tem umas mulheres nórdicas que chegaram há pouco de Ciudad Real que acabam até com a caspa. Por minha conta.

— E Bernarda, o que vai dizer?

— As garotas são para você. Eu vou esperar na saleta de entrada, lendo uma revista e olhando para o material de longe, porque me converti à monogamia, se não *in mentis*, ao menos de fato.

— Agradeço, Fermín, mas...

— Um rapaz beirando os vinte anos que recusa uma oferta assim não está de posse de suas faculdades mentais. Precisamos fazer alguma coisa agora mesmo. Tome.

Ele vasculhou os bolsos e me entregou algumas moedas. Perguntei-me se era com aqueles níqueis que ele pensava financiar a visita ao suntuoso harém das ninfas campestres.

— Com isso elas não vão nos dar nem boa-noite, Fermín.

— Você é desses que caem da árvore e nunca conseguem chegar ao chão. Acha mesmo que vou levar você ao puteiro e devolvê-lo com gonorreia para seu pai, o homem mais santo que conheci? Estava dizendo isso sobre as garotas para ver se você reagia, apelando para a única parte da sua pessoa que parece funcionar. Isso é para você ir ali no orelhão ligar para sua namorada com alguma privacidade.

— Bea me disse expressamente para não telefonar.

— Ela também disse que ligaria na sexta. Hoje é segunda. Daniel, uma coisa é acreditar nas mulheres e outra é acreditar no que dizem.

Convencido por seus argumentos, escapuli da livraria até a cabine telefônica da esquina e disquei o número dos Aguilar. No quinto toque, alguém levantou o fone do outro lado e escutou em silêncio, sem responder. Passaram-se cinco infindáveis segundos.

— Bea? — murmurei. — É você?

A voz que respondeu me caiu como uma martelada no estômago:

— Filho da puta, juro que vou arrancar sua alma a pontapés.

O tom era duro, de pura raiva contida. Fria e serena. Foi isso que me deu mais medo. Eu podia imaginar o sr. Aguilar segurando o telefone no hall de sua casa, o mesmo aparelho que eu tantas vezes havia utilizado para ligar para meu pai e dizer-lhe que chegaria atrasado depois de passar a tarde com Tomás. Fiquei escutando a respiração do pai de Bea, mudo, perguntando-me se ele teria me reconhecido pela voz.

— Vejo que você é medroso até para falar, desgraçado. Qualquer merda é capaz de fazer o que você fez, mas se fosse homem teria coragem de assumir. Eu ficaria muito envergonhado de saber que uma menina de dezessete anos tem mais coragem do que eu, porque ela não quis dizer quem você é, e não vai dizer. Eu a conheço. E já que você não teve coragem de defender Beatriz, ela vai pagar pelo que você fez.

Quando coloquei o fone no gancho, minhas mãos tremiam. Não tive consciência do que havia feito até sair da cabine e arrastar os pés de volta à livraria. Não havia parado para pensar que meu telefonema só pioraria a situação em que Bea já se encontrava. Minha única preocupação havia sido manter meu anonimato e esconder a cara, renegando aqueles de quem dizia gostar e aqueles a quem me limitava a utilizar. Já havia feito isso quando o inspetor Fumero havia espancado Fermín. Havia feito de novo ao abandonar Bea à própria sorte. Voltaria a fazê-lo quando as circunstâncias criassem oportunidade. Permaneci na rua por dez minutos, tentando me acalmar antes de voltar a entrar na livraria. Talvez devesse ligar de novo e dizer ao sr. Aguilar que sim, que era eu, que estava apaixonado pela filha dele, e aí poria um ponto final na história. Se depois ele quisesse vir com seu uniforme de comandantes para quebrar minha cara, era um direito dele.

Já estava voltando para a livraria quando percebi que alguém me observava de um vão de porta do outro lado da rua. A princípio pensei que fosse dom Federico, o relojoeiro, mas bastou-me uma olhada rápida para ver que se tratava de um indivíduo mais alto e de constituição mais sólida. Parei para lhe retribuir o olhar e, para minha surpresa, ele aquiesceu, como se quisesse me cumprimentar e me indicar que não estava em absoluto incomodado por eu haver reparado em sua presença. A luz de um poste caía sobre seu rosto de perfil. As feições me eram familiares. Ele deu um passo à frente e, abotoando a capa de chuva até em cima, sorriu para mim e se afastou entre os transeuntes em direção às Ramblas. Reconheci-o então como o agente de polícia que havia me segurado enquanto o inspetor Fumero atacava Fermín. Ao entrar na livraria, Fermín levantou o rosto e me lançou um olhar inquisitivo.

— Que cara é essa?

— Fermín, acho que estamos com problemas.

Naquela mesma noite, pusemos em marcha o plano de alta intriga e baixa consistência que havíamos concebido dias antes com dom Gustavo Barceló.

— A primeira coisa a fazer é ter certeza de que você tem razão e estamos sendo vigiados pela polícia. Agora, como quem não quer nada, vamos nos aproximar dando um passeio até o Quatre Gats para ver se esse indivíduo ainda está lá fora nos espionando. Mas nem uma palavra disso tudo para seu pai, ou ele vai acabar criando uma pedra no rim.

— E o que digo a ele? Faz tempo que anda com a pulga atrás da orelha.

— Diga que vai comprar fumo para cachimbo ou fermento para fazer um pudim.

— E por que temos que ir ao Quatre Gats para isso?

— Porque lá servem as melhores linguiças em um raio de cinco quilômetros, e precisamos conversar em algum lugar. Não seja estraga-prazeres, Daniel, faça o que estou dizendo.

Considerando bem-vinda qualquer atividade que me mantivesse afastado dos meus pensamentos, obedeci docilmente e alguns minutos depois saía para a rua após ter prometido a meu pai que voltaria a tempo do jantar. Fermín me esperava na esquina da Puerta del Ángel. Assim que me juntei a ele, fez um gesto com as sobrancelhas e me indicou que começasse a andar.

— A cascavel está a uns vinte metros. Não se vire.

— É o mesmo de antes?

— Acho que não, só se encolheu com a umidade. Este parece um bobão. Está com o jornal de esportes de seis dias atrás. Fumero deve estar recrutando seus aprendizes no Cotolengo.

Ao chegar ao Quatre Gats, nosso incógnito homem pegou uma mesa a poucos metros da nossa e fingiu ler pela enésima vez os acontecimentos da rodada da liga da semana anterior. A cada vinte segundos, lançava-nos um olhar de esguelha.

— Coitado, veja como está suando — disse Fermín, balançando a cabeça. — Estou achando você meio distraído, Daniel. Falou com a moça ou não?

— Quem atendeu foi o pai.

— E tiveram uma conversa agradável e cordial?

— Melhor dizendo, um monólogo.

— Entendi. Devo então inferir que você ainda não o chama de papai?

— Ele disse que ia arrancar minha alma a pontapés.

— Deve ser um recurso estilístico.

Em seguida, a silhueta do garçom surgiu diante de nós. Fermín pediu comida para um regimento, esfregando as mãos em ansiedade.

— E você, Daniel, não vai comer nada?

Fiz que não com a cabeça. Quando o garçom voltou, trazendo duas bandejas cheias de cestas de pão, acompanhamentos e várias cervejas, Fermín lhe deu o dinheiro e mandou que guardasse o troco como gorjeta.

— Chefe, está vendo aquele sujeito à mesa perto da janela, o que está vestido de Grilo Falante e com a cabeça afundada no jornal como uma casquinha de sorvete?

O garçom assentiu, com ar de cumplicidade.

— O senhor faria o favor de ir lhe dizer que o inspetor Fumero está lhe mandando um recado urgente: correr agora mesmo até o mercado da Boquería, comprar vinte pesetas de grão-de-bico cozido e levá-lo imediatamente à delegacia, de táxi, se preciso for, ou então se preparar para apresentar o próprio saco em uma bandeja. Quer que eu repita?

— Não é preciso, cavalheiro. Vinte pratas de grão-de-bico cozidos ou o saco.

Fermín lhe deu outra moeda.

— Deus o abençoe.

O garçom assentiu respeitosamente e partiu rumo à mesa de nosso perseguidor para dar o recado. Ao escutar as ordens, o rosto da sentinela se decompôs. Ele ainda ficou quinze segundos à mesa, debatendo-se entre forças insondáveis, e em seguida saiu a galope para a rua. Fermín não se deu sequer ao trabalho de pestanejar. Em outras circunstâncias, eu teria achado o episódio delicioso, mas naquela noite era incapaz de tirar Bea da cabeça.

— Daniel, acorde, temos muito que conversar. Amanhã mesmo você vai visitar Nuria Monfort, como havíamos combinado.

— E quando eu chegar lá, o que digo a ela?

— Assunto não vai faltar. O plano é fazer o que disse o sr. Barceló, com muita sensatez. Diga que sabe que ela mentiu perfidamente a respeito de Carax, que seu suposto marido, Miquel Moliner, não está na prisão como ela finge, que você descobriu que é ela quem recolhe em segredo a correspondência do antigo apartamento da família Fortuny--Carax, usando uma caixa postal no nome de um escritório de advocacia inexistente... Diga o que for preciso e condutivo para deixá-la nervosa. Tudo isso com melodrama e semblante bíblico. Em seguida, como uma tirada de efeito, vá embora e a deixe durante algum tempo macerando nos sucos da mágoa.

— Enquanto isso...

— Enquanto isso, estarei pronto para segui-la, objetivo que penso levar a cabo fazendo uso de avançadas técnicas de camuflagem.

— Isso não vai funcionar, Fermín.

— Homem de pouca fé. Mas, me diga, o que lhe falou o pai dessa moça para deixá-lo assim? Foi por causa da ameaça? Nem leve em consideração. Diga, o que esse idiota falou?

Respondi sem pensar:

— A verdade.

— A verdade segundo são Daniel Mártir?

— Ria o quanto quiser. O termo está bem empregado.

— Não estou rindo, Daniel. É que me sinto mal de vê-lo com essa tendência à autoflagelação. Qualquer um diria que está a ponto de se martirizar. Você não fez nada de errado. A vida já tem carrascos suficientes para darmos uma de Torquemada com nós mesmos.

— Está falando por experiência própria?

Fermín deu de ombros.

— Você nunca me contou como conheceu Fumero, Fermín.

— Quer escutar uma história com lição de moral?

— Só se você quiser me contar.

Fermín serviu-se de um copo de vinho e o bebeu de um só gole.

— Amém — disse para si mesmo. — O que posso lhe contar sobre Fumero, todo mundo sabe. Da primeira vez que ouvi falar nele, o futuro inspetor era um pistoleiro a serviço dos anarquistas. Havia construído toda uma reputação de não ter medo nem escrúpulos. Bastava-lhe um nome e ele o despachava com um tiro na cara em plena rua, ao meio-dia. Talentos assim são muito valorizados em tempos agitados. O que ele também não tinha era fidelidade ou credo. Não lhe importava a que causa servia, contanto que o fizesse subir na hierarquia. Existem milhares de pessoas assim no mundo, mas poucas com o talento de Fumero. Dos anarquistas, passou a servir aos comunistas, e daí para os fascistas foi um passo só. Espionava e vendia informação de um grupo a outro, tomava o dinheiro de todos. Eu já estava de olho nele havia tempo. Nessa época, eu trabalhava para o governo catalão. Às vezes me confundiam com o irmão feio do revolucionário Companys, o que me enchia de orgulho.

— O que você fazia?

— Um pouco de tudo. Nos seriados de hoje em dia, o que eu fazia é chamado de espionagem, mas em tempos de guerra somos todos espiões. Parte do meu trabalho era controlar indivíduos como Fumero. São os mais perigosos. São como víboras, sem cor nem consciência. Nas guerras, surgem de todas as partes. Em tempos de paz, escondem-se atrás de máscaras. Mas continuam aí. Milhões deles. O caso é que mais cedo ou mais tarde eu descobriria qual era seu jogo. Mais tarde do que cedo, eu diria. Barcelona caiu em questão de dias e as coisas mudaram inteiramente. Passei a ser um criminoso perseguido, e meus superiores se viram obrigados a se esconder como ratos. Logicamente, Fumero já estava encabeçando a operação de "limpeza". A eliminação, a tiros, dava-se em plena rua, ou no castelo de Montjuic. Fui detido no porto, quando tentava conseguir passagem em um cargueiro para enviar alguns dos chefes para a França. Fui levado para Montjuic e me deixaram dois dias em uma cela completamente às escuras, sem água nem ventilação. Quando voltei a ver a luz, era a da chama de um maçarico. Fumero e um colega, que só falava alemão, me penduraram pelos pés de cabeça para baixo. O alemão primeiro tirou minha roupa e a queimou. Parecia ter prática. Quando fiquei nu e com todos os pelos do corpo chamuscados, Fumero me disse que se eu não lhe dissesse onde estavam escondidos meus superiores, a diversão iria começar de verdade. Não sou um homem corajoso, Daniel. Nunca fui, mas a pouca coragem que tenho, usei para insultar a mãe dele e mandá-lo à merda. A um sinal de Fumero, o alemão injetou-me não sei o quê na coxa e esperou alguns minutos. Depois, enquanto Fumero fumava e me observava sorridente, começou a me assar com o maçarico, sabendo o que fazia. Você viu as marcas...

Assenti. Fermín falava em um tom sereno, sem emoção.

— Essas marcas são as menores. As piores ficam por dentro. Aguentei o maçarico durante uma hora, ou talvez tenha sido só um minuto. Não sei. Mas acabei dando nomes, sobrenomes e até o tamanho da camisa de todos os meus superiores, até de quem não era. Fui largado em um beco de Pueblo Seco, nu e com a pele toda queimada. Uma mulher bondosa me levou para sua casa e cuidou de mim por dois meses. Os comunistas haviam matado seu marido e seus dois filhos a tiros na porta de casa. Ela não sabia por quê. Quando consegui me levantar e sair à rua, soube que todos os meus superiores haviam sido capturados e justiçados horas depois de eu tê-los delatado.

— Fermín, se não quiser falar sobre isso...

— Não, não. É melhor você me escutar, para saber o risco que está correndo. Quando voltei para minha casa, fui informado de que ela havia sido expropriada pelo governo, do mesmo modo que meus bens. Eu tinha virado, sem saber, um mendigo. Tentei conseguir um emprego. Ninguém quis me dar um. A única coisa que eu conseguia era uma garrafa de vinho a granel por algumas moedas. É um veneno lento, que come as tripas como ácido, mas eu tinha certeza de que mais cedo ou mais tarde faria seu efeito. Dizia a mim mesmo que algum dia voltaria a Cuba, para minha morena. Fui detido quando tentava subir em um cargueiro rumo a Havana. Já nem lembro quanto tempo passei na prisão. Depois do primeiro ano, começa-se a perder tudo, até a razão. Quando saí, fui viver nas ruas, onde você me encontrou muito tempo depois. Havia muitos como eu, companheiros de galeria ou de anistia. Os que tinham sorte contavam com alguém de fora, alguém ou algo para onde retornar. Os outros, como eu, uniam-se ao exército dos deserdados. Uma vez que você ganha o carnê desse clube, nunca deixa de ser sócio. A maioria só saía à noite, quando o mundo não está vendo. Conheci muitos como eu. Raramente tornava a vê-los. A vida na rua é curta. As pessoas olham para você com nojo, mesmo os que dão esmolas, mas isso não é nada comparado à repugnância que você sente de si mesmo. É como viver aprisionado em um cadáver ambulante, que sente fome, fede e demora a morrer. Em algumas tardes, Fumero e seus homens me prendiam e me acusavam de algum furto absurdo, ou de paquerar as meninas na saída de um colégio de freiras. Outro mês na prisão Modelo, surras, e depois voltava para a rua outra vez. Nunca entendi o sentido daquelas farsas. Ao que parece, a polícia achava conveniente dispor de certo número de suspeitos para usar quando fosse necessário. Em um dos meus encontros com Fumero, que agora era um respeitável senhor, perguntei-lhe por que ele não havia me matado como aos outros. Ele riu e me disse que havia coisas piores que a morte. Que ele nunca matava um delator. Deixava-o apodrecer vivo.

— Fermín, você não é um delator. Qualquer um no seu lugar teria feito a mesma coisa. Você é meu melhor amigo.

— Não mereço sua amizade, Daniel. Você e seu pai me salvaram a vida, e ela lhes pertence. O que eu puder fazer por vocês, farei. No dia em que você me tirou das ruas, Fermín Romero de Torres nasceu de novo.

— Esse não é seu nome verdadeiro, é?

Fermín fez que não com a cabeça.

— Vi esse nome em um cartaz na Plaza de las Arenas. O outro está enterrado. O homem que antes morava nestes ossos morreu, Daniel. Às vezes ele volta, em pesadelos. Mas você me ensinou a ser outro homem e me deu uma razão para viver outra vez: minha Bernarda.

— Fermín...

— Não diga nada, Daniel. Só me perdoe, se puder.

Abracei-o em silêncio e deixei que chorasse. As pessoas nos olhavam de esguelha, e eu lhes devolvia um olhar de fogo. Depois de algum tempo, decidiram nos ignorar. Então, enquanto eu acompanhava Fermín até sua pensão, meu amigo recuperou a voz.

— O que lhe contei hoje... peço que não diga a Bernarda...

— Nem a Bernarda nem a ninguém. Nem uma palavra, Fermín.

Despedimo-nos com um aperto de mãos.

37

Passei a noite acordado, deitado na cama com a luz acesa, observando minha flamejante caneta Montblanc com a qual havia anos não escrevia e que estava começando a se tornar o melhor par de luvas já oferecido a uma pessoa sem braços. Mais de uma vez me senti tentado a ir até a casa dos Aguilar e, na falta de termo melhor, me entregar, mas, depois de muita meditação, concluí que irromper de madrugada no domicílio de Bea não melhoraria muito a situação dela. Ao alvorecer, o cansaço e a dispersão me ajudaram a localizar de novo meu imenso egoísmo e não demorei a me convencer de que o melhor era deixar as águas rolarem. Com o tempo, o rio levaria o sangue.

A manhã transcorreu com pouco movimento na livraria, circunstância que aproveitei para cochilar em pé com a graça e o equilíbrio de um flamingo, na opinião de meu pai. Ao meio-dia, assim como havia combinado com Fermín na noite anterior, fingi que ia dar uma volta e Fermín alegou que tinha hora marcada no ambulatório para que lhe tirassem uns pontos. Até onde pude perceber, meu pai engoliu totalmente as duas mentiras. A ideia de mentir sistematicamente para meu pai estava começando a me incomodar, e eu disse isso a Fermín no meio da manhã, em um momento em que meu pai havia saído para fazer umas compras.

— Daniel, a relação paterno-filial está baseada em milhares de mentiras bondosas. Os Reis Magos, a fadinha do dente, dizer a verdade etc. Esta é mais uma. Não se sinta culpado.

Chegado o momento, menti novamente e me dirigi ao domicílio de Nuria Monfort, cujo toque e cheiro conservava gravados no sótão da memória. A praça San Felipe Neri havia sido tomada por um bando de pombos que repousavam sobre o calçamento. Eu esperava encontrar Nuria Monfort em companhia de seu livro, mas a praça estava deserta. Atravessei o calçamento sob a vigilância atenta de milhares de pombos e dei uma olhada em volta, buscando em vão a presença de Fermín disfarçado de deus sabe o que, pois ele havia se negado a revelar o ardil que tinha em mente. No hall do edifício, me dei conta de que o nome de Miquel Moliner continuava na caixa de correio. Seria aquele o primeiro furo que eu assinalaria na história de Nuria Monfort? Enquanto subia a escada escura, quase desejei não encontrá-la em casa. Ninguém tem tanta compaixão por um embusteiro quanto alguém na mesma condição. Ao chegar ao seu andar, parei para recobrar coragem e imaginar uma desculpa que justificasse minha visita. O rádio da vizinha continuava com seu barulho ensurdecedor na outra ponta do corredor, dessa vez transmitindo um concurso de conhecimentos religiosos que tinha como título "O santo ao céu" e que era conhecido pela impressionante audiência em toda a Espanha, nas terças-feiras ao meio-dia.

E agora, por vinte e cinco pesetas, diga-nos, Bartolomé, sob que forma o maligno aparece para os sábios do tabernáculo na parábola do arcanjo e do inepto do livro de Josué? a) um cabrito, b) um vendedor de moringas, ou c) um trapezista com um macaco.

Ao estrondo dos aplausos da plateia no estúdio da Rádio Nacional, plantei-me decidido em frente à porta de Nuria Monfort e apertei a campainha durante vários segundos. Ouvi o eco se perder pelo interior do apartamento e suspirei aliviado. Estava a ponto de ir embora quando escutei os passos se aproximando da porta, e o orifício do olho mágico se iluminou em uma lágrima de luz. Sorri. Escutei a chave girar na fechadura e respirei fundo.

38

— Daniel — murmurou ela, com o sorriso na contraluz.

A fumaça azul do cigarro cobria seu rosto. Os lábios de carmim escuro brilhavam, úmidos e deixando marcas no filtro que segurava entre o indicador e o anular. Existem pessoas de quem nos lembramos, e outras com quem sonhamos. Para mim, Nuria Monfort tinha a consistência e a credibilidade de uma alucinação: não questionamos sua veracidade, simplesmente a seguimos até ela se desvanecer ou nos destruir. Segui-a até o estreito salão de penumbras onde ficavam seu escritório, seus livros e aquela coleção de lápis alinhados como um acidente de simetria.

— Pensei que não voltaria a vê-lo.

— Lamento decepcioná-la.

Ela se sentou na cadeira da escrivaninha, cruzando as pernas e inclinando-se para trás. Arranquei os olhos de seu calcanhar e concentrei-me em uma mancha de umidade na parede. Aproximei-me da janela e dei uma olhada rápida para a praça. Nem rastro de Fermín. Podia ouvir Nuria Monfort respirando atrás de mim, sentir seu olhar. Falei sem afastar os olhos da janela.

— Alguns dias atrás, um bom amigo meu descobriu que o administrador de imóveis responsável pelo antigo apartamento da família Fortuny-Carax enviava a correspondência para uma caixa postal em nome de um escritório de advogados que, ao que tudo indica, não existe. Esse mesmo amigo descobriu que a pessoa que recolhia a correspondência dessa caixa postal durante anos havia utilizado seu nome, sra. Monfort...

— Cale-se.

Virei-me e a encontrei desaparecendo nas sombras.

— Você me julga sem me conhecer — disse ela.

— Ajude-me a conhecê-la, então.

— A quem você contou isso? Quem mais sabe o que me disse?

— Mais gente do que parece. A polícia anda me seguindo há tempos.

— Fumero?

Assenti. Pareceu-me que suas mãos tremiam.

— Você não sabe o que fez, Daniel.

— Diga-me a senhora, então — retruquei, com uma dureza que não sentia.

— Você acha que porque tropeçou em um livro tem o direito de entrar na vida de pessoas que não conhece, remexer coisas que não entende e que não lhe dizem respeito.

— Elas agora me dizem respeito, quer a senhora queira ou não.

— Você não sabe o que diz.

— Estive na casa dos Aldaya. Sei que Jorge está escondido lá. Sei que foi ele quem assassinou Carax.

Ela me fitou longamente, medindo as palavras.

— Fumero sabe disso?

— Não sei.

— É melhor que saiba. Fumero o seguiu até esta casa?

A raiva estampada nos olhos dela me queimava. Eu havia entrado com o papel de promotor e juiz, mas a cada minuto que passava me sentia mais culpado.

— Acho que não. A senhora sabia? A senhora sabia que foi Aldaya quem matou Julián e que ele está escondido nessa casa... mas por que não me contou?

Ela sorriu amargamente.

— Você não está entendendo nada, não é?

— Estou entendendo que a senhora mentiu para defender o homem que assassinou alguém que diz ter sido seu amigo, que esteve encobrindo esse crime durante muitos anos, um homem cujo único propósito é apagar qualquer vestígio da existência de Julián Carax, que queima seus livros. Estou entendendo que mentiu sobre seu marido, que não está na prisão e evidentemente também não está aqui. É isso que eu estou entendendo.

Nuria Monfort fez que não com a cabeça, devagar.

— Vá embora, Daniel. Vá embora desta casa e não volte. Você fez besteiras demais.

Segui para a porta, deixando-a na sala de jantar. Estanquei a meio caminho e me virei. Nuria Monfort estava sentada no chão, apoiada na parede. Qualquer artifício em seu semblante havia desaparecido.

Atravessei a praça varrendo o chão com os olhos. Arrastava a dor que havia recolhido dos lábios daquela mulher, uma dor da qual agora me sentia cúmplice e instrumento, mas sem entender como nem por quê. *Você não sabe o que fez, Daniel.* Tudo que eu desejava era me afastar dali. Ao passar em frente à igreja, mal reparei na presença do sacerdote magro e narigudo que me benzia com parcimônia ao pé do vão da porta, segurando um missal e um rosário.

39

Voltei à livraria com quase quarenta e cinco minutos de atraso. Ao me ver, meu pai franziu o cenho com reprovação e olhou para o relógio.

— Isso são horas? Você sabe que tenho que sair para visitar um cliente em San Cugat e me deixa sozinho aqui.

— E Fermín? Ainda não voltou?

Meu pai fez que não, com aquela pressa que o consumia quando estava mal-humorado.

— Ainda não. Você recebeu uma carta. Deixei-a junto da caixa registradora.

— Pai, me perdoe, mas...

Ele fez um gesto para que eu economizasse as desculpas, pegou a capa de chuva e o chapéu e saiu sem se despedir. Conhecendo-o, supus que seu mau humor fosse se dissipar antes de chegar à estação. O que eu estava achando estranho era a demora de Fermín. Eu o vira vestido de sacerdote de teatro na praça San Felipe Neri, à espera de que Nuria Monfort saísse às escondidas e o guiasse até o grande segredo da trama. Minha fé naquela estratégia estava reduzida a cinzas e eu imaginava que, se realmente Nuria saísse, Fermín acabaria seguindo-a até a farmácia ou a padaria. Maravilhoso plano. Aproximei-me da caixa para dar uma olhada na carta mencionada por meu pai. O envelope era branco e retangular, como uma lápide, e no lugar do crucifixo trazia um cabeçalho que conseguiu eliminar o pouco ânimo que ainda me restava para passar o dia.

GOVERNO MILITAR DE BARCELONA

DIVISÃO DE RECRUTAMENTO

— Aleluia — murmurei.

Eu sabia o que continha o envelope sem precisar abri-lo, mas mesmo assim o fiz para me refestelar na lama. A carta era sucinta, dois parágrafos daquela prosa seca entre a proclamação exaltada e a ária de opereta que caracteriza o gênero epistolar militar. Anunciava que, no prazo de dois meses, eu, Daniel Sempere Gispert, teria a honra e o orgulho de me juntar ao dever mais sagrado e edificante que a vida era capaz de oferecer ao homem celtibérico: servir à pátria e vestir o uniforme da cruzada nacional em defesa da reserva espiritual do Ocidente. Pensei que pelo menos Fermín seria capaz de encontrar o sentido de tudo aquilo e de nos fazer rir um pouco com sua versão em verso de *A queda da aliança judaico-maçônica*. Dois meses. Oito semanas. Sessenta dias. Sempre se podia dividir o tempo em segundos e obter assim uma cifra quilométrica. Sobravam cinco milhões, cento e oitenta e quatro mil segundos de liberdade. Talvez dom Federico, que segundo meu pai era capaz de fabricar um Volkswagen, pudesse me fazer um relógio com freios de disco. Talvez alguém me explicasse como eu faria para não perder Bea para sempre. Ao escutar a campainha da porta, achei que fosse Fermín finalmente de volta, convencido de que nossos esforços detetivescos não serviam nem para uma piada.

— Ora veja, o herdeiro vigiando o castelo como deve ser, embora seja de cara feia. Alegre esse rosto, meu jovem — disse Gustavo Barceló, vestindo um sobretudo de pelo de camelo e carregando uma bengala de marfim da qual não precisava, e que brandia como uma mitra de cardeal. — Seu pai não está, Daniel?

— Sinto muito, dom Gustavo. Saiu para ver um cliente e suponho que não vá voltar até...

— Perfeito. Porque não foi ele que vim ver, e é melhor que ele não ouça o que tenho para lhe dizer.

Ele piscou para mim, tirando as luvas e observando a loja com displicência.

— E nosso colega Fermín? Por onde anda?

— Desaparecido em combate.

— Suponho que esteja aplicando talentos na resolução do caso Carax.

— De corpo e alma. Na última vez que o vi, estava de batina e dando a bênção a torto e a direito.

— É... A culpa é minha por tê-lo estimulado. Eu não deveria ter aberto a boca.

— Estou achando o senhor um pouco nervoso. Aconteceu alguma coisa?

— Não exatamente. Ou sim, de alguma maneira.

— O que quer me contar, dom Gustavo?

O livreiro sorriu mansamente. Sua altivez e arrogância de salão haviam desaparecido. Em seu lugar, notei certa gravidade, uma ponta de cautela e muita preocupação.

— Esta manhã conheci dom Manuel Gutiérrez Fonseca, cinquenta e nove anos, solteiro e funcionário do Instituto Médico-Legal de Barcelona desde 1924. Trinta anos de serviço no limiar das trevas. A frase é dele, não minha. Dom Manuel é um cavalheiro da velha escola, educado, agradável e prestativo. Mora há quinze anos em um quarto alugado na rua Ceniza, que divide com doze periquitos que aprenderam a cantarolar a marcha fúnebre. Tem cadeira cativa no Teatro do Liceu, lá em cima, na galeria. Gosta de Verdi e Donizetti. Disse que em seu trabalho o importante é seguir o regulamento. O regulamento prevê tudo, especialmente naquelas ocasiões em que não se sabe o que fazer. Há quinze anos, dom Manuel abriu um saco de lona que a polícia trouxe e se deparou com seu melhor amigo de infância. O resto do corpo vinha em um saco à parte. Dom Manuel, engolindo a alma, seguiu o regulamento.

— O senhor quer um café, dom Gustavo? Está ficando amarelo.

— Por favor.

Fui buscar a garrafa térmica e preparei uma xícara com oito torrões de açúcar. Ele bebeu de um gole só.

— Está se sentindo melhor?

— Estou me recuperando. Como ia dizendo, o fato é que dom Manuel estava de plantão no dia em que levaram o corpo de Julián Carax ao serviço de necropsia, em setembro de 1936. É claro que dom Manuel não se lembrava do nome, mas uma consulta aos arquivos e uma doação de cem pesetas para seu fundo de aposentadoria lhe refrescaram enormemente a memória. Está me acompanhando?

Assenti, quase em transe.

— Dom Manuel se lembra dos pormenores daquele dia porque, segundo me contou, aquela foi uma das poucas ocasiões em que não respeitou o regulamento. A polícia alegou que o cadáver havia sido encontrado em um beco do Raval, pouco antes do amanhecer. O corpo chegou ao depósito no meio da manhã. Trazia consigo somente um livro e um passaporte que o identificava como Julián Fortuny Carax, natural de Barcelona, nascido em 1900. O passaporte trazia um carimbo da fronteira de La Junquera, indicando que Carax havia entrado no país um mês antes. A causa da morte, aparentemente, era um ferimento a bala. Dom Manuel não é médico, mas com o tempo foi aprendendo o repertório. Em seu entender, o tiro, exatamente no coração, havia sido dado à queima-roupa. Graças ao passaporte, puderam localizar o sr. Fortuny, pai de Carax, que ficou de passar lá naquela mesma noite para realizar a identificação do corpo.

— Até aí tudo se encaixa com o que Nuria Monfort contou.

Barceló assentiu.

— Isso mesmo. O que Nuria Monfort não disse é que ele, meu amigo dom Manuel, suspeitando que a polícia não tivesse muito interesse no caso, e ao comprovar que o livro que havia sido encontrado no bolso do cadáver trazia o nome do falecido, decidiu tomar a iniciativa e ligou para a editora aquela mesma tarde, enquanto esperava a chegada do sr. Fortuny, para informar sobre o ocorrido.

— Nuria Monfort me disse que o empregado da funerária só ligou para a editora três dias depois, quando o corpo já havia sido enterrado em uma vala comum.

— Segundo dom Manuel, ele ligou no mesmo dia em que o corpo chegou ao depósito. Disse que falou com uma moça, que lhe agradeceu por ter ligado. Dom Manuel lembra que a atitude dessa moça o chocou um pouco. Segundo suas próprias palavras, "era como se ela já soubesse".

— O que se sabe sobre o sr. Fortuny? É verdade que ele se negou a reconhecer o filho?

— Isso era o que mais me intrigava. Dom Manuel explica que, ao cair da tarde, chegou um homenzinho trêmulo em companhia de uns agentes de polícia. Era o sr. Fortuny. Segundo ele, essa é a única coisa com a qual nunca consegue se acostumar, o momento em que os familiares vêm identificar o corpo de um parente querido. Dom Manuel diz que é uma coisa que ele não deseja a ninguém. Segundo ele, o pior é quando o morto é uma pessoa jovem e são os pais, ou um cônjuge recente, quem tem que identificá-lo. Dom Manuel se lembra bem do sr. Fortuny. Diz que quando ele chegou ao depósito quase não conseguia ficar em pé, que chorava como uma criança e que os dois policiais tiveram que segurá-lo pelos braços. Não parava de gemer: "O que fizeram com meu filho? O que fizeram com meu filho?".

— Ele chegou a ver o corpo?

— Segundo me contou, dom Manuel ia sugerir aos agentes que pulassem o trâmite. Foi a única vez que passou pela sua cabeça questionar o regulamento. O cadáver estava em más condições. Provavelmente estava morto havia mais de vinte e quatro horas quando chegou ao necrotério, e não desde o amanhecer, como a polícia havia alegado. Manuel receava que, quando aquele velhinho visse o corpo, ficasse destruído. O sr. Fortuny não parava de dizer que não podia ser, que o seu Julián não poderia ter morrido... Então dom Manuel retirou o lençol que cobria o corpo e os dois agentes perguntaram formalmente se aquele era seu filho, Julián.

— E?

— O sr. Fortuny ficou mudo, contemplando o cadáver durante quase um minuto. Então deu meia-volta e foi embora.

— Foi embora?

— Saiu rapidamente.

— E a polícia? Não o impediu? Eles não estavam ali para identificar o cadáver?

Barceló sorriu com malícia.

— Teoricamente. Mas dom Manuel lembra que havia outra pessoa na sala, um terceiro policial, que havia entrado em silêncio enquanto os agentes preparavam o sr. Fortuny e que havia presenciado a cena sem dizer nada, apoiado na parede com um cigarro nos lábios. Dom Manuel se lembra disso porque, quando ele lhe disse que o regulamento proibia fumar no recinto, um dos agentes fez sinal para que se calasse. Segundo dom Manuel, assim que o sr. Fortuny partiu, o terceiro policial se aproximou, deu uma olhada no corpo e cuspiu na cara do morto. Pegou o passaporte e deu ordens para que o corpo fosse mandado para o cemitério e enterrado em uma vala comum naquele mesmo amanhecer.

— Não faz sentido.

— Foi o que pensou dom Manuel. Sobretudo porque aquilo não casava com o regulamento. "Mas não sabemos quem é esse homem", disse ele. Os policiais não disseram nada. Dom Manuel, irritado, interpelou-os: "Ou vocês sabem muito bem? Porque ninguém pode deixar de ver que esse aí já morreu há pelo menos um dia". Obviamente, dom Manuel estava tentando respeitar o regulamento e não era nem um pouco bobo. Segundo ele, ao escutar seus protestos, o terceiro policial se aproximou, olhou-o fixamente nos olhos e lhe perguntou se ele queria se unir ao finado em sua última viagem. Dom Manuel me contou que ficou apavorado. Que aquele homem tinha olhos de louco e que ele não duvidou um minuto que estivesse falando sério. Murmurou que só estava tentando cumprir o regulamento, que ninguém sabia quem era aquele homem e que, portanto, ele ainda não podia ser enterrado. "Este homem é quem eu disse que é", retrucou o policial. Então pegou a folha de registro e a assinou, dando o caso por encerrado. Dom Manuel diz que não se esquecerá nunca dessa assinatura, porque durante a guerra, e mesmo por muito tempo depois, tornaria a encontrá-la em dezenas de folhas de registro e falecimento de corpos que chegavam não se sabia de onde e que ninguém conseguia identificar.

— O inspetor Francisco Javier Fumero...

— Orgulho e baluarte da Chefatura Superior de Polícia. Sabe o que significa isso, Daniel?

— Que estamos dando murros em ponta de faca desde o início.

Barceló pegou seu chapéu e sua bengala e se dirigiu à porta, fazendo que não de cabeça baixa.

— Não. Significa que é agora que os murros vão começar.

<h2 style="text-align:center">40</h2>

Passei a tarde olhando aquela funesta carta que anunciava meu alistamento nas fileiras e aguardando sinais de vida de Fermín. Já passava meia hora do horário de fechar, e o paradeiro de Fermín continuava desconhecido. Peguei o telefone e liguei para a pensão da rua Joaquim Costa. Dona Encarna atendeu e, com voz de alcoólatra, disse que não via Fermín desde aquela manhã.

— Se ele não chegar daqui a meia hora, vai comer tudo gelado, que isso aqui não é o Ritz. Não aconteceu nada com ele, aconteceu?

— Não se preocupe, dona Encarna. Ele tinha uma encomenda pendente e deve ter se atrasado. Em todo caso, se a senhora o vir antes de dormir, agradeço-lhe muito se pedir para ele me ligar. Daniel Sempere, o vizinho de sua amiga Merceditas.

— Fique descansado, embora eu deva lhe avisar que às oito e meia vou para a cama.

Em seguida liguei para a casa de Barceló, supondo que talvez Fermín houvesse ficado por lá, para esvaziar a despensa de Bernarda ou lhe dar uns apertos na área de serviço. Não me ocorreu que Clara atenderia ao telefone.

— Daniel, isto sim é que é surpresa.

O mesmo digo eu, pensei. Fazendo um circunlóquio digno do catedrático dom Anacleto, revelei o propósito da minha chamada dando-lhe uma importância apenas passageira.

— Não, Fermín não passou por aqui durante todo o dia. E Bernarda passou a tarde toda comigo, ou seja, eu saberia se ele houvesse vindo. Andamos falando de você, sabia?

— Que conversa mais chata.

— Bernarda diz que você está muito bonito, que já é um homem.

— Tomo muitas vitaminas.

Um longo silêncio.

— Daniel, acha que podemos voltar a ser amigos algum dia? Quantos anos serão necessários para você me perdoar?

— Amigos já somos, Clara, e eu não tenho nada para lhe perdoar. Você já sabe disso.

— Meu tio falou que você continua investigando sobre Julián Carax. Por que não passa um dia aqui em casa para lanchar e me contar as novidades? Também tenho coisas para lhe contar.

— Um dia desses, sem falta.

— Eu vou me casar, Daniel.

Fiquei olhando para o telefone. Tive a impressão de que meus pés afundavam no chão ou de que meu esqueleto encolhia alguns centímetros.

— Daniel, você está aí?

— Estou.

— Eu o surpreendi.

Engoli uma saliva que tinha a consistência de concreto armado.

— Não. O que me surpreende é que ainda não tenha se casado. Não devem ter faltado pretendentes. Quem é o felizardo?

— Você não o conhece. Chama-se Jacobo. É um amigo de tio Gustavo. Diretor do Banco de Espanha. Nós nos conhecemos em um recital de ópera organizado por meu tio. Jacobo é apaixonado por ópera. É mais velho do que eu, mas somos muito bons amigos, e isso é o que importa, não acha?

Minha boca se encheu de malícia, mas mordi a língua. Tinha gosto de veneno.

— Claro... Escute, pois então, felicidades.

— Você nunca vai me perdoar, não é, Daniel? Para você, sempre serei Clara Barceló, a pérfida.

— Para mim você vai ser sempre Clara Barceló e ponto. Sabe disso.

Houve outro silêncio, daqueles de fazer crescer cabelos brancos.

— E você, Daniel? Fermín me disse que tem uma namorada muito bonita.

— Preciso desligar agora, Clara, está entrando um cliente. Eu ligo para você um dia desses na semana e vamos tomar alguma coisa. Mais uma vez, felicidades.

Desliguei o telefone e respirei fundo.

Meu pai voltou da visita ao cliente com o semblante abatido e pouca vontade de conversar. Preparou o jantar enquanto eu punha a mesa, sem me perguntar por Fermín ou pelo dia na livraria. Jantamos com o olhar afundado no prato e prestando atenção nas notícias do rádio. Meu pai quase não tocou na comida. Limitava-se a mexer aquela sopa aguada e sem gosto com a colher, como se estivesse procurando ouro no fundo.

— Você nem provou a sopa — falei.

Meu pai deu de ombros. O rádio continuava a nos metralhar com notícias. Meu pai se levantou e o desligou.

— O que dizia a carta do Exército? — perguntou, por fim.

— Tenho que me apresentar daqui a dois meses.

Seu olhar me pareceu envelhecer dez anos.

— Barceló me disse que vai tentar falar com algum de seus conhecidos para que me transfiram para o Governo Militar de Barcelona, depois da fase de treinamento. Poderei até vir dormir em casa — falei.

Meu pai respondeu com um sinal de assentimento anêmico. Ficou doloroso encará-lo, e me levantei para tirar a mesa. Ele se manteve sentado, com o olhar perdido e as mãos cruzadas sob o cavanhaque. Eu estava começando a limpar os pratos quando ouvi passos ecoando na escada. Passos firmes, apressados, que castigavam o chão e invocavam um código funesto. Levantei a vista e troquei um olhar com meu pai. As pisadas se detiveram em nosso andar. Meu pai se levantou, inquieto. Um segundo depois, ouviram-se vários murros na porta e uma voz estrondosa, irada e vagamente familiar.

— Polícia! Abram!

Mil adagas me apunhalaram o pensamento. Uma nova descarga de murros na porta a fez estremecer. Meu pai foi até lá e olhou pelo olho mágico.

— O que querem a essa hora?

— Ou abre a porta ou nós a pomos abaixo a pontapés, sr. Sempere. Não me faça repetir.

Reconheci a voz de Fumero e me senti invadir por um vento gelado. Meu pai me lançou um olhar inquisitivo. Aquiesci. Dando um suspiro, ele abriu a porta. As silhuetas de Fumero e de seus dois inseparáveis comparsas se delineavam na luz amarelada da porta do umbral. Capas de chuva cinzentas arrastando marionetes de cinzas.

— Onde ele está? — gritou Fumero, afastando meu pai com um safanão e abrindo caminho para a sala de jantar.

Meu pai fez um gesto para detê-lo, mas um dos agentes que vinha atrás do inspetor o segurou pelo braço e o empurrou contra a parede, imobilizando-o com a frieza e a eficácia de uma máquina acostumada à tarefa. Era o mesmo indivíduo que havia seguido a Fermín e a mim, o mesmo que me havia segurado enquanto Fumero espancava meu amigo em frente ao Asilo de Santa Lucia, o mesmo que me havia espionado algumas noites antes. Lançou-me um olhar vazio, inescrutável. Saí ao encontro de Fumero, exibindo toda a calma que era capaz de fingir. O inspetor tinha os olhos injetados. Um arranhão recente atravessava sua face esquerda, contornado de sangue seco.

— Onde está?

— O quê?

Fumero baixou os olhos e sacudiu a cabeça, emitindo murmúrios. Quando levantou o rosto, exibia uma expressão canina nos lábios e um revólver na mão. Sem afastar os olhos dos meus, Fumero deu uma coronhada no jarro de flores murchas em cima da mesa. O jarro se quebrou, derramando a água e os talos arruinados na toalha. Contra minha vontade, estremeci. Meu pai vociferava na antessala, imobilizado pelos dois agentes. Consegui decifrar muito pouco do que ele dizia. Tudo que eu conseguia absorver era a pressão gelada do cano da arma afundado na minha bochecha e o cheiro de pólvora.

— Não me irrite, seu merdinha, ou seu pai vai ter que recolher seus miolos no chão. Entendeu?

Assenti, em pânico. Fumero pressionava o cano da arma em minha bochecha. Senti que cortava minha pele, mas não me atrevi sequer a piscar os olhos.

— É a última vez que pergunto: onde ele está?

Vi minha própria imagem refletida nas pupilas negras do inspetor, que se contraíam lentamente no compasso em que ele pressionava o gatilho com o polegar.

— Ele não está aqui. Não o vejo desde o meio-dia. É verdade.

Fumero continuou imóvel durante quase meio minuto, apertando meu rosto com o revólver e lambendo os lábios.

— Lerma! — chamou ele. — Dê uma olhada.

Um dos agentes se apressou em inspecionar o apartamento. Meu pai lutava em vão com o terceiro policial.

— Caso você esteja mentindo e ele esteja nesta casa, juro que quebro as duas pernas do seu pai — sussurrou Fumero.

— Meu pai não sabe de nada. Deixe-o em paz.

— Você não sabe nem de que está brincando. Mas quando eu puser as mãos no seu amigo, a brincadeira vai acabar. Nem juízes, nem hospitais, nem hóstias. Dessa vez eu mesmo vou me encarregar pessoalmente de tirá-lo de circulação. E vou me divertir muito, isso eu garanto. Vou fazer tudo com a maior calma. Pode lhe dizer isso, se o vir. Porque eu vou encontrá-lo mesmo que esteja escondido debaixo de pedras. E o próximo vai ser você.

Lerma reapareceu na sala e trocou um olhar com Fumero, uma leve negativa. Fumero afrouxou o gatilho e baixou o revólver.

— Que pena — disse Fumero.

— Do que ele está sendo acusado? Por que o senhor o procura?

Fumero virou as costas e se aproximou dos dois agentes, que, a um sinal seu, soltaram meu pai.

— O senhor vai se lembrar disso — cuspiu meu pai.

Os olhos de Fumero pousaram nele. Instintivamente, meu pai recuou um passo. Temi que a visita do inspetor houvesse apenas começado, mas de repente Fumero balançou a cabeça, riu baixinho e saiu do apartamento sem maiores cerimônias. Lerma o seguiu. O terceiro policial, meu sentinela de sempre, parou um instante à porta de entrada. Olhou para mim em silêncio, como se quisesse dizer alguma coisa.

— Palacios! — gritou Fumero, sua voz se desfazendo no eco da escada.

Palacios baixou os olhos e desapareceu porta afora. Saí para o patamar. Lâminas de luz se enfileiravam na fresta das portas de alguns vizinhos, seus rostos assustados surgindo na penumbra. As três silhuetas escuras dos policiais se perderam escadas abaixo e o barulho furioso de seus passos bateu em retirada como uma maré envenenada, deixando um rastro de medo e negror.

Já era quase meia-noite quando tornamos a ouvir batidas na porta, dessa vez fraquinhas, quase medrosas. Meu pai, que limpava com água oxigenada meu machucado do revólver de Fumero, parou imediatamente. Nossos olhares se encontraram. Vieram outras três batidas.

Por um instante achei que poderia ser Fermín. Quem sabe teria presenciado todo o incidente escondido em algum canto escuro da escada?

— Quem é? — perguntou meu pai.

— Dom Anacleto, sr. Sempere.

Meu pai suspirou. Abrimos a porta e demos de cara com o catedrático, mais pálido do que nunca.

— Dom Anacleto, o que aconteceu? O senhor está bem? — perguntou meu pai, fazendo com que entrasse.

O catedrático tinha um jornal na mão. Simplesmente nos entregou o jornal com uma expressão de horror. O papel ainda estava morno, com cheiro de tinta fresca.

— É a edição de amanhã — murmurou dom Anacleto. — Página 6.

A primeira coisa que vi foram duas fotografias que vinham debaixo do título. A primeira mostrava Fermín mais gordinho e com mais cabelo, talvez quinze ou vinte anos antes. A segunda trazia o rosto de uma mulher de olhos fechados e pele de mármore. Demorei alguns segundos para reconhecê-la, porque estava acostumado a vê-la em meio à penumbra.

INDIGENTE MATA MULHER

EM PLENA LUZ DO DIA

Barcelona/agências (Redação)

A polícia está à procura do indigente que assassinou esta tarde, a punhaladas, Nuria Monfort Masdedeu, de trinta e sete anos, residente nas imediações de Barcelona.

O crime ocorreu à tarde, na periferia de San Gervasio, onde a vítima foi atacada sem motivo aparente pelo indigente, que, ao que parece, e segundo informações da Chefatura Superior de Polícia, a seguia por motivos ainda não esclarecidos.

Ao que parece, o assassino, Antonio José Gutiérrez Alcayete, de cinquenta e um anos, natural de Villa Inmunda, província de Cáceres, é um conhecido malfeitor com uma longa história de transtornos mentais, foragido da prisão Modelo há seis anos e que desde então vem conseguindo enganar as autoridades assumindo diferentes identidades. No momento do crime, usava uma batina. O fugitivo está armado e a polícia o considera de alta periculosidade. Ainda não se sabe se a vítima e o assassino se conheciam nem qual teria sido o motivo do crime, embora fontes da Chefatura Superior de Polícia afirmem que tudo indica que sim. A vítima recebeu seis golpes de arma branca no ventre, no pescoço e no peito. O ataque, ocorrido nas imediações de um colégio, foi presenciado por vários alunos, que alertaram os docentes da instituição, e estes, por sua vez, chamaram a polícia e uma ambulância. Segundo o informe policial, os golpes recebidos pela vítima foram letais. A vítima chegou sem vida ao Hospital Clínico de Barcelona, às seis e quinze da noite.

41

Não tivemos notícias de Fermín durante o dia todo. Meu pai insistiu em abrir a livraria como em um dia comum, exibindo uma fachada de normalidade e inocência. A polícia havia posto um agente em frente à escada e um segundo vigiava a praça Santa Ana, postado em frente à igreja como um santo de última hora. Nós os víamos tiritar de frio sob a intensa chuva que chegou de madrugada, o vapor de sua respiração cada vez mais diáfano, as mãos afundadas nos bolsos das capas de chuva. Mais de um vizinho passou em frente à loja, olhando de esguelha através do vidro, mas nem um só comprador se aventurou a entrar.

— A notícia já deve ter se espalhado — falei.

Meu pai se limitou a assentir. Havia passado a manhã inteira sem me dirigir a palavra e expressando-se por gestos. A página com a notícia do assassinato de Nuria Monfort estava em cima do balcão. A cada vinte minutos ele se aproximava e a relia com a expressão impenetrável. Continuou acumulando raiva em seu íntimo o dia todo, hermético.

— Você pode ler a notícia mil vezes, que não vai torná-la verdade — falei.

Meu pai levantou o rosto e me encarou com olhar severo.

— Você conhecia essa pessoa? Nuria Monfort?

— Falei com ela uma ou duas vezes.

O rosto de Nuria me invadiu o pensamento. Minha falta de sinceridade tinha gosto de náusea. Eu ainda era perseguido por seu cheiro e pelo roçar de seus lábios, pela imagem daquela escrivaninha com tudo disposto em perfeita ordem e por seu olhar triste e sábio. *Uma ou duas vezes.*

— Por que você precisou falar com ela? Que relação tinha com você?

— Era uma velha amiga de Julián Carax. Fui visitá-la para perguntar o que se lembrava dele. Só isso. Era filha de Isaac, o vigia. Foi quem me deu o endereço dela.

— Fermín a conhecia?

— Não.

— Como você pode garantir?

— Como você pode duvidar dele e dar crédito a essas mentiras? A única coisa que Fermín sabia sobre essa mulher era o que eu lhe contei.

— E por isso a estava seguindo?

— Sim.

— Porque você lhe pediu.

Guardei silêncio. Meu pai suspirou.

— Você não está entendendo, pai.

— É claro que não. Não estou entendendo nem você, nem Fermín, nem...

— Pai, pelo que sabemos sobre Fermín, o que escreveram aí é impossível.

— E o que sabemos sobre Fermín, hein? Para começar, não sabíamos nem seu nome verdadeiro.

— Você está enganado a respeito dele.

— Não, Daniel. Você é quem está enganado, e sobre muitas coisas. Quem mandou se meter na vida das pessoas?

— Sou livre para falar com quem quiser.

— Suponho que também se considere livre das consequências.

— Está insinuando que sou responsável pela morte dessa mulher?

— Essa mulher, como você diz, tinha nome e sobrenome, e você a conhecia.

— Não preciso que me lembre disso — retruquei, com lágrimas nos olhos.

Meu pai me observou com tristeza, sacudindo a cabeça.

— Meu santo Deus, não quero nem pensar em como estará o pobre Isaac — murmurou meu pai para si mesmo.

— Não tenho culpa se ela morreu — falei com um fio de voz, pensando que se o repetisse muitas vezes talvez começasse a acreditar.

Meu pai se retirou para o quarto dos fundos, sacudindo a cabeça abaixada.

— Você é quem sabe do que é responsável ou não, Daniel. Às vezes acho que não sei mais quem é.

Peguei a capa e fugi para a rua e para a chuva, onde ninguém me conhecia nem podia ler minha alma.

Entreguei-me à chuva gélida sem destino fixo. Caminhava de cabeça baixa, arrastando a imagem de Nuria Monfort morta, estendida em uma fria laje de mármore, com o corpo crivado de facadas. A cada passo, a cidade se desvanecia à minha volta. Ao chegar ao cruzamento da rua Fontanella, sequer parei para olhar o sinal. Quando senti a rajada de vento no rosto, virei-me em direção a uma parede de metal e luz que se arremessava sobre mim a toda a velocidade. No último instante, um transeunte que vinha atrás me puxou e me afastou da trajetória do ônibus. Observei a fuselagem faiscando a apenas alguns centímetros do meu rosto, uma morte certa desfilando a um décimo de segundo. Quando tive consciência do que havia ocorrido, o transeunte que salvara minha vida já se afastava pela faixa de pedestres, apenas uma silhueta enfurnada em uma capa de chuva cinzenta. Permaneci ali imóvel, sem respirar. Na miragem da chuva, vi que meu salvador estava parado do outro lado da rua e me observava. Era o terceiro policial, Palacios. Uma muralha de tráfego se ergueu entre nós, e quando voltei a olhar o agente não estava mais ali.

Rumei para a casa de Bea, incapaz de esperar mais. Precisava me lembrar do pouco de bom que havia em mim, que ela me dera. Lancei-me escada acima às pressas, mas estanquei diante da porta dos Aguilar, já sem fôlego. Peguei a aldrava e bati três vezes. Enquanto esperava, armei-me de coragem e adquiri consciência de meu aspecto: empapado até os ossos. Afastei os cabelos da testa e disse a mim mesmo que agora era tarde para desistir. Se o sr. Aguilar aparecesse disposto a quebrar minhas pernas e minha cara, quanto antes melhor. Bati de novo. Pouco depois, ouvi passos se aproximando da porta. O visor foi aberto. Um olhar escuro e receoso me contemplava.

— Quem é?

Reconheci a voz de Cecilia, uma das mulheres a serviço da sra. Aguilar.

— Sou eu, Cecilia, Daniel Sempere.

O visor se fechou e em seguida começou o concerto familiar de ferrolhos e trancas que blindavam a entrada do apartamento. A porta se abriu lentamente e Cecilia me recebeu, de touca e uniforme, segurando uma vela em um castiçal. Por sua expressão de susto, intuí que estava impressionada com meu aspecto cadavérico.

— Boa tarde, Cecilia. Bea está?

Ela me olhou sem compreender. No protocolo habitual da casa, minha presença, que nos últimos tempos era um acontecimento muito raro, só estava associada a Tomás, meu ex-colega de escola.

— A srta. Beatriz não está...

— Ela saiu?

Cecilia, que era apenas um susto costurado permanentemente a um avental, assentiu.

— Sabe quando vai voltar?

A empregada deu de ombros.

— Saiu com os pais duas horas atrás, para ir ao médico.

— Ao médico? Ela está doente?

— Não sei dizer, senhor.

— A que médico foram?

— Isso eu não sei dizer.

Decidi não martirizar mais a pobre moça. A ausência dos pais de Bea me abria outros caminhos a explorar.

— E Tomás? Está em casa?

— Está sim, senhor. Entre, vou avisá-lo.

Entrei na antessala e esperei. Em outros tempos, teria ido diretamente ao quarto de meu amigo, mas não ia àquela casa havia tanto tempo que me sentia novamente um estranho. Cecilia desapareceu corredor adentro, mergulhando em uma aura de luz e me deixando na escuridão. Julguei escutar de longe a voz de Tomás e, logo depois, passos se aproximando. Improvisei uma desculpa para justificar a meu amigo a visita repentina, mas a figura que apareceu na antessala foi, outra vez, a empregada Cecilia, que me dirigiu um olhar compungido. Meu sorriso de trapo se desfez.

— O sr. Tomás disse que está muito ocupado e que não pode vê-lo agora.

— Você disse a ele que é Daniel Sempere?

— Sim, senhor. Ele me pediu que lhe dissesse para ir embora.

Senti um frio no estômago que me cortou a respiração.

— Sinto muito, senhorzinho — disse Cecilia.

Assenti, sem saber o que dizer. A empregada abriu a porta daquela que não muito tempo antes eu considerava minha segunda casa.

— O senhor quer um guarda-chuva?

— Não, Cecilia, obrigado.

— Sinto muito, senhorzinho Daniel — repetiu a empregada.

Sorri-lhe sem forças.

— Não se preocupe, Cecilia.

A porta foi fechada, encerrando-me na sombra. Permaneci ali alguns instantes e em seguida me arrastei escada abaixo. A chuva aumentava, implacável. Afastei-me pela rua. Ao dobrar a esquina, parei e me virei um instante. Levantei os olhos para o andar dos Aguilar. A silhueta de meu velho amigo Tomás se recortava na janela de seu quarto. Ele me contemplava, imóvel. Cumprimentei-o com um aceno. Ele não retribuiu o gesto. Em poucos segundos, retirou-se para dentro. Esperei quase cinco minutos, na esperança de vê-lo aparecer, mas foi em vão. A chuva arrancou-me lágrimas, e com elas fui embora.

42

De volta à livraria, atravessei a rua em frente ao cinema Capitol, onde dois pintores empoleirados em um andaime observavam, desolados, como o cartaz que ainda não havia acabado de secar se desfazia sob o aguaceiro. Avistei de longe a silhueta estoica da sentinela de plantão diante da livraria. Ao me aproximar da relojoaria, percebi que dom Federico Flaviá havia saído ao umbral para contemplar o aguaceiro. Ainda se lia em seu rosto as cicatrizes da estadia na delegacia. Ele vestia um terno de lã cinzenta impecável e segurava um cigarro que não havia se preocupado em acender. Acenei-lhe. Ele me sorriu.

— O que você tem contra o guarda-chuva, Daniel?

— O que há de mais bonito do que a chuva, dom Federico?

— A pneumonia. Ande, entre, que seu relógio já está consertado.

Olhei-o sem entender. Dom Federico me observava fixamente, com o sorriso impávido. Limitei-me a assentir e acompanhei-o até o interior de seu bazar de maravilhas. Uma vez lá dentro, ele me entregou um pequeno envelope em papel de embrulho.

— Saia logo, que esse fantoche que vigia a livraria não tira o olho de você.

Abri o envelope. Continha um livrinho encadernado em couro. Um missal. O missal que Fermín segurava da última vez que eu o vira. Dom Federico, empurrando-me de volta à rua, fechou meus lábios com um gesto grave de cabeça. Na rua, recobrou o semblante risonho e levantou a voz:

— E lembre-se de não forçar a manivela quando der corda, ou ele voltará a pular, hein?

— Não se preocupe, dom Federico, e muito obrigado.

Afastei-me com um nó no estômago que apertava mais a cada passo que dava na direção do agente que vigiava a livraria. Ao cruzar com ele, cumprimentei-o com a mesma mão que segurava o saco entregue por dom Federico. O agente o olhou com vago interesse. Entrei na livraria. Meu pai continuava ao balcão, como se não houvesse se movido desde minha partida. Olhou para mim, aflito.

— Escute, Daniel, sobre o que eu disse antes...

— Não se preocupe. Você tem razão.

— Você está tremendo...

Assenti vagamente e o vi partir em busca da garrafa térmica. Aproveitei a ocasião para entrar no pequeno banheiro do quarto dos fundos e examinar o missal. O bilhete de Fermín caiu lá de dentro, voando como uma borboleta. Segurei-o no ar. O texto estava escrito em uma folha quase transparente de papel de seda, em uma caligrafia tão minúscula que precisei pôr o bilhete contra a luz para conseguir decifrar.

Amigo Daniel,

Não acredite em uma só palavra do que dizem os jornais sobre o assassinato de Nuria Monfort. Como sempre, é puro embuste. Estou são e salvo, escondido em lugar seguro. Não tente me encontrar nem me mandar recados. Destrua este bilhete depois de lê-lo. Não precisa engolir, basta queimá-lo ou rasgá-lo em pedacinhos. Entrarei em contato com você por minha própria iniciativa e graças à boa vontade de terceiros que estão do nosso lado. Rogo-lhe que transmita a essência desta mensagem, em código e com toda a discrição, à minha amada. Quanto a você, não faça nada. Seu amigo, o terceiro homem,

FRdT

Estava começando a reler o bilhete quando alguém bateu na porta do banheiro com os nós dos dedos.

— Posso entrar? — perguntou uma voz desconhecida.

Senti que meu coração acelerava. Sem saber o que fazer, enrolei o papel como um novelo e o coloquei na boca. Puxei a corrente da descarga e aproveitei o barulho de canos e cisternas para engolir a bola de papel. Tinha gosto de cera e bala de limão. Ao abrir a porta, deparei-me com o sorriso reptiliano do policial que segundos antes estava de guarda em frente à livraria.

— O senhor me desculpe. Não sei se é por ouvir esta chuva o dia todo, mas estou urinando nas calças, para não dizer outra coisa...

— Imagine — falei, cedendo-lhe a passagem. — É todo seu.

— Agradecido.

O policial, que à luz da lâmpada parecia uma pequena doninha, olhou-me de cima a baixo. Seu olhar de esgoto posou no missal que eu segurava.

— É que, se não leio alguma coisa, comigo não há jeito — expliquei.

— Comigo dá-se o mesmo. E ainda dizem que os espanhóis não leem. Pode me emprestar?

— Em cima da cisterna tem o último livro elogiado pela crítica — retruquei. — É infalível.

Afastei-me sem perder a compostura e juntei-me ao meu pai, que preparava uma xícara de café com leite.

— Por que o deixou entrar? — perguntei.

— Jurou que estava se cagando nas calças. O que eu podia fazer?

— Deixá-lo na rua. Assim se esquentava.

Meu pai franziu o cenho.

— Se não se importa, vou subir para casa — falei.

— Claro que não me importo. E vista uma roupa seca, ou vai pegar uma pneumonia.

O apartamento estava frio e silencioso. Dirigi-me ao meu quarto e olhei pela janela. O segundo sentinela continuava ali embaixo, em frente à igreja de Santa Ana. Tirei a roupa empapada e vesti um pijama grosso e um roupão que haviam sido do meu avô. Deitei-me na cama sem me incomodar em acender a luz e me abandonei à penumbra e ao barulho da chuva nas vidraças. Fechei os olhos e tentei recuperar a imagem, a textura e o cheiro de Bea. Não havia pregado o olho na noite anterior, e o cansaço logo me venceu. Em meus sonhos, a silhueta encapuzada de uma morte vaporosa cavalgava sobre Barcelona, uma visão fantasmagórica que tomava conta de torres e telhados, segurando na ponta de fios pretos centenas de pequeninos caixões brancos que, a sua passagem, deixavam um rastro de flores pretas em cujas pétalas lia-se, escrito em sangue, o nome de Nuria Monfort.

Acordei pouco depois de uma alvorada cinzenta, de vidraças embaçadas. Vesti-me para um dia de frio e calcei botas até o joelho. Saí para o corredor sem fazer barulho, atravessando o apartamento quase às apalpadelas. Cheguei à porta da rua e saí. Os quiosques das Ramblas já anunciavam suas luzes ao longe. Aproximei-me do que ficava em frente à entrada da rua Tallers e comprei a primeira edição do dia, que cheirava a tinta fresca. Percorri as páginas às pressas até encontrar a seção de obituário. O nome de Nuria Monfort jazia embaixo de uma cruz impressa, e senti minha visão estremecer. Afastei-me com o jornal dobrado debaixo do braço, procurando um local escuro. O enterro seria naquela tarde, no Cemitério de Montjuic. Voltei para casa por um atalho. Meu pai continuava a dormir, e retornei ao meu quarto. Sentei-me na escrivaninha e peguei minha caneta Meisterstück do estojo. Peguei uma folha de papel em branco e deixei a caneta me levar. Em minhas mãos, a caneta não tinha nada a dizer. Procurei em vão as palavras que queria oferecer a Nuria Monfort, mas fui incapaz de escrever ou sentir qualquer coisa, exceto um pavor inexplicável por sua ausência, por sabê-la perdida, ceifada pela raiz. Tive o pressentimento de que algum dia ela voltaria para mim, alguns meses ou anos mais tarde, e que eu sempre levaria sua lembrança no toque de uma estranha, em imagens que não me pertenciam, sem saber se era digno de tudo isso. *Você vai embora em meio às sombras*, pensei. *Do mesmo jeito que viveu.*

43

Pouco antes das três da tarde, tomei um ônibus no passeio Colón rumo ao Cemitério de Montjuic. Pela janela, via-se o bosque de mastros e bandeirinhas balançando no cais do porto. O ônibus, que estava praticamente vazio, contornou a Montanha de Montjuic e pegou a estrada que subia até a entrada leste do maior cemitério da cidade. Eu era o último passageiro.

— A que horas passa o último ônibus? — perguntei ao descer.

— Às quatro e meia.

O motorista me deixou às portas do cemitério. Uma aleia de ciprestes se erguia na bruma. Já dali, ao pé da montanha, via-se a infinita cidade dos mortos que havia escalado a encosta até transbordar do cume. Avenidas de túmulos, corredores de lápides e becos de mausoléus, torres coroadas com anjos ígneos e bosques de sepulcros se multiplicavam um ao lado do outro. A cidade dos mortos era uma fossa de palácios, um ossuário de mausoléus monumentais protegidos por exércitos de estátuas de pedra putrefata que afundavam na lama. Respirei fundo e entrei no labirinto. Minha mãe estava enterrada a uma centena de metros daquele caminho contornado por galerias intermináveis de morte e desolação. A cada passo eu sentia o frio, o vazio e a fúria daquele lugar, o horror de seu silêncio, dos rostos aprisionados em velhos retratos abandonados, na companhia das velas e flores mortas. Um instante depois, consegui ver, lá longe, lampiões a gás acesos ao redor da cova. A silhueta de meia dúzia de pessoas alinhava-se contra o céu acinzentado. Apertei o passo e parei onde se podia ouvir as palavras do sacerdote.

O ataúde, um caixão de madeira de pinho sem polimento, descansava na lama. Dois coveiros apoiados em pás o vigiavam. Observei os presentes. O velho Isaac, vigia do Cemitério dos Livros Esquecidos, não havia comparecido ao enterro da filha. Reconheci a vizinha do apartamento em frente, que soluçava balançando a cabeça, enquanto um homem de aspecto derrotado a consolava, acariciando-lhe as costas. Seu marido, supus. Ao lado deles havia uma mulher de uns quarenta anos, vestida de cinza e segurando um ramo de flores. Chorava em silêncio, sem olhar para a cova, apertando os lábios. Eu nunca a tinha visto. Um pouco distante do grupo, em uma capa de chuva escura e segurando o chapéu na altura dos ombros, estava o policial que me havia salvado a vida no dia anterior. Palacios. Ele ergueu a cabeça e me olhou por alguns segundos sem pestanejar. As palavras ocas do sacerdote, desprovidas de sentido, eram só o que nos separava do horrível silêncio. Contemplei o caixão salpicado de lama. Imaginei-a deitada lá dentro, e não percebi que estava chorando até que aquela desconhecida de cinza se aproximou e me ofereceu uma das flores do ramo. Fiquei ali até o grupo se dispersar e, a um sinal do sacerdote, os coveiros começarem seu trabalho à luz dos lampiões. Guardei a flor no bolso do casaco e me afastei, incapaz de dar o adeus que havia carregado até ali.

Começava a anoitecer quando cheguei à porta do cemitério e percebi que já havia perdido o último ônibus. Estava disposto a começar uma longa caminhada à sombra da necrópole e saí andando pela estrada que contornava o porto de volta a Barcelona. Um automóvel preto estava estacionado uns vinte metros mais adiante, com os faróis acesos. Uma silhueta fumava um cigarro lá dentro. Quando me aproximei, Palacios me abriu a porta do carona e me indicou que entrasse.

— Suba. Vou deixá-lo mais perto de casa. A essa hora não vai encontrar ônibus nem táxis por aqui.

Hesitei um instante.

— Prefiro ir andando.

— Não diga bobagens. Vamos, entre.

Ele falava com o tom cáustico de quem está acostumado a mandar e a ser obedecido no ato.

— Por favor — acrescentou.

Entrei no automóvel. O policial ligou o motor.

— Enrique Palacios — disse ele, estendendo a mão.

Não a apertei.

— Se me deixar no passeio Colón, está bem.

O automóvel deu uma arrancada violenta. Começamos a andar, percorrendo um bom trecho sem dizer nada.

— Quero que saiba que sinto muito pela sra. Monfort.

Em seus lábios, aquelas palavras me pareceram uma obscenidade, um insulto.

— Agradeço que tenha salvado minha vida no outro dia, mas devo lhe dizer que seus sentimentos não me interessam nem um pouco, sr. Enrique Palacios.

— Não sou o que você pensa, Daniel. Gostaria de ajudá-lo.

— Se espera que eu lhe diga onde Fermín está, pode me deixar aqui mesmo...

— Não me interessa nada saber onde está seu amigo. Não estou de serviço neste momento.

Não falei nada.

— Você não confia em mim, e não o culpo. Mas pelo menos me escute. Isto já foi longe demais. Essa mulher não tinha por que morrer. Peço que deixe esse assunto correr e que se esqueça para sempre desse homem, Carax.

— O senhor fala como se o que estivesse acontecendo fosse por vontade minha. Eu sou apenas um espectador. O espetáculo quem monta é seu chefe. E vocês.

— Estou farto de enterros, Daniel. Não quero ter que assistir ao seu.

— Que bom, porque o senhor não foi convidado.

— Estou falando sério.

— Eu também. Faça o favor de parar e de me deixar aqui.

— Em dois minutos estaremos no passeio Colón.

— Para mim dá no mesmo. Isto está cheirando a morte, como o senhor. Deixe-me descer.

Palacios reduziu e parou no acostamento. Desci do automóvel e bati a porta, evitando seu olhar. Esperei que se afastasse, mas ele se recusava a partir. Dei a volta e vi que abaixava o vidro da janela. Pareceu-me ler em seu rosto sinceridade, até mesmo dor, mas me neguei a lhes dar crédito.

— Nuria Monfort morreu nos meus braços, Daniel — disse ele. — Acho que suas últimas palavras foram um recado para você.

— O que ela disse? — perguntei, a voz estrangulada pelo frio. — Ela mencionou meu nome?

— Estava delirando, mas acho que se referia a você. Em algum momento, disse que existem prisões piores do que as palavras. Em seguida, antes de morrer, pediu que eu lhe dissesse para se esquecer dela.

Olhei para ele sem entender.

— Me esquecer de quem?

— Uma tal de Penélope. Imaginei que fosse sua namorada.

Palacios baixou o olhar e foi embora com o crepúsculo. Fiquei olhando as luzes e o carro se perderem na escuridão azul e escarlate, desconcertado. Um instante depois, caminhei de volta até o passeio Colón, repetindo para mim mesmo aquelas últimas palavras de Nuria Monfort sem encontrar sentido nelas. Ao chegar à praça do Portal da Paz, parei para contemplar o cais junto ao embarcadouro dos barcos a motor. Sentei-me nos degraus que mergulhavam nas águas turvas, no mesmo lugar onde, em uma noite já perdida muitos anos antes, vira pela primeira vez Laín Coubert, o homem sem rosto.

— Há prisões piores do que as palavras — murmurei.

Só então entendi que a mensagem de Nuria Monfort não era destinada a mim. Não era eu quem deveria esquecer Penélope. Suas últimas palavras não haviam sido para um estranho, mas para o homem que ela havia amado secretamente durante quinze anos: Julián Carax.

44

Cheguei à praça San Felipe Neri no começo da noite. O banco onde avistara Nuria Monfort pela primeira vez jazia debaixo de um poste, vazio e tatuado a canivete com nomes de namorados, insultos e promessas. Ergui os olhos até as janelas da casa de Nuria, no terceiro andar, e vi uma luz acobreada, oscilante. Uma vela.

Adentrei a gruta da portaria escura e subi a escada tateando. Minhas mãos tremiam quando alcancei o patamar do terceiro andar. Uma risca de luz avermelhada despontava sob a forma da porta entreaberta. Pousei a mão sobre a maçaneta e fiquei ali, imóvel, atento aos sons. Pensei ouvir um sussurro, uma respiração entrecortada vinda do interior. Por um instante achei que, se abrisse aquela porta, a encontraria me esperando do outro lado, fumando junto à varanda, com as pernas encolhidas e apoiada na parede, ancorada no mesmo lugar em que eu a havia deixado. Suavemente, temendo incomodar, abri a porta e entrei. As cortinas da varanda flutuavam pela sala. A silhueta estava sentada junto à janela, o rosto na contraluz, imóvel, segurando uma vela acesa nas mãos. Uma pérola de claridade escorregou por sua pele, brilhante como resina fresca, para cair depois sobre seu colo. Isaac Monfort se virou, com o rosto sulcado de lágrimas.

— Não o vi esta tarde no enterro — falei.

Ele fez que não em silêncio, secando os olhos com o revés da lapela.

— Nuria não estava ali — murmurou ele após um instante. — Os mortos nunca vão ao próprio funeral.

Olhou tudo em volta como se com isso quisesse indicar que a filha estava naquela sala, sentada junto conosco na penumbra, escutando.

— Sabe que eu nunca tinha estado nesta casa? — disse ele. — Sempre que nos víamos, era Nuria quem ia a meu encontro. "Para o senhor é mais fácil, pai", dizia ela. "Por que subir escadas?" Eu sempre lhe dizia: "Bem, se você não me convidar, eu não vou", e ela respondia: "Não preciso convidá-lo para minha casa, pai, só convidamos estranhos. O senhor pode vir quando quiser". Em mais de quinze anos, não vim vê-la uma só vez. Sempre lhe disse que ela havia escolhido um péssimo bairro. Pouca luz, prédio velho. Ela só concordava. Como quando eu lhe dizia que ela havia escolhido uma vida ruim. Pouco futuro. Um marido sem ofício nem benefício. É curioso como julgamos os demais e não percebemos o quão miserável é nosso desprezo até eles nos faltarem, até serem tirados de nós. São tirados de nós porque nunca foram nossos...

A voz do ancião, desprovida do véu de ironia, desfazia-se e soava quase tão velha quanto seu olhar.

— Nuria gostava muito do senhor, Isaac. Não duvide disso nem por um segundo. E, pelo que sei, também se sentia querida pelo senhor — improvisei.

O velho tornou a fazer que não. Sorria, mas suas lágrimas caíam sem cessar, silenciosas.

— Talvez ela gostasse de mim à sua maneira, como eu gostava dela à minha. Mas não nos conhecíamos. Talvez porque eu nunca a tenha deixado me conhecer, nem nunca tenha dado um passo para conhecê-la. Passamos a vida como dois estranhos que se veem todos os dias e se cumprimentam por educação. E acho que talvez ela tenha morrido sem me perdoar.

— Isaac, eu garanto...

— Daniel, você é muito jovem e tem boas intenções, mas apesar de eu ter bebido e de talvez nem saber o que estou dizendo, acho que você ainda não aprendeu a mentir o suficiente para enganar um velho com o coração apodrecido de tristeza.

Baixei os olhos.

— A polícia diz que o homem que a matou é seu amigo — aventurou Isaac.

— A polícia está mentindo.

Isaac assentiu.

— Eu sei.

— Garanto ao senhor...

— Não é preciso, Daniel. Sei que você está dizendo a verdade — disse Isaac, extraindo um envelope do bolso do casaco.

— Na tarde antes de morrer, Nuria veio me ver, como costumava fazer muitos anos antes. Lembro que tínhamos o hábito de almoçar em um bar da rua Guardia, o mesmo onde eu a levava quando criança. Sempre falávamos bobagens, como as conversas que entabulamos com desconhecidos no ônibus. Ela certa vez me disse que sentia ter sido uma decepção para mim. Perguntei de onde havia tirado aquela ideia absurda. "Dos seus olhos, pai. Dos seus olhos", esclareceu ela. Nem uma só vez me ocorreu que eu talvez houvesse sido uma decepção ainda maior para ela. Às vezes pensamos que as pessoas são como bilhetes de loteria: que estão aí para concretizar nossas ilusões absurdas.

— Isaac, com o devido respeito, o senhor bebeu como um gambá e não sabe o que diz.

— O vinho transforma o sábio em bobo, e o bobo, em sábio. Sei o suficiente para entender que minha própria filha nunca confiou em mim. Confiava mais em você, Daniel, embora só o tenha visto algumas vezes.

— Dou minha palavra de que o senhor está enganado.

— Na última tarde em que nos vimos, ela me entregou este envelope. Estava muito inquieta, atormentada por alguma preocupação que não quis compartilhar comigo. Pediu que eu guardasse este envelope e que, se lhe acontecesse alguma coisa, o entregasse a você.

— Se lhe acontecesse alguma coisa?

— Foram suas palavras. Achei-a tão alterada que lhe propus irmos juntos à delegacia, que, fosse qual fosse o problema, encontraríamos uma solução. Ela então me disse que a polícia era o último lugar a que eu poderia recorrer. Pedi que me revelasse do que se tratava, mas ela disse que precisava ir embora e me fez prometer que lhe entregaria este envelope caso ela não voltasse para buscá-lo dentro de alguns dias. Pediu-me que não o abrisse.

Isaac me entregou o envelope. Estava aberto.

— Menti para ela, como sempre.

Observei o envelope. Continha algumas folhas de papel dobradas, escritas à mão.

— O senhor as leu?

O ancião levantou o rosto. Seus lábios tremiam. Parecia ter envelhecido cem anos desde a última vez que eu o vira.

— É a história que você procurava, Daniel. A história de uma mulher que eu nunca conheci, embora tivesse meu nome e meu sangue. Agora pertence a você.

Guardei o envelope no bolso do casaco.

— Vou lhe pedir que me deixe sozinho, com ela, se não se importar. Enquanto lia estas páginas, um instante atrás, senti que a reencontrava. Por mais que eu me esforce, só consigo me lembrar dela criança. Desde pequena era muito calada, sabe? Olhava para tudo pensativa e não ria nunca. Gostava mesmo era de histórias. Sempre me pedia que lesse para ela, e não acredito que tenha havido uma criança a aprender a ler mais rápido. Dizia que queria escrever romances, redigir enciclopédias e tratados de história e de filosofia. A mãe dela dizia que tudo aquilo era culpa minha, que Nuria me adorava e que, por achar que o pai só gostava de livros, queria escrevê-los para que assim o pai gostasse dela.

— Isaac, não me parece uma boa ideia o senhor ficar sozinho esta noite. Por que não vem comigo? Passaria esta noite na minha casa e assim faria companhia ao meu pai.

Isaac tornou a fazer que não.

— Tenho coisas a fazer, Daniel. Vá para casa e leia essas páginas. Elas pertencem a você.

O ancião desviou o olhar. Eu me dirigi à porta. Estava no umbral quando a voz de Isaac me chamou, apenas um sussurro:

— Daniel?

— Sim.

— Tome muito cuidado.

Quando saí à rua, sentia como se o negror me arrastasse pelo calçamento, espalhando-se pela sola do sapato. Apertei o passo e não reduzi o ritmo até chegar em casa. Ao entrar, encontrei meu pai refugiado em sua poltrona, com um livro aberto no colo. Era um álbum de fotografias. Ao me ver, ele se levantou com uma expressão de alívio de quem tirou um peso enorme das costas.

— Eu já estava preocupado — disse ele. — Como foi o enterro?

Dei de ombros, e meu pai assentiu gravemente, dando o assunto por encerrado.

— Preparei alguma coisa para o jantar. Se quiser, posso esquentar e...

— Estou sem fome, obrigado. Comi por aí.

Ele me olhou nos olhos e tornou a assentir. Deu meia-volta e começou a recolher os pratos da mesa. Foi então, sem saber por que, que me aproximei dele e o abracei. Senti que meu pai, surpreso, também me abraçava.

340

— Daniel, você está bem?

Apertei meu pai nos braços com força.

— Eu amo você — murmurei.

Os sinos da catedral repicavam quando comecei a ler o manuscrito de Nuria Monfort. Sua caligrafia pequena e regular me lembrou a ordem de sua escrivaninha, como se ela houvesse tentado buscar nas palavras a paz e a segurança que a vida não quisera lhe conceder.

NURIA MONFORT:
MEMÓRIA DE FANTASMAS
1933-1954

1

Não existem segundas chances, exceto para o remorso. Julián Carax e eu nos conhecemos no outono de 1933. Nessa época, eu trabalhava para o editor Josep Cabestany. O sr. Cabestany o havia descoberto em 1927, durante uma de suas viagens "de prospecção editorial" a Paris. Julián Carax ganhava a vida tocando piano ao fim de tarde em um prostíbulo e escrevia durante a noite. A dona do estabelecimento, uma tal de Irene Marceau, tinha contato com a maioria dos editores de Paris e, graças a seus pedidos, favores ou ameaças de indiscrição, Julián Carax havia conseguido publicar vários romances em diferentes editoras, com resultados comerciais desastrosos. Cabestany havia adquirido, por uma soma irrisória, os direitos exclusivos para editar a obra de Carax na Espanha e na América do Sul, que incluíam a tradução dos originais em francês para o castelhano por parte do autor. Ele pensava poder vender uns três mil exemplares de cada título, mas os dois primeiros publicados na Espanha foram um fracasso retumbante: venderam apenas uma centena de exemplares cada um. Apesar dos resultados negativos, porém, a cada dois anos recebíamos um novo manuscrito de Julián, que Cabestany aceitava sem pedir mudanças, alegando que havia assinado um compromisso com o autor, que lucro não era tudo e que era preciso promover a boa literatura.

Certo dia, intrigada, perguntei-lhe por que ele continuava publicando os romances de Julián Carax e perdendo dinheiro com o negócio. Como única resposta, Cabestany foi até sua estante, pegou um exemplar de um livro de Julián e me convidou a lê-lo. Assim fiz. Duas semanas depois, tinha lido todos os seus livros. Dessa vez, minha pergunta foi como era possível vendermos tão poucos exemplares daqueles romances.

— Não sei — disse Cabestany. — Mas vamos continuar tentando.

Aquilo me pareceu um gesto nobre e admirável, incoerente com a imagem mercenária que eu havia feito do sr. Cabestany. Talvez eu o estivesse julgando de forma equivocada. Enquanto isso, a figura de Julián Carax me intrigava cada vez mais. Tudo referente a ele estava envolto em mistério. Ao menos uma ou duas vezes por mês alguém ligava perguntando pelo endereço de Julián Carax. Logo percebi que era sempre a mesma pessoa, que se identificava com nomes diferentes. Eu me limitava a dizer o que já diziam as contracapas dos livros, que Julián Carax vivia em Paris. Com o tempo, aquele homem parou de telefonar. Eu, por via das dúvidas, havia retirado o endereço de Carax dos arquivos da editora. Eu era a única pessoa que lhe escrevia, e o conhecia de cor.

Meses depois, deparei-me, por acaso, com as notas de contabilidade que a gráfica havia enviado ao sr. Cabestany. Ao dar uma olhadela, verifiquei que as edições dos livros de Julián Carax eram financiadas na íntegra por um indivíduo alheio à empresa, do qual eu nunca tinha ouvido falar: Miquel Moliner. E mais, que os custos de impressão e distribuição das obras eram substancialmente inferiores à quantia cobrada ao sr. Moliner. Os números não mentiam: a editora estava fazendo dinheiro imprimindo livros que iam direto para o depósito. Não tive coragem de questionar as indiscrições financeiras de Cabestany, por medo de perder o emprego. O que fiz foi anotar o endereço ao qual mandávamos as notas em nome de Miquel Moliner, um palacete na rua Puertaferrisa. Guardei aquele endereço durante meses antes de me atrever a visitá-lo. Finalmente, minha consciência me venceu e eu me apresentei em sua casa disposta a lhe contar que Cabestany o estava roubando. Ele sorriu e disse que já sabia.

— Cada um faz aquilo para que serve.

Perguntei-lhe se fora ele quem telefonara tantas vezes para perguntar o endereço de Julián Carax. Ele disse que não e, com um gesto sombrio, advertiu-me que eu não desse seu endereço a ninguém. Nunca.

Miquel Moliner era um homem enigmático. Morava sozinho em um palácio cavernoso e quase em ruínas que fazia parte da herança do pai, um industrial que havia enriquecido com a fabricação de armas e, dizia-se, com a promoção de guerras. Longe de viver de forma luxuosa, no entanto, Miquel levava uma vida quase monástica, dedicado a dilapidar aquele dinheiro que considerava repleto de sangue para restaurar museus, catedrais, escolas, bibliotecas, hospitais e para garantir que as obras de seu amigo de juventude Julián Carax fossem publicadas em sua cidade natal.

— Dinheiro me sobra, e amigos como Julián me faltam — dizia ele, como única explicação.

Mantinha muito pouco contato com os irmãos ou com o resto da família, a quem se referia como estranhos. Não havia se casado e raramente saía do recinto do palácio, onde só ocupava o andar de cima. Lá, havia montado seu escritório, onde trabalhava febrilmente escrevendo artigos para diversos jornais e revistas de Madri e Barcelona, traduzindo textos técnicos do alemão e do francês, fazendo revisão de enciclopédias e de livros escolares... Miquel Moliner era possuído por aquela doença da operosidade culpada e, embora respeitasse e até invejasse a ociosidade dos demais, fugia dela como da peste. Longe de se sentir envaidecido por sua ética de trabalho, fazia troça com sua compulsão produtiva e a descrevia como uma forma menor de covardia.

— Enquanto trabalhamos, não encaramos a vida.

Quase sem perceber, ficamos bons amigos. Tínhamos muito em comum, talvez até demais. Miquel falava de livros, de seu adorado dr. Freud, de música, mas, acima de tudo, de seu velho amigo Julián. Nós nos víamos quase todas as semanas. Ele me contava histórias de Julián no colégio San Gabriel. Conservava uma coleção de fotografias antigas e textos escritos por um Julián adolescente. Miquel adorava o amigo e, através de suas palavras e de suas lembranças, eu pude descobrir Julián, inventar uma imagem na sua ausência. Um ano depois de nos conhecermos, Miquel Moliner confessou que havia se apaixonado por mim. Não quis feri-lo, mas tampouco enganá-lo. Era impossível enganar Miquel. Disse que o estimava muito, que ele havia se tornado meu melhor amigo, mas que eu não estava apaixonada por ele. Miquel disse que já o sabia.

— Você está apaixonada por Julián, embora ainda não saiba.

Em agosto de 1933, Julián me escreveu anunciando que havia praticamente terminado o manuscrito de um novo romance, intitulado *O ladrão de catedrais*. Cabestany tinha uns contratos de renovação pendentes com a editora Gallimard em setembro. Já havia semanas que estava paralisado devido a um ataque de gota e, como prêmio por minha dedicação, decidiu que eu iria à França em seu lugar para cuidar dos novos contratos e também para visitar Julián Carax e receber a nova obra. Escrevi a Julián anunciando-lhe minha visita para meados de setembro e perguntando se ele poderia me recomendar um hotel modesto e de preço acessível.

Julián respondeu dizendo que eu poderia me hospedar em sua casa, um modesto apartamento no bairro de Saint-Germain, e assim economizar o dinheiro do hotel para outros gastos. Na véspera da viagem, visitei Miquel para lhe perguntar se ele tinha alguma mensagem para Julián. Ele hesitou um instante e em seguida disse que não.

A primeira vez que vi Julián pessoalmente foi na estação de trens de Austerlitz. O outono havia chegado de forma inesperada, e o interior da estação estava inundado de névoa. Fiquei esperando na plataforma enquanto os passageiros se dirigiam para a saída. Logo fiquei sozinha e vi que um homem enfiado em um sobretudo preto estava de pé na entrada da plataforma me observando, mergulhado na fumaça de um cigarro. Várias vezes havia me perguntado, durante a viagem, como o reconheceria. As fotografias que vira dele na coleção de Miquel Moliner tinham no mínimo treze ou catorze anos. Olhei para um lado e para outro da plataforma. Não havia mais ninguém, exceto aquela figura e eu. Percebi que o homem me olhava com certa curiosidade, talvez esperando outra pessoa, do mesmo modo que eu. Não podia ser ele. Segundo meus cálculos, Julián teria então trinta e dois anos, e aquele homem parecia bem mais velho. Tinha o cabelo já meio grisalho e uma expressão de tristeza ou de cansaço. Era excessivamente pálido e magro, ou talvez fosse só a névoa e meu cansaço da viagem. Eu havia aprendido a imaginar um Julián adolescente. Aproximei-me daquele desconhecido com cautela e olhei-o nos olhos.

— Julián?

O estranho sorriu e assentiu. Julián Carax tinha o sorriso mais bonito do mundo. Era a única coisa que restava dele.

Julián morava em um sótão no bairro de Saint-Germain. O apartamento tinha apenas dois ambientes: uma sala com uma minúscula cozinha que dava para uma balaustrada de onde se viam as torres de Notre-Dame, que surgiam por trás de uma selva de telhados e neblina, e um quarto sem janelas com uma cama de solteiro. O banheiro ficava no final do corredor, no andar de baixo, e ele o compartilhava com o resto dos vizinhos. O apartamento inteiro era menor do que o escritório do sr. Cabestany. Julián havia limpado e arrumado tudo muito bem para me receber com simplicidade e decoro. Fingi adorar a casa, que ainda cheirava a desinfetante e a cera que Julián havia aplicado com mais empenho do que destreza. Os lençóis da cama eram novos em folha. Pareciam ter um estampado com desenhos de dragões e castelos. Lençóis de criança. Julián se desculpou dizendo que os havia comprado a um preço excepcional, mas que eram de primeira qualidade. Os que não eram estampados custavam o dobro, argumentou ele, e tinham menos graça.

Na sala havia uma escrivaninha de madeira antiga, que ficava de frente para as torres da catedral. Em cima dela estava a máquina de escrever Underwood que ele havia comprado com o adiantamento de Cabestany e duas pilhas de folhas de papel, uma em branco e a outra escrita dos dois lados. Julián dividia o apartamento com um imenso gato branco que chamava de Kurtz. O felino me observava com receio aos pés do dono, lambendo as garras. Contei duas cadeiras, um cabide e pouco mais. O resto eram livros. Muralhas de livros cobriam as paredes, do chão até o teto, em duas pilhas. Enquanto eu inspecionava o lugar, Julián suspirou.

— Há um hotel a dois quarteirões daqui. Limpo, acessível e familiar. Eu me adiantei e fiz uma reserva...

Tive minhas dúvidas, mas temia ofendê-lo.

— Vou ficar perfeitamente bem aqui, contanto que não seja um incômodo para você nem para Kurtz.

Kurtz e Julián trocaram um olhar. Julián negou com a cabeça, e o gato imitou seu gesto. Eu não havia percebido quanto os dois se pareciam. Julián insistiu em me ceder o quarto. Alegou que dormia muito pouco e que se instalaria na sala, em uma poltrona que lhe havia sido emprestada por seu vizinho, monsieur Darcieu, um velho cartomante que lia a mão das moças em troca de um beijo. Naquela primeira noite, dormi um sono pesado, esgotada pela viagem. Despertei com a alvorada e descobri que Julián havia saído. Kurtz dormia em cima da máquina de escrever. Roncava como um mastim. Aproximei-me da escrivaninha e vi o manuscrito do novo romance que viera buscar.

O ladrão de catedrais

Na primeira página, assim como, segundo rezava a lenda, em todos os romances de Julián, havia uma dedicatória escrita à mão:

Para P.

Senti-me tentada a começar a ler. Estava a ponto de começar a segunda página quando percebi que Kurtz olhava para mim com o canto do olho. Do mesmo modo que vira Julián fazer, neguei com a cabeça. O gato, por sua vez, negou também, e devolvi as páginas ao seu lugar. Logo depois, Julián apareceu trazendo pão quentinho, uma garrafa térmica de café e queijo fresco. Tomamos o café da manhã na balaustrada. Julián falava sem parar, mas evitava meu olhar. À luz da alvorada, parecia uma criança envelhecida. Havia feito a barba e vestia o que supus ser sua única roupa decente, um terno de verão bege que, mesmo gasto, era bastante elegante. Escutei-o falar dos mistérios de Notre-Dame, de um suposto barco fantasma que navegava pelo Sena à noite recolhendo as almas dos amantes desesperados que se suicidavam atirando-se nas águas geladas, de mil e um feitiços que ele inventava pelo caminho de modo a não me permitir lhe perguntar nada. Eu o observava em silêncio, assentindo, buscando nele o homem que havia escrito os livros que eu conhecia quase de cor de tanto reler, o rapaz que Miquel Moliner me havia descrito tantas vezes.

— Quantos dias vai ficar em Paris? — perguntou ele.

Os assuntos com a Gallimard levariam uns dois ou três dias, supunha eu. Meu primeiro encontro seria naquela mesma tarde. Eu disse que havia pensado em tirar alguns dias para conhecer a cidade antes de voltar a Barcelona.

— Paris exige mais do que dois dias — disse Julián. — Você não tem desculpas.

— Não tenho mais tempo do que isso, Julián. O sr. Cabestany é um patrão generoso, mas tudo tem limite.

— Cabestany é um pirata, mas até ele sabe que Paris não se vê em dois dias, nem em dois meses, nem em dois anos.

— Não posso ficar dois anos em Paris, Julián.

Julián me olhou em silêncio durante um tempo e sorriu.

— Por que não? Alguém a está esperando?

Os trâmites com Gallimard e as visitas de cortesia a diversos editores com os quais Cabestany tinha contratos me ocuparam três dias completos, como eu havia previsto. Julián havia me oferecido um guia e protetor, um rapaz chamado Hervé, que tinha apenas treze anos e conhecia a cidade como a palma da mão. Hervé me acompanhava de porta em porta, indicava-me em quais bares comer, quais ruas evitar, quais lugares visitar. Ele esperava horas a fio em frente aos escritórios de editores sem perder o sorriso e sem aceitar nenhuma gorjeta. Hervé arranhava um espanhol engraçado, que misturava com o italiano e o português.

— Signore Carax ya me há pagato com tuoda generosidade pos meus servicios...

Segundo pude deduzir, Hervé era órfão de uma das mulheres do estabelecimento de Irene Marceau, onde morava no sótão. Julián o havia ensinado a ler, escrever e tocar piano. Aos domingos, levava-o ao teatro ou a um concerto. Hervé idolatrava Julián e parecia disposto a fazer qualquer coisa por ele, inclusive levar-me até o fim do mundo se preciso fosse. Em nosso terceiro dia juntos, ele me perguntou se eu era a namorada do signore Carax. Disse-lhe que não, apenas uma amiga de visita. Ele pareceu desapontado.

Julián passava quase todas as noites em claro, sentado à escrivaninha com Kurtz no colo, revisando páginas ou simplesmente observando a silhueta das torres da catedral ao longe. Certa noite em que eu também não conseguia dormir devido ao ruído da chuva arranhando o telhado, saí para a sala. Nós nos olhamos sem dizer nada, e Julián me ofereceu um cigarro. Contemplamos a chuva em silêncio por um longo instante. Em seguida, quando a chuva parou, perguntei-lhe quem era P.

— Penélope — respondeu ele.

Pedi que me falasse dela, daqueles treze anos de exílio em Paris. À meia-voz, no escuro, Julián me contou que Penélope era a única mulher que ele havia amado.

Em uma noite de inverno de 1921, Irene Marceau encontrara Julián Carax perambulando pela rua, incapaz de se lembrar de seu nome e vomitando sangue. Trazia consigo apenas umas moedas e umas folhas de papel escritas à mão. Irene as leu e pensou que havia se deparado com um escritor famoso, um bêbado irrecuperável, e que talvez um editor generoso a recompensasse quando ele recobrasse a consciência. Ao menos era essa sua versão, mas Julián sabia que ela lhe havia salvado a vida por compaixão. Passou seis meses se recuperando em um quarto no sótão do bordel de Irene. Os médicos advertiram a Irene que, se aquele indivíduo voltasse a se envenenar, não respondiam pelas consequências. Seu estômago e fígado estavam arruinados, e ele passaria o resto de seus dias sem poder se alimentar mais do que de leite, queijo fresco e pão. Quando Julián recobrou a fala, Irene lhe perguntou quem ele era.

— Ninguém — respondeu Julián.

— Pois esse ninguém vive às minhas custas. O que sabe fazer?

Julián disse que sabia tocar piano.

— Mostre.

Julián sentou-se ao piano do salão e, diante de uma intrigada audiência de quinze putas adolescentes em trajes menores, interpretou um noturno de Chopin. Todas aplaudiram, menos Irene, que disse que aquilo era música de mortos e que elas estavam entre os vivos. Julián tocou para ela um ragtime e algumas peças de Offenbach.

— Isso já está bem melhor.

Seu novo emprego lhe dava um ordenado, um teto e duas refeições quentes por dia.

Em Paris, Julián sobreviveu graças à caridade de Irene Marceau, que era a única pessoa que o animava a prosseguir com a escrita. Ela gostava das histórias românticas e das biografias de santos e mártires, que a intrigavam enormemente. Na sua opinião, o problema de Julián era que seu coração estava envenenado e que por isso ele só conseguia escrever aquelas histórias de espantos e trevas. Mas, apesar das críticas, foi Irene quem conseguiu que Julián encontrasse um editor para seus primeiros livros, foi ela quem lhe encontrou aquele desvão onde ele se escondia do mundo, era ela quem o vestia e o tirava de casa para tomar sol e ar, era ela quem lhe comprava livros e o fazia acompanhá-la à missa aos domingos e em seguida passear pelas Tulherias. Irene Marceau o mantinha vivo sem lhe pedir nada em troca senão sua amizade e a promessa de que continuaria a escrever. Com o tempo, Irene permitiu que ele levasse algumas garotas à sua casa, embora fosse apenas para dormirem abraçados. Irene caçoava, dizendo que elas estavam quase tão sozinhas quanto ele e só queriam um pouco de carinho.

— Meu vizinho, monsieur Darcieu, pensa que eu sou o homem mais sortudo do universo.

Perguntei-lhe por que ele nunca havia voltado a Barcelona em busca de Penélope. Ele caiu em um longo silêncio e, quando procurei seu rosto na escuridão, encontrei-o repleto de lágrimas. Sem saber bem o que fazia, ajoelhei-me ao seu lado e o abracei. Ficamos assim, abraçados naquela cadeira, até a alvorada nos surpreender. Já não sei quem beijou quem primeiro, nem se isso tem importância. Sei que encontrei seus lábios e me deixei acariciar sem perceber que eu também estava chorando sem saber por quê. Naquele amanhecer, e em todos os que se seguiram durante as duas semanas que passei com Julián, fizemos amor no chão, sempre em silêncio. Depois, sentados em um bar ou passeando nas ruas, eu o fitava nos olhos e sabia, sem precisar lhe perguntar, que ele continuava amando Penélope. Lembro que, naqueles dias, aprendi a odiar aquela moça de dezessete anos (porque, para mim, Penélope sempre teve dezessete anos) a quem nunca conhecera e com quem começava a sonhar. Inventei mil e uma desculpas para mandar um telegrama para Cabestany e prolongar minha estadia. Já não me preocupava em perder aquele emprego ou a existência cinzenta que havia deixado em Barcelona. Muitas vezes me perguntei se cheguei a Paris com uma vida tão vazia que caí nos braços de Julián como as garotas de Irene Marceau, que mendigavam um afeto relutante. Só sei que aquelas duas semanas que passei com Julián foram o único momento da minha vida em que me senti pela primeira vez eu mesma, em que entendi, com aquela clareza absurda das coisas inexplicáveis, que jamais poderia gostar de outro homem como gostava de Julián, mesmo que passasse o resto dos meus dias tentando.

Certo dia, Julián adormeceu em meus braços, exausto. Na tarde anterior, ao passar em frente a uma loja de penhores, ele havia parado para me mostrar uma caneta-tinteiro exposta havia anos na vitrine e que, segundo o dono da loja, pertencera a Victor Hugo. Julián nunca tivera um centavo para comprá-la, mas ia vê-la todos os dias. Vesti-me às escondidas e desci até a loja. A caneta custava uma fortuna que eu não possuía, mas o dono da loja disse que aceitaria um cheque meu em pesetas de qualquer banco espanhol com sede em Paris. Antes de morrer, minha mãe me havia prometido que economizaria muitos anos para me comprar um vestido de noiva. A caneta de Victor Hugo levou embora meu véu de noiva, mas, mesmo sabendo que aquilo era uma loucura, nunca gastei um dinheiro com tanta vontade. Ao sair da loja com o fabuloso estojo, vi que uma mulher me seguia. Era uma senhora elegante, de cabelo grisalho e olhos azuis como eu jamais vira. Aproximou-se e se apresentou. Era Irene Marceau, a protetora de Julián. Meu guia, Hervé, havia falado de mim para ela. Só queria me conhecer e me perguntar se eu era a mulher que Julián estivera esperando durante todos aqueles anos. Não foi preciso responder. Irene limitou-se a assentir e beijou-me no rosto. Eu a vi se afastar pela rua e soube então que Julián nunca seria meu, que eu o havia perdido antes de começar. Voltei para o sótão com o estojo da caneta escondido no bolso. Julián me esperava acordado. Tirou minha roupa sem dizer nada e fizemos amor pela última vez. Quando ele me perguntou por que eu estava chorando, eu lhe disse que eram lágrimas de felicidade. Mais tarde, quando Julián desceu para comprar algo para comer, arrumei minha bagagem e deixei o estojo com a caneta sobre sua máquina de escrever. Coloquei o manuscrito do romance na mala e parti antes de Julián voltar. No corredor, encontrei monsieur Darcieu, o ancião cartomante que lia a mão das moças em troca de um beijo. Ele pegou minha mão esquerda e me observou com tristeza.

— *Vous avez poison au coeur, mademoiselle.*

Quando eu quis lhe pagar, monsieur recusou delicadamente, e foi ele quem beijou minha mão.

Cheguei à estação de Austerlitz bem a tempo de tomar o trem da meia--noite para Barcelona. O funcionário que me vendeu a passagem me perguntou se eu estava me sentindo bem. Assenti e me fechei na cabine. O trem partiu e, quando olhei pela janela, avistei a silhueta de Julián na plataforma, no mesmo lugar onde o vira pela primeira vez. Fechei os olhos e só voltei a abri-los depois de o trem deixar para trás a estação e aquela cidade assombrada à qual eu não poderia mais voltar. Cheguei a Barcelona no amanhecer do dia seguinte. Naquele dia completei vinte e quatro anos, sabendo que o melhor da minha vida havia ficado para trás.

2

Em meu retorno a Barcelona, deixei passar algum tempo antes de voltar a visitar Miquel Moliner. Precisava tirar Julián da cabeça e sabia que, se Miquel perguntasse por ele, não saberia o que lhe dizer. Quando nos encontramos de novo, não foi preciso dizer nada. Miquel me olhou nos olhos e se limitou a assentir. Parecia mais magro do que antes de minha viagem a Paris, com o rosto de uma palidez quase doentia que atribuí ao excesso de trabalho com o qual se castigava. Confessou-me que estava passando por dificuldades financeiras. Havia gastado quase todo o dinheiro que herdara em doações filantrópicas e agora os advogados de seus irmãos estavam tentando expulsá-lo do palacete, alegando que uma cláusula do testamento do velho Moliner especificava que Miquel só poderia fazer uso daquele lugar contanto que o mantivesse em boas condições e pudesse demonstrar solvência para administrar a propriedade. Caso contrário, o palácio de Puertaferrisa passaria aos cuidados de seus outros irmãos.

— Mesmo antes de morrer, meu pai intuiu que eu gastaria seu dinheiro em tudo aquilo que ele mais detestava na vida, até o último centavo.

Seus ganhos como articulista e tradutor estavam longe de lhe permitir manter semelhante domicílio.

— O difícil não é simplesmente ganhar dinheiro — lamentava-se ele. — Difícil é ganhá-lo fazendo algo a que valha a pena dedicar a vida.

Suspeitei que ele estivesse começando a beber escondido. Às vezes suas mãos tremiam. Eu o visitava todos os domingos e obrigava-o a sair à rua e afastar-se de sua escrivaninha e de suas enciclopédias, embora soubesse que lhe era doloroso me ver. Ele agia como se não lembrasse que me havia pedido em casamento e que eu havia recusado, mas às vezes eu o surpreendia me observando com ânsia e desejo, com uma expressão de derrota. Minha única desculpa para submetê-lo àquela crueldade era puramente egoísta: só Miquel sabia a verdade sobre Julián e Penélope Aldaya.

Durante aqueles meses que passei afastada de Julián, Penélope Aldaya havia se transformado em um fantasma que me devorava o sono e o pensamento. Ainda me lembro do olhar de decepção no rosto de Irene Marceau ao comprovar que eu não era a mulher que Julián esperava. Penélope Aldaya, ausente e de forma desleal, era uma inimiga poderosa demais para mim. Invisível, eu a imaginava perfeita, uma luz em cuja sombra eu me perdia, indigna, vulgar, tangível. Nunca achei que pudesse odiar tanto, e tão contra minha vontade, alguém a quem eu sequer conhecia, que não vira sequer uma vez. Suponho que acreditasse que, se a encontrasse cara a cara, se comprovasse que ela era de carne e osso, o feitiço se quebraria e Julián seria outra vez livre. E eu seria livre também. Quis acreditar que aquilo era uma questão de tempo, de paciência. Mais cedo ou mais tarde Miquel me contaria a verdade. E a verdade me libertaria.

Certo dia, enquanto passeávamos pelo claustro da catedral, Miquel tornou a insinuar seu interesse por mim. Olhei-o e encontrei um homem só, sem esperanças. Sabia o que fazia quando o levei para casa e me deixei seduzir por ele. Sabia que o estava enganando e que ele também sabia disso, mas não tinha mais ninguém no mundo. Foi assim que nos tornamos amantes, por desespero. Eu via em seus olhos o que gostaria de ver nos olhos de Julián. Sentia que, ao me entregar a ele, me vingava de Julián e de Penélope e de tudo aquilo que me havia sido negado. Miquel, doente de desejo e solidão, sabia que nosso amor era uma farsa, mas mesmo assim não conseguia me deixar ir embora. Cada dia bebia mais e, muitas vezes, mal conseguia me possuir. Então brincava de forma amarga dizendo que, no fim das contas, havíamos nos transformado em um casamento exemplar em tempo recorde. Estávamos fazendo mal um ao outro por despeito e covardia. Certa noite, quando completava quase um ano de meu regresso de Paris, pedi a ele que me contasse a verdade sobre Penélope. Miquel havia bebido e ficou violento como eu nunca o vira antes. Roxo de raiva, insultou-me e me acusou de nunca tê-lo amado, de ser uma puta qualquer. Arrancou minha roupa com violência e, quando quis me forçar, eu me deitei, sem oferecer resistência e chorando em silêncio. Miquel desmoronou e suplicou que o perdoasse. Como eu queria poder amar a ele e não a Julián, poder escolher ficar ao seu lado... Mas não era possível. Nós nos abraçamos no escuro e lhe pedi perdão por todo o mal que lhe fizera. Ele me disse então que, se era realmente isso que eu queria, ele me contaria a verdade sobre Penélope Aldaya. Até nisso eu me enganei.

Naquele domingo de 1919 em que Miquel Moliner fora à estação de Francia para entregar a passagem para Paris e se despedir do amigo Julián, ele já sabia que Penélope não iria àquele encontro. Sabia que dois dias antes, quando dom Ricardo Aldaya voltara de Madri, sua esposa lhe havia confessado ter surpreendido Julián e Penélope no quarto da aia. Jorge Aldaya havia relatado o acontecido a Miquel no dia anterior, fazendo-lhe jurar que nunca contaria a ninguém. Jorge lhe explicou como, ao receber a notícia, dom Ricardo explodira de raiva e, gritando como um louco, correra para o quarto de Penélope, que, ao escutar os alaridos do pai, havia se trancado e chorava, apavorada. Dom Ricardo derrubou a porta a pontapés e encontrou Penélope de joelhos, tremendo e suplicando perdão. Dom Ricardo lhe administrou então uma bofetada que a derrubou no chão. Nem o próprio Jorge foi capaz de repetir as palavras que dom Ricardo proferiu, ardendo de raiva. Todos os membros da família e os criados esperavam no andar de baixo, amedrontados, sem saber o que fazer. Jorge se escondeu em seu quarto às escuras; os gritos de dom Ricardo chegavam até lá. Jacinta foi despedida naquele mesmo dia. Dom Ricardo sequer se dignou a vê-la. Ordenou aos empregados que a expulsassem da casa e os ameaçou com destino semelhante caso qualquer um deles voltasse a ter algum contato com ela.

Quando dom Ricardo desceu para a biblioteca, já passava da meia--noite. Havia deixado Penélope trancafiada no que fora o quarto de Jacinta e proibido terminantemente que alguém subisse para vê-la, nem os criados, nem a família. De seu quarto, Jorge ouviu os pais conversarem no andar de baixo. O médico chegou de madrugada. A sra. Aldaya levou--o até o quarto onde Penélope permanecia fechada e esperou na porta enquanto o médico a examinava. Ao sair, o doutor se limitou a assentir e recebeu seu pagamento. Jorge escutou dom Ricardo dizer que, se comentasse com alguém o que vira, ele próprio se encarregaria de arruinar sua reputação e impedir que voltasse a exercer a medicina. Até Jorge sabia o que isso significava.

Jorge confessou estar muito preocupado por Penélope e Julián. Nunca vira o pai possuído por semelhante cólera. Mesmo considerando a ofensa cometida pelos amantes, não entendia o alcance daquele ódio. Tinha que haver algo mais, disse ele, alguma outra coisa. Dom Ricardo já dera ordens para que Julián fosse expulso do colégio San Gabriel e havia entrado em contato com o pai do rapaz, o chapeleiro, para que este o mandasse imediatamente para o Exército. Miquel, ao ouvir aquilo, decidiu que não poderia contar a verdade a Julián. Se lhe contasse que dom Ricardo Aldaya mantinha Penélope em cárcere privado e que ela levava no ventre o filho dos dois, Julián jamais tomaria aquele trem para Paris. Sabia que ficar em Barcelona seria o fim de seu amigo. Assim, decidiu enganá-lo e deixar que partisse sem saber o que tinha acontecido, deixando-o pensar que Penélope o encontraria mais cedo ou mais tarde. Ao despedir-se de Julián naquele dia, na estação de Francia, quis acreditar que nem tudo estivesse perdido.

Dias depois, quando se soube que Julián havia desaparecido, o inferno começou. Dom Ricardo Aldaya expelia espuma pela boca. Pôs metade do departamento de polícia à procura do fugitivo, sem êxito. Acusou então o chapeleiro de haver sabotado o plano que tinham feito e ameaçou-o com a ruína absoluta. O chapeleiro, que não entendia nada, acusou, por sua vez, a esposa, Sophie, de ter facilitado a fuga daquele filho infame e ameaçou expulsá-la de casa para sempre. Não ocorreu a ninguém que o plano todo houvesse sido arquitetado por Miquel Moliner. Com exceção de Jorge Aldaya, que foi visitá-lo duas semanas depois. Já não estampava no rosto o temor e a preocupação que o assaltavam alguns dias antes. Aquele era outro Jorge Aldaya, adulto e não mais inocente. O que quer que se escondesse atrás da raiva de dom Ricardo, Jorge o havia descoberto. O motivo da visita era sucinto: ele disse que sabia que fora Miquel quem ajudara Julián a fugir. Anunciou-lhe que não eram mais amigos, que não queria voltar a vê-lo nunca mais e ameaçou matá-lo se contasse a alguém o que ele lhe havia revelado duas semanas antes.

Algumas semanas depois, Miquel recebeu a carta sob nome falso que Julián mandava de Paris dando seu endereço, comunicando-lhe que estava bem e que sentia saudades dele e perguntando pela mãe e por Penélope. Junto vinha uma carta dirigida a Penélope, para que Miquel a reenviasse de Barcelona, a primeira de tantas que a moça nunca chegaria a ler. Com prudência, Miquel deixou passar alguns meses. Escrevia semanalmente a Julián, referindo-se apenas àquilo que considerava oportuno, o que era quase nada. Julián, por sua vez, falava de Paris, de como tudo estava sendo difícil, de como se sentia sozinho e desesperado. Miquel lhe enviava dinheiro, livros e sua amizade. Junto com cada carta, Julián mandava mais uma carta para Penélope. Miquel as enviava de diferentes agências de correios, mesmo sabendo que era inútil. Em suas cartas, Julián não parava de perguntar por Penélope. Miquel não podia lhe contar nada. Sabia, por Jacinta, que Penélope não saía da casa da avenida Del Tibidabo desde que o pai a trancafiara no quarto do terceiro andar.

Certa noite, Jorge Aldaya interceptou-lhe o caminho saído das sombras a dois quarteirões de sua casa. "Veio me matar?", perguntou Miquel. Jorge anunciou-lhe que vinha fazer um favor a ele e a seu amigo Julián. Entregou-lhe uma carta e lhe sugeriu que a fizesse chegar a Julián, onde quer que ele estivesse escondido. "Pelo bem de todos", sentenciou. O envelope continha uma folha dobrada escrita à mão e com a caligrafia de Penélope Aldaya.

Querido Julián,

Escrevo para anunciar meu casamento em breve e para lhe rogar que não me escreva mais, que me esqueça e refaça sua vida. Não sinto rancor, mas não seria sincera se não confessasse que nunca o amei e nunca poderei amá-lo. Desejo a você o melhor, onde quer que esteja.

Penélope

Miquel leu e releu a carta mil vezes. O traço era inequívoco, mas ele não acreditou por um só momento que Penélope houvesse escrito aquela carta por vontade própria. *Onde quer que você esteja...* Penélope sabia perfeitamente onde Julián estava: em Paris, esperando-a. Se fingia desconhecer seu paradeiro, refletiu Miquel, era para protegê-lo. Por esse mesmo motivo, Miquel não conseguia entender o que poderia tê-la levado a redigir aquelas linhas. Que outras ameaças poderia lhe fazer dom Ricardo Aldaya além de mantê-la fechada durante meses naquele quarto, como uma prisioneira? Mais do que ninguém, Penélope sabia que aquela carta representava uma punhalada envenenada no coração de Julián: um jovem de dezenove anos, perdido em uma cidade longínqua e hostil, abandonado por todos, mal sobrevivendo da vã esperança de voltar a vê--la. Do que ela queria protegê-lo ao afastá-lo de si daquela maneira? Após muito meditar, Miquel decidiu não enviar a carta. Não sem antes entender sua causa. Sem uma boa razão, não seria sua a mão que afundaria aquele punhal na alma do amigo.

Dias depois, soube que dom Ricardo Aldaya, farto de ver Jacinta Coronado como uma sentinela espreitando as portas de sua casa para mendigar notícias de Penélope, havia recorrido a suas muitas influências e feito trancafiar a aia da filha no manicômio de Horta. Quando Miquel Moliner quis visitá-la, a permissão lhe foi negada. Jacinta Coronado passaria os três primeiros meses em uma cela incomunicável. Depois de três meses de silêncio e escuridão, explicou um dos médicos, um indivíduo muito jovem e sorridente, a docilidade da paciente estava garantida. Seguindo um pressentimento, Miquel decidiu visitar a pensão onde Jacinta havia morado nos meses seguintes ao despejo da mansão dos Aldaya. Quando ele se identificou, a patroa lembrou que Jacinta havia deixado uma mensagem em seu nome e uma dívida de três meses. Ele saldou a dívida, de cuja veracidade duvidava, e recolheu a mensagem, em que a aia dizia ter ficado sabendo que uma das empregadas da casa, Laura, havia sido despedida quando se soube que enviara em segredo uma carta escrita por Penélope para Julián. Miquel deduziu que o único endereço ao qual Penélope, de seu cativeiro, teria podido endereçar a missiva era o apartamento dos pais de Julián, nas imediações de San Antonio, confiando que eles, por sua vez, a fizessem chegar ao filho em Paris.

Miquel decidiu, portanto, visitar Sophie Carax a fim de recuperar aquela carta e enviá-la a Julián. Mas, ao visitar o domicílio da família Fortuny, Miquel teve uma surpresa de mau augúrio: Sophie Carax já não morava lá. Havia abandonado o marido alguns dias antes, ou pelo menos era esse o boato que circulava pelo edifício. Miquel tentou falar com o chapeleiro, mas este passava os dias fechado na loja, carcomido pela raiva e pela humilhação. Miquel insinuou que tinha vindo buscar uma carta que deveria ter chegado em nome de seu filho, Julián, alguns dias antes.

— Não tenho filho nenhum — foi tudo que obteve como resposta.

Miquel Moliner partiu dali sem saber que aquela carta fora parar nas mãos da zeladora do edifício e que muitos anos depois, você, Daniel, a encontraria e leria as palavras que Penélope havia enviado, desta vez de coração, a Julián, e que ele nunca chegou a receber.

Ao sair da chapelaria Fortuny, uma vizinha que se identificou como Vicenteta se aproximou e perguntou-lhe se ele estava procurando Sophie. Miquel assentiu.

— Sou amigo de Julián.

Vicenteta lhe informou que Sophie sobrevivia em uma pensão situada em um beco atrás do edifício dos correios, à espera da partida do navio que a levaria para a América. Miquel foi até aquele endereço, um prédio estreito e miserável onde não havia luz nem ar. No quarto andar, no alto daquela espiral empoeirada de degraus inclinados, Miquel encontrou Sophie Carax em um quarto encharcado de sombra e umidade. A mãe de Julián estava à janela, sentada em um catre onde também havia duas malas fechadas como esquifes selando seus vinte e dois anos de Barcelona.

Ao ler a carta assinada por Penélope que Jorge Aldaya havia entregado a Miquel, Sophie derramou lágrimas de raiva.

— Ela sabe — murmurou. — Coitadinha, ela sabe...

— Sabe o quê? — perguntou Miquel.

— A culpa é minha — disse Sophie. — A culpa é minha.

Miquel segurava as mãos dela sem entender. Sophie não se atreveu a enfrentar o olhar do rapaz.

— Penélope e Julián são irmãos — murmurou ela.

3

Muitos anos antes de se transformar na escrava de Antoni Fortuny, Sophie Carax era uma mulher que vivia de seu talento. Contava apenas dezenove anos quando chegou a Barcelona em busca de uma promessa de emprego que nunca haveria de se materializar. Antes de morrer, o pai lhe havia conseguido referências para que entrasse para o serviço dos Benarens, uma próspera família de comerciantes da Alsácia estabelecida em Barcelona.

— Quando eu morrer, você recorrerá a eles, e eles a acolherão como filha — disse ele.

A calorosa acolhida que ela recebeu foi parte do problema. Monsieur Benarens havia decidido acolhê-la de braços abertos, mas também com as gônadas. Madame Benarens, não sem se apiedar dela e de sua má sorte, deu-lhe cem pesetas e a pôs na rua.

— Você tem a vida pela frente, mas eu só tenho esse marido miserável e libertino.

Uma escola de música da rua Diputación a empregou como professora particular de piano e solfejo. Nessa época, era de bom-tom que as filhas das famílias ricas fossem instruídas nas artes sociais e salpicadas com o dom da música de salão, pois esta era menos perigosa do que as conversas ou as leituras duvidosas. Assim, Sophie Carax começou sua rotina de visitas a casarões palacianos onde empregadas engomadas e mudas conduziam-na a salões de música dentro dos quais a infância hostil da aristocracia industrial a esperava para caçoar de sua pronúncia, sua timidez e sua condição de empregada, com ou sem partituras. Com o tempo, ela aprendeu a se concentrar naquela exígua décima parte dos alunos que se elevavam acima da condição de animais perfumados e a esquecer o resto.

Foi nessa época que Sophie conheceu um jovem chapeleiro (pois assim ele se fazia chamar, com orgulho) de nome Antoni Fortuny, que parecia disposto a conquistá-la a qualquer preço. Antoni Fortuny, por quem Sophie sentia uma cordial amizade e nada mais, não demorou a lhe propor casamento, oferta que Sophie recusava uma dúzia de vezes por mês. Sempre que os dois se despediam, Sophie prometia a si mesma não voltar a vê-lo, porque não queria feri-lo. O chapeleiro, impermeável a qualquer negativa, voltava ao ataque, convidando-a para uma festa, um passeio ou um chocolate com biscoitos na rua Canuda. Sozinha em Barcelona, Sophie achava difícil resistir a seu entusiasmo, sua companhia e sua devoção, mas bastava olhar para Antoni Fortuny para saber que nunca o amaria. Não como sonhava amar alguém um dia. Mas custava-lhe recusar a imagem de si mesma que via nos olhos enfeitiçados do chapeleiro. Neles, ela só via a Sophie que desejaria ter sido.

Assim, por ânsia ou por fraqueza, Sophie continuava brincando com a corte do chapeleiro, achando que algum dia ele conheceria outra moça mais disposta e partiria em direções mais proveitosas. Porém, sentir-se desejada e apreciada bastava para eliminar a solidão e a nostalgia de tudo que havia deixado para trás. Ela via Antoni aos domingos, depois da missa, e dedicava o resto da semana às aulas de música. Sua aluna predileta era uma moça de enorme talento chamada Ana Valls, filha de um próspero fabricante de maquinaria têxtil que fizera fortuna do nada, à base de enormes esforços e sacrifícios, sobretudo alheios. Ana declarava seu desejo de vir a ser uma grande compositora e interpretava para Sophie pequenas peças que compunha imitando temas de Grieg e Schumann, não sem certo talento. O sr. Valls, embora convencido de que as mulheres eram incapazes de compor algo que não meias e colchas de tricô, via com simpatia o fato de a filha se tornar uma competente intérprete no teclado, pois tinha planos de casá-la com algum herdeiro de bom sobrenome e sabia que as pessoas refinadas gostavam de qualidades extravagantes nas moças casadoiras, além da docilidade e da exuberante fertilidade de uma juventude em flor.

Foi na casa dos Valls que Sophie conheceu um dos maiores benfeitores e padrinhos financeiros do sr. Valls: dom Ricardo Aldaya, herdeiro do império Aldaya, já nessa época a grande esperança da plutocracia catalã do final do século. Ricardo Aldaya havia se casado meses antes, com uma rica herdeira dona de beleza cegante e nome impronunciável, atributos que as más línguas davam como verídicos, pois dizia-se que seu recente marido não via beleza alguma nela nem se incomodava em mencionar seu nome. Aquele havia sido um casamento entre famílias e bancos, não um infantilismo romântico, dizia o sr. Valls, que tinha muito claro que uma coisa era o leito e outra, o feito.

Bastou Sophie trocar um olhar com dom Ricardo para saber que estava perdida para sempre. Aldaya tinha olhos de lobo, famintos e afiados, que sabiam como abrir caminho e onde cravar a dentada mortal da necessidade. Aldaya beijou sua mão devagar, acariciando-lhe os nós dos dedos com a boca. Tudo quanto o chapeleiro destilava de afabilidade e entusiasmo, dom Ricardo expressava em crueldade e fortaleza. Seu sorriso canino deixava claro que ele era capaz de ler os pensamentos e desejos de Sophie e rir deles. Sophie sentiu por ele aquele anêmico desprezo que nos despertavam as coisas que mais desejávamos sem saber. Disse a si mesma que não voltaria a vê-lo, que, se fosse preciso, deixaria de dar aulas a sua aluna predileta para evitar voltar a esbarrar com Ricardo Aldaya. Nada a havia apavorado tanto na vida quanto pressentir aquele animal sob a pele e reconhecer nele seu algoz vestido em roupas de linho. Todos esses pensamentos atravessaram sua mente em meros segundos, enquanto ela inventava uma desculpa torpe para se ausentar, diante da perplexidade do sr. Valls, que entendia as pessoas melhor do que entendia a música e sabia que havia perdido sua professora para sempre.

Uma semana depois, na porta da escola de música da rua Diputación, ela se encontrou com dom Ricardo Aldaya, que a esperava fumando e folheando o jornal. Trocaram olhares, e, sem dizer palavra, ele a conduziu até um prédio a dois quarteirões dali. Era um imóvel novo, ainda sem inquilinos. Subiram até o primeiro andar. Dom Ricardo abriu a porta e cedeu a passagem. Sophie entrou no apartamento, um labirinto de corredores e varandas, paredes nuas e tetos invisíveis. Não havia móveis, nem quadros, nem lâmpadas, nem objeto algum que identificasse aquele espaço como uma moradia. Dom Ricardo Aldaya fechou a porta e eles se entreolharam.

— Não deixei de pensar em você um segundo durante toda a semana — disse Ricardo. — Diga-me que não sentiu o mesmo e eu a deixo partir. Não voltará a me ver.

Sophie fez que não com a cabeça.

Foram noventa e seis dias de encontros furtivos. Viam-se ao entardecer, sempre naquele apartamento vazio na esquina da Diputación com a Rambla de Catalunha. Às terças e quintas, às três da tarde. Os encontros nunca duravam mais de uma hora. Às vezes, Sophie ficava sozinha depois de Aldaya ir embora, chorando ou tremendo em um canto do quarto. Então, quando chegava o domingo, procurava desesperadamente nos olhos do chapeleiro vestígios daquela mulher que estava desaparecendo, ansiando pela devoção e pelo engodo. O chapeleiro não via as marcas em sua pele, os cortes e queimaduras que salpicavam seu corpo. O chapeleiro não via o desespero em seu sorriso, em sua docilidade. O chapeleiro não via nada. Talvez por isso ela tenha aceitado sua promessa de casamento. Já pressentia, àquela altura, que trazia o filho de Aldaya nas entranhas, mas temia lhe contar isso quase tanto quanto temia perdê-lo. Uma vez mais, foi Aldaya quem viu nela o que Sophie era incapaz de confessar. Deu-lhe quinhentas pesetas, um endereço na rua Platería e a ordem de se livrar da criatura. Quando Sophie se recusou a fazê-lo, dom Ricardo Aldaya a esbofeteou até seus ouvidos sangrarem. Também ameaçou matá-la caso ela se atrevesse a mencionar aqueles encontros ou a afirmar que o filho era dele. Quando ela alegou ao chapeleiro que uns bandidos a haviam atacado na praça do Pino, ele acreditou. Quando lhe disse que queria ser sua esposa, ele acreditou. No dia do casamento, alguém enviou, por erro, uma grande coroa funerária para a igreja. Todos riram nervosos diante da confusão do florista. Todos menos Sophie, que sabia perfeitamente que dom Ricardo Aldaya continuava a se lembrar dela no dia de seu casamento.

4

Sophie Carax nunca pensou que, anos depois, voltaria a ver Ricardo (já um homem maduro, com dois filhos e à frente de um império familiar), nem que Aldaya voltaria para conhecer o filho a quem quisera dar um fim por quinhentas pesetas.

— Talvez seja porque eu esteja ficando velho — disse ele, à guisa de explicação —, mas quero conhecer esse rapaz e dar-lhe as oportunidades na vida que merece um filho do meu sangue. Não me ocorreu pensar nele durante todos esses anos, mas agora, estranhamente, não consigo tirá-lo da cabeça.

Ricardo Aldaya já admitira que não via a si mesmo em seu primogênito, Jorge. O rapaz era fraco, reservado e carecia da presença de espírito do pai. Faltava-lhe tudo, menos o sobrenome. Certo dia, dom Ricardo acordou na cama de uma empregada sentindo que seu corpo envelhecia, que Deus havia lhe tirado a graça. Tomado de pânico, correu para se olhar no espelho, nu, e sentiu que havia algum erro. Aquele não era ele.

Quis, então, encontrar o homem que lhe haviam roubado. Havia anos que sabia da existência do filho do chapeleiro. E, à sua maneira, também não havia esquecido Sophie. Dom Ricardo Aldaya nunca esquecia nada. Chegado o momento, portanto, decidiu conhecer o rapaz. Era a primeira vez em quinze anos que esbarrava com alguém que não tinha medo dele, que ousava desafiá-lo e inclusive caçoar dele. Reconheceu no garoto a galhardia, a ambição silenciosa que os bobos não veem, mas que consome por dentro. Deus lhe havia devolvido a juventude. Sophie, apenas um eco da mulher de quem ele se lembrava, não tinha forças sequer para se interpor entre eles, enquanto o chapeleiro não passava de um bufão, um caipira malicioso e rancoroso cuja cumplicidade dom Ricardo dava por comprada. E então, dom Ricardo decidiu arrancar Julián daquele mundo irrespirável de mediocridade e pobreza para lhe abrir as portas de seu paraíso financeiro. O rapaz seria educado no colégio San Gabriel, gozaria de todos os privilégios de sua classe e se iniciaria nos caminhos escolhidos para ele pelo pai. Dom Ricardo queria um sucessor digno de si. Jorge sempre viveria à sombra de seu privilégio, entre algodões e fracassos. Penélope, a bela Penélope, era mulher e, portanto, tesouro, não tesoureiro. Julián, que tinha alma de poeta e, por isso mesmo, de assassino, reunia as qualidades necessárias. Era apenas uma questão de tempo. Dom Ricardo calculava que dali a dez anos teria esculpido a si mesmo naquele rapaz. Nunca, durante todo o tempo que Julián passou com os Aldaya como se fosse um deles (inclusive como o escolhido), lhe ocorreu pensar que Julián não desejasse nada dele exceto Penélope. Não lhe ocorreu, nem por um instante, que Julián o desprezasse secretamente e que toda aquela farsa não fosse para o rapaz mais do que um pretexto para estar perto de Penélope. Para possuí-la total e plenamente. E, nisso, os dois se pareciam.

Quando a esposa de dom Ricardo anunciou que havia flagrado Julián e Penélope nus em circunstâncias inequívocas, o universo todo pegou fogo. O horror e a traição, a raiva indizível de saber-se ultrajado no que tinha de mais sagrado, ludibriado em seu próprio jogo, humilhado e apunhalado por aquele a quem tinha aprendido a adorar como a si mesmo, assaltaram-no com tal fúria que ninguém pôde entender o alcance de sua dilaceração. Quando o médico confirmou que a moça havia sido deflorada e que provavelmente estava grávida, a alma de dom Ricardo Aldaya se fundiu ao líquido espesso e viscoso do ódio cego. Ele via a própria mão na mão de Julián, a mão que havia cravado a adaga na parte mais profunda de seu coração. Ainda não o sabia, mas o dia em que deu ordens para fecharem Penélope a chave no quarto do terceiro andar foi o dia em que ele começou a morrer. O que fez a partir de então foram apenas os estertores de sua autodestruição.

Em colaboração com o chapeleiro, a quem tanto havia desprezado, tramou para que Julián desaparecesse de cena e fosse enviado ao Exército, para, posteriormente, encomendar sua morte de modo que fosse declarada um acidente. Proibiu que qualquer pessoa, inclusive médicos, empregados e membros da família, exceto ele e a esposa, visse Penélope nos meses em que a moça permaneceu presa naquele quarto que cheirava a morte e doença. Já a essa altura, seus sócios haviam retirado secretamente o apoio que lhe davam e manobravam para lhe arrebatar o poder, empregando para isso a fortuna que ele lhes havia proporcionado. O império Aldaya desmoronava em silêncio, em conselhos secretos e reuniões de corredores em Madri e em bancos de Genebra. Julián, como ele deveria ter desconfiado, havia escapado. No fundo, ele se sentia secretamente orgulhoso do rapaz, mesmo querendo vê-lo morto. Em seu lugar, teria feito o mesmo. Mas alguém pagaria por ele.

Penélope Aldaya deu à luz uma criança natimorta no dia 26 de setembro de 1919. Se houvessem permitido que um médico a examinasse, teriam sabido que o feto estava em perigo havia dias e que era preciso intervir e fazer uma cesariana. Se houvessem permitido a presença de um médico, talvez tivesse sido possível conter a hemorragia que arrebatou a vida de Penélope entre berros, arranhando a porta fechada do outro lado da qual o pai chorava em silêncio e a mãe apenas o olhava, tremendo. Se houvessem permitido a presença de um médico, teriam acusado dom Ricardo Aldaya de assassinato, pois não havia uma só palavra capaz de descrever a visão daquela sombria cela ensanguentada. Mas não havia ninguém ali, e quando finalmente abriram a porta e encontraram Penélope morta e caída na poça do próprio sangue, abraçando uma criatura purpúrea e brilhante, ninguém foi capaz de dizer nada. Os dois corpos foram enterrados na cripta do porão, sem cerimônia nem testemunhas. Os lençóis e os despojos foram jogados nas caldeiras e o quarto, vedado com uma parede de tijolos.

Quando Jorge Aldaya, transtornado de culpa e vergonha, revelou o ocorrido a Miquel Moliner, este decidiu enviar a Julián aquela carta assinada por Penélope na qual ela declarava que não o amava mais e lhe pedia para esquecê-la, anunciando um casamento fictício. Preferiu que Julián acreditasse naquela mentira e refizesse sua vida à sombra de uma traição a lhe contar a verdade. Dois anos depois, quando a sra. Aldaya faleceu, houve quem quisesse pôr a culpa nos feitiços do casarão, mas Jorge sabia que o que a havia matado era o fogo que a consumia por dentro, os gritos de Penélope e suas batidas desesperadas naquela porta, que continuavam a ressoar dentro dela sem parar. Já nessa época a família havia caído em desgraça e a fortuna dos Aldaya se desfazia em castelos de areia frente à maré da cobiça mais raivosa, da vingança e dos inevitáveis boatos. Secretários e tesoureiros arquitetaram a fuga para a Argentina, o início de um novo negócio, mais modesto. O importante era a distância. Distância dos fantasmas que percorriam os corredores do casarão Aldaya, que sempre os tinham percorrido.

Eles partiram em uma madrugada de 1926 no mais escuro dos anonimatos, viajando sob nome falso a bordo daquele navio que os levaria pelo Atlântico até o porto de La Plata. Jorge e o pai dividiam um camarote. O velho Aldaya exalava um mau cheiro de morte e doença e mal se mantinha de pé. Os médicos, a quem ele não havia permitido visitar Penélope, o temiam demais para dizer-lhe a verdade, mas ele sabia que a morte havia embarcado com eles e que aquele corpo que Deus havia começado a lhe roubar naquela manhã em que ele decidiu procurar Julián se consumia. No decorrer daquela travessia tão longa, sentado no convés tiritando sob cobertores e enfrentando o vazio infinito do oceano, ele soube que não chegaria a terra firme. Às vezes, sentado na popa, observava o bando de tubarões que seguiam o navio desde pouco depois da escala em Tenerife. Ouviu um homem da tripulação dizer que aquele séquito sinistro era comum nos cruzeiros transoceânicos. Os animais se alimentavam da carniça que o barco ia deixando para trás. Mas dom Ricardo Aldaya não acreditou. Estava convencido de que aqueles demônios o seguiam. *Estão esperando por mim*, pensava, vendo neles o verdadeiro rosto de Deus. Foi então que recorreu ao filho — a quem tantas vezes havia desprezado e em quem agora precisava se apoiar, na ausência de remédios —, para que este cumprisse sua última vontade.

— Você vai encontrar Julián Carax e vai matá-lo. Jure.

Dois dias antes de chegarem a Buenos Aires, ao amanhecer, Jorge, ao acordar, notou o beliche do pai vazio. Saiu para procurá-lo no convés salpicado de neve e salitre, deserto. Encontrou o roupão abandonado na popa, ainda morno. O rastro do navio se perdia em um bosque de brumas escarlate e o oceano sangrava, reluzente de calma. Pôde ver então que o bando de tubarões não os seguia mais e que uma dança de barbatanas dorsais se agitava em círculos ao longe. Durante o resto da travessia, nenhum passageiro voltou a avistar o bando de esqualos, e quando Jorge Aldaya desembarcou em Buenos Aires e o funcionário da alfândega lhe perguntou se viajava sozinho, ele se limitou a assentir. Viajava sozinho havia muito tempo.

5

Dez anos depois de desembarcar em Buenos Aires, Jorge Aldaya, ou o despojo humano em que havia se transformado, regressou a Barcelona. Os infortúnios que haviam começado a corroer a família Aldaya no Velho Mundo não fizeram senão se multiplicar na Argentina. Lá, Jorge tivera que enfrentar sozinho o mundo e o moribundo legado de Ricardo Aldaya, uma luta para a qual nunca teve as armas nem a gravidade do pai. Havia chegado a Buenos Aires com o coração vazio e a alma repleta de remorsos. A América, diria ele mais tarde, à guisa de desculpa ou epitáfio, era uma ilusão, uma terra de depredadores e velhacos, e ele havia sido educado para os privilégios e as desbaratadas finuras da velha Europa, um cadáver que se sustentava em pé por inércia. No decorrer de alguns anos, perdeu tudo, começando pela reputação e acabando com o relógio de ouro que o pai lhe dera de presente por ocasião de sua primeira comunhão. Foi apenas graças a essa venda que pôde comprar a passagem de volta. O homem que voltou para a Espanha era só um mendigo, um saco de amargura e fracasso. Conservava apenas a lembrança de que tudo que amava lhe havia sido tirado e o ódio por aquele que considerava o culpado de sua ruína: Julián Carax.

Ainda lhe ardia na lembrança a promessa feita ao pai. Assim que chegou a Barcelona, encontrou o rastro de Julián e descobriu que, assim como ele próprio, Julián parecia ter se desvencilhado de uma Barcelona que já não era a que ele havia deixado ao partir, dez anos antes. Foi nessa época que reencontrou um velho personagem de sua juventude, graças a uma dessas casualidades despretensiosas e calculadas do destino. Depois de uma notável carreira em reformatórios e prisões do Estado, Francisco Javier Fumero havia ingressado no Exército, alcançando o posto de tenente. Muitos lhe previam um futuro de general, mas um turvo escândalo que nunca chegaria a se esclarecer motivou sua expulsão do Exército. Já nessa época sua reputação excedia seu posto e suas atribuições. Diziam muitas coisas a seu respeito, mas o temiam ainda mais. Francisco Javier Fumero, aquele rapaz tímido e perturbado que catava as folhas do pátio do colégio San Gabriel, era agora um assassino. Corriam boatos de que Fumero liquidava personagens famosos por dinheiro, despachava figuras políticas por encomenda de diversos poderosos e que, em suma, era a morte personificada.

Jorge Aldaya e ele se reconheceram imediatamente nas brumas do café Novedades. Jorge estava doente, consumido por uma estranha febre pela qual culpava os insetos das selvas americanas. "Lá, até os mosquitos são filhos da puta", lamentou. Fumero o escutou com um misto de fascínio e repugnância. Sentia veneração por mosquitos e insetos em geral. Admirava sua disciplina, força e organização. Não existia neles vadiagem, irreverência, sodomia nem degeneração da raça. Seus espécimes prediletos eram os aracnídeos, com sua rara ciência para tecer uma armadilha na qual, com infinita paciência, esperavam as presas, que mais cedo ou mais tarde sucumbiam, por estupidez ou inércia. Em seu entender, a sociedade civil tinha muito o que aprender com os insetos. Jorge Aldaya era um caso nítido de ruína moral e física. Havia envelhecido incrivelmente e estava descuidado, sem tônus muscular. Fumero detestava as pessoas sem tônus muscular. Davam-lhe náuseas.

— Javier, estou desgraçado — lamentou-se Jorge. — Pode me ajudar por alguns dias?

Intrigado, Fumero decidiu levar Jorge para sua casa. Ele morava em um apartamento tenebroso no Raval, na rua Cadena, em companhia de meia dúzia de livros e de numerosos insetos que armazenava em frascos de remédio. Fumero se entediava com livros tanto quanto adorava insetos, mas aqueles não eram volumes quaisquer: eram os romances de Julián Carax, publicados pela editora Cabestany. Fumero pagou as prostitutas que moravam no apartamento da frente — uma dupla de mãe e filha que se deixavam espetar e queimar com um cigarro quando diminuía a clientela, sobretudo no final do mês — para que cuidassem de Jorge Aldaya enquanto ele ia trabalhar. Não tinha nenhum interesse em vê-lo morrer. Ainda não.

Francisco Javier Fumero ingressara na Brigada de Investigação Criminal, onde sempre havia trabalho para o pessoal qualificado e capaz de enfrentar as encomendas mais ingratas e que exigiam maior discrição, aquelas necessárias para que as pessoas respeitáveis pudessem continuar vivendo suas ilusões. Era algo assim que lhe dissera o tenente Durán, homem dado à prosopopeia contemplativa e sob cujo comando Fumero iniciou sua trajetória na corporação.

— Ser policial não é um trabalho, é uma missão — proclamava Durán. — A Espanha precisa de mais coragem e menos tertúlias.

Desafortunadamente, o tenente Durán não demoraria a perder a vida em um ostentoso acidente ocorrido durante uma batida em Barceloneta.

Na confusão da briga com alguns anarquistas, Durán foi arremessado de uma altura de cinco andares pela claraboia, indo estatelar-se de modo a se tornar um emaranhado de vísceras. Todos concordavam que a Espanha havia perdido um grande homem, um líder com visão de futuro, um pensador que, não obstante, não temia a ação. Fumero assumiu o posto com orgulho, ciente de que havia feito bem em empurrá-lo, pois Durán já estava velho para o trabalho. Os velhos — assim como os aleijados, os ciganos e os homossexuais — davam nojo a Fumero, tivessem ou não tônus muscular. Deus às vezes se enganava. Era dever de todo homem íntegro corrigir essas pequenas falhas e manter o mundo apresentável.

Algumas semanas depois do encontro no café Novedades, em março de 1932, Jorge Aldaya começou a se sentir melhor e confidenciou-se com Fumero. Pediu desculpas pela forma como o havia tratado em seus dias de adolescência e, com lágrimas nos olhos, contou-lhe toda a sua história, sem deixar nada de fora. Fumero o escutou em silêncio, assentindo, absorvendo. Enquanto o fazia, perguntava-se se deveria matar Jorge naquele instante ou esperar. Talvez estivesse tão fraco que a lâmina da faca provocaria apenas uma morna agonia em sua carne malcheirosa e tornada flácida pela indolência. Decidiu adiar a vivissecção. A história o intrigava, especialmente no que dizia respeito a Julián Carax.

Pelas informações obtidas na editora Cabestany, ele sabia que Carax residia em Paris, mas Paris era uma cidade imensa e ninguém na editora sabia o endereço exato dele. Ninguém exceto uma mulher de sobrenome Monfort, que se negava a fornecê-lo. Fumero a havia seguido duas ou três vezes na saída do escritório da editora, sem que ela percebesse. Havia chegado a andar a meio metro dela no bonde. As mulheres nunca reparavam nele e, quando o faziam, olhavam para o outro lado fingindo não tê-lo visto. Certa noite, depois de tê-la seguido até a entrada de seu prédio, na praça do Pino, Fumero voltou para casa e se masturbou furiosamente enquanto se imaginava afundando a faca no corpo daquela mulher, dois ou três centímetros por facada, lenta e metodicamente, olhando-a nos olhos. Talvez então ela se dignasse a lhe dar o endereço de Carax e a tratá-lo com o respeito devido a um chefe de polícia.

Julián Carax era a única pessoa a quem Fumero se propusera matar e não conseguira. Talvez porque tivesse sido a primeira, e com o tempo tudo se aprendia. Ao escutar aquele nome outra vez, sorriu daquele jeito que tanto espantava suas vizinhas, as prostitutas: sem piscar, lambendo lentamente o lábio superior. Ainda se lembrava de Carax beijando Penélope Aldaya no casarão da avenida Del Tibidabo. Sua Penélope. Seu amor havia sido um amor puro, verdadeiro, pensava Fumero, como os que via no cinema. Fumero gostava muito de cinema e ia pelo menos duas vezes por semana. Fora em uma sala de cinema que Fumero entendera que Penélope havia sido o amor de sua vida. As outras, especialmente sua mãe, haviam sido apenas putas. Escutando os últimos trechos do relato de Jorge Aldaya, ele decidiu que, no fim das contas, não iria matá-lo. Pelo contrário: alegrou-se por ter o destino os reunido. Teve uma visão, como nos filmes de que tanto gostava: Jorge lhe serviria os demais em uma bandeja. Mais cedo ou mais tarde, todos eles acabariam presos em sua rede.

6

No inverno de 1934, os irmãos Moliner conseguiram finalmente despejar Miquel e expulsá-lo do palacete de Puertaferrisa, que continua ainda hoje vazio e em ruínas. Só desejavam vê-lo na rua, despojado do pouco que lhe restava, de seus livros e daquela liberdade e isolamento que os ofendia e lhes acendia as vísceras de ódio. Ele não quis me dizer nada nem recorrer a mim em busca de ajuda. Eu só soube que havia se tornado quase um mendigo quando fui buscá-lo em seu antigo lar e encontrei os facínoras dos seus irmãos fazendo o inventário da propriedade e liquidando os poucos objetos de Miquel. Havia várias noites que Miquel dormia em uma pensão da rua Canuda, uma pocilga lúgubre e úmida que exalava a cor e o odor de um ossuário. Ao ver o quarto em que ele estava confinado, uma espécie de caixão sem janelas e com um catre carcerário, levei-o para casa. Ele não parava de tossir e estava magérrimo. Disse que era uma gripe mal curada, um mal menor de solteirão que já ia embora e não incomodaria mais. Duas semanas depois, estava pior.

Como ele só usava preto, demorei a entender que aquelas manchas nas mangas da camisa eram sangue. Chamei um médico, que assim que o examinou me perguntou por que eu havia esperado tanto para chamá-lo. Miquel tinha tuberculose. Arruinado e doente, vivia apenas de lembranças e remorsos. Era o homem mais bondoso e frágil que eu havia conheci-do, meu único amigo. Nós nos casamos em uma manhã de fevereiro, no cartório municipal. Como núpcias, limitamo-nos a pegar o funicular do Tibidabo e subir para contemplar Barcelona dos terraços do parque, uma miniatura de névoas. Não contamos a ninguém que havíamos nos casado, nem a Cabestany, nem a meu pai, nem à família de Miquel, que já o dava como morto. Cheguei a escrever uma carta para Julián contando, mas nunca a enviei. Nosso casamento foi secreto. Vários meses depois, tocou a campainha de minha casa um indivíduo que dizia se chamar Jorge Al-daya. Era um homem destruído, com o rosto coberto de suor apesar do frio que mordia até as pedras. Quando se reencontraram, depois de mais de dez anos, Jorge sorriu amargamente e disse: "Estamos todos malditos, Miquel. Você, Julián, Fumero e eu". Alegou que o motivo de sua visita era uma tentativa de reconciliação com seu velho amigo, confiando que ele lhe revelaria como entrar em contato com Julián Carax, pois tinha uma mensagem muito importante para ele da parte de seu falecido pai, dom Ricardo Aldaya. Miquel disse desconhecer o paradeiro de Carax.

— Há anos perdemos o contato — mentiu. — A última coisa que eu soube dele foi que estava vivendo na Itália.

Jorge já esperava essa resposta.

— Você está me decepcionando, Miquel. Achei que o tempo e a desgraça o tivessem deixado mais sábio.

— Há decepções que honram a quem as inspira.

Jorge, minúsculo, raquítico e a ponto de desfazer-se em pedaços de fel, riu.

— Fumero lhes manda suas mais sinceras felicitações pelo casamento — disse ele a caminho da porta.

Aquelas palavras me gelaram o coração. Miquel não quis dizer nada, mas naquela noite, enquanto eu o abraçava e ambos fingíamos dormir um sono impossível, eu soube que Jorge tinha razão: era nosso fim.

Passaram-se vários meses sem que tivéssemos notícias de Julián nem de Jorge. Miquel continuava mantendo algumas colaborações fixas nos jornais de Barcelona e Madri. Trabalhava sem parar à máquina de escrever, inventando o que chamava de assunto para leitores de bonde. Eu mantinha meu emprego na editora, talvez porque fosse a única forma de me sentir mais próxima de Julián. Ele me mandara um bilhete curto anunciando que estava trabalhando em um novo romance, intitulado *A sombra do vento*, que pensava acabar dentro de alguns meses. A carta não fazia menção alguma ao ocorrido em Paris. O tom era mais frio e distante do que nunca. Minhas tentativas de odiá-lo foram vãs. Eu estava começando a acreditar que Julián não era um homem, era uma doença.

Miquel não se enganava com relação aos meus sentimentos. Entregava-me seu afeto e sua devoção sem pedir em troca mais do que minha companhia e, talvez, minha discrição. Eu não escutava de seus lábios uma única reclamação ou mágoa. Com o tempo, comecei a sentir por ele uma ternura infinita que ia além da amizade que havia nos unido e da compaixão que, em seguida, nos havia condenado. Miquel havia aberto em meu nome uma conta em que depositava quase todos os valores que obtinha escrevendo para os jornais. Jamais recusava uma colaboração, uma crítica ou um folhetim. Escrevia sob três pseudônimos, por catorze ou dezesseis horas por dia. Quando eu lhe perguntava por que trabalhava tanto, limitava-se a sorrir, ou me dizia que sem fazer nada se entediaria. Nunca houve enganos entre nós, nem mesmo sem palavras. Miquel sabia que morreria logo, que a doença lhe riscava os meses com avareza.

— Você tem que me prometer que, se alguma coisa acontecer comigo, pegará esse dinheiro e voltará a se casar, que terá filhos e esquecerá todos nós, a começar por mim.

— E com quem eu me casaria, Miquel? Não diga bobagens.

Às vezes eu o surpreendia em um canto me olhando com um sorriso manso, como se a mera contemplação da minha presença fosse seu maior tesouro. Todas as tardes ele ia me buscar na saída da editora, seu único momento de descanso em todo o dia. Eu o via caminhar curvado, tossindo e fingindo uma força que, no escuro, perdia. Levava-me para tomar um café ou para ver as vitrines da rua Fernando e em seguida voltávamos para casa, onde ele continuava trabalhando até depois da meia-noite. Eu abençoava em silêncio cada segundo que passávamos juntos e cada noite que ele dormia abraçado a mim, e tinha que esconder as lágrimas cultivadas pela cólera por ter sido incapaz de amar aquele homem como ele a mim, incapaz de lhe dar o que eu havia abandonado aos pés de Julián a troco de nada. Muitas noites, jurei que esqueceria Julián, que dedicaria o resto da minha vida a fazer feliz aquele pobre homem e a devolver-lhe algumas migalhas do que ele me dera. Fui amante de Julián por duas semanas, mas seria esposa de Miquel pelo resto da vida. Se algum dia estas páginas chegarem a suas mãos e você me julgar, como eu fiz ao escrevê--las e ao me olhar neste espelho de maldições e remorsos, lembre-se de mim assim, Daniel.

O manuscrito do último romance de Julián chegou no fim de 1935. Não sei se por despeito ou medo, entreguei-o ao impressor sem sequer lê-lo. As últimas economias de Miquel já haviam financiado antecipadamente a edição, meses antes. Para Cabestany, a essa altura já com problemas de saúde, nada mais tinha importância. Naquela mesma semana, o médico que atendia Miquel foi ao meu encontro na editora, muito preocupado. Explicou-me que, se Miquel não diminuísse o ritmo de trabalho, o pouco que ele podia fazer para combater a tísica não adiantaria nada.

— Ele deveria estar na montanha, não em Barcelona, respirando nuvens de lixívia e carvão. Não é um gato para ter sete vidas, nem eu sou sua babá. Tente convencê-lo. Ele não me ouve.

Na hora do almoço, decidi ir até em casa falar com ele. Antes de abrir a porta do apartamento, escutei vozes lá dentro. Miquel estava discutindo com alguém. A princípio achei que se tratasse de alguém do jornal, mas tive a impressão de ouvir o nome de Julián na conversa. Ouvi passos que se aproximavam da porta e corri para me esconder no andar de cima. Dali, pude observar o visitante.

Um homem vestido de preto, de traços esculpidos com indiferença e lábios finos como uma cicatriz aberta. Tinha os olhos negros e sem expressão, olhos de peixe. Antes de se perder escada abaixo, deteve-se e ergueu os olhos para a penumbra. Apoiei-me contra a parede, prendendo a respiração. O visitante permaneceu ali por alguns instantes, como se pudesse sentir meu cheiro, lambendo os lábios com um sorriso canino. Esperei que seus passos se apagassem completamente antes de abandonar meu esconderijo e entrar em casa. Um cheiro de cânfora pairava no ar. Miquel estava sentado junto à janela, com as mãos caídas de ambos os lados da cadeira. Seus lábios tremiam. Perguntei-lhe quem era aquele homem e o que queria.

— Era Fumero. Veio trazer notícias de Julián.

— O que ele sabe sobre Julián?

Miquel olhou para mim, mais abatido do que nunca.

— Julián vai se casar.

A notícia me deixou sem fala. Deixei-me cair em uma cadeira e Miquel segurou minha mão. Falava com dificuldade e cansaço. Antes que eu pudesse despregar os lábios, Miquel começou a me resumir os fatos que Fumero havia relatado e o que se podia imaginar a respeito. Fumero havia utilizado seus contatos na polícia de Paris para descobrir o paradeiro de Julián Carax e segui-lo. Miquel supunha que aquilo podia ter ocorrido meses ou mesmo anos antes. O que lhe preocupava não era que Fumero houvesse encontrado Carax, o que era uma questão de tempo, mas que houvesse decidido revelar aquilo agora, junto com a estranha notícia de improváveis núpcias. O casamento, pelo que se sabia, aconteceria no começo do verão de 1936. Da noiva sabia-se apenas o nome, que nesse caso era mais do que suficiente: Irene Marceau, a patroa do estabelecimento onde Julián havia trabalhado como pianista durante anos.

— Não entendo — sussurrei. — Julián vai se casar com sua mecenas?

— Exatamente. Não é um casamento. É um contrato.

Irene Marceau era de vinte e cinco a trinta anos mais velha que Julián. Miquel suspeitava que Irene houvesse planejado aquela união para lhe passar seu patrimônio e garantir o futuro dele.

— Mas ela já o ajuda. Ajuda-o desde sempre.

— Talvez saiba que não estará aqui para sempre — supôs Miquel.

O eco daquelas palavras ressoava muito perto de nós. Ajoelhei-me junto dele e o abracei. Mordi o lábio para que ele não me visse chorar.

— Julián não gosta dessa mulher, Nuria — disse-me ele, imaginando que fosse essa a causa da minha aflição.

— Julián não gosta de ninguém, exceto de si mesmo e de seus malditos livros — murmurei.

Levantei os olhos e me deparei com o sorriso de Miquel, sorriso de criança velha e sábia.

— E o que Fumero pretende trazendo à tona todo esse assunto agora?

Não foi difícil descobrir. Dias depois, um Jorge Aldaya fantasmagórico e famélico apareceu em nossa casa, inflamado de raiva e coragem. Fumero havia lhe contado que Julián Carax ia se casar com uma mulher rica, em uma cerimônia de luxo folhetinesco. Havia dias que Jorge se carcomia com visões do causador de sua desgraça todo enfeitado de ouro falso, cavalgando uma fortuna que ele vira desaparecer. Fumero não havia lhe contado que a noiva era trinta anos mais velha que Carax e que, mais que um casamento, aquilo era um ato de caridade para com um homem acabado e sem meios de subsistência. Não havia lhe contado nem quando nem onde seria o casamento. Limitara-se a semear uma fantasia que devorava por dentro o pouco que as febres haviam deixado em seu corpo abatido e hediondo.

— Fumero mentiu para você, Jorge — disse Miquel.

— E você, o rei dos mentirosos, ousa acusar o próximo!

Não foi preciso que Jorge revelasse seus pensamentos, que, em tão exíguas carnes, se liam no semblante cadavérico como se fossem palavras sob a pele macilenta. Miquel viu com clareza o jogo de Fumero. Ele o havia ensinado a jogar xadrez mais de vinte anos antes, no colégio de San Gabriel. Fumero tinha a estratégia de um louva-a-deus e a paciência dos imortais. Miquel enviou um bilhete para Julián, advertindo-o.

Quando Fumero considerou oportuno, envenenou de rancor o coração de Jorge e lhe disse que Julián se casaria dali a três dias. Sendo ele um oficial de polícia, argumentou, não poderia se comprometer em um assunto desses, mas Jorge, como civil, poderia ir até Paris e garantir que a cerimônia nunca fosse realizada. "Como?", perguntaria um Jorge febril, carbonizado de aversão. Desafiando-o para um duelo no mesmo dia do casamento. Fumero chegou inclusive a lhe fornecer a arma. Jorge estava convencido de que perfuraria aquele coração de fel que havia arruinado a dinastia dos Aldaya. O relatório da polícia de Paris diria, mais tarde, que a arma encontrada aos pés de Jorge era defeituosa e nunca poderia ter feito mais do que fez: explodir na sua cara. Isso Fumero já sabia quando a entregou, em um estojo, na plataforma da estação de Francia. Sabia perfeitamente que a febre, a estupidez e a raiva cega o impediriam de matar Julián Carax em um duelo de honras ao amanhecer, depois de uma noite sem dormir, no cemitério Père-Lachaise. E se por acaso ele reunisse as forças e a capacidade para fazê-lo, a arma que levava se encarregaria de abatê-lo. Não era Carax quem deveria morrer naquele duelo, mas Jorge. Sua existência absurda, seu corpo e sua alma em suspenso que Fumero havia permitido vegetar pacientemente, cumpriria assim sua função.

Fumero sabia também que Julián nunca aceitaria duelar com seu antigo colega moribundo e reduzido a um lamento. Por esse motivo, instruiu Jorge claramente nos passos seguintes. Ele deveria confessar que a carta que Penélope lhe escrevera anos antes anunciando seu casamento e pedindo que o esquecesse era um engano. Revelaria que ele próprio, Jorge Aldaya, a havia obrigado a redigir aquele monte de mentiras enquanto ela chorava desesperadamente, proclamando aos quatro ventos seu amor eterno por Julián. Haveria de lhe dizer que ela o havia esperado desde então, com a alma partida e o coração sangrando, em enorme abandono. Isso bastaria. Bastaria para que Carax apertasse o gatilho e fizesse voar sua cara a tiros. Bastaria para que esquecesse qualquer plano de casamento e não tivesse outro pensamento senão voltar a Barcelona em busca de Penélope e de uma vida desperdiçada. E, em Barcelona — aquela grande teia de aranha que ele havia tornado sua —, Fumero estaria à sua espera.

7

Julián Carax atravessou a fronteira francesa poucos dias antes que explodisse a guerra civil. A primeira e única edição de *A sombra do vento* havia saído da gráfica algumas semanas antes, rumo ao anonimato cinzento e à mesma invisibilidade dos títulos antecessores. A essa altura, Miquel trabalhava muito pouco, e embora se sentasse diante da máquina de escrever duas ou três horas por dia, a fraqueza e a febre o impediam de arrancar palavras do papel. Havia perdido várias das colaborações por causa dos atrasos nas entregas. Outros jornais temiam publicar seus artigos depois de terem recebido várias ameaças anônimas. Só lhe restava uma coluna diária, no *Diário de Barcelona*, que assinava como Adrián Maltés. O fantasma da guerra já se sentia no ar. O país cheirava a medo. Sem trabalho e fraco demais até para se lamentar, Miquel descia para a praça ou ia até a Avenida da Catedral, levando sempre consigo um dos livros de Julián, como se fosse um amuleto. Da última vez que o médico o havia pesado, não chegava a sessenta quilos. Escutamos pelo rádio a notícia do levante no Marrocos e poucas horas depois um colega de Miquel, empregado do jornal, veio nos ver para dizer que Cansinos, o chefe de redação, havia sido assassinado com um tiro na nuca em frente ao café Canaletas, duas horas antes. Ninguém se atrevia a levar o corpo, que continuava ali, espalhando uma teia de sangue na calçada.

Os breves, mas intensos, dias iniciais do terror não se fizeram esperar. As tropas do general Goded entraram na Diagonal e no passeio de Gracia em direção ao centro, onde o fogo começou. Era domingo, e muitos barceloneses ainda tinham saído à rua achando que iam passar o dia em um piquenique na estrada de Las Planas. Os dias mais sombrios da guerra em Barcelona, contudo, demorariam ainda dois anos para chegar. Logo após o início do combate, as tropas do general Goded se renderam, por milagre ou má informação entre os comandos. O governo de Lluís Companys parecia ter recuperado o controle, mas o que havia ocorrido realmente tinha muito mais alcance e começaria a ficar evidente nas semanas seguintes.

O controle de Barcelona havia passado para os grupos anarquistas. Depois de dias de distúrbios e lutas de rua, finalmente correu o boato de que os quatro generais rebeldes haviam sido justiçados no castelo de Montjuic pouco depois da rendição. Um amigo de Miquel, um jornalista britânico que estava presente no momento, disse que o pelotão de fuzilamento era formado por sete homens, mas que no último momento dezenas de milicianos se uniram ao festim. Quando abriram fogo, os corpos receberam tantas balas que se desfizeram, irreconhecíveis, e foi preciso colocá-los nos caixões em estado quase líquido. Alguns começaram a achar que aquele era o final do conflito, que as tropas fascistas nunca chegariam a Barcelona e que a rebelião se extinguiria pelo caminho. Mas era só o aperitivo.

Soubemos que Julián estava em Barcelona no dia da rendição de Goded, quando recebemos uma carta de Irene Marceau. Ela nos contava que Julián havia matado Jorge Aldaya durante um duelo no cemitério Père-Lachaise, mas que, mesmo antes de Jorge morrer, um telefonema anônimo havia alertado a polícia do ocorrido. Julián teve que fugir de Paris imediatamente, perseguido pela polícia, que o tomava por assassino. Não tivemos nenhuma dúvida quanto a quem havia feito essa chamada. Esperamos ansiosamente notícias de Julián para adverti-lo do perigo que o espreitava e para protegê-lo de uma armadilha pior do que a de Fumero: descobrir a verdade. Três dias depois, Julián continuava sem dar sinais de vida. Miquel não queria dividir sua preocupação comigo, mas eu sabia perfeitamente o que ele estava pensando. Julián havia voltado por Penélope, não por nós.

— O que vai acontecer quando ele descobrir a verdade? — eu perguntava.

— Vamos garantir que ele não a descubra — respondia Miquel.

A primeira coisa que ele descobriria era que a família Aldaya havia desaparecido sem deixar rastro. Não encontraria muitos lugares por onde começar a procurar Penélope. Fizemos uma lista desses lugares e começamos nosso périplo. O casarão da avenida Del Tibidabo não passava de uma propriedade deserta, fechada com correntes e véus de hera. Um florista ambulante que vendia botões de rosa e cravos do outro lado da rua nos disse que só se lembrava de uma pessoa que houvesse se aproximado da casa nos últimos tempos, mas era um homem mais velho, quase ancião e um pouco manco.

— Era muito mal-humorado, essa é a verdade. Eu quis lhe vender um cravo para a lapela e ele me mandou à merda, dizendo que havia uma guerra e que o momento não era apropriado.

Não tinha visto mais ninguém. Miquel comprou-lhe algumas rosas murchas e lhe forneceu o telefone da redação do *Diário de Barcelona*, para que o vendedor deixasse recado se porventura aparecesse alguém correspondendo à descrição de Carax. Dali, nossa parada seguinte foi o colégio San Gabriel, onde Miquel reencontrou Fernando Ramos, seu antigo companheiro de estudos.

Fernando era agora professor de latim e grego e vestia batina. Sentiu um choque terrível ao ver Miquel em estado de saúde tão precário. Disse que não havia recebido a visita de Julián, mas prometeu entrar em contato conosco caso isso ocorresse e tentar retê-lo. Fumero estivera ali antes de nós, confessou-nos ele, com temor. Agora se fazia chamar inspetor Fumero e dissera que, em tempos de guerra, era preciso tomar muito cuidado.

— Muita gente morreria muito em breve, e os uniformes, de padre ou soldado, não paravam as balas...

Fernando Ramos nos confessou que não estava totalmente claro a que corporação ou grupo pertencia Fumero, e ele não se atreveu a perguntar. É impossível descrever o que foram aqueles primeiros dias de guerra em Barcelona, Daniel. O ar parecia envenenado de medo e ódio. Os olhares eram de receio e as ruas tinham um cheiro de silêncio que se sentia no estômago. A cada dia, a cada hora, corriam novos boatos e rumores. Lembro-me de uma noite, voltando para casa, em que Miquel e eu descíamos pelas Ramblas. Estavam desertas, sem ninguém à vista. Miquel olhava para as fachadas, para os rostos escondidos entre os postigos observando as sombras na rua, e dizia que era possível sentir as facas sendo afiadas atrás das paredes.

No dia seguinte, fomos à chapelaria Fortuny, mas sem grandes esperanças de encontrar Julián. Um vizinho nos disse que o chapeleiro estava apavorado com as brigas dos últimos dias e que havia se fechado dentro da loja. Por mais que chamássemos, não quis abrir para nós. Naquela tarde houvera um tiroteio a apenas um quarteirão dali e as poças de sangue ainda estavam frescas em San Antonio, onde o cadáver de um cavalo continuava estendido na calçada à mercê de vira-latas que começavam a lhe abrir o bucho crivado a dentadas, enquanto algumas crianças olhavam de perto e lhes atiravam pedras. Só conseguimos foi ver seu rosto espantado através do visor da porta. Dissemos que estávamos procurando seu filho, Julián. O chapeleiro respondeu que seu filho estava morto e que fôssemos embora, ou ele chamaria a polícia. Partimos dali desanimados.

Durante dias percorremos bares e lojas, perguntando por Julián. Indagamos em hotéis e pensões, em estações de trem, em bancos aos quais pudesse ter ido para trocar dinheiro... Ninguém se lembrava de um homem que correspondesse à descrição que dávamos. Ficamos com medo de que tivesse caído nas mãos de Fumero, e Miquel conseguiu que um de seus colegas do jornal, que tinha contatos na polícia, perguntasse se Julián havia sido preso. Não havia indício algum disso. Duas semanas haviam se passado e parecia que a terra tinha engolido Julián.

Miquel quase não dormia, na expectativa de conseguir notícias do amigo. Certo dia, ao entardecer, ele voltou de seu passeio vespertino com nada menos do que uma garrafa de vinho do Porto. Um presente que ganhara no jornal, disse ele, porque o subdiretor lhe havia comunicado que não poderiam mais publicar sua coluna.

— Não querem confusão, e eu entendo.

— E o que você vai fazer?

— Por enquanto, ficar bêbado.

Miquel bebeu apenas meio copo, mas eu tomei quase a garrafa toda, sem perceber e de estômago vazio. Era quase meia-noite quando fui tomada por uma insuportável sonolência e me joguei no sofá. Sonhei que Miquel me beijava na testa e me cobria com uma estola. Ao despertar, senti terríveis pontadas de dor de cabeça que reconheci como o prelúdio de uma ressaca feroz. Fui em busca de Miquel para amaldiçoar a hora em que lhe havia ocorrido me embriagar, mas percebi que estava sozinha em casa. Fui até o escritório e vi que, sobre a máquina de escrever, havia um bilhete, em que ele me pedia para não me preocupar e para esperá-lo em casa. Havia saído à procura de Julián e logo o traria. Despedia-se dizendo que me amava. O bilhete caiu das minhas mãos. Percebi então que, antes de sair, Miquel havia retirado suas coisas do escritório, como se não pensasse em voltar a usá-lo, e soube que nunca mais voltaria a vê-lo.

8

Naquela tarde, o vendedor ambulante de flores havia telefonado para a redação do *Diário de Barcelona* e deixado um recado para Miquel informando que vira o homem que havíamos descrito perambulando perto do casarão como um fantasma. Passava da meia-noite quando Miquel chegou ao número 32 da avenida Del Tibidabo, um vale lúgubre e deserto açoitado por dardos de lua que se infiltravam por entre o arvoredo. Embora não o visse havia dezessete anos, Miquel reconheceu Julián pelo andar leve, quase felino. Sua silhueta deslizava pela penumbra do jardim, junto ao chafariz. Julián havia pulado o muro e espreitava a casa como um animal inquieto. Miquel poderia tê-lo chamado dali, mas preferiu não alertar possíveis testemunhas. Tinha a impressão de que olhares furtivos em janelas escuras das mansões vizinhas espiavam a avenida. Decidiu contornar o muro da propriedade até a parte que dava para as antigas quadras de tênis e as cocheiras. Reconheceu as pegadas nas pedras que Julián havia usado como degraus e as lajotas soltas sobre o muro. Subiu quase sem respirar, sentindo profundas pontadas no peito e chicotadas de cegueira no olhar. Deitou-se sobre o muro, com as mãos tremendo, e chamou Julián em um sussurro. A silhueta que contornava o chafariz permaneceu imóvel, unindo-se às outras estátuas. Miquel detectou o brilho de olhos cravados nele. Perguntou-se se Julián o reconheceria depois de dezessete anos e de uma doença que lhe havia tirado até o ar. A silhueta se aproximou devagar, brandindo na mão direita um objeto brilhante e grande. Um caco de vidro.

— Julián... — murmurou Miquel.

A figura estancou. Miquel ouviu o vidro cair sobre o cascalho. O rosto de Julián emergiu do negror. Uma barba de duas semanas cobria-lhe as feições, mais finas.

— Miquel?

Incapaz de saltar até o outro lado, ou sequer de refazer seu caminho até a rua, Miquel estendeu a mão. Julián subiu no muro e, segurando com força o punho do amigo, pousou a palma da mão em seu rosto. Olharam-se em silêncio durante um bom tempo, intuindo, um no outro, as feridas que a vida havia infligido.

— Temos que ir embora daqui, Julián. Fumero está atrás de você. O que Jorge Aldaya lhe disse foi uma armadilha.

— Eu sei — murmurou Julián, sem tom nem inflexão.

— A casa está fechada. Há anos ninguém mora mais aqui — acrescentou Miquel. — Venha, me ajude a descer e vamos embora daqui.

Julián escalou novamente o muro. Ao segurar Miquel com as duas mãos, sentiu como o corpo do amigo havia se consumido debaixo de roupas demasiado folgadas. Mal sentia carnes ou músculos. Uma vez do outro lado, Julián o segurou por baixo dos braços e, carregando quase todo o seu peso, afastou-se na escuridão pela rua Román Macaya.

— O que você tem? — murmurou Julián.

— Não é nada. Uma febre. Já estou me recuperando.

Miquel exalava um cheiro de doença. Julián não perguntou mais nada. Desceram pela León XIII até o passeio de San Gervasio, onde vislumbraram as luzes de um bar. Refugiaram-se a uma mesa dos fundos e longe das janelas. Dois clientes regulares vigiavam o bar em dupla com um cigarro e o barulho do rádio. O garçom, um homem de pele de cor de cera e olhos cravados no chão, anotou os pedidos. Conhaque quente, café e o que ainda houvesse para comer.

Miquel não comeu nem bebeu nada, enquanto Julián, aparentemente faminto, comeu por ambos. Os dois amigos observavam um ao outro à luz pegajosa do bar, arrebatados pelo feitiço do tempo. Na última vez que haviam se visto frente a frente, tinham metade da idade. Eram rapazes quando se separaram, e agora a vida devolvia a um, um fugitivo; ao outro, um moribundo. Ambos se perguntavam se haviam sido as cartas a determinar sua vida ou o modo como as haviam jogado.

— Agradeço tudo que fez por mim durante todos estes anos, Miquel.

— Eu fiz o que devia e o que queria. Não há nada que agradecer.

— Como está Nuria?

— Como você a deixou.

Julián baixou os olhos.

— Nós nos casamos há três meses. Não sei se ela escreveu para lhe contar.

Os lábios de Julián congelaram. Ele fez que não com a cabeça, devagar.

384

— Você não tem o direito de censurá-la por nada, Julián.

— Eu sei. Não tenho direito a nada.

— Por que não nos procurou?

— Não queria comprometê-los.

— Isso não depende mais de você. Onde passou estes dias? Achamos que a terra houvesse engolido você.

— Quase. Fiquei em casa. Na casa do meu pai.

Miquel olhou espantado para ele. Julián começou a contar como, ao chegar a Barcelona sem saber para onde ir, se dirigira à casa onde havia sido criado, mesmo temendo que não houvesse mais ninguém lá. A chapelaria continuava de pé, aberta, e um homem envelhecido, sem cabelo nem vivacidade no olhar, definhava ao balcão. Não quisera entrar nem lhe mostrar que havia voltado, mas Antoni Fortuny ergueu o rosto e viu o estranho do outro lado da vitrine. Seus olhos se encontraram e, embora com vontade de sair correndo, Julián ficou paralisado. Viu as lágrimas se formando no rosto do chapeleiro, que se arrastou até a porta e saiu à rua, mudo. Sem dizer palavra, guiou o filho para dentro da loja, abaixou as grades e, uma vez vedado o mundo exterior, abraçou-o, tremendo e uivando lágrimas.

Mais tarde, o chapeleiro explicou a ele que a polícia estivera lá perguntando por ele nos dois últimos dias. Um tal de Fumero, homem de má fama que se dizia ter estado a serviço dos capangas do general Goded um mês antes e agora se considerava amigo de todos os anarquistas, lhe dissera que Julián estava a caminho de Barcelona, que havia assassinado Jorge Aldaya a sangue-frio em Paris e que também estava sendo procurado por outros delitos cuja enumeração o chapeleiro não se interessou em ouvir. Fumero esperava que, na remota e improvável probabilidade de que o filho pródigo aparecesse por ali, o chapeleiro cumprisse seu dever de cidadão e desse parte à polícia. Fortuny lhe dissera que, claro, podiam contar com ele. Incomodou-lhe que uma víbora como Fumero se achasse no direito de fazer isso, mas assim que o sinistro cortejo da polícia saiu da loja, o chapeleiro partiu rumo à capela da catedral onde havia conhecido Sophie para implorar aos santos que guiassem os passos do filho até sua casa, antes que fosse tarde. Quando Julián encontrou o pai, o chapeleiro o advertiu do perigo que estava correndo.

— O que quer que o tenha trazido a Barcelona, filho, deixe que eu faça enquanto você fica escondido em casa. Seu quarto continua do mesmo jeito e é seu pelo tempo que precisar.

Julián confessou que voltara para procurar Penélope Aldaya. O chapeleiro jurou que a encontraria e que, uma vez reunidos, os ajudaria a fugirem juntos para um lugar seguro, longe de Fumero, do passado, longe de tudo.

Durante alguns dias, Julián permaneceu escondido no apartamento da rua San Antonio enquanto o chapeleiro percorria a cidade em busca do rastro de Penélope. Passava os dias em seu antigo quarto, que, como bem dissera o pai, continuava do mesmo jeito, embora agora tudo parecesse menor, como se casas e objetos, ou talvez fosse apenas a vida, encolhessem com o tempo. Muitos de seus velhos cadernos continuavam ali, lápis que se lembrava de ter apontado na semana em que partira para Paris, livros esperando para serem lidos, roupa limpa de rapaz nos armários. O chapeleiro contou que Sophie o havia deixado pouco depois de sua fuga e que, embora durante anos não houvesse tido notícias dela, finalmente lhe escrevera de Bogotá, onde já fazia algum tempo vivia com outro homem. Trocavam correspondências com regularidade. "Sempre falando de você", confessou o chapeleiro, "porque é a única coisa que nos une." Quando ele pronunciou essas palavras, Julián teve a impressão de que o chapeleiro continuava apaixonado pela ex-esposa, mesmo depois de tê-la perdido.

— Só se ama de verdade uma vez na vida, Julián, embora não percebamos.

O chapeleiro, que parecia preso em uma corrida contra o tempo para desfazer toda uma vida de infortúnios, não tinha dúvida de que Penélope era aquele amor único na vida do filho e achava, sem se dar conta, que se o ajudasse a recuperá-la talvez ele também recuperasse algo do que perdera, aquele vazio que lhe pesava na pele e nos ossos com a raiva de uma maldição.

Apesar de todo o seu empenho e para seu desespero, o chapeleiro logo descobriu que não havia rastro de Penélope, nem da família Aldaya, em toda Barcelona. Homem de origem humilde, que tivera que trabalhar a vida toda para se manter, o chapeleiro sempre havia concedido ao dinheiro e à casta o benefício da imortalidade. Quinze anos de ruína e miséria haviam bastado para apagar da face da terra os palácios, as indústrias e as pegadas de uma estirpe. À simples menção do sobrenome Aldaya, muitos reconheciam a sonoridade da palavra, mas quase ninguém se lembrava de seu significado. No dia em que Miquel Moliner e Nuria Monfort foram à chapelaria perguntar por Julián, Fortuny teve certeza de que eram agentes de Fumero. Ninguém lhe tiraria de novo o filho. Dessa vez, o próprio Deus Todo-Poderoso, o mesmo Deus que durante toda uma vida havia ignorado suas preces, poderia descer do céu que Fortuny mesmo, com prazer, lhe arrancaria os olhos se Ele ousasse afastar Julián outra vez do naufrágio de sua vida.

O chapeleiro era o homem que o florista ambulante se lembrava de ter visto dias antes perambulando pelo casarão da avenida Del Tibidabo. O que o florista interpretou como mau humor não era senão a firmeza de espírito que só existe naqueles que, antes tarde do que nunca, encontraram um objetivo de vida e o perseguiam com a ferocidade produzida pelo tempo desperdiçado. Lamentavelmente, o Senhor não quis escutar esta última vez as súplicas do chapeleiro, que, já desesperado, foi incapaz de encontrar o que buscava: a salvação do filho, de si mesmo, no rastro de uma moça da qual ninguém se lembrava e de quem ninguém sabia nada. "Quantas almas perdidas será preciso, Senhor, para saciar seu apetite?", perguntava o chapeleiro. Deus, em seu infinito silêncio, olhava-o sem piscar.

— Não consigo encontrá-la, Julián. Juro que...

— Não se preocupe, pai. Sou eu quem deve fazer isso. O senhor já me ajudou como podia.

Naquela noite, Julián finalmente havia saído à rua disposto a recobrar o rastro de Penélope.

Miquel escutou o relato do amigo em dúvida se aquilo era um milagre ou uma maldição. Não lhe ocorreu pensar no garçom, que se dirigia ao telefone, cochichava de costas para eles e, em seguida, ficou vigiando a porta de soslaio, limpando com excesso de cuidado os copos de um estabelecimento onde a sujeira invadia a tudo com sanha, enquanto Julián contava o que havia acontecido na chegada a Barcelona. Não lhe ocorreu que Fumero já houvesse estado naquele bar, em dezenas de bares como aquele, nas imediações do palacete Aldaya, e que logo que Julián pusesse os pés em um deles seria questão de segundos até o telefonema alcançá-lo. Quando a viatura policial parou diante do bar e o garçom se retirou para a cozinha, Miquel sentiu a calma fria e serena da fatalidade. Julián leu nos olhos dele, e ambos se viraram ao mesmo tempo. Os traços espectrais de três capas de chuva se mexendo por trás das janelas. Três rostos cuspindo vapor na vidraça. Nenhum deles era Fumero. Matadores sujos o precediam.

— Vamos embora daqui, Julián...

— Não temos para onde ir — retrucou Julián, com uma serenidade que levou o amigo a observá-lo com maior atenção.

Percebeu, então, o revólver na mão de Julián e a fria disposição em seu olhar. A campainha da porta atropelou o murmúrio do rádio. Miquel arrebatou o revólver das mãos de Julián e olhou fixamente para ele.

— Julián, me dê seus documentos.

Os três policiais fingiram se sentar ao balcão. Um deles olhava para os dois de soslaio. Os outros apalpavam o interior da capa de chuva que vestiam.

— Os documentos, Julián. Agora.

Mas ele fez que não, em silêncio.

— Só me restam um ou dois meses, com sorte. Um de nós dois tem que sair daqui, Julián. Você tem mais pontos do que eu. Não sei se encontrará Penélope, mas Nuria o está esperando.

— Nuria é sua esposa.

— Lembre-se do trato que fizemos. Quando eu morrer, tudo o que é meu será seu...

— ... menos os sonhos.

Sorriram pela última vez. Julián lhe entregou o passaporte, e Miquel o colocou junto do exemplar de *A sombra do vento* que trazia no casaco desde o dia em que o recebera.

— Até breve — murmurou Julián. — Não há pressa. Eu esperarei.

No mesmo instante em que os três policiais se viravam na sua direção, Miquel se levantou da mesa e foi ao encontro deles. A princípio, viram somente um moribundo pálido e trêmulo que lhes sorria, enquanto o sangue despontava das comissuras de seus lábios magros, sem vida. Quando perceberam o revólver na sua mão direita, Miquel estava a apenas três metros deles. Um quis gritar, mas o primeiro tiro fez voar sua mandíbula inferior. O corpo caiu inerte, de joelhos, aos pés de Miquel. Os outros dois agentes já haviam sacado as armas. O segundo tiro atravessou o estômago do que parecia o mais velho. A bala partiu em dois sua coluna vertebral e cuspiu um punhado de vísceras sobre o balcão. Miquel nem teve tempo para um terceiro disparo. O último policial já mirava nele. Sentiu a arma nas costelas, no coração, e seu olhar duro, aceso de pânico.

— Quieto, filho da puta, ou juro que o parto em dois.

Miquel sorriu e levantou lentamente o revólver até o rosto do policial. Não devia ter mais do que vinte e cinco anos, e suas mãos tremiam.

— Diga a Fumero, da parte de Carax, que eu me lembro da sua roupinha de marinheiro.

Não sentiu dor nem queimação. O impacto, como uma martelada surda que levou embora o som e a cor das coisas, lançou-o contra o vidro. Ao atravessá-lo e perceber que um frio intenso subia pela garganta e a luz se afastava como pó no vento, Miquel Moliner virou os olhos pela última vez e viu seu amigo Julián correndo rua abaixo. Tinha trinta e seis anos, mais do que havia esperado viver. Antes mesmo de cair na calçada repleta de cacos de vidro ensanguentados já estava morto.

9

Naquela noite, enquanto Julián se perdia na escuridão, um furgão sem identificação acudiu à chamada do homem que havia matado Miquel. Eu nunca soube seu nome, nem creio que ele soubesse quem havia assassinado. Como todas as guerras, pessoais ou em grande escala, aquilo era um jogo de marionetes. Dois homens levaram os corpos dos policiais mortos e se encarregaram de sugerir ao garçom que se esquecesse o que havia acontecido, ou enfrentaria sérios problemas. Daniel, nunca subestime o talento para o esquecimento despertado pelas guerras. O cadáver de Miquel foi abandonado doze horas mais tarde, em um beco do Raval, para que sua morte não fosse relacionada com a dos policiais. Quando o corpo finalmente chegou ao necrotério, já estava morto havia dois dias. Miquel deixara todos os seus documentos em casa antes de sair. Tudo que os funcionários do necrotério encontraram foi um passaporte em nome de Julián Carax, todo estragado, e um exemplar de *A sombra do vento*. A polícia concluiu que o defunto era Carax. O passaporte ainda mencionava como domicílio o apartamento dos Fortuny na rua San Antonio.

A notícia já havia chegado aos ouvidos de Fumero, que foi até o necrotério se despedir de Julián. Encontrou ali o chapeleiro, a quem a polícia fora buscar para que procedesse à identificação do corpo. O sr. Fortuny, que já não via o filho fazia dois dias, temia o pior. Ao reconhecer o corpo que apenas uma semana antes havia batido em sua porta perguntando por Julián (e que confundira com um agente de Fumero), começou a gritar e se afastou. A polícia considerou aquela reação uma admissão de reconhecimento. Fumero, que havia presenciado a cena, aproximou-se do corpo e o observou em silêncio. Fazia dezessete anos que não via Julián Carax. Quando reconheceu Miquel Moliner, limitou-se a sorrir e assinou o informe forense confirmando que aquele corpo pertencia a Carax e ordenando sua transferência imediata para uma vala comum em Montjuic.

Durante muito tempo, perguntei-me por que Fumero teria feito uma coisa assim. Mas aquela era exatamente a lógica dele. Ao morrer com a identidade de Julián, Miquel lhe havia proporcionado involuntariamente o álibi perfeito. Desde aquele instante, Julián Carax não existia. Não haveria nenhum vínculo legal que permitisse relacionar Fumero ao homem que, mais cedo ou mais tarde, ele esperava encontrar e assassinar. Eram dias de guerra, e pouquíssima gente pediria explicações pela morte de alguém que sequer tinha nome. Julián havia perdido a identidade. Era uma sombra. Passei dois dias em casa esperando Miquel ou Julián, achando que ficaria louca. No terceiro dia, segunda-feira, voltei a trabalhar na editora. O sr. Cabestany havia sido internado no hospital algumas semanas antes e não voltaria mais ao escritório. Seu filho mais velho, Álvaro, era agora o responsável pela editora. Eu não disse nada a ninguém. Não tinha a quem dizer.

Naquela mesma manhã, recebi na editora a ligação de um funcionário do necrotério, Manuel Gutiérrez Fonseca. O sr. Gutiérrez Fonseca me explicou que o corpo de um tal Julián Carax havia chegado ao depósito e que, ao comparar o passaporte do defunto com o nome do autor do livro que levava consigo quando entrara no necrotério, e suspeitando, se não de uma patente irregularidade, ao menos de certo relaxamento no regulamento por parte da polícia, havia sentido o dever moral de ligar para a editora a fim de dar parte do ocorrido. Ao ouvir aquilo, eu quis morrer. A primeira coisa que pensei foi que se tratava de uma armadilha de Fumero. O sr. Gutiérrez Fonseca se expressava com o esmero do funcionário consciencioso, embora algo mais transparecesse em sua voz, algo que nem ele próprio conseguiria explicar. Eu havia recebido o telefonema no escritório do sr. Cabestany. Graças a Deus, Álvaro havia saído para almoçar e eu estava sozinha, pois, do contrário, teria sido difícil explicar as lágrimas e o tremor nas mãos enquanto eu segurava o telefone. Gutiérrez Fonseca disse que havia considerado apropriado me informar o ocorrido.

Agradeci o telefonema com aquela falsa formalidade das conversas em código. Assim que desliguei, fechei a porta do escritório e mordi os punhos para não gritar. Lavei o rosto e corri para casa imediatamente, deixando recado para Álvaro de que estava doente e voltaria no dia seguinte antes da hora para pôr em dia a correspondência. Tive que me conter para não sair correndo, para caminhar com aquela parcimônia anônima e cinzenta dos que não têm segredos. Ao introduzir a chave na porta de casa, percebi que a fechadura havia sido forçada. Fiquei paralisada. O trinco começou a girar do lado de dentro. Perguntei-me se iria morrer assim, em uma escada escura e sem saber o que havia acontecido com Miquel. A porta se abriu e me deparei com o olhar escuro de Julián Carax. Que Deus me perdoe, mas naquele instante senti que recobrava a vida e dei graças aos céus por me devolver Julián em vez de Miquel.

Nós nos fundimos em um abraço interminável, mas, quando procurei seus lábios, Julián se afastou e baixou o olhar. Fechei a porta e, segurando-o pela mão, guiei-o até o quarto. Deitamo-nos na cama, abraçados, em silêncio. Entardecia, e as sombras do apartamento ardiam, cor de púrpura. Escutavam-se disparos isolados ao longe, como em todas as noites desde que a guerra havia começado. Julián chorava em meu peito, e me senti invadir por um cansaço impossível de traduzir em palavras. Mais tarde, quando caiu a noite, nossos lábios se encontraram, e sob a proteção daquela obscuridade urgente nos desprendemos das roupas que cheiravam a medo e morte. Quis me lembrar de Miquel, mas o fogo daquelas mãos em meu ventre roubou-me a vergonha e a dor. Quis me perder nelas e não voltar, mesmo sabendo que ao amanhecer, exaustos e talvez doentes de desprezo, não poderíamos nos encarar sem nos perguntar em que havíamos nos transformado.

10

Fui despertada pelo barulho da chuva ao alvorecer. A cama vazia, o quarto coberto por uma névoa acinzentada.

Encontrei Julián sentado em frente ao que fora a escrivaninha de Miquel, acariciando as teclas da máquina de escrever. Ele levantou os olhos e brindou-me com aquele sorriso morno, distante, que dizia que ele nunca seria meu. Tive vontade de cuspir-lhe a verdade, de feri-lo. Teria sido muito fácil revelar que Penélope estava morta... que ele vivia de enganos... que eu agora era tudo que ele tinha no mundo.

— Eu nunca deveria ter voltado a Barcelona — murmurou ele, balançando a cabeça.

Ajoelhei-me ao seu lado.

— O que você procura não está aqui, Julián. Vamos embora. Nós dois. Para longe daqui. Enquanto há tempo.

Julián me olhou longamente, sem piscar.

— Você sabe alguma coisa que não me contou, não é? — perguntou ele.

Neguei com a cabeça, engolindo em seco. Julián se limitou a assentir.

— Esta noite voltarei lá.

— Julián, por favor...

— Preciso ter certeza.

— Então eu vou com você.

— Não.

— Na última vez que fiquei esperando aqui, perdi Miquel. Se você vai, eu vou.

— Isso não tem nada a ver com você, Nuria. É algo que só diz respeito a mim.

Perguntei-me se ele realmente não percebia o mal que suas palavras me faziam ou se nem se importava com isso.

— É o que você pensa.

Ele quis acariciar meu rosto, mas afastei sua mão.

— Você deveria me odiar, Nuria. Só lhe faria bem.

— Eu sei.

Passamos o dia fora, longe das trevas opressivas do apartamento, que ainda cheirava a lençóis mornos e pele. Julián queria ver o mar. Acompanhei-o até Barceloneta e descemos até a praia quase deserta, uma miragem cor de areia que se fundia na névoa. Sentamo-nos na areia perto da água, como fazem as crianças e os velhos. Julián sorria em silêncio, sozinho em suas recordações.

Ao entardecer, tomamos um bonde junto ao aquário, subimos a via Layetana até o passeio de Gracia, em seguida até a praça de Lesseps e, depois, até a avenida República Argentina, até o fim do trajeto. Julián observava as ruas em silêncio, como se temesse perder a cidade enquanto a percorria. No meio do caminho, pegou minha mão e a beijou sem dizer nada. Ficou segurando-a até descermos. Um velho que acompanhava uma menina de branco nos olhou, sorridente, e nos perguntou se éramos namorados. Já era noite fechada quando entramos na rua Román Macaya em direção ao casarão dos Aldaya. Caía uma chuva fina que tingia de prata os paredões de pedra. Pulamos o muro do casarão pelos fundos, junto às quadras de tênis. A mansão se erguia na chuva. No mesmo instante a reconheci. Eu lera a fisionomia daquela casa em mil encarnações e ângulos nas páginas de Julián. Em *A casa vermelha*, o palacete aparecia como um tenebroso casarão maior por dentro do que por fora, que mudava lentamente de forma, que crescia em corredores, galerias e sótãos impossíveis, em escadas infinitas que não conduziam a lugar algum; um casarão de quartos escuros que apareciam e desapareciam da noite para o dia, levando consigo os incautos que neles entravam e que ninguém tornava a ver. Paramos diante do portão, protegido por correntes e por um cadeado do tamanho de um punho. Os janelões do primeiro andar estavam bloqueados com tábuas cobertas de hera. O ar cheirava a mato seco e terra molhada. A pedra, escura e pegajosa sob a chuva, brilhava como o esqueleto de um grande réptil.

Quis perguntar como ele pensava abrir aquele portão de carvalho que parecia de basílica ou prisão, mas logo Julián extraiu um vidro do casaco e desenroscou a tampa. Um vapor fétido emanou do interior em uma lenta espiral azulada. Ele segurou o cadeado pela extremidade e verteu o ácido no interior da fechadura. O metal ciciou como ferro quente, envolto por um sopro de fumaça amarelada. Esperamos um segundo, e Julián pegou um paralelepípedo no meio do mato e quebrou o cadeado com meia dúzia de pancadas. Então, com um pontapé, a porta se abriu devagar, como um sepulcro, cuspindo um hálito espesso e úmido. Para além do umbral se avistava uma escuridão aveludada. Julián levava uma lamparina a benzina, que acendeu depois de dar alguns passos na antessala. Segui-o e fechei a porta atrás de nós. Julián andou alguns metros, segurando a chama acima da cabeça. Um tapete de pó se estendia aos nossos pés, sem outras pegadas que não as nossas. O âmbar da chama fazia as paredes, nuas, brilharem. Não havia móveis, espelhos nem lâmpadas. As portas permaneciam nas dobradiças, mas os trincos de cobre haviam sido arrancados. O casarão exibia apenas seu esqueleto desnudo. Detivemo-nos ao pé da escadaria. O olhar de Julián se perdeu em direção ao alto. Ele se virou por um instante para me olhar e eu quis lhe sorrir, mas, na penumbra, mal conseguíamos distinguir nossos olhares. Segui-o pela escada, percorrendo os degraus onde Julián vira Penélope pela primeira vez. Sabia para onde nos dirigíamos, e me senti invadir por um frio que nada devia à atmosfera úmida e mordente daquele lugar.

Subimos até o terceiro andar, onde um estreito corredor dava lugar à ala sul da casa. O teto ali era muito mais baixo e as portas, menores. Era o andar que abrigava os quartos de serviço. Eu soube, sem que Julián precisasse dizer nada, que o último havia sido o quarto de Jacinta Coronado. Julián se aproximou devagar, temeroso. Aquele fora o último lugar onde vira Penélope, onde fizera amor com uma moça de apenas dezessete anos que meses mais tarde morreria esvaindo-se em sangue naquele mesmo cômodo. Eu quis detê-lo, mas Julián já havia chegado ao umbral e olhava para o interior, ausente. Aproximei-me dele. O quarto era apenas um cubículo despojado de qualquer adorno. As marcas de um antigo leito ainda podiam ser lidas sob a maré de poeira das tábuas do chão. Um emaranhado de manchas pretas se arrastava pelo centro do quarto. Julián observou aquele vazio pelo espaço de quase um minuto, desconcertado. Vi em seu olhar que ele mal conseguia reconhecer o lugar, que tudo lhe parecia um truque macabro e cruel. Tomei-o pelo braço e o guiei de volta à escada.

— Aqui não há nada, Julián — murmurei. — A família vendeu tudo antes de partir para a Argentina.

Ele assentiu, cansado. Descemos. Uma vez de volta ao térreo, Julián se dirigiu à biblioteca. As estantes estavam vazias; a lareira, coberta de escombros. As paredes, pálidas como a morte, tremeluziam à luz da chama. Os credores e usurários haviam conseguido levar até a memória, que devia estar então perdida no labirinto de algum depósito de sucata.

— Voltei para nada — murmurou Julián.

Melhor assim, pensei. Eu contava os segundos que nos separavam da porta. Se conseguisse nos afastar dali e deixá-lo com aquela punhalada de vazio, talvez ainda tivéssemos uma chance. Deixei que Julián absorvesse a ruína daquele lugar, que purgasse sua lembrança.

— Você precisava voltar e vê-la outra vez — falei. — Agora está vendo que não há nada. É apenas um casarão velho e desabitado, Julián. Vamos para casa.

Ele olhou para mim, pálido, e assentiu. Tomei-o pela mão e entramos no corredor que levava à saída. A brecha de claridade do exterior ficava a apenas meia dúzia de metros. Senti o cheiro de mato e a chuva miúda no ar. Então senti que perdia a mão de Julián. Parei. Ao me virar, encontrei-o imóvel, com o olhar cravado na escuridão.

— O que houve?

Ele não respondeu. Observava, fascinado, a entrada de um corredor estreito que levava às cozinhas. Fui até lá e observei também a escuridão riscada pela chama azul da lamparina. A porta no outro extremo do corredor estava bloqueada. Um muro de tijolos vermelhos, toscamente dispostos entre a argamassa que sangrava pelas fendas. Não entendi bem o que significava aquilo, mas senti que o frio roubava minha respiração.

Julián caminhava lentamente naquela direção. Todas as outras portas no corredor, na casa toda, aliás, estavam abertas, desprovidas de maçanetas e trincos. Exceto aquela. Uma comporta de tijolos vermelhos oculta no fundo de um corredor lúgubre e escondido. Julián pousou as mãos nos tijolos de argila escarlate.

— Julián, por favor, vamos embora agora...

O impacto de seu punho na parede de tijolos arrancou um eco oco e cavernoso do outro lado. Pareceu-me que suas mãos tremiam enquanto ele pousava a lamparina no chão e gesticulava para eu me afastar alguns passos.

— Julián...

O primeiro pontapé arrancou uma chuva de poeira avermelhada. Julián chutou de novo. Pensei ter ouvido seus ossos rangerem. Ele não desanimou. Investia contra o muro vezes sem conta, com a raiva de um preso abrindo caminho para a liberdade. Seus punhos e braços sangravam quando o primeiro tijolo quebrou e caiu do outro lado. Com os dedos ensanguentados, Julián começou então a forçar para aumentar aquela moldura na escuridão. Arquejava, exausto e possuído de uma fúria da qual eu nunca o havia imaginado capaz. Um a um, os tijolos foram cedendo e a parede caiu. Julián se deteve, coberto de suor frio, as mãos feridas. Pegou a lamparina e a colocou na beirada de um dos tijolos. Uma porta de madeira lavrada com motivo de anjos se erguia do outro lado. Julián acariciou os relevos da madeira como se lesse um hieróglifo. A porta se abriu sob a pressão de suas mãos.

Uma treva azul, espessa e gelatinosa, vinha do outro lado. Mais adiante se via uma escadaria. Degraus de pedra preta desciam até onde a sombra se perdia. Julián se virou por um instante, e encontrei seu olhar. Vi nele medo e desesperança, como se intuísse o negror. Neguei em silêncio com a cabeça, implorando que ele não descesse. Ele se virou, abatido, e mergulhou na penumbra. Aproximei-me da moldura de tijolos e vi que ele descia a escada, quase tropeçando. A chama tremia e era, agora, apenas um sopro de azul transparente.

— Julián?

Minha única resposta foi o silêncio. Eu podia ver sua sombra imóvel no pé da escada. Atravessei o umbral de tijolos e desci também. O cômodo era retangular, com paredes de mármore. Exalava um frio intenso e penetrante. As duas lápides estavam cobertas por um véu de teias de aranha que se desfez como seda podre à chama da lamparina. O mármore branco estava sulcado por lágrimas pretas de umidade que pareciam sangrar das fendas deixadas pelo cinzel do gravador. Jaziam uma junto à outra, como maldições encadeadas.

PENÉLOPE ALDAYA   DAVID ALDAYA

1902-1919   1919

11

Muitas vezes parei para pensar naquele momento de silêncio, tentando imaginar o que Julián teria sentido ao comprovar que a mulher por quem havia esperado durante dezessete anos estava morta, que o filho de ambos se fora junto com ela, que a vida com a qual ele havia sonhado, seu único alento, jamais havia existido. A maioria de nós tem a felicidade ou a desgraça de ver a vida desmoronando aos poucos, sem quase nos darmos conta. Para Julián, aquela certeza se materializou em questão de segundos. Por um instante achei que ele subiria correndo as escadas, que fugiria daquele lugar maldito e que eu não o veria nunca mais. Talvez tivesse sido melhor assim.

Lembro que a chama da lamparina se extinguiu devagar e que perdi sua silhueta na escuridão. Procurei-o nas sombras. Encontrei-o tremendo, mudo. Mal conseguia se manter de pé e se arrastou para um canto. Abracei-o e beijei-o na testa. Ele não se mexia. Apalpei seu rosto com os dedos, mas não havia lágrimas. Achei que talvez, inconscientemente, ele soubesse de tudo durante todos aqueles anos, que talvez aquele encontro fosse necessário para que enfrentasse a certeza e se libertasse. Havíamos chegado ao final do caminho. A partir dali, Julián compreenderia que nada mais o retinha em Barcelona e que podíamos partir para longe. Eu quis acreditar que nossa sorte mudaria e que Penélope nos havia perdoado.

Procurei a lamparina no chão e tornei a acendê-la. Julián observava o vazio, alheio à chama azul. Segurei seu rosto com as mãos e o obriguei a me olhar. Encontrei olhos sem vida, vazios, consumidos pela raiva e pela perda. Senti o veneno do ódio espalhando-se lentamente por suas veias e pude ler seus pensamentos. Ele me odiava por tê-lo enganado. Odiava Miquel por ter tentado lhe oferecer uma vida que pesava sobre ele como uma ferida aberta. Mas, sobretudo, odiava o homem que havia causado toda aquela desgraça, aquele rastro de raiva e miséria: ele próprio. Odiava aqueles livros imundos aos quais havia dedicado a vida e com os quais ninguém se importava. Odiava uma existência consagrada ao engano e à mentira. Odiava cada segundo roubado e cada respiração.

Ele olhava para mim sem piscar, como se olha um estranho ou um objeto desconhecido. Eu negava com a cabeça lentamente, procurando suas mãos. Ele se afastou bruscamente e se levantou. Tentei segurar seu braço, mas ele me empurrou contra a parede. Vi-o subir a escada em silêncio, um homem que eu não conhecia mais. Julián Carax estava morto. Quando saí ao jardim do casarão, já não havia rastro dele. Escalei o muro até o outro lado. As ruas desoladas sangravam sob a chuva. Gritei seu nome, caminhando pelo meio da avenida deserta. Ninguém respondeu. Quando voltei para casa, já eram quase quatro da manhã. O apartamento estava cheio de fumaça e cheirava a queimado. Julián passara por ali. Corri para abrir as janelas. Encontrei sob minha escrivaninha um estojo com a caneta que eu lhe dera anos antes, em Paris, a caneta-tinteiro pela qual eu pagara uma fortuna por ter supostamente pertencido a Alexandre Dumas ou Victor Hugo. A fumaça provinha da caldeira da calefação. Abri a comporta e comprovei que Julián havia jogado lá dentro todos os exemplares de seus romances, que faltavam na estante. Ainda se lia o título nas lombadas de couro, mas o resto eram cinzas.

Horas depois, quando cheguei à editora, Álvaro Cabestany me chamou a sua sala. Seu pai já quase não ia trabalhar e os médicos haviam dito que tinha os dias contados, assim como meu cargo na empresa. O filho de Cabestany anunciou que naquela mesma manhã, na primeira hora, apresentara-se na editora um cavalheiro chamado Laín Coubert, interessado em adquirir todos os exemplares dos romances de Julián Carax que tivéssemos nos depósitos. O filho do editor respondera que tinha um depósito cheio deles em Pueblo Nuevo, mas que havia grande demanda e que, portanto, exigiam um preço superior. Coubert não aceitou e partiu sem maiores explicações. Agora Cabestany queria que eu localizasse o tal Laín Coubert e aceitasse a oferta. Eu disse àquele bobo que Laín Coubert não existia, que era um personagem de um romance de Carax. Que não tinha interesse algum em comprar seus livros; só queria saber onde estavam. O sr. Cabestany tinha por costume guardar na biblioteca de seu escritório um exemplar de cada um dos títulos publicados pela casa, inclusive as obras de Julián Carax. Entrei lá e os levei comigo.

Naquela mesma tarde, visitei meu pai no Cemitério dos Livros Esquecidos e os escondi onde ninguém, especialmente Julián, pudesse encontrá-los. Já havia anoitecido quando saí dali. Vagando pelas Ramblas, cheguei até Barceloneta e desci à praia, procurando o lugar onde fora contemplar o mar com Julián. A pira de chamas do depósito em Pueblo Nuevo se adivinhava ao longe, seu rastro âmbar derramando-se sobre o mar e as espirais de fogo e fumaça subindo ao céu como serpentes de luz. Quando os bombeiros conseguiram extinguir as chamas, pouco antes do amanhecer, não restava nada, apenas o esqueleto de tijolos e metal que sustentava a abóbada. Ali encontrei Lluís Carbó, que fora o vigia noturno durante dez anos. Ele contemplava, incrédulo, os escombros fumegantes. Tinha as sobrancelhas e os pelos dos braços chamuscados, e sua pele brilhava como bronze úmido. Foi ele quem me contou que as chamas haviam começado pouco depois da meia-noite e que haviam devorado milhares e milhares de livros até, no alvorecer, se transformarem em um rio de cinzas. Lluís ainda segurava um punhado de volumes que havia conseguido salvar, coleções de poemas de Verdaguer e dois tomos da *História da Revolução Francesa*. Era só o que havia sobrevivido. Vários membros do sindicato haviam ido ajudar os bombeiros. Um deles me contou que um corpo queimado fora encontrado entre os escombros. Pensaram que estivesse morto, mas um deles percebeu que ainda respirava e o levou para o Hospital do Mar.

Reconheci-o pelos olhos. O fogo havia devorado sua pele, suas mãos e seu cabelo. As chamas lhe arrancaram a roupa em pedaços e todo o seu corpo era uma ferida em carne viva que supurava entre as gazes. Havia sido confinado a um quarto solitário no fundo de um corredor com vista para a praia, onde esperava a morte à base de morfina. Eu quis tomar sua mão, mas uma das enfermeiras me advertiu que só havia carne sob as gazes. O fogo havia lhe devorado as pálpebras e seu olhar enfrentava o vazio perpétuo. A enfermeira que me encontrou caída no chão, chorando, perguntou-me se eu o conhecia. Respondi que sim, que era meu marido. Quando um jovem padre apareceu para administrar a extrema-unção, afugentei-o aos gritos. Três dias depois, Julián continuava vivo. Os médicos disseram que aquilo era um milagre, que a vontade de viver era o que o mantinha, dando-lhe forças que a medicina era incapaz de explicar. Estavam enganados. Não era a vontade de viver — era o ódio. Uma semana depois, visto que aquele corpo encharcado de morte resistia a se apagar, ele foi oficialmente admitido no hospital com o nome de Miquel Moliner. Permaneceria ali durante onze meses. Sempre em silêncio, com o olhar ardente, sem descanso.

Eu ia ao hospital todos os dias. Logo as enfermeiras começaram a me tratar com familiaridade e a me convidar para o almoço. Eram todas mulheres sozinhas, fortes, esperando seus homens voltarem da frente de batalha. Alguns de fato voltavam. Elas me ensinaram a limpar as feridas de Julián, a trocar os curativos, a colocar lençóis limpos e a fazer uma cama com um corpo inerte estendido sobre o colchão. Também me ensinaram a perder as esperanças de voltar a ver o homem que algum dia havia se sustentado naqueles ossos. No terceiro mês, tiramos os curativos do rosto. Julián era uma caveira. Não tinha lábios nem faces. Era um rosto sem traços, apenas um boneco carbonizado. A cavidade dos olhos havia aumentado e agora dominava sua expressão. As enfermeiras não o confessavam, mas sentiam repugnância dele, quase medo. Os médicos me informaram que uma espécie de pele violácea, réptil, iria se formando lentamente à medida que as feridas cicatrizassem. Ninguém se atrevia a comentar seu estado mental. Não havia dúvidas de que ele perdera a razão no incêndio, que se encontrava em estado vegetativo e que só sobrevivia graças aos cuidados obsessivos daquela esposa que se mantinha firme quando tantas outras teriam fugido apavoradas. Eu o olhava nos olhos e sabia que Julián continuava ali dentro, vivo, consumindo-se lentamente. Esperando.

Ele havia perdido os lábios, mas os médicos achavam que as cordas vocais não haviam sofrido dano irreparável e que as queimaduras na língua e na laringe haviam cicatrizado fazia alguns meses. Concluíam que Julián não dizia nada porque sua mente havia se extinguido. Certa tarde, seis meses após o incêndio, quando estávamos sozinhos no quarto, eu me inclinei e o beijei na testa.

— Eu amo você — falei.

Um som amargo, rouco, emergiu daquele esgar canino ao qual havia se reduzido sua boca. Seus olhos estavam vermelhos de lágrimas. Eu quis secá-las com um lenço, mas ele repetiu aquele som.

— Deixe-me — disse ele.

Deixe-me.

A editora Cabestany fora à falência três meses após o incêndio no armazém de Pueblo Nuevo. O velho Cabestany, que morreu naquele ano, havia prognosticado que o filho conseguiria arruinar a empresa em seis meses. Otimista ferrenho até a sepultura. Tentei encontrar trabalho em outra editora, mas a guerra a tudo devorava. Todos me diziam que o conflito acabaria logo e que as coisas melhorariam, mas ainda se prolongaria por dois anos, e o que veio depois foi ainda pior. Um ano depois do incêndio, os médicos me disseram que tudo que era possível se fazer em um hospital já havia sido feito. A situação estava difícil e eles precisavam do quarto. Recomendaram que eu pusesse Julián em um sanatório como o Asilo de Santa Lucia, mas eu me recusei a fazê-lo. Em outubro de 1937, levei-o para casa. Ele não havia pronunciado uma só palavra desde aquele "deixe-me".

Eu repetia todos os dias que o amava. Ele estava acomodado em uma poltrona em frente à janela, coberto de mantas. Eu o alimentava com sucos, pão torrado e, quando encontrava, leite. Todos os dias lia para ele durante algumas horas. Balzac, Zola, Dickens... Seu corpo começava a recuperar peso. Logo depois de sair do hospital, ele começou a mexer as mãos e os braços. Virava o pescoço. Às vezes, ao chegar em casa, eu encontrava os cobertores no chão e objetos derrubados. Certo dia o encontrei no piso, arrastando-se. Um ano e meio depois do incêndio, em uma noite de tempestade, acordei no meio da noite. Alguém havia se sentado na minha cama e me acariciava o cabelo. Sorri para ele, escondendo as lágrimas.

Ele havia conseguido encontrar um dos meus espelhos, embora eu tivesse escondido todos. Com a voz quebrada, disse que havia se transformado em um de seus monstros de ficção, em Laín Coubert. Eu quis beijá-lo, demonstrar que seu aspecto não me repugnava, mas ele não deixou. Em pouco tempo não me deixaria nem tocá-lo. Ia recobrando forças a cada dia. Perambulava pela casa enquanto eu saía para procurar alguma coisa para comer. As economias que Miquel deixara cobriam nossos gastos essenciais, mas logo tive que começar a vender joias e outros bens. Quando não houve mais jeito, peguei a caneta de Victor Hugo que havia comprado em Paris e saí para vendê-la ao melhor comprador. Encontrei uma loja atrás do Governo Militar que aceitava objetos desse tipo. O encarregado não pareceu impressionado por meu solene juramento atestando que aquela caneta havia pertencido a Victor Hugo, mas reconheceu que era uma peça magistral e se esforçou em pagar o quanto podia, levando em conta que eram tempos de escassez e miséria.

Quando contei a Julián que havia vendido a caneta, temi que ele explodisse de raiva, mas ele se limitou a dizer que eu agira bem, que ele nunca a havia merecido. Certo dia, um dos tantos em que eu havia saído para procurar trabalho, não o encontrei ao chegar em casa. Só voltou ao alvorecer. Quando lhe perguntei aonde fora, ele se limitou a esvaziar os bolsos do casaco (que havia sido de Miquel) e deixar um punhado de dinheiro sobre a mesa. A partir de então, saía quase todas as noites. Na escuridão, coberto com chapéu e cachecol, de luvas e capa de chuva, era uma sombra a mais. Nunca me dizia aonde ia. Quase sempre trazia dinheiro ou joias. Dormia de manhã, sentado ereto em sua poltrona, de olhos abertos. Em certa ocasião, encontrei uma navalha em seu bolso. Era uma arma de fio duplo, de mola automática. A lâmina estava coberta de manchas escuras.

Foi nessa época que comecei a ouvir pelas ruas histórias a respeito de um indivíduo que quebrava as vitrines das livrarias à noite e queimava livros. Em outras ocasiões, o estranho vândalo entrava na biblioteca ou no escritório de um colecionador. Sempre levava dois ou três volumes, que queimava. Em fevereiro de 1938, fui a um sebo perguntar se era possível encontrar algum livro de Julián Carax no mercado. O vendedor me disse que era impossível: alguém os estava fazendo desaparecer. Ele próprio tinha tido dois e os vendera a um indivíduo muito estranho, que escondia o rosto e cuja voz mal se decifrava.

— Até pouco tempo, sobravam algumas cópias em acervos pessoais, aqui e na França, mas muitos colecionadores estão começando a se desfazer delas. Estão com medo, e não os culpo.

Às vezes, Julián desaparecia por dias inteiros. Logo suas ausências tomavam semanas. Partia e voltava sempre à noite. Sempre trazia dinheiro. Nunca dava explicações ou, caso o fizesse, limitava-se a fornecer detalhes sem sentido. Disse que tinha estado na França. Paris, Lyon, Nice. Ocasionalmente chegavam cartas da França para Laín Coubert. Eram sempre de donos de sebos, de colecionadores. Alguém havia localizado uma cópia perdida das obras de Julián Carax.

Ele então desaparecia por vários dias e voltava como um lobo, cheirando a queimado e a rancor.

Foi durante uma dessas ausências que encontrei o chapeleiro Fortuny no claustro da catedral, vagando como um iluminado. Ele ainda se lembrava de mim, de quando eu fora com Miquel perguntar por seu filho Julián, dois anos antes. Levou-me a um canto e me disse, confidencialmente, que sabia que Julián estava vivo, em algum lugar, mas que suspeitava de que o filho não podia entrar em contato conosco por algum motivo que ele não compreendia.

— Alguma coisa a ver com esse perverso do Fumero — concluía ele.

Falei que pensava o mesmo. Os anos da guerra estavam sendo muito proveitosos para Fumero. Suas alianças mudavam de mês a mês, dos anarquistas aos comunistas, e dali ao que viesse. Uns e outros o tratavam como espião, agente, herói, assassino, conspirador, intrigante, salvador ou demiurgo. Pouco importava. Todos o temiam. Todos o queriam ao seu lado. Talvez ocupado demais com as intrigas da Barcelona da guerra, Fumero parecia ter esquecido Julián. Provavelmente, assim como o chapeleiro, o imaginava já foragido e fora de seu alcance.

O sr. Fortuny me perguntou se eu era uma antiga amiga de seu filho, o que confirmei. Ele me pediu que lhe falasse de Julián, do homem que se tornara seu rapaz, porque ele, confessou tristemente, não o conhecia.

— A vida nos separou, sabe? — justificou.

Contou-me que havia percorrido todas as livrarias de Barcelona em busca dos romances de Julián, mas não havia forma de encontrá-los. Alguém lhe contara que um louco percorria o mundo para queimá-los. Fortuny estava convencido de que o culpado não era outro senão Fumero. Eu não quis contradizê-lo. Menti como pude, por piedade ou despeito, não sei. Disse que achava que Julián havia retornado a Paris, que estava bem e que, até onde eu sabia, gostava muito de Fortuny e que, assim que as circunstâncias lhe permitissem, voltaria a procurá-lo.

— É esta guerra — lamentou-se ele — que apodrece tudo.

Antes de nos despedirmos, ele insistiu em me dar seu endereço e o da ex-esposa, Sophie, com quem voltara a travar contato após longos anos de "mal-entendidos". Sophie agora morava em Bogotá e era casada com um médico de prestígio, contou ele. Administrava a própria escola de música e sempre lhe escrevia perguntando por Julián.

— É só isso que nos une, sabe? A lembrança. Cometemos muitos erros na vida e só percebemos quando ficamos velhos. Diga-me, a senhora tem fé?

Despedi-me prometendo informar a ele e a Sophie caso tivesse notícias de Julián.

— Nada faria mais feliz a mãe de Julián do que ter notícias dele. Vocês, mulheres, escutam mais o coração e menos as bobagens — concluiu o chapeleiro, com tristeza. — Por isso vivem mais.

Apesar de ter ouvido tantas histórias virulentas a seu respeito, não pude evitar sentir pena daquele pobre velho que tão pouco tinha a fazer além de esperar a volta do filho e que parecia viver da esperança de recuperar o tempo perdido graças a um milagre dos santos que visitava com imensa devoção nas capelas da catedral. Eu o imaginava um ogro, um ser vil e rancoroso, mas ele me pareceu um homem bondoso; cego, talvez, perdido como todos. Talvez porque ele lembrasse meu próprio pai, que se escondia de todos e de si mesmo naquele refúgio de livros e sombras, talvez porque, sem suspeitar, nos unisse também a ânsia de recuperar Julián, eu me afeiçoei a ele e me tornei sua única amiga. Sem que Julián soubesse, eu o visitava com frequência no apartamento da rua San Antonio. O chapeleiro não trabalhava mais.

404

— Não tenho as mãos, nem a vista, nem os clientes... — dizia.

Ele me esperava quase todas as quintas-feiras. Oferecia café, biscoitos e doces que apenas provava. Passava as horas falando da infância de Julián, de como os dois trabalhavam juntos na chapelaria, mostrando fotografias. Levava-me ao quarto do filho, que conservava imaculado como um museu, e me mostrava antigos cadernos, objetos insignificantes que ele adorava, como relíquias de uma vida que nunca havia existido, sem perceber que já havia me mostrado aquilo antes, que já havia contado todas aquelas histórias algum outro dia. Em uma daquelas quintas-feiras, esbarrei na escada com um médico que fora visitar o sr. Fortuny. Perguntei como ele andava, e o médico me olhou de soslaio.

— A senhora é da família?

Respondi que era o mais próximo disso que o pobre homem tinha. O médico disse então que Fortuny estava muito doente, que era questão de meses.

— O que ele tem?

— Eu poderia lhe dizer que é o coração, mas o que o está matando é a solidão. As lembranças são piores que balas.

Ao me ver, o chapeleiro se alegrou e me confessou que aquele médico não merecia confiança.

— Os médicos são como bruxos da pior qualidade — disse ele.

Durante a vida inteira, o chapeleiro havia sido um homem de profundas convicções religiosas, que a velhice só fizera acentuar. Ele me explicou que via a mão do demônio por toda parte. O demônio, confessou-me, ofuscava a razão e perdia os homens.

— Olhe para a guerra e olhe para mim. Agora você me vê velho e fraco, mas eu, quando jovem, era covarde e canalha.

Fora o demônio quem lhe roubara Julián, acrescentou.

— Deus nos dá a vida, mas o zelador do mundo é o demônio...

Passávamos a tarde entre teologia e amabilidades rançosas.

Em certas ocasiões, cheguei a dizer a Julián que, se ele quisesse voltar a ver o pai vivo, teria que se apressar. Acontece que Julián também via o pai sem que ele o soubesse. Sentava-se no outro extremo da praça, ao crepúsculo, e acompanhava o chapeleiro envelhecendo. Julián respondeu que preferiria que o pai levasse a lembrança do filho que havia fabricado em sua mente durante aqueles anos, não a realidade.

— Isso você guarda para mim — falei, arrependendo-me no mesmo instante.

Ele não disse nada, mas por um segundo tive a impressão de que recobrava a lucidez, de que percebia o inferno em que estávamos presos. Os prognósticos do médico não demoraram a se comprovar: o sr. Fortuny não chegou a ver o fim da guerra. Encontraram-no sentado em sua poltrona, olhando as fotografias antigas de Sophie e Julián. Atormentado pelas lembranças.

Os últimos dias da guerra foram o prelúdio do inferno. A cidade vivera o combate à distância, como uma ferida que lateja adormecida. Haviam transcorrido meses de escarcéus e lutas, de bombardeios e fome. O fantasma dos assassinatos, das lutas e das conspirações já corroía havia anos a alma da cidade, mas mesmo assim muitos preferiam acreditar que a guerra estava acontecendo em um lugar distante, como um temporal que passasse ao largo. Sabe-se que a espera transformou o inevitável em pior do que já era. Quando a dor despertou, não houve misericórdia. Nada alimenta o esquecimento como uma guerra, Daniel. Todos nos calamos, e as pessoas se esforçam para nos convencer de que o que vimos, o que fizemos, o que aprendemos sobre nós mesmos e sobre os demais são uma ilusão, um pesadelo passageiro. As guerras não têm memória, e ninguém se atreve a decifrá-las até não restarem mais vozes para contar o que aconteceu, até chegar o momento em que não as reconhecemos mais e elas retornam, com outro rosto e outro nome, para devorar o que restou.

A essa altura, Julián já não tinha quase mais livros para queimar. Esse era um passatempo que já havia passado a mãos maiores. A morte do pai, da qual ele nunca falaria, o havia transformado em um inválido em quem já não ardia o ódio que a princípio o havia consumido. Vivíamos de boatos, confinados. Soubemos que Fumero havia traído todos aqueles que o acobertaram durante a guerra e que agora estava a serviço dos vencedores. Dizia-se que ele justiçava pessoalmente seus principais aliados e protetores nos calabouços do castelo de Montjuic, fazendo voar suas cabeças com um tiro na boca. As engrenagens do esquecimento começaram a funcionar no mesmo dia em que as armas se calaram. Naqueles dias, aprendi que nada provoca mais medo do que um herói que sobrevive para contar, para contar o que todos os que caíram ao seu lado jamais poderão. As semanas que se seguiram à queda de Barcelona foram indescritíveis. Derramou-se tanto ou mais sangue durante aqueles dias do que durante os combates, só que em segredo, às escondidas. Quando finalmente a paz se instalou, cheirava àquela paz que amaldiçoa as prisões e os cemitérios, uma mortalha de silêncio e vergonha que apodrece na alma e não vai embora nunca. Não havia mãos inocentes nem olhares limpos. Nós que estivemos lá, todos, sem exceção, carregaremos o segredo até a morte.

A calma se restabelecia entre receios e ódios, mas Julián e eu estávamos na extrema miséria. Havíamos gastado todas as nossas economias, até mesmo os butins das andanças noturnas de Laín Coubert, e não restava nada em casa para vender. Eu procurava desesperadamente trabalho como tradutora, datilógrafa ou faxineira, mas tudo levava a crer que minha filiação anterior a Cabestany me marcava como indesejável e foco de graves suspeitas. Um funcionário de roupa reluzente, brilhantina e bigodinho fino, um entre as centenas que pareciam estar brotando de sob as pedras durante aqueles meses, insinuou que uma moça atraente como eu não tinha por que recorrer a empregos tão mundanos. Os vizinhos, que aceitavam de boa-fé a história de que eu cuidava de meu pobre marido, um homem que ficara inválido e desfigurado na guerra, ofereciam-nos esmolas: leite, queijo ou pão, às vezes até peixe seco na salga ou linguiças, enviados por parentes do interior. Após meses de penúria, eu estava convencida de que ainda demoraria muito até conseguir um emprego, portanto decidi arquitetar uma estratégia que tomei emprestada de um dos romances de Julián.

Escrevi para a mãe dele, em Bogotá, em nome de um suposto advogado de uma nova firma cujos serviços o falecido sr. Fortuny teria usado em seus últimos dias para colocar seus assuntos em ordem. Informava-a de que, tendo o chapeleiro falecido sem deixar testamento no qual estaria incluído o apartamento de San Antonio e a loja existente no mesmo imóvel, estes agora, teoricamente, seriam propriedade de seu filho, que, segundo se supunha, vivia exilado na França. Posto que os direitos de sucessão não haviam sido satisfeitos, e encontrando-se ela no estrangeiro, o advogado, a quem batizei de José María Requejo, em homenagem ao primeiro rapaz que havia beijado na boca, lhe pedia autorização para iniciar os trâmites pertinentes e resolver a transferência das propriedades em nome de seu filho, Julián, com quem pensava entrar em contato por meio da embaixada espanhola em Paris, assumindo a titularidade delas em caráter temporal e transitório, bem como certa compensação econômica. Solicitava-lhe também que entrasse em contato com o administrador da propriedade para que ele lhe remetesse a documentação e os pagamentos, enviando os gastos da propriedade ao escritório do advogado Requejo, em cujo nome abri uma caixa postal e criei um endereço fictício, uma velha garagem desocupada duas ruas antes do casarão em ruínas dos Aldaya. Minha esperança era de que, obcecada com a possibilidade de ajudar Julián e voltar a estabelecer contato com ele, Sophie não questionaria toda aquela baboseira jurídica e aceitaria nos ajudar, visto sua condição próspera na distante Colômbia.

Alguns meses depois, o administrador do imóvel começou a receber um valor mensal cobrindo os gastos do apartamento de San Antonio e os honorários destinados ao escritório do advogado José María Requejo, que enviava sob a forma de um cheque ao portador para a caixa postal 2321 de Barcelona, como Sophie Carax havia especificado em sua correspondência. Percebi que o administrador ficava com uma porcentagem não autorizada todos os meses, mas preferi não dizer nada. Assim ele ficava contente e não fazia perguntas diante de um negócio tão fácil. Com o resto, Julián e eu conseguíamos sobreviver. Assim se passaram anos terríveis, sem esperança. Aos poucos, consegui alguns trabalhos como tradutora. Ninguém mais se lembrava de Cabestany e adotava-se uma política de perdão, de esquecer depressa antigas rivalidades e rancores. Eu vivia com a constante ameaça de que Fumero decidisse voltar a remexer no passado e recomeçasse a perseguir Julián. Às vezes me convencia de que não, de que ele já o acreditava morto, ou já o havia esquecido. Fumero já não era o assassino sanguinário de anos antes. Agora era um personagem público, um homem do regime, que não podia se permitir o luxo do fantasma de Julián Carax. Outras vezes eu acordava no meio da noite com o coração palpitando e encharcada de suor, acreditando que a polícia estava batendo na porta. Temia que algum dos vizinhos suspeitasse do marido doente que nunca saía de casa, que às vezes chorava ou batia nas paredes como um doido, e nos denunciasse à polícia. Temia que Julián tornasse a fugir, que decidisse sair caçando seus livros para queimá-los, para queimar o pouco que restava de si mesmo e apagar definitivamente qualquer sinal de que ele algum dia havia existido. De tanto temer, esqueci que ficava mais velha, que a vida passava ao largo, que havia sacrificado minha juventude amando um homem destruído, sem alma, apenas um fantasma.

Mas os anos passaram em paz. Quanto mais vazio estamos, mais rápido o tempo passa. As vidas sem significado correm distantes como trens que não param na estação. Enquanto isso, as cicatrizes da guerra se fechavam à força. Encontrei trabalho em algumas editoras e passava a maior parte do dia fora de casa. Tive amantes sem nome, rostos desesperados que me encontravam em um cinema ou no metrô, com os quais trocava minha solidão. Depois, absurdamente, a culpa me corroía por dentro e, ao ver Julián, me acometia uma vontade de chorar e eu jurava que nunca mais o trairia, como se lhe devesse algo. Nos bondes ou na rua, me surpreendia olhando mulheres mais jovens, de mãos dadas com crianças. Pareciam felizes, ou em paz, como se aqueles pequenos seres, em sua insuficiência, preenchessem todos os vazios sem resposta. Eu então me lembrava dos dias em que, fantasiando, chegara a me imaginar como uma daquelas mulheres, com um filho nos braços, um filho de Julián. Em seguida, lembrava-me da guerra, recordando que aqueles que a faziam também haviam sido, um dia, crianças.

Quando começava a achar que o mundo nos havia esquecido, certo dia um indivíduo apareceu em nossa casa. Era um rapazola quase imberbe, que se envergonhava quando me olhava nos olhos. Vinha perguntar pelo sr. Miquel Moliner, certamente obedecendo a uma atualização rotineira de um arquivo da associação de jornalistas. Disse-me que talvez o sr. Moliner pudesse ser beneficiário de uma pensão mensal, mas que para recebê-la era preciso atualizar uma série de dados. Eu lhe disse que o sr. Moliner não morava mais ali desde o começo da guerra, que partira para o estrangeiro. Ele me disse que sentia muito e partiu, com um sorriso oleoso e com sua acne de aprendiz de pirralho. Intuí que precisava fazer

Julián desaparecer de casa naquela mesma noite, sem falta. A essa altura, ele havia se reduzido a quase nada. Era dócil como uma criança, e toda a sua vida parecia depender dos momentos que passávamos juntos algumas noites escutando música no rádio, enquanto eu deixava que ele segurasse minha mão e a acariciasse em silêncio.

Naquela mesma noite, usando as chaves do apartamento da rua San Antonio que o administrador do imóvel enviara ao inexistente advogado Requejo, acompanhei Julián de volta à casa onde ele havia crescido. Instalei-o em seu quarto e lhe prometi que voltaria no dia seguinte. Avisei-lhe de que precisávamos ter muito cuidado.

— Fumero está à sua procura de novo.

Ele assentiu vagamente, como se não lembrasse, ou como se já não lhe importasse quem era Fumero. Assim passamos várias semanas. Eu chegava tarde ao apartamento, depois da meia-noite. Perguntava a Julián o que ele havia feito durante o dia, e ele me olhava sem entender. Passávamos a noite juntos, abraçados, e eu partia ao amanhecer, prometendo-lhe voltar quando pudesse. Ao partir, deixava o apartamento fechado à chave. Julián não tinha uma cópia. Preferia tê-lo preso a tê-lo morto.

Ninguém voltou a aparecer à minha porta para perguntar por meu marido, mas me encarreguei de espalhar pelo bairro que ele estava na França. Escrevi algumas cartas ao consulado espanhol em Paris, dizendo que me constava que o cidadão espanhol Julián Carax estava na cidade e solicitando ajuda para localizá-lo. Supus que, mais cedo ou mais tarde, as cartas chegariam às mãos apropriadas. Tomei todas as precauções, mas sabia que tudo era questão de tempo. Pessoas como Fumero jamais cessam de odiar. Odeiam do mesmo modo como respiram.

O apartamento da rua San Antonio era um sótão. Descobri que havia uma porta de acesso ao terraço que desembocava na escada. Os terraços de todos os quarteirões formavam uma rede de varandas encadeadas, separadas por paredes de apenas um metro, onde os vizinhos estendiam a roupa. Não demorei para encontrar um prédio do outro lado do quarteirão, com fachada para a rua Joaquim Costa, de onde se podia subir ao terraço e, uma vez ali, pular o muro e chegar ao edifício da rua San Antonio sem que ninguém me visse entrar ou sair. Em certa ocasião, recebi uma carta do administrador dizendo que alguns vizinhos haviam escutado barulhos no andar dos Fortuny. Em nome do advogado Requejo, respondi alegando que, em certas ocasiões, alguns membros do escritório tiveram que ir buscar papéis ou documentos e que não havia motivo para pânico, mesmo que os barulhos fossem à noite. Anexei certa quantia em dinheiro para dar a entender que, entre cavalheiros, contadores e advogados, uma *garçonnière* era algo mais sagrado que o Domingo de Ramos. O administrador, demonstrando solidariedade, respondeu que eu não me preocupasse, que ele cuidaria da situação.

Naqueles anos, desempenhar o papel do advogado Requejo foi minha única diversão. Uma vez por mês eu visitava meu pai no Cemitério dos Livros Esquecidos. Ele nunca demonstrou interesse em conhecer aquele marido invisível e eu nunca propus apresentá-lo. Em nossas conversas, fugíamos do assunto como navegantes experientes que evitam um obstáculo na superfície do mar: desviando o olhar. Às vezes ele me olhava em silêncio e em seguida me perguntava se eu precisava de ajuda, se havia algo que podia fazer. Alguns sábados, ao amanhecer, eu levava Julián para ver o mar. Subíamos ao terraço e atravessávamos até o edifício contíguo, saindo para a rua Joaquim Costa. Dali, descíamos até o porto, através das ruelas do Raval. Ninguém cruzava nosso caminho. Tinham medo de Julián, mesmo de longe. Às vezes, chegávamos até o quebra-mar. Julián gostava de se sentar nas pedras, onde ficava contemplando a cidade. Passávamos horas assim, quase sem trocar palavra. Algumas tardes, entrávamos no cinema, quando a sessão já havia começado. Na escuridão, ninguém reparava nele. Vivíamos à noite e em silêncio. À medida que se passavam os meses, aprendi a confundir a rotina com a normalidade e, com o tempo, cheguei a pensar que meu plano havia sido perfeito. Pobre inocente.

12

1945, um ano de cinzas. Haviam se passado apenas seis anos desde o fim da guerra, e suas cicatrizes ainda se sentiam a cada passo, mas quase ninguém abordava o assunto abertamente. Agora se falava de outra guerra, a mundial, que havia empesteado o mundo com um fedor de carne podre e baixeza do qual ele nunca se libertaria. Eram anos de escassez e miséria, estranhamente abençoados por aquela paz que inspiram os mudos e paralíticos, a meio caminho entre a pena e a repugnância. Depois de anos procurando, em vão, trabalho como tradutora, encontrei finalmente um emprego como revisora de provas em uma editora fundada por um jovem empresário chamado Pedro Sanmartí. Ele havia aberto o negócio investindo a fortuna do sogro, a quem, em seguida, instalara em um asilo em frente ao Lago de Banolas. Desde então, Sanmartí vivia à espera de receber pelo correio o atestado de morte. Gostava de cortejar garotas com metade de sua idade e havia se consagrado com o lema, então muito em voga, do homem que se fizera sozinho. Arranhava um inglês com sotaque catalão convencido de que era o idioma do futuro e arrematava suas frases com um "o.k.".

A editora (que Sanmartí havia batizado com o estranho nome de "Endymion", por considerá-lo pomposo e promissor para atrair dinheiro) publicava catecismos, manuais de boas maneiras e uma coleção de romances água com açúcar de leitura edificante protagonizados por freirinhas de comédia ligeira, heroicos trabalhadores da Cruz Vermelha e funcionários felizes e com alta disposição apostólica. Editávamos também uma série de historietas de soldados americanos intitulada "Comando Coragem", que fazia muito sucesso entre a juventude desejosa de heróis com aparência de quem comia carne sete vezes por semana. Na empresa, fiz uma boa amizade com a secretária de Sanmartí, uma viúva de guerra chamada Mercedes Pietro, com quem logo senti total afinidade e com quem conseguia me comunicar através apenas de um sorriso ou um olhar. Mercedes e eu tínhamos muito em comum: éramos duas mulheres à deriva, rodeadas de homens mortos ou que haviam se escondido do mundo. Ela tinha um filho de sete anos que sofria de distrofia muscular, a quem ajudava a enfrentar a vida fosse como fosse. Tinha apenas trinta e dois anos, mas era possível ler a vida nos sulcos de sua pele. Durante todos aqueles anos, Mercedes foi a única pessoa a quem me senti tentada a contar tudo, a abrir toda a minha vida.

Foi ela quem me contou que Sanmartí era grande amigo do cada dia mais condecorado inspetor-chefe Francisco Javier Fumero. Os dois faziam parte de um grupo de indivíduos saídos das cinzas da guerra que se estendia como teia de aranha pela cidade, inexorável. A nova sociedade. Um belo dia, Fumero apareceu na editora. Vinha visitar seu amigo, com quem havia combinado de ir jantar. Eu, com alguma desculpa, me escondi no arquivo até ambos saírem. Quando voltei a minha mesa, Mercedes me lançou um olhar que dizia tudo. Desde então, sempre que Fumero aparecia no escritório da editora, ela me avisava para que eu me escondesse.

Não transcorria um só dia em que Sanmartí não tentasse me levar para jantar ou para ir ao teatro ou ao cinema com alguma desculpa qualquer. Eu sempre respondia que meu marido me esperava em casa e que a esposa dele devia estar preocupada, pois estava ficando tarde. A sra. Sanmartí, que tinha a função de móvel ou fardo ambulante, valendo muito menos do que o obrigatório Bugatti na escala de afetos do marido, parecia já ter perdido seu papel na piada daquele casamento, uma vez que a fortuna do sogro já havia passado às mãos de Sanmartí. Mercedes já havia me avisado que o casamento ia por água abaixo. Sanmartí, dotado de uma capacidade de concentração limitada no espaço e no tempo, gostava de carne fresca e pouco usada, concentrando seus instintos de dom-juan na recém-chegada, que no caso era eu. Sanmartí recorria a todos os ardis para puxar conversa comigo.

— Disseram-me que seu marido, esse tal de Moliner, é escritor... Talvez se interesse em escrever um livro sobre meu amigo Fumero, para o qual já tenho o título: Fumero, açoite do crime ou a lei da rua. O que acha, Nurieta?

— Agradeço-lhe muitíssimo, sr. Sanmartí, mas é que Miquel está envolvido em um romance e não acho que possa neste momento...

Sanmartí ria às gargalhadas.

— Um romance? Pelo amor de Deus, Nurieta... O romance está morto e enterrado. Isso me contou no outro dia um amigo que acabou de chegar de Nova York. Os americanos estão inventando uma coisa que se chama televisão e que será como o cinema, mas em casa. Já não serão necessários livros, nem missa, nem nada de nada. Diga ao seu marido que deixe de romancear. Se ao menos ele tivesse um nome conhecido, fosse jogador de futebol ou toureiro... Olhe, o que acha de pegarmos o Bugatti e irmos comer uma paella em Castelldefels para discutir tudo isso? Mulher, você tem que ter um pouco de boa vontade... Eu gostaria de ajudá-la, sabe? E a seu marido também. Você sabe que neste país, sem padrinhos, não se chega a lugar nenhum.

Comecei a me vestir como uma viúva ou uma dessas mulheres que parecem confundir a luz do sol com pecado mortal. Ia trabalhar com o cabelo preso para trás com uma fivela e sem maquiagem. Apesar das minhas tentativas, no entanto, Sanmartí continuava me bombardeando com suas insinuações, sempre acompanhadas daquele sorriso oleoso e corrompido de desprezo tão característico dos anões prepotentes que pendem como linguiças podres dos altos escalões de qualquer empresa. Compareci a duas ou três entrevistas, na tentativa de conseguir outro emprego, porém mais cedo ou mais tarde acabava encontrando outra versão de Sanmartí. Homens assim cresciam como uma praga de fungos que nascia no estrume do qual as empresas estão cheias. Um deles se deu ao trabalho de ligar para Sanmartí para lhe dizer que Nuria Monfort estava procurando emprego escondido dele. Sanmartí me chamou até sua sala, ferido de ingratidão. Pôs a mão em meu rosto e fez um gesto de carícia. Seus dedos cheiravam a suor e cigarro. Fiquei lívida.

— Se não está contente, mulher, basta me dizer. O que posso fazer para melhorar suas condições de trabalho? Você sabe como a aprecio, e me dói saber por terceiros que quer nos deixar. Que tal irmos jantar e fazer as pazes?

Retirei sua mão do meu rosto, sem poder mais esconder a repugnância que sentia.

— Você está me decepcionando, Nuria. Devo lhe confessar que não vejo em você espírito de equipe nem fé no projeto desta empresa.

Mercedes já havia me advertido que, mais cedo ou mais tarde, algo assim aconteceria. Dias depois, Sanmartí, que competia em gramática com um orangotango, começou a devolver todos os manuscritos que eu corrigia alegando que estavam cheios de erros. Quase todos os dias eu ficava no escritório até dez ou onze horas da noite, refazendo vezes sem conta páginas e páginas com as emendas e os comentários de Sanmartí.

— Excesso de verbos no passado. Soa morto, sem emoção... Não se usa infinitivo depois de ponto e vírgula. Isso todo mundo sabe...

Em algumas noites, Sanmartí também ficava até tarde, fechado em sua sala. Mercedes tentava ficar também, mas em mais de uma ocasião Sanmartí a mandou para casa. Então, quando ficávamos sozinhos na editora, Sanmartí saía de sua sala e se aproximava de minha mesa.

— Você trabalha demais, Nurieta. Nem tudo é trabalho. Também é preciso se divertir. E você ainda é jovem. Embora a juventude passe e nem sempre saibamos aproveitá-la.

Ele se sentava na beira da minha mesa e me olhava fixamente. Às vezes ficava atrás de mim durante alguns minutos, e eu podia sentir seu hálito fétido em meu cabelo. Outras vezes ele passava a mão em meus ombros.

— Está tensa, mulher. Relaxe.

Eu tremia, queria gritar ou sair correndo e não voltar mais àquele escritório, mas precisava do emprego e do mísero ordenado que me proporcionava. Certa noite, Sanmartí começou com sua rotina de massagens e começou a me tocar com avidez.

— Um dia você vai me fazer perder a cabeça — gemia ele.

Escapei de suas garras com um safanão e corri para a saída, arrastando o casaco e a bolsa. Sanmartí ria atrás de mim. Na escada, tropecei com uma figura escura que parecia se deslocar pelo vestíbulo sem tocar o chão.

— Que prazer, sra. Moliner...

O inspetor Fumero me dirigiu seu sorriso de réptil.

— Não me diga que trabalha para meu bom amigo Sanmartí? Ele, assim como eu, é o melhor em sua área. E, diga-me, como está seu marido?

Foi quando eu soube que em breve não teria mais paz. No dia seguinte, correu no escritório o boato de que Nuria Monfort era "machona", já que se mantinha imune aos encantos e ao hálito de alho de dom Pedro Sanmartí e que se dava bem com Mercedes Pietro. Mais de um jovem de futuro na empresa garantia ter visto o "casal de mulheres" se beijando no arquivo, em algumas ocasiões. Naquela tarde, ao sair, Mercedes me perguntou se podia falar comigo um instante. Mal conseguia me encarar. Fomos para o bar da esquina sem dizer palavra. Ali, Mercedes me contou que Sanmartí lhe dissera que não via com bons olhos nossa amizade, que a polícia lhe dera informações sobre mim, sobre meu suposto passado de ativista comunista.

— Nuria, não posso perder esse emprego. Preciso continuar educando meu filho...

Ela se desmanchou em lágrimas, cheia de vergonha e humilhação, envelhecendo a cada segundo.

— Não se preocupe, Mercedes. Eu entendo — falei.

— Esse homem, Fumero, está perseguindo você, Nuria. Não sei o que ele tem contra você, mas se vê na cara dele...

— Eu sei.

Na segunda-feira seguinte, quando cheguei ao escritório, deparei-me com um indivíduo magricela e todo arrumado sentado à minha mesa. Ele se apresentou como Salvador Benades, o novo revisor.

— E a senhora, quem é?

Nem uma só pessoa em todo o escritório se atreveu a trocar um olhar comigo ou a me dirigir a palavra enquanto eu recolhia minhas coisas. Quando eu descia a escada, Mercedes correu atrás de mim e me entregou um envelope que continha um maço de notas e moedas.

— Quase todos contribuíram com o que puderam. Leve, por favor. Não por você, por nós.

Naquela noite, fui ao apartamento de San Antonio. Julián estava me esperando como sempre, sentado na escuridão. Disse que havia escrito um poema para mim. Era o primeiro que escrevia em nove anos. Ele quis lê-lo, mas me atirei em seus braços. Contei-lhe tudo, porque já não aguentava mais. Porque temia que Fumero, mais cedo ou mais tarde, o encontrasse. Julián me escutou em silêncio, enlaçando meus braços e acariciando meu cabelo. Era a primeira vez em anos que eu sentia que podia contar com ele. Quis beijá-lo, doente de solidão, mas Julián não tinha lábios nem pele para entregar. Adormeci em seus braços, encolhida na cama de seu quarto, uma cama de criança. Quando acordei, Julián não estava mais ali. Ouvi seus passos no terraço, de madrugada, e fingi que ainda estava dormindo. Mais tarde, naquela manhã, escutei a notícia pelo rádio sem prestar maior atenção. Um corpo havia sido encontrado em um banco no passeio del Borne, contemplando a basílica de Santa Maria do Mar sentado, com as mãos cruzadas no colo. Um bando de pombas que bicavam seus olhos chamaram a atenção de um vizinho, que alertou a polícia. O cadáver tinha o pescoço quebrado. A sra. Sanmartí o identificou como o de seu esposo, Pedro Sanmartí Monegal. Quando o sogro do defunto recebeu a notícia, em seu Asilo de Banolas, deu graças aos céus e disse para si mesmo que agora já podia morrer em paz.

13

Julián escreveu, certa vez, que os acasos são as cicatrizes do destino. Não há acasos, Daniel. Somos marionetes de nossa inconsciência. Durante anos eu quis acreditar que Julián continuava sendo o homem por quem eu havia me apaixonado, ou suas cinzas. Quis acreditar que seguiríamos em frente em sopros de miséria e esperança. Quis acreditar que Laín Coubert estava morto e que havia voltado às páginas de um livro. As pessoas estão dispostas a acreditar em qualquer coisa antes de acreditar na verdade.

O assassinato de Sanmartí abriu-me os olhos. Compreendi que Laín Coubert continuava vivo e ativo. Mais do que nunca. Estava hospedado no corpo queimado pelas chamas daquele homem de quem não restava nem a voz. Alimentava-se de sua memória. Descobri que ele havia encontrado o modo de entrar e sair do apartamento através de uma janela que dava para a claraboia principal, sem necessidade de forçar a porta, que eu ainda trancava sempre que saía de lá. Descobri que Laín Coubert, fantasiado de Julián, percorria a cidade, visitava o casarão dos Aldaya. Descobri que, em sua loucura, havia retornado àquela cripta e quebrado as lápides, que havia extraído os sarcófagos de Penélope e de seu filho.

— O que você fez, Julián?

A polícia estava me esperando em casa para me interrogar sobre a morte do editor Sanmartí. Conduziram-me até a delegacia, onde, depois de cinco horas de espera em uma sala escura, Fumero apareceu vestido de preto e me ofereceu um cigarro.

— A senhora e eu poderíamos ser bons amigos, sra. Moliner. Meus homens dizem que seu esposo não está em casa.

— Meu marido me abandonou. Não sei onde ele está.

Ele me derrubou da cadeira com uma violenta bofetada. Arrastei-me para um canto, tomada pelo pânico. Não me atrevi a erguer os olhos. Fumero se ajoelhou ao meu lado e me agarrou pelo cabelo.

— Fique sabendo, sua puta de merda: eu vou encontrá-lo, e quando o encontrar, matarei vocês dois. Você primeiro, para que ele a veja com as tripas dependuradas. E depois ele, depois de lhe contar que a outra rameira que ele enviou para a sepultura era sua irmã.

— Antes disso ele mata você, filho da puta.

Fumero cuspiu na minha cara e me soltou. Achei então que ele ia me arrebentar com uma surra, mas ouvi seus passos se afastando pelo corredor. Tremendo, levantei-me e limpei o sangue do rosto. Sentia o cheiro da mão daquele homem na pele, mas dessa vez reconheci o fedor do medo.

Mantiveram-me naquele quarto, às escuras e sem água, durante seis horas. Quando me soltaram, já era noite. Chovia a cântaros e as ruas estavam imersas em vapor. Ao chegar em casa, encontrei um mar de escombros. Os homens de Fumero haviam passado por ali. Entre móveis arrebentados, gavetas e estantes derrubadas, encontrei minha roupa toda rasgada e os livros de Miquel destruídos. Sobre minha cama, encontrei um monte de fezes, e na parede, escrito com excremento, lia-se "puta".

Corri até o apartamento da Ronda de San Antonio, dando milhões de voltas para garantir que nenhum dos agentes de Fumero me seguisse até a entrada da rua Joaquim Costa. Atravessei os telhados encharcados de chuva e comprovei que a porta do apartamento ainda estava trancada. Entrei sem fazer barulho, mas o eco dos meus passos delatava a ausência. Julián não estava ali. Esperei-o sentada na sala de jantar escura, escutando a tempestade, até de madrugada. Quando a bruma do amanhecer lambeu os postigos da varanda, subi ao terraço e contemplei a cidade esmagada por um céu de chumbo. Foi quando soube que Julián não voltaria. Eu o havia perdido para sempre.

Voltei a vê-lo dois meses depois. Havia entrado em um cinema à noite, sozinha, para não ter que voltar ao apartamento vazio e frio. No meio do filme, uma bobagem sobre os amores de uma princesa romena desejosa de aventuras e um repórter norte-americano bonitinho que nunca se despenteava, um homem se sentou ao meu lado. Não era a primeira vez. Os cinemas naquela época andavam repletos de fantoches que cheiravam a solidão, urina e colônia, brandindo as mãos suadas e trêmulas como línguas de carne morta. Estava prestes a me levantar e avisar ao lanterninha quando reconheci o perfil maltratado de Julián. Ele agarrou minha mão com força e ficamos assim, olhando para a tela sem ver.

— Você matou Sanmartí? — perguntei.

— Ele está fazendo falta a alguém?

Falávamos em sussurros, sob o olhar atento dos homens solitários distribuídos pelas poltronas, todos se carcomendo de inveja ante o aparente êxito daquele sombrio competidor. Perguntei-lhe onde vinha se escondendo, mas ele não respondeu.

— Existe outro exemplar de *A sombra do vento* — murmurou ele. — Aqui, em Barcelona.

— Está enganado, Julián. Você destruiu todos.

— Todos, menos um. Ao que parece, alguém mais astuto do que eu o escondeu em algum lugar onde eu nunca poderia encontrá-lo. Você.

Foi assim que ouvi falar de você pela primeira vez. Um livreiro fanfarrão e tagarela chamado Gustavo Barceló havia se gabado diante de alguns colecionadores de ter localizado um exemplar de *A sombra do vento*. O mundo dos livros antigos é uma câmara de ecos. Em apenas um ou dois meses, Barceló estava recebendo ofertas de colecionadores de Berlim, Paris e Roma para adquirir o livro. A enigmática fuga de Julián de Paris após um sangrento duelo e sua tão falada morte durante a Guerra Civil Espanhola haviam conferido às suas obras um valor de mercado com o qual ele jamais teria sonhado. A lenda sombria de um indivíduo sem rosto que percorria livrarias, bibliotecas e coleções particulares para queimá--las só fazia contribuir para multiplicar o interesse e a cotização. "Nós adoramos um circo", dizia Barceló.

Julián, que continuava perseguindo a sombra das próprias palavras, não demorou a escutar o boato. Soube assim que Gustavo Barceló não tinha o livro, mas parecia que o exemplar era propriedade de um rapaz que o havia descoberto por acidente e que, fascinado pelo romance e por seu enigmático autor, negava-se a vendê-lo e o conservava como seu mais precioso bem. Aquele rapaz era você, Daniel.

— Pelo amor de Deus, Julián, não vá fazer mal a uma criança... — murmurei, não muito segura.

Julián disse-me então que todos os livros que havia roubado e destruí-do haviam sido arrebatados das mãos de pessoas que nada sentiam por eles, de pessoas que se limitavam a comercializá-los ou que os mantinham como curiosidades de colecionadores e amadores de traças. Você, que se negava a vender o livro a qualquer preço e tentava resgatar Carax dos lugares do passado, lhe inspirava uma estranha simpatia e até certo respeito. Sem você saber, Julián o observava e o estudava.

— Talvez, se chegar a descobrir quem sou e o que sou, ele também decida queimar o livro.

Julián falava com a lucidez firme e incisiva dos loucos que se livraram da hipocrisia de ter que se ater a uma realidade que não faz sentido.

— Quem é esse rapaz? — perguntei-lhe.

— Chama-se Daniel. É filho de um livreiro cuja loja Miquel frequentava, na rua Santa Ana. Mora com o pai em um apartamento em cima da loja. Perdeu a mãe quando era pequeno.

— Você parece estar falando de si próprio.

— Talvez. Esse rapaz me lembra eu mesmo.

— Deixe-o em paz, Julián. É só uma criança. Seu único crime foi admirá-lo.

— Isso não é crime, é ingenuidade. Mas vai passar. Talvez então ele me devolva o livro. Quando deixar de me admirar e começar a me entender.

Um minuto antes do fim do filme, Julián se levantou e foi embora, protegido pelas sombras. Durante meses nos vimos sempre assim, às escuras, em cinemas e becos à meia-noite. Ele sempre me encontrava. Eu sentia sua presença silenciosa sem vê-lo, sempre vigilante.

Às vezes ele mencionava você, e ao ouvi-lo falar assim parecia-me detectar em sua voz uma rara ternura que o deixava confuso e que eu considerava perdida nele havia muitos anos. Soube que ele havia voltado ao casarão dos Aldaya e que agora morava ali, a meio caminho entre fantasma e mendigo, percorrendo a ruína de sua vida e velando os restos de Penélope Aldaya e do filho deles. Era o único lugar no mundo que ainda sentia ser seu. Há prisões piores do que as palavras.

Eu ia lá uma vez por mês, para garantir que estava bem, ou simplesmente vivo. Pulava o trecho derrubado do muro, na parte de trás, invisível para quem passasse na rua. Às vezes o encontrava ali; outras vezes, Julián havia desaparecido. Eu lhe deixava comida, dinheiro, livros... Esperava-o durante horas, até o anoitecer. Houve ocasiões em que me atrevi a explorar o casarão. Assim descobri que ele havia destruído as lápides da cripta e retirado os sarcófagos. Não achava mais que estivesse louco, nem via monstruosidade naquela profanação, apenas uma trágica coerência. Nas vezes em que o encontrava ali, conversávamos durante horas, sentados junto ao fogo. Julián me confessou que tentara voltar a escrever, mas que não conseguia. Recordava vagamente os livros que escrevera como se os houvesse lido, como se fossem obra de outra pessoa. As cicatrizes de sua tentativa eram visíveis: descobri que jogava no fogo páginas escritas febrilmente durante o tempo em que não nos víamos. Certa vez, aproveitando sua ausência, resgatei um maço de folhas dobradas do meio das cinzas. Falavam de você. Julián me disse certa vez que um relato era uma carta que o autor escreve a si mesmo para se contar coisas que, de outro modo, não poderia descobrir. Fazia tempo que Julián se perguntava se havia perdido a razão. O louco sabe que está louco? Ou loucos são os outros, que se empenham em convencê-lo de sua falta de razão para proteger a si mesmos de sua existência de quimeras? Julián observava você, via-o crescer e se perguntava quem você era. Perguntava-se se talvez sua presença não fosse outra coisa que não um milagre, um perdão que ele deveria ganhar ensinando-o a não cometer os mesmos erros. Em mais de uma ocasião eu me perguntei se Julián, naquela complicada lógica de seu universo, não havia se convencido de que você se tornara o filho que ele perdera, em uma nova página em branco para recomeçar aquela história que ele não podia inventar, mas que podia recordar.

Passaram-se anos, e Julián dependia cada vez mais de você, dos seus progressos. Falava dos seus amigos, de uma mulher chamada Clara, por quem você havia se apaixonado, de seu pai, um homem a quem admirava e apreciava, de seu amigo Fermín e de uma moça em quem ele quis ver outra Penélope, sua Bea. Falava de você como de um filho. Vocês procuravam um ao outro, Daniel. Julián queria acreditar que sua inocência salvaria a ele de si mesmo. Havia parado de perseguir seus livros, de desejar queimar e destruir seu rastro na vida. Estava aprendendo a memorizar o mundo através dos seus olhos, Daniel, a recuperar, por meio de você, o rapaz que havia sido. No dia em que você veio à minha casa pela primeira vez, senti que já o conhecia. Fingi receio para esconder o temor que você me inspirava. Tinha medo de você, do que poderia descobrir. Tinha medo de dar ouvidos aos delírios de Julián, de começar a achar, como ele, que realmente estávamos todos unidos em uma corrente de destino e desgraças. Tinha medo de reconhecer em você o Julián que eu havia perdido. Eu sabia que você e seus amigos estavam investigando nosso passado. Sabia que, mais cedo ou mais tarde, você descobriria a verdade, mas no seu devido tempo, quando pudesse chegar a compreender seu significado. Sabia que, mais cedo ou mais tarde, você e Julián se encontrariam. Foi esse meu erro. Porque alguém mais sabia, alguém que pressentia que, com o tempo, você o levaria até Julián: Fumero.

Entendi o que estava acontecendo quando já não havia mais retorno possível, mas nunca perdi a esperança de que você perdesse o rastro, de que nos esquecesse ou de que a vida — a sua, não a nossa — o levasse para longe, a salvo. O tempo me ensinou a não perder as esperanças, mas também a não confiar demais nelas. São cruéis e vaidosas, sem consciência. Já faz muito tempo que Fumero está pisando nos meus calcanhares. Ele sabe que em breve vou cair. Não tem pressa, por isso parece incompreensível. Ele vive para se vingar. De todo mundo e de si mesmo. Sem vingança, sem raiva, ele evaporaria. Fumero sabe que você e seus amigos vão levá-lo até Julián. Sabe que, depois de quase quinze anos, já não me restam mais forças nem recursos. Ele me viu morrer durante anos, e agora só falta me dar o último golpe. Nunca duvidei que morreria em suas mãos. Agora sei que esse momento se aproxima. Entregarei estas páginas ao meu pai com a incumbência de que as faça chegar a você caso alguma coisa me aconteça. Rogo a esse Deus com quem nunca me encontrei que você não chegue a lê-las, mas pressinto que meu destino, apesar de minha vontade e de minhas vãs esperanças, é entregar-lhe esta história. O seu, apesar de sua juventude e de sua inocência, é libertá-la.

Quando você ler estas palavras, esta prisão de recordações, já não poderei me despedir de você como gostaria, não poderei lhe pedir para nos perdoar, sobretudo a Julián, e para cuidar dele quando eu não estiver mais aqui para fazê-lo. Sei que não posso lhe pedir nada, exceto que se salve. Talvez tantas páginas tenham chegado a me convencer de que, aconteça o que acontecer, sempre terei em você um amigo, que você é minha única e verdadeira esperança. De todas as coisas que Julián escreveu, aquela que sempre me pareceu mais verdadeira é a que diz que, enquanto os outros se lembram de nós, continuamos vivos. Como me ocorreu tantas vezes com Julián, anos antes de ele entrar em minha vida, sinto que lhe conheço e que, se posso confiar em alguém, é em você. Lembre-se de mim, Daniel, mesmo que em um canto e às escondidas. Não me deixe partir.

Nuria Monfort

A SOMBRA DO VENTO
1955

1

Já amanhecia quando acabei de ler o manuscrito de Nuria Monfort. Aquela era minha história. Nossa história. Nos passos perdidos de Carax, eu agora reconhecia os meus, já irrecuperáveis. Levantei-me, devorado pela ansiedade, e comecei a andar pelo quarto como um animal enjaulado. Todas as minhas dúvidas, meus receios e temores agora se desfaziam em cinzas, insignificantes. Vencia-me o cansaço, o remorso e o medo, mas me sentia incapaz de ficar ali, escondendo-me do rastro de minhas ações. Vesti o casaco, pus o manuscrito dobrado no bolso interno e corri escada abaixo. Havia começado a nevar quando saí à rua, o céu se desfazendo em preguiçosas lágrimas de luz que pousavam no ar e logo desapareciam. Corri até a praça Catalunha, então deserta. No meio da praça, sozinho, erguia-se a silhueta de um ancião, ou talvez fosse um anjo desertor, com uma cabeleira branca e metido em um belo sobretudo cinza. Rei da madrugada, levantava os olhos para o céu e tentava, em vão, pegar flocos de neve com as luvas, rindo. Quando passei ao seu lado, ele me olhou e sorriu com gravidade, como se, ao me olhar, lesse minha alma. Tinha os olhos dourados, como moedas no fundo de um poço dos desejos.

— Boa sorte — tive a impressão de ouvi-lo dizer.

Tentei me agarrar àquela bênção e apertei o passo, rogando que não fosse tarde demais e que Bea, a Bea da minha história, ainda estivesse à minha espera. Minha garganta ardia de frio quando cheguei ao edifício onde moravam os Aguilar, ofegante por causa da corrida. A neve começava a diminuir. Tive a sorte de encontrar dom Saturno Molleda, porteiro do edifício e (segundo contou-me Bea) poeta surrealista às escondidas, parado à entrada. Dom Saturno havia saído para contemplar o espetáculo da neve com a vassoura na mão, vestido com nada menos do que três cachecóis e botas até o joelho.

— É a caspa de Deus — disse ele, maravilhado, estreando a nevasca com versos inéditos.

— Vou ao apartamento dos Aguilar — anunciei.

— É sabido que Deus ajuda a quem cedo madruga, mas você, hein, rapaz, está pedindo a ele uma bolsa de estudos.

— Trata-se de uma emergência. Estou sendo esperado.

— *Ego te absolvo* — recitou ele, concedendo-me uma bênção.

Subi correndo, contemplando minhas possibilidades com certa reserva. Com muita sorte, quem me abriria a porta seria uma das criadas, cujo bloqueio eu estava disposto a furar sem hesitações. Com menos sorte, devido à hora, talvez fosse o pai de Bea quem abrisse a porta. Quis acreditar que, na intimidade do lar, ele não estaria armado, ao menos não antes do café da manhã. Antes de bater, parei um instante para recuperar o fôlego e tentar conjurar palavras que não vieram. Já não tinha importância. Bati três vezes, com força. Quinze segundos depois, repeti a operação, e assim sucessivamente, ignorando o suor frio que escorria da minha testa e as pancadas do coração. Quando a porta se abriu, minha mão ainda segurava o trinco.

— O que você quer?

Os olhos de meu velho amigo Tomás me penetraram, sem sobressalto. Frios e supurando de raiva.

— Vim ver Bea. Pode quebrar minha cara, se quiser, mas eu não vou embora antes de falar com ela.

Tomás me observava sem piscar. Perguntei-me se ele me partiria em dois ali mesmo, sem contemplações. Engoli em seco.

— Minha irmã não está.

— Tomás...

— Bea foi embora.

Havia abandono e dor em sua voz, que a raiva mal conseguia disfarçar.

— Foi embora? Para onde?

— Esperava que você soubesse.

— Eu?

Ignorando os punhos fechados e o semblante ameaçador de Tomás, entrei no apartamento.

— Bea? — chamei. — Bea, sou eu, Daniel...

Parei no meio do corredor. O apartamento cuspia o eco da minha voz com aquele desprezo dos espaços vazios. Nem o sr. Aguilar, nem sua esposa, nem os criados apareceram em resposta aos meus gritos.

— Não tem ninguém em casa. Eu já lhe disse — falou Tomás, atrás de mim. — Agora saia e não volte mais. Meu pai jurou matá-lo, e não serei eu a impedi-lo.

— Pelo amor de Deus, Tomás. Diga-me onde está sua irmã.

Ele me olhava como quem não sabia bem se cospia ou passava longe.

— Bea foi embora de casa, Daniel. Meus pais a estão procurando como loucos há dois dias, e a polícia também.

— Mas...

— Na outra noite, quando ela voltou do encontro com você, meu pai a estava esperando. Partiu-lhe os lábios com uma bofetada, mas não se preocupe, ela se negou a dizer seu nome. Você não a merece.

— Tomás...

— Cale-se. No dia seguinte, meus pais a levaram ao médico.

— Por quê? Ela está doente?

— Doente de você, imbecil. Minha irmã está grávida. Não me diga que não sabia.

Senti meus lábios tremerem. Um frio intenso tomava conta do meu corpo, a voz roubada, o olhar congelado. Arrastei-me para a saída, mas Tomás me agarrou pelo braço e me lançou contra a parede.

— O que você fez?

— Tomás, eu...

Ele fechou os olhos, tomado pela impaciência. O primeiro soco me deixou sem ar. Escorreguei para o chão com as costas deslizando pela parede, os joelhos se dobrando. Uma garra terrível apertou minha garganta e me ergueu, cravado contra a parede.

— O que você fez, seu filho da puta?

Tentei me desvencilhar da garra, mas Tomás me derrubou com um soco na cara. Mergulhei em uma escuridão interminável, a cabeça envolta em labaredas de dor. Caí sobre as lajotas do corredor. Tentei me arrastar, mas Tomás me segurou pela gola do casaco e me arremessou na escada como um despojo.

— Se aconteceu alguma coisa com Bea, eu juro que mato você — disse ele no limiar da porta.

Fiquei de joelhos, implorando um segundo, uma oportunidade de recuperar a voz. A porta se fechou, abandonando-me à escuridão. Fui assaltado por uma pinçada no ouvido esquerdo e levei a mão à cabeça, retorcendo-me de dor. Apalpei o sangue morno. Levantei-me como pude. Os músculos da barriga onde Tomás havia encaixado o primeiro soco doíam em uma agonia que só agora começava. Escorreguei pelas escadas, onde encontrei dom Saturno, que, ao me ver, balançou a cabeça em pesar.

— Vamos, entre um instante e se recomponha...

Neguei com a cabeça, segurando a barriga com as mãos. O lado esquerdo da minha cabeça palpitava como se os ossos quisessem se soltar da carne.

— O senhor está sangrando — disse dom Saturno, preocupado.

— Não é a primeira vez.

— Pois continue a brincar assim e não vai ter oportunidade de sangrar muito mais. Ande, entre que vou chamar um médico, por favor.

Consegui chegar ao portão e me livrar da boa vontade do porteiro. A neve estava mais forte, cobrindo as calçadas com véus de bruma branca. O vento gelado abria caminho entre minhas roupas, lambendo a ferida que sangrava no rosto. Não sei se chorei de dor, de raiva ou de medo. A neve, indiferente, levou embora meu choro covarde, e me afastei devagar na madrugada de pó, uma sombra a mais abrindo sulcos na caspa de Deus.

2

Quando me aproximava do cruzamento da rua Balmes, percebi que um carro me seguia, beirando a calçada. A dor de cabeça havia sido substituída por uma sensação de vertigem que me fazia tropeçar e caminhar apoiado nas paredes. O carro parou e dele desceram dois homens. Um silvo estridente me havia inundado os ouvidos, de modo que não ouvi o motor, as chamadas daquelas duas silhuetas de preto que me seguravam cada uma de um lado e me arrastavam com urgência até o carro. Caí no banco de trás, embriagado de náusea. A luz ia e vinha, como uma maré de claridade que cegava. Senti que o carro arrancava. Mãos me apalparam o rosto, a cabeça e as costas. Ao dar com o manuscrito de Nuria Monfort escondido dentro do meu casaco, uma das figuras o pegou. Quis impedi-lo com braços de gelatina. A outra silhueta se inclinou acima de mim. Soube que falava comigo ao sentir seu hálito no rosto. Esperei ver o rosto de Fumero se iluminar e sentir o fio de sua faca na garganta. Um olhar pousou sobre o meu e, enquanto o véu da consciência se abria, reconheci o sorriso desdentado e galante de Fermín Romero de Torres.

Acordei empapado de um suor que escorregava pela minha pele. Duas mãos me seguravam com firmeza pelos ombros, me deitando em uma cama que imaginei rodeada de velas, como em um velório. O rosto de Fermín apareceu à minha direita. Ele sorria, mas, mesmo em pleno delírio, pude perceber sua preocupação. Ao seu lado, em pé, distingui dom Federico Flaviá, o relojoeiro.

— Parece que ele está voltando a si, Fermín — disse dom Federico. — O que acha de eu preparar um pouco de caldo para revigorá-lo?

— Mal não vai fazer. E, aproveitando o embalo, o senhor poderia me preparar alguma coisa para beliscar, porque com este nervosismo fiquei com uma fome de leão.

Federico se retirou com presteza, deixando-nos a sós.

— Onde estamos, Fermín?

— Em lugar seguro. Tecnicamente, estamos em um apartamento nos arredores da cidade, propriedade de uns amigos de dom Federico, a quem devemos a vida e mais ainda. Os maledicentes o apelidaram de picadeiro, mas para nós é um santuário.

Tentei me levantar. A dor de ouvido havia se transformado em um latejar ardente.

— Eu vou ficar surdo?

— Surdo, não sei, mas por pouco não ficou meio mongoloide. Aquele energúmeno do sr. Aguilar por pouco não lhe arrebenta as meninges com seus socos.

— Não foi o sr. Aguilar quem me bateu. Foi Tomás.

— Tomás? Seu amigo, o inventor?

Assenti.

— Alguma coisa você aprontou.

— Bea foi embora de casa... — comecei.

Fermín franziu o cenho.

— Continue.

— Ela está grávida.

Fermín me observava, pasmo. Pela primeira vez, sua expressão era impenetrável e severa.

— Não me olhe assim, Fermín, pelo amor de Deus.

— O que quer que eu faça? Que distribua charutos?

Tentei me levantar, mas a dor e as mãos de Fermín me detiveram.

— Eu preciso encontrá-la, Fermín.

— Quieto. Você não está em condições de ir a lugar algum. Diga-me onde está a moça e eu irei procurá-la.

— Não sei onde ela está.

— Vou lhe pedir para ser um pouco mais específico.

Dom Federico apareceu à porta trazendo uma xícara de caldo fumegante. Sorriu-me com amabilidade.

— Como está se sentindo, Daniel?

— Muito melhor, dom Federico, obrigado.

— Ponha estes dois comprimidos no caldo.

Ele trocou um rápido olhar com Fermín, que assentiu.

— São para a dor.

Engoli os comprimidos e sorvi a xícara de caldo, que tinha gosto de xerez. Dom Federico, um prodígio de discrição, saiu do quarto e fechou a porta. Então percebi que Fermín segurava no colo o manuscrito de Nuria Monfort. O relógio tilintando na mesinha de cabeceira marcava uma hora, supus que da tarde.

— Ainda está nevando?

— Nevar é pouco. Isso é o dilúvio em pó.

— Você já leu? — perguntei.

Fermín limitou-se a assentir.

— Tenho que encontrar Bea antes que seja tarde. Acho que sei onde ela está.

Sentei-me na cama, escapando dos braços de Fermín. Olhei em volta: as paredes ondulavam como algas no fundo de um poço. O teto se afastava em um sopro. Eu mal conseguia ficar erguido. Fermín, sem esforço, devolveu-me à cama.

— Você não vai a lugar algum, Daniel.

— O que eram estes comprimidos?

— O unguento de Morfeu. Vai dormir como pedra.

— Não, agora não posso...

Continuei gaguejando até minhas pálpebras e o mundo despencarem de uma vez só. Foi um sono negro e vazio, como o de um túnel. O sono dos culpados.

Espreitava o crepúsculo quando o peso daquela letargia se evaporou e abri os olhos em um quarto escuro, encoberto por duas velas cansadas que bruxuleavam na mesinha de cabeceira. Fermín, jogado na poltrona do canto, roncava com a fúria de um homem três vezes maior. A seus pés, esparramado em páginas soltas, estava o manuscrito de Nuria Monfort. A dor de cabeça havia se reduzido a uma lenta e morna palpitação. Escorreguei em silêncio até a porta do quarto e saí para uma pequena sala com uma varandinha e uma porta que parecia dar na escada. Meu casaco e meus sapatos estavam em uma cadeira. Uma luz púrpura entrava pela janela, salpicada de reflexos irisados. Aproximei-me da janela e vi que nevava. Os tetos de meia Barcelona apareciam pintados de branco e escarlate. Ao longe, viam-se as torres da escola industrial, agulhas entre a bruma presa nos últimos raios de sol. O vidro da janela reproduzia reflexos dourados. Pousei o indicador sobre a vidraça e escrevi:

Vou procurar Bea. Não me siga. Volto logo.

Ao despertar, havia sido assaltado pela certeza, como se um desconhecido me houvesse sussurrado a verdade em sonhos. Saí ao corredor e me lancei escada abaixo até chegar ao portão. A rua Urgel era um rio de areia brilhante do qual emergiam lampiões e árvores, mastros em uma neblina sólida. O vento esculpia a neve em rajadas. Andei até a estação de metrô e mergulhei nos túneis de vapor e calor de segunda mão. Hordas de barceloneses, que costumavam confundir a neve com milagre, continuavam comentando o insólito temporal. Os jornais da tarde traziam a notícia em primeira página, com uma foto das Ramblas nevadas e do chafariz de Canaletas sangrando estalactites. A NEVASCA DO SÉCULO, prometiam as manchetes. Deixei-me cair em um banco da plataforma e aspirei aquele perfume de túneis e fuligem que trazia o rumor dos trens invisíveis. Do outro lado dos trilhos, em um anúncio publicitário proclamando as delícias do parque de diversões Del Tibidabo, aparecia o bonde azul iluminado como uma quermesse, e atrás dele adivinhava-se a silhueta do casarão dos Aldaya. Perguntei-me se Bea, perdida naquela Barcelona dos que haviam caído do mundo, teria visto a mesma imagem e compreendido que não tinha outro lugar para onde ir.

3

Começava a anoitecer quando emergi das escadas do metrô. Deserta, a avenida Del Tibidabo desenhava uma fuga infinita de ciprestes e palácios sepultados em um fulgor sepulcral. Vislumbrei a silhueta do bonde azul no ponto, a campainha do trocador ceifando o vento. Apressei-me e subi quase no mesmo instante em que iniciava seu trajeto. O trocador, velho conhecido, aceitou as moedas falando sozinho. Procurei no interior da cabine um lugar um pouco mais resguardado da neve e do frio. Os casarões sombrios desfilavam devagar atrás dos vidros cobertos pelo gelo. O trocador me observava com aquele misto de receio e ousadia que o frio parecia ter congelado em seu rosto.

— O número 32, jovem.

Virei-me e vi a silhueta espectral do casarão dos Aldaya avançando em nossa direção como a proa de um navio escuro na névoa. O bonde parou com uma sacudidela. Desci, fugindo do olhar do trocador.

— Boa sorte — murmurou ele.

Contemplei o bonde perdendo-se avenida acima até que só se ouvia o eco da campainha. Uma penumbra sólida invadiu tudo em torno. Apressei-me em contornar o muro em busca da brecha derrubada nos fundos. Ao escalar o muro, julguei escutar passos sobre a neve na calçada oposta, aproximando-se. Parei um instante, imóvel no alto do muro. A noite já caía, inexorável. O rumor de passos se extinguiu no rastro do vento. Aterrissei do outro lado e avancei para o jardim. O mato havia congelado em talos de vidro. As estátuas derrubadas dos anjos descansavam cobertas por sudários de gelo. A superfície do chafariz havia congelado em forma de um espelho negro e brilhante do qual só aparecia a garra de pedra do anjo submerso, como um sabre de obsidiana. Lágrimas de gelo pendiam do dedo indicador. A mão acusadora do anjo apontava diretamente para o portão principal, entreaberto.

Subi os degraus com a esperança de que não fosse tarde demais. Não me preocupei em abafar o eco dos meus passos. Empurrei o portão e me introduzi no vestíbulo. Uma procissão de velas conduzia ao interior. Eram as velas de Bea, que chegavam quase até o chão. Segui seu rastro e parei ao pé da escadaria. O caminho de velas subia pelos degraus até o primeiro andar. Aventurei-me pela escada, seguindo minha sombra deformada nas paredes. Ao chegar ao patamar do primeiro andar, comprovei que havia mais duas velas entrando pelo corredor. A terceira bruxuleava diante do que havia sido o quarto de Penélope. Aproximei-me e bati na porta com os nós dos dedos, suavemente.

— Julián? — perguntou uma voz trêmula.

Levei a mão à maçaneta e comecei a entrar, já sem saber quem me esperava do outro lado. Abri devagar. Bea me contemplava em um canto, enrolada em um cobertor. Corri até ela e a abracei em silêncio. Senti que ela se desfazia em lágrimas.

— Eu não sabia para onde ir — murmurou. — Liguei para sua casa várias vezes, mas não havia ninguém. Fiquei assustada...

Bea secou as lágrimas com os punhos e cravou os olhos em mim. Assenti, e não foi preciso ela dizer mais nada.

— Por que você me chamou de Julián?

Bea lançou um olhar para a porta entreaberta.

— Ele está aqui. Nesta casa. Entra e sai. Surpreendeu-me no outro dia quando eu tentava entrar. Sem que eu dissesse nada, soube quem eu era. Soube o que estava acontecendo. Instalou-me neste quarto e me trouxe um cobertor, água e comida. E me disse para esperar. Disse que tudo ia terminar bem. Que você viria me buscar. Durante a noite, conversamos durante horas. Ele falou de Penélope, de Nuria... falou sobretudo de você, de nós dois. Disse que eu precisava ensinar você a esquecê-lo...

— Onde ele está agora?

— Lá embaixo. Na biblioteca. Disse que estava esperando uma pessoa, pediu que eu não saísse daqui.

— Esperando quem?

— Não sei. Disse que era alguém que viria com você, que você o traria...

Quando cheguei ao corredor, já ouvia os passos no pé da escada. Reconheci a sombra esticando-se pelas paredes como uma teia de aranha, a capa de chuva preta, o chapéu em forma de capuz e o revólver na mão, brilhando como uma foice. Fumero. Ele sempre me lembrava de alguém, ou de alguma coisa, mas até aquele momento eu não havia descoberto o quê.

4

Apaguei as velas com os dedos e fiz um sinal para que Bea ficasse calada. Ela fez um aceno e me lançou um olhar inquisitivo. Aos nossos pés ouviam-se os passos lentos de Fumero. Guiei Bea de volta até o interior do quarto e lhe indiquei que permanecesse ali, escondida atrás da porta.

— Não saia daqui, aconteça o que acontecer — sussurrei.

— Não me deixe agora, Daniel. Por favor.

— Preciso avisar Carax.

Bea me implorou com o olhar, mas saí para o corredor antes que pudesse ceder. Escorreguei até o umbral da escada principal. Não havia rastro da sombra de Fumero, nem de seus passos. Ele devia ter parado em algum ponto da escuridão, imóvel. Paciente. Recuei de novo até o corredor e contornei a galeria de quartos até a fachada principal do casarão. Um janelão embaçado pelo gelo destilava quatro raios azuis, turvos como água parada. Aproximei-me da janela e vi um carro preto parado em frente à grade principal. Reconheci o automóvel do tenente Palacios. Uma brasa de cigarro na escuridão delatava sua presença ao volante. Voltei lentamente à escadaria e desci degrau a degrau, pisando com infinita cautela. Parei no meio do trajeto e examinei a névoa que inundava o térreo.

Fumero, ao passar, havia deixado a porta principal aberta. O vento apagara as velas e cuspia redemoinhos de neve. A folhagem gelada dançava na abóbada, boiando em um túnel de claridade empoeirada que deixava entrever as ruínas do casarão. Desci mais quatro degraus, apoiando-me na parede. Vislumbrei um lampejo da cristaleira da biblioteca. Ainda não conseguia localizar Fumero. Teria descido ao porão ou à cripta? O pó de neve que penetrava na casa, vindo do exterior, apagava suas pegadas. Desloquei-me até o pé da escadaria e dei uma olhada no corredor que conduzia à entrada. O vento gelado cuspiu em meu rosto. Nas trevas, entrevia-se a garra do anjo submerso no chafariz. Olhei na outra direção. A entrada da biblioteca ficava a uma dezena de metros da escadaria. A antessala que conduzia até ali estava mergulhada em escuridão. Entendi que Fumero podia estar me observando a apenas alguns metros de onde eu me encontrava, sem que eu pudesse vê-lo. Examinei a sombra, impenetrável como as águas de um poço. Respirei fundo e, quase arrastando os pés, atravessei a distância que me separava da entrada da biblioteca, tateando.

O grande salão oval estava submerso em uma penumbra de luz vaporosa, crivado de pontos de sombra projetados pela neve, que se desfazia como gelatina atrás dos janelões. Percorri com os olhos as paredes nuas à procura de Fumero, quem sabe escondido junto à porta. Um objeto despontava na parede apenas dois metros à minha direita. Por um instante pareceu-me que se mexia, mas era apenas o reflexo da lua sobre a lâmina. Uma faca, talvez uma navalha de fio duplo, estava cravada na parede. Atravessava um retângulo de cartolina ou papel. Aproximei-me e reconheci a imagem apunhalada na parede. Era uma cópia idêntica da fotografia meio chamuscada que um estranho havia deixado no balcão da livraria. No retrato, Julián e Penélope, ainda adolescentes, sorriam para uma vida que lhes havia escapado sem eles saberem. O fio da navalha atravessava o peito de Julián. Compreendi então que não fora Laín Coubert, nem Julián Carax, quem havia deixado aquela fotografia como um convite. Tinha sido Fumero. A fotografia era uma isca envenenada. Levantei a mão para tirá-la da faca, mas o contato gelado do revólver de Fumero em minha nuca me fez parar.

— Uma imagem vale mais do que mil palavras, Daniel. Se seu pai não fosse um livreiro de merda, já teria lhe ensinado isso.

Virei-me devagar e enfrentei o cano da arma. Cheirava a pólvora recente. O rosto cadavérico de Fumero sorria em uma careta crispada pelo terror.

— Onde está Carax?

— Longe daqui. Sabia que você viria atrás dele. Foi embora.

Fumero me observava sem piscar.

— Vou explodir sua cara, rapaz.

— Não vai adiantar nada. Carax não está aqui.

— Abra a boca — ordenou Fumero.

— Para quê?

— Abra a boca ou eu a abro com um tiro.

Descolei os lábios. Fumero introduziu o revólver na minha boca. Senti uma golfada me subindo pela garganta. O polegar de Fumero pressionou de leve o gatilho.

— Agora, seu desgraçado, pense se você tem alguma razão para continuar vivendo. O que me diz?

Assenti devagar.

— Então me diga onde está Carax.

Tentei balbuciar. Fumero retirou o revólver lentamente.

— Onde ele está?

— Lá embaixo. Na cripta.

— Você vai me guiar. Quero que esteja presente quando eu contar àquele filho da puta como Nuria Monfort gemia quando afundei a faca na...

A silhueta abriu caminho do nada. Olhando por cima do ombro de Fumero, pensei ver a escuridão se mexendo em cortinas de bruma e uma figura sem rosto, de olhar incandescente, escorregando em nossa direção em silêncio absoluto, como se mal roçasse o chão. Fumero leu o reflexo nas minhas pupilas embaçadas de lágrimas e seu rosto se decompôs devagar.

Quando ele se virou e atirou na direção do manto de negror que o cercava, duas garras de couro, sem linhas nem relevo, o agarraram pelo pescoço. Eram as mãos de Julián, inchadas pelas chamas. Julián me afastou com um empurrão e pôs Fumero contra a parede. O inspetor agarrou o revólver e tentou colocá-lo sob o queixo de Carax. Mas, antes que ele pudesse acionar o gatilho, Julián segurou seu punho e o martelou com força na parede vezes sem conta. Ainda assim, não conseguiu que Fumero soltasse o revólver. Um segundo tiro explodiu na escuridão e atingiu a parede, abrindo um buraco no painel de madeira. Lágrimas de pólvora acesa e fagulhas em brasa salpicaram o rosto do inspetor. O fedor de carne chamuscada invadiu a sala.

Com uma sacudidela, Fumero tentou se safar daquelas mãos que mantinham imobilizados na parede seu pescoço e a mão que segurava o revólver. Julián não afrouxava a pressão. Fumero rugiu de raiva e torceu a cabeça até morder o punho de seu opositor. Estava possuído por uma fúria selvagem. Ouvi o estalo de seus dentes quando ele mordeu a pele morta e vi os lábios de Fumero pingando sangue. Julián, ignorando a dor, ou talvez incapaz de sentia-la, pegou então o punhal. Despregou-o da parede de uma vez só e, diante do olhar aterrorizado de Fumero, fincou a mão direita do inspetor na parede com um golpe brutal que afundou a lâmina no painel de madeira quase até o cabo. Fumero deixou escapar um grito horrível de agonia. Sua mão se mexeu em um espasmo e o revólver caiu aos seus pés. Carax atirou-o em direção às sombras com um pontapé.

O horror daquela cena havia desfilado diante dos meus olhos em poucos segundos. Eu me sentia paralisado, incapaz de agir ou de articular qualquer pensamento. Julián então se virou e cravou o olhar em mim. Olhando para ele, consegui reconstituir suas feições perdidas que tantas vezes havia imaginado, contemplando retratos e ouvindo histórias antigas.

— Leve Beatriz daqui, Daniel. Ela sabe o que você deve fazer. Não se separe dela. Não deixe que a tirem de você. Nada, nem ninguém. Cuide dela. Mais do que da sua vida.

Quis assentir, mas meus olhos se desviaram para Fumero, que forçava a faca que havia lhe atravessado o punho. Arrancou-a com um único movimento e avançou ajoelhado, segurando ao lado do corpo o braço ferido, sangrando.

— Vá embora — sussurrou Julián.

Fumero nos olhava do chão, cego de ódio, segurando a faca ensanguentada na mão esquerda. Julián foi na direção dele. Ouvi uns passos apressados se aproximando e entendi que Palacios, alertado pelos disparos, havia chegado para socorrer o chefe. Antes que Julián pudesse tirar a faca de Fumero, Palacios entrou na biblioteca com a arma erguida.

— Para trás — advertiu.

Ele lançou um olhar rápido para Fumero, que se levantou com dificuldade e em seguida olhou para nós, primeiro para mim e depois para Julián. Percebi o horror e a dúvida naquele olhar.

— Eu disse para trás.

Julián parou e recuou. Palacios nos observava com frieza, tentando decidir como resolver a situação. Seus olhos pousaram em mim.

— Você: vá embora. Isto aqui não combina com você. Vamos.

Hesitei um instante. Julián assentiu.

— Ninguém vai embora daqui — cortou Fumero. — Palacios, me dê seu revólver.

Palacios continuou em silêncio.

— Palacios — repetiu Fumero, estendendo a mão totalmente coberta de sangue para pedir a arma.

— Não — murmurou Palacios, cerrando os dentes.

Os olhos enlouquecidos de Fumero se encheram de desprezo e fúria. Ele agarrou a arma de Palacios e o empurrou com um tabefe. Meu olhar encontrou o de Palacios, e eu soube o que iria acontecer. Fumero levantou a arma devagar. Sua mão tremia e o revólver brilhava, reluzente de sangue. Julián recuou um passo de cada vez, buscando a sombra, mas não havia escapatória. O cano do revólver o seguia. Senti que os músculos de meu corpo se incendiavam de raiva. A careta de morte de Fumero, transtornada de loucura e rancor, despertou-me como uma bofetada. Palacios olhava para mim, sacudindo a cabeça em silêncio. Ignorei-o. Julián já havia se rendido, imóvel no centro da sala, esperando o disparo.

Fumero não chegou a me ver. Para ele, só existiam Julián e aquela mão ensanguentada presa ao revólver. Saltei sobre ele. Senti que meus pés se levantavam do chão, mas nunca cheguei a recobrar o contato. O mundo havia se congelado no ar. O estrondo do disparo me alcançou de longe, como o eco de uma tempestade que se afastava. Não houve dor. O impacto do tiro atravessou minhas costelas. A primeira labareda foi cega, como se uma barra de metal houvesse me atingido com uma fúria indizível e me lançado vários metros no vazio até me derrubar no chão. Não senti a queda, embora tivesse me parecido que as paredes convergiam e o teto descia a toda a velocidade, como se desejasse me espremer.

Uma mão segurou meu pescoço e vi o rosto de Julián inclinando-se na minha direção. Em minha visão, ele aparecia exatamente como eu o havia imaginado, como se as chamas jamais houvessem arrancado seu semblante. Vi o pavor em seu olhar sem entender. Vi como pousava a mão em meu peito e me perguntei o que era aquele líquido fumegante que brotava de seus dedos. Foi então que senti aquele fogo terrível, como um hálito de brasas a me devorar as entranhas. Um grito quis escapar de meus lábios, mas aflorou afogado em sangue morno. Reconheci o rosto de Palacios ao meu lado, derrotado pelo remorso. Levantei os olhos e então a vi: Bea avançava lentamente, cruzando a porta da biblioteca, o rosto imerso em pavor e as mãos trêmulas sobre os lábios. Sacudia a cabeça em silêncio, negando. Quis adverti-la, mas um frio mordente percorria meus braços e pernas, abrindo caminho por meu corpo a facadas.

Fumero espreitava escondido atrás da porta. Bea não reparou em sua presença. Quando Julián se levantou de um pulo e Bea se virou, atenta, o revólver do inspetor já roçava sua testa. Palacios se atirou sobre ele para detê-lo. Tarde demais — Julián já havia se arremessado. Ouvi o grito, longínquo, dizendo o nome de Bea. A sala se acendeu no fulgor do tiro. A bala atravessou a mão direita de Julián. Um instante depois, o homem sem rosto caía sobre Fumero. Inclinei-me para ver Bea correndo até meu lado, ilesa. Procurei Julián com um olhar que ia se apagando, mas não o encontrei. Outra figura havia ocupado seu lugar. Era Laín Coubert, tal como eu havia aprendido a temê-lo lendo as páginas de um livro, tantos anos antes. Dessa vez, as garras de Coubert se afundaram nos olhos de Fumero e o ergueram como ganchos. Vi as pernas do inspetor escorregando pela porta da biblioteca, seu corpo se debatendo enquanto Coubert o arrastava sem piedade até a porta, seus joelhos batendo na escada de mármore e a neve castigando seu rosto, o homem sem rosto o agarrando pelo pescoço e, levantando-o como a uma marionete, lançando-o no chafariz gelado, e a mão do anjo atravessando seu peito e o trespassando, e a alma maldita se derramando em vapor e hálito negro que caía em lágrimas geladas sobre o espelho enquanto as pálpebras se agitavam até morrer e os olhos pareciam se estilhaçar com rachaduras de gelo.

Então desmaiei, incapaz de sustentar meu olhar por mais um segundo. A escuridão se tingiu de luz branca e o rosto de Bea se afastou por um túnel de névoa. Fechei os olhos e senti as mãos de Bea sobre meu rosto e o sopro de sua voz suplicando a Deus que não me levasse, sussurrando que me amava e que não me deixaria partir, que não me deixaria partir. Lembro apenas que mergulhei naquela miragem de luz e frio, que uma estranha paz me envolveu e levou a dor e o fogo lento das minhas entranhas. Vi a mim mesmo andando pelas ruas daquela Barcelona enfeitiçada, de mãos dadas com Bea, nós dois quase anciãos. Vi meu pai e Nuria Monfort depositando rosas brancas em meu túmulo. Vi Fermín chorando nos braços de Bernarda, e meu velho amigo Tomás, que havia emudecido para sempre. Vi-os como se veem estranhos em um trem que se afasta rápido demais. Foi então, quase sem perceber, que me lembrei do rosto da mãe que havia perdido tantos anos antes, como se um recorte perdido houvesse escorregado das páginas de um livro. Sua luz foi só o que me acompanhou em minha queda.

27 DE NOVEMBRO DE 1955
POST MORTEM

O quarto era branco, feito de lenços e cortinas tecidos com vapor e de um sol radiante. Da minha janela se via um mar azul infinito. Algum dia, alguém quis me convencer de que não, de que da clínica Corachán não se vê o mar, de que seus quartos não são brancos nem etéreos e de que o mar daquele novembro era uma balsa de chumbo fria e hostil, de que continuou a nevar todos os dias durante aquela semana até o sol e toda Barcelona serem sepultados sob um metro de neve e de que até Fermín, o eterno otimista, achava que eu fosse morrer de novo.

Eu já havia morrido antes, na ambulância, nos braços de Bea e do tenente Palacios, cujo uniforme meu sangue estragou. A bala, diziam os médicos, que falavam de mim achando que eu não os ouvia, havia destruído duas costelas, passado de raspão pelo coração, ceifado uma artéria e saído a galope pela lateral, arrastando tudo que encontrara no caminho. Meu coração deixou de bater durante sessenta e quatro segundos. Disseram que, ao voltar da minha excursão ao infinito, eu abri os olhos e sorri, antes de perder os sentidos.

Só recuperei a consciência oito dias depois. Os jornais já haviam publicado a notícia do falecimento do ilustre inspetor-chefe de polícia Francisco Javier Fumero, em um conflito com bandidos armados, e as autoridades estavam ocupadas demais para encontrar uma rua ou uma passagem para rebatizar em sua homenagem. Seu corpo foi o único encontrado no velho casarão dos Aldaya. O cadáver de Penélope e o de seu filho nunca apareceram.

Acordei de madrugada. Lembro-me da luz, feita de ouro líquido, espalhando-se pelos lençóis. Não estava mais nevando, e alguém havia trocado o mar atrás da minha janela por uma praça branca onde se viam alguns balanços e pouco mais. Meu pai, afundado em uma cadeira junto a minha cama, ergueu os olhos e me observou em silêncio. Sorri, e ele começou a chorar. Fermín, que dormia esparramado no corredor, e Bea, em cujo colo ele deitava a cabeça, ouviram suas lágrimas, um lamento que se perdia em gritos, e entraram no quarto. Lembro que Fermín estava branco e magro como uma espinha de peixe. Contaram-me que o sangue que corria em minhas veias era dele, pois eu havia perdido todo o meu, e que havia dias em que meu amigo se empanturrava de carne na cantina da clínica para produzir glóbulos vermelhos caso eu precisasse de mais. Talvez isso explicasse por que eu me sentia mais sábio e menos Daniel. Lembro que havia um bosque de flores e que naquela tarde, ou talvez dois minutos depois — eu não saberia dizer —, desfilaram por meu quarto desde Gustavo Barceló e sua sobrinha, Clara, até Bernarda e meu amigo Tomás, que não se atrevia a me encarar e que, quando abracei, saiu correndo para chorar na rua. Lembro-me vagamente de dom Federico, que vinha acompanhado de Merceditas e do catedrático dom Anacleto. Lembro-me, sobretudo, de Bea, que me olhava em silêncio enquanto todos se desfaziam em alegrias e urras aos céus, e de meu pai, que havia dormido naquela cadeira durante sete noites, rezando a um Deus no qual não acreditava.

Quando os médicos obrigaram toda a comitiva a deixar o quarto e me deixar entregue a um repouso que eu não queria, meu pai se aproximou um instante e me disse que havia trazido minha pena, a caneta-tinteiro de Victor Hugo, e um caderno, para o caso de eu desejar escrever. Fermín, da porta, anunciava que havia consultado todos os médicos da clínica e que, segundo lhe garantiram, eu não faria o serviço militar. Bea me beijou na testa e levou meu pai para tomar ar, porque ele não saía daquele quarto havia mais de uma semana. Fiquei sozinho, morto de cansaço, e me entreguei ao sono, contemplando o estojo da minha caneta sobre a mesinha de cabeceira.

Passos na porta me despertaram. Tive a impressão de ver a silhueta de meu pai ao pé da cama, ou talvez fosse o dr. Mendoza, que não tirava os olhos de mim, convencido de que eu era filho de um milagre. O visitante contornou a cama e se sentou na cadeira. Eu sentia a boca seca e mal conseguia falar. Julián Carax aproximou um copo d'água dos meus lábios e segurou minha cabeça enquanto os umedecia. Tinha olhos de despedida, e *bastou-me olhar para eles para entender que ele nunca chegara a descobrir a verdadeira identidade de Penélope. Não me lembro bem de suas palavras nem do som de sua voz, mas lembro que ele segurou minha mão e que senti que me pedia para viver por ele, e que eu nunca voltaria a vê-lo. O que não me esqueci foi do que eu lhe disse. Disse-lhe que pegasse aquela caneta, que havia sido sua desde sempre, e que voltasse a escrever.*

Quando acordei, Bea refrescava minha testa com um pano umedecido em água-de-colônia. Sobressaltado, perguntei-lhe onde estava Carax. Ela olhou para mim, confusa, e disse que Carax havia desaparecido na tempestade oito dias antes, deixando um rastro de sangue na neve, e que todos o davam por morto. Eu disse que não, que ele havia estado ali, comigo, apenas alguns segundos antes. Bea apenas sorriu, sem dizer nada. A enfermeira que me tomava o pulso balançou devagar a cabeça e explicou que eu havia dormido por seis horas, que ficara sentada em sua sala em frente à porta do meu quarto durante todo esse tempo e que ninguém havia entrado em meu quarto.

Naquela noite, ao tentar conciliar o sono, virei a cabeça no travesseiro e comprovei que o estojo estava aberto e que a caneta havia desaparecido.

1956
ÁGUAS DE MARÇO

Bea e eu nos casamos na igreja de Santa Ana, dois meses depois. O sr. Aguilar, que ainda falava comigo em monossílabos e o faria até o fim dos tempos, concedeu-me a mão da filha após atestar a impossibilidade de obter minha cabeça em uma bandeja. O sumiço de Bea inibira sua fúria, e agora ele parecia viver em estado de susto permanente, resignado a que logo seu neto me chamasse de papai e que a vida, valendo-se de um sem-vergonha remendado de um tiro, lhe roubasse a menina que ele, apesar das lentes bifocais, continuava a ver como no dia de sua primeira comunhão, nem um dia sequer mais velha. Uma semana antes da cerimônia, o pai de Bea apareceu na livraria para me presentear com um alfinete de gravata de ouro que havia pertencido a seu pai e para apertar minha mão.

— Bea é a única coisa boa que fiz na vida — disse ele. — Cuide bem dela.

Meu pai o acompanhou até a porta e observou-o afastar-se pela rua Santa Ana com aquela melancolia que amolece os homens que envelhecem ao mesmo tempo, sem que ninguém tenha pedido licença.

— Ele não é má pessoa, Daniel — disse meu pai. — Cada um ama à sua maneira.

O dr. Mendoza, que duvidava da minha capacidade de ficar em pé durante mais de meia hora, havia me advertido que o cansaço de um casamento e seus preparativos não eram o melhor remédio para curar um homem que estivera a ponto de deixar o coração na sala de operações.

— Não se preocupe — falei, para acalmá-lo. — Ninguém me deixa fazer nada.

Não era mentira. Fermín Romero de Torres havia se erigido como ditador absoluto e factótum da cerimônia, do bufê e de assuntos variados. O pároco da igreja, ao saber que a noiva chegava grávida ao altar, havia se recusado terminantemente a celebrar o casamento e ameaçou conjurar as forças da Santa Inquisição para que impedissem o evento. Fermín explodiu de raiva e o arrastou para fora da igreja, gritando aos quatro ventos que ele era indigno da batina e da paróquia e jurando-lhe que, se por acaso levantasse um dedo para se opor, ele, Fermín, armaria um escândalo no bispado cuja consequência seria seu desterro, na melhor das hipóteses, para o estreito de Gibraltar, para evangelizar as macacas, de tão mesquinho e miserável que era. Vários transeuntes aplaudiram, e o florista da praça presenteou Fermín com um cravo branco que desde então resplandeceu em sua lapela até as pétalas ficarem da cor da camisa. Prontos e sem padre, Fermín correu até o colégio San Gabriel e recrutou os serviços de Fernando Ramos, que nunca havia celebrado um só casamento na vida e cuja especialidade era o latim, a trigonometria e a ginástica sueca, nessa ordem.

— Eminência, é que o noivo está muito fraco e eu agora não posso lhe dar outro desgosto. Ele vê no senhor uma reencarnação dos grandes padres da Santa Igreja, ali no alto com são Tomás, santo Agostinho e a Nossa Senhora de Fátima. Como o senhor o vê, o rapaz, assim como eu, é muito devoto. Um místico. Se eu lhe disser agora que o senhor vai me falhar, de qualquer jeito teremos uma cerimônia, mas de um funeral em vez de um casamento.

— Se o senhor coloca as coisas assim...

Segundo me contaram depois — porque eu não lembro, e os outros sempre se lembram melhor do nosso próprio casamento —, antes da cerimônia Bernarda e dom Gustavo Barceló (seguindo instruções detalhadas de Fermín) encheram o pobre sacerdote de vinho moscatel para fazê-lo relaxar. Na hora de oficiar, padre Fernando, exibindo um sorriso abençoado e um tom ruborizado muito favorável, optou, em um ímpeto de liberdade protocolar, por substituir a leitura de não sei que Carta aos Coríntios por um soneto de amor, obra de um tal Pablo Neruda, que alguns dos convidados do sr. Aguilar identificaram como comunista e bolchevique irrecuperável, enquanto outros buscavam no missal aqueles versos de rara beleza pagã.

Na véspera, Fermín, arquiteto do evento e mestre de cerimônias, anunciou que havia organizado uma despedida de solteiro, à qual estavam convidados só ele e eu.

— Não sei, Fermín. Eu, essas coisas...

— Confie em mim.

No começo da noite, ele me levou a uma pocilga repugnante na rua Escudellers, onde os fedores da humanidade conviviam com a fritada mais abjeta do litoral mediterrâneo. Um batalhão de damas de vida fácil com muita quilometragem nos recebeu com sorrisos que teriam feito as delícias de uma faculdade de odontologia.

— Viemos procurar Rociíto — anunciou Fermín a um cafetão cujas suíças guardavam uma surpreendente semelhança com o cabo de Finisterre.

— Fermín — cochichei, apavorado. — Pelo amor de Deus...

— Confie em mim.

Rociíto chegou se oferecendo em toda a sua glória, que calculei próxima aos noventa quilos, sem contar o xale bordado e o vestido de viscose vermelho, e me olhou de cima a baixo.

— Olá, coração. Eu pensava que fosse mais velho, veja você.

— Não é este rapaz — esclareceu Fermín.

Compreendi então a natureza da empreitada, e meus temores se desvaneceram. Fermín nunca esquecia uma promessa, especialmente se fosse eu que a tivesse feito. Partimos os três em busca de um táxi que nos levasse ao Asilo de Santa Lucia. Durante o trajeto, Fermín, que, em deferência a meu estado atual de saúde e a minha condição de noivo, me havia cedido o banco da frente, compartilhava o de trás com Rociíto, aproveitando-se dos dotes da moça com especial deleite.

— Mas você é mesmo uma delícia, Rociíto. Essa bunda serrana é o verdadeiro apocalipse segundo Botticelli.

— Ai, sr. Fermín, desde que ficou noivo o senhor me esqueceu, me abandonou, seu patife.

— Rociíto, você é mulher demais, e eu agora sou monogâmico.

— Vamos, Rociíto cura isso com umas boas massagens de penicilina.

Chegamos à rua Moncada passada a meia-noite, escoltando o corpo celestial de Rociíto. Entramos no Asilo de Santa Lucia pela porta dos fundos, usada para retirar os finados por um beco que parecia e cheirava mais ou menos como o esôfago dos infernos. Uma vez nas trevas do *Tenebrarium*, Fermín começou a dar as últimas instruções para Rociíto enquanto eu procurava o ancião a quem havia prometido uma última dança com Eros antes que Tânatos o levasse.

— Lembre-se, Rociíto, que o vovô está um pouco surdo, por isso fale alto e claro, e fale muita bobagem, que isso você sabe fazer muito bem, mas não exagere, hein? Para não mandá-lo ao reino dos céus antes da hora, de ataque cardíaco.

— Calma, rapaz, que eu sou profissional.

Encontrei o beneficiário daqueles amores de empréstimo em um lugarzinho no primeiro andar, um sábio ermitão defendido por paredes de solidão. Ele ergueu o rosto e me contemplou desconcertado.

— Já morri?

— Não. O senhor está vivo. Não se lembra de mim?

— Lembro-me de você como de meus primeiros sapatos, meu jovem, mas ao vê-lo assim, cadavérico, achei que fosse uma visão do além. Não me leve a mal. Aqui perdemos isso que os de fora chamam de discernimento. Então você não é uma visão?

— Não. A visão o está esperando lá embaixo, se me fizer o favor.

Conduzi o vovô até uma cela lúgubre que Fermín e Rociíto haviam enfeitado para a festa com algumas velas acesas e perfume borrifado no ar. Ao ver a generosa beleza da nossa Vênus de Jerez, o rosto do vovô se iluminou de paraísos sonhados.

— Deus os abençoe.

— E o senhor, aproveite — disse Fermín, indicando à sereia da rua Escudellers que começasse a desenvolver suas artes.

Vi como ela segurava o vovozinho com infinita delicadeza e beijava as lágrimas que lhe escorriam pelo rosto. Fermín e eu saímos de cena para deixá-los à sua merecida intimidade. Em nosso périplo por aquela galeria de desesperos, demos de cara com a irmã Emilia, uma das freiras que administravam o asilo. Ela nos lançou um olhar colérico.

— Uns internos me disseram que vocês trouxeram uma prostituta, e agora eles querem uma também.

— Ilustríssima irmã, por quem a senhora nos toma? Nossa presença aqui é estritamente ecumênica. Este infante, que amanhã se tornará homem aos olhos da Santa Igreja, e eu viemos aqui interessados em falar com a interna Jacinta Coronado.

A irmã Emilia arqueou uma sobrancelha.

— São parentes dela?

— Espiritualmente.

— Jacinta faleceu há quinze dias. Um cavalheiro veio visitá-la na noite anterior. É parente de vocês?

— A senhora está se referindo ao padre Fernando?

— Não era um sacerdote. Disse se chamar Julián. Não lembro o sobrenome.

Fermín olhou para mim, mudo.

— Julián é um amigo meu — falei.

Irmã Emilia assentiu.

— Passou muitas horas com ela. Fazia anos que eu não a ouvia rir. Quando ele foi embora, Jacinta me disse que eles conversaram sobre outros tempos, um tempo em que eram jovens. Disse que esse senhor trazia notícias de sua filha, Penélope. Eu não sabia que Jacinta havia tido uma filha. Lembro-me bem dessa visita, porque naquela manhã Jacinta me sorriu, e quando lhe perguntei por que estava tão contente, ela me disse que estava indo para casa com Penélope. Morreu de madrugada, enquanto dormia.

Rociíto terminou seu ritual de amor pouco depois, deixando o vovô esgotado e nos braços de Morfeu. Quando saímos, Fermín lhe pagou dobrado, mas ela, que chorava de pena diante do espetáculo de todos aqueles desesperançados esquecidos por Deus e pelo demônio, fez questão de doar seu pagamento à irmã Emilia, para que ela desse a todos chocolate com churros, porque para ela isso sempre curava as tristezas da vida, essa rainha das putas.

— É que eu sou sentimental. Veja, sr. Fermín, esse coitadinho... só queria que eu o abraçasse e o acariciasse. É de partir o coração...

Pusemos Rociíto em um táxi, com uma boa gorjeta, e entramos na rua Princesa, que estava deserta e salpicada de véus de vapor.

— Você deveria ir dormir, por causa de amanhã.

— Duvido que eu vá conseguir.

Começamos a andar em direção a Barceloneta e, quase sem perceber, fomos entrando pelo quebra-mar até que a cidade toda, reluzente de silêncio, ficou aos nossos pés como a maior alucinação do universo, surgindo do imenso recipiente das águas do porto. Sentamo-nos na beira do cais para contemplar a visão. A uns vinte metros se iniciava uma procissão imóvel de automóveis com as janelas cobertas de vapor e folhas de jornal.

— Esta cidade é só bruxaria, Daniel, sabia? Ela penetra na nossa pele e nos rouba a alma sem que a gente perceba.

— Você está falando como Rociíto, Fermín.

— Não ria, que são pessoas como ela que fazem deste mundo um lugar que vale a pena ser visitado.

— As putas?

— Não. Mais cedo ou mais tarde, nós todos nos tornamos putas. Eu me refiro às pessoas de bom coração. E não me olhe assim. Casamentos me deixam mole feito manteiga.

Ficamos ali sentados, embalados por aquela rara quietude, catalogando reflexos sobre a água. Pouco depois, a alvorada cor de âmbar se espalhou no céu e Barcelona se incendiou de luz. Ouvimos as badaladas distantes da basílica de Santa Maria do Mar, que emergia das brumas do outro lado do porto.

— Você acha que Carax continua por aí em algum lugar da cidade?

— Pergunte-me outra coisa.

— Trouxe as alianças?

Fermín sorriu.

— Ande, vamos. Estão nos esperando, Daniel. A vida nos espera.

Vestia marfim e trazia o mundo no olhar. Lembro-me muito pouco das palavras do padre, ou dos rostos cheios de esperança dos convidados que encheram a igreja naquela manhã de março. Só me resta o roçar de seus lábios e, ao entreabrir os olhos, o juramento secreto que recebi na pele e do qual me lembraria por todos os dias da minha vida.

1966
DRAMATIS PERSONAE

Julián Carax termina *A sombra do vento* com um breve relato para alinhavar o destino de seus personagens anos depois. Li muitos livros desde aquela longínqua noite de 1945, mas o último romance de Carax continua sendo meu favorito. Hoje, com três décadas nas costas, já não tenho esperanças de mudar de opinião.

Enquanto escrevo estas linhas, em cima do balcão da livraria, meu filho Julián, que amanhã fará dez anos, me observa sorridente e intrigado com essa pilha de páginas que cresce cada vez mais, talvez convencido de que o pai também contraiu essa doença dos livros e das palavras. Julián tem os olhos e a inteligência da mãe, e gosto de pensar que talvez possua minha ingenuidade. Meu pai, que, embora não o admita, tem dificuldade para ler a lombada dos livros, está lá em cima, em casa. Muitas vezes me pergunto se ele é um homem feliz, em paz, se nossa companhia o ajuda ou se vive mergulhado em suas lembranças e naquela tristeza que sempre o perseguiu. Bea e eu agora tomamos conta da livraria. Eu fiquei com as contas e os números, enquanto ela faz as compras e atende aos clientes, que a preferem a mim. Não os culpo.

O tempo a tornou forte e sábia. Quase nunca fala do passado, embora muitas vezes eu a surpreenda imersa em seus silêncios, a sós consigo mesma. Julián adora a mãe. Quando os observo juntos, sei que estão unidos por um laço invisível que não posso sequer começar a entender. Basta-me sentir que faço parte de sua ilha para me saber um felizardo. A livraria dá o suficiente para vivermos sem luxo, mas sou incapaz de me imaginar fazendo outra coisa. As vendas diminuem a cada ano. Sou otimista, e digo a mim mesmo que tudo que sobe também desce, e o que desce terá que subir algum dia. Bea diz que a arte de ler está morrendo muito aos poucos, que é um ritual íntimo, que um livro é um espelho e só podemos encontrar nele o que carregamos dentro de nós, que colocamos nossa mente e nossa alma na leitura e que esses bens estão cada dia mais escassos. Todo mês recebemos ofertas para a compra da livraria, para transformá-la em uma loja de televisões, de cintas ou de calçados. Mas só nos tiram daqui se for por cima de nosso cadáver.

Fermín e Bernarda passaram pela paróquia em 1958 e já estão no quarto filho, todos homens, com o nariz e as orelhas do pai. Ele e eu nos vemos menos do que antes, embora às vezes ainda repitamos aquele passeio pelo quebra-mar de madrugada e consertemos o mundo a marteladas. Fermín deixou o emprego na livraria há anos. Com a morte de Isaac Monfort, está à frente do Cemitério dos Livros Esquecidos. Isaac foi enterrado junto a Nuria, em Montjuic. Visito-os sempre. Conversamos. Há sempre flores frescas no túmulo de Nuria.

Meu velho amigo Tomás Aguilar partiu para a Alemanha, onde trabalha como engenheiro em uma empresa de maquinaria industrial, inventando prodígios que nunca consegui entender o funcionamento. Às vezes escreve uma carta, sempre endereçada à irmã. Casou-se há alguns anos e tem uma filha que nunca vimos. Sempre manda lembranças para mim, mas sei que o perdi há anos, sem retorno possível. Gosto de pensar que a vida invariavelmente nos leva os amigos de infância, mas nem sempre acredito nisso.

O bairro continua como sempre, mas há dias em que parece que a luz se atreve cada vez mais, que volta a Barcelona como se todos a houvéssemos expulsado, mas ela no fim nos perdoasse. Dom Anacleto deixou a cátedra do instituto para se dedicar exclusivamente à poesia erótica, e suas anotações de quarta capa estão mais monumentais do que nunca. Dom Federico Flaviá e Merceditas foram morar juntos quando a mãe do relojoeiro faleceu. Formam um belo casal, embora não faltem invejosos que assegurem que para algumas coisas não há remédio e que às vezes dom Federico foge para a farra vestido de galinha-d'angola.

Dom Gustavo Barceló fechou a livraria e nos transferiu seu estoque. Disse estar farto da associação e desejoso de começar novos desafios. O primeiro e último deles foi a criação de uma editora dedicada à reedição das obras de Julián Carax. O primeiro volume, contendo seus três primeiros romances (recuperados de um conjunto de provas perdido em um guarda-móveis da família Cabestany), vendeu trezentos e quarenta e dois exemplares, muitas dezenas de milhares a menos do que o êxito do ano, uma hagiografia ilustrada de El Cordobés. Dom Gustavo agora dedica seus dias a viajar pela Europa na companhia de damas elegantes e a enviar cartões-postais de catedrais.

Sua sobrinha, Clara, se casou com o banqueiro milionário, mas a união durou apenas um ano. A lista de seus amantes continua grande, embora encolha a cada ano, assim como sua beleza. Agora mora sozinha no apartamento da praça Real, de onde sai cada dia menos. Houve um tempo em que eu a visitava, mais porque Bea me recordava sua solidão e sua má sorte na vida do que por vontade própria. Com os anos vi brotar em Clara uma amargura que ela tenta disfarçar com ironia e desapego. Às vezes acho que ainda espera que aquele Daniel encantado dos quinze anos venha adorá-la na sombra. A presença de Bea, ou de qualquer outra mulher, a envenena. Na última vez que a vi, ela apalpava o rosto à procura de rugas. Contaram-me que às vezes ainda encontra o ex-professor de música, Adrián Neri, cuja sinfonia continua inacabada e que, aparentemente, fez carreira como gigolô entre as damas frequentadoras do Teatro do Liceo, onde suas acrobacias de alcova lhe valeram o apelido de *A Flauta Mágica*. Os anos não foram generosos com a memória do inspetor Fumero. Nem mesmo aqueles que o odiavam e o temiam parecem se lembrar dele. Há anos tropecei, no passeio de Gracia, com o tenente Palacios, que deixou a corporação e agora dá aulas de educação física em um colégio em Bonanova. Ele me contou que ainda existe uma placa comemorativa em honra a Fumero nos porões da delegacia central da via Layetana, mas a nova máquina de refrigerantes a moedas a cobre inteiramente.

Quanto ao casarão dos Aldaya, continua lá, contra todos os prognósticos. Finalmente a imobiliária do sr. Aguilar conseguiu vendê-lo. Foi inteiramente restaurado e as estátuas dos anjos, reduzidas a cimento para revestir o estacionamento que ocupa o antigo jardim. Hoje em dia, funciona no local uma agência de publicidade dedicada à criação e à promoção daquela rara poesia das meias, do pó para pudim e das roupas esportivas para executivos de alto escalão. Devo confessar que um dia, alegando razões inverossímeis, fui até lá e pedi para visitar a casa. A velha biblioteca, onde quase perdi a vida, fora convertida em sala de reuniões, decorada com anúncios de desodorantes e detergentes de poderes milagrosos. O quarto onde Bea e eu concebemos Julián é agora o banheiro do diretor-geral.

Nesse dia, ao voltar à livraria depois de visitar o antigo palacete dos Aldaya, encontrei um pacote do correio que trazia um carimbo de Paris. Continha um livro intitulado *O anjo de brumas,* romance de um tal Boris Laurent. Folheei as páginas, sentindo aquele perfume mágico de promessa típico dos livros novos, e me detive no início de uma frase ao acaso. No mesmo instante soube quem a havia escrito, e não me surpreendi ao retornar à primeira página e encontrar, no traço azul daquela caneta que eu tanto havia adorado quando criança, a seguinte dedicatória:

Para meu amigo Daniel, que me devolveu a voz e a pena.
E para Beatriz, que nos devolveu, a ambos, a vida.

Um homem jovem, já com alguns cabelos brancos, caminha pelas ruas de uma Barcelona presa sob céus de cinza e um sol de vapor que se derrama pela Rambla de Santa Mônica como uma grinalda de cobre líquido.

Leva pela mão um menino de dez anos com o olhar embriagado de mistério diante da promessa que o pai lhe fez de madrugada, a promessa do Cemitério dos Livros Esquecidos.

— Julián, o que você vai ver hoje, não pode contar a ninguém. A ninguém.

— Nem à mamãe? — pergunta o menino, em voz baixa.

O pai suspira, amparado naquele sorriso triste que o persegue pela vida.

— Claro que sim — responde. — Com ela não temos segredos. Para ela você pode contar tudo.

Aos poucos, qual figuras de vapor, pai e filho se confundem com os pedestres das Ramblas, seus passos para sempre perdidos na sombra do vento.

2ª EDIÇÃO [2017] 12 reimpressões

ESTA OBRA FOI COMPOSTA PELA ABREU'S SYSTEM EM CAPITOLINA REGULAR
E IMPRESSA EM OFSETE PELA LIS GRÁFICA SOBRE PAPEL PÓLEN DA
SUZANO S.A. PARA A EDITORA SCHWARCZ EM JUNHO DE 2025

A marca FSC® é a garantia de que a madeira utilizada na fabricação do papel deste livro provém de florestas que foram gerenciadas de maneira ambientalmente correta, socialmente justa e economicamente viável, além de outras fontes de origem controlada.